HEYNE BÜCHER

SCIENCE FICTION

Herausgegeben
von Wolfgang Jeschke

Ein Verzeichnis weiterer Bände von Jack Vance finden Sie am Schluß des Romans.

JACK VANCE

Ecce und die Alte Erde

Die zweite Cadwal-Chronik

Roman

Aus dem Amerikanischen übersetzt von
JOACHIM PENTE

Deutsche Erstausgabe

WILHELM HEYNE VERLAG
MÜNCHEN

HEYNE SCIENCE FICTION & FANTASY
Band 0605301

Titel der amerikanischen Originalausgabe
ECCE AND OLD EARTH
Deutsche Übersetzung von Joachim Pente
Das Umschlagbild malte Dieter Rottermund

Redaktion: Wolfgang Jeschke

Erstausgabe by Tor Books/Tom Doherty Associates, Inc., New York

Printed in Germany 1995
Umschlaggestaltung: Atelier Ingrid Schütz, München
Technische Betreuung: M. Spinola
Satz: Schaber, Satz- und Datentechnik, Wels
Druck und Bindung: Elsnerdruck, Berlin

ISBN 3-453-07987-6

VORBEMERKUNG

1. **Das Purpurrosen-System**
(Entnommen aus: *Die Welten des Menschen*, 48. Auflage)

Etwa auf der Hälfte des Perseus-Arms, nicht weit vom Rand des Gaeanischen Reiches, hat ein launischer Wirbel galaktischer Gravitation zehntausend Sterne erfaßt und sie in einem schiefen Winkel nach außen fortgerissen, mit einem Kringel und einem Schnörkel am Ende. Das ist Mirceas Strähne.

Am Rande des Kringels, dergestalt angeordnet, daß der Eindruck der ständigen Gefahr des Abreißens und Fortgetriebenwerdens erweckt wird, befindet sich das Purpurrosen-System, das aus drei Sternen besteht: Lorca, Sing und Syrene. Lorca, ein weißer Zwerg, und Sing, ein roter Riese, kreisen eng beieinander um ihr gemeinsames Gravitationszentrum: ein stattlicher rotgesichtiger alter Herr, der mit einem niedlichen, ganz in Weiß gekleideten Mägdelein Walzer tanzt. Syrene, ein gelblichweißer Stern von normaler Größe und Leuchtkraft, umrundet das flanierende Paar in diskretem Abstand.

Syrene beherrscht drei Planeten; einer davon ist Cadwal, die einzige bewohnte Welt des Systems. Cadwal ist ein erdähnlicher Planet von siebentausend Meilen Durchmesser; seine Schwerkraft kommt der der Erde nahe.

(Die beigefügte Liste und Analyse von physikalischen Meßwerten wir hier aus Platzgründen weggelassen.)

2. Die Naturforschergesellschaft*

Cadwal wurde zum erstenmal erforscht von dem Landfinder Rudel J. Neirmann, einem Mitglied der Naturforschergesellschaft der Erde. Auf seinen Bericht hin entsandte die Gesellschaft sofort eine offizielle Expedition nach Cadwal, die nach ihrer Rückkehr zur Erde die Empfehlung aussprach, Cadwal für immer unter Naturschutz zu stellen und so vor Besiedlung und Ausbeutung durch den Menschen zu bewahren.

Zu diesem Ende ließ die Gesellschaft Cadwal auf ihren Namen registrieren und sicherte sich so das förmliche exklusive und dauerhafte Besitzrecht über den Planeten. Die einzige Formalität, die fortan zur Aufrechterhaltung dieses Rechts vonnöten war, war die regelmäßige Verlängerung des Registrationszertifikats: eine Aufgabe, die dem Sekretär der Gesellschaft anheimfiel.

Die Gesellschaft erließ sofort ein Dekret zur Erhaltung des Planeten: die Große Charta – das grundlegende politische Instrument Cadwals. Charta, Nebengesetze und Zertifikate wurden in den Archiven der Gesellschaft eingelagert, und Verwaltungspersonal wurde nach Cadwal entsandt.

3. Die Welt Cadwal

Die Landschaften Cadwals waren unendlich vielfältig, oft spektakulär und nahezu immer – jedenfalls für das menschliche Auge – lieblich oder inspirierend oder furchterregend oder idyllisch schön. Touristen, die die Rundreise durch die malerisch wilden Regionen Cadwals machten, verließen den Planeten durchweg mit Bedauern, und viele kamen immer wieder zurück.

---

* Mitunter auch ›Naturalisten‹ genannt.

Die Flora und die Fauna waren nahezu so mannigfaltig wie die der Alten Erde, was bedeutete, daß sie den Ehrgeiz von Generationen von Forschungsbiologen und Taxonomen mit der reichen Vielfalt ihrer Arten herausforderten. Viele der größeren Tiere waren wild; andere zeigten Ansätze von Intelligenz und sogar ein gewisses ästhetisches Talent. Bestimmte Spielarten von Andrilen benutzten eine Sprache, die die Linguisten freilich nicht zu ergründen vermochten, so sehr sie sich auch bemühten.

Die drei Kontinente Cadwals waren Ecce, Deucas und Throy. Sie waren durch große Ozeane voneinander getrennt, welche bis auf ein paar unbedeutende Ausnahmen von Inseln ledig waren.

Ecce, das sich lang und schmal über den Äquator des Planeten erstreckte, bestand in der Hauptsache aus flachem Terrain aus Dschungel, Sumpf und Morast und war netzartig durchzogen von trägen Flüssen. Ecce pulsierte vor Hitze, Gestank, Farbe und einer geradezu strotzenden Vitalität. Die Luft war schwanger von tausend seltsamen Übelgerüchen; wilde Kreaturen jagten einander allenthalben und machten das Land ungeeignet für menschliche Besiedlung; die Naturalisten hatten nicht einmal den Versuch unternommen, eine Wildnis-Station oder Einöd-Hütte auf Ecce zu errichten. Die einzigen Erhebungen Ecces waren drei Vulkane, zwei davon aktiv, der dritte schlummernd.

Die frühen Entdecker hatten Ecce nur flüchtige Aufmerksamkeit geschenkt; und da auch die späteren Gelehrten sich lediglich auf biologische Begutachtung und topographische Vermessung beschränkt hatten, blieb Ecce ein menschenleerer und weithin unbekannter Kontinent.

Deucas, das fünfmal so groß war wie Ecce, nahm den größten Teil der gemäßigten Klimazone auf der nördlichen Seite des Planeten ein. Das an der Spitze einer langen, schmalen, tausend Meilen über den

Äquator hinausragenden Halbinsel gelegene Kap Journal bildete den südlichsten Punkt des Kontinents. Die bisweilen gleichermaßen wilde wie furchterregende Fauna Deucas' umfaßte mehrere halbintelligente Gattungen. Die Flora ähnelte in vielen Fällen der der Erde, und zwar in so verblüffender Weise, daß die frühen Agronomen in der Lage waren, terrestrische Nutzpflanzen wie Bambus, Kokospalmen, Weinreben und Obstbäume anzupflanzen, ohne eine ökologische Katastrophe befürchten zu müssen.*

Throy, südlich von Deucas gelegen und von etwa gleicher Größe wie Ecce, erstreckte sich vom Polareis bis weit in die gemäßigten südlichen Klimazonen hinein. Die Topographie von Throy war die erregendste von ganz Cadwal: Schroffe Felswände ragten über wilde Schluchten; das Meer brandete donnernd gegen steile Klippen; dunkle Wälder rauschten wüst im Wind.

Drei kleine Inseln, allesamt uralte Meeresvulkane, waren der Ostküste Deucas' vorgelagert. Es waren dies das Lutwen-Atoll, die Insel Thurben sowie die Ozean-Insel. Ansonsten erstreckten sich die Ozeane gleich riesigen leeren Wasserwüsten um den Globus.

4. **Station Araminta**

Eine Enklave von hundert Quadratmeilen war an der Ostküste von Deucas errichtet worden, auf halbem Weg zwischen Kap Journal im Süden und der Landspitze von Marmion im Norden. Dies war Station Araminta, die Agentur, die das Konservat überwachte und

---

* Die biologischen Techniken zur Einführung neuer Arten in eine fremde Umgebung ohne Gefahr für die Wirtsumwelt waren seit langem vervollkommnet.

verwaltete und die Bestimmungen der Charta durchsetzte. Sechs Dienststellen erledigten die notwendige Arbeit:

Amt A: Register und Statistik
Amt B: Patrouillen und Überwachungen: Polizei und Sicherheitsdienste
Amt C: Taxonomie, Kartographie, Naturwissenschaften
Amt D: Häusliche Dienste
Amt E: Fiskalische Angelegenheiten: Export und Import
Amt F: Besucherunterkünfte

Die ursprünglichen sechs Inspektoren waren Deamus Wook, Shirry Clattuc, Saul Diffin, Claude Offaw, Marvell Veder und Condit Laverty. Jedem von ihnen stand ein Stab von höchstens vierzig Personen zu. Eine Tendenz, dieses Personal aus dem Kreise der Familie oder der Bekannten zu rekrutieren, verlieh der frühen Verwaltung einen Zusammenhalt, an dem es ihr ansonsten möglicherweise gefehlt hätte.

Viele Jahrhunderte waren seither vergangen. Vieles hatte sich verändert, doch vieles war auch gleichgeblieben. Die Charta war nach wie vor Gesetz, wenngleich es gewisse Gruppen gab, die danach trachteten, ihre Bestimmungen zu modifizieren. Andere – so vor allem die Yips vom Lutwen-Atoll – scherten sich nicht im geringsten um die Charta. In Station Araminta war aus dem ursprünglichen primitiven Lager eine Siedlung geworden, die beherrscht wurde von sechs palastartigen Residenzen, welche die Nachfahren der Wooks, der Offaws, der Clattucs, der Diffins, der Veders und der Lavertys beherbergten.

Im Laufe der Zeit hatte jedes dieser Häuser eine eigene, unverkennbare Persönlichkeit entwickelt, die derjenigen ihrer Bewohner entsprach. So unterschieden sich die weisen Wooks ebenso von den frivolen Diffins, wie die vorsichtigen Offaws sich von den leichtfertigen und unbesonnenen Clattucs abhoben. Desgleichen schauten die unerschütterlichen Veders verächtlich auf die emotionalen Ausschweifungen der Lavertys herab.

Die Station erbaute schon früh ein Hotel zur Unterbringung ihrer Besucher; desgleichen erhielt sie einen Flughafen, ein Hospital, Schulen sowie ein Theater: das sogenannte Orpheum. Als die finanzielle Unterstützung seitens der Zentrale der Gesellschaft auf der Erde zunächst schwand und schließlich gänzlich versiegte, wurde der Erwerb von Devisen lebensnotwendig. Es wurden hinter der Enklave Weinberge angelegt, deren Erträge fast ausschließlich für die Ausfuhr bestimmt waren, und man warb um Gäste für die zwölf Ferienhäuser in der Wildnis, die sogenannten ›Wildnis- oder Einöd-Hütten‹, die eigens für touristische Zwecke an bestimmten Orten errichtet worden waren und die so geführt wurden, daß jegliche Interaktion mit ihrer Umwelt peinlich vermieden wurde.

Mit den neugeschaffenen Einrichtungen wurden bestimmte Probleme akut. Wie sollte man bei einer Gesamtzahl von gerade einmal zweihundertvierzig Personen eine derart hohe Anzahl von Unternehmungen personell bewältigen? Hier war Flexibilität vonnöten. Als erstes wurde den sogenannten Collateralen* die Möglichkeit eingeräumt, Posten von mittle-

---

* Collaterale: Nur vierzig Wooks, Offaws, Clattucs, Diffins, Lavertys und Veders besaßen den Status echter ›Cadwal-Agenten‹, den sogenannten ›Agenturstatus‹. Alle übrigen, die ›Überzähligen‹ gewissermaßen, die, die zwar in eines der sechs Häuser hineingeboren waren, aber aufgrund der numerischen Beschränkung nicht den vollen Agenturstatus erhalten konnten, waren ›Collaterale‹ (als solche durch die Vorsilbe ›co‹ vor ihrem Nachnamen gekennzeichnet, also co-Wooks, co-Lavertys, co-Clattucs etc.) und mußten an ihrem einundzwanzigsten

rem Status auf der Station anzunehmen, was in der Praxis so aussah, daß sie unter dem Etikett von ›Aushilfskräften‹ zahlreiche leitende Stellungen übernahmen.

Bei großzügiger Auslegung der Charta fielen Kinder, Altersruheständler, Dienstboten und ›Aushilfskräfte ohne permanenten Wohnsitz‹ nicht unter das 40-Personen-Limit. Der Begriff ›Aushilfskraft‹ wurde ausgedehnt auf Landarbeiter, Hotelpersonal, Flughafenmechaniker – de facto auf Arbeitskräfte jedweder Art –, und der Konservator drückte beide Augen zu, solange diesen Bediensteten kein offizielles Dauerwohnrecht eingeräumt wurde.

Eine Quelle billiger, im Überfluß vorhandener, lenksamer und bei Bedarf rasch verfügbarer Arbeitskraft war vonnöten, und was bot sich da besser an als die Bevölkerung des Lutwen-Atolls, dreihundert Meilen nordöstlich von Station Araminta gelegen? Das waren die Yips, Nachkommen entlaufener Dienstboten, illegale Einwanderer, Kleinkriminelle und andere, die sich erst verstohlen, dann keck auf dem Lutwen-Atoll angesiedelt hatten.

Die Yips erfüllten einen Zweck und erhielten daher Arbeitserlaubnisse für Station Araminta von jeweils sechsmonatiger Dauer. So viel gewährten die Konservationisten ihnen widerstrebend, aber nicht ein Jota mehr.

Geburtstag das Haus ihrer Väter verlassen und woanders ihr Glück suchen. Dieses Ereignis war stets mit Kummer und Herzeleid verbunden, oft auch mit Wut und Zorn, und nicht selten endete der Tag tragisch – mit dem Suizid des oder der Ausgestoßenen. Die Praxis wurde als ›brutal‹ und ›herzlos‹ gegeißelt, besonders von den LFFlern in Stroma, doch ließ sich im Rahmen der Charta, die nun einmal Station Araminta klipp und klar als eine Verwaltungsagentur und einen Handelsplatz, nicht aber als eine Wohnsiedlung definierte, keine bessere Lösung ersinnen.

5. Der Konservator und die Naturalisten von Stroma

Im Stromblick-Haus am Leur-Fluß, eine Meile südlich der Agentur, residierte der Konservator, der Oberste Inspekteur von Station Araminta. Nach den Bestimmungen der Charta war er ein aktives Mitglied der Naturforschergesellschaft, gebürtig in Stroma, der kleinen Naturalistensiedlung auf Throy. Mit dem Schwinden der Gesellschaft zu kaum mehr denn einer blassen Erinnerung war die Direktive notwendigerweise lockerer interpretiert worden, und – zumindest zu diesem Zweck, da sich keine realistische Alternative anbot – alle in Stroma lebenden Naturalisten wurden als den Mitgliedern der Gesellschaft gleichwertig betrachtet.

Eine Faktion, die sich einer sogenannten ›fortschrittlichen‹ Ideologie verschrieben hatte und sich ›Partei für Leben, Frieden und Freiheit‹ nannte, begann die Sache der Yips zu verfechten, deren Lebensbedingungen sie für unerträglich erklärten und als einen ›Schandfleck auf dem kollektiven Gewissen‹ brandmarkten. Der Situation könne allein dadurch abgeholfen werden, daß man den Yips gestatte, sich auf dem Festland von Deucas anzusiedeln. Eine andere Faktion, die ›Chartisten‹, erkannten das Problem als ein solches, schlugen jedoch eine Lösung vor, die nicht den Bestimmungen der Charta zuwiderlief, nämlich: die gesamte Yip-Population in eine andere Welt zu transferieren. Dies sei unrealistisch, erklärten die LFFler (so die gängige Kurzform zur Bezeichnung der Mitglieder der Partei für Leben, Frieden und Freiheit), und kritisierten die Charta kategorischer denn je. Sie erklärten, das Konservat sei eine archaische Idee, inhuman und nicht in Einklang mit ›fortschrittlichem‹ Denken. Die Charta, behaupteten sie, bedürfe dringend einer Revision, und sei es nur darum, daß die trostlose Lage der Yips verbessert werden könne.

Die Chartisten machten ihrerseits geltend, daß sowohl Charta als auch Konservat unveränderlich seien. Sie äußerten den höhnischen Verdacht, daß ein Großteil des Eifers der LFFler heuchlerisch und eigennützig sei: daß die LFFler bloß deshalb Yip-Siedlungen auf der Landzunge von Marmion zulassen wollten, um so einen Präzedenzfall zu schaffen, der es ein paar verdienten Naturalisten – welche zweifellos identisch mit den energischsten und eifrigsten LFF-Aktivisten sein würden – gestatten würde, für sich selbst Landsitze draußen in der schönen Landschaft Deucas' zu errichten, auf welchen sie dann Yips als Dienstboten und Gärtner beschäftigen und wie Feudalherren leben würden. Die Anschuldigung löste auf seiten der LFFler derartig stürmische Entrüstung aus, daß zynische Chartisten behaupteten, die Heftigkeit ihres Protests untermauere nur die Richtigkeit dieses Verdachts.

In Station Araminta wurde die ›fortschrittliche‹ Ideologie nicht ernst genommen. Das Yip-Problem wurde sehr wohl als ein reales und nach Remedur heischendes erkannt, aber die von der LFF vorgeschlagene Lösung mußte abgelehnt werden, da jede offizielle Konzession der Anwesenheit der Yips auf Cadwal feste Form geben würde, wo doch alle Anstrengungen in die entgegengesetzte Richtung unternommen werden sollten, d. h.: Verbringung der gesamten Yip-Population zu einer Welt, wo ihre Präsenz sinnvoll und wünschenswert sein würde.

Diese Überzeugung wurde noch verstärkt, als Eustace Chilke, der Manager des Stationsflughafens, feststellte, daß die Yips über lange Zeit hinweg systematisch Teile aus der Lagerhalle des Flughafens gestohlen hatten. Ihre Beute bestand vornehmlich aus Ersatzteilen für die Stationsfluggeräte, welche zu gehöriger Zeit in Yipton zu ganzen Fluggeräten zusammenmontiert werden konnten. Ebenfalls in großer Menge entwendet hatten sie Werkzeuge, Waffen, Munition und Energiepacks, offenbar mit dem stillschweigenden Einverständnis eines gewissen Namour co-Clattuc, dem Agentur-Beauftragten für Zeitarbeitskräfte, und in diesem Zusammenhang wurden Namour und Chilke handgemein. Die zwei fochten eine heroische Schlacht. Namour, ein Clattuc, kämpfte mit dem Flair und dem Mut, die den Clattucs eigentümlich waren; Chilke focht einen methodischen Hinterzimmer-Stil: im wesentlichen eine Technik, die darin bestand, den Kontrahenten gegen eine Wand zu treiben und ihn dortselbst zu hauen, bis er zu Boden fiel – was Namour denn auch schließlich tat.

Chilke war gebürtig aus der Nähe der Stadt Idola, welche auf der Großen Prärie der Alten Erde lag. Schon von Kindesbeinen an stand der kleine Eustace unter dem prägenden Einfluß seines Großvaters Floyd Swaner, einem Sammler von ausgestopften Tieren, altem Krimskrams, purpurfarbenen Nippsachen, seltenen Büchern und allem möglichen anderen Krempel, der sein Interesse erweckte. Als Eustace Chilke ein Kind war, schenkte sein Großvater ihm einen wundervollen *Atlas des Universums*, in dem alle bewohnten Welten des Gaeanischen Reiches abgebildet waren, darunter auch Cadwal. Der *Atlas* stimulierte den jungen Eustace in solch hohem Maße, daß er zum Wanderer wurde: halb Vagabund, halb Hans Dampf in allen Gassen.

Die Route, die ihn nach Station Araminta brachte, war gewunden, aber gewiß nicht vom Zufall bestimmt. Chilke schilderte Glawen eines Tages die Umstände:

»Ich arbeitete gerade als Busfahrer in Siebenstädten auf John Prestons Welt.« Chilke erzählte, wie er auf »eine große, teiggesichtige Dame mit mächtigem Busen und einem hohen schwarzen Hut auf dem Kopf« aufmerksam wurde, die an vier aufeinanderfolgenden Tagen auf Chilkes Morgentour mitfuhr. Schließlich verwickelte sie ihn in eine Unterhaltung, indem sie sich lobend über seinen Fahrstil äußerte.

Chilke erwiderte bescheiden: »Es ist nichts Besonderes – halt mein Metier.«

Die Dame stellte sich ihm als Madame Zigonie vor, eine Witwe von Rosalia, einer Welt auf der Rückseite des Pegasus-Rechtecks. Nach einigen Minuten Konversation schlug sie Chilke vor, daß er sie zum Mittagessen begleite: eine Einladung, die auszuschlagen Chilke keinen Grund sah.

Madame Zigonie wählte ein feines Restaurant aus, in dem ihnen ein ausgezeichnetes Lunch serviert wurde. Während des Essens ermunterte sie Chilke, von seinen Kindheitsjahren auf der Großen Prärie und den allgemeinen Fakten seines familiären Hintergrundes zu erzählen. Gleich darauf, wie aus einem spontanen Impuls heraus, erwähnte Madame Zigonie ihre hellseherischen Kräfte, die sie nur auf große Gefahr ignorierte – für sie selbst, ihr Vermögen und alle andern, die von den Offenbarungen betroffen waren. »Vielleicht wundern Sie sich über mein Interesse an Ihnen. Tatsache ist, daß ich einen Aufseher für meine Ranch benötige, und meine innere Stimme hat mir gesagt, daß Sie die richtige und geeignete Person für diesen Posten sind.«

»Das ist sehr interessant«, sagte Chilke vorsichtig. »Das Gehalt ist hoch, wie ich annehmen darf, und Sie planen gewiß, einen beträchtlichen Vorschuß zu zahlen?«

»Sie werden in der üblichen Weise entlohnt werden, nach Ableistung der Dienste, die ich von Ihnen verlangen werde.«

»Hm«, sagte da Chilke. Die Bemerkung war zweideutig, und zudem gebrach es Madame Zigonie an jeglichem Liebreiz: Sie war groß, ein wenig over-dressed, und hatte kleine Schlitzaugen, die aus einem breitknochigen, kittfarbenen Gesicht hervorblitzten.

Schließlich obsiegten jedoch Madame Zigonies Überredungskünste über seine Vorbehalte, und Chilke wurde Oberaufseher der Schattental-Ranch auf dem Planeten Rosalia.

Chilkes Aufgabe bestand vornehmlich darin, die Tätigkeit einer großen Belegschaft zu überwachen; diese setzte sich gänzlich aus Yip-Kontraktarbeitskräften zusammen, welche von einem Unternehmer namens Namour nach Rosalia gebracht worden waren. Chilkes Verwirrung über die Umstände wurde extrem, als Madame Zigonie ihre Absicht erklärte, ihn zu heiraten. Chilke lehnte diese Ehre ab, und Madame Zigonie entließ ihn nicht nur zornentbrannt aus ihren Diensten, sondern versäumte es auch, ihm sein Gehalt auszuzahlen.

In der Stadt Lipwillow am Großen Trüben Fluß bekam Chilke von Namour den Job eines Flughafenmanagers in Station Araminta angetragen. Namour überstieg hier weit seine Befugnisse, doch schaffte Chilke es, sich den Posten aus eigenem Verdienst zu sichern. Mme. Zigonies romantisches Interesse und Namours sympathischer Beistand waren ein Rätsel, für das er keine direkte Lösung fand. Andere, noch dringendere Mysterien hingen in der Luft. Wie viele Fluggeräte hatten die Yips aus den gestohlenen Ersatzteilen zusammengefügt? Wie viele hatten sie auf andere Weise erlangt? Wenn solche anderen Fluggeräte existierten, wo standen sie dann?

Der Inspektor von Amt B war Bodwyn Wook: ein kleiner, kahlköpfiger Mann mit gelber Haut; dünn, quirlig und scharfsichtig wie ein Frettchen. Bodwyn Wook war sowohl für seine ätzende Zunge berühmt als auch für seine Gleichgültigkeit gegen die Diktate modischer Konventionen. Die Entdeckung der Fluggeräte-Diebstähle durch die Yips veranlaßte ihn zu einer raschen Antwort. Eine Razzia wurde in Yipton durchgeführt: zwei Fluggeräte und eine Maschinenwerkstatt wurden zerstört.

Eine zweite unheilvolle Entdeckung folgte dieser ersten auf dem Fuße. Bei der Yip-Belegschaft von Station Araminta wurden Waffen in großer Zahl entdeckt. Rüsteten sie sich zu einem großen Massaker am Personal der Agentur?

Die Arbeitsgenehmigungen wurden unverzüglich aufgehoben; die Yips wurden zurück nach Yipton geschickt. Befragt, was er mit der Sache zu tun habe, zuckte Namour lediglich die Achseln und leugnete jedwede Komplizenschaft. Niemand konnte ihm das Gegenteil beweisen, und es schien in der Tat auch undenkbar, daß der ansehnliche und beliebte Namour etwas mit so horrenden Verbrechen zu tun haben könnte, und im Laufe der Zeit verlor der Verdacht – wenngleich er stets latent blieb – viel von seiner Schärfe. Namour ging seinen gewohnten Pflichten nach und scherte sich nicht weiter um anhaltende Zweifel.

Namour war eine Person, die sich unmöglich kategorisieren ließ. Er war stark, von der Natur mit Grazie und einem guten Körperbau ausgestattet; seine Züge waren von klassischer Ebenmäßigkeit. Er war stets geschmackvoll gekleidet und wußte anscheinend alles, was wissenswert war. Namour betrug sich jederzeit mit einer einnehmenden, bedächtigen, mit Understatement einhergehenden Lockerheit, die auf sorgsam beherrschte Leidenschaft hindeutete: ein Attribut, das viele Damen ansprechend fanden, und in der Tat war Namours Name schon mit vielen anderen in Verbindung gebracht worden, unter anderem mit Spanchetta und Smonny, denen er offenbar auf fester Basis als gemeinschaftlicher Liebhaber zu Diensten stand – zu beider Zufriedenheit.

Namour wurde freilich nicht überall bewundert, besonders nicht in Amt B. Seine Kritiker betrachteten ihn als einen hartherzigen Opportunisten, bar jeglicher moralischer Bedenken und jeder Missetat fähig. Diese Ansicht erwies sich letztendlich als zutreffend, doch bevor Namour für seine Verbrechen zur Verantwortung gezogen werden konnte, verduftete er heimlich, still und leise von Station Araminta – zum großen Bedauern von Bodwyn Wook.

6. **Die Yips und Yipton**

Der typische Yip war keinesfalls entstellt oder reizlos: im Gegenteil, auf den ersten Blick erschien der normale Yip dem Betrachter außerordentlich schön mit seinen großen, leuchtenden, haselnußbraunen Augen, seinem goldbraun schimmernden Haupthaar, seiner gebräunten Haut, seinen wohlgestalten Zügen und seinem ausgezeichneten Körperbau. Die Yip-Mädchen waren allenthalben auf Mirceas Strähne berühmt für ihre Anmut, ihre Fügsamkeit und ihre sanfte Natur, und auch für ihre absolute Züchtigkeit, die allein durch die Entrichtung einer angemessenen Gebühr aufgeweicht werden konnte.

Aus unerfindlichen Gründen waren Yips und gewöhnliche Gaeaner nicht in der Lage, gemeinsame Nachkommen zu zeugen. Manche Biologen vertraten die These, daß die Yips eine Mutation waren und eine neue menschliche Art darstellten; andere vermuteten, daß die Ernährung der Yips, die zu einem großen Teil aus Mollusken aus dem Schleim unter Yipton bestand, für diese wechselseitige Infertilität verantwortlich war. Sie wiesen darauf hin, daß Yips, die zur Arbeit auf anderen Welten verdingt wurden, nach einer gewissen Zeitspanne ihre normale Zeugungsfähigkeit respektive Fruchtbarkeit wiedererlangten.

Yipton war schon seit langem eine Touristenattraktion von hohem Grade. Ein regelmäßiger Fährdienst brachte von Station Araminta Touristen nach Yipton, wo sie im Arkady-Gasthof untergebracht wurden, einem fünf Stockwerke hohen Etablissement, das gänzlich aus Bambuspfählen und Palmwedeln erbaut war. Auf der Terrasse servierten schöne Yip-Mädchen Rumbowle, Gin-Sling, Sundowner, Trelawny-Shake, Malzbier und Kokosnußgrog, allesamt in Yipton gebraut oder destilliert aus Grundstoffen, deren Natur und Herkunft niemand genauer zu ergründen trachtete. Es wurden Rundfahrten veranstaltet durch das eklige und hochgradig ungesunde, doch auf seltsame Weise reizvolle Kanalsystem Yiptons; und Tagesfahrten zu anderen Orten von Interesse wie dem Caglioro, den Frauenbädern, den Kunstgewerbe-Werkstätten. Dienste von intimer Art wurden im Pussycat-Palast offeriert, der lediglich fünf Minuten zu Fuß vom Arkady-Gasthof entfernt und von diesem durch quietschende und knarrende Bambuskorridore zu erreichen war. Der Pussycat-Palast war in der ganzen Mircea-Strähne und weit darüber hinaus berühmt für die Freundlichkeit, Vielseitigkeit und Wandlungsfähigkeit seines Personals, wenngleich es den Dienstleistungen an Spontaneität gebrach und sie mit einer zwar sorgfältigen, jedoch auch ein wenig geistesabwesend anmutenden Planmäßigkeit verrichtet wurden. In Yipton war nichts umsonst. Wenn man nach dem Essen einen Zahnstocher verlangte, fand selbst der sich auf der Rechnung wieder.

Neben den Profiten aus dem Tourismus nahm der gegenwärtige Oomphaw* der Yips, ein gewisser Titus Pompo, Geld aus der Vermietung von Schwerstarbeitskolonnen auf andere Welten ein. Unterstützt bei die-

---

* Der Titel, ursprünglich ein Spottbegriff, stammte von einem Touristen aus Clarendon (Algenib IV). Die Elitepolizisten des Oomphaw waren die Oomps.

sem speziellen Unternehmen – und auch bei anderen, verrufeneren – wurde der Oomphaw Titus Pompo von Namour co-Clattuc.

7. **Stroma**

In den ersten Jahren des Bestehens des Konservats wurden Mitglieder der Gesellschaft, wenn sie zu Besuch nach Cadwal kamen, selbstverständlich in Haus Stromblick untergebracht. Mitunter mußte der Konservator zwei Dutzend Gäste gleichzeitig beherbergen, und einige davon dehnten ihre Besuche bis ins Unendliche aus, sei es, um ihre Forschungen in Ruhe zu betreiben, sei es, um schlicht die neue und ungewohnte Natur Cadwals zu genießen.

Einer der Konservatoren stellte sich schließlich quer und weigerte sich, »dieses ständige Kommen und Gehen«, wie er sich ausdrückte, »noch weiter mitzumachen«. Er bestand darauf, daß zu Besuch weilende Naturalisten am Strand zelteten und sich ihre Mahlzeiten am Lagerfeuer zubereiteten.

Auf dem Konklave der Gesellschaft, das alljährlich auf der Erde abgehalten wurde, wurde daraufhin eine Anzahl von Plänen erörtert, wie man das leidige Unterbringungsproblem auf Dauer lösen könnte. Die meisten Vorschläge stießen auf den Widerstand der rigorosen Konservationisten, die argwöhnten, die Charta solle »erst durch einen Trick, dann durch den nächsten«, Stück für Stück in ihrem Kern aufgeweicht werden, bis sie schließlich »nicht mehr das Papier wert« sei, auf dem sie gedruckt sei. Andere erwiderten: »Schön und gut, aber wenn wir Cadwal besuchen, um unsere legitimen Forschungen durchzuführen, müssen wir dann im Schmutz hausen? Schließlich sind wir Mitglieder der Gesellschaft!«

Am Ende machte sich das Konklave einen listigen

Plan zu eigen, der von einem der extremsten Konservationisten unterbreitet worden war. Dieser Plan sah die Errichtung einer kleinen neuen Siedlung an einem ganz bestimmten Standort vor, wo sie, so die Worte des Verfechters dieses Plans, »keinen Umweltschaden anrichten kann«. Der Standort, den er dabei im Auge hatte, entpuppte sich als der Hang eines Felsenkliffs oberhalb des Stroma-Fjords auf dem Kontinent Throy. Dieser Standort war so ziemlich der ungeeignetste, der sich auf dem ganzen Planeten finden ließ, und ganz offensichtlich als Schikane gedacht, um die Befürworter des Siedlungsplanes von vornherein abzuschrecken.

Doch die nahmen die Herausforderung an, und so entstand Stroma: ein Städtchen mit hohen, schmalen Häusern, putzig anzuschauen mit ihren schwarzen oder umbrafarbenen Mauern und ihren weiß, blau und rot gestrichenen Türen und Fensterläden. Die Häuser waren terrassenförmig auf acht Stufen angeordnet und boten allesamt einen prachtvollen Ausblick auf den Stroma-Fjord, von dem aus gesehen sie gleichsam wie Kletten an dem steilen Hang des Kliffs zu haften schienen.

Viele Mitglieder der Gesellschaft fanden, nachdem sie eine Weile auf Stroma zu Besuch geweilt hatten, die Qualität des Lebens dort reizvoll, und unter dem Vorwand, längere Forschungsprojekte durchführen zu wollen, dehnten sie ihren Aufenthalt dort immer weiter aus und wurden so schließlich zum Kern einer festen Einwohnerschaft, die mit der Zeit auf eine Zahl von zwölfhundert anwuchs.

Auf der Erde wurde die Naturforschergesellschaft unterdessen ein Opfer schwacher Führung, der Unterschleife eines diebischen Generalsekretärs und allgemeiner Ziel- und Orientierungslosigkeit. Auf einem abschließenden Konklave wurden die Akten und Dokumente an das Urkundenarchiv übergeben, und der Tagungspräsident schlug zum letztenmal den Gong zur Vertagung.

Die Naturalisten von Stroma nahmen keine offizielle Notiz von dem Ereignis, auch wenn fortan die einzigen Einkünfte der Stromaner die Erträge aus ihren privaten Außerwelt-Investitionen waren. Die Charta blieb wie seit jeher das Grundgesetz von Cadwal, und Station Araminta setzte ihre Arbeit wie gewohnt fort.

8. Personen von Bedeutung in Station Araminta, Stroma und andernorts

Im Hause Clattuc lebten die Schwestern Spanchetta und Simonetta Clattuc. Sie ähnelten sich sehr, wobei Spanchetta die erdverbundenere und Simonetta – ›Smonny‹ genannt – die phantasievollere und rastlosere war. Beide wuchsen heran zu großen, vollbusigen jungen Frauen mit üppigen Schöpfen lockigen Haars und kleinen blitzenden Augen mit schweren Lidern. Beide waren leidenschaftlich, hochmütig, herrisch und eitel; beide waren hemmungslos und von schier unbegrenzter Energie besessen. In ihrer Jugendzeit stellten beide mit geradezu obsessiver Verbissenheit Scharde Clattuc nach, und jede von ihnen versuchte, ihn zu verführen oder zu heiraten oder ihn auf sonstwelche Weise für sich zu erringen. Zu ihrem Leidwesen fand Scharde die eine wie die andere widerlich, wenn nicht gar abstoßend, und entzog sich beider Avancen so höflich als möglich, und einige Male sah er sich in seiner Verzweiflung auch zu drastischen Abfuhren genötigt, denen es dann naturgemäß an Höflichkeit fehlte.

Während eines GKIPA*-Lehrgangs in Sarsenapolis

---

* GKIPA: Gesellschaft zur Koordinierung der Interplanetarischen Polizeiarbeit, oft als die einzige wirklich wichtige Institution des Gaeanischen Reiches bezeichnet. Im Amt B in Station Araminta war eine Zweigstelle der GKIPA, und entsprechend qualifizierte Mitarbeiter von Amt B besaßen sowohl theoretisch als auch praktisch den Status von GKIPA-Agenten.

auf Alphecca Neun lernte Scharde Marya Aténé kennen, eine dunkelhaarige junge Frau von Anmut, Charme, Würde und Intelligenz, zu der er in Liebe entbrannte. Da sie seine Gefühle erwiderte, ließen sie sich in Sarsenapolis trauen und kehrten zu gehöriger Zeit nach Station Araminta zurück.

Spanchetta und Smonny waren zutiefst entrüstet und ergrimmt. Schardes Betragen stellte eine persönliche Beleidigung dar, und darüber hinaus – auf einer tieferen Ebene – eine Herausforderung und einen eklatanten Mangel an Botmäßigkeit. Sie waren in der Lage, ihren Zorn zu rationalisieren, als Smonny bei der Abschlußprüfung des Lyzeums durchfiel und als Collaterale aus dem Hause Clattuc ausziehen mußte, zufällig zur gleichen Zeit, als Marya eintraf, so daß die Schuld leicht Marya und Scharde in die Schuhe geschoben werden konnte.

Von tiefer Bitterkeit erfüllt, verließ Smonny Station Araminta. Eine Zeitlang reiste sie im gesamten Gaeanischen Reich herum und stürzte sich in die verschiedensten Aktivitäten. Schließlich heiratete sie Titus Zigonie, der sowohl die Schattental-Ranch mit zweiundzwanzigtausend Quadratmeilen Landes besaß, als auch eine Clayhacker Raumyacht.

Zur Bewirtschaftung seiner Ranch begann Titus Zigonie auf Smonnys Anregung hin Brigaden von Yip-Kontraktarbeitern einzusetzen, die von keinem anderen als Namour nach Rosalia gebracht wurden. Der teilte sich den Profit aus diesem einträglichen Geschäft mit Calyactus, dem Oomphaw von Yipton.

Auf Namours Drängen stattete Calyactus der Schattentalranch auf Rosalia einen Besuch ab. Dort wurde er von Smonny oder Namour, möglicherweise auch von beiden gemeinschaftlich, ermordet. Titus Zigonie, ein harmloser kleiner Mann, wurde ›Titus Pompo, der Oomphaw‹; in Wahrheit aber schwang Smonny das Zepter.

Ihr Haß auf Station Araminta im allgemeinen und auf Scharde Clattuc im besonderen hatte nie nachgelassen, und ihr sehnlichster Wunsch war es, beiden eine vernichtende Greueltat anzutun.

Unterdessen nahm Namour kaltblütig seine Dienste als Liebhaber sowohl von Spanchetta als auch von Smonny wieder auf.

Marya hatte mittlerweile Scharde einen Sohn geschenkt, Glawen geheißen. Als Glawen zwei Jahre alt war, ertrank Marya unter eigentümlichen Umständen bei einem Bootsunglück. Zwei Yips, Selious und Catterline, waren Zeuge ihres Ertrinkens. Beide sagten aus, sie seien des Schwimmens nicht mächtig und daher außerstande gewesen, Marya zu helfen, und außerdem sei das nicht ihre Sache gewesen. So schwand fast alle Freude aus Schardes Leben. Er vernahm Selious und Catterline ausführlich, aber beide wurden phlegmatisch und unmitteilsam, und Scharde schickte sie schließlich angewidert nach Yipton zurück.

Glawen durchlief Kindheit, Pubertät und Jünglingsalter, und erreichte im Alter von einundzwanzig die Großjährigkeit. Wie sein Vater Scharde fand er seine Berufung in der Polizeilaufbahn, zu welchem Zwecke er in Amt B eintrat. Auch auf anderen Gebieten schlug Glawen nach seinem Vater. Beide waren von schlanker Gestalt, schmalhüftig, breitschultrig, flink und eher sehnig denn muskulös. Glawens Gesichtszüge waren wie die seines Vaters herb und derb auf eine ziemlich hagere, hohlwangige Art; sein Haar war dunkel, dicht und kurz geschnitten; seine Haut, wiewohl gut getönt, war nicht annähernd so wettergegerbt und braun wie die seines Vaters Scharde. Beide Männer bewegten sich sparsam; beide erschienen auf den ersten Blick ein wenig sardonisch und skeptisch, aber beide waren in ihrem Wesen weit weniger grimm und abweisend, als es der erste Eindruck zu vermuten gab. Im Gegenteil: wenn Glawen an Scharde dachte, dann dachte er an jemanden, der freundlich, tolerant, umgänglich, absolut ehrenhaft und äußerst tapfer war. Wenn Scharde Glawen betrachtete, dann fiel es ihm schwer, seinen Stolz und seine Zuneigung zu verhehlen.

Aus Stroma war der derzeitige Konservator Egon Tamm mit seiner Gattin Cora, ihrem Sohn Milo und ihrer Tochter Wayness nach Haus Stromblick gekommen. Ein Dutzend Männer von der Station, Glawen eingeschlossen, verliebten sich sofort in Wayness, die schlank und dunkelhaarig war, mit dunkelgrauen Augen in einem Gesicht, das lebendig war von poetischer Intelligenz.

Ein langjähriger Freier um Wayness' Hand war Julian Bohost, ebenfalls aus Stroma; ein ernstes, hochengagiertes Mitglied der LFF-Partei. Wayness' Mutter Cora schätzte Julian, seine wohlklingende Stimme und seine erlesenen Umgangsformen. Es war ein Glaubensartikel bei ihren Freunden und Freundinnen, daß Julian ein junger Mann mit einer bedeutenden politischen Zukunft war. Auf dieser Grundlage hatte sie Julian dazu ermuntert, sich als Wayness' Verlobter zu betrachten, obwohl Wayness deutlich zu verstehen gegeben hatte, daß ihr eigenes Denken in eine andere Richtung ging. Julian überging ihre diesbezüglichen Äußerungen mit einem Lächeln und fuhr fort, Pläne für ihre gemeinsame Zukunft zu schmieden.

Julians Tante war Dame Clytie Vergence, eine Hüterin von Stroma und LFF-Anführerin. Dame Clytie war eine große Frau, dogmatisch, kampfeslustig und zielstrebig, und überzeugt, daß die offensichtliche Richtigkeit der LFF-Philosophie am Ende obsiegen werde, wider alle Opposition und ganz besonders wider alle Verweise auf die Edikte »dieser kritzeligen alten Ausgeburt von Rabulistenhirnen«, wie sie die Charta gerne zu nennen pflegte. »Sie hat sich längst überlebt! Ich beabsichtige, diesen alten Muff wegzupusten und neues Denken zur Geltung zu bringen!«

Bis dahin hatte die LFF-Partei es nicht vermocht, irgendwelche der von ihr angestrebten Reformen durchzusetzen, da die Charta immer noch herrschendes Gesetz war, über das die LFF sich nicht auf legalem Wege hinwegsetzen konnte.

Auf einer LFF-Konferenz wurde ein feinsinniges Unterfangen ersonnen. In der Nähe der Hütte in den Mad Mountains lieferten sich wandernde Banjee-Horden regelmäßig grausame Schlachten, die die LFFler zu unterbinden beschlossen, ob sie damit nun in das ökologische Gleichgewicht eingriffen oder nicht. Hier war eine gute Sache, dachten die LFF-Theoretiker, die jeder rechtschaffene Mensch unterstützen mußte, auch wenn dadurch die Prinzipien des Konservats kompromittiert wurden.

In der Funktion als Dame Clyties offizieller Bevollmächtigter machte sich Julian Bohost zum Mad Mountain auf, um sich dortselbst ein Bild von der Situation zu machen, bevor er spezifische Empfehlungen aussprach. Er lud Milo und Wayness ein, ihn dorthin zu begleiten; Wayness arrangierte, daß Glawen das Fluggerät flog, das sie dort hinbrachte – sehr zu Julians Unwillen, der Glawen als Nebenbuhler betrachtete und daher nicht leiden konnte.

Die Exkursion endete in einer Katastrophe. Wayness machte Julian endlich klar, daß sie kein Interesse an ihm hatte. Am darauffolgenden Tag kam Milo bei einem von drei Yips arrangierten Unfall ums Leben. Möglicherweise hatte Julian sie dazu angestachelt, aber die Umstände blieben ungeklärt.

Zurück in Station Araminta, setzte Wayness Glawen von ihrer unmittelbar bevorstehenden Abreise zur Alten Erde in Kenntnis, wo sie eine Weile bei ihrem Onkel Pirie Tamm wohnen wollte, einem der wenigen noch lebenden Mitglieder der Naturforschergesellschaft. Milo hätte sie auf dieser Reise begleitet, aber Milo war tot, und so mußte sie Glawen in ein Geheimnis von enormer Wichtigkeit einweihen, für den Fall, daß sie auf ihrer Reise zur Erde ums Leben käme.

Bei einem früheren Besuch auf der Erde hatte sie durch Zufall die Entdeckung gemacht, daß die Originalcharta zusammen mit dem Registrierungszertifikat – de facto also die Besitzurkunde über den Planeten Cadwal – verschwunden war. Sie beabsichtigte, nach den verschollenen Dokumenten zu fahnden, bevor jemand anderes sie fand – und es gab Anzeichen dafür, daß andere, ihr unbekannte Personen ebenfalls auf der Suche nach den wertvollen Schriftstücken waren.

Nach Milos Tod trat Wayness die Reise nun allein an. Glawen hätte sie liebend gerne begleitet, doch dieses Begehren scheiterte an Amt-B-Zwängen und dem Mangel an Geldmitteln. Er versicherte Wayness, daß er so bald als möglich zu ihr stoßen würde; für den Moment konnte er nichts anderes tun, als sie zu äußerster Vorsicht mahnen.

In Station Araminta leitete Floreste co-Laverty, eine Person von flamboyantem Stil und großer ästhetischer Kreativität, seit langem die Mimen, eine Laienspielschar, deren Mitglieder er unter dem Jungvolk von Station Araminta rekrutierte. Floreste unterrichtete die Mimen gut und steckte sie mit seinem Enthusiasmus an, so daß sie mit großem Erfolg Tourneen durch die Welten von Mirceas Strähne und darüber hinaus absolvierten.

Florestes Lebenstraum war die Errichtung eines prachtvollen neuen Orpheums, welches das baufällige alte Auditorium ersetzen sollte, das bislang für musische Darbietungen genutzt wurde. Sämtliche Gelder, die von den Mimen eingespielt wurden, flossen in einen Baufonds, für den er darüber hinaus Zuschüsse beantragte.

Da wurde auf der Insel Thurben, im östlichen Ozean, südöstlich vom Lutwen-Atoll eine Serie von grausigen Verbrechen entdeckt. Die Verbrechen hatten ihren Ursprung außerhalb Cadwals, und Glawen wurde ausgeschickt, Ermittlungen anzustellen. Er kehrte zurück mit dem Beweis, daß Floreste – im Bunde mit Namour und Smonny – für diese Verbrechen verantwortlich war. Namour setzte sich heimlich, still und leise aus Station Araminta ab, bevor ihm die Verbrechen vorgehalten werden konnten; Smonny war zumindest für den Augenblick unerreichbar, da sie sich in Yipton aufhielt, aber Floreste wurde zum Tod verurteilt.

Während Glawens Abwesenheit von Cadwal war sein Vater Scharde von einem routinemäßigen Streifenflug nicht zurückgekehrt. Man hatte keinen Notruf empfangen; man hatte kein Wrack gefunden. Glawen konnte nicht glauben, daß Scharde tot war, und Floreste deutete an, daß seine Vermutung korrekt war. Er erklärte sich bereit, Glawen alles zu erzählen, was er wußte, wenn Glawen ihm im Gegenzug garantierte, daß Florestes Geld dem Zweck zugeführt werden würde, für den er es gedacht hatte: die Errichtung eines neuen Orpheums. Dieser Bedingung stimmte Glawen zu, und Floreste setzte ein Testament auf, in dem er seinen gesamten Besitz Glawen vermachte.

Florestes Geld lag auf einem Konto bei der Bank von Mircea in der Stadt Soumjiana auf der nahegelegenen Welt Soum. Aus Gründen der Bequemlichkeit und zum Zwecke stetiger Liquidität hatte Smonny ihre Mittel auf demselben Konto deponiert. Das Arrangement war lediglich als ein vorübergehendes gedacht, aber Smonny säumte zu lange: das gesamte Konto gelangte nach Florestes Ableben in den Besitz Glawens.

Florestes letzte Handlung war die Abfassung eines Briefes, in dem er alles niederschrieb, was er hinsichtlich Schardes wußte.

Glawen hat diesen Brief just erbrochen, um zu erfahren, daß Scharde Clattuc nach Florestes bestem Wissen noch am Leben ist. Wo? Dies wird Glawen erst dann wissen, wenn er den Brief zur Gänze gelesen hat.

KAPITEL EINS

I Die Sonne war untergegangen. Glawen Clattuc wandte sich durchnäßt und vor Kälte schaudernd vom Ozean ab und rannte im Dämmerschein den Wansey-Weg hinauf. An Haus Clattuc angekommen, stieß er die Eingangstür auf und betrat die Empfangshalle, wo er zu seinem Ärger Spanchetta traf, die gerade die große Treppe herunterstieg.

Spanchetta hielt jählings inne und musterte ihn mit kritischem Auge. An diesem Abend hatte sie ihren majestätischen Leib in ein erregendes Gewand aus schwarz und rot gestreiftem Taft gehüllt. Dazu trug sie eine schwarze Weste und silberfarbene Pantoffeln. Ein Strang von schwarzen Perlen schlang sich in mehreren Windungen um ihre zu einem mächtigen Turban geschichtete schwarze Lockenpracht; schwarze Perlen hingen auch an ihren Ohren. Spanchetta verharrte nur einen kurzen Moment, um Glawen von Kopf bis Fuß zu inspizieren, dann wandte sie den Blick ab und rauschte mit geschürzten Lippen Richtung Speisezimmer davon.

Glawen begab sich zu den Räumlichkeiten, die er mit seinem Vater Scharde Clattuc teilte. Dort stieg er sogleich aus seinen feuchten Kleidern, erfrischte sich unter einer heißen Dusche und war gerade dabei, in trockene Kleider zu schlüpfen, als ihn das Läuten des Telephons unterbrach. »Sprechen Sie!« rief Glawen.

Das Gesicht von Bodwyn Wook erschien auf dem Bildschirm. Mit säuerlich klingender Stimme sagte er: »Die Sonne ist längst untergegangen. Gewiß hast du Florestes Brief gelesen. Ich habe deinen Anruf erwartet.«

Glawen lachte hohl. »Ich habe nur zwei Sätze des

Briefes gesehen. Offenbar ist mein Vater noch am Leben.«

»Das ist eine gute Nachricht. Warum bist du erst jetzt zurückgekommen?«

»Es gab Ärger am Strand, der in der Brandung endete. Ich überlebte. Kirdy ertrank.«

Bodwyn Wook schlug sich mit den Händen an die Stirn. »Erzähl mir nicht mehr! Die Neuigkeit ist bestürzend! Er war ein Wook.«

»Wie auch immer, ich wollte Sie jedenfalls gerade anrufen.«

Bodwyn Wook seufzte tief. »Wir werden es als einen Unfall zu Protokoll nehmen und die ganze leidige Angelegenheit vergessen. Einverstanden?«

»Ja, Sir.«

»Dein Verhalten kann ich ganz und gar nicht gutheißen. Du hättest mit einem solchen Angriff rechnen müssen.«

»Das habe ich auch, Sir. Deshalb bin ich ja zum Strand gegangen. Kirdy haßte den Ozean, und ich dachte, er würde sich von ihm fernhalten. Am Ende starb er nun den Tod, vor dem er sich am meisten gefürchtet hat.«

»Hm«, sagte Bodwyn Wook. »Du hast eine unempfindliche Natur. Stell dir vor, er hätte dich aus dem Hinterhalt erschossen und Florestes Brief vernichtet: was dann?«

»Das wäre nicht Kirdys Art. Er wollte, daß ich ihm ins Gesicht schaue, während er mich tötet.«

»Und wenn Kirdy für diese spezielle Gelegenheit von seiner Gewohnheit abgewichen wäre?«

Glawen sann darüber nach, dann zuckte er die Achseln. »In dem Fall wäre Ihr Tadel wohlverdient.«

»Hm«, sagte Bodwyn Wook erneut und zog eine Grimasse. »Ich bin gewiß streng, aber ich bin nie so weit gegangen, eine Leiche zu rügen.« Er lehnte sich in seinen Sessel zurück. »Wir brauchen die Sache nicht weiter zu treiben. Bring den Brief in mein Büro, und wir werden ihn zusammen lesen.«

»Sehr wohl, Sir.«

Glawen machte Anstalten, den Raum zu verlassen, doch dann blieb er abrupt stehen, die Hand auf dem Türknauf. Er überlegte einen Moment lang, dann machte er kehrt und ging in das Nebenzimmer, das als Büro diente. Hier fertigte er eine Kopie von Florestes Brief an. Er faltete sie zusammen und deponierte sie in einer Schublade; das Original steckte er in seine Tasche, dann machte er sich auf den Weg.

Zehn Minuten später traf Glawen in den Diensträumen von Amt B im ersten Stockwerk der Neuen Agentur ein und wurde sofort in Bodwyn Wooks Privaträume vorgelassen. Bodwyn Wook saß wie gewohnt in seinem massiven Ledersessel. Er streckte die Hand aus. »Wenn ich bitten darf.« Glawen händigte ihm den Brief aus. Bodwyn Wook deutete mit einem Schwenk seiner Hand auf einen Stuhl. »Setz dich.«

Glawen gehorchte. Bodwyn Wook zog den Brief aus seinem Umschlag und begann ihn laut zu lesen. Seine Stimme, ein näselndes Gebrumm, paßte so gar nicht zu den Extravaganzen und fein gedrechselten Wendungen von Florestes Sprache.

Der Brief war unzusammenhängend und schweifte bisweilen in wortreiche Darlegungen von Florestes Philosophie ab. Er brachte *pro forma* Reue und Zerknirschung über seine Taten zum Ausdruck, aber den Worten gebrach es an Überzeugungskraft, und Floreste schien den Brief als eine Rechtfertigung für seine Aktivitäten intendiert zu haben. *Da gibt es gar keine Frage, und ich behaupte dies mit voller Überzeugung,* schrieb Floreste. *Ich bin eine von den ganz wenigen Personen, die zu Recht die Bezeichnung ›Übermensch‹ für sich beanspruchen dürfen; es gibt in der Tat nur wenige wie mich! In meinem Fall sollten die üblichen Strikturen hergebrachter Moral nicht gelten, da sie mich in meiner überragenden Kreativität beeinträchtigen. Ach! Ich bin immer noch wie ein Fisch, der zusammen mit anderen Fischen in einem Becken schwimmt, und ich muß mich ihrem Handeln fügen, sonst zwicken sie mir meine Flossen ab!*

Floreste konzedierte, daß seine Liebe zur ›Kunst‹ ihn zu Unregelmäßigkeiten verleitet hatte. *Ich habe Abkürzungen auf dem langen und beschwerlichen Weg zu meinen Zielen genommen; ich bin ertappt worden, und nun müssen meine Flossen gestutzt werden.*

Müßte ich es alles noch einmal machen, schrieb Floreste, *ich wäre gewiß vorsichtiger! Natürlich ist es oft möglich, die Anerkennung der Gesellschaft zu erlangen, obwohl man hochmütig die heiligsten Dogmen verhöhnt und herabsetzt, die geradezu ihre Seele sind! In dieser Hinsicht ist die Gesellschaft wie ein großes kriechendes Tier; je mehr man es mißhandelt, desto mehr überschüttet es einen mit Zuneigung. Aber was soll's: jetzt ist es zu spät, um sich über diese kleinen Unterschiede im Verhalten den Kopf zu zerbrechen.*

Floreste fuhr fort, über seine Verbrechen zu reflektieren. *Meine Vergehen lassen sich schwerlich auf einer exakten Waage ermessen, oder gegen den Nutzen abwägen, der aus den sogenannten ›Verbrechen‹ gezogen wurde. Die Erfüllung meines hehren Zieles rechtfertigt meines Erachtens sehr wohl die Opferung von ein paar wertlosen menschlichen Bündeln, welche ansonsten keinerlei Zweck gedient hätten.*

Bodwyn Wook machte eine Pause, um ein Blatt zu wenden. Glawen bemerkte: »Die ›wertlosen Bündel‹ würden Floreste hier wohl heftig widersprechen.«

»Ganz gewiß«, sagte Bodwyn Wook. »Seine generelle These ist sicherlich diskutabel; gleichwohl können wir nicht zulassen, daß jeder hergelaufene Hundescherer, der sich ›Künstler‹ nennt, bei der Ausübung seiner Muse schlimme Verbrechen begeht.«

Floreste wandte seine Aufmerksamkeit Simonetta zu; sie hatte ihm viel von sich und von den Ereignissen in ihrem Leben erzählt. Nachdem sie wutentbrannt von

Station Araminta weggerannt war, war sie im ganzen Gaeanischen Reich herumgereist, hatte von andrer Leute Dummheit gelebt, hatte geheiratet, sich scheiden lassen und wieder geheiratet, hatte mit Männern in beträchtlicher Zahl verkehrt und im allgemeinen ein eigensinniges und abenteuerliches Leben geführt. Als Mitglied des Monomantischen Kultes lernte sie Zadine Babbs kennen – oder ›Zaa‹, wie sie sich selbst nannte –, und ein Scheusal von einer Frau namens Sibil de Vella. Die drei schlossen sich zusammen, wurden ›Ordenen‹ und erlangten die Herrschaft über den Kult.

Smonny wurde des alltäglichen Trotts und der Restriktionen bald überdrüssig und verließ das Seminar. Einen Monat später lernte sie Titus Zigonie kennen, einen kleinen, feisten Mann von unterwürfigem Charakter. Titus Zigonie besaß die Schattentalranch auf der Welt Rosalia sowie eine geräumige Clayhacker Raumyacht – Attribute, die Smonny unwiderstehlich fand, und Titus Zigonie fand sich, ehe er sich's versah, als Ehegespons von Smonny wieder.

Einige Jahre später besuchte Smonny die Alte Erde, wo sie durch Zufall einen gewissen Kelvin Kilduc kennenlernte, der zu der Zeit Generalsekretär der Naturforschergesellschaft war. Im Verlaufe ihres Gesprächs erwähnte Generalsekretär Kilduc den einstmaligen Generalsekretär Frons Nisfit und seine Veruntreuungen. Kilduc hegte den Verdacht, daß Nisfit so weit gegangen war, die Originalcharta an einen Sammler von antiken Dokumenten zu verkaufen. »Nicht, daß das irgend etwas ändern würde«, beeilte sich Kilduc hinzuzufügen. »Das Konservat existiert jetzt aus seiner eigenen Schwungkraft heraus und wird dies auch weiterhin tun, ob mit oder ohne Charta, dessen bin ich ganz gewiß.«

»Natürlich«, sagte Smonny. »Natürlich! Mit wem mag der niederträchtige Nisfit dieses üble Geschäft wohl gemacht haben?«

»Das ist schwer zu sagen.«

Smonny stellte Nachforschungen bei den Altertumsforschern und Sammlern von altertümlichen Schriftstücken an und entdeckte eines der gestohlenen Dokumente. Es war Teil eines Pakets, das von einem Sammler namens Floyd Swaner verkauft worden war. Smonny nahm seine Fährte auf und entdeckte ihn schließlich, doch es war zu spät; Floyd Swaner war verstorben. Sein Erbe und Enkel Eustace Chilke, hieß es, sei ein Tunichtgut, immer unterwegs, hier und dort, weit und breit. Sein derzeitiger Aufenthaltsort war unbekannt.

Auf Rosalia waren Arbeitskräfte knapp. Smonny kontrahierte mit Namour ein Abkommen über eine Brigade von Yips, und auf diese Weise ließ sie ihre Verbindung zu Cadwal neu aufleben.

Namour und Smonny entfalteten ein wundervolles neues Komplott. Calyactus, der Oomphaw von Yipton, war alt und närrisch geworden. Namour überredete ihn, Rosalia zu besuchen, um sich dort einer medizinischen Behandlung zu unterziehen, die, so Namour, seine, des Oomphaws, Jugendkraft auffrischen würde. Auf der Schattentalranch wurde Calyactus vergiftet; Titus Zigonie nahm den Nachnamen Pompo an und wurde an seiner Statt Oomphaw.

Smonnys Fahnder machten schließlich Eustace Chilke ausfindig. Er arbeitete als Busfahrer in Siebenstädten auf John Prestons Welt. So bald als möglich machte Smonny sich mit Chilke bekannt und stellte ihn als Aufseher auf der Schattentalranch ein. Schließlich entschloß sie sich, ihn zu heiraten, doch Chilke lehnte die Ehre höflich ab. Da wurde Smonny zickig und entließ Chilke aus seiner Stellung. Namour nahm ihn dann schließlich nach Station Araminta mit.

Smonny und Namour sind ein erstaunliches Paar, schrieb Floreste. *Keiner von beiden hat auch nur die geringsten Skrupel, obgleich Namour sich gerne als Herrn von*

Kultur hinstellt, und er ist ja auch tatsächlich ein ansehnlicher Bursche, begabt mit vielen ungewöhnlichen Fähigkeiten. So kann er seinen Körper zwingen, der stählernen Härte seines Willens zu gehorchen. Auch hat er die Rolle des zuvorkommenden Liebhabers sowohl für Spanchetta als auch für Smonny mit bemerkenswertem Aplomb ausgefüllt. Namour, und sei es aus keinem anderen Grund als Deinem superben Wagemut: ich grüße dich!

So wenig Zeit ist mir verblieben! Lebte ich fort, ich würde ein heroisches Ballett für drei Darsteller komponieren: Smonny, Spanchetta und Namour! Ah, die majestätischen Umdrehungen meiner Heldendarsteller! Ich sehe sie klar und deutlich vor mir; sie kreisen, wirbeln, kommen und gehen, mit der furchtbaren Gerechtigkeit der Vorsehung! Die Musik, die ich in meinem Geiste höre, sie ist fürwahr ergreifend, und die Kostüme sind extraordinär! So geht der Tanz! Die drei Figuren projizieren Gefühl, und sie vollführen ihre Schritte und Drehungen mit Sorgfalt und Präzision. Ich sehe sie jetzt: sie kreisen und gehen, auf und ab, hin und her, sie trippeln und stolzieren, jede in der ihr eignen Haltung und Gangart. Wie soll das Finale gelöst werden?

Aber es ist alles ohne Bedeutung! Warum sollte ich meinen armen Geist mit solchen Fragen quälen? Ich werde nicht mehr hier sein, um die Produktion zu leiten!

Wieder hielt Bodwyn Wook im Lesen inne. »Vielleicht hätten wir Floreste Zeit lassen sollen, diese letzte Produktion noch zu vollenden! Es klingt faszinierend!«

»Ich finde, es klingt eher langweilig«, sagte Glawen.

»Du bist entweder zu jung oder zu praktisch veranlagt, um so etwas schätzen zu können. Florestes Geist sprudelt über von faszinierenden Ideen.«

»Er braucht lange, um zur Sache zu kommen, soviel steht jedenfalls fest.«

»Aha! Nicht aus Florestes Sicht! Dies ist sein Testament: sein gesamter Daseinsgrund. Was du hier hörst, ist nicht beiläufige Leichtfertigkeit, sondern kummervollstes Wehklagen.« Bodwyn Wook wandte sich wieder dem Brief zu. »Ich werde weiterlesen. Vielleicht ist er jetzt in der Stimmung, das eine oder andere Faktum vorzutragen.«

Florestes Ton wurde in der Tat etwas klarer. Vor Glawens Rückkehr nach Station Araminta hatte Floreste Yipton besucht, um eine neue Runde von Vergnügungen zu planen. Die Insel Thurben konnte nicht länger benutzt werden, und es galt, einen anderen, günstigeren Ort auszuwählen. Während einer Unterhaltung plauderte Titus Pompo, leutselig geworden durch den Genuß zu vieler Trelawnys, aus, daß Smonny endlich eine alte Rechnung beglichen hatte. Sie hatte Scharde Clattuc gefangengenommen, sein Fluggerät konfisziert und ihn in ihr Gefängnis geworfen. Titus Pompo schüttelte gewichtig den Kopf. Scharde würde teuer bezahlen für sein hochmütiges Betragen, das Smonny soviel Kummer bereitet hatte! Was das Fluggerät anbelangte, so stellte es eine partielle Kompensation für die Fluggeräte dar, die bei der Razzia durch Amt B zerstört worden waren. Nachdem er einen tiefen Schluck aus seinem Pokal genommen hatte, versicherte Titus Pompo, daß dies gewiß nicht die letzte Flugmaschine sei, die auf diese Weise beschlagnahmt werden würde!

»Das werden wir ja sehen!« sagte Bodwyn Wook.

Scharde war in das seltsamste aller Gefängnisse verbracht worden, wo ›draußen‹ ›drinnen‹ war und ›drinnen‹ ›draußen‹. Den Häftlingen stand es frei, die Flucht zu versuchen, wann immer ihnen der Sinn danach stand.

Bodwyn Wook unterbrach abermals seine Lektüre, um zwei Seidel Bier einzuschenken.

»Das ist ein komisches Gefängnis«, sagte Glawen. »Wo könnte es gelegen sein?«

»Laß uns weiterlesen. Floreste ist vielleicht ein

wenig geistesabwesend, aber ich denke, daß er dieses bedeutsame Detail nicht auslassen wird.«

Bodwyn Wook las weiter. Bereits im nächsten Abschnitt identifizierte Floreste das einzigartige Gefängnis als den erloschenen Vulkan Shattorak im Zentrum Ecces: ein steinalter Kegel, der zweitausend Fuß über den Sümpfen und Dschungeln aufragte. Die Häftlinge bewohnten einen schmalen Streifen außerhalb des Palisadenzauns, der den Gipfel umfriedete und das Gefängnispersonal schützte. Der Dschungel wucherte hoch an den Hängen hinauf; die Gefangenen schliefen in Baumhäusern oder hinter mit primitivsten Mitteln behelfsmäßig errichteten Staketenzäunen, um sich vor den Raubtieren aus dem Dschungel zu schützen. Scharde hatte es einzig Smonnys Rachsucht zu verdanken, daß er bei seiner Ergreifung nicht kurzerhand getötet worden war.

Titus Pompo, inzwischen schwer betrunken, enthüllte im weiteren Verlauf des Gesprächs, daß fünf Flugapparate auf dem Vulkan Shattorak versteckt waren, zusammen mit einem Waffendepot. Von Zeit zu Zeit, wenn Smonny auf andere Welten zu reisen wünschte, landete Titus Pompos Clayhacker Raumyacht auf Shattorak, wobei er peinlich darauf achtete, daß er nicht vom Radar der Station Araminta erfaßt wurde. Titus Pompo war recht angetan von seinen Routinepflichten in Yipton: eine breitgefächerte Auswahl von köstlichen Speisen, alkoholische Mixgetränke aller erdenklichen Rezepturen sowie stetige, von wohlgestalten Yip-Jungfern einfühlsam und fachgerecht an seinem Leib durchgeführte Massagen und Streichelungen versüßten ihm sein verantwortungsvolles Amt als Oomphaw.

Das ist alles, was ich weiß, schrieb Floreste. *Trotz meiner glücklichen Beziehungen zu Station Araminta, wo ich mein großes Monument zu erbauen gehofft hatte, hatte ich das Empfinden – zu Recht oder zu Unrecht –, daß ich die*

Geheimnisse, die Titus Pompo mir in trunkenem Zustand anvertraut hatte, nicht verraten sollte – aus folgendem Grund: sie würden sich gewiß bald aus sich selbst heraus enthüllen, auch ohne meine Vermittlung. Ihr mögt diesen Skrupel vielleicht als charakterschwach und rührselig erachten. Ihr werdet darauf insistieren, daß ›recht‹ ›recht‹ ist, und daß jedes Ausweichen oder Sich-Drücken oder Zurückscheuen davor, die Bürden der Tugend zu tragen, ›nicht recht‹ sind. In diesem Moment werde ich da nicht widersprechen.

Um eine schwache Demonstration in eigener Sache zu machen, will ich darauf hinweisen, daß ich nicht gänzlich treulos bin. So gut ich konnte, kam ich meiner Verpflichtung gegenüber Namour nach, der das gleiche nicht für mich getan hätte. Von allen Menschen verdient er wahrscheinlich am wenigsten Rücksicht, und er ist nicht weniger schuldig als ich. Trotzdem habe ich ihm auf meine einsame und törichte Weise die Treue gehalten und ihm Zeit eingeräumt, seine Flucht glücklich zu bewerkstelligen. Ich hoffe, daß er Station Araminta nie wieder behelligen wird, da es ein Ort ist, der meinem Herzen lieb und teuer ist, der Ort, an welchem ich das Araminta-Zentrum für die Darstellenden Künste zu errichten beabsichtigte: das neue Orpheum. Ich habe gefehlt, doch so rechtfertige ich meine Sünden.

Für Tränen der Reue ist es jetzt zu spät. Sie würden ohnehin nicht überzeugend wirken – nicht einmal für mich selbst. Gleichwohl, wenn alles gesagt und getan ist, sehe ich, daß ich nicht so sehr für meine Feilheit sterbe als vielmehr für meine Torheit. Dies sind die traurigsten Worte, die der Mensch kennt: ›Ach, was hätte werden können, wäre ich nur klüger gewesen!‹

Dies ist nun meine Abbitte. Nehmt sie an oder verwerft sie, ganz wie Ihr wollt. Ich bin überwältigt von Müdigkeit und einer großen Traurigkeit; ich kann nicht mehr schreiben.

II

Bodwyn Wook legte den Brief behutsam auf seinen Schreibtisch. »Soweit also Floreste. Er hat sich erklärt. Wenn er eines vermochte, dann, exquisite Entschuldigungen und Rechtfertigungen für sich selbst zu ersinnen. Jedoch: um voranzukommen. Die Situation ist vertrackt, und wir müssen uns sorgfältig überlegen, wie wir vorgehen. Ja, Glawen? Du hast eine Idee?«

»Wir sollten Shattorak sofort attackieren.«

»Warum?«

»Um meinen Vater zu retten, natürlich!«

Bodwyn Wook nickte weise. »Dieses Konzept ist zumindest simpel und unkompliziert: soviel kann man zu seinen Gunsten sagen.«

»Das freut mich zu hören. Doch wo gebricht es der Idee?«

»Sie ist ein Reflex, eher clattucscher Gefühlserregung entsprungen denn kühlem Wook-Intellekt.« Glawen murmelte sich etwas in den Bart, das Bodwyn Wook ignorierte. »Ich darf dich daran erinnern, daß Amt B im wesentlichen eine Verwaltungsagentur ist, die allein in Ermangelung anderer Instanzen dazu genötigt worden ist, quasi-militärische Funktionen auszuüben. Wir können bestenfalls zwei oder drei Dutzend Einsatzkräfte aufbieten: allesamt bestens ausgebildete, wertvolle Männer. Wie viele Yips gibt es? Wer weiß das schon? Sechzigtausend? Achtzigtausend? Hunderttausend? Jedenfalls viel zu viele.

Je nun. Floreste spricht von fünf Flugapparaten auf Shattorak: einige mehr, als ich gedacht hätte. Wir können allenfalls sieben oder acht Fluggeräte in die Luft bringen, keines davon schwer bewaffnet. Shattorak wird zweifellos mit Bodenwaffen verteidigt. Im denkbar schlimmsten Fall könnten wir solche Verluste erleiden, daß Amt B vernichtet wäre, und in der nächsten Woche würden die Yips ungehindert und in hellen Scharen über das Küstenvorland schwärmen. Und im günstigsten Fall? Wir müssen mit Smonnys Spitzeln rechnen. Stell dir vor, wir stürmen hinüber nach Shattorak, landen, und was finden wir vor? Kein Gefängnis, kein Fluggerätedepot, nichts als Leichen. Keinen Scharde, keine Flugapparate, kein nichts!«

Glawen war immer noch unzufrieden. »Das klingt für mich nicht nach dem ›günstigsten Fall‹.«

»Nur unter den Bedingungen deines Vorschlags.«

»Was schlagen Sie dann vor?«

»Zunächst einmal: Erwägung aller Optionen. Zweitens: Aufklärung. Drittens: Attacke – hinterrücks und mit vollem Überraschungsmoment.« Er schaltete den Wandbildschirm ein. »Da siehst du Shattorak – nicht mehr denn ein Pickel auf dem Sumpfland. Er ist natürlich zweitausend Fuß hoch. Der Fluß dort, der nach Süden fließt, ist der Vertes.« Das Bild vergrößerte sich und eröffnete einen Blick über den Gipfel des Shattorak: eine öde, annähernd scheibenförmige Fläche, bedeckt von grobem grauem Sand und Leisten von schwarzem Fels. Ein Weiher mit kupferblauem Wasser bedeckte die Mitte. »Das Areal ist ungefähr zehn Morgen groß«, sagte Bodwyn Wook. »Das Bild ist mindestens hundert Jahre alt. Ich glaube nicht, daß wir seitdem noch einmal dort gewesen sind.«

»Es sieht aus, als wäre es heiß dort.«

»Das tut es auch – und das ist es auch. Ich werde die Perspektive ein wenig verschieben. Du wirst einen schmalen Streifen von etwa hundert Ellen Breite bemerken, der ringförmig den Gipfel umgibt, dort, wo der Abhang anfängt. Der Boden ist bis auf ein paar große Bäume unbewachsen. Das sind offenbar die Bäume, auf denen die Gefangenen schlafen. Unterhalb dieses Streifens beginnt der Dschungel. Wenn das, was Floreste schreibt, stimmt, dann wohnen die Häftlinge auf diesem Streifen, und es steht ihnen frei, die Flucht durch Dschungel und Sumpf zu wagen, wann immer sie möchten.«

Glawen studierte schweigend das Bild.

»Wir müssen das Terrain sorgfältig erkunden, und erst dann dürfen wir zum Angriff schreiten«, sagte Bodwyn Wook. »Sind wir uns da einig?«

»Ja«, sagte Glawen. »Wir sind uns einig.«

Bodwyn Wook fuhr fort. »Ich bin verblüfft über Florestes Anspielungen auf Chilke. Es scheint, er hält sich allein aufgrund von Smonnys ränkevollem Plan, die Charta zu finden und in ihre Hand zu bekommen, hier in Station Araminta auf. Auch wundere ich mich über die Gesellschaft auf der Alten Erde: warum unternimmt sie nichts, um die verschollenen Dokumente ausfindig zu machen?«

»Es sind nicht viele Mitglieder übriggeblieben, wie ich hörte.«

»Ist ihnen das Schicksal des Konservats einerlei? Das ist schwer zu glauben! Wer ist der derzeitige Generalsekretär?«

Glawen antwortete vorsichtig: »Ich glaube, er ist ein Vetter des Konservators, Pirie Tamm geheißen.«

»Was du sagst! Ist nicht auch das Tamm-Mädchen zur Erde gereist?«

»Ja.«

»Je nun! Da… ah – wie heißt das Mädchen doch gleich?«

»Wayness.«

»Richtig. Da Wayness ja nun schon einmal auf der Alten Erde weilt, kann sie uns vielleicht bezüglich der verschollenen Dokumente aus dem Archiv der Gesellschaft helfen. Schreib ihr und schlag ihr vor, daß sie in dieser Angelegenheit ein paar Nachforschungen anstellt. Schärfe ihr ein, daß sie dabei absolut diskret vorgehen soll, und gib keinen Hinweis auf das Ziel ihrer Bemühungen.«

Glawen nickte nachdenklich. »Tatsächlich ist Wayness bereits dabei, solche Nachforschungen anzustellen.«

»Ah ha! Was hat sie bisher herausgefunden – falls überhaupt?«

»Das weiß ich nicht. Ich habe noch keinen Brief von ihr bekommen.«

Bodwyn Wook zog die Brauen hoch. »Sie hat dir noch nicht geschrieben?«

»Ich bin sicher, daß sie mir geschrieben hat. Aber ihre Briefe sind nie bei mir angekommen.«

»Merkwürdig. Wahrscheinlich hat der Türwächter von Haus Clattuc sie hinter seinen Weinkühler gesteckt.«

»Das wäre eine Möglichkeit; aber ich fange an, eine ganz andere Person zu verdächtigen. Wie auch immer, ich denke, sobald wir mit Shattorak fertig sind, sollte ich mir Rat von Chilke holen und dann zur Erde reisen, um nach diesen Dokumenten zu suchen.«

»Hm. Je nun. Ahem ... Eines nach dem andern. Das heißt: erst einmal Shattorak. Zu gegebener Zeit werden wir uns weiter über das Thema unterhalten.« Bodwyn Wook nahm Florestes Brief vom Schreibtisch. »Den nehme ich in meine Obhut.«

Glawen erhob keine Widerrede und verließ die Neue Agentur. Er lief in zielbewußtem Trab zurück nach Haus Clattuc und trat durch das Frontportal. Seitlich dahinter befanden sich zwei kleine Zimmer, die von Alarion co-Clattuc, dem Chefportier, bewohnt wurden, sowie ein Vorzimmer, von dem aus er, wenn nötig, das Kommen und Gehen im Hause Clattuc überwachen konnte. Zu Alarions Pflichten gehörte es außerdem, die eingehende Post in Empfang zu nehmen und Pakete, Briefe und hausinterne Memoranden zu sortieren und den angegebenen Adressaten zuzustellen.

Glawen betätigte einen Klingelknopf, und Alarion erschien aus seinen Privaträumen: ein weißhaariger Mann, dünn und gebeugt, dessen einziger Hinweis auf etwa vorhandene Eitelkeit ein kleiner Spitzbart war. »Guten Abend, Glawen! Was kann ich für dich tun?«

»Du könntest mich womöglich über den Verbleib einiger Briefe aufklären, die von der Alten Erde für mich angekommen sein müßten.«

»Ich kann dich nur bezüglich dessen in Kenntnis setzen, was ich mit Sicherheit weiß«, sagte Alarion. »Du willst doch nicht, daß ich Märlein von nicht existierenden Paketen ersinne, oder von in goldene Täfelchen eingravierten Botschaften, zugestellt vom Erzengel Sersimanthes.«

»Ich darf deinen Worten entnehmen, daß nichts dergleichen eingetroffen ist?«

Alarion spähte über die Schulter auf seinen Sortiertisch. »Nein, Glawen. Noch irgend etwas anderes.«

»Wie du weißt, war ich mehrere Monate lang von der Station fort. Während dieser Zeit hätte ich eine Anzahl von Briefen von Außerwelt erhalten müssen; doch kann ich sie nicht finden. Erinnerst du dich, ob solche Briefe während meiner Abwesenheit angekommen sind?«

Alarion sagte langsam: »Ich meine mich solcher Briefe entsinnen zu können. Ich brachte sie dir hinauf in deine Wohnung – auch noch nachdem Scharde von seinem Mißgeschick ereilt wurde. Wie immer warf ich die Briefe in den Briefschlitz an deiner Wohnungstür. Danach zog ja Arles für eine Weile in deine Wohnung ein; aber gewiß hat er deine Post in gehöriger Weise in seine Obhut genommen. Zweifellos hat er die Briefe irgendwo deponiert.«

»Zweifellos«, sagte Glawen. »Danke für die Information.«

Glawen merkte, daß er einen Mordshunger hatte: was Wunder, hatte er doch seit dem Frühstück nichts mehr zu sich genommen. Im Speiseraum machte er sich einen schnellen Imbiß aus Schwarzbrot, Bohnen und Gurken, dann ging er hinauf in seine Räume. Er setzte sich vor das Telephon. Er drückte mehrere Tasten, doch meldete sich nicht die Person, die er zu sprechen wünschte, sondern eine schneidige amtliche Stimme: »Ihr Anruf kann ohne Vollmacht nicht weitergeleitet werden.«

»Ich bin Hauptmann Glawen Clattuc, Amt B. Das dürfte als Vollmacht hinreichen.«

»Tut mir leid, Hauptmann Clattuc. Ihr Name steht nicht auf der Liste.«

»Dann setzen Sie ihn auf die Liste! Fragen Sie bei Bodwyn Wook nach, wenn Sie möchten.«

Ein Moment verging. Dann meldete sich die Stimme erneut. »Ihr Name steht jetzt auf der Liste, Sir. Mit wem darf ich Sie verbinden?«

»Mit Arles Clattuc.«

Fünf Minuten verstrichen, ehe Arles' massiges Gesicht hoffnungsfroh auf den Bildschirm spähte. Beim Anblick Glawens wich der Ausdruck von Hoffnung einem Flunsch. »Was willst du, Glawen? Ich dachte schon, es wäre etwas Wichtiges. Dieser Ort ist schon schlimm genug, ohne von dir belästigt zu werden.«

»Er könnte noch schlimmer werden, Arles; das hängt davon ab, was aus meiner Post geworden ist.«

»Deiner Post?«

»Ja, meiner Post. Sie wurde mir in meine Wohnung zugestellt, und jetzt ist sie verschollen. Was ist mit ihr geschehen?«

Arles' Stimme wurde höher, als er seinen Geist auf das unerwartete Problem konzentrierte. Er erwiderte mürrisch: »Ich erinnere mich an keine Post. Ich erinnere mich bloß an einen Haufen Müll. Die Wohnung war ein Schweinekoben, als wir einzogen.«

Glawen lachte grimmig. »Wenn du meine Post weggeworfen hast, dann wirst du erheblich länger Steine klopfen als fünfundachtzig Tage! Überleg dir das sehr gut, Arles!«

»Es ist nicht nötig, diesen Ton bei mir anzuschlagen!

Wenn Post da war, dann lagert sie wahrscheinlich in einem Packen zusammen mit deinem anderen Zeug in irgendeiner Kiste.«

»Ich habe in meinen Kisten nachgeschaut, und ich habe keine Briefe gefunden. Warum nicht? Weil du sie geöffnet und gelesen hast.«

»Unsinn! Jedenfalls nicht absichtlich! Wenn ich Post mit dem Namen ›Clattuc‹ darauf gesehen habe, dann könnte es schon möglich sein, daß ich aus Versehen, ganz automatisch sozusagen, einen kurzen Blick darauf geworfen habe.«

»Und dann?«

»Ich sagte doch: ich erinnere mich nicht!«

»Hast du sie deiner Mutter zu lesen gegeben?«

Arles fuhr sich mit der Zunge über die Lippen. »Es kann schon sein, daß sie sie aufgehoben hat, um sie wegzutun.«

»Und sie hat sie vor deinen Augen gelesen!«

»Das habe ich nicht gesagt. Außerdem würde ich mich sowieso nicht daran erinnern. Ich halte schließlich nicht Wacht über meine Mutter. Ist das alles, was du mir sagen wolltest?«

»Nicht ganz, aber ich will es zunächst einmal dabei bewenden lassen, bis ich herausgekriegt habe, was aus meinen Briefen geworden ist.« Glawen brach die Verbindung ab.

Für einen Moment stand er brütend in der Mitte des Raums. Dann schlüpfte er in seine offizielle Amt-B-Jacke, setzte seine Dienstmütze auf und begab sich den Gang hinunter zu Spanchettas Wohnung.

Ein Dienstmädchen öffnete ihm auf sein Läuten hin und geleitete ihn in den Empfangssalon, ein achteckiger Raum, möbliert mit einer achteckigen, zentral plazierten Polsterbank, die mit grüner Seide bezogen war. In vier Alkoven standen vier zinnoberne Urnen, aus denen große Sträuße purpurfarbener Lilien ragten. Spanchetta trat in den Raum. An diesem Abend hatte sie sich dafür entschieden, ihren stattlichen, schwerbrüstigen Leib in einem Gewand von stumpfem, schmucklosem Schwarz zu dramatischer Geltung zu bringen. Nicht einmal ein silberner Knopf zierte den glanzlosen Stoff. Der Saum berührte den Boden; lange Ärmel umhüllten ihre Arme; ihr Haar türmte sich zu einem erstaunlichen, gut einen Fuß hohen pyramidenförmigen Packen schwarzer Locken auf ihrem Haupt. Ihre Haut hatte sie zu nahezu weißer Blässe getönt. Für die Dauer von fünf Sekunden verharrte sie im Türrahmen und starrte Glawen mit Augen an, die funkelten wie schwarze Glasscherben, dann trat sie vor. »Wie kommst du dazu, in deiner Spielzeuguniform hier zu erscheinen?«

»Die Uniform ist meine Amtstracht, und ich bin in einer amtlichen Ermittlung hier.«

Spanchetta lachte spöttisch auf. »Und wessen werde ich diesmal bezichtigt?«

»Ich wünsche dich zu vernehmen, und zwar bezüglich der Entwendung und unrechtmäßigen Beschlagnahme von Post – nämlich der Post, die während meiner Abwesenheit hier für mich angekommen ist.«

Spanchetta machte eine verächtliche Geste. »Was sollte ich wohl von deiner Post wissen?«

»Ich habe mit Arles gesprochen. Wenn du die Post nicht sofort herausgibst, werde ich eine unverzügliche Durchsuchung deiner Räume anordnen. In diesem Fall wirst du dich einer strafrechtlichen Verfolgung ausgesetzt sehen, unabhängig davon, ob die Post nun gefunden wird oder nicht, da die Zeugenaussage von Arles zweifelsfrei bewiesen hat, daß die Post in deine Obhut gegeben wurde.«

Spanchetta überlegte einen Moment, dann wandte sie sich ab und ging aus dem Raum. Glawen folgte ihr auf dem Fuße. Spanchetta blieb abrupt stehen und zischte über die Schulter: »Du dringst in ein Privatdomizil ein! Das ist ein beträchtliches Vergehen!«

»Nicht unter den gegebenen Umständen. Ich will sehen, wo du die Briefe aufbewahrst. Außerdem habe ich keine Lust, mir eine Stunde lang in deinem Empfangssalon die Beine in den Bauch zu stehen, während du mich seelenruhig warten läßt.«

Spanchetta lächelte grimmig und wandte sich ab. Auf dem Flur blieb sie vor einem hohen Schrank stehen. Aus einem der Schubfächer nahm sie ein Päckchen Briefe, das von einer Schnur zusammengehalten wurde. »Hier ist das, wonach du suchst. Ich hatte sie ganz vergessen; so einfach ist die Erklärung.«

Glawen blätterte das Päckchen mit dem Daumen durch. Es waren vier Briefe. Alle waren erbrochen worden. Spanchetta sah ihm kommentarlos zu.

Glawen war so entrüstet, daß es ihm für den Moment die Sprache verschlug. Er seufzte tief. »Du wirst in dieser Angelegenheit noch von mir hören.«

Spanchettas Schweigen war empörend und beleidigend. Glawen machte auf dem Absatz kehrt und ging, bevor er in seinem ersten Zorn womöglich etwas sagte oder tat, das seine Würde aufs Spiel setzte. Die Dienstmagd öffnete ihm höflich die Tür; Glawen schritt hindurch und hinaus auf den Korridor.

III

Glawen kehrte in seine Wohnung zurück und blieb in der Mitte des Wohnzimmers stehen, vor Wut kochend. Spanchettas Betragen war mehr als unerträglich; es war unbeschreiblich. Wie stets, wenn Spanchetta eine ihrer typischen Kränkungen begangen hatte, schien es keine vernünftige oder würdige Zuflucht zu geben. Schon so oft war die traurige Bemerkung gefallen: »Spanchetta ist Spanchetta! Sie ist wie eine Naturgewalt; gegen die ist kein Kraut gewachsen! Laß sie einfach gewähren; das ist der einzige Weg, mit ihr zu Rande zu kommen.«

Glawen schaute auf die Briefe, die er in der Hand

hielt. Sie waren allesamt geöffnet und hernach nachlässig wieder versiegelt worden, ohne die geringste Rücksicht auf seine Empfindlichkeiten; es war, als ob sie geschändet und besudelt worden seien. Und es gab nichts, was er dagegen machen konnte, da er die Briefe ja schlechterdings nicht wegwerfen konnte. Er mußte die Demütigung hinnehmen.

»Ich muß praktisch denken«, sagte Glawen. Er ging zur Couch und warf sich darauf. Dann prüfte er die Briefe einen nach dem andern.

Der erste war auf Andromeda 6011 IV aufgegeben worden, dem Umsteige-Knotenpunkt, wo Wayness sich hatte für den letzten Teil ihrer Reise zur Alten Erde auf ein Postschiff der Explorer Route einschiffen müssen. Der zweite und der dritte Brief waren in Yssinges abgestempelt, einem Dorf in der Nähe von Shillawy auf der Erde; der vierte kam aus Mirky Porod in Draczeny.

Glawen überflog die Briefe kurz der Reihe nach, dann las er sie ein zweites Mal, langsamer diesmal. Im ersten Brief schrieb Wayness von ihrer Reise entlang der Strähne nach Blaulampenhaven auf Andromeda 6011 IV. Der zweite Brief kündete von ihrer Ankunft auf der Alten Erde. Sie sprach von Pirie Tamm und seinem wunderlichen alten Haus bei Yssinges. Wenig hatte sich seit ihrem letzten Besuch dort verändert, und sie fühlte sich fast so, als käme sie nach Hause. Pirie Tamm war sehr traurig gewesen, als er von Milos Tod gehört hatte, und er hatte tiefe Besorgnis über den Stand der Dinge aus Cadwal zum Ausdruck gebracht. *Onkel Pirie ist eigentlich wider seinen Willen Generalsekretär der Gesellschaft. Er hat kein Interesse daran, mit mir über die Angelegenheiten der Gesellschaft zu reden, und vielleicht findet er mich allzu neugierig, womöglich gar lästig. Warum, so scheint er sich zu fragen, sollte ich, in meinem Alter, mir so den Kopf über alte Dokumente und ihren Verbleib zerbrechen? Mitunter ist er fast schroff zu mir, und ich muß behutsam vorgehen. Mir scheint, er will das ganze Problem unter den Teppich kehren, gemäß der Theorie, daß wenn er so tut, als existiere das Problem nicht, es sich von selbst in Luft auflösen wird. Onkel Pirie, so fürchte ich, altert nicht würdevoll.*

Wayness schrieb behutsam von ihren ›Nachforschungen‹ und den Hindernissen und Barrieren, denen sie auf ihrem Weg ständig begegnete. Andere Umstände fand sie nicht nur verblüffend, sondern auch einigermaßen erschreckend – dies um so mehr, als sie sie nicht zu identifizieren oder sich von ihrer Realität zu überzeugen vermochte. Die Alte Erde, schrieb Wayness schwermütig, sei in vielerlei Hinsicht so lieblich und frisch und unschuldig, wie sie es in den archaischen Zeitaltern gewesen sein mochte, doch manchmal erscheine sie ihr dumpf und dunkel und durchdrungen von Geheimnissen. Wayness hätte Glawens Gesellschaft sehr begrüßt – aus einer Anzahl von Gründen.

»Keine Angst«, sagte Glawen zu dem Brief. »Sobald ich es irgend einrichten kann, werde ich mich auf den Weg machen!«

Im dritten Brief äußerte Wayness ihre Besorgnis über das Ausbleiben von Nachrichten von Glawen. Sie sprach noch vorsichtiger als im vorausgegangenen Brief von ihren ›Nachforschungen‹, die, so deutete sie an, sie möglicherweise in ferne Regionen der Welt führen würden. *Die merkwürdigen Vorfälle, die ich erwähnte, passieren noch immer,* schrieb Wayness. *Ich bin fast sicher, daß … doch nein, ich werde es nicht schreiben; ich werde es nicht einmal denken.*

Glawen verzog das Gesicht. Was kann sie damit meinen? Warum ist sie nicht vorsichtiger? Zumindest, bis ich eintreffe.

Der vierte Brief war kurz und der verzweifeltste von allen, und allein der Poststempel, von Draczeny im Moholc, deutete auf ihre Aktivität hin. *Ich werde erst wieder schreiben, wenn ich von Dir höre! Entweder sind meine oder Deine Briefe verlorengegangen, oder es ist Dir etwas Entsetzliches zugestoßen!* Sie gab keine neue Anschrift an, sondern schrieb nur: *Ich werde morgen wieder von hier abreisen, obwohl ich in diesem Augenblick noch nicht sicher bin, wohin ich mich wenden soll. Sobald ich etwas Genaueres weiß, werde ich mit meinem Vater in Verbindung treten, und er wird es Dich wissen lassen. Ich traue mich nicht, Dir nähere Einzelheiten zu schreiben, aus Angst, daß diese Briefe vielleicht in die falschen Hände geraten.*

Spanchettas Hände waren gewiß falsch genug, dachte Glawen. Die Briefe lieferten keine spezifischen Hinweise, die Wayness' ›Nachforschungen‹ hätten gefährden können, doch viele von ihren vorsichtigen Anspielungen konnten auf eine Person von Spanchettas Geistesart durchaus faszinierend wirken.

Wayness machte eine einzige Anspielung auf die Charta, jedoch nur in Verbindung mit der dahinsiechenden Naturforschergesellschaft. Eine harmlose Anspielung, dachte Glawen. Sie schrieb bedrückt von Pirie Tamms Ernüchterung über das gesamte Konzept des Naturschutzes, dessen Zeit, wie er fand, gekommen und gegangen war – zumindest im Falle Cadwals, wo Generationen von allzu flexiblen Naturalisten im Namen der Zweckmäßigkeit zugelassen hätten, daß es zu den gegenwärtigen prekären Verhältnissen überhaupt erst gekommen sei. *Onkel Pirie ist pessimistisch,* schrieb Wayness. *Er findet, daß die Konservationisten auf Cadwal die Charta aus eigener Kraft schützen müssen, da die jetzige Naturforschergesellschaft weder die Kraft noch den Willen besitzt, uns zu helfen. Ich habe gehört, wie er erklärt hat, daß Naturschutz von seiner Natur her nur eine vorübergehende Phase im Lebenszyklus einer Welt wie Cadwal sein könne. Ich habe versucht, mit ihm zu argumentieren, indem ich darlegte, daß es keinen eigentlichen Grund gebe, warum eine vernünftige Verwaltung, gestützt auf eine starke Charta, das Konservat nicht für immer aufrechtzuerhalten imstande sein sollte, und daß die gegenwärtigen Probleme auf Cadwal auf die Trägheit und die Habsucht der früheren Verwalter zurückzuführen seien: sie wollten eine ergiebige Quelle billiger Arbeitskraft und erlaubten deshalb den Yips – unter eindeutiger Verletzung der Charta – auf dem Lutwen-Atoll zu bleiben, und unsere Generation sei es nun, die endlich die Konsequenzen ziehen und die Dinge wieder ins Lot bringen müsse. Wie? Es liege auf der Hand, daß die Yips von Cadwal an einen gleichwertigen oder besseren Außerwelt-Standort umgesiedelt werden müssen: ein schwieriges, kostspieliges und nervenaufreibendes Unterfangen, das zum gegenwärtigen Zeitpunkt nicht in unserem Vermögen liege. Onkel Pirie hört mir nur mit halbem Ohr zu, als ob meine wohlbegründeten Entwürfe das Geplapper eines törichten Kindes seien. Der arme Onkel Pirie! Ich wünschte, er wäre fröhlicher! Ich wünschte, ich wäre fröhlicher! Und am meisten von allem wünschte ich, Du wärest hier!*

Glawen rief in Haus Stromblick an, und das Gesicht von Egon Tamm erschien auf dem Bildschirm. »Glawen Clattuc hier. Ich habe erst jetzt gerade die Briefe gelesen, die Wayness mir von der Erde geschrieben hat. Spanchetta hatte sie abgefangen und beiseite gelegt. Sie hatte nicht die Absicht, sie mir auszuhändigen.«

Egon Tamm schüttelte verblüfft den Kopf. »Was für eine seltsame Frau! Warum tut sie so etwas?«

»Es zeigt ihre Verachtung gegenüber allem, was mit mir oder meinem Vater zu tun hat.«

»Es bewegt sich gleichwohl hart an der Grenze zum Irrationalen! Mit jedem Tag wird die Welt verwirrender. Wayness verblüfft mich; ihr Betragen übersteigt mein Begriffsvermögen. Aber sie weigert sich, mich ins Vertrauen zu ziehen, mit der Begründung, ich könnte nicht gewissenhaft den Mund halten.« Egon Tamm musterte Glawen mit forschendem Blick. »Was meinst du? Du hast doch gewiß zumindest irgendeinen Verdacht, was da vor sich geht!«

Glawen wich der Frage aus. »Ich habe keine Ahnung, wo sie zur Zeit ist oder was sie macht. Sie hat keine Briefe von mir bekommen – aus sehr gutem Grund natürlich –, und deshalb schreibt sie mir solange nicht, bis sie etwas von mir hört.«

»Ich habe in letzter Zeit keine Post von ihr bekommen. Sie erzählt mir ohnehin nichts. Trotzdem fühle ich, daß irgendeine Kraft, irgendein Druck, der von irgend etwas oder irgend jemandem auf sie ausgeübt wird, sie irgendwohin schiebt, wohin sie eigentlich nicht will. Sie ist viel zu jung und viel zu unerfahren, um ernsthafte Schwierigkeiten bestehen zu können. Ich bin tief besorgt.«

Glawen sagte mit gedämpfter Stimme: »Ich habe genau das gleiche Empfinden.«

»Warum ist sie so geheimniskrämerisch?«

»Offenbar hat sie etwas in Erfahrung gebracht, das Schaden anrichten würde, wäre es öffentlich bekannt. Überhaupt – wenn ich einen Vorschlag machen darf …«

»Schlage vor, was und soviel du möchtest!«

»… es wäre vielleicht das beste, wenn keiner von uns beiden hinsichtlich Wayness' in der Öffentlichkeit Spekulationen anstellte.«

»Das ist ein interessanter Gedanke, den ich freilich nicht gänzlich verstehe. Doch ich werde ihn mir zu Herzen nehmen – obzwar mir ein Rätsel ist, was das Mädchen so erregt haben und es so weit von hier weggeführt haben könnte. Unsere Probleme sind unbestreitbar real, aber sie sind hier auf Cadwal zu suchen!«

Glawen sagte mit einem Gefühl des Unbehagens: »Ich bin sicher, sie hat gute Gründe für alles, was sie tut.«

»Zweifelsohne! Vielleicht gibt uns ihr nächster Brief ein paar Einzelheiten mehr in die Hand.«

»Und enthält hoffentlich ihre gegenwärtige Adresse. Wo wir gerade von Briefen sprechen, ich denke mir, daß Bodwyn Wook Ihnen von Florestes Letztem Willen erzählt hat.«

»Er gab mir seinen wesentlichen Inhalt wieder und empfahl mir, ihn bei Gelegenheit im einzelnen zu studieren. Tatsächlich… doch laß mich zuvörderst die Umstände in Haus Stromblick erklären. Jedes Jahr muß ich eine genaue amtliche Prüfung meiner Angelegenheiten durch ein Paar von Hütern über mich ergehen lassen. Dieses Jahr sind die beiden Hüter Wilder Fergus und Dame Clytie Vergence, an die du dich sicher erinnern wirst; ihr Neffe Julian Bohost ist ebenfalls hier.«

»Ich erinnere mich gut – sowohl an sie als auch an ihren Neffen.«

»Sie sind unvergeßlich. Ich habe noch weitere ungewöhnliche Gäste – das heißt, ›ungewöhnlich‹ im Zusammenhang mit Haus Stromblick. Es sind Lewyn Barduys und seine Reisegefährtin – ein Wesen, das den Namen ›Flitz‹ benutzt.«

»›Flitz‹?«

»Nicht mehr, nicht weniger. Barduys ist ein reicher Mann, der sich solche Frivolitäten leisten kann. Ich weiß nichts von ihm, außer daß er anscheinend ein Freund von Dame Clytie ist.«

»Dame Clytie ist ganz so wie immer?«

»Sogar noch mehr. Sie hat Titus Pompo in den Stand eines Volkshelden erhoben – eines edlen und selbstlosen Revolutionärs, eines Kämpfers für die Rechte der Unterdrückten.«

»Meint sie es ernst?«

»Ganz ernst.«

Glawen lächelte nachdenklich. »Floreste läßt sich recht ausführlich über Titus Pompo aus.«

»Ich würde diesen Brief gern einmal hören«, sagte Egon Tamm. »Vielleicht sind meine Gäste ebenfalls interessiert. Wie wäre es, wenn du morgen zu uns zum Mittagsmahl kämst und den Brief laut verläsest?«

»Es wird mir ein Vergnügen sein.«

»Gut! Dann also bis morgen, kurz vor Mittag, würde ich sagen.«

IV

Am Morgen rief Glawen im Flughafen an und wurde mit Chilke verbunden. »Guten Morgen, Glawen«, sagte Chilke. »Was hast du auf dem Herzen?«

»Ich möchte gerne über ein paar Dinge mit dir reden; sag, wann es dir recht ist.«

»Eine Zeit ist so gut wie jede andere.«

»Dann komme ich gleich rüber.«

Am Flughafen angekommen, ging Glawen zu dem glasumwandeten Büro neben dem Hangar. Hier fand er Chilke: ein Mann von unbezwingbarer Nonchalance, ein Veteran von tausend Eskapaden, einige davon achtbar. Chilke war kräftig und breitschultrig, von mittlerer Statur, ausgestattet mit einem derben Gesicht, einem widerspenstigen Gestrüpp von staubfarbenen Locken und Wangen, die dick von Knorpel waren.

Chilke stand an einem Wandtisch und goß Tee in einen Becher. Er schaute über die Schulter. »Setz dich, Glawen. Möchtest du einen Tee?«

»Gern.«

Chilke schenkte einen zweiten Becher voll. »Dies ist echter Tee, von den fernen Hügeln der Alten Erde, nicht irgend so ein einheimisches Surrogat aus Seetang.« Chilke setzte sich auf seinen Stuhl. »Was treibt dich so früh heraus?«

Glawen schaute durch die Glasscheiben der Bürowand und über den Hangar. »Können wir hier reden, ohne daß jemand mithört?«

»Ich denke, schon. Niemand hat sein Ohr an die Tür gepreßt. Das ist ein Charakteristikum von gläsernen Wänden. Jedes ungewöhnliche Verhalten macht dich argwöhnisch.«

»Und was ist mit Mikrophonen?«

Chilke drehte sich um und drehte an ein paar Knöpfen, woraufhin laute, jaulende Musik aus einem Lautsprecher erscholl. »Das dürfte jedes Mikrophon in Hörweite übertönen, solange du nicht versuchst zu singen. Nun denn, was ist es denn, das so geheimnisvoll ist?«

»Dies ist eine Kopie von einem Brief, den Floreste gestern nachmittag geschrieben hat. Er sagt, daß mein Vater noch am Leben ist. Er erwähnt auch dich.« Glawen gab Chilke den Brief. »Lies ihn selbst.«

Chilke nahm den Brief, lehnte sich in seinem Stuhl zurück und las. Als er zur Hälfte durch war, schaute er auf. »Ist es nicht erstaunlich? Smonny glaubt immer noch, ich besäße einen großen Hort von Großvater Swaners Wertsachen!«

»Es ist nur dann erstaunlich, wenn du's nicht tust. Und? Tust du's?«

»Das glaube ich kaum.«

»Hast du je ein Inventar von dem Nachlaß gemacht?«

Chilke schüttelte den Kopf. »Warum sollte ich mich damit abplagen? Es ist bloß Müll, der den Viehstall verstopft. Smonny weiß das ganz genau; sie ist schon viermal dort eingebrochen.«

»Bist du sicher, daß es Smonny war?«

»Niemand sonst hat je Interesse an dem Krempel bekundet. Ich wünschte, sie würde sich beherrschen. Es macht mich nervös, der Gegenstand ihrer Habsucht zu sein, ihrer Zuneigung oder ihres Zornes – was immer es ist.« Chilke wandte sich wieder dem Brief zu. Er las ihn zu Ende, sann einen Moment nach, dann warf er den Brief Glawen zu. »Und jetzt willst du sofort losstürmen und deinen Vater retten.«

»So was in der Art.«

»Und Bodwyn Wook wird sich dir bei der Mission anschließen?«

»Das bezweifle ich. Er ist ein wenig übervorsichtig.«

»Aus gutem Grund, nehme ich an.«

Glawen zuckte die Achseln. »Er ist der Überzeugung, daß Shattorak verteidigt wird und daß ein Angriff aus der Luft uns fünf oder sechs Fluggeräte und die Hälfte unserer Leute kosten würde.«

»Das nennst du übertriebene Vorsicht? Ich nenne es gesunden Menschenverstand.«

»Ein Angriff müßte nicht unbedingt aus der Luft erfolgen. Wir könnten irgendwo auf den Hängen von Shattorak einen Einsatztrupp absetzen und von der Seite angreifen. Aber auch da sieht Bodwyn Wook Schwierigkeiten.«

»Ich auch«, sagte Chilke. »Wo würden die Fluggeräte landen? Im Dschungel vielleicht?«

»Es muß doch irgendwo offenes Gelände geben.«

»Das könnte schon sein. Doch dafür müßten wir zuerst einmal die Landevorrichtungen an allen unseren Fluggeräten verändern, was den Augen der Spione gewiß nicht verborgen bliebe. Außerdem würden sie unseren Abflug melden, und Smonny würde uns ein Empfangskomitee von fünfhundert Yips schicken.«

»Ich dachte, du hättest alle deine Spitzel rausgejagt.«

Chilke hob die Hände in einer Geste hilfloser und verletzter Unschuld. »Was passiert, wenn ich Mechaniker einstellen muß? Ich nehme, was ich finde. Ich weiß, daß ich Spitzel habe, so wie ein Hund weiß, daß er Flöhe hat. Ich weiß sogar, wer sie sind. Der da drüben, der an der Tür von dem Gabelstapler arbeitet, ist einer meiner Hauptkandidaten: ein Prachtexemplar namens Benjamie.«

Glawen wandte den Blick zu dem Gabelstapler und sah einen großgewachsenen jungen Mann von blendendem Körperbau, makellosen Gesichtszügen, pechschwarzem Haar und bronzefarbener Haut. Glawen musterte ihn eingehend, dann fragte er: »Wie kommst du darauf, daß er ein Spion sei?«

»Er arbeitet hart, befolgt alle Anweisungen, lächelt mehr als nötig und beobachtet alles, was vor sich geht. Auf diese Weise picke ich alle Spione heraus: sie arbeiten am härtesten und machen am wenigsten Ärger – abgesehen von ihren Verbrechen natürlich. Wenn ich ein hartgesottener Zyniker wäre, würde ich versuchen, nur noch Spione einzustellen.«

Glawen hatte Benjamie weiter beobachtet. »Er sieht nicht wie ein typischer Spion aus.«

»Mag sein. Aber noch weniger sieht er wie ein typischer Arbeiter aus. Ich habe schon seit langem das sichere Gefühl, daß es Benjamie war, der die Falle für deinen Vater stellte.«

»Aber du hast keinen Beweis.«

»Wenn ich einen Beweis hätte, würde Benjamie jetzt nicht so fröhlich grinsen.«

»Nun, solange wie Benjamie nicht guckt, habe ich dies im Sinn.« Glawen erläuterte sein Konzept. Chilke lauschte ihm skeptisch. »An diesem Ende ist die Idee durchführbar, aber ohne Freigabe des Fluggeräts durch Bodwyn Wook kann ich nichts machen.«

Glawen nickte mürrisch. »Ich dachte mir, daß du das sagen würdest. Nun denn; ich gehe jetzt sofort zu Bodwyn Wook und unterbreite ihm meinen Vorschlag.«

Glawen marschierte den Wansey Weg hinauf zur Neuen Agentur, wo er jedoch von Hilda, der essigsauren Bürovorsteherin, erfahren mußte, daß Bodwyn Wook noch nicht erschienen war. Hilda grollte und beargwöhnte Glawen und fand, daß er zu viele persönliche Vorrechte genoß. »Sie werden warten müssen, so wie jeder andere«, beschied sie ihm.

Glawen mußte eine Stunde harren, bis Bodwyn Wook endlich eintraf. Er ignorierte Glawen, blieb kurz an Hildas Schreibtisch stehen, um ein paar knappe Anweisungen zu murmeln, dann stapfte er an Glawen vorbei, weder nach links noch nach rechts schauend.

Glawen wartete weitere zehn Minuten, dann sagte er zu Hilda: »Melden Sie bitte dem Direktor, daß Hauptmann Glawen Clattuc hier ist und ihn sprechen möchte.«

»Er weiß, daß Sie hier sind.«

»Ich kann nicht viel länger warten.«

»Ach?« fragte Hilda sarkastisch. »Sie haben noch woanders einen wichtigen Termin?«

»Der Konservator hat mich zum Mittagsmahl in Haus Stromblick geladen.«

Hilda zog eine Grimasse. Sie sprach in das Sprechgerät. »Glawen wird ungeduldig.«

Bodwyn Wooks Antwort kam als ein harsch knarzendes Gemurmel. Hilda wandte sich zu Glawen. »Sie können hineingehen.«

Glawen marschierte würdevoll in Bodwyn Wooks Büro. Bodwyn Wook schaute von seinem Schreibtisch auf und deutete mit dem Daumen auf einen Stuhl. »Setz dich bitte. Was hat es auf sich, das mit deiner Einladung beim Konservator?«

»Ich mußte dieser Frau irgendwas sagen; sonst würde sie mich den ganzen Tag da schmoren lassen. Es ist nicht zu übersehen, daß sie mich ums Verrecken nicht ausstehen kann.«

»Falsch!« rief Bodwyn Wook. »Sie bewundert dich, hat aber Angst, es zu zeigen.«

»Das ist schwer zu glauben«, sagte Glawen.

»Egal! Verschwenden wir keine Zeit damit, über Hilda und ihre Grillen zu diskutieren. Warum bist du hier? Hast du mir irgend etwas Neues vorzutragen? Wenn nicht, dann geh.«

Glawen sprach mit beherrschter Stimme. »Ich möchte Sie nach Ihren Plänen hinsichtlich Shattoraks fragen.«

Bodwyn Wook versetzte flink: »Die Angelegenheit wird noch geprüft. Für den Moment sind noch keine Entscheidungen getroffen worden.«

Glawen zog die Brauen hoch, zum Zeichen seiner Verwunderung. »Ich würde meinen, hier sei Eile das höchste Gebot.«

»Wir haben ein Dutzend Dinge, die höchstes Gebot sind! Unter anderem würde ich liebend gern Titus Pompos Raumyacht zerstören – oder, besser noch, aufbringen.«

»Aber Sie planen keine sofortige Rettungsaktion für meinen Vater?«

Bodwyn Wook warf seine dünnen Arme in die Luft. »Ob ich einen Sturmangriff mit Pauken und Trompeten und fliegenden Fahnen auf Shattorak plane? Heute nicht und morgen nicht!«

»Welches ist dann Ihr Plan?«

»Habe ich ihn nicht dargelegt? Wir wollen das Terrain behutsam und in aller Heimlichkeit überwachen. So halten wir es in Amt B, wo der Intellekt über die Hysterie triumphiert! Zeitweilig jedenfalls.«

»Ich habe eine Idee, die mit Ihren Plänen zu harmonieren scheint.«

»Ha hah! Wenn sie einen privaten Sturmangriff zum Inhalt hat, beseelt von clattucschem Flair und clattucscher Frechheit, dann spar dir deine Luft. Wir können keine Fluggeräte für derartige tolldreiste Kamikazeunternehmen erübrigen.«

»Ich habe nichts Waghalsiges vor, Sir, und ich würde dafür keines der Amts-Fluggeräte benützen.«

»Hast du vor, dein Ziel zu Fuß und schwimmend zu erreichen?«

»Nein, Sir. Es gibt da einen alten Skyrie-Gebrauchsflugapparat; er steht hinter dem Flughafen. Der Aufbau ist abmontiert worden; er ist eigentlich nicht mehr als eine fliegende Plattform. Chilke benutzt ihn manchmal, um Fracht hinunter nach Kap Journal zu transportieren. Er eignet sich gut für das, was ich vorhabe.«

»Und das wäre konkret was?«

»Ich würde mich Ecce auf Meereshöhe nähern, den Vertes-Fluß hinauf zum Fuße des Shattorak fliegen, den Skyrie verstecken und sodann den Hang zum Gefängnis erklimmen. Dort würde ich das Terrain auskundschaften.«

»Mein lieber Glawen, dein Vorschlag gleicht gräßlichem Selbstmord wie ein Ei dem andern.«

Glawen schüttelte lächelnd den Kopf. »Ich hoffe nicht.«

»Wie kannst du ihn vermeiden? Die Bestien des Dschungels sind wild und grimm.«

»Chilke wird mir helfen, den Skyrie auszurüsten.«

»Aha! Dann hast du also Chilke ins Vertrauen gezogen!«

»Das ließ sich nicht umgehen. Wir werden Schwimmer installieren und ein Schutzdach über der Vorderpartie errichten; überdies werden wir zwei schwenkbare G-ZR-Geschütze montieren.«

»Und nachdem du den Skyrie abgestellt hast – was dann? Glaubst du vielleicht, du kannst so einfach den Hang hinaufspazieren? Der Dschungel ist genauso bösartig wie die Sümpfe.«

»Laut Auskunft der Nachschlagewerke werden die Kreaturen nachmittags apathisch.«

»Wegen der Hitze. Du wirst ebenfalls apathisch werden.«

»Ich werde mir den kleinen Sumpfkrabbler auf das Achterdeck des Skyrie packen. Er könnte mir den Anstieg zum Gipfel erleichtern – und vielleicht auch sicherer machen.«

»Begriffe wie ›leicht‹ und ›sicher‹ sind auf Ecce fehl am Platze.«

Glawen wandte den Blick aus dem Fenster. »Ich hoffe zu überleben.«

»Das hoffe ich auch«, sagte Bodwyn Wook.

»Dann werden Sie den Plan also billigen?«

»Nicht so hastig. Angenommen, du schaffst es tatsächlich, Shattorak zu erklimmen – was dann?«

»Ich werde an dem Gefängnisstreifen außerhalb des Palisadenzaunes ankommen. Mit ein bißchen Glück finde ich meinen Vater sofort, und dann kehren wir unter so wenig Aufsehen wie möglich auf dem gleichen Wege, auf dem ich gekommen bin, zurück. Wenn sein Fehlen bemerkt wird, wird man vermuten, daß er versucht hat, durch den Dschungel zu entkommen.«

Bodwyn Wook gab ein verächtliches Grunzen von sich. »Das wäre der allergünstigste Fall. Du könntest entdeckt werden oder irgendeinen Alarm auslösen.«

»Das gleiche träfe auf jede Art von Aufklärungsversuch zu.«

Bodwyn Wook schüttelte den Kopf. »Scharde kann sich wahrlich glücklich schätzen. Ich frage mich, ob, wenn ich gefangengenommen würde, du dann auch versuchen würdest, mich zu befreien.«

»Das würde ich, Sir.«

»Nun denn, Glawen. Ich sehe, du bist entschlossen, es zu versuchen. Laß Klugheit und Vorsicht walten! Fordere keine Kräfte heraus, die du nicht bestehen kannst. Clattucscher Elan ist unangebracht auf dem Berge Shattorak. Zweitens, wenn du deinen Vater nicht befreien kannst, dann versuche, eine andere Person von dort wegzuschaffen, die uns Informationen liefern kann.«

»Sehr wohl, Sir. Wie sieht es mit Funkverbindung aus?«

»Wir haben keine Pieper*; es hat noch nie zuvor ein Bedarf an solchen Geräten bestanden. Du mußt ohne Funkverbindung auskommen. Nun denn, was noch?«

---

* Pieper: Funkgeräte, die eine Botschaft erst verschlüsseln und dann zu einem Piepton von einer Milliardstelsekunde komprimieren. Dieser kann ohne Furcht vor Entdeckung übermittelt werden.

»Sie könnten Chilke anrufen und ihm sagen, daß er mit dem Skyrie anfangen kann.«

»In Ordnung. Sonst noch was?«

»Sie sollten wissen, daß Egon Tamm mich nach Haus Stromblick eingeladen hat. Er möchte, daß ich Dame Clytie Vergence und noch ein paar anderen LFFlern Florestes Brief vorlese.«

»Hm. Du bist ja ein richtiger Gesellschaftslöwe geworden. Ich nehme an, du möchtest eine Kopie von dem Brief.«

»Ich habe bereits eine, Sir.«

»Das ist alles, Glawen! Ab mit dir!«

V Kurz vor Mittag traf Glawen in Haus Stromblick ein, wo er von Egon Tamm persönlich in die schattige Empfangshalle eingelassen wurde. Während der letzten Monate, so schien es Glawen, war Egon Tamm merklich gealtert. Graue Fäden durchzogen sein schwarzes Haar an den Schläfen; seine helle olivfarbene Gesichtshaut hatte eine elfenbeinerne Blässe angenommen. Er begrüßte Glawen mit mehr als gewöhnlicher Herzlichkeit. »Offen gesagt, Glawen, ich genieße meine momentane Gesellschaft ganz und gar nicht. Es fällt mir schwer, meine amtliche Unparteilichkeit zu wahren.«

»Dame Clytie ist offenbar in guter Form.«

»In Bestform. Gerade im Moment ist sie wieder voll in Fahrt; sie marschiert im Salon auf und ab, entlarvt Verbrecher, erläßt Manifeste und legt ganz allgemein ihre neue Pantologie dar. Julian ruft von Zeit zu Zeit ›Hört, hört!‹ und sondert eine höfliche Stellungnahme nach der anderen ab, damit Flitz ihn bemerkt. Lewyn Barduys hört mit halbem Ohr zu. Was er denkt, vermag ich nicht zu sagen; sein Gemüt ist undurchsichtig. Hüter Fergus und Dame Larica sind beide gesetzt und korrekt und sitzen in würdevollem Schweigen da. Ich bin nicht erpicht darauf, Dame Clyties Feuer auf mich zu ziehen, also bin auch ich diskret.«

»Hüter Ballinder ist also nicht zugegen?«

»Leider nicht. Dame Clytie durchstreift das Feld unangefochten.«

»Hm«, sagte Glawen. »Vielleicht wird mein Erscheinen sie ablenken.«

Egon Tamm lächelte. »Florestes Brief wird sie ablenken. Ich hoffe doch, du hast den Brief mitgebracht?«

»Er ist in meiner Tasche.«

»Dann komm mit. Es ist gleich Essenszeit.«

Die zwei gingen durch eine Arkade und gelangten in einen großen, luftigen Salon mit großen Fenstern nach Süden und Westen, die Ausblick auf eine weite Lagune gewährten. Die Wände waren weiß lackiert, desgleichen auch die Decke, mit Ausnahme der Deckenbalken, die in ihrem natürlichen, altersdunklen Holzton belassen worden waren. Drei grün, schwarz, weiß und rostbraun gemusterte Läufer lagen auf dem Fußboden; Sofas und Sessel waren mit dunkelgrünem Köper bezogen. Die rückwärtige Wand war mit Regalen und Vitrinen bedeckt, in denen Raritäten, Kuriositäten und Kunsterzeugnisse von vielerlei Art, Größe und Form ruhten, angesammelt von hunderten vorausgegangener Konservatoren. Am westseitigen Ende des Raums standen auf einem Tisch – an dem Julian Bohost in bemüht gefälliger Pose lehnte – Bücher, Zeitschriften und eine hellblau-grün glasierte Vase mit einem Strauß rosafarbener Blumen darinnen.

Sechs Personen hielten sich in dem Raum auf. Dame Clytie schritt, wie bereits von Egon Tamm angekündigt, mit auf dem Rücken verschränkten Händen auf und ab, und Julian Bohost lehnte an dem Tisch. Am Fenster saß eine junge Frau mit glattem silberweißem Haar, die in Gedanken versunken war und Glawen nicht die geringste Aufmerksamkeit schenkte. Sie trug eine hautenge silberfarbene Hose, ein kurzes, weites schwarzes Hemd und schwarze Sandalen an bloßen Füßen. Neben ihr stand ein Mann von mittlerer – vielleicht auch eine Spur kleiner als mittlerer – Statur mit einem kurzen Hals und von kompaktem Körperbau; sein kleiner kahler Kopf war mit schmalen blaßgrauen Augen und einer kurzen plumpen Nase bestückt. Hüter Fergus und Dame Larica Fergus saßen steif auf einer Couch und beobachteten Dame Clytie mit dem Gesichtsausdruck von Vögeln, die eine Schlange beobachten. Beide waren mittleren Alters und trugen die dunklen Kleider von Stroma.

Dame Clytie marschierte hin und her, die Hände auf dem Rücken verschränkt, den Kopf gesenkt. »... unausweichlich und notwendig! Nicht alle werden erfreut sein, aber das läßt sich halt nicht ändern. Die progressive Flutwelle ...« Sie hielt mitten im Schritt inne und starrte Glawen an. »Hallo! Was haben wir denn da?«

Julian Bohost, am Tisch lehnend, einen Kelch Wein in der Hand, zog die Brauen hoch. »Bei den neun Göttern und den siebzehn Teufeln! Es ist Glawen, der tapfere Clattuc, der uns vor den Yips behütet!«

Glawen zollte ihm keine Beachtung. Egon Tamm stellte zuerst das mittelalterliche Paar vor. »Der Hüter Wilder Fergus und Dame Larica Fergus.« Glawen verneigte sich höflich. Egon Tamm fuhr fort. »Das dort ist Flitz, im Sonnenlicht glitzernd.« Flitz warf Glawen einen kurzen Blick aus dem Augenwinkel zu, dann wandte sie sich wieder der Betrachtung ihrer schwarzen Sandalen zu.

Egon Tamm fuhr fort. »Neben Flitz steht ihr enger Freund und Geschäftspartner Lewyn Barduys. Sie sind zur Zeit zu Gast bei Dame Clytie in Stroma.«

Barduys begrüßte Glawen höflich. Glawen sah, daß Barduys doch nicht kahlköpfig war, wie er zunächst vermutet hatte: kurze, hauchfeine Stoppeln flachsblonden Haares bedeckten seinen Schädel. Seine Bewegungen waren flink und klar; er erschien geradezu antiseptisch rein.

Nach ihrer ersten verblüfften Bemerkung war Dame Clytie zum Fenster gegangen und hatte mit steinerner Miene hinausgestarrt. Egon Tamm fragte leise: »Dame Clytie, erinnern Sie sich noch an Hauptmann Clattuc? Sie sind sich schon einmal begegnet, glaube ich.«

»Natürlich erinnere ich mich an ihn. Er ist Angehöriger der örtlichen Gendarmerie, oder wie immer sich diese Behörde nennt.«

Glawen lächelte höflich. »Gewöhnlich ist sie unter der Bezeichnung Amt B bekannt. Tatsächlich sind wir eine Zweigstelle der GKIPA.«

»Ach! Julian, wußtest du das?«

»Ich hörte irgend etwas in der Richtung.«

»Merkwürdig. Ich war immer der Annahme, daß die GKIPA strenge Maßstäbe an ihr Personal legt.«

»Ihre Information ist zutreffend«, sagte Glawen. »Es wird Sie beruhigen zu hören, daß Amt-B-Agenten die von der GKIPA geforderten Kriterien hinsichtlich der Qualifikation ihres Personals übererfüllen.«

Julian lachte. »Meine liebe Tante Clytie, ich glaube, du bist in eine Falle getappt.«

Dame Clytie grunzte. »Ich bin ungemein indifferent.« Sie wandte sich ab.

Julian rief: »Was führt dich hierher, Glawen? Die Hauptattraktion fehlt – sie hält sich irgendwo auf der Erde auf, wie wir hörten. Weißt du, wo?«

»Ich kam her, um den Konservator und Dame Cora zu besuchen«, sagte Glawen. »Dich und Dame Clytie hier anzutreffen, ist eine angenehme Überraschung.«

»Nett gesagt! Aber du weichst meiner Frage aus.«

»Hinsichtlich Wayness'? So weit ich weiß, besucht sie ihren Onkel Pierie Tamm in Yssinges.«

»Ich verstehe.« Julian nippte an seinem Pokal. »Wie Cora Tamm mir berichtet, warst du auch auf Urlaub in der Außerwelt.«

»Ich war in der Außerwelt – freilich nicht auf Urlaub, sondern in amtlicher Mission.«

Julian lachte. »So wird es gewiß auf den Spesenbelegen stehen.«

»Das hoffe ich. Ich wäre entrüstet, wenn man von mir verlangen würde, für das, was sich zugetragen hat, aus eigener Tasche aufzukommen.«

»Dann war die Reise kein Erfolg?«

»Ich vollendete meine Mission und kam mit dem Leben davon. Ich entdeckte, daß der Impresario Floreste in abscheuliche Verbrechen verwickelt gewesen war. Floreste ist jetzt tot. Meine Mission war ein Erfolg.«

Dame Clytie fragte: »Sie töteten Floreste, Ihren bemerkenswertesten Künstler?«

»Ich habe ihn nicht mit eigener Hand getötet. Ein tödliches Gas wurde in seine Zelle geleitet. Floreste bestellte mich tatsächlich zum Treuhänder seines Vermögens.«

»Das finde ich höchst bemerkenswert.«

Glawen nickte. »Er offenbart sich in einem Brief – in dem er sich auch ziemlich ausführlich über Titus Pompo ausläßt. Die beiden waren gut miteinander bekannt.«

»Wirklich? Ich würde diesen Brief gerne einmal sehen.«

»Ich habe ihn bei mir. Nach dem Mittagessen werde ich ihn vorlesen.«

Dame Clytie streckte ihre Hand aus. »Ich möchte jetzt schon einen Blick auf ihn werfen, wenn ich bitten darf.«

Glawen lächelte und schüttelte den Kopf. »Bestimmte Passagen sind vertraulich.«

Dame Clytie wandte sich ab und begann erneut, im Raum auf und ab zu schreiten. »Der Brief kann uns nichts sagen, was wir nicht ohnehin schon wüßten. Titus Pompo ist ein geduldiger Mann, aber seine Geduld hat Grenzen. Eine große Tragödie zeichnet sich am Horizont ab, wenn wir nicht sehr bald Maßnahmen ergreifen.«

»Ganz recht«, sagte Glawen.

Dame Clytie warf ihm einen argwöhnischen Blick zu. »Aus diesem Grund werde ich beim nächsten Plenum ein Versuchs- oder Pilotprogramm zur Wiederansiedlung vorschlagen.«

»Das wäre verfrüht«, sagte Glawen. »Verschiedene praktische Probleme stehen dem entgegen.«

»Und die wären?«

»Zunächst einmal können wir die Yips solange nicht wiederansiedeln, wie wir keine Welt gefunden haben, die in der Lage ist, sie aufzunehmen und zu assimilieren. Auch der Transport ist ein Problem.«

Dame Clytie starrte ihn ungläubig an. »Das können Sie nicht ernst meinen!«

»Selbstverständlich meine ich das ernst. Für die Yips wird es eine schwere Umstellung sein, aber es gibt dazu keine Alternative.«

»Die Alternative ist die Ansiedlung im Marmion-Küstengebiet, verbunden mit einem System allumfassender Demokratie!« Sie wandte sich Egon Tamm zu. »Stimmen Sie mir da nicht zu?«

Hüter Fergus sprach entrüstet: »Sie müßten doch wissen, daß der Konservator die Charta aufrechterhalten muß!«

»Wir müssen den Tatsachen des Lebens Rechnung tragen«, gab Dame Clytie bissig zurück. »Die LFF besteht auf demokratischen Reformen; niemand, der guten Willens ist, kann uns ablehnend gegenüberstehen!«

Dame Larica Fergus erwiderte scharf: »Ich stehe Ihnen ganz und gar ablehnend gegenüber, und ganz besonders mißbillige ich die Scheinheiligkeit der LFFler!«

Dame Clytie blinzelte in wütender Verblüffung. »Inwiefern bin ich scheinheilig? Sind meine Gefühle nicht klar und unmißverständlich?«

»Natürlich, und wieso auch nicht? Die LFFler legen jetzt schon die großen Grundstücke fest, die sie für sich reklamieren werden, sobald die Charta erst gebrochen ist!«

»Diese Bemerkung ist unverantwortlich und tendenziös!« schrie Dame Clytie. »Darüber hinaus ist sie verleumderisch!«

»Gleichwohl ist sie wahr! Ich habe solche Reden selbst gehört! Julian Bohost, Ihr Neffe, hat mehrere Gebiete erwähnt, die er als angenehm erachtet.«

Julian sagte geschmeidig: »Wirklich, Dame Larica, Sie machen da eine große Geschichte aus nichts – oder etwas, das schlimmstenfalls eitles Geschwätz ist.«

Dame Clytie warf ein: »Dieser Punkt gehört nicht zum eigentlichen Thema und sollte deshalb nicht in die Debatte geworfen werden.«

»Wieso nicht, wenn doch die LFFler vorhaben, das Konservat zu zerschlagen. Da ist es doch kein Wunder, daß Sie sich auf die Seite der Yips stellen.«

Julian entgegnete: »Wirklich, Dame Fergus, Sie sehen das alles ganz falsch. Die Mitglieder der LFF-Partei – nicht ›LFFler‹, wenn Sie nichts dagegen haben – sind praktische Idealisten! Unser Credo ist: eines nach dem andern! Bevor wir die Suppe kochen, sorgen wir dafür, daß wir auch einen Topf haben!«

»Gut gegeben, Julian!« erklärte Dame Clytie. »Ich habe noch nie derart merkwürdige und wundersame Anschuldigungen gehört!«

Julian vollführte einen zierlichen Schlenker mit dem Weinkelch. »In einer Welt der unbegrenzten Auswahlmöglichkeiten ist alles möglich. Alles ist im Fluß. Nichts ist fest und von ewigem Bestand.«

Lewyn Barduys sah Flitz an. »Julian redet hoch abstrakt. Bist du verwirrt?«

»Nein.«

»Ach! Du bist vertraut mit diesen Ideen?«

»Ich habe nicht zugehört.«

Julian fuhr schockiert zusammen. »Wie schade und was für ein Verlust! Sie haben einige von meinen inspiriertesten Sprüchen verpaßt!«

»Vielleicht können Sie sie ein andermal wiederholen.«

Egon Tamm sagte: »Ich bemerke, daß Dame Cora uns zu Tisch gebeten hat. Ihr wäre es lieber, wenn wir während der Mahlzeit von der Politik Abstand nähmen.«

Die Gäste strömten auf die schattige Terrasse: eine Konstruktion aus dunklen Sumpfulmenbalken, vorgebaut über das Wasser der Lagune. Auf einem mit einem blaßgrünen Tischtuch bedeckten Tisch waren Gedecke aus grünblauer Fayence arrangiert; neben jedem Gedeck stand ein hoher Kelch aus dunkelrotem Glas.

Dame Cora plazierte ihre Gäste mit liebenswerter Mißachtung ihrer jeweiligen Antipathien, so daß Glawen sich neben Dame Clytie und gegenüber von Julian sitzend fand; Dame Cora selbst nahm den Platz zu seiner Linken ein.

Die Konversation war anfänglich stockend und berührte eine Anzahl beiläufiger Themen, wobei Dame Clytie sich die meiste Zeit in mißmutiges Schweigen hüllte. Julian erkundigte sich erneut nach Wayness. »Wann wird sie zu Hause zurückerwartet?«

»Das Mädchen ist ein vollkommenes Rätsel«, sagte Dame Cora. »Es erklärt einerseits, es leide an Heimweh, aber andererseits scheint es keinen Zeitplan zu haben. Offenbar nehmen seine Nachforschungen seine ganze Aufmerksamkeit in Anspruch.«

»Welcher Art sind die Nachforschungen, die sie betreibt?« fragte Barduys.

»Soviel ich weiß, studiert sie Konservate vergangener Zeiten und versucht zu ermitteln, warum einige erfolgreich waren und andere fehlschlugen.«

»Interessant«, sagte Barduys. »Ein ehrgeiziges Projekt, möchte man meinen.«

»Das ist auch mein Empfinden«, sagte Dame Cora.

Egon Tamm sagte: »Gleichwohl kann es nichts schaden, und sie wird eine Menge dabei lernen. Ich finde, daß jeder, der dazu in der Lage ist, einmal in seinem Leben eine Wallfahrt zur Alten Erde unternehmen sollte.«

»Die Erde ist der Quell aller wahren Kultur«, sagte Dame Cora.

Dame Clytie steuerte in freudlos-monotoner Stimme bei: »Ich fürchte, daß die Alte Erde müde, dekadent und moralisch bankrott ist.«

»Ich glaube, Sie übertreiben hier«, sagte Dame Cora. »Ich bin mit Pirie Tamm gut bekannt, und er ist weder dekadent noch moralisch verkommen, und wenn er müde ist, dann allein wegen seines Alters.«

Julian klopfte mit einem Löffel an seinen Pokal, um Aufmerksamkeit zu gebieten. »Ich bin zu der Ansicht gelangt, daß alles, was über die Alte Erde gesagt wird, zugleich sowohl wahr als auch falsch ist. Ich würde die Erde gerne einmal selbst besuchen.«

Egon Tamm wandte sich an Barduys. »Was ist Ihre Meinung?«

»Ich bilde mir selten Meinungen über irgend etwas, irgend jemanden oder irgendwelche Orte«, antwortete Barduys. »Damit mindere ich zumindest das Risiko, törichte Äußerungen von mir zu geben.«

Julian kniff die Lippen zusammen. »Aber erfahrene Reisende kennen den Unterschied zwischen einem Ort und einem andern. Man nennt dies ›Unterscheidungsvermögen‹.«

»Vielleicht haben Sie recht. Was sagst du dazu, Flitz?«

»Du kannst mir noch etwas Wein nachschenken.«

»Vernünftig, wenngleich die Botschaft versteckt ist.«

Dame Cora fragte Barduys: »Ich darf Ihren Worten entnehmen, daß Sie die Erde schon einmal besucht haben?«

»Freilich! Mehrmals schon.«

Dame Cora schüttelte verwundert den Kopf. »Ich bin überrascht, daß Sie und … ah …, ›Flitz‹ hierhergefunden haben, in diese abgelegene kleine Einöde am Ende der Strähne.«

»Wir sind im wesentlichen Touristen. Cadwal ist nicht ohne einen gewissen Ruf für das Putzig-Anheimelnde und Einzigartige.«

»Und welche Art von Geschäften betreiben Sie im allgemeinen?«

»In erster Linie bin ich ein Unternehmer vom alten Schlag, wobei mich Flitz in hohem Maße unterstützt. Sie ist äußerst schlau und scharfsinnig.«

Alle Augen richteten sich auf Flitz, die lachte und ihre wunderschönen weißen Zähne aufblitzen ließ.

Dame Cora fragte: »Und ›Flitz‹ ist tatsächlich der einzige Name, den Sie benützen?«

Flitz nickte. »Das ist alles.«

Barduys erläuterte: »Flitz hat festgestellt, daß ein einziger Name ihren Bedürfnissen entspricht, und sie sieht keinen triftigen Grund, sich mit einem Haufen redundanter und unnötiger Silben zu belasten.«

»›Flitz‹ ist ein ungewöhnlicher Name«, sagte Dame Cora. »Ich frage mich, wo er herstammen mag.«

Julian fragte Flitz: »War Ihr Name vielleicht ursprünglich ›Flitzenpoof‹ oder etwas in der Art?«

Flitz warf Julian einen kurzen Seitenblick zu. »Nein.« Sie richtete ihr Augenmerk wieder auf ihren Weinkelch. Dame Cora wandte sich an Barduys. »Haben Sie irgendeinen speziellen Geschäftsbereich, an dem Sie am meisten interessiert sind?«

»In gewissem Maße«, sagte Barduys. »Eine Zeitlang befaßte ich mich mit der Logistik des öffentlichen Beförderungswesens, und ich war am Bau von unterseeischen Transitröhren beteiligt. Seit kurzem habe ich Gefallen an dem gefunden, was ich ›Themen‹- oder ›Erlebnis‹-Gasthäuser nenne.«

»Wir haben ein paar davon hier und da über Deucas verstreut«, sagte Egon Tamm. »Wir nennen sie ›Wildnis‹- oder auch ›Einöd-Hütten‹.«

»Wenn die Zeit es erlaubt, werden wir einige davon aufsuchen«, sagte Barduys. »Das Hotel Araminta habe ich bereits in Augenschein genommen. Es ist – traurig, daß ich das sagen muß – ohne jeden Reiz und sogar ein bißchen archaisch.«

»Wie alles andere in Station Araminta auch«, sagte Dame Clytie naserümpfend.

Glawen sagte: »Das Hotel ist wirklich ziemlich scheußlich. Es wurde in kleinen Häppchen zusammengestückelt; ein Anbau wurde an den andern geklebt. Irgendwann werden wir ein neues bauen, aber ich rechne damit, daß das neue Orpheum als erstes errichtet wird, und sei es nur deshalb, weil Floreste bereits einen großen Teil der Baukosten gesammelt hat.«

Egon Tamm sagte zu Glawen: »Vielleicht ist dies ein guter Zeitpunkt, um Florestes Brief vorzulesen.«

»Gewiß, wenn irgend jemand interessiert ist, ihn zu hören.«

»Ich bin interessiert«, sagte Dame Clytie.

»Ich auch«, sagte Julian.

»Wie Sie wünschen.« Glawen holte den Brief hervor. »Einiges von dem Material werde ich weglassen – aus dem einen oder anderen Grund –, doch ich denke, Sie werden den Rest interessant finden.«

Dame Clytie fuhr sofort auf. »Lesen Sie den Brief bitte in seiner Gänze vor. Ich sehe keinen Grund für Verstümmelungen. Wir sind allesamt entweder Amtspersonen oder Persönlichkeiten von allerhöchster Integrität.«

Julian sagte sanft: »Liebe Tante Clytie, ich hoffe, es

ist nicht ein Fall von entweder dem einen oder dem andern.«

Glawen sagte: »Ich werde soviel von dem Brief vorlesen wie möglich.« Er öffnete den Umschlag, zog den Brief heraus und begann zu lesen – unter Weglassung aller Passagen, die mit Shattorak zu tun hatten, und aller Stellen, wo Chilke erwähnt wurde. Julian lauschte mit einem hochmütigen Halb-Lächeln; Dame Clytie machte hier und da schnalzende Geräusche zwischen den Zähnen. Barduys hörte mit höflichem Interesse zu, während Flitz hinaus auf die Lagune starrte. Hüter Fergus und Dame Larica stießen ab und an leise Schreie des Entsetzens aus.

Glawen las den Brief zu Ende vor. Dann faltete er ihn zusammen und steckte ihn zurück in seine Tasche. Hüter Fergus wandte sich an Dame Clytie. »Und diese abscheulichen Leute sind Ihre Verbündeten? Sie und all die anderen LFFler sind Narren!«

»Mitglieder der LFF-Partei, wenn's recht ist«, murmelte Julian.

Dame Clytie sagte gewichtig: »Ich irre mich selten bei meinen Einschätzungen der conditio humana! Floreste hat ganz offensichtlich die Ereignisse unkorrekt aufgezeichnet, oder er hat den Brief im Auftrag von Amt B geschrieben. Der Brief kann ebensogut auch eine schamlose Fälschung sein!«

Egon Tamm sagte: »Dame Clytie, Sie sollten derartig schwere Anwürfe nicht ohne stichhaltige Begründung äußern. Sie verunglimpfen Hauptmann Clattuc auf das schwerste.«

»Hm. Den Vorwurf der Fälschung einmal beiseite genommen, bleibt das Faktum, daß die Behauptungen in diesem Brief in keiner Weise mit meiner Sicht des Falles in Einklang stehen.«

Glawen fragte arglos: »Kennen Sie Titus Zigonie oder seine Ehefrau Simonetta – geborene Clattuc, wie ich zu meinem Leidwesen sagen muß?«

»Ich kenne keinen von beiden persönlich. Ihr tapferes Verhalten liefert mir gleichwohl alle Beweise, die ich brauche. Sie fechten ganz eindeutig den starken und guten Kampf für Gerechtigkeit und Demokratie!«

Glawen wandte sich Egon Tamm zu. »Sir, wenn Sie mich entschuldigen würden, aber ich muß jetzt zurück zur Station. Vielen Dank, Dame Cora, für das Mittagsmahl.« Glawen verbeugte sich vor den anderen Gästen im Salon und schied.

KAPITEL ZWEI

Mitternacht war seit zwei Stunden vorüber; Station Araminta lag still und dunkel bis auf ein paar gelbe Lampen, die den Wansey-Weg und den Strandpfad beleuchteten. Lorca und Sing waren im Westen hinter den Bergen verschwunden; über den schwarzen Himmel dehnte sich funkelnd der glitzernde Strom von Mirceas Strähne.

In den Schatten neben dem Flughafenhangar regte sich verstohlenes Treiben. Eine Tür ging auf; Glawen und Chilke stiegen aus dem modifizierten Skyrie. Das Chassis war mit Schwimmern und einer Kanzel ausgerüstet worden; der Sumpfkrabbler war auf das Frachtdeck geschnallt; wo immer möglich, waren Verschalungen montiert worden.

Glawen ging um das Fluggerät herum und sah nichts, was ihn von seinem Plan abgebracht hätte. Chilke sagte: »Ein letztes Wort noch, Glawen. Ich habe im Büro eine Flasche sehr feinen und sehr teuren Damar Bernstein, den wir nach deiner Rückkehr selbander verkosten werden.«

»Das scheint mir eine gute Idee zu sein.«

»Wenn ich es recht bedenke, sollten wir die Flasche vielleicht doch lieber jetzt schon erbrechen, der Sicherheit halber, sozusagen. Was weg ist, ist weg.«

»Ich gehe lieber von der Annahme aus, daß ich zurückkehre.«

»Das ist zumindest ein positiverer Ansatz«, sagte Chilke. »Am besten, du machst dich gleich auf den Weg. Die Reise ist lang, und der Skyrie ist langsam. Ich werde Benjamie ins Lagerhaus schicken, Inventur machen; von der Seite dürftest du also sicher sein.«

Glawen klomm in die Kanzel. Er winkte Chilke ein letztes Mal zu und zog den Skyrie empor.

Die Lichter von Station Araminta schwanden unter ihm. Glawen nahm Kurs nach Westen. Dieser Kurs würde ihn in minimaler Höhe zu den Hängen des hohen Muldoon-Gebirges führen, quer über die Landmasse von Deucas, quer über den großen West-Ozean zu den Gestaden Ecces.

Die Lichter wurden zu kleinen Lichtpunkten und verglommen im Osten; der Skyrie glitt in seiner besten Geschwindigkeit durch die Nacht. Da er nichts Besseres zu tun wußte, machte Glawen es sich auf dem Sitz so bequem als möglich, hüllte sich in seinen Mantel und versuchte zu schlafen.

Das Licht des dämmernden Morgens weckte ihn. Er blickte aus dem Fenster und sah unter sich bewaldete Hügel: die Syndici, seiner Karte nach. Fern im Süden ragte dräuend der Pam Pameijer.

Am späten Nachmittag passierte Glawen die Westküste von Deucas: eine Linie niedriger Felsenklippen, zu deren Füßen sich träge blaue Dünungswellen zu Bändern aus weißem Gischt kräuselten. Kap Tierney Thijs ragte nach Westen vor; dahinter lag der Ozean. Glawen verringerte die Flughöhe; der Skyrie schwebte dahin, mit Kurs nach West-Südwest, fünfzig Ellen über den langen blauen Wogen des West-Ozeans. Dieser Kurs würde ihn an den Punkt der Ostküste von Ecce bringen, wo der Große Vertes in den Ozean mündete.

Der Nachmittag verstrich; Syrene versank hinter einem klaren Horizont und überließ der niedlichen weißen Lorca und dem aufgeblasenen roten Sing die Herrschaft über das westliche Firmament; zwei Stunden später gingen auch sie Seite an Seite unter, und bald darauf wurde es dunkel.

Glawen überprüfte seine Instrumente, stellte die Richtigkeit seiner Position auf dem vorab festgelegten Kurs fest und versuchte wieder zu schlafen.

Eine Stunde vor dem Mittag des darauffolgenden Tages bemerkte Glawen ferne Wolken, die sich am Westhimmel türmten. Eine Stunde später tauchte eine flache dunkle Linie am Horizont auf: die Küste von Ecce. Glawen überprüfte noch einmal seine Position auf der Karte und versicherte sich, daß geradewegs vor ihm die Mündung des Großen Vertes' lag, der an dieser Stelle gut zehn Meilen breit war. Exakte Messungen waren aufgrund des kaum definierbaren Übergangs zwischen dem Wasser des Flusses und dem Schlamm des umliegenden Sumpfgebietes unmöglich.

Als Glawen näher kam, änderte sich die Farbe des Wassers unter ihm; es nahm einen öligen olivgrünen Glanz an. Weiter voraus wurde die Mündung des Großen Vertes' sichtbar; Glawen schwenkte ein wenig nach Norden, um am Ufer entlangzufliegen. Abgestorbene Bäume, Äste, Baumstümpfe, Gestrüpp und Röhricht trieben in der Strömung. Unter ihm tauchte eine Uferböschung aus schilfüberwuchertem Schlamm auf; er war auf dem Kontinent Ecce angelangt.

Der Strom floß durch ein Miasma von Sümpfen, breiigen Klumpen von mit Wasser vollgesogener Vegetation von dunkelblauer, grüner und rötlichbrauner Farbe; hier und da trugen Finger sumpfigen Marschlandes Gruppen von üppig wuchernden Bäumen, die Blattwerk jeglicher Form zum Himmel emporreckten. Durch die Luft schossen, schwirrten und schwebten hunderte Arten fliegender Organismen; manchmal stießen sie hinunter in den Morast, um mit einem zappelnden weißen Aal wieder aufzutauchen, und manchmal stießen sie hinunter ins Wasser, und gelegentlich schossen sie auch aufeinander los. Ein Stück weiter stromaufwärts trieb ein toter Baum. Auf einem seiner Äste kauerte ein verzweifelter Schlammgänger: ein hoch aufgeschossener affenartiger Andoril von acht Fuß Höhe, der fast zur Gänze aus knochigen Armen und Beinen und einem hohen, schmalen Kopf zu bestehen schien. Büschel weißen Haares umrahmten ein Gesicht, das aus Knorpel und Hornplatten bestand und aus dessen ›Stirn‹ ein Paar Sehstiele sprossen. Die spindeldürre Brust verjüngte sich nach vorn zu einem Rüssel. Neben dem dahintreibenden Baum brodelte das Wasser des Flusses auf; ein klobiger, auf einem langen dicken Hals sitzender Kopf stieß an die Oberfläche. Der Schlammgänger kreischte vor Angst und Entsetzen; aus dem Rüssel an seiner Brust spritzte er üble Flüssigkeiten wider den Kopf, doch fruchtete dies nichts. Der Kopf öffnete sich zu einem klaffenden gelben Schlund; er schnellte vorwärts, verschlang den Schlammgänger und tauchte wieder unter. Glawen zog unwillkürlich den Skyrie eine Idee höher, damit er für allfällige Attacken aus dem Fluß unerreichbar war.

Jetzt war die Tageszeit angebrochen, da die Hitze ihren bedrückenden Höhepunkt erreichte, so daß die Bewohner Ecces zur Untätigkeit neigten. Auch Glawen fühlte sich zunehmend unwohl, als die Hitze in die Kanzel eindrang und die Kapazität der Kühleinheit prüfte, die Chilke installiert hatte. Glawen versuchte, die schweißtreibende Schwüle zu ignorieren und sich auf das zu konzentrieren, was zu tun war. Shattorak lag immer noch tausend Meilen westlich; Glawen konnte nicht darauf hoffen, daß er den Fuß des Berges vor Einbruch der Dunkelheit erreichen würde, und die Nacht würde nicht der günstigste Zeitpunkt für seine Ankunft sein. Er verringerte die Geschwindigkeit des Skyrie auf gemächliche hundert Meilen pro Stunde, ein Tempo, das ihm die Möglichkeit eröffnete, in aller Muße die Landschaft zu studieren.

Für eine Weile bestand diese aus olivgrünem Strom zu seiner Linken und Sümpfen zu seiner Rechten. Auf dem Schleim huschten Familien von platten grauen Tieren herum; schwimmflossenartige Lappen, die an ihren sechs Füßen befestigt waren, erleichterten ihnen das Vorankommen. Sie weideten junges Schilf ab, gemächlich und mit trägen Bewegungen – bis plötzlich ein Tentakel mit einem Auge an der Spitze aus dem Schlamm hervorschoß, worauf sie mit erstaunlicher Geschwindigkeit davonhuschten, so daß der Tentakel ins Leere stieß und beutelos auf den Schlamm zurückklatschte.

Der Fluß begann sich jetzt in weiten Schleifen zu winden, zuerst nach Süden, dann in gleichlanger Distanz nach Norden. Nach einer kurzen Konsultation seiner Karten entschied sich Glawen, nicht stur den einzelnen Mäandern zu folgen, sondern den kürzeren direkten Kurs über die zwischen den Mäandern liegenden Landzungen einzuschlagen. Diese waren größtenteils mit dichtem Dschungel bedeckt. Hier und da erhob sich ein rundkuppiger Hügel, nie höher als fünfzig Fuß. Bei manchen dieser Hügel fehlte auf dem Gipfel jedwede Vegetation, in welchem Fall der Hügel von einer dickköpfigen Kreatur mit einem schlanken, schiefergrauen Leib bewohnt war: einem Wesen, das, wie Glawen fand, dem Bardicant von Deucas ähnelte. Als der Skyrie an einem dieser Gipfel vorbeischwebte, sah Glawen, daß er von einem Rudel watschelnder rostbrauner Nager kahlgefressen wurde, die von kurzen, dicken Stacheln strotzten. Der Steintiger betrachtete das Rudel mit hochmütiger Gleichgültigkeit und wandte sich ab, offenbar ohne Appetit auf die Nagewesen, was Glawen überraschte: auf Deucas vertilgte der Bardicant mit wahlloser Gefräßigkeit alles, was sich in seiner Umgebung regte.

Von Westen zogen schwere graue Wolkenbänke heran, die Vorhänge von Regen über die Landschaft zogen. Eine plötzliche Bö erfaßte den Skyrie und rüttelte ihn heftig durch. Gleich darauf begann es wie aus Eimern zu schütten, so daß Glawen von einem Moment auf den andern fast jegliche Sicht genommen war; er vermochte gerade noch mit Mühe dem Lauf des Flusses zu folgen.

Eine Stunde lang prasselte der Regen auf das Land hinunter, dann zog er nach Osten ab, klaren Himmel hinterlassend. Syrene wanderte in niedriger Höhe auf einen Haufen grimmiger schwarzer Wolken zu; Lorca und Sing flanierten in erratischem Walzerschritt längs ihrer eigenen Bahn. Im Westen konnte Glawen die Silhouette des Berges Shattorak ausmachen: ein trüber, brütender Schatten am Horizont. Glawen zog den Skyrie im Schrägflug hinunter und flog dicht am rechten Ufer des Flusses entlang, so tief, daß er fast den Boden streifte, damit der Skyrie von etwaigen Detektoren auf dem Gipfel des Shattorak nicht geortet werden konnte.

Während er so dahinflog, versank Syrene in einem Gebirge von Wolken. Die Stromrinne war an dieser Stelle zwei Meilen breit. Bebende Felder grauen Morastes auf beiden Seiten des Flußbettes trugen Büschel schwarzen Röhrichts, das mit Pompons von blauer Seide getüpfelt war; schwammartige Dendren hielten jeweils ein Paar riesiger schwarzer Blätter in die Luft. Über die Oberfläche rannten vielbeinige, mit scherenartigen Schnäbeln bewehrte Skimmer, die auf der Suche nach Insekten und Schlammwürmern waren. Unter dem Schleim, manchmal auch im Schilf verborgen, lauerte eine andere Sorte, unsichtbar bis auf ein Periskopauge, das, an der Spitze eines Tentakels sitzend, gerade über die Oberfläche ragte. Wenn ein Scherenschnabelskimmer in seine Nähe kam, schoß der Tentakel empor und stieß pfeilschnell auf das Opfer zu, um es zu packen und unter die Oberfläche zu zerren. Die mittägliche Phase der Apathie war vorüber; die Bewohner Ecces verfolgten mit neuer Energie ihren Daseinszweck: Fressen, Jagen, Kämpfen oder Fliehen, ein jeder nach seiner Façon.

Truppen von Schlammgängern kletterten durch die Bäume oder schlenderten auf federleichten Füßen über den Schleim, mit langen, lanzenartigen Stäben im Matsch herumstochernd, um Schlammwürmer oder andere Leckerbissen aufzuspießen. Diese Schlammgänger waren typische Vertreter einer mehr oder weniger andromorphen Gattung, die in vielen Spielarten und Ausformungen allenthalben auf Cadwal ansässig war. Die eccische Spielart war sieben Fuß groß und stand auf spindeldürren, zwiefach gegliederten Beinen. Ihre hohen, schmalen Köpfe waren gekrönt von Rangzeichen, sogenannten ›Kastenmarkern‹ aus farbigen Wedeln; schwarzer Pelz wuchs in Büscheln auf harter, meist lavendelfarben, mitunter aber auch goldbraun glänzender Haut. Ungeachtet einer scheinbaren Abneigung gegen Disziplin gingen sie gleichwohl mit großer Wachsamkeit zu Werke und sondierten sorgfältig das Terrain, bevor sie sich in irgendeine Richtung vorwärtswagten. Wenn sie ein Periskopauge entdeckten, stimmten sie ein empörtes Geschnatter an und bombardierten das Organ mit Matschklumpen und Stöcken oder bespritzten es mit übelriechenden Säften aus ihren Brustrüsseln, bis das Auge sich grämlich in den Schleim zurückzog. Stießen sie auf große Raubtiere, legten sie eine geradezu tollkühn anmutende Keckheit an den Tag: sie schmissen mit Ästen, stachelten das Tier mit ihren Lanzen, um dann, wenn es auf sie losging, mit mächtigen Sätzen davonzustieben. Mitunter trieben sie es sogar so weit, daß sie auf den Rücken des Raubtieres sprangen und dort schnatternd und kreischend hin und her rannten, bis es dem dergestalt belagerten Wesen zu bunt wurde und es im Fluß oder im Schleim untertauchte oder in den Dschungel flüchtete.

So ging das Leben auf Ecce seinen gewohnten Gang, während Glawen durch das trübgelbe Licht des späten Nachmittags flog. Syrene ging unter; Lorca und Sing warfen ein unheimliches rosafarbenes Licht über den Fluß, und als auch sie sich dem Horizont näherten, erreichte Glawen die Stelle, an der der Große Vertes dem Shattorak in seinem Verlauf am nächsten kam.

Auf der gegenüberliegenden Flußseite bemerkte Glawen einen flachen, kahlkuppigen Hügel, der sich bei genauerer Inspektion als steintigerfrei erwies. Glawen landete vorsichtig den Skyrie und umfriedete seinen Landeplatz mit einem Elektrozaun, der stark genug war, um einen Steintiger zu töten und alles, was größer war, zu betäuben oder zumindest angriffsunfähig zu machen.

Glawen stellte sich für eine Weile hinaus in die Dämmerung Ecces und lauschte, atmete die Luft, spürte die lastende Schwere der Feuchtigkeit und der Hitze. Die Luft war schwanger von einem scharfen Gestank, der ihm rasch Übelkeit bereitete. Wenn dies die normale Luft Ecces war, dann würde er nicht umhin kommen, eine Gasmaske zu tragen. Doch dann wehte eine Brise vom Fluß herüber, die nur nach dumpfigem Sumpfwasser roch, und Glawen entschied, daß der Gestank dem Hügel selbst anhaftete. Er zog sich in die Kanzel des Skyrie zurück und schottete sich gegen die Außenwelt ab.

Die Nacht verging. Glawen schlief unruhig, wurde jedoch nur einmal aus dem Schlaf gerissen, als irgendeine Kreatur gegen den Elektrozaun lief. Der Knall der Entladung weckte ihn. Er knipste einen Scheinwerfer auf dem Dach der Kanzel an, um das Gelände zu erleuchten, und blickte durch das Fenster. Auf dem abgeweideten Gras lag ein zerfetzter Körper, aus dem ein gelber Schleim rann: eines der plumpen, stachelstrotzenden Wesen, die er auf einem anderen Hügel hatte äsen sehen. Der durch den elektrischen Strom erzeugte Dampf hatte das Gedärm der Kreatur platzen lassen; ganz in der Nähe, ungerührt von dem Zwischenfall, grasten ein Dutzend seiner Artgenossen.

Der Zaun hatte keinen Schaden davongetragen; Glawen legte sich wieder auf sein behelfsmäßiges Nachtlager.

Er lag noch ein paar Augenblicke wach und lauschte

den Geräuschen der Nacht. Von nah und fern drang eine Vielzahl von Lauten in seine Kanzel: langes, tiefes, unheimliches Stöhnen, hustendes Grunzen, heiseres Schnarren, mahlendes Knirschen; Gackern und Quieken, Pfeifen und Flöten – letzteres in seiner Klangfarbe auf unheimliche Weise der menschlichen Stimme ähnelnd … Glawen döste noch einen Moment und schlief dann wieder ein. Er wurde erst wieder wach, als Syrene im Osten aufging.

Glawen verzehrte ein unkulinarisches Frühstück aus abgepackter Fertignahrung, und danach saß er eine Weile da und fragte sich, wie er seine Mission am besten durchführen sollte. Jenseits des Flusses erhob sich die Masse Shattoraks: ein abgestumpfter Kegel, der zu zwei Dritteln des Weges zum Gipfel in Dschungel gehüllt war.

Glawen schaltete den Elektrozaun aus und stieg aus der Kanzel, um ihn zu einem Bündel zusammenzufalten. Als er die Tür öffnete, schlug ihm ein Gestank von solch unmäßiger Heftigkeit entgegen, daß er zurück in den Skyrie prallte, würgend und nach Atem ringend. Er errang schließlich seine Fassung wieder und spähte respektvoll hinaus auf den ausgelaufenen Tierleichnam. Die übliche Plage von Aasfressern: Insekten, Vögel, Nagetiere, Reptilien und dergleichen, war nirgends zu sehen; waren alle diese Tiere von dem Gestank abgestoßen worden? Glawen überlegte, dann konsultierte er den taxonomischen Almanach, der dem Informationssystem des Fluggerätes beigefügt war. Die tote Kreatur, so erfuhr er, gehörte einer kleinen, aber klar bestimmten Gattung an, die einzigartig und ausschließlich auf Ecce beheimatet war und ›Sharloc‹ genannt wurde. Dem Inhaltsverzeichnis zufolge war das Sharloc berüchtigt für »eine duftende Ausschwitzung, welche von Borsten auf dem Rücken abgesondert wird und die als äußerst widerwärtig empfunden wird«.

Nach einem kurzen Moment des Überlegens legte Glawen seinen ›Dschungelanzug‹ an: eine Kluft aus laminiertem Gewebe, die ihn gegen Hitze und Feuchtigkeit von außen vermittels einer ihn stetig umströmenden hauchdünnen Schicht gekühlter Luft aus einem kleinen Klimaaggregat isolierte. Er verließ die Kanzel und zerhackte den Kadaver des Sharlocs in vier Segmente, dankbar, daß die Filter in seinem Klimaaggregat den Gestank bis auf ein kaum mehr wahrnehmbares Residuum von ihm fernhielten. Eines der Leichenviertel band er mit einem zwanzig Fuß langen Stück leichter Kordel an das vordere Ende des Rahmens des Skyrie; einen weiteren Leichenbrocken befestigte er in gleicher Weise am hinteren Ende des Rahmens. Die verbliebenen zwei Stücke packte er mit spitzen Fingern in einen Beutel, den er auf die Frachtplatte des Fluggerätes lud.

Syrene stand jetzt eine Stunde hoch im Osten. Glawen schaute nach Norden über den Fluß, der hier zwei Meilen breit und als solcher nur anhand der auf ihm treibenden Baumstämme und Sträucher auszumachen war. Vor Glawen, hinter Marsch und Dschungel, erhob sich die wuchtige Masse Shattoraks – düster, dräuend, unheilverkündend.

Glawen stieg wieder in den Skyrie, hob vom Erdboden ab und flog in niedriger Höhe zurück über den Fluß; unter ihm baumelten die beiden Klumpen toten Sharlocs. Wo der Sumpf an den Fluß stieß, sah er einen Stamm von Schlammgängern. Hoppelnd, springend und rutschend, von Busch zu Busch hüpfend, bewegten sie sich mit großer Finesse und Eleganz auf hohen, dünnen Beinen über den Schleim, immer wieder innehaltend, um mit ihrer Lanze zuzustechen in der Hoffnung, einen Schlammwurm zu harpunieren. Glawen sah, daß sich eine schwarze, vielbeinige Kreatur an sie heranpirschte. Mit verstohlenen Bewegungen glitt sie über den Schleim. Hier, dachte er, bot sich eine gute Gelegenheit, seine Theorie zu testen. Er änderte seinen Kurs und schwebte über das flach am Boden dahinpirschende Raubtier, so niedrig, daß die Sharlocbrocken es fast berührten. Das Raubtier schnellte plötzlich vorwärts, aber die Schlammgänger waren bereits mit weiten Sätzen und Sprüngen geflüchtet und beäugten jetzt aus sicherer Distanz den Skyrie in einer Körperhaltung, die Erstaunen zum Ausdruck brachte.

Der Test, befand Glawen, hatte kein schlüssiges Ergebnis gezeitigt. Er flog weiter, auf die dunkle Linie aus Dendren und mit Wasser vollgesogenen Bäumen zusteuernd, wo der Sumpf mit dem Dschungel verschmolz. In einem der Bäume entdeckte er eine monströse Schlange von vierzig Fuß Länge und drei Fuß Durchmesser, an einem Ende mit Fangzähnen, am anderen mit einem giftigen Stachel bewehrt. Sie schlängelte sich träge über einen Ast, ihr Kopf senkte sich baumelnd erdwärts. Glawen überflog sie in geringer Höhe; sie krümmte sich und zuckte und wand sich und peitschte die Luft mit ihrem Stachel, dann schlängelte sie sich hurtig davon.

In diesem Fall, dachte Glawen, hatte der Versuch anscheinend ein positives Resultat geliefert.

Dicht über den Baumwipfeln dahinschwebend, sondierte Glawen das Gelände unter sich und bemerkte gleich darauf einen großen hammerhäuptigen Saurier unmittelbar voraus. Er senkte den Skyrie langsam über den schwarzgrün gesprenkelten Rücken der Bestie, bis die Leichenteile des Sharlocs nur mehr drei Fuß über dem Kopf des Sauriers hingen. Er wurde nervös, peitschte die Luft mit seinem mächtigen Schwanz und stürmte mit wütendem Brüllen auf einen Baum los; der Baum stürzte krachend zu Boden. Der Saurier stampfte weiter, erregt mit seinem Schwanz nach links und rechts ausschlagend.

Auch diese Prüfung konnte positiv gedeutet werden, doch wie auch immer, Glawen hielt es für ratsam, seine Expedition die Flanke des Shattorak hinauf bis zum Mittag aufzuschieben, wenn – wie es hieß – die Fauna von Ecce erschlaffte. In der Zwischenzeit galt es, ein Versteck für den Skyrie zu finden, wo er vor Behelligung sicher war. Er hielt auf den Saum des Dschungels zu und landete auf einer kleinen lichten Stelle.

Die Schlammgänger hatten ihn die ganze Zeit über neugierig und unter beständigem Austausch von Rassel-, Schnatter- und Kreischlauten beobachtet. Mit grotesker Schnelligkeit kamen sie auf die dem Wind zugewandte Seite des Skyrie herumgeflitzt und näherten sich nun langsam, wobei sie zum Zeichen ihres Mißvergnügens mit ihren Lanzen auf den Boden klopften und ihre roten Haarringe sträubten. Fünfzig Fuß vor dem Skyrie blieben sie stehen und begannen das Fluggerät mit Matschklumpen und Ästen zu bewerfen. Verärgert zog Glawen den Skyrie wieder hoch und flog zurück zum Fluß. Eine halbe Meile flußaufwärts fand er eine kleine, von der Strömung geformte Bucht und setzte den Skyrie auf dem Wasser auf, so daß er auf seinen Pontons schwamm. Er steuerte ihn zu einem Dornbusch, um ihn dort zu vermuren, sah sich jedoch von diesem Vorhaben abgeschreckt durch einen Schwarm wütender Insekten, die das Fluggerät vehement attackierten, ungeachtet der stinkenden Sharloc-Leichenteile – deren Wirkung nach dem Eintunken ohnehin fraglich war.

Glawen ließ daraufhin das Fluggerät mit der Strömung zu einer Gruppe schwarzer Dendren treiben – allesamt weich, faulig und vollgesogen mit Wasser, aber – so schien es zumindest – stabil genug, um den Skyrie an ihnen zu vertäuen.

Glawen machte den Flugapparat fest und zog die Situation in Betracht – die weder die günstigste noch die schlechteste war. Der Himmel war bewölkt; der Nachmittagsregen würde nicht mehr lange auf sich warten lassen, aber dem konnte er so oder so nicht ausweichen. Was die Raubtiere, stechende und beißende Insekten sowie andere endemische Fährnisse betraf, so hatte er sich nach bestem Vermögen gerüstet, und nun mußte er es halt darauf ankommen lassen.

Glawen löste den Sumpfkrabbler von seinen Halterungsklampen. Da einiges darauf hindeutete, daß der Gestank, der den Sharloc-Kadaverklumpen entströmte, abstoßende Wirkung auf die Fauna Ecces hatte, band Glawen die zwei verbliebenen Segmente an die Vorder- und Hinterpartie des Krabblers und brachte ihn dann mit der Winsch zu Wasser, wo er auf seinen eigenen Pontons schwamm. Er verlud seinen Rucksack und was er sonst noch an Ausrüstung für nötig befand, stieg an Bord des Krabblers und fuhr zum Ufer.

Zu seinem Verdruß waren die Schlammgänger inzwischen auf der Szene erschienen, wo sie erregt sein Herannahen verfolgten; ihre hoch aufgestellten Kastenmarker zeigten das leuchtende Rot von Unwillen und Drohung. Glawen steuerte den Sumpfkrabbler so, daß er an einer Stelle landen würde, wo der Wind den Sharloc-Gestank geradewegs in ihre Richtung tragen würde. Er hoffte, daß dieser sie vertreiben oder zumindest davon abhalten würde, ihm zu nahe zu kommen. Er wollte ihnen in keiner Weise Leid oder Schaden zufügen: ein Akt, der unkalkulierbare Folgen nach sich ziehen konnte. Sie würden entweder in Panik davonstieben, oder aber er würde sich ihre rachsüchtige Feindschaft zuziehen, gegen die er in der Tiefe des Dschungels womöglich kein probates Mittel haben würde. Er brachte den Krabbler hundert Ellen vom Ufer entfernt zum Halten und ließ ihn mit der Strömung treiben. Es kam, wie er gehofft hatte: der atemberaubende Sharloc-Gestank schien die Schlammgänger von weiterem feindseligen Betragen abzuschrecken. Sie belegten ihn mit einem letzten Sperrfeuer von Matschklumpen und schnatternden Schmähungen und wandten sich sodann zur Flucht. Es konnte natürlich auch sein, dachte Glawen, daß sie schlicht die Lust an dem Spiel verloren hatten.

Vorsichtig steuerte Glawen den Krabbler auf das Ufer zu. Syrene hatte den Himmel jetzt halbwegs erklommen, und die Hitze wäre wahrscheinlich schon jetzt unerträglich gewesen, hätte er nicht seinen Dschungelanzug angehabt. Tödliche Stille legte sich über den Sumpf, unterbrochen nur von dem Gesumme und Gezirpe von Insekten. Glawen hatte den Eindruck, daß sie den Krabbler weiträumig umflogen, was ihm die Notwendigkeit ersparte, den Insektenvertilgungssprüher in Betrieb zu nehmen.

Glawen erreichte jetzt die ersten Schleimbänke; der Krabbler klomm aus dem Wasser und schnurrte unverdrossen weiter. Glawen machte die Geschütze an den Flanken des Krabblers klar, stellte den Reaktionsradius auf dreißig Ellen ein und schaltete den Reaktionsmodus auf ›Automatik‹ – und keine Sekunde zu früh: etwa zwanzig Fuß von ihm entfernt, auf der rechten Seite des Krabblers, schnellte ein an einem langen Tentakel sitzendes Periskopauge aus dem Schleim hervor. Das Geschütz reagierte ohne jede Verzögerung; es richtete sich auf die Bewegung und vernichtete den Tentakel mit einem Energiestoß. Der Schleim wallte glucksend und gurgelnd auf, als die Kreatur in der Tiefe zu ergründen versuchte, was ihrem Auge widerfahren war. Aus einer Distanz von hundert Ellen schauten die Schlammgänger in ehrfürchtigem Staunen zu, und gleich darauf hoben sie erneut zu einem schnatternden Konzert von Schmähungen und Beschimpfungen an und warfen Stöcke, die weit vor ihrem Ziel zu Boden fielen und die Glawen deshalb ignorierte.

Der Krabbler glitt über den Schleim und erreichte ohne weitere Zwischenfälle den Rand des Dschungels, und jetzt sah sich Glawen mit einem neuen Problem konfrontiert. Der Krabbler überwand tadellos Dickicht und Buschwerk, Rankengewirr und sogar kleinere Dendren und Bäume. Wenn jedoch Bäume mit festen und schweren Stämmen so eng beieinanderstanden, daß dem Krabbler die Passage versperrt war, dann war Glawen gezwungen, sich eine neue Route zu suchen, was oft ein zeitraubender Vorgang war. Zu seinem Unbehagen mußte er zudem feststellen, daß weder die Zeitspanne der Apathie, noch der Gestank der Sharloc-Leichenstücke, noch das automatische Geschütz, noch alle drei im Verein ausreichten, um ihn vor Schaden zu bewahren. Durch Zufall gewahrte er auf einem Ast, unter dem durchzufahren er im Begriff war, eine geduckte schwarze Kreatur, die ganz aus Schlund, Fängen, Krallen und Kraft zu bestehen schien. Sie verharrte reglos über ihm, und das Geschütz sprach nicht auf ihre Präsenz an. Hätte Glawen die Bestie nicht rechtzeitig bemerkt und den Krabbler geistesgegenwärtig zum Stehen gebracht, dann hätte das Tier geradewegs auf ihn herabstürzen können. Seine schiere Masse allein hätte ausgereicht, ihn zu zermalmen, auch wenn die automatische Waffe es bis dahin entdeckt und getötet hätte. So aber vernichtete Glawen die Kreatur mit seiner Handwaffe und setzte seine Fahrt mit verschärfter Vorsicht fort.

So schnurrte denn der Krabbler den Hang des Shattorak hinauf. Gelegentlich fand Glawen freie Bahn für sechzig oder siebzig Ellen, doch weit öfter, als ihm lieb war, mußte er nach links oder nach rechts ausweichen, sich durch enge Spalte zwängen oder sich an steilen Hängen mühsam entlangtasten.

Der Nachmittagsregen setzte ein und prasselte auf den Dschungel hernieder. Glawens Sicht war erheblich eingeschränkt, wie auch sein Sicherheitsspielraum. Schließlich, zur Mitte des Nachmittags hin, gelangte er an eine Rinne, die so dicht zugewuchert war, daß der

Krabbler sie nicht zu überwinden vermochte. Von dieser Stelle aus war bereits der Gipfel zu sehen, der nur mehr knapp eine Meile entfernt war. Glawen stieg von dem Krabbler, schnallte sich seinen Rucksack um und setzte seinen Weg zu Fuß fort: er kroch durch die Rinne, tötete ein zischendes graues schnurrbärtiges Wesen, das ihn aus dem feuchten Dunkel ansprang, nebelte eine Brutstätte stechender Insekten mit Vertilgungsmittel ein und erreichte schließlich außer Atem die andere Seite der Rinne. Danach wurde der Hang weniger steil und beschwerlich, die Vegetation wurde spärlicher, die Strecken freier Sicht wurden länger.

Glawen kletterte über Ausbisse von verwitterten schwarzen Felsen, wühlte sich durch Dickichte aus riesigen Flaumballenbäumen, zwängte sich vorbei an einzeln stehenden Pferdeschwanzfarnen von sechzig Fuß Höhe und stieg um Tonnenbäume mit Stämmen von zehn bis zwanzig Fuß Durchmesser herum.

Als Glawen sich dem Gipfel näherte, begannen ganze Simse des verwitterten schwarzen Felsgesteins zutage zu treten; und als er wenige Augenblicke später ein Dickicht von Bischofsmützendendren erreichte, fiel sein Blick durch eine Lücke auf einen hundert Ellen breiten Streifen offenen Geländes, das von dem flachen Gipfel durch einen zehn Fuß hohen Pfahlzaun abgeschnitten war. Auf dem Streifen waren eine Anzahl primitiver Hütten zu sehen, die entweder auf dem Erdboden standen oder in die Astgabelung eines Tonnenbaumes hineingebaut waren. Diese waren jeweils durch eigene provisorische Pfahlzäune geschützt. Einige davon waren als Unterkunft in Benutzung; andere waren verfallen und im Zustand fortgeschrittener Fäulnis. Ein paar Stellen des Bodens waren unter oberflächliche Kultivierung gebracht worden. Dies, dachte Glawen, war also das berüchtigte Shattorak-Gefängnis; die Häftlinge konnten fliehen, wann immer dieses Begehren über sie kam. Doch je nun: Wo war Scharde?

Die meisten Hütten konzentrierten sich auf einen Bereich vor einem Tor in dem Pfahlzaun: je weiter sie von dem Tor entfernt waren, desto erbärmlicher war ihr Zustand.

Glawen schlich sich behutsam durch die Schatten vorwärts, um sich so nahe wie irgend möglich an dem Tor zu postieren.

Sechs Männer befanden sich innerhalb seines Gesichtskreises. Ein Mann reparierte im Schatten der nachmittäglichen Wolkendecke, die Schutz vor der direkten Bestrahlung durch Syrene bot, das Dach seiner Baumhütte. Zwei weitere arbeiteten lustlos in ihren Gärten; die anderen saßen mit dem Rücken an die Stämme von Tonnenbäumen gelehnt und starrten Löcher in die Luft. Fünf der Inhaftierten schienen Yips zu sein. Der Mann, der auf dem Dach seiner Hütte arbeitete, war großgewachsen, hager, schwarzhaarig und schwarzbärtig und hohlwangig; seine blasse, elfenbeinfarbene Gesichtshaut hatte um die Augenhöhlen herum einen lavendelfarbenen Grundton.

Von Scharde war nirgends eine Spur zu sehen. Ob er sich in einer der Hütten aufhielt? Glawen musterte sie eine nach der andern, vermochte aber nichts zu entdecken, was auf die Anwesenheit seines Vaters hingedeutet hätte.

Plötzlich ging ein Regenschauer auf Shattorak herunter; er erzeugte einen gedämpften Trommelklang, der alle Horizonte erfüllte. Die Gefangenen gingen ohne Hast zu ihren Hütten und setzten sich in den Eingang, wo sie zuschauten, wie das Regenwasser von den Strohdächern vor ihren Augen in eigens zu diesem Zweck aufgestellte Auffangtöpfe rann. Glawen machte sich den Regen zunutze, um verstohlen über den Hang zu einer der verlassenen Hütten zu huschen, die ihm ein gewisses Maß an Schutz bot. Nicht weit von sich entfernt entdeckte er eine Hütte, die in dreißig Fuß Höhe in der ersten Gabelung eines Tonnenbaumes nistete; diese würde ihm eine sogar noch bessere Warte bieten. Er rannte durch den prasselnden Regen zu der Leiter und kletterte hinauf zu der wackligen Veranda der Baumhütte. Er spähte durch die Tür, und als er niemanden sah, nahm er in ihrem Innern Zuflucht.

Die Hütte bot ihm in der Tat einen guten Ausblick: über den Pfahlzaun hinweg und über die gesamte Fläche des Gipfelplateaus. Der Regen ließ zwar die Details verschwimmen, aber Glawen glaubte eine Gruppe von wackligen Unterkünften, ganz wie die Hütten der Häftlinge aus Pfählen, Zweigen und Stroh gebaut, zu erkennen. Die Hütten waren rechts von ihm, auf der Ostseite des Gipfels. Zur Linken dehnte sich unebener, höckriger Felsengrund. Ein Weiher von fünfzig Ellen Durchmesser nahm das Zentrum des Geländes ein. Kein Lebewesen war auszumachen.

Glawen machte es sich so bequem wie möglich und wartete. Zwei Stunden vergingen; der Regen hörte auf; die tiefstehende Sonne blitzte für einige Augenblicke durch die Wolken. Die Zeit der Trägheit war zu Ende und schreckte die Lebewesen von Ecce nicht länger ab; wieder begaben sie sich an ihr tägliches Werk: ihre jeweilige Beute anzugreifen und zu schlagen, zu stechen, zu töten und zu verschlingen – oder vermittels der verschiedensten Taktiken zu vermeiden, daß ihnen selbst ein solches Schicksal widerfuhr. Von seiner hohen Warte auf dem Tonnenbaum konnte Glawen weit über den Dschungel blicken, über die Biegungen und Schleifen des mächtigen Vertes-Flusses und weit nach Süden über die Sümpfe Ecces. Von unten drang eine Vielzahl von Geräuschen herauf, einige gedämpft, manche bedrohlich nah: Würgen, Brüllen, Gurgeln; stakkatoartig ausgestoßenes Grunzen; Heulen und Kreischen; Pfeifen, Zischen, Rasseln; Jaulen und fernes dumpfes Trommeln.

Der hagere dunkelhaarige Mann stieg von seiner

Baumhütte herab. Mit einer Miene, die Zielstrebigkeit ausdrückte, ging er zu dem Tor im Pfahlzaun. Er steckte die Hand durch eine Öffnung und betätigte eine Klinke; das Tor ging auf und er betrat das abgezäunte Gelände. Er überquerte es und verschwand in einem Schuppen. Merkwürdig, dachte Glawen.

Jetzt, da der Regen aufgehört hatte, war seine Sicht über den abgezäunten Bereich ungetrübt, doch sah er nichts, das herausragend anders gewesen wäre als vorher, außer daß auf dem höchsten Punkt des Geländes zu seiner Linken ein niedriges Bauwerk stand, das, wie Glawen vermutete, eine Radaranlage beherbergte, die installiert worden war, um das Wachpersonal des Gefängnisses vor nahenden Fluggeräten zu warnen. Glawen konnte hinter den Fenstern des Gebäudes keinerlei Bewegung erkennen; wahrscheinlich arbeitete die Anlage selbsttätig. Glawen studierte das Gelände sorgfältig. Laut Florestes Auskunft befanden sich hier auf Shattorak fünf Flugapparate, vielleicht sogar noch mehr. Sie waren nirgends zu sehen – eine eminent vernünftige Situation, dachte Glawen. Die Schuppen, der Palisadenzaun und die Hütten der Häftlinge würden allenfalls bei allerschärfster Beobachtung wahrgenommen werden; die Strukturen und Unregelmäßigkeiten würden als Tarnung fungieren – aber wo konnten fünf Fluggeräte versteckt sein?

Glawen bemerkte, daß das Terrain am westlichen Rand des Geländes eine recht unnatürliche Struktur aufwies, und es mochte gut sein, daß sich darunter Lagerraum verbarg, der sorgfältig mit Erde und Felsgestein getarnt war. Wie um seine Theorien zu bestätigen, kamen plötzlich zwei Männer in sein Blickfeld: sie tauchten hinter dem westlichen Hang auf und stiegen zu der kleinen Hütte hinauf, die Glawen für eine Radaranlage hielt. Diese Männer schienen keine Yips zu sein; doch während er noch schaute, erschienen vier Yips von der anderen Seite des Gipfels her und bewegten sich zu dem Schuppen, in den der schwarzhaarige Mann gegangen war. Sie trugen, wie Glawen bemerkte, Handwaffen an der Hüfte, schienen sich aber um die Häftlinge draußen auf dem Streifen überhaupt nicht zu kümmern.

Eine halbe Stunde verstrich. Die beiden Männer blieben in der Beobachtungsstation. Die vier Yips gingen auf demselben Weg wieder zurück, auf dem sie gekommen waren: quer über das Gipfelplateau, bis sie aus Glawens Blickfeld entschwanden.

Die beiden Männer verließen schließlich den Observationsturm, stellten sich an den Rand des Weihers und spähten zum nördlichen Himmel.

Einige Minuten vergingen. Am Nordhimmel erschien ein Fluggerät. Es näherte sich in niedriger Höhe und landete neben dem Weiher. Zwei Männer stiegen aus, ein Yip und ein anderer; letzterer war von schmächtiger Gestalt, und sein dunkles Gesicht war von einem dunklen, struppigen Bart bewachsen. Die beiden brachten aus dem Fluggerät einen dritten Mann mit; dieser hatte die Hände auf dem Rücken gefesselt, und sein Kopf war mit einer Kapuze verhüllt. Die drei wurden empfangen von den zwei Männern aus der Radarstation. Die gesamte Gruppe von fünf Personen ging jetzt zum größten der Schuppen; der Gefangene stolperte blind vorwärts, eingekeilt von seinen zwei Begleitern, die ihn unsanft voranbugsierten.

Eine weitere halbe Stunde verstrich. Der Yip und der bärtige Nicht-Yip kamen aus dem Schuppen, gingen zum Fluggerät und flogen zurück nach Norden. Die restlichen zwei brachten den Gefangenen heraus, führten ihn über den Gipfel und verschwanden hinter den Felsausbissen.

Abermals verstrich eine halbe Stunde. Aus dem Schuppen ganz in Glawens Nähe, den er inzwischen für den Küchenschuppen hielt, kam der hagere dunkelhaarige Mann, den Glawen als den Koch identifizierte. Er trug mehrere Eimer durch das Tor und hinaus auf den Gefängnisstreifen. Er setzte die Eimer auf einem Tisch nahe beim Tor ab und klopfte dreimal mit einem Stock auf den Tisch. Dies war das Signal für die Inhaftierten, mit ihren Eßnäpfen zu erscheinen. Der Koch teilte mit einer Kelle das Essen aus den Eimern aus und kehrte dann durch das Tor wieder zu seinem Schuppen zurück.

Fünf Minuten später tauchte der Koch erneut auf, diesmal mit zwei kleineren Eimern. Er trug diese quer über den Gipfel, in die Richtung, in die der Gefangene mit der Kapuze geführt worden war, und verschwand hinter dem ersten Felsvorsprung aus Glawens Blickfeld. Fünf Minuten darauf kehrte er zum Küchenschuppen zurück.

Weitere Zeit verging; es wurde später Nachmittag. Von der gegenüberliegenden Seite des Gipfelplateaus kamen andere Männer in Zweier- oder Dreiergruppen, insgesamt neun oder zehn an der Zahl. Nachdem sie ihr Abendessen in dem Küchenschuppen verzehrt hatten, kehrten sie wieder dorthin zurück, woher sie gekommen waren.

Syrene ging im Westen unter; Lorca und Sing warfen rosafarbenes Zwielicht über die Sümpfe und den Dschungel, das abrupt erlosch, als sich wieder Wolken am Himmel zusammenballten, und erneut prasselte Regen auf Ecce hernieder. Glawen stieg sofort von seinem Ausguck herab, rannte durch den Schauer und kletterte zu einer anderen Baumhütte hinauf, wo er wartete.

Eine halbe Stunde verging. Der Regenschauer hörte so plötzlich, wie er gekommen war, wieder auf, und zurück blieb eine tiefe Dunkelheit, die nur durchbrochen wurde vom Schein einiger gelber Lampen im umfriedeten Bereich und dem Licht von drei Glühbirnen auf der Palisade, die den Gefängnisstreifen beleuchteten. Aus dem Küchenschuppen trat der hagere dunkelhaarige Koch. Er überquerte das Gelände, öffnete das Tor, verharrte einen Moment, um sich zu vergewissern, daß der Streifen keine wilden Bestien beherbergte, dann schloß er das Tor hinter sich und ging schnellen Schritts zu dem Baum, der seine Hütte trug. Er stieg die Leiter hoch, schob sich durch die Öffnung, die auf die kleine Veranda vor der Hütte führte, schloß die Falltür und sicherte sie gegen unerwünschte Eindringlinge. Als er sich umwandte, um in seine Hütte zu treten, hielt er abrupt inne.

Glawen sagte: »Komm in die Hütte. Mach keinen Aufruhr.«

Der Koch fragte mit nervöser, schriller Stimme: »Wer bist du?« Und dann, in schärferem Ton: »Was willst du?«

»Komm rein, und ich sage es dir.«

Mit zögernden Schritten kam der Koch vorwärts und blieb wachsamen Blickes in der offenen Tür stehen, wo das bleiche Licht vom Palisadenzaun schwarze Schatten auf sein langes Gesicht warf. Er versuchte, seiner Stimme einen festeren Klang zu geben. »Wer bist du?«

»Mein Name würde dir nichts sagen«, antwortete Glawen. »Ich bin wegen Scharde Clattuc hier. Wo ist er?«

Der Koch erstarrte, dann deutete er mit dem Daumen auf den Pfahlzaun. »Drinnen.«

»Wieso ist er drinnen?«

»Hah!« – ein bitteres Lachen. »Wenn sie einen bestrafen wollen, stecken sie ihn in ein Loch.«

»Was für ein Loch?«

Licht und Schatten huschten über das Gesicht des Kochs, als er eine Grimasse zog. »Es ist eine Grube von acht Fuß Tiefe und einer Fläche von fünf Quadratfuß, die lediglich mit einem Gitter verschlossen ist, so daß der Gefangene der Witterung schutzlos preisgegeben ist. Clattuc hat bis jetzt überlebt.«

Für einen Moment blieb Glawen stumm. Dann fragte er: »Und wer bist du?«

»Ich bin nicht aus freien Stücken hier, das versichere ich dir!«

»Das war nicht meine Frage.«

»Es ändert nicht viel an der Sache. Ich bin ein Naturalist aus Stroma. Mein Name ist Kathcar. Es wird mit jedem Tag schwieriger, sich daran zu erinnern, daß es noch andere Orte gibt.«

»Warum bist du hier auf Shattorak?«

Kathcar ließ einen düsteren Kehllaut hören. »Warum wohl? Ich bin mit dem Oomphaw aneinandergeraten, und mir wurde übel mitgespielt. Ich wurde hierhergebracht und vor die Wahl gestellt: im Kochhaus zu arbeiten oder in einem Loch zu schmoren.« Kathcars Stimme bebte vor Bitterkeit. »Ist das nicht absurd?«

»Ja, gewiß. Der Oomphaw ist absurd. Doch sag: wie können wir Scharde Clattuc am besten aus dem Loch befreien?«

Kathcar öffnete den Mund, um zu protestieren, doch dann besann er sich und hielt den Mund. Nach einem Moment des Überlegens sagte er in etwas anderem Ton und mit zur Seite geneigtem Kopf: »Du hast also vor, Scharde Clattuc zu befreien und ihn von hier wegzubringen?«

»Ganz recht.«

»Wie wollt ihr den Dschungel überwinden?«

»Am Fuße des Berges steht ein Fluggerät bereit.«

Kathcar zupfte sich am Bart. »Das ist ein gefährliches Unterfangen.«

»Damit habe ich gerechnet. Zunächst einmal wird Blut fließen – von jedem, der versucht, mich zu hindern – oder Alarm schlägt.«

Kathcar zuckte zusammen und warf einen nervösen Blick über die Schulter. Dann sagte er vorsichtig: »Wenn ich dir helfe, mußt du mich auch hier rausholen.«

»Das ist nur recht und billig.«

»Ist dies also deine Garantie?«

»Du kannst darauf zählen. Werden die Löcher bewacht?«

»Nichts und alles wird bewacht. Das Gelände ist klein. Die Leute sind reizbar und aufs äußerste gespannt. Ich habe einige merkwürdige Dinge gesehen.«

»Wann ist dann der günstigste Zeitpunkt zum Handeln?«

Kathcar dachte nach. »Ein Zeitpunkt ist so gut oder schlecht wie jeder andere. Die Glats kommen in etwa einer Stunde vom Dschungel herauf, und dann wagt sich niemand mehr von den Bäumen herunter, da Glats mit den Schatten verschmelzen und man erst merkt, daß sie in der Nähe sind, wenn es schon zu spät ist.«

»Dann machen wir uns am besten sofort ans Werk.«

Wieder zuckte Kathcar zusammen, und wieder spähte er nervös über seine Schulter. »Es gibt eigentlich keinen Grund, länger zu warten«, sagte er mit hohler Stimme. Er wandte sich um und trat verstohlen auf die kleine Veranda. »Die andern dürfen uns nicht sehen; sie könnten womöglich aus schierer Wut ein Geschrei anstimmen.« Er spähte nach rechts und nach links über den Streifen; nichts war zu sehen, weder Bewegung noch das Flackern von Licht. Dichtes Gewölk bedeckte den Himmel und schirmte jede Spur von Sternenlicht ab. Die feuchte Luft war schwanger von den Gerüchen der Dschungelflora. Abseits des trüben Lichts von den Palisadenlampen waren die Schatten undurchdringlich und absolut. Kathcar, endlich überzeugt, daß niemand sie beobachtete, kletterte die Leiter hinunter, dichtauf gefolgt von Glawen.

»Hurtig jetzt«, sagte Kathcar. »Die Glats kommen manchmal früh. Hast du eine Waffe dabei?«

»Natürlich.«

»Halte sie bereit.« Kathcar rannte geduckt zum Tor.

Er steckte die Hand durch die Öffnung, betätigte den Klinkenmechanismus. Das Tor schwang gerade so weit auf, daß ein Mann hindurchgehen konnte. Kathcar spähte durch die Öffnung, dann sagte er in heiserem Flüsterton: »Es scheint niemand draußen zu sein. Komm, zu dem Fels dort.« Er schlich sich an dem Pfahlzaun entlang, schien mit der Struktur des Materials zu verschmelzen. Glawen folgte ihm und kauerte sich neben ihn in den tiefen Schatten hinter einem Felsvorsprung. »Das war der riskante Teil. Wir hätten von der hohen Hütte aus gesehen werden können, hätte irgend jemand herübergeschaut.«

»Wo sind die Löcher?«

»Gleich dort drüben, hinter dem Felsvorsprung. Wir gehen jetzt besser auf allen vieren.« Er begann, durch den Schatten vorwärtszukriechen. Glawen folgte ihm. Plötzlich ließ sich Kathcar platt auf den Bauch fallen. Glawen robbte sich zu ihm heran. »Was ist los?«

»Horch!«

Glawen horchte, aber er hörte nichts. Kathcar flüsterte: »Ich habe Stimmen gehört.«

Glawen horchte erneut, und diesmal glaubte er leises Stimmengemurmel zu vernehmen, das gleich darauf jedoch verstummte.

Kathcar kroch weiter durch den Schatten. Gleich darauf hielt er inne, senkte den Kopf und sagte leise: »Scharde Clattuc! Hörst du mich? Scharde Clattuc?«

Eine heisere Stimme drang aus dem Loch. Glawen kroch zum Rand des Loches. Er fühlte Gitterstangen unter seinen Händen. »Vater? Ich bin's, Glawen.«

»Glawen! Ich lebe – jedenfalls glaube ich es.«

»Ich bin gekommen, um dich zu befreien.« Er schaute auf Kathcar. »Wie kriegen wir das Gitter hoch?«

»Es ist an allen vier Ecken mit einem Felsbrocken beschwert. Die müssen wir beiseite rücken.«

Glawen tastete an den Gitterstäben entlang und fand zwei schwere Felsbrocken, die er zur Seite schob, während Kathcar das gleiche auf der anderen Seite des Gitters tat. Sodann zogen die zwei den Gitterrahmen von der Öffnung des Loches weg. Glawen streckte den Arm in die Grube. »Gib mir die Hand.«

Zwei Hände reckten sich tastend in die Höhe; Glawen packte sie und zog. Scharde Clattuc tauchte aus dem Loch auf. Er sagte: »Ich wußte, daß du kommen würdest. Ich hatte nur gehofft, daß ich dann noch am Leben sein würde.«

Kathcar stieß mit gehetzter Flüsterstimme hervor: »Kommt! Wir müssen das Gitter und die Felsbrocken wieder an ihren Platz legen, damit niemand etwas merkt.«

Wenig später war das Loch wieder zugedeckt, und die Felsbrocken lagen wieder an Ort und Stelle. Die drei krochen weg: vorneweg Kathcar, dahinter Scharde und Glawen. Im Schatten des Felsvorsprungs hielten sie inne, um zu verschnaufen und das Gelände zu sondieren. Ein Lichtschimmer fiel auf Schardes Gesicht; Glawen starrte ungläubig auf das abgehärmte Antlitz seines Vaters. Schardes Augen waren tief in ihre Höhlen gesunken; die Haut seines Gesichts spannte sich straff über Knochen und Knorpel. Er spürte Glawens Blick auf seinem Gesicht und setzte ein gespenstisches Grinsen auf. »Ich sehe wahrscheinlich erbarmungswürdig aus.«

»Mehr als erbarmungswürdig. Bist du in der Lage zu gehen?«

»Ich kann gehen. Wie hast du herausgefunden, wo ich festgehalten werde?«

»Das ist eine lange Geschichte. Ich bin erst vor ungefähr einer Woche wieder nach Hause zurückgekommen. Floreste lieferte mir die Information.«

»Dann muß ich Floreste danken.«

»Zu spät! Er ist tot.«

Kathcar sagte: »So, und jetzt zum Tor – wieder an der Palisade entlang, wie schon auf dem Hinweg.«

Wie fliehende Schatten erreichten die drei unbehelligt das Tor und schlüpften hindurch auf den Gefängnisstreifen, wo der Wind, der durch die Bäume fuhr, ein klagendes Geräusch erzeugte. Kathcar suchte das Terrain ab, dann gab er ein Zeichen. »Rasch! Zum Baum!« Mit langen Schritten rannte er zum Baum und klomm die Leiter hoch. Scharde folgte ihm in hoppelndem Trab, und als letzter kam Glawen. Kathcar gewann die Veranda und spähte über ihren Rand nach unten, während Scharde mühevoll die Leiter heraufgeklettert kam. Kathcar langte durch die Öffnung und zog Scharde auf die Veranda. Dann rief er nervös zu Glawen hinunter: »Spute dich! Da kommt ein Zahnstangenbein gerannt!«

Glawen schob sich hastig durch die Öffnung; Kathcar schlug die Falltür zu. Von unten kam ein schabendes Bumsen, begleitet von einem Zischen und einem häßlichen Knirschen. Glawen schaute Kathcar an. »Soll ich es töten?«

»Nein! Das Aas würde alle möglichen Tiere anlocken. Laß es seiner Wege gehen. Komm in die Hütte.«

Im Innern der Hütte richteten sich die drei auf Warten ein. Ein Lichtschein von den Palisadenlampen drang in die Hütte und erhellte Schardes Gesicht; erneut war Glawen entsetzt über die erbarmungswürdige Verfassung, in der sein Vater sich befand. »Ich bin erst vor etwa einer Woche zur Station zurückgekommen – und ich habe dir viel zu berichten –, doch niemand wußte, wo du stecktest. Floreste lieferte uns die Fakten, und ich kam hierher so schnell ich konnte; es tut mir leid, daß es nicht eher möglich war.«

»Aber du bist gekommen – wie ich es gewußt habe.«

»Was ist dir widerfahren?«

»Ich wurde in eine Falle gelockt und gefangen, in

geschickter und listiger Manier. Irgend jemand von der Station hat mich verraten.«

»Weißt du, wer es war?«

»Nein. Ich befand mich auf einem routinemäßigen Streifenflug, und über dem Marmion sichtete ich ein Fluggerät, das in östlicher Richtung unterwegs war. Es war keines von unseren, und ich war sicher, daß es von Yipton gekommen war. Ich ging runter und folgte ihm in sicherem Abstand.

Das Fluggerät flog, wie ich schon sagte, Richtung Osten, um die Tex-Wyndom-Berge herum und über das Willaway-Ödland. Dann ging es hinunter und landete auf einer kleinen Wiese. Ich schwebte in niedriger Höhe herein und kreiste, nach einem Landeplatz Ausschau haltend, wo man mich nicht bemerken würde. Meine Absicht war, das Fluggerät und die Passagiere aufzubringen und, wenn möglich, festzustellen, was da vor sich ging. Etwa eine halbe Meile weiter nördlich, hinter einem flachen Felsengrat, fand ich einen perfekt gelegenen Landeplatz. Ich landete also, wappnete mich und machte mich auf Richtung Süden, auf den Felsengrat zu. Der Weg war bequem – zu bequem, wie mir schien. Als ich an einem Felsvorsprung vorbeikam, stürzten sich drei Yips von oben auf mich. Sie entwaffneten mich, fesselten mich und brachten mich und mein Fluggerät nach Shattorak. Es war ein schlauer, sauberer Trick. Jemand in der Station, der Zugang zu den Streifenflügen-Plänen hatte, ist ein Spitzel, und vielleicht auch ein Verräter.«

»Sein Name ist Benjamie«, sagte Glawen. »Zumindest vermute ich, daß er derjenige war. Was geschah dann?«

»Nichts Großes. Sie steckten mich in das Loch, und da blieb ich. Nach zwei oder drei Tagen kam jemand, um nach mir zu schauen. Genaues konnte ich nicht erkennen: nicht mehr als einen Schattenriß. Die Person sprach mich an; es war eine Stimme, vor der ich spontan Abscheu empfand, als hätte ich sie früher schon einmal gehört – eine dröhnende, hämisch schnarrende Stimme. Sie sprach: ›Scharde Clattuc: hier bist du, und hier sollst du verweilen. Das ist deine Strafe.‹

Ich fragte: Strafe wofür?

Es kam die Antwort: ›Mußt du das wirklich fragen? Denk an die Kränkungen, die du unschuldigen Opfern zugefügt hast!‹

Ich sagte nichts mehr, da ich nichts zu sagen hatte. Wer immer die Person war – sie ging wieder weg; und das war meine letzte Begegnung mit irgend jemandem.«

»Wer, glaubst du, war die Person?« fragte Glawen.

»Ich weiß es nicht. Ich habe mir keine Gedanken darüber gemacht.«

»Ich will dir erzählen, was mir widerfahren ist«, sagte Glawen. »Es ist eine lange Geschichte; vielleicht möchtest du dich lieber ausruhen.«

»Ich habe in letzter Zeit nichts anderes getan als mich auszuruhen. Ich bin des Ruhens müde.«

»Hast du Hunger? Ich habe Trockenrationen in meinem Rucksack.«

»Ich habe Hunger auf etwas anderes als Hafergrütze.«

Glawen holte ein Päckchen mit Hartwurst, Zwieback und Käse hervor und reichte es Scharde. »Nun denn – folgendes geschah, nachdem Kirdy Wook und ich von der Station aufgebrochen waren.«

Glawen sprach eine Stunde lang; er schloß seinen Bericht mit einer Inhaltsangabe von Florestes Brief. »Ich wäre nicht überrascht, wenn die Person, die mit dir gesprochen hat, nicht Smonny selbst war.«

»Das könnte sein. Die Stimme klang eigenartig.«

Es hatte wieder zu regnen begonnen; der Regen prasselte wie aus Kübeln auf das Dach der Hütte. Kathcar schaute durch die Tür nach draußen. »Dieser

Sturm will gar nicht aufhören. Er ist schlimmer als gewöhnlich.«

Scharde lachte grimmig. »Ich bin froh, daß ich aus dem Loch raus bin. Manchmal stand mir das Wasser bis zu den Hüften.«

Glawen wandte sich Kathcar zu. »Wie viele Löcher gibt es hier?«

»Drei. Nur eines davon war belegt, von Scharde Clattuc – bis heute nachmittag, als sie einen neuen Gefangenen hereinbrachten.«

»Du hast ihm zu essen gebracht; wer war der Mann?«

Kathcar machte eine flatternde Handbewegung. »Ich schenke derlei Dingen keine Beachtung; um meinen eigenen Hals zu retten, befolgte ich Befehle; mehr nicht.«

»Aber du mußt den Häftling doch zur Kenntnis genommen haben.«

»Ja; ich sah ihn.« Kathcar zögerte.

»Sprich weiter. Hast du ihn erkannt, oder seinen Namen gehört?«

Kathcar antwortete widerstrebend: »Tatsächlich nannten sie seinen Namen im Kochhaus, und sie lachten alle miteinander, wie über einen tollen Witz.«

»Nun sag schon – wie lautete der Name?«

»Chilke.«

»Chilke! Und er steckt im Loch?«

»Ja. So ist es.«

Glawen ging zur Tür und schaute nach draußen. Der Regen minderte seine Sicht; das einzige, was er sehen konnte, waren die Lampen auf dem Palisadenzaun. Er dachte an Bodwyn Wook und seine behutsamen Pläne; er berechnete Risiken und verglich sie mit den Impulsen seines Herzens, doch der gesamte Prozeß nahm weniger als eine Minute in Anspruch. Er gab Scharde eine seiner Waffen. »Der Sumpfkrabbler steht unten, hinter der ersten Rinne. Gleich dahinter steht ein Flammenwerferbaum. Direkt darunter, dort, wo der Fluß eine Biegung macht, wirst du das Fluggerät finden. Dies für den Fall, daß ich nicht zurückkomme.«

Scharde nahm kommentarlos die Waffe entgegen. Glawen gab Kathcar ein Zeichen. »Komm!«

Kathcar verharrte an seinem Platz. Er sagte: »Wir sollten unser Glück nicht strapazieren! Stimmst du mir da nicht zu? Unser Leben verdient es, gehegt zu werden; laß uns nicht über verpaßte Gelegenheiten in den Löchern nachgrübeln!«

»Komm!« Glawen begann die Leiter hinunterzusteigen.

»Warte!« schrie Kathcar. »Du mußt erst schauen, ob unten keine Bestien lauern!«

»Dazu regnet es zu stark«, sagte Glawen. »Ich kann sie nicht sehen. Und sie können mich auch nicht sehen.«

Unter leisem Fluchen folgte Kathcar ihm die Leiter hinunter. »Dies Unternehmen ist sinnlos und tollkühn!«

Glawen schenkte ihm und seinen Bedenken keine Beachtung. Er rannte durch den Regen zum Pfahlzaun. Kathcar folgte ihm, immer noch Beschwerden ausstoßend, die gleichwohl untergingen im Prasseln des Regens und im Heulen des Sturms. Er öffnete das Tor im Pfahlzaun; die beiden schlüpften hindurch.

Kathcar rief Glawen ins Ohr: »Es könnte sein, daß sie bei dem Regen auf den Gedanken kommen, ihren Bewegungsmelder einzuschalten, weshalb wir am besten den gleichen Weg nehmen wie vorher. Bist du bereit? Dann komm! Zum Felsen!«

Die zwei rannten geduckt durch den prasselnden Regen am Palisadenzaun entlang. Unter dem Felsvorsprung hielten sie an. »Hinunter!« befahl Kathcar. »Wie beim ersten Mal! Folge mir dichtauf, sonst verlierst du mich.«

Auf Händen und Knien krochen die zwei durch den Dreck, vorbei am ersten Loch, um einen weiteren Felsvorsprung herum und schließlich hinunter in eine felsige Mulde. Kathcar hielt an. »Wir sind da.«

Glawen tastete nach den Gitterstäben. Er rief in die Schwärze hinunter: »Chilke! Bist du da? Kannst du mich hören? Chilke?«

Eine Stimme kam von unten. »Wer ruft da nach Chilke? Es ist reine Zeitverschwendung; ich kann euch nicht helfen.«

»Chilke! Ich bin's, Glawen! Steh auf; ich zieh dich raus!«

»Ich stehe bereits, damit ich nicht ertrinke.«

Glawen und Kathcar schoben das Gitter beiseite und zogen Chilke an die Oberfläche. »Das ist eine freudige Überraschung«, sagte Chilke.

Glawen und Kathcar schoben das Gitter wieder an seinen Platz; die drei krochen über das Gelände zum Palisadenzaun, rannten geduckt zum Tor zurück, schlüpften durch. Für einen Moment schien der Regen an Heftigkeit nachzulassen; Kathcar spähte nach links und rechts über den Streifen. Er sog scharf Luft ein. »Da ist ein Glat! Rasch! Zum Baum!«

Die drei rannten zum Baum und hasteten die Leiter hoch. Kathcar schlug die Falltür just in dem Moment zu, als etwas Schweres mit Wucht gegen den Baum krachte.

Kathcar fragte Glawen streng: »Ich hoffe, nicht noch mehr von deinen Freunden sind hier inhaftiert?«

Glawen überging die Bemerkung. Er fragte Chilke: »Was ist passiert?«

»Überhaupt nichts Kompliziertes«, sagte Chilke. »Gestern morgen sprangen mich zwei Männer an, warfen mir einen Sack über den Kopf, fesselten mir die Hände mit Klebeband, verstauten mich an Bord unseres neuen J-2-Fluggeräts und flogen davon. Das nächste, was ich wußte, war, daß ich hier war. Einer der

Männer war übrigens Benjamie; ich konnte die stark parfümierte Pomade riechen, die er sich ins Haar schmiert. Wenn ich zur Station zurückkomme, entlasse ich ihn, da man ihm offenkundig nicht über den Weg trauen kann.«

»Was geschah dann?«

»Ich hörte neue Stimmen. Jemand führte mich in einen Schuppen und zog mir den Sack vom Kopf. Dann passierten bestimmte eigentümliche Dinge, die ich noch nicht eingeordnet habe. Danach wurde ich zu dem Loch geführt und hineingesteckt. Dieser Herr hier brachte mir eine Schüssel Hafergrütze. Er fragte mich nach meinem Namen und bemerkte, daß es nach Regen aussehe. Danach blieb ich allein, bis ich deine Stimme hörte, die ich mit Freuden vernahm.«

»Seltsam«, sagte Glawen.

»Was werden wir jetzt tun?«

»Sobald wir wieder etwas sehen können, werden wir verschwinden. Sie werden uns erst vermissen, wenn sie zum Frühstücken ins Kochhaus kommen und keinen Kathcar finden.«

Chilke spähte durch die Dunkelheit. »Dein Name ist Kathcar?«

»Das ist richtig«, antwortete Kathcar steif.

»Du hattest recht mit dem Regen.«

»Es ist ein schreckliches Unwetter«, sagte Kathcar. »Das schlimmste, das ich bisher erlebt habe.«

»Du bist schon lange hier?«

»Nicht allzu lange.«

»Wie lange?«

»Etwa zwei Monate.«

»Welches war dein Verbrechen?«

Kathcar erwiderte: »Ich bin mir selbst nicht sicher, warum ich hier bin. Offenbar habe ich Titus Pompo beleidigt, oder etwas in der Art.«

Glawen klärte Chilke und Scharde auf. »Kathcar ist ein Naturalist aus Stroma.«

»Interessant!« sagte Scharde. »Wie kommt es, daß du mit Titus Pompo bekannt bist?«

»Das ist ein komplizierter Sachverhalt, der im Moment nicht relevant ist.«

Scharde sagte nichts. Glawen fragte ihn: »Bist du müde? Möchtest du schlafen?«

»Ich bin wahrscheinlich kräftiger, als ich ausschaue.« Schardes Stimme schweifte ab. »Ich glaube, ich werde versuchen zu schlafen.«

»Gib deine Waffe Chilke.«

Scharde händigte Chilke die Waffe aus, kroch quer durch die Hütte und streckte sich auf dem Boden aus. Fast sofort schlief er ein.

Der Regen schwoll an und wieder ab: für ein paar Minuten ließ er nach, als würde er jeden Moment aufhören, um dann wieder mit neuerwachter Urgewalt herniederzuprasseln. Kathcar bemerkte erneut mit Staunen: »Dieses Unwetter ist unglaublich!«

Chilke sagte: »Scharde ist seit ungefähr zwei Monaten hier. Wer kam zuerst: du oder Scharde?«

Kathcar schien Fragen nicht zu mögen. Wie schon zuvor, antwortete er kurz angebunden: »Scharde war schon hier, als ich kam.«

»Und niemand hat dir erklärt, warum du hierhergebracht wurdest?«

»Nein.«

»Und was ist mit deiner Familie und deinen Freunden in Stroma? Wissen sie, wo du abgeblieben bist?«

Bitterkeit schwang in Kathcars Stimme mit. »Das vermag ich nicht zu sagen.«

Glawen fragte: »Warst du in Stroma ein LFFler oder ein Chartist?«

Kathcar musterte Glawen scharf. »Warum fragst du?«

»Es könnte womöglich Aufschluß darüber geben, warum du inhaftiert worden bist.«

»Das bezweifle ich.«

Chilke sagte: »Wenn du mit Titus Pompo aneinandergeraten bist, dann mußt du ein Chartist sein.«

Kathcar versetzte frostig: »Wie die anderen Progressiven von Stroma verfechte auch ich die Ideale der LFF-Partei.«

»Sehr seltsam!« sagte Chilke. »Du wurdest von deinen besten Freunden und Klienten in Haft genommen: ich meine natürlich die Yips.«

»Meine Inhaftierung ist zweifellos einem Fehler oder einem Mißverständnis geschuldet«, sagte Kathcar. »Ich habe keine Lust, näher auf diese Angelegenheit einzugehen, und ich will das Vergangene ruhen lassen.«

»Ihr LFFler seid hochherzige Menschen«, sagte Chilke. »Ich für meinen Teil sinne auf Rache.«

Glawen fragte Kathcar: »Bist du mit Dame Clytie Vergence bekannt?«

»Ich bin mit dieser Frau bekannt.«

»Und mit Julian Bohost?«

»Auch ihn kenne ich. Er galt einmal als einflußreiches Mitglied der Bewegung.«

»Jetzt nicht mehr?«

Kathcar sprach maßvoll: »Ich bin in verschiedenen wichtigen Punkten anderer Meinung als er.«

»Was ist mit Lewyn Barduys? Und Flitz?«

»Ich bin weder mit dem einen noch mit dem andern bekannt. Und wenn ihr mich jetzt entschuldigen würdet: auch ich will versuchen, ein wenig zu ruhen.« Kathcar kroch davon.

Ein paar Minuten später hörte der Regen auf; zurück blieb eine Stille, die nur von dem Geräusch der von den Bäumen fallenden Tropfen unterbrochen wurde. Das elektrische Prickeln von drohender Gefahr erfüllte die Luft.

Grelles purpurweißes Blitzgeflecht durchzuckte den Himmel. Es folgte eine Sekunde gespannter Stille, dann noch eine – dann erscholl ein explosionsartiger Donnerschlag, der zu einem mürrischen Grollen erstarb. Aus dem Dschungel ringsherum kam, einer Antwort gleich, mahlendes Schnattern, wütendes Brüllen und Kreischen.

Wieder Stille, der Druck unmittelbar bevorstehender Gefahr, dann ein zweiter Blitz, und für einen Sekundenbruchteil war jedes Detail des Geländes in gleißendes lavendelfarbenes Licht getaucht, gefolgt, wie schon beim ersten Mal, von einem mächtigen Donnerschlag. Einen Moment später setzte ein neuer Wolkenbruch ein.

Glawen fragte Chilke: »Was geschah in dem Schuppen, das so absonderlich war?«

»Ich führe ein sehr absonderliches Leben«, sagte Chilke. »Wenn du es in diesem Licht siehst, dann ist das, was in dem Schuppen vor sich geht, bloß ein typisches Vorkommnis, wenngleich der Durchschnittsmensch vielleicht verblüfft wäre.«

»Was geschah denn nun im einzelnen?«

»Als erstes zog mir ein Yip in einer schwarzen Uniform den Sack vom Kopf. Ich sah einen Tisch, auf dem einige Schriftstücke zu einem sauberen Stapel aufgeschichtet lagen. Der Yip hieß mich Platz nehmen, was ich auch tat.

Offenbar wurde ich überwacht von einer Kamera auf der anderen Seite des Raumes. Eine Stimme kam aus einem Lautsprecher: ›Du bist Eustace Chilke, gebürtig aus der Großen Prärie auf der Erde?‹

Ich antwortete, ja, das sei der Fall, und mit wem ich denn spräche?

Die Stimme sagte: ›Dein einziges Interesse in diesem Moment muß der Stapel von Dokumenten sein, den du vor dir liegen siehst. Unterschreibe sie an den bezeichneten Stellen.‹

Die Stimme war harsch und verzerrt und klang ganz und gar nicht freundlich. Ich sagte: ›Ich nehme an, es ist zwecklos, gegen die unerhörte Ausschreitung zu protestieren, die dieser Menschenraub darstellt.‹

Die Stimme sagte: ›Eustace Chilke, du bist aus gutem und hinreichendem Grund hierhergebracht worden. Signiere die Schriftstücke, und zwar flugs!‹

Ich sagte: ›Das hört sich ganz so an, als sei es Madame Zigonie, die da spricht, doch keinesfalls in freundlichem Ton. Wo ist das Geld, das Sie mir für sechs Monate Arbeit schulden?‹

Die Stimme sagte: ›Unterzeichne endlich die Schriftstücke, sonst wird es dir schlecht ergehen.‹

Ich sah die Papiere durch. Das erste übertrug mein gesamtes Hab und Gut, ohne Ausnahme oder Vorbehalt, an Simonetta Zigonie. Das zweite war ein Brief, in dem ich die Herausgabe meines Eigentums an den Überbringer autorisierte. Das dritte, das mir am wenigsten zusagte, war mein Testament, in dem ich alles, was ich besitze, meiner Freundin Simonetta Zigonie vermachte. Ich versuchte zu protestieren. ›Ich möchte dies alles erst einmal in Ruhe bedenken, wenn Sie nichts dagegen haben. Ich schlage vor, daß wir zurück nach Station Araminta fliegen und die Angelegenheit wie Damen und Herren von Ehre regeln.‹

›Unterzeichne die Dokumente‹, befahl die Stimme, ›wenn dir dein Leben lieb ist!‹

Ich erkannte, daß diese Frau für vernünftige Argumente nicht zugänglich war. Ich sagte: ›Ich werde unterschreiben, wenn Sie möchten, doch ist mir dies alles ein großes Rätsel, besitze ich doch kaum mehr als das Hemd, das ich am Leibe trage.‹

›Und was ist mit den Gegenständen, die du von deinem Großvater geerbt hast?‹

›Die sind kaum der Rede wert. Der ausgestopfte Elch ist schon ein wenig schäbig. Dann gibt es da noch eine kleine Steinesammlung, mit Kieseln von hundert Planeten, ein paar Nippsachen, darunter einige purpurne Vasen, und vermutlich noch weiterer Trödelkram von der gleichen Art draußen in der Scheune. So meine ich mich zum Beispiel an eine recht hübsche ausgestopfte Eule zu erinnern, die eine Maus im Schnabel trägt.‹

›Was noch?‹

›Das ist schwer zu sagen, da die Scheune so gründlich von Einbrechern durchstöbert worden ist, daß ich mich fast schäme, Ihnen das Zeug anzubieten.‹

›Dann wollen wir jetzt nicht weiter säumen. Signiere die Schriftstücke, und dies hurtig.‹

Ich unterzeichnete die drei Urkunden. Daraufhin sprach die Stimme: ›Eustace Chilke, du hast dir hiermit dein Leben gerettet, welches du künftighin damit verbringen sollst, Buße zu tun für deine hochmütige, anmaßende und hoffärtige Art, sowie für deine Rücksichtslosigkeit gegenüber den Empfindlichkeiten derer, die vielleicht den Wunsch gehabt haben mögen, sich deiner anzunehmen und dir Freundschaft zu erweisen.‹

Ich nahm an, daß Mme. Zigonie hier auf mein distanziertes Betragen auf der Schattental-Ranch Bezug nahm. Ich erwiderte, es würde mir nichts ausmachen, um Verzeihung zu bitten, wenn dies irgend etwas nütze, aber sie sagte, dazu sei es nun zu spät, und was sein müsse, müsse sein. Ich wurde hinausgebracht und in das Loch gesteckt, wo ich mich unverzüglich daran machte, Buße zu tun und zu bereuen. Ich versichere dir, ich war heilfroh, als ich deine Stimme hörte.«

Glawen fragte: »Du hast keine Ahnung, wonach sie fahndet?«

»Es muß wohl so sein, daß einige von Großpapa Swaners Habseligkeiten wertvoller sind, als ich angenommen habe. Ich wünschte, er hätte es mich wissen lassen, als er noch lebte.«

»Irgend jemand muß Genaueres wissen. Wer könnte das sein?«

»Hm. Schwer zu sagen. Er hatte mit vielen seltsamen Leuten zu tun – Trödelhändlern, Dieben, Altertumskundlern, Kunstsammlern, Antiquaren, Buchhändlern. Ich erinnere mich besonders an einen Burschen, der Großpapas Freund, Kollege, Rivale und Komplize war, alles zur gleichen Zeit. Ich glaube, sie waren beide Mitglied der Naturforschergesellschaft. Er tauschte mit Großvater eine Kollektion exotischer Vogelfedern und drei Pandango-Seelenmasken gegen ein Paket mit alten Büchern und Papieren. Wenn irgend jemand Großvaters Sachen in- und auswendig kennt, dann ist es dieser Bursche.«

»Wo ist er jetzt?«

»Keine Ahnung. Er hat Ärger bekommen wegen irgendeiner rechtswidrigen Geschichte, die mit Grabraub zu tun hatte, und flüchtete nach Außerwelt, um den Behörden zu entgehen.«

Glawen warf zufällig einen Blick über seine Schulter und sah den bleichen Schimmer von Kathcars Gesicht – viel näher, als er gedacht hatte. Es war offenkundig, daß Kathcar ihrer Unterhaltung gelauscht hatte.

Der Regen kehrte in Form eines neuerlichen prasselnden Schauers zurück und hielt an, bis ein dünner Schimmer feuchten grauen Lichts das Kommen der Morgendämmerung ankündigte.

Licht sickerte in den Himmel, und der Gefängnisstreifen wurde in seiner ganzen Länge und Breite sichtbar. Die vier Männer verließen die Baumhütte und machten sich auf den Weg bergab durch den tropfenden Dschungel. Glawen ging vornweg, gefolgt von Chilke, beide ihre Waffe schußbereit im Anschlag haltend. Nach kurzer Zeit erreichten sie die Rinne und mußten feststellen, daß sie sich hüfthoch mit Wasser gefüllt hatte. Sie zu durchwaten war zu riskant wegen der allgegenwärtigen Wasserschnapper. Glawen wählte einen hohen Baum aus und durchtrennte mit Hilfe des Energiestrahls aus seiner Waffe seinen Stamm dergestalt, daß er quer über die Rinne fiel und so eine schlüpfrige Brücke bildete.

Die vier Männer fanden den Krabbler so vor, wie Glawen ihn zurückgelassen hatte; sie kletterten an Bord und fuhren den Hang hinunter – langsam, um nicht in unkontrollierbares Rutschen zu geraten. Fast sofort wurden sie von einem spreizbeinigen Wesen attackiert: es war zwanzig Fuß lang und bewehrt mit acht rasselnd aufeinanderschlagenden Kinnladen und einem langen, beweglichen Schwanz, aus dessen Spitze es eine giftige oder ätzende Flüssigkeit auf seine Beute spritzen konnte. Chilke tötete es, als es sich gerade anschickte, seine Schwanzspitze auf sie zu richten; das Wesen kippte auf die Seite und verendete, wobei es mit seinen Kauwerkzeugen knirschte und den Schwanz hin und her peitschte, eine dunkle, übelriechende Flüssigkeit in die Luft verspritzend.

Als Glawen einige Augenblicke später den Krabbler anhielt, um in Ruhe eine möglichst günstige Route für die Weiterfahrt wählen zu können, hörten sie in der Stille ein bedrohlich klingendes Geräusch aus dem Dickicht dringen. Scharde stieß ein heiseres Krächzen des Alarms aus; Glawen blickte auf und sah einen dreieckigen Kopf von sechs Fuß Breite, der zu einem gähnenden, fangzahnbewehrten Schlund aufgerissen war, am Ende eines langen, schlangenartigen Halses durch das Blattwerk auf sich herniederschnellen. Glawen feuerte reflexartig seine Waffe ab und zerstörte den Kopf. Einen Moment später stürzte etwas Schweres, Massives mit lautem Krachen zu Boden.

So gut er konnte, steuerte Glawen den Krabbler auf dem gleichen Weg, auf dem er gekommen war, zu Tal. Der Hang begann schließlich abzuflachen, und das Dschungelblattwerk wurde dünner. Das Vehikel erreichte die Stelle, wo der Fluß den Schlamm überflutet hatte, und begann mit lautem Platschen Wasser aufzuwühlen. Eine Horde Schlammgänger beobachtete sie heulend und kreischend aus der Ferne. Das Wasser wurde tiefer; der Krabbler begann den Kontakt mit dem Schleim zu verlieren und auf dem reißenden Wasser zu schwimmen.

Glawen hielt den Krabbler an. Er wandte sich zu seinen drei Gefährten um und zeigte auf eine dichte Gruppe von Dendren. »Das ist die Stelle, wo ich das Fluggerät zurückgelassen habe. Ich hatte es an einem Baum festgebunden. Der Baum muß letzte Nacht bei dem tosenden Sturm weggebrochen sein und das Fluggerät mit sich gerissen haben.«

»Das ist eine schlechte Nachricht«, sagte Chilke. Er spähte nach Westen über die Oberfläche des mächtig angeschwollenen Flusses. »Ich sehe mengenweise Baumstämme und tote Äste, aber keinen Flugapparat.«

Kathcar gab ein hohles Stöhnen von sich. »Da waren wir im Gefängnis besser dran.«

»Du warst vielleicht besser dran«, sagte Glawen. »Wenn du willst, kannst du ja zurückkehren.«

Kathcar sagte nichts mehr.

Chilke meinte nachdenklich: »Mit ein paar Werkzeugen und ein paar Materialien könnte ich ein Funkgerät basteln. Aber auf dem Krabbler gibt es weder das eine noch das andere.«

»Es ist ein Desaster!« lamentierte Kathcar. »Schieres Desaster!«

»Noch nicht«, sagte Scharde.

»Wie kannst du dies in Abrede stellen?«

»Ich stelle fest, daß die Strömungsgeschwindigkeit vielleicht drei Meilen pro Stunde beträgt, mehr nicht. Wenn der Baum in der Mitte der Nacht umgestürzt ist – sagen wir, vor sechs Stunden –, dann ist er bis jetzt achtzehn Meilen oder weniger fortgetrieben. Der Krabbler schafft fünf oder sechs Meilen pro Stunde auf dem Wasser. Wenn wir also jetzt losfahren, müßten wir den Baum und den an ihm befestigten Flugapparat in drei bis vier Stunden eingeholt haben.«

Ohne weitere Worte setzte Glawen den Krabbler wieder in Bewegung und steuerte ihn flußabwärts.

Der Krabbler glitt über eine Wildnis aus Wasser, durch eine Sauna aus drückender Hitze, gleißendem Licht, das von der Oberfläche widergespiegelt wurde, und brütender Feuchtigkeit, die den Passagieren schier den Atem raubte und jede Bewegung zu einer Anstrengung von monumentalem Ausmaß machte. Als Syrene aufging, wurden die Hitze und das grelle Licht schlechterdings unerträglich. Glawen und Chilke errichteten ein Sonnensegel aus Zweigen und Laub, die sie aus dem Wasser fischten, nachdem sie zuvor die Insekten und kleinen Schlangen herausgeschüttelt hatten, die den Blättern anhafteten. Das Sonnensegel spendete ein hohes Maß an Linderung. Von Zeit zu Zeit erhoben sich große Köpfe oder Okularfortsätze aus dem Wasser, mit dem offensichtlichen Vorsatz anzugreifen; stetige Wachsamkeit war vonnöten, um plötzliches überwältigendes Mißgeschick zu vermeiden.

Drei Stunden lang schnurrte der Krabbler so flußabwärts, Dutzende von entwurzelten Bäumen, abgestorbenen Ästen, Teppichen von ineinander verhedderter Vegetation und Büscheln von treibendem Röhricht überholend. Trotz ernster und eifriger Suche war von dem Skyrie nichts zu sehen. Schließlich fragte Kathcar: »Und wenn wir nun weitere zwei Stunden fahren und das Fluggerät immer noch nicht gefunden haben – was dann?«

»Dann fangen wir an, sehr sorgfältig nachzudenken«, versicherte Chilke.

»Ich denke bereits seit geraumer Frist sehr sorgfältig nach«, erwiderte Kathcar knurrig. »Ich glaube nicht, daß Denken in diesem Fall hilfreich ist.«

Der Fluß wurde breiter; Glawen steuerte einen Kurs,

bei dem das linke Ufer stets in Sichtweite blieb, die Hauptfläche des Stromes jedoch zur Rechten lag.

Eine weitere Stunde verging. Ein Stück voraus tauchte ein weißer Fleck auf: der Skyrie. Glawen seufzte erleichtert und ließ sich auf die Bank sinken, erfüllt von einer außergewöhnlichen Gemütsbewegung, die ein Gemisch aus Mattigkeit, Euphorie und einer geradezu weinerlichen Dankbarkeit für das günstige Wirken der Fügung war. Scharde legte den Arm um Glawens Schultern. »Ich kann keine Worte finden für das, was ich in meinem Herzen fühle.«

»Freut euch nicht zu früh«, mahnte Chilke. »Es sieht so aus, als hätten wir Piraten an Bord des Fluggerätes.«

»Schlammgänger!« sagte Glawen.

Der Krabbler näherte sich dem Fluggerät. Der Baum, an dem Glawen ihn befestigt hatte, war offenbar in einen Strudel geraten und von diesem in eine Schlickbank gerissen worden, wo er sich verhakt hatte. Ein Stamm von Schlammgängern war, fasziniert von dem kuriosen treibenden Gegenstand, über Schlamm und Wasser herübergerannt und durch Knäuel von Tang und Röhricht und Ästen geklettert, um auf das Fluggerät zu gelangen. Im Augenblick waren sie dabei, an dem Beutel mit den stinkenden Tierleichensegmenten, den Glawen auf Deck zurückgelassen hatte, herumzustochern und ihn in den Fluß zu stoßen.

Eine Brise wehte den Geruch zum Krabbler herüber, was Chilke einen Ausruf des Abscheus und die Frage entlockte: »Was in aller Welt ist das?«

»Der Geruch kommt von einem Beutel voller übelriechender Tierkadaverbrocken«, erläuterte Glawen, »den ich auf Deck zurückgelassen habe, um Schlammgänger fernzuhalten.« Er ging zum Bug des Krabblers und schwenkte die Arme. »Heda! Geht weg! Haut ab! Verschwindet!«

Als Antwort begannen die Schlammgänger wütend zu kreischen und den Krabbler mit Matschklumpen zu bewerfen. Glawen richtete seine Waffe auf den Baum und schoß einen großen Ast weg. Unter verblüfftem Geschnatter und Gekeife rannten die Schlammgänger mit raumgreifenden Schritten über den Matsch davon. In sicherer Distanz blieben sie stehen und versuchten es mit einem neuerlichen Bombardement von Matschklumpen, doch ohne Erfolg.

Die vier Männer stiegen an Bord des Fluggeräts. Glawen kippte mehrere Eimer Wasser über das Deck in der Hoffnung, den zäh haftenden Gestank der in dem Sack befindlichen Tierleichenstücke zu mildern, und um den von den Schlammgängern hinterlassenen Unrat über Bord zu spülen. Sodann hievten sie den Krabbler an Bord und machten ihn fest. »Lebewohl, Vertesfluß«, sagte Glawen. »Ich habe alles bekommen, was ich von dir wollte.« Er wandte sich der Armaturentafel zu, startete das Fluggerät, zog es empor und flog in niedriger Höhe flußabwärts.

Bei Einbruch der Dämmerung verzehrten die vier ein Abendessen aus den Rationen, die Glawen als Bordverpflegung mitgenommen hatte. Der Fluß verbreiterte sich und ergoß sich in den Ozean. Lorca und Sing verschwanden, und der Skyrie flog über den Westlichen Ozean durch das Licht der Sterne.

Glawen sagte zu Kathcar: »Mir ist noch immer nicht klar, warum du nach Shattorak gebracht wurdest. Du mußt irgend etwas getan haben, das Smonny erzürnt hat, denn Titus Pompo selbst ist offenbar von geringem Belang.«

Kathcar erwiderte kühl: »Die Sache ist vorbei und erledigt, und ich habe keine Lust, des näheren auf sie einzugehen.«

»Nichtsdestoweniger sind wir alle interessiert, und dir steht ausreichend Zeit zur Verfügung, ins Detail zu gehen.«

»Das mag ja sein«, sagte Kathcar. »Gleichwohl: die Angelegenheit ist persönlich und privat.«

Scharde sagte freundlich: »Unter den gegebenen Umständen glaube ich nicht, daß du erwarten kannst, Angelegenheiten dieser Art als privat zu betrachten. Wir alle sind viel zu sehr persönlich betroffen, und wir haben ein berechtigtes Interesse zu erfahren, was passiert ist.«

Chilke fügte hinzu: »Ich muß dich überdies darauf aufmerksam machen, daß sowohl Scharde als auch Glawen Beamte von Amt B sind und ihre Fragen deshalb einen offiziellen Beigeschmack haben. Was mich betrifft, so will ich herausfinden, wie ich Smonny am besten zahlen lassen kann, und nicht nur sie, sondern auch Namour und Benjamie und jeden andern, der dachte, ich hätte vielleicht nichts dagegen, in ein Loch geworfen zu werden.«

»Ich habe ebenfalls etwas dagegen«, sagte Scharde. »Ich muß mich anstrengen, meine Wut im Zaum zu halten.«

»Wenn man alles dies bedenkt«, sagte Glawen, »solltest du dich besser dazu entschließen, uns darzulegen, was wir wissen wollen.«

Kathcar verharrte in bockigem Schweigen. Glawen versuchte, ihn aus der Reserve zu locken. »Du bist doch Mitglied der LFF-Faktion in Stroma, nicht wahr? Wie lerntest du Smonny Clattuc oder Madame Zigonie – oder wie immer sie sich sonst noch nennen mag – kennen?«

»Da ist nichts dabei, was in irgendeiner Weise Anlaß zum Staunen gäbe«, sagte Kathcar mit großer Würde. »Die LFF ist besorgt wegen der Verhältnisse in Yipton und möchte Cadwal aus seinem jahrhundertelangen Schlaf erwecken und in moderne Zeiten überführen.«

»Aha. Du bist also nach Yipton gereist?«

»Natürlich. Ich wollte mir mit eigenen Augen ein Bild vom tatsächlichen Zustand der Dinge machen.«

»Du bist allein gereist?«

Kathcar wurde erneut störrisch. »Was tut das zur Sache, mit wem ich gereist bin?«

»Benenne die betreffenden Personen und gestatte uns, das selbst zu beurteilen.«

»Ich reiste mit einer Abordnung aus Stroma.«

»Wer gehörte alles zu dieser Abordnung?«

»Verschiedene Mitglieder der LFF.«

»War Dame Clytie eines dieser Mitglieder?«

Kathcar schwieg lange zehn Sekunden. Dann vollführte er eine wütende Geste der Frustration. »Wenn ihr es denn unbedingt wissen müßt: ja!«

»Und Julian?«

»Der war selbstverständlich auch dabei«, sagte Kathcar mit einem Naserümpfen. »Julian ist energisch und beharrlich. Ich habe sogar gehört, daß andere ihn als ein wenig aufgeblasen beschrieben haben, aber vielleicht sollte ich ihn nicht in dieser Weise charakterisieren.«

»Wir sind diskret und werden Julian deine tadelnde Einschätzung nicht hinterbringen«, versicherte Scharde mit einem Grinsen. »Was geschah also in Yipton?«

»Ihr müßt wissen, daß, wennschon die LFF-Partei einhellig und übereinstimmend von der Notwendigkeit umfassender Reformen überzeugt ist, es unterschiedliche Vorstellungen davon gibt, in welche Richtung die Veränderungen gehen sollten. Dame Clytie verficht eine dieser Philosophien, und ich stehe für eine andere, und unsere Konferenzen verlaufen nicht immer harmonisch.«

»Inwiefern unterscheiden sich eure Ansichten?« fragte Glawen.

»Es ist hauptsächlich eine Frage der Gewichtung. Ich favorisiere eine sorgfältig strukturierte, nach dem Führerprinzip ausgerichtete Organisation für das neue Cadwal, und ich habe bereits einen detaillierten Entwurf für das neu zu schaffende System vorgelegt. Dame Clytie, fürchte ich, ist ein wenig weltfremd und malt sich eine neue Gesellschaft von glücklichen Bauern aus, die bei ihrer Arbeit singen und jeden Abend auf dem Dorfanger zu den Klängen fröhlicher Weisen tanzen und springen. Ein jeder wird Geschichtenerzähler oder Musikant sein; ein jeder wird Spaß daran haben, schöne Artefakte hervorzubringen. Wie soll nun diese neue Gemeinschaft regiert werden? Dame Clytie verficht ein Konzept, bei dem alle, Junge wie Alte, Männer wie Frauen, Toren wie Weise über strittige Fragen auf Versammlungen debattieren und dann mit fröhlichen Hurrarufen und schallendem Applaus ihre Zustimmung zu der einen oder anderen Lösung kundtun. Kurz, Dame Clytie optiert für eine Demokratie in ihrer reinsten, grundlegendsten und amorphsten Form.«

»Und die einheimischen Tiere? Was geschieht mit ihnen?« fragte Glawen.

Kathcar erwiderte leichten Sinnes: »Die wilden Bestien? Dame Clytie ist nicht übermäßig interessiert an dem Problem. Sie müssen halt lernen, mit der neuen Ordnung zu leben. Nur die wahrhaft garstigen und widerwärtigen Kreaturen werden verjagt oder ausgerottet werden.«

»Und deine Ansichten unterscheiden sich von denen Dame Clyties?«

»Erheblich. Ich verlange eine strukturierte Zentralgewalt, ausgestattet mit der Vollmacht, Politik zu formulieren und Gesetze und Vorschriften zu erlassen.«

»Dann legtet also du und Dame Clytie eure Differenzen bei und reistet gemeinsam nach Yipton?«

Kathcar entblößte die Zähne zu einer sardonischen Grimasse, halb Hohnlächeln, halb Lächeln. »Die Lustfahrt nach Yipton war nicht meine Idee. Ich vermag nicht mit Sicherheit zu sagen, von wem die Idee stammte, aber ich vermute, daß Julian, der immer dabei ist, wenn es etwas zu intrigieren gibt, je verschlagener und abwegiger, desto besser, den Gedanken entwickelte. Ich weiß, daß er bei einem seiner Besuche in Station Araminta einen gewissen Namour konsultierte und dann möglicherweise Dame Clytie die Idee unterbreitete. Wie auch immer, die Pläne wurden jedenfalls gemacht. Als ich erfuhr, woher der Wind wehte, bestand ich darauf, in die Delegation einbezogen zu werden, um sicherzustellen, daß meine Position bekanntgemacht werden würde.

Und so flogen wir denn nach Yipton. Ich wußte nichts von Simonetta oder ihrem Status; ich dachte, wir würden mit Titus Pompo konferieren, weshalb ich erstaunt war, als wir es statt dessen mit Simonetta zu tun bekamen. Da weder Julian noch Dame Clytie das gleiche Erstaunen wie ich zeigten, bin ich sicher, daß Namour sie vorab informiert hatte, was sie zu erwarten hätten. Ich war natürlich gekränkt über diesen meines Erachtens eklatanten Verstoß gegen die diplomatische Etikette, und ich beschloß, mein Mißvergnügen bei der ersten sich bietenden Gelegenheit deutlich zu machen.

Wie auch immer – Namour führte uns in ein Büro mit einem Fußboden aus geflochtenen Bambusmatten, Wänden aus Spaltbambus und einer Decke aus mit kunstvollen Schnitzereien verziertem Holz, das offenbar vom Festland eingeschmuggelt war. Wir warteten eine Viertelstunde, ehe Simonetta es für nötig befand, sich zu zeigen – eine Pflichtvergessenheit, die, so konnte ich sehen, Dame Clytie nicht wenig irritierte.

Simonetta geruhte schließlich zu erscheinen, und ich war, wie ich bereits angedeutet habe, verblüfft. Anstelle des ernsten, rechtschaffenen und würdevollen Titus Pompo meiner Erwartungen stand hier nun eine Frau vor uns, die ebenso massig und stark war wie Dame Clytie selbst. Simonetta, muß ich sagen, ist eine Frau von seltsamer Erscheinung. Sie trägt das Haar in einem mächtigen Turm auf dem Kopf, einer Rolle alten Tauwerks nicht unähnlich. Ihre Haut mutet wie weißes Wachs an. Ihre Augen funkeln wie Perlen aus Bernstein. Sie ist umgeben von einer Aura von Wildheit und Unberechenbarkeit, die in höchstem Maße beunruhigend ist. Sie ist gewiß eine Frau von hundert Leidenschaften, die sie so weit wie eben nötig bezähmt, aber nicht mehr. Ihre Stimme ist ein wenig herb und gebieterisch, aber wenn sie will, kann sie ihr eine beinahe melodische Sanftheit verleihen. Sie scheint eher von einer instinktiven oder unterbewußten Schlauheit gelenkt zu werden denn von förmlicher Intelligenz – wie Dame Clytie. Bei dieser Gelegenheit verschwendete keine der beiden Frauen irgendwelche Leutseligkeit an die andere, und es gab lediglich den flüchtigen Versuch, simple und gewöhnliche Höflichkeit zu üben. Doch wie auch immer: wir waren nicht nach Yipton gekommen, um Artigkeiten auszutauschen, sondern vielmehr, um zu ermitteln, wie wir unsere Anstrengungen auf das gemeinsame Ziel hin am besten koordinieren konnten.

Ich betrachtete mich als das ranghöchste Mitglied der Delegation und ergriff daher das Wort – in der Absicht, die Philosophie der LFF-Partei, so wie ich sie sehe, in geordneter, kohärenter und unzweideutiger Form darzulegen, damit Simonetta sich bezüglich unseres grundsätzlichen Standpunktes keinen Illusionen hingebe. Dame Clytie jedoch tat sich durch absolut vulgäre und unverzeihliche Unmanierlichkeit hervor, indem sie mir während meiner Ausführungen ins Wort fiel und mich niederbrüllte, als ich gegen ihr Betragen aufbegehrte und sie darauf hinwies, daß ich namens und im Auftrag der LFF-Partei spräche. In ihrer plumpsten und geräuschvollsten Manier erhob Dame Clytie Anspruch darauf, Simonetta als eine Waffenschwester zu betrachten und als eine unerschütterliche und standhafte Kämpferin für die Sache der Tugend und der Wahrheit. Noch einmal versuchte ich, die Diskussion wieder in ihre gehörigen Bahnen zurückzuleiten, doch Simonetta wies mich an, ich solle den Mund halten, was ich als absolut ungeheuerliches und kränkendes Betragen erachtete. Und Dame Clytie, statt mich gegen dieses beleidigende Verhalten in Schutz zu nehmen, machte selbst kränkende Bemerkungen. ›Ausgezeichnet!‹ rief sie. ›Wenn Kathcar jetzt mal für einen Moment mit seinem Geplärre aufhört, können wir mit unserem Geschäft fortfahren.‹

Jedenfalls begann Dame Clytie zu sprechen. Simonetta hörte ihr einen Moment lang zu, dann wurde sie erneut ungeduldig. Sie sagte: ›Ich will ganz offen sein! Die Leute von Station Araminta haben mir schwere Unbill angetan, und alles in mir drängt nach Vergeltung. Ich beabsichtige, wie ein Racheengel auf Deucas hinabzufahren, und ich werde die Herrin von Station Araminta sein. Meine Rache wird so süß sein, sie wird alle anderen Freuden, die ich je gekostet habe, weit übertreffen! Alle sollen sie den Stachel meines Zorns spüren!‹

Dame Clytie fand es angezeigt, sie zu schelten, wenngleich sie versuchte, Verständnis zu zeigen. ›Hier liegt nicht so ganz das Schwergewicht oder die Hauptstoßrichtung der LFF-Partei. Wir intendieren, die Tyrannei der Charta zu brechen und dem menschlichen Geist Raum und Luft zum Erblühen und Gedeihen zu schaffen!‹

›Das mag wohl so sein‹, sagte Simonetta. ›Gleichviel, schlußendlich wird die Charta durch den Monomantischen Glauben ersetzt werden, der die Zukunft Cadwals bestimmen und lenken wird.‹

Darauf erwiderte Dame Clytie: ›Ich weiß nichts von diesem ›Glauben‹, und ich würde die Einführung irgendeines grotesken Kults mißbilligen.‹

›Das ist eine unfreundliche Beschreibung‹, versetzte Simonetta. ›Der Monomantische Glaube ist die Höchste Pansophie: der Weg zum Sein und die Grundlegende Vervollkommnung!‹

Hier wurde Dame Clytie ein wenig blaß. Julian sprang in die Bresche. Er hielt einen Vortrag über das neue Cadwal und legte dar, daß, wo wahre Demokratie die Losung sei, eines jeden Glaube unverbrüchlich und unantastbar sein müsse und solle. Er erklärte, daß er unter persönlichem Einsatz ein solches Gebot bis zum letzten Blutstropfen verteidigen würde – oder dergleichen Geschwätz. Simonetta trommelte mit den Fingern auf dem Tisch herum und hörte kaum zu. Ich sah, wohin der Wind wehte: geradewegs in die Richtung von Gegenbeschuldigungen und Verstimmungen. Ich beschloß, die Sache klarzustellen, ein für allemal. Ich wies darauf hin, daß absolute Demokratie – auch bekannt als ›Nihilismus‹ – gleichbedeutend mit äußerstem Durcheinander ist. Ferner legte ich dar, daß, wie jeder weiß, eine Herrschaft mittels Ausschüssen und Gremien nur geringfügig weniger chaotisch ist als eine Herrschaft durch den Pöbel. Für den wahren Fortschritt ist es unabdingbar, daß die Regierungsgewalt von einem einzelnen entschlossenen Mann von unbestrittener Klasse und Urteilskraft ausgeübt wird. Ich verkündete, daß, wenngleich ich mich wahrlich nicht um die Macht risse, die Dringlichkeit der Situation es gleichwohl gebiete, daß ich diese große Verantwortung auf mich nehmen wolle, mit all ihren Herausforderungen und Anfechtungen. Daher sollten wir, so fuhr ich fort, uns unverzüglich, hic et nunc, auf dieses Programm einigen und uns mit aller Kraft und Hingabe daran machen, es zu verwirklichen.

Simonetta saß da und starrte mich an. Mit freundlicher Stimme fragte sie mich, ob ich definitiv davon überzeugt sei, daß die machtausübende Person ein Mann sein müsse.

Ich erwiderte, hierauf gebe es nur ein klares und eindeutiges Ja. Dies, so tat ich dar, sei die Lektion, die

die Geschichte uns lehre. Weiber seien wertvolle Anhängsel der Gesellschaft, mit einzigartigen Funktionen und unersetzlichen instinktiven Fähigkeiten. Einzig im Manne jedoch sei jene eigentümliche Qualität beheimatet, die sich zusammensetzt aus Weisheit, Stärke, Beharrlichkeit und Charisma, und die unerläßlich für die Ausübung von Führungsaufgaben ist.

Darauf fragte Simonetta: ›Und welche Funktion sehen Sie für Dame Clytie in Ihrem neuen Königreich vor?‹

Ich sah, daß ich in meinem Überschwang vielleicht ein wenig übers Ziel hinausgeschossen war und meine Argumente eine Spur zu eifrig vorgetragen hatte. Ich erwiderte, daß ›Königreich‹ vielleicht nicht ganz der korrekte Terminus sei und daß ich ganz gewiß großen Respekt vor beiden anwesenden Damen hätte. Ich könnte mir durchaus vorstellen, Dame Clytie mit der Zuständigkeit für Kunst und Gewerbe zu betrauen, und Simonetta würde vielleicht eine ganz gute Erziehungsministerin abgeben – beides, wie ich fände, hochwichtige Posten.«

Chilke lachte. »Kathcar, du bist wirklich ein unglaublicher Tropf.«

»Ich sprach lediglich das aus, was ich für nichts weiter als eine universell akzeptierte Binsenweisheit erachtete.«

»Das tatest du wohl«, sagte Chilke. »Aber das machte es für die Damen nicht weniger ungenießbar.«

»Rückblickend betrachtet sehe ich ein, daß ich mir mehr Zurückhaltung hätte auferlegen müssen. Ich hatte sowohl Dame Clytie als auch Simonetta als vernünftige und realistisch denkende Personen eingeschätzt, die sich der grundlegenden Tatsachen der Geschichte bewußt sind. Hier irrte ich.«

»Das kann man wohl sagen«, sagte Chilke. »Was geschah als nächstes?«

»Julian sagte, er meine, daß nun jeder von uns seine

Ansichten dargelegt habe und daß wir nun gefordert seien, die dabei zutage getretenen Differenzen – die seiner Meinung nach vergleichsweise geringfügig schienen – beizulegen. Unser gemeinsames Ziel sei es, die drückende Last der Charta abzuwerfen, und dies sei fürwahr keine leichte Aufgabe. Simonetta schien dem zuzustimmen, und sie schlug vor, daß wir die Fortsetzung des Gesprächs auf den Nachmittag vertagten und uns erst einmal bei einem Mittagessen stärkten. Wir gingen hinaus auf eine Terrasse mit Blick auf die Lagune, und dort wurde uns ein Mittagsmahl aus Miesmuscheln, Fischpaste, Algenbrot und Wein aus Station Araminta aufgetragen. Offenbar trank ich mehr Wein als üblich, oder vielleicht war der Wein auch mit einem Schlafmittel verfälscht. Jedenfalls wurde ich schläfrig und schlummerte ein.

Als ich erwachte, fand ich mich in einem Fluggerät. Ich nahm an, daß ich auf dem Rückweg nach Stroma war, wenngleich weder Dame Clytie noch Julian zugegen waren. Der Flug kam mir recht lang vor, und er endete zu meiner höchsten Verblüffung auf dem Berge Shattorak. Ich protestierte mit großer Entrüstung; nichtsdestoweniger wurde ich zu einem Loch gezerrt und in demselben eingesperrt. Zwei Tage vergingen. Dann wurde ich vor eine Wahl gestellt: entweder könne ich Stationskoch werden, oder ich müsse in dem Loch verbleiben. Ich wurde Koch. Das ist im wesentlichen alles, was es zu erzählen gibt.«

»Wo werden die Fluggeräte aufbewahrt?«

Kathcar schnitt eine Grimasse. »Das sind nicht meine Geheimnisse. Ich sträube mich, solche Dinge zu erörtern.«

Scharde sprach in gemäßigtem Ton: »Du bist doch ein vernunftbegabter Mensch, nicht wahr?«

»Freilich! Habe ich das nicht deutlich gemacht?«

»Wir werden mit allen Kräften, die wir auf der Station aufbieten können, einen Angriff auf Shattorak fliegen. Wenn du es versäumt hast, uns mit exakten und detaillierten Informationen zu versehen und auch nur einer unserer Leute bei dem Angriff ums Leben kommt, wirst du des Mordes durch Unterlassung für schuldig erklärt und hingerichtet werden.«

»Das ist nicht gerecht!« schrie Kathcar.

»Bezeichne es, wie du willst. Wir in Amt B interpretieren Gerechtigkeit als Treue gegenüber den Bestimmungen der Charta.«

»Aber ich bin ein LFF-Mitglied und ein Progressist! Ich betrachte die Charta als archaischen Plunder!«

»Wir werden dich nicht nur als einen LFFler, sondern auch als einen Renegaten und Mörder einschätzen und dich ohne die geringsten Skrupel exekutieren.«

»Pah!« stieß Kathcar angewidert hervor. »Je nun. Die Fluggeräte stehen in einem unterirdischen Hangar am Osthang Shattoraks, wo zu diesem Zwecke eine Höhle im Lavagestein erweitert wurde.«

»Wie werden sie bewacht?«

»Das kann ich nicht sagen, da ich mich niemals in diese Gegend gewagt habe; noch vermag ich zu sagen, wie viele Flugapparate in dem Hangar stehen.«

»Wieviel Personal befindet sich dort?«

»Etwa ein Dutzend Kräfte.«

»Alles Yips?«

»Nein. Die besten Mechaniker sind Außerweltler. Ich weiß nicht viel über sie.«

»Was ist mit Titus Pompos Raumyacht? Wie oft taucht die hier auf?«

»Zweimal während meiner Zeit hier.«

»Hast du Namour gesehen, seit du mit Dame Clytie nach Yipton aufbrachst?«

»Nein.«

»Und Barduys – was ist seine Funktion?«

Kathcar erwiderte hochmütig: »Wie ich schon sagte, ich weiß nichts von dieser Person.«

»Er scheint ein Freund von Dame Clytie zu sein.«

»Das mag wohl sein.«

»Hm«, sagte Glawen. »Dame Clytie ist womöglich gar nicht so demokratisch gesinnt, wie sie es uns glauben machen möchte.«

Kathcar schaute Glawen verblüfft an. »Warum sagst du das?«

»In dieser neu zu schaffenden Gesellschaft von Gleichen beabsichtigt Dame Clytie zweifelsohne, gleicher als alle andern zu sein.«

»Ich verstehe ganz und gar nicht, was du damit meinst«, sagte Kathcar würdevoll. »Doch hege ich den Verdacht, daß du die LFF-Partei herabsetzt.«

»Das ist schon möglich«, räumte Glawen ein.

II Der Skyrie näherte sich Station Araminta von Südwesten. Er flog sehr niedrig, um der Radarüberwachung zu entschlüpfen, und landete in einem Waldstück südlich des Wan-Flusses.

Kurz nach Sonnenuntergang ging Glawen nach Haus Stromblick und klopfte an der vorderen Eingangstür. Ein Dienstmädchen ließ ihn in die Empfangshalle ein und meldete sein Kommen Egon Tamm. »Du bist wohlbehalten zurückgekehrt! Wie verlief deine Mission?« Egon Tamms Bewillkommnung war geradezu überschwenglich.

Glawen warf einen Blick auf das Dienstmädchen, das immer noch im Raum war. Egon Tamm sagte: »Komm, wir werden uns in meinem Büro unterhalten. Möchtest du eine Erfrischung?«

»Ich würde mich über eine Tasse starken Tee freuen.«

Egon Tamm wies das Dienstmädchen entsprechend an und führte Glawen in sein Büro. »Deine Mission war also von Erfolg gekrönt?«

»Ja. Ich rettete nicht nur Scharde, sondern auch

Chilke und einen weiteren Gefangenen, einen Naturalisten namens Kathcar. Sie warten draußen im Dunkeln. Ich wollte sie nicht mit hereinbringen und Ihren Gästen zeigen.«

»Die sind gestern endlich abgereist.«

»Ich möchte, daß Sie Bodwyn Wook benachrichtigen und ihn bitten, hierher nach Haus Stromblick zu kommen; andernfalls wird er sich gekränkt fühlen und sarkastische Bemerkungen machen, wenn er mich sieht.«

Egon Tamm sprach in sein Telephon; Bodwyn Wook meldete sich. »Glawen ist hier«, sagte der Konservator. »Alles scheint gut ausgegangen zu sein, aber er bittet Sie, hierher nach Haus Stromblick zu kommen, wo er Ihnen Bericht erstatten möchte.«

»Ich werde mich sofort auf den Weg machen.«

Das Dienstmädchen trat mit Tee und Backwerk ein. Es stellte das Tablett auf den Tisch. »Wünschen Sie noch etwas, Sir?«

»Nein; du kannst für heute Schluß machen.«

Das Dienstmädchen ging. Glawen schaute ihr nach. »Sie kann unschuldig und redlich sein, aber ebensogut kann sie eine von Smonnys Spitzeln sein. Offensichtlich stecken die überall. Es ist wichtig, daß Smonny nichts davon erfährt, daß Scharde, Chilke und Kathcar von Shattorak entkommen sind.«

»Bestimmt weiß sie inzwischen, daß sie weg sind!«

»Aber sie kann nicht sicher sein, daß sie ihr Glück nicht einfach im Dschungel versucht haben, oder sich vielleicht irgendwo versteckt halten, in der Hoffnung, eines der Fluggeräte in ihre Hand zu bekommen.«

»Du kannst die drei hinten um das Haus herumführen und die Tür am anderen Ende des Korridors benutzen. Ich werde sicherstellen, daß Esmé nirgendwo ist, wo sie sie kommen sehen kann.«

Bodwyn Wook traf ein und wurde von Egon Tamm hereingelassen, der ihn in das Büro geleitete. Bodwyn Wook ließ seinen Blick von einem zum andern gleiten.

»Scharde! Ich bin froh, dich lebend wiederzusehen, wenngleich ich sagen muß, daß du ein wenig abgehärmt aussiehst. Chilke, du auch. Und wer ist dieser Herr?«

»Er ist ein LFFler aus Stroma«, sagte Glawen. »Sein Name ist Rufo Kathcar, und er repräsentiert eine Faktion, die mit Dame Clytie ein wenig über Kreuz ist.«

»Wirklich interessant! Nun denn: laß uns die Neuigkeiten hören.«

Glawen erstattete eine halbe Stunde lang Bericht. Bodwyn Wook wandte sich zu Scharde. »Was sollen wir deiner Meinung nach als nächstes tun?«

»Ich glaube, wir sollten zuschlagen, und zwar so bald als möglich. Wenn Smonny erst Wind davon bekommt, daß ihr Geheimnis entdeckt ist, wird es zu spät sein. Nach meiner Meinung können wir gar nicht rasch genug handeln.«

»Wird Shattorak verteidigt?«

Glawen wandte sich an Kathcar. »Was kannst du uns dazu sagen?«

Kathcar bemühte sich, die Gereiztheit in seiner Stimme zu unterdrücken. »Ihr bringt mich in eine äußerst unangenehme Lage. Auch wenn ich von Simonetta schlecht behandelt wurde, kann ich nicht behaupten, daß meine Interessen parallel zu euren laufen. Grundsätzlich habe ich die Absicht, die Tyrannei der Charta abzuschütteln, wohingegen ihr beabsichtigt, sie so gut ihr könnt zu verlängern.«

»Es stimmt in der Tat, daß wir hoffen, das Konservat am Leben erhalten zu können, Lumpen, die wir sind«, sagte Bodwyn Wook. »Nun, ich sehe eine einzige Lösung, die allen betroffenen Parteien gerecht wird. Sie brauchen uns nichts zu erzählen, und wir bringen Sie nach Shattorak und lassen Sie dort so zurück, wie wir Sie gefunden haben. Chilke, wie viele Fluggeräte können wir in die Luft bringen?«

»Vier neue Fluggeräte, drei Ausbildungsmaschinen,

zwei Allzweckflugapparate und den Skyrie. Unser Problem ist die Spionage. Smonny wird vom ersten Schritt, den wir machen, erfahren und gerüstet gegen uns sein. Was mich daran erinnert: ich will Benjamie auf der Stelle aussondern, und dann wird es einen Spion weniger geben, über den wir uns Gedanken machen müssen.«

Bodwyn Wook sagte zu Egon Tamm: »Kathcar muß ebenfalls als Widersacher betrachtet werden, und wir müssen ihn einsperren, bis wir ihn nach Ecce zurückbringen.«

»Ich werde ihn in den Schuppen sperren«, sagte Egon Tamm. »Dort wird er sicher sein. Kommen Sie, Kathcar; dies ist die Notwendigkeit, die die Umstände uns aufgedrängt haben.«

»Nein!« schrie Kathcar verzweifelt. »Ich möchte nicht eingeschlossen werden, und ganz gewiß will ich nicht nach dem Berg Shattorak zurück. Ich werde Ihnen erzählen, was ich weiß.«

»Wie Sie wünschen«, sagte Bodwyn Wook. »Wo sind die Abwehrstellungen von Shattorak?«

»Es gibt jeweils ein Geschützpaar auf beiden Seiten des Radar- und Fernmeldeschuppens. Zwei weitere befinden sich beiderseits des Hangars. Wenn Sie sich dem Gipfel auf der Route nähern, die Glawen gewählt hat, zunächst flußaufwärts und dann in geringer Flughöhe den Hang hinauf, dann dürften Sie unentdeckt bleiben und müßten in der Lage sein, den Radarschuppen zu zerstören, ohne sich der Gefahr auszusetzen, die von den Geschützen droht. Das ist das Beste, was ich für Sie tun kann, da ich nicht mehr weiß.«

»Sehr gut«, sagte Bodwyn Wook. »Wir werden Sie nicht nach Shattorak zurückbringen, aber aus einleuchtenden Gründen müssen Sie bis zu unserer Rückkunft interniert bleiben.«

Kathcar protestierte abermals, jedoch vergebens:

Egon Tamm und Glawen führten ihn ab und schlossen ihn in einen Lagerschuppen neben Haus Stromblick ein.

Bodwyn Wook sandte unterdessen einen Trupp von Amt-B-Beamten aus, Benjamie in Haft zu nehmen, doch zu Chilkes Enttäuschung war Benjamie nirgends zu finden, und es stellte sich heraus, daß er Station Araminta an Bord des Raumschiffes Dioscamedes Translux verlassen hatte, mit dem Ziel Wasserstadt, einem Raumverkehrsknotenpunkt auf Andromeda 6011 in der Mitte der Strähne. »Schade«, sagte Chilke. »Benjamie hat die Gefahrenantennen eines tancredischen Feuerfuchses. Ich bezweifle, ob wir den je wieder zu Gesicht bekommen.«

III

Während der dunkelsten und stillsten Stunden zwischen Mitternacht und Morgengrauen stiegen vier Streifenfluggeräte von Station Araminta auf, bewaffnet mit allem an Feuerkraft, was die Rüstkammer hergab. Mit hoher Geschwindigkeit folgten sie der Krümmung der Welt: über Deucas, über den Westlichen Ozean, dann gingen sie hinunter, um Ecce in geringer Höhe anzufliegen. Sobald sie die Mündung des Vertesflusses erreichten, schwenkten sie landeinwärts und folgten seinem Lauf. Sie flogen so tief, daß sie fast die Wasseroberfläche streiften, um den Peilgeräten zu entgehen, die auf dem Gipfel des Berges Shattorak installiert waren.

An der Stelle, wo Glawen den Skyrie gelandet hatte, schwenkte die Streifenabteilung vom Fluß ab und flog in niedriger Höhe über die Sümpfe und den Hang des Vulkans hinauf, bis sie schließlich den Gipfel erreichte.

Zwanzig Minuten später war die Operation beendet. Der Radar- und Fernmeldeschuppen war zerstört, desgleichen ein Geschützstand. Der Hangar beherbergte sieben Fluggeräte, einschließlich der zwei, die erst kürzlich gekapert worden waren. Die Besatzung der Basis leistete keinen Widerstand. Zwölf Gefangene wurden gemacht, darunter neun Yips, sogenannte ›Oomps‹, wie die schwarzuniformierten Angehörigen des Elite-Polizeikorps des Oomphaw genannt wurden. Die restlichen drei waren in Außerwelt angeheuerte Techniker. Auf die Frage, wie es zu erklären sei, daß sie sich so leicht hatten überrumpeln und festnehmen lassen, wollte oder konnte keiner von den Yips eine Antwort geben, doch einer der Techniker berichtete, die Flucht Schardes und Chilkes und das Verschwinden Kathcars hätten weder Verdacht noch Beunruhigung ausgelöst, noch zu größerer Wachsamkeit geführt; die Besatzung der Basis habe sich in ihrer Isolation in Sicherheit gewiegt, und die Gefahren eines Fluchtversuches seien als unüberwindlich erachtet worden. Die Razzia, so enthüllte er, sei einer von den Yips geplanten Besetzung des Marmion-Küstenvorlandes um eine oder zwei Wochen zuvorgekommen, und es seien Orders eingegangen, alle Fluggeräte mit den zu Gebote stehenden Waffen auszurüsten. Kurz, die Razzia hätte zu keinem günstigeren Zeitpunkt stattfinden können.

IV

In Station Araminta unterzog der Konservator im Verein mit Bodwyn Wook und Scharde Clattuc den Naturalisten Kathcar einem ausgiebigen und hochnotpeinlichen Verhör.

Egon Tamm bestellte daraufhin die sechs Hüter von Stroma nach Haus Stromblick ein, um mit ihnen über eine Angelegenheit von schwerwiegender Bedeutung zu konferieren.

Die Konferenz fand im Salon von Haus Stromblick statt, unmittelbar nach Ankunft der sechs Hüter. Ebenfalls zugegen bei dem Treffen waren – auf Egon Tamms Beharren – Bodwyn Wook, Scharde und Glawen. Die Hüter Ballinder, Gelvink und Fergus saßen auf einer Seite, ihnen gegenüber auf der andern saßen Dame Clytie Vergence, Jory Siskin – beidesamt LFFler – und Lona Yone, die vorgab, neutral zu sein.

Der Konservator, zu diesem Anlaß in seine feierliche Amtstracht gehüllt, rief die Versammlung zur Ordnung. »Dies ist womöglich die wichtigste Sitzung, der Sie je beigewohnt haben werden«, sagte er zu den Hütern. »Ein Unglück von enormen Ausmaßen hat uns bedroht. Wir haben es zwar abgewendet, aber nur für den Augenblick. Ich meine hiermit einen bewaffneten Angriff der Yips auf Station Araminta, gefolgt von einer Invasion des Marmion-Küstengebiets durch Tausende von Yips, welche natürlich das Ende des Konservats bedeutet hätten.

Wie ich schon sagte, wir vereitelten diese Pläne und beschlagnahmten sechs Fluggeräte der Yips und eine Anzahl von Waffen.

In diesem Zusammenhang muß ich zu meinem Leidwesen berichten, daß eine Person aus Ihrer Mitte sich eines Verhaltens schuldig gemacht hat, das dem Tatbestand des Verrats sehr nahe kommt, wenngleich ich sicher bin, daß sie geltend machen wird, daß ihr Handeln von idealistischen Beweggründen getragen wird. Dame Clytie Vergence ist die fragliche Person, und ich stoße sie hiermit aus dem Rat der Hüter aus.«

»Das ist unmöglich und außerdem ungesetzlich«, zeterte Dame Clytie. »Ich bin rechtmäßig vom Volke gewählt.«

»Nichtsdestoweniger ist das Amt eine Einrichtung der Charta. Sie können nicht gegen die Charta kämpfen und gleichzeitig Ihr Vorrecht von Ihr ableiten. Das gleiche gilt auch für Jory Siskin, ebenfalls ein LFFler, dessen sofortigen Rücktritt aus dem Hüterrat ich hiermit verfüge. Und Sie, Hüterin Yone, muß ich jetzt auffordern, vorbehaltlos für die Charta einzutreten, in allen ihren Aspekten. Wenn Sie das nicht tun, müssen auch Sie zurücktreten. Wir können uns den Luxus der Zwietracht und des Spaltertums nicht länger leisten. Die Charta ist in Gefahr, und wir müssen mit Entschlossenheit handeln.«

Lona Yone, eine große dünne Frau in späten mittleren Jahren mit kurzem grauem Haar, das so geschnitten war, daß es ihr spitzes, knochiges Gesicht viereckig umrahmte, sagte: »Mir mißfällt die autoritäre Haltung, die Sie eingenommen haben, und ich stoße mich an der Notwendigkeit zu definieren, was ich als meine ureigene, private Denkungsart erachte. Gleichwohl sehe ich ein, daß dies kein gewöhnlicher Anlaß ist und ich mich entweder der einen oder der anderen Seite zuneigen muß. Je nun denn. Ich betrachte mich als unabhängig und frei von Parteigeist und kleinlicher Kabale, doch lege ich hier mit Überzeugung dar, daß ich die Charta und das Konzept des Konservats unterstütze. Ich glaube jedoch, daß die Regeln der Charta nicht rigoros angewendet werden können, noch war dies annäherungsweise der Fall.«

Lona Yone holte tief Luft und schickte sich an fortzufahren, doch Egon Tamm intervenierte. »Das ist gut und hinreichend.«

Dame Clytie sprach in verächtlichem Ton: »Sie können so viele Erlasse und Anweisungen herausgeben, wie Sie wollen. Es bleibt die Tatsache bestehen, daß ich eine große Wählerschaft von Naturalisten repräsentiere, und wir trotzen Ihren harschen und letztendlich unmenschlichen Prinzipien.«

»Dann muß ich Sie und Ihre Wähler nachdrücklich warnen: wenn Sie versuchen sollten, die Durchsetzung des Konservatsrechtes zu behindern oder zu hintertreiben, dann werden Sie allesamt als Gesetzesbrecher betrachtet und behandelt werden. Dazu gehört auch jegliche Kumpanei mit Simonetta Zigonie und jedwede Unterstützung oder Förderung ihrer Aktivitäten.«

»Sie können mir nicht vorschreiben, mit wem ich verkehre.«

»Sie ist eine Entführerin und noch viel Schlimmeres. Scharde Clattuc, der dort sitzt, ist eines ihrer Opfer. Ihr Bundesgenosse Rufo Kathcar ist ein weiteres.«

Dame Clytie lachte. »Wenn sie solch eine Schurkin ist, warum ergreifen Sie sie dann nicht und stellen sie vor Gericht?«

»Wenn ich sie ohne Gewaltanwendung und ohne Blutvergießen aus Yipton herausholen könnte, würde ich das auf der Stelle tun«, versicherte Egon Tamm. Er wandte sich zu Bodwyn Wook um: »Haben Sie irgendeine Idee zu diesem Thema?«

»Wenn wir damit anfangen, Yips nach dem Planeten Chamanita zu deportieren, wo ihre Arbeitskraft benötigt wird, werden wir früher oder später auf Smonny stoßen.«

»Das ist eine herzlose Äußerung«, sagte Dame Clytie. »Wie wollen Sie die Yips dazu überreden, Yipton zu verlassen?«

»›Überreden‹ ist vielleicht das falsche Wort«, sagte Bodwyn Wook. »Übrigens, wo ist eigentlich Ihr Neffe? Ich habe erwartet, ihn unter den Anwesenden vorzufinden.«

»Julian hält sich in Außerwelt auf, in dringenden Geschäften.«

»Ich rate Ihnen beiden, die Charta zu befolgen«, mahnte Bodwyn Wook. »Sonst werden auch Sie überredet werden, sich andernwelts niederzulassen.«

»Pah!« stieß Dame Clytie verächtlich hervor. »Dazu müssen Sie erst einmal nachweisen, daß dieses altertümliche, längst überholte Machwerk wirklich existiert und nicht bloß ein Gerücht ist.«

»Eh? Das dürfte nicht schwerfallen. Schauen Sie einmal auf die Wand dort. Das ist ein Faksimile der

Charta. Ein solches Exemplar gibt es in jedem Haushalt.«

»Ich sage nichts mehr.«

V Der Abend hatte in Haus Stromblick Einzug gehalten. Die Hüter und Ex-Hüter hatten sich auf den Rückweg nach Stroma gemacht. Auch Rufo Kathcar hatte den Wunsch geäußert, nach Stroma zurückkehren zu dürfen, aber Bodwyn Wook war noch nicht überzeugt, daß Kathcar alles erzählt hatte, was er wußte – und erst recht nicht alles, was er vermutete.

Im Speisezimmer verharrten Bodwyn Wook, Scharde, Glawen und der Konservator noch beim Wein und diskutierten die Ereignisse des Tages. Bodwyn Wook merkte an, daß Dame Clytie keine sonderliche Erregung angesichts der Entwicklung der Dinge hatte erkennen lassen. »Und ganz gewiß sehr wenig Reue.«

»Der Posten eines ›Hüters‹ ist weitgehend ein symbolischer Ehrentitel«, sagte Egon Tamm. »Er bringt wenig wirkliche Vorteile mit sich. Dame Clytie war eine der Hüterinnen von Stroma, weil sie für den Posten geradezu geschaffen schien; außerdem verlieh er ihrer Neigung, sich in fremde Angelegenheiten einzumischen, gewissermaßen gesetzliche Weihe.«

»Sie hat da eine recht kuriose Bemerkung gemacht«, sagte Scharde. »Ich habe den Eindruck, daß sie mehr sagte, als sie eigentlich wollte, aber dem Drang nicht widerstehen konnte.«

Egon Tamm zog verblüfft die Stirn kraus. »Welche Bemerkung war das?«

»Sie deutete an, daß die Charta etwas Imaginäres sei: ein Gerücht, eine Legende, ein Truggebilde.«

Bodwyn Wook zog eine Grimasse und goß mit einer schwungvollen Bewegung Wein in seinen hageren

Hals. »Diese außergewöhnliche Frau scheint zu glauben, sie könne das Dokument durch die schiere Kraft ihres Willens aus der Welt tilgen.«

Glawen setzte zum Sprechen an und verstummte wieder. Er hatte sich dazu verpflichtet, nichts von Wayness' Entdeckung zu enthüllen, daß die Charta aus dem Tresor der Gesellschaft verschwunden war, doch jetzt schien es, daß dieses Wissen nicht so geschützt war, wie Wayness gehofft hatte. Smonnys Bemühungen, Chilkes Besitz in ihre Hand zu bekommen, und jetzt Dame Clyties wütende Bemerkungen legten den Verdacht nahe, daß dieses Wissen allein den loyalen Konservationisten verborgen war.

Glawen entschied, daß den Interessen der Station am besten gedient wäre, wenn er jetzt Licht in die Situation brächte. Er brachte mit zögernder Stimme vor: »Es kann sein, daß Dame Clyties Bemerkungen bedeutsamer sind, als ihr vermutet.«

Bodwyn Wook sah ihn scharf an: »Ach! Was weißt du von der Situation?«

»Ich weiß genug, um Dame Clyties Bemerkungen beunruhigend zu finden. Was mich noch mehr beunruhigt, ist die Tatsache, daß Julian Bohost nach Außerwelt gereist ist.«

Bodwyn Wook seufzte. »Wie üblich schwelgt alle Welt in umfassender Kenntnis hinsichtlich schrecklicher Notstände und dräuender Katastrophen, ausgenommen allein die dösenden Mitarbeiter von Amt B.«

»Gestatte mir vorzuschlagen, Glawen«, sagte Egon Tamm, »daß du uns erklärst, was da vor sich geht.«

»Sicher«, sagte Glawen. »Ich habe das bisher nur deshalb nicht gemacht, weil ich zum Schweigen verpflichtet war.«

»Schweigen gegenüber deinen eigenen Vorgesetzten?« donnerte Bodwyn Wook. »Vertrittst du die Theorie, daß du klüger bist als der Rest von uns?«

»Ganz und gar nicht, Sir! Ich stimmte ganz einfach

meinem Informanten in der Einschätzung zu, daß Verschwiegenheit zu aller Vorteil sei.«

»Aha! Und wer ist dieser unendlich vorsichtige Informant?«

»Nun, Sir, es ist Wayness.«

»Wayness!«

»Ja. Sie weilt, wie Sie wissen, derzeit auf der Erde.«

»Erzähle.«

»Um es kurz zu machen, sie machte anläßlich eines früheren Aufenthaltes auf der Erde bei Pirie Tamm die Entdeckung, daß die Originalcharta und das Registrationszertifikat nirgends zu finden waren. Sechzig Jahre zuvor hatte ein gewisser Generalsekretär der Gesellschaft namens Frons Nisfit die Gesellschaft ausgeraubt und alles, was irgend von Wert war, an Dokumentensammler verhökert – einschließlich, wie es scheint, der Charta. Wayness hoffte, dem Verkauf der Charta auf die Spur kommen zu können, und glaubte, daß sie unauffälliger und freier agieren könne, wenn niemand wisse, daß die Charta verschwunden ist.«

»Das scheint mir ganz vernünftig gedacht«, sagte Scharde. »Aber nimmt sie da nicht eine große Verantwortung auf sich?«

»Zu Recht oder Unrecht: es war ihre eigene Entscheidung. Aber wie es scheint, hat auch Smonny Kenntnis von der Situation, und womöglich weiß sie sogar noch mehr als Wayness.«

»Wie kommst du darauf?«

»Ein Sammler namens Floyd Swaner erwarb offenbar einige der Dokumente der Gesellschaft. Als er starb, hinterließ er seinen gesamten Besitz seinem Enkel Eustace Chilke. Smonny spürte Chilke auf und nahm ihn mit auf den Planeten Rosalia. Namour brachte ihn hierher, und Smonny versuchte inzwischen zu ermitteln, ob entweder Chilke oder Opa Swaner die Charta irgendwo versteckt hatten; sie hatte bei ihrer Suche keinen Erfolg. Daraufhin ließ sie Chilke entführen und nach Shattorak bringen, wo sie ihn zwang, ihr seinen gesamten Besitz zu überschreiben. Es sieht so aus, als ob Smonny und ihre Verbündeten, die Yips, es wirklich ernst meinen.«

»Hmm. Und was ist mit Dame Clytie? Woher könnte sie es wissen?«

»Ich schlage vor, daß wir uns noch einmal ausführlich mit Kathcar unterhalten«, sagte Glawen.

Egon Tamm rief das Dienstmädchen und gab ihm Anweisung, Kathcar aus dem Zimmer zu holen, das ihm zur Verfügung gestellt worden war.

Kathcar erschien und verharrte kurz im Türrahmen, die im Raum anwesenden Personen musternd. Er hatte sein schwarzes Haar und seinen Bart sorgfältig gestutzt und sich in dunkle Schwarz- und Brauntöne gekleidet, im konservativen Stil des alten Stroma. Seine schwarzen Augen huschten hin und her, dann trat er in den Raum. »Was ist es nun wieder, meine Herren? Ich habe alles gesagt, was ich weiß; jedes weitere Verhör ist schiere Schikane.«

»Setz dich, Rufo«, sagte Egon Tamm, »möchtest du vielleicht ein Glas Wein trinken?«

Kathcar setzte sich, wies aber den Wein zurück. »Ich nehme nur sehr selten geistige Getränke zu mir.«

»Wir hoffen, daß du vielleicht einen verwirrenden Umstand in bezug auf Dame Clytie erhellen kannst.«

»Ich kann mir nicht vorstellen, was ich Ihnen noch sagen könnte, das ich Ihnen nicht schon gesagt hätte.«

»Als Dame Clytie mit Smonny Zigonie konferierte, kam da das Thema Eustace Chilke zur Sprache?«

»Der Name wurde nicht erwähnt.«

»Und was ist mit dem Namen ›Swaner‹?«

»Ich höre diesen Namen zum erstenmal.«

»Eigenartig«, sagte Bodwyn Wook.

Glawen ergriff das Wort. »Entweder Dame Clytie oder Julian Bohost nahmen Kontakt mit Smonnys

Schwester Spanchetta hier in Station Araminta auf. Hattest du davon Kenntnis?«

Rufo Kathcar zog mürrisch die Stirn kraus. »Julian sprach mit jemandem in der Station; ich bin nicht sicher, wer dieser Jemand gewesen sein könnte. Er berichtete Dame Clytie von diesem Gespräch, und ich meine mich entsinnen zu können, daß dabei der Name ›Spanchetta‹ fiel. Seine Stimmung war erregt, und Dame Clytie sagte: ›Ich glaube, du solltest dieser Sache nachgehen; es könnte sich als höchst bedeutsam erweisen‹ – oder etwas Ähnliches in diesem Sinn. Dann bemerkte sie, daß ich in Hörweite stand, und sagte nichts mehr.«

»Was geschah dann?«

»Unmittelbar danach verreiste Julian.«

»Danke, Rufo.«

»Ist das alles, was Sie wünschen?«

»Für den Moment, ja.«

Kathcar stolzierte aus dem Raum. Glawen sagte zu den andern: »Spanchetta hat Julian die Briefe gezeigt, die Wayness mir geschrieben hatte. Sie erwähnte darin die Charta zwar nicht direkt, aber das, was sie sagte, hat wahrscheinlich ausgereicht, um Spanchetta stutzig zu machen und auf die richtige Spur zu bringen.«

»Warum sollte Spanchetta Julian die Briefe zeigen?« fragte Egon Tamm. »Das ist mir schleierhaft.«

»Wenn Spanchetta Smonny hätte informieren wollen«, sagte Scharde, »dann hätte sie Namour benachrichtigt. Es könnte sehr wohl so sein, daß sie Dame Clyties Zukunftspläne denen ihrer Schwester vorzieht.«

Glawen stand auf. Er wandte sich Bodwyn Wook zu. »Sir, ich ersuche um sofortigen Urlaub.«

»Hm. Woher diese plötzliche Laune?«

»Sie ist nicht plötzlich, Sir. Die Shattorak-Operation ist erfolgreich abgeschlossen, und ich brenne darauf, mich um eine andere Sache zu kümmern.«

»Dein Gesuch ist hiermit abgelehnt«, sagte Bodwyn Wook. »Ich betraue dich mit einer Sondermission. Du mußt so schnell wie möglich zur Erde reisen und die Angelegenheit, die wir gerade diskutiert haben, nach besten Kräften an Ort und Stelle aufklären.«

»Sehr wohl, Sir«, sagte Glawen. »Ich ziehe mein Gesuch zurück.«

»Sehr gut«, sagte Bodwyn Wook.

KAPITEL DREI

I Wayness traf an Bord des Sternenschiffes *Zaphorosia Naiad* auf dem Grand Fiamurjes Raumhafen auf der Alten Erde ein und begab sich auf direktem Wege nach Schönwinden, der Residenz ihres Onkels Pirie Tamm in Yssinges, nahe dem Dorfe Tierens, fünfzig Meilen südlich von Shillawy.

Wayness näherte sich dem Portal von Schönwinden mit einem Gefühl des Zweifels, war sie doch nicht ganz sicher, wie die gegenwärtigen Verhältnisse waren, noch, mit welcher Art von Begrüßung sie zu rechnen hatte. Die Erinnerungen an ihren letzten Besuch waren noch lebendig. Schönwinden war ein altes herrschaftliches Haus, erbaut aus dunklen Hölzern, geräumig, auf behagliche Weise schäbig, umgeben von einem Dutzend mächtiger Zedern. Hier wohnte Pirie Tamm, ein Witwer, mit seinen Töchtern Challis und Moira: beide älter als Wayness und aktiv im gesellschaftlichen Leben des Sprengels. Die Säle und Mauern von Schönwinden hatten einst widergehallt von fröhlichem oder feierlichem Kommen und Gehen, festlichen Diners und Soupers, Dinnerparties, Gartenfesten und den heiteren Klängen eines alljährlich stattfindenden Maskenballs. Pirie Tamm war zu der Zeit ein großmütiger, herzhafter Mann gewesen, von aufrechter Statur, groß und kräftig, kernig, rege und selbstsicher, peinlich korrekt in seinen Manieren. Milo und Wayness hatten ihn als einen generösen, wenn auch ein wenig förmlichen Gastgeber kennengelernt.

Nun, da sie Schönwinden zum zweitenmal besuchte, stellte Wayness viele Veränderungen fest. Challis und Moira hatten sich vermählt und waren weggezogen; Pirie Tamm lebte jetzt allein mit zwei Dienstmädchen, und das riesige alte Haus erschien unnatürlich still. Pirie Tamm war inzwischen dünn und weißhaarig geworden; seine einstmals roten Wangen waren wachsbleich und hohl; seine kraftvoll-freimütige, zuversichtliche Art war gedämpfterem Gebaren gewichen, und er bewegte sich nicht länger mit flottem, wohlgemutem Schritt. Nach seinem Gesundheitszustand befragt, hüllte er sich in striktes Schweigen, doch Wayness erfuhr schließlich von den Dienstmädchen, daß Pirie Tamm von einer Leiter gefallen sei, sich das Becken gebrochen und aufgrund der dabei aufgetretenen Komplikationen viel von seiner Kraft eingebüßt hätte und keine langanhaltenden Anstrengungen mehr vertragen könne.

Pirie Tamm begrüßte Wayness mit unerwarteter Herzlichkeit. »Was für eine Freude, dich zu sehen! Und wie lange wirst du bleiben? Du wirst es doch hoffentlich mit der Abreise nicht eilig haben; auf Schönwinden ist es heutzutage viel zu still und beschaulich!«

»Ich habe keinen festen Plan, was die Dauer meines Aufenthaltes anbelangt«, sagte Wayness.

»Gut, gut! Agnes wird dir jetzt dein Gemach zeigen, wo du dich vor dem Diner erfrischen kannst.«

Wayness erinnerte sich von ihrem letzten Besuch her, daß das Abendessen auf Schönwinden stets ein förmliches Ereignis war. Sie kleidete sich diesem Anlaß entsprechend in einen hellbraunen Plisseerock, eine dunkelgrau-orangefarben gemusterte Bluse und ein schwarzes Jackett mit breiten Schultern: Kleider, die trefflich zu ihrem dunklen Haar und ihrem blaßolivfarbenen Teint paßten.

Als sie im Speisezimmer erschien, musterte Pirie Tamm sie von Kopf bis Fuß mit einer Miene widerwilliger Zustimmung. »Ich habe dich als ein hübsches junges Mädchen in Erinnerung; du hast dich gewiß auch nicht zum Schlechteren verändert – wenngleich

ich bezweifle, daß irgend jemand auf die Idee kommen würde, dich als ›drall‹ zu beschreiben.«

»Es fehlt mir hier und da ein wenig an Fülle«, erwiderte Wayness zimperlich. »Aber ich gebe mich mit dem zufrieden, was ich habe.«

»Das könnte durchaus genug sein«, sagte Pirie Tamm. Er plazierte Wayness an das eine Ende des langen Walnußholztisches und nahm selbst am anderen Platz.

Das Diner wurde in ritueller Weise von einem der Dienstmädchen serviert: eine sämige rosafarbene Hummercremesuppe; Salat von Kresse und frischer Petersilie, angemacht mit einer Marinade fein gewürfelter Hühnerbrust in Knoblauchöl; dazu Côtelettes vom Wildschwein aus dem Großen Transsylvanischen Jagdgehege. Pirie Tamm erkundigte sich nach dem Befinden Milos, und Wayness berichtete ihm von den schrecklichen Umständen von Milos Tod. Pirie Tamm war schockiert. »Besonders beunruhigend und erschreckend ist, daß solche Taten auf Cadwal verübt werden können, einem Konservat, und mithin – theoretisch – einem Hort des Friedens und der Beschaulichkeit.«

Wayness lachte traurig. »Das klingt nicht nach Cadwal.«

»Vielleicht bin ich ein weltfremder Idealist; vielleicht erwarte ich zuviel von meinen Mitmenschen. Dennoch kann ich nicht vermeiden, daß mich ein Gefühl von tiefer Enttäuschung überkommt, wenn ich auf die Jahre meines Lebens zurückschaue. Nirgends entdecke ich das Frische oder das Reine oder das Unschuldige. Die Gesellschaft befindet sich im Zustand des Verfalls. Ich kann mich nicht einmal mehr darauf verlassen, daß die Ladenbesitzer mir korrekt herausgeben.«

Wayness trank einen Schluck Wein aus ihrem Kelch, nicht ganz schlüssig, was sie auf Pirie Tamms Bemerkungen erwidern sollte. Es schien, als hätten die Jahre

Pirie Tamms geistige Prozesse ebenso beeinträchtigt wie seine körperliche Verfassung.

Pirie Tamm erwartete offenbar keinen Kommentar; er saß da und starrte düster durch den Raum. Wayness fragte: »Was ist mit der Naturforschergesellschaft? Bist du noch Generalsekretär?«

»Und ob ich das bin! Es ist im wahrsten Sinne des Wortes eine undankbare Aufgabe, da keiner meine Anstrengungen zu würdigen weiß, noch irgend jemand in irgendeiner Weise versucht, mich zu unterstützen.«

»Das zu hören tut mir leid! Was ist mit Challis und Moira?«

Pirie Tamm machte eine knappe Geste. »Die sind ausschließlich mit ihren eigenen Angelegenheiten beschäftigt. Das ist wohl der natürliche Gang der Dinge – obwohl ich mir wünschte, es wäre anders.«

Wayness fragte behutsam: »Sind sie gut verheiratet?«

»Ganz gut, möchte ich meinen, wenngleich das Ansichtssache ist. Moira hat sich einen Pedanten auserkoren, unpraktisch und weltfremd wie nur etwas. Er gibt irgendeinen albernen Kurs an der Universität: ›Die Psychologie des usbekischen Baumfrosches‹, oder vielleicht ist es auch ›Schöpfungsmythen der alten Eskimos‹. Challis hat auch keinen besseren Fang gemacht; sie hat einen Versicherungsagenten geheiratet. Keiner von ihnen hat je einen Fuß vom Planeten Erde gesetzt, und keiner von ihnen schert sich auch nur einen falschen Koprolithen um die Gesellschaft. Sie kichern und wechseln das Thema, sobald ich die Organisation und ihr großartiges Werk erwähne. Varbert – das ist Moiras Gatte – nennt sie einen ›geriatrischen Mummelverein‹.«

»Das ist nicht nur unfreundlich, sondern auch töricht!« erklärte Wayness entrüstet.

Pirie Tamm schien es kaum zu hören. »Ich habe lang

und breit mit ihnen über ihre Spießigkeit und Engstirnigkeit diskutiert, aber sie geben sich nicht einmal die Mühe, sie in Abrede zu stellen, was ich höchst ärgerlich finde. Folglich sehe ich sie nur noch sehr selten.«

»Das ist schade«, sagte Wayness. »Offensichtlich findet keine ihrer Tätigkeiten dein Interesse.«

Pirie Tamm grunzte angewidert. »Ich habe weder Sinn für banales Wortgeplänkel noch für erhitzte Diskussionen über die Fehltritte irgendwelcher Berühmtheiten. Auch ist mir meine Zeit dafür zu kostbar. Ich muß für meine Monographie forschen, was beschwerlich und mühsam genug ist, und außerdem muß ich die Geschäfte der Gesellschaft führen.«

»Aber es gibt doch sicherlich andere Mitglieder, die vielleicht bereit wären, dir zur Hand zu gehen?«

Pirie Tamm lachte säuerlich. »Es sind gerade mal noch ein halbes Dutzend Mitglieder übriggeblieben, und die meisten davon sind senil oder bettlägerig.«

»Melden sich denn keine neuen Mitglieder an?«

Pirie Tamm lachte erneut, diesmal noch bitterer. »Das ist ein Witz. Was hätte die Gesellschaft schon zu bieten, das neue Mitglieder anlocken würde?«

»Die Ideen sind heute noch genauso relevant, wie sie es vor tausend Jahren waren.«

»Theorien! Verschwommene Ideale! Glorreiche Worte! Alles bedeutungslos, wenn Kraft und Wille geschwunden sind. Ich bin der letzte Generalsekretär der Gesellschaft, und bald wird sie – wie ich – nicht mehr als eine Erinnerung sein.«

»Ich bin sicher, daß du dich irrst«, sagte Wayness. »Die Gesellschaft braucht frisches Blut und neue Ideen.«

»Ich habe solche Vorschläge schon einmal gehört.« Pirie Tamm zeigte auf einen Tisch weiter hinten im Raum, auf dem zwei tönerne Amphoren standen, geformt aus einem rot-orangenen Körper und umringt mit Streifen von schwarzem Schlicker. Der Töpfer hatte in den Schlicker Darstellungen von antiken hellenischen Kriegern beim Zweikampf geritzt. Die Vasen waren ungefähr zwei Fuß hoch und, wie Wayness fand, wunderschön.

»Ich erwarb das Paar für zweitausend Sol: ein äußerst günstiges Geschäft, vorausgesetzt, sie wären echt.«

»Hm«, sagte Wayness. »Tatsächlich sehen sie nicht sehr alt aus.«

»Stimmt, und das ist ein verdächtiger Umstand. Ich erwarb sie von Adrian Moncurio, einem berufsmäßigen Grabräuber. Er findet auch, daß sie gut erhalten sind.«

»Vielleicht hättest du sie auf ihre Echtheit hin überprüfen lassen sollen.«

Pirie Tamm schaute skeptisch auf die beiden Amphoren. »Vielleicht. Es ist ein unangenehmes Dilemma. Moncurio sagt, daß er sie an einer geheimen Fundstätte in Moldawien gestohlen hat, wo sie durch irgendein Wunder jahrtausendelang unbehelligt gelegen hatten. Wenn das wahr ist, dann sind die Umstände irregulär, und ich beherberge ein Paar illegaler, unregistrierter und unbeurkundeter Antiquitäten. Wenn es Fälschungen sind, besitze ich ein Paar legaler, schöner und sehr teurer Gartenverzierungen. Moncurio selbst ist bar jeglicher Bedenken, und er geht wahrscheinlich in diesem Moment schon wieder emsig seinem Metier nach.«

»Ein abenteuerliches Gewerbe, möchte man meinen.«

»Moncurio ist wie geschaffen dafür. Er ist stark, zielstrebig, zäh, helle und flink und frei von jeglichen Skrupeln; das macht ihn zu einem schwierigen Verhandlungspartner.«

»Wie erklärt es sich dann, daß er dir die Amphoren so billig überlassen hat?«

Pirie Tamm zeigte erneut einen skeptischen Gesichtsausdruck. »Er war einstmals Mitglied der Gesellschaft, und er sprach davon, daß er erwöge, wieder einzutreten.«

»Und? Hat er es getan?«

»Nein. Ich habe das Gefühl, daß es ihm an der rechten naturalistischen Überzeugung und Hingabe mangelt. Wir stimmten darin überein, daß die Gesellschaft der Wiederbelebung bedürfe, wenngleich, wie er meinte, da ›herzlich wenig übrig ist, was man wiederbeleben könnte‹.« Und dann fügte er hinzu: »Die Cadwal-Charta und die Übertragungsurkunde sind nachweislich in sicherem Gewahrsam, nehme ich doch an?«

»Was hast du darauf erwidert?«

»Ich sagte ihm, daß wir uns mit Cadwal im Moment nicht zu befassen bräuchten, daß alle unsere Anstrengungen der Wiederherstellung der Gesellschaft hier auf der Erde gewidmet werden müßten.

›Als erstes‹, sagte Moncurio, ›müssen Sie das Bild verändern, das Sie heutzutage in der Öffentlichkeit abgeben, nämlich das von ein paar zittrigen Greisen in muffigen Kleidern, die in den Tag hineindösen.‹

Ich versuchte zu protestieren, aber er fuhr fort: ›Sie müssen sich an den Knotenpunkt der allgemeinen Kultur setzen; sie müssen ein Programm mit unterhaltsamen Veranstaltungen aufstellen, die die Aufmerksamkeit des Durchschnittsmenschen fesseln. Diese Veranstaltungen würden zwar vielleicht ein wenig abseits von den Zielen und Zwecken der Gesellschaft liegen, aber sie würden Begeisterung erwecken.‹ Er sprach von solchen Aktivitäten wie Tanzveranstaltungen, Festessen mit exotischen Gerichten, Abenteuerspielen, Wettbewerben und Propagandaveranstaltungen zum Zwecke der Ausnützung des touristischen Potentials Cadwals.

Ich erwiderte darauf ein wenig pikiert: ›Ich fürchte, Ihre Vorschläge sind nicht dazu angetan, die kurz- oder langfristigen Ziele der Gesellschaft zu fördern.‹

›Unsinn!‹ erklärte Moncurio. ›Des weiteren könnten Sie einen großen Schönheits-Wettbewerb organisieren, mit hübschen Mädchen aus aller Herren Welten. Sie würden Namen erhalten wie: ‚Miss Naturalist-Erde' und ‚Miss Naturalist-Alcyone', ‚Miss Naturalist-Lirwan' und so weiter.‹

Ich wies den Vorschlag so taktvoll wie ich konnte zurück. ›Derartige Wettbewerbe werden nicht länger als chic erachtet.‹

Moncurio widersprach mir abermals. ›Nicht doch! Ein wohlgeschwungener Schenkel, ein prachtvoller Hintern, eine graziöse Geste – diese Dinge werden niemals irgend etwas anderes denn chic sein, solange das Gaeanische Reich besteht!‹

Ich sagte mit hochgezogenen Brauen und gerümpfter Nase: ›Für einen Mann Ihres Alters, noch dazu einen Grabräuber, sind Sie recht hitzig in dieser Hinsicht.‹

Moncurio wurde ungehalten. ›Vergessen Sie niemals: ein schönes Mädchen ist nicht minder ein Teil der Natur als ein flaschennasiger Blindwurm aus den Höhlen von Procyon IX.‹

›Gut gegeben‹, erwiderte ich. ›Gleichwohl vermute ich, daß die Gesellschaft ihren künftigen Kurs in weniger abschweifende Richtungen abstecken wird. Nun denn, wenn Sie beitreten möchten, zahlen Sie mir vierzehn Sol und füllen Sie dieses Formular aus.‹

›Ich habe jede Absicht, der Gesellschaft beizutreten‹, sagte Moncurio. ›Eben deshalb bin ich ja hier. Aber ich bin ein vorsichtiger Mann, und ich würde gern erst einmal einen Blick in Ihre Bücher werfen, bevor ich eintrete. Würden Sie also bitte so gut sein und mir Ihre Bücher und, ganz wichtig, die Cadwal-Charta und das Registrierungszertifikat zeigen?‹

›Das ließe sich schlecht machen‹, sagte ich zu ihm. ›Diese Dokumente werden gewöhnlich in einem Banktresor aufbewahrt.‹

›Mir sind Gerüchte von Raub und Unterschlagung zu Ohren gekommen. Ich muß darauf insistieren, daß Sie mir die Charta und die Übertragungsurkunde zeigen, bevor ich der Gesellschaft beitrete.‹

›Alles, was getan werden muß, wird getan‹, erwiderte ich. ›Sie müssen die Gesellschaft aus Prinzip unterstützen, nicht eines oder zwei alter Schriftstücke halber.‹

Darauf sagte Moncurio, er würde sich die Sache noch einmal durch den Kopf gehen lassen, und dann schied er.«

»Für mich klingt das ganz so, als hege er den Verdacht, daß die Charta und die Übertragungsurkunde verschwunden sind«, sagte Wayness.

»Ich nahm an, daß er auf einzelne der entfernten Gegenstände gestoßen war – und das ist immer noch die wahrscheinlichste Erklärung.« Pirie Tamm lachte traurig in sich hinein. »Vor einem Jahr, als Moira und Challis mit ihren Ehemännern hier waren, erwähnte ich Moncurio und seine Vorschläge zur Vergrößerung der Gesellschaft. Alle vier fanden Moncurios Ideen bemerkenswert vernünftig. Nun ja, ist auch einerlei.« Pirie Tamm heftete den Blick auf Wayness. »Was ist mit dir? Bist du Mitglied?«

Wayness schüttelte den Kopf. »In Stroma nennen wir uns wohl ›Naturalisten‹, aber es ist nur noch ein Name. Ich denke, wir betrachten uns als Ehrenmitglieder.«

»Ha! Eine solche Kategorie existiert gar nicht. Man ist Mitglied, wenn man sich anmeldet und vom Generalsekretär aufgenommen wird – und wenn man seinen Beitrag entrichtet hat.«

»Wenn das so einfach ist«, sagte Wayness, »dann melde ich mich hiermit an. Werde ich aufgenommen?«

»Gewiß«, sagte Pirie Tamm. »Du mußt die einmalige Aufnahmegebühr entrichten und den Mitgliedsbeitrag für ein Jahr im voraus zahlen: summa summarum vierzehn Sol.«

»Das will ich gleich nach dem Diner tun«, sagte Wayness.

Pirie Tamm gab ein rauhes Kichern von sich. »Ich muß dich warnen: du trittst in eine mittellose Organisation ein. Ein Generalsekretär namens Frons Nisfit hat alles, worauf er seine Hand legen konnte, verhökert und ist dann mit dem Erlös auf Nimmerwiedersehen verschwunden. Der Gesellschaft gebricht es seither sowohl an Besitz als auch an Vermögen.«

»Und ihr habt niemals versucht, die Charta wiederzufinden?«

»Nicht ernsthaft. Das Unterfangen schien aussichtslos. Nach so vielen Jahren ist die Spur erkaltet.«

»Was war mit den Generalsekretären, die nach Nisfit kamen: haben die nichts unternommen?«

Pirie Tamm stieß ein angewidertes Grunzen aus. »Nils Myhack, der Nachfolger von Nisfit, amtierte vierzig Jahre. Ich nehme an, daß er nie davon gewußt hat, daß die Schriftstücke weg waren. Sein Amtsnachfolger war Kelvin Kilduc, und ich bin ziemlich sicher, daß er auch nichts von dem Verlust ahnte. Kilduc äußerte mir gegenüber niemals irgendwelche Zweifel bezüglich der Präsenz der Dokumente im Banktresor. Auf der anderen Seite glaube ich nicht, daß er ein wirklich der Sache ergebener Generalsekretär war.«

»Das würde also bedeuten – falls entweder Generalsekretär Myhack oder Generalsekretär Kilduc irgendwelche Versuche unternommen haben sollten, die Charta wiederaufzufinden, dann weißt du jedenfalls nichts davon?«

»Nichts.«

»Irgendwo muß sie ja sein. Fragt sich nur, wo.«

»Das herauszufinden ist so gut wie unmöglich. Wenn ich reich wäre, würde ich vielleicht einen vertrauenswürdigen Privatdetektiv anheuern und ihn auf den Fall ansetzen.«

»Das ist eine interessante Idee«, sagte Wayness. »Vielleicht werde ich der Sache selbst nachgehen.«

Pirie Tamm runzelte die Stirn. »Du, ein schmächtiges junges Mädchen?«

»Warum nicht? Wenn ich die Charta und die Übertragungsurkunde fände, wärest du glückselig!«

»Das versteht sich von selbst, aber der Gedanke ist befremdend, ja geradezu grotesk!«

»Ich sehe nicht, wieso.«

»Du bist weder geübt noch ausgebildet in den Praktiken des Fahndens!«

»Es scheint mir in der Hauptsache eine Frage der Beharrlichkeit zu sein, wie natürlich auch eines gewissen Grades von Intelligenz.«

»Wohl wahr! Doch solche Arbeit ist oftmals grob und ganz und gar nicht fein. Wer weiß, wohin eine solche Suche dich führen kann? Dies ist eine Aufgabe für einen zähen, harten und findigen Mann, nicht für ein verletzliches, unschuldiges Mädchen, ganz gleich, wie beharrlich und intelligent es auch sein mag. Auf der Alten Erde existiert noch immer Gefahr – mitunter in subtilen und ungewöhnlichen Formen.«

»Ich hoffe doch, du übertreibst, da ich nämlich ein ziemlicher Hasenfuß bin.«

Pirie Tamm legte erneut die Stirn in Falten. »Langsam glaube ich, du meinst es wirklich ernst.«

»Natürlich meine ich es ernst.«

»Und wie gedenkst du diese Nachforschungen durchzuführen?«

Wayness sann nach. »Ich denke, ich werde eine Liste von Stellen anfertigen, an denen die Suche am vielversprechendsten erscheint – Museen, Sammlungen, Dokumentenhändler –, und diese Liste abarbeiten.«

Pirie Tamm schüttelte skeptisch den Kopf. »Mein liebes junges Fräulein, solche Stellen gibt es allein auf der Erde Hunderte.«

Wayness nickte nachdenklich. »Es sieht in der Tat

nach einem umfangreichen und aufwendigen Unterfangen aus. Doch wer weiß? Vielleicht finde ich dabei ja Hinweise. Außerdem, gibt es kein zentrales Verzeichnis, in dem Archive von alten Dokumenten aufgelistet sind, oder das Kreuzverweise auf solche Archive enthält?«

»Natürlich! Die Universität hat Zugang zu solchen Datenbanken. Und dann gibt es da auch noch die Bibliothek für Alte Dokumente in Shillawy.« Pirie Tamm erhob sich. »Gehen wir ins Arbeitszimmer, einen Likör trinken.«

Pirie Tamm geleitete Wayness durch die Halle und in sein Arbeitszimmer, einen großen Raum mit einem Kamin am einen und zwei langen Tischen am anderen Ende. Bücher und Pamphlete füllten dicht an dicht die Regale; beide Tische waren mit Papieren übersät; zwischen ihnen stand ein Drehstuhl. Pirie Tamm deutete auf die Tische. »So sieht mein Leben derzeit aus. Ich wohne in einem Drehstuhl. Ich setze mich in eine Richtung, um an meiner Monographie zu arbeiten; eine plötzliche Erinnerung läßt mich auffahren; ich schwinge mit dem Stuhl herum und vertiefe mich in die Geschäfte der Gesellschaft; dann schwinge ich wieder zurück und arbeite an meiner Monographie weiter.« Wayness gab Laute des Mitgefühls von sich. »Schon gut«, sagte Pirie Tamm. »Ich bin nur froh, daß ich nicht mehr als zwei Tische und zwei Beschäftigungen habe; bei dreien oder vieren würde ich herumwirbeln wie ein Derwisch. Komm, setzen wir uns ans Feuer.« Wayness setzte sich in einen hohen alten Sessel von barocker Formgebung, bezogen mit moosgrünem Plüsch. Pirie Tamm goß dunkelroten Kirschlikör in kleine Kelche; einen davon reichte er Wayness. »Dies ist die feinste Tinktur von Morella; sie bringt garantiert die Blüte der Gesundheit auf deine Wangen.«

»Ich werde sie behutsam trinken«, sagte Wayness.

»Glühende rote Wangen würden mir nicht stehen, und noch weniger eine rote Nase.«

»Trink ohne Furcht! Rote Nase oder nicht, deine Gesellschaft ist höchst willkommen. Ich habe selten Gäste in diesen Zeiten; ich habe nur wenige Bekannte und noch weniger Freunde. Challis sagt mir, daß ich weithin als Zuchtmeister und als menschenfressendes Ungeheuer gelte, aber ich habe den Verdacht, daß sie lediglich die Klagen ihres Ehemannes wiedergibt. Moira hegt ähnliche Ansichten und sagt mir, ich müsse lernen, meine Meinung für mich zu behalten.« Pirie Tamm schüttelte traurig den Kopf. »Vielleicht haben sie recht. Trotzdem, ich kann nicht so tun, als sei ich glücklich über den Lauf, den die Welt nimmt. ›Bequemlichkeit‹ ist jetzt die Losung, und niemand gibt sich mehr Mühe, seine Arbeit ordentlich zu verrichten. Das war anders, als ich jung war. Man lehrte uns, stolz auf unsere Leistungen zu sein, und nur ›hervorragend‹ war gut genug.« Er schaute Wayness tadelnd von der Seite an. »Du lachst über mich.«

»Eigentlich nicht. Auf Cadwal habe ich sogar schon während meines noch kurzen Lebens Veränderungen wahrgenommen. Alle wissen, daß sich etwas Schreckliches anbahnt.«

Pirie Tamm zog die Brauen hoch. »Wie könnte das sein? Ich dachte immer, Cadwal sei ein Ort bukolischer Trägheit, wo sich nie etwas ändert.«

»Diese Vorstellung ist überholt«, sagte Wayness. »In Stroma hält sich die Hälfte der Bevölkerung nach wie vor an die Charta; die andere Hälfte betrachtet sie als obsolet und will alles anders machen.«

Pirie Tamm sagte schwermütig: »Ihnen ist natürlich klar, daß sie das Konservat zerstören würden.«

»Das ist ihre größte Hoffnung! Sie sind unruhig und glauben, daß das Konservat lange genug bestanden hat.«

»Absurd! Junge Leute wollen oftmals Dinge nur um

des Veränderns willen verändern, weil sie glauben, dadurch ihrem eigenen Leben Bedeutung und Identität zu geben. Es ist letztendlich eine Form des Narzismus. Wie auch immer, auf Cadwal ist die Charta das Gesetz, und sie ist unverletzlich.«

Wayness wiegte traurig den Kopf. »Alles schön und gut, aber wo ist die Charta? Dies herauszufinden, bin ich hierher auf die Alte Erde gereist.«

Pirie Tamm schenkte Kirschlikör nach. Eine lange Weile starrte er schweigend ins Feuer. »Eines solltest du wissen«, sagte er schließlich. »Es gibt mindestens noch eine weitere Person, die weiß, daß die Charta und die Übertragungsurkunde sich nicht in unserem Besitz befinden.

Ich werde dir erzählen, wie es dazu kam. Es ist eine eigenartige Geschichte, und ich kann nicht behaupten, daß ich sie verstehe. Wie du weißt, hat es seit Frons Nisfit nur drei Generalsekretäre gegeben: Nils Myhack, Kelvin Kilduc und mich. Myhack trat das Amt unmittelbar nach Nisfits Verschwinden an.«

»Eines möchte ich dich fragen«, unterbrach ihn Wayness. »Warum hat der neue Generalsekretär, dieser Myhack, nicht sofort gemerkt, daß die Charta weg war?«

»Aus zwei Gründen. Myhack war ein liebenswerter Geselle, aber ein wenig vage und unbekümmert in seinem Denken, und geneigt, Dinge für bare Münze zu nehmen. Die Charta und das Zertifikat waren zu einer Mappe gebunden, die in einem dicken, festen Umschlag steckte, welcher sorgfältig versiegelt und mit roten und schwarzen Bändern verschnürt war. Dieser Umschlag ruhte in der Bank von Margravia, neben anderen Dokumenten und den wenigen finanziellen Instrumenten, die Nisfit zu Bargeld hatte machen können. Bei der Aufstellung des ersten notwendigen Inventars fand Myhack den Umschlag unversehrt, versiegelt, mit schwarzen und roten Bändern umschnürt und korrekt etikettiert vor. Er mußte annehmen, daß die Charta sicher aufgehoben war.

Nach langen Jahren als Generalsekretär wurde Nils Myhack schließlich ziemlich hinfällig, und sein Augenlicht schwand. Seine Arbeit wurde von einer Reihe mehr oder weniger fähiger Hilfskräfte verrichtet, von denen die letzte ein formidables Weibsbild war, das, ursprünglich von Außerwelt stammend, in die Gesellschaft eintrat und sich durch seine tüchtige Art für Myhack so unentbehrlich machte, daß er es schließlich als Zweite Sekretärin anstellte. Die Arbeit schien für sie eine Liebesmühe zu sein, und sie machte kein Hehl daraus, daß sie gerne Myhacks Nachfolgerin als Generalsekretärin werden würde, sobald dieser in den Ruhestand träte. Ihr Name war Monette; sie war eine große, äußerst rührige und umtriebige Frau, hart, ehrgeizig und tüchtig, und sie hatte unbestreitbar etwas von einem Mannweib. Ich persönlich fand sie unsympathisch; sie hatte einen starren, fischartigen Blick, der einem ein Gefühl von Unbehagen einflößen konnte. Myhack jedoch hatte nichts an ihr auszusetzen; im Gegenteil: ständig sang er Lobeshymnen auf sie: ›Monette ist wirklich Gold wert!‹ oder ›Das Büro würde ohne sie nicht funktionieren!‹ Und eines Tages: ›Monette hat Augen wie ein Luchs! Sie hat eine Unstimmigkeit in den Büchern entdeckt und besteht darauf, daß wir Inventur vom Banktresor machen, um uns zu vergewissern, daß alles seine Ordnung hat. Ich selbst bin einer solch mörderischen Aufgabe nicht mehr gewachsen, deshalb werde ich sie morgen mit den Schlüsseln und einer Vollmacht zum Bankdirektor schicken.‹

Kelvin Kilduc und ich erhoben scharfen Protest und erklärten, dies sei ein Unding, ein eklatanter Verstoß gegen die Satzung der Gesellschaft. Myhack zog ein langes Gesicht, stimmte aber schließlich unserem Vorschlag zu, alle gemeinsam zur Bank zu gehen. So wurde es denn gemacht, und offensichtlich zu Monettes Mißvergnügen; sie kam herein mit einem Gesicht wie eine Gewitterwolke, und alle waren sorgsam darauf bedacht, sie nur ja höflich zu behandeln.

Der Tresor wurde geöffnet, und Monette machte eine Liste von seinem Inhalt: ein paar Finanzberichte, ein paar wertlose Schuldverschreibungen und der Umschlag, der mutmaßlich die Charta enthielt, immer noch fest verschlossen und versiegelt und umschnürt mit rotem und schwarzem Band, so daß alle überzeugt und zufrieden waren. Alle außer Monette. Bevor wir es verhindern konnten, hatte sie die Bänder durchgerissen, die Siegel aufgebrochen und die Mappe herausgezogen. Kilduc schrie: ›Heh! Heh! Was machen Sie da?‹ Monette erwiderte mit gerade noch gnädiger Stimme: ›Ich will mich vergewissern, was in der Mappe ist; das mache ich.‹ Sie schlug die Mappe auf, schaute hinein, klappte sie wieder zu und steckte sie in den Umschlag zurück. Kilduc fragte: ›Nun, Monette? Sind Sie nun zufrieden?‹ ›Ja‹, sagte Monette. ›Vollkommen.‹

Sie schnürte den Umschlag wieder mit seinen Bändern zu und warf ihn zurück in die Kiste. Kein weiteres Wort wurde verloren; offenbar war alles so, wie es sein sollte.

Am nächsten Tag war Monette fort, ohne ein Wort der Erklärung; und sie ward nie mehr gesehen. Kelvin Kilduc wurde Generalsekretär, und so standen die Dinge bis zu seinem Tode, und ich mußte das Amt übernehmen. Du und ich gingen zur Bank von Margravia und öffneten den Tresor. Ich untersuchte die Mappe und fand zu meinem Entsetzen nicht die Charta, sondern eine Kopie, und keine Spur von der Übertragungsurkunde.

Ich dachte über die Jahre zurück an Monette. Ich bin jetzt sicher, daß ihre Absicht war, sich der Charta zu vergewissern. Wenn sie das Original und die Übertragungsurkunde sicher und unversehrt in dem Tresor gefunden hätte, dann wäre sie Myhack im Amt gefolgt und hätte die Charta und die Übertragungsurkunde zu ihren eigenen Zwecken verwendet. Sie muß schockiert gewesen sein, als sie bloß die Kopie vorfand; ich staune im nachhinein über ihre Fähigkeit, sich nichts anmerken zu lassen.

Das ist die Geschichte. Monette wußte schon vor langer Zeit, daß die Charta verschwunden war. Was sie danach machte, weiß ich nicht.«

Wayness saß still da und schaute ins Feuer.

Nach einem Moment fuhr Pirie Tamm fort. »Das bedeutet, daß Nisfit die Charta verkauft hat, zusammen mit den anderen Dokumenten von antiquarischem Wert. Der gegenwärtige Besitzer ist nicht auf den Gedanken gekommen, die Übertragungsurkunde auf seinen eigenen Namen registrieren zu lassen, wozu er berechtigt wäre, und zwar völlig legal. Und noch ein anderer beunruhigender Faktor taucht drohend am nahen Horizont auf.«

»Und der wäre?«

»Die Übertragungsurkunde muß mindestens einmal in jedem Jahrhundert auf ihre Rechtsgültigkeit hin bestätigt und verlängert werden, sonst erlischt der ursprüngliche Rechtstitel, und das Registrationszertifikat, wie die Urkunde auch genannt wird, wird für null und nichtig erklärt.«

Wayness starrte ihren Onkel entgeistert an. »Davon wußte ich nichts! Wieviel Zeit verbleibt uns noch?«

»Noch etwa zehn Jahre. Wir sind noch nicht in wirklich drängender Zeitnot, aber die Frist, die uns noch bleibt, verstreicht unerbittlich, und die Urkunde muß gefunden werden.«

»Ich werde mein Bestes tun«, sagte Wayness.

II

Wayness stand früh am Morgen auf. Sie zog einen kurzen blauen Rock an, dunkelblaue Kniestrümpfe und eine Pulloverbluse aus weichem grau-braungelbem Stoff, der zugleich leicht war, warm und komplementär zum blassen Olivton ihres Teints.

Wayness verließ ihr Zimmer und ging die Treppe hinunter. Um diese Stunde schien Schönwinden unnatürlich still. Während der Nacht waren Gerüche aus dem Gefüge des Hauses gesickert: eine Erinnerung an zahllose Blumenbouquets, Raritäten aus Campherholz und Sanuchi, Möbelpolitur und Wachs, alte Teppiche und ein Hauch von Lavendel.

Wayness begab sich in den Morgensalon und setzte sich an den Frühstückstisch. Die hohen Fenster boten einen Blick auf die Landschaft aus grünen Wiesen, Bäumen und Hecken; in der Ferne konnte sie die Ziegeldächer und Kamine von Tierens sehen. Heute morgen erschien das Wetter ein wenig unbeständig. Kleine Wolken rasten über den Himmel nach Osten und führten dazu, daß das Sonnenlicht grell aufblitzte, schlagartig abgedämpft wurde und wieder aufleuchtete, alles in sekundenschnellem Wechsel. Das Licht Sols, dachte Wayness – speziell hier in den Mittleren Landen –, schien bleich und dunstig, ganz anders als der golden lodernde Glanz Syrenes. Das Licht Sols schien die Blau- und Grüntöne zu verstärken und voller zur Geltung zu bringen, und vielleicht auch die gedämpften Farben von Wolkenschatten, während Syrene das Feuer, das Rot-, Gelb- und Orangetönen innewohnte, zum Lodern erweckte.

Das Dienstmädchen Agnes schaute aus der Küche herein und servierte Wayness gleich darauf ein Frühstück aus geschälten Orangen, einem gekochten Ei, Weizenmehlkuchen mit Butter und Erdbeerkonfitüre. Dazu trug es duftenden Kaffee auf.

Kurze Zeit später erschien Pirie Tamm. Er trug eine alte Tweedjacke, ein grau und schwarz gestreiftes

Hemd, eine weite Reithose aus braunem Köper: eine legerere Kluft, als er sie in früheren Zeiten zu einem solchen Anlaß getragen hätte. Trotz alledem schaffte er es noch immer, eine Aura von schroffer Etikette zu verströmen. Er verharrte einen Moment lang im Türrahmen und musterte Wayness mit der kühlen Distanziertheit eines Offiziers, der seine Truppen inspiziert. Wayness sagte freundlich: »Guten Morgen, Onkel Pirie. Ich hoffe, ich habe dich nicht gestört, indem ich so früh aus dem Bett gesprungen bin.«

»Selbstverständlich nicht«, erklärte Pirie Tamm. »Früh Aufstehen ist eine Tugend, an die ich mich jeden Tag meines Lebens gehalten habe.« Er trat zum Tisch, setzte sich und entfaltete seine Serviette. »Die Mathematik hilft einem hier, wie so oft, zu klarer und verblüffender Erkenntnis. Eine Stunde Schlaf zuviel jeden Tag zerstört, umgerechnet auf eine Zeitspanne von vierundzwanzig Jahren, ein Lebensjahr. Umgerechnet auf eine Zeitspanne von hundert Jahren kostet dich diese eine zusätzliche Schlummerstunde also ganze vier Jahre deines Lebens. Denk nur! Wo ich schon jetzt fürchte, daß mein Leben viel zu kurz währen wird, um auch nur meine Mindestziele zu erfüllen. Wer war es doch gleich, der einmal gesagt hat: ›Schlafen kann man immer noch lange genug, wenn man tot ist‹?«

»Höchstwahrscheinlich Baron Bodissey. Er scheint überhaupt so ziemlich alles gesagt zu haben.«

»Kluges Mädchen!« Pirie Tamm schlug seine Serviette mit einer schwungvollen Bewegung aus und steckte sie sich mit einer Ecke in den Kragen seines Hemdes. »Du wirkst helle und aufgeweckt heute morgen – geradezu heiter.«

Wayness zuckte die Achseln. »Nun, zumindest helle und aufgeweckt.«

»Aber nicht heiter?«

»Ich kann nicht behaupten, daß Monette und ihre

Aktivitäten eine freudige Überraschung für mich waren.«

»Nun ja, die Episode ereignete sich vor vielen Jahren, und wer weiß, was aus der Frau geworden ist? Ich vermute, daß sie die ganze Angelegenheit längst vergessen hat.«

»Hoffentlich.«

»Bedenke, die Übertragungsurkunde ist nie neu registriert worden.« Pirie Tamm ließ seinen Blick über die Länge des Tisches streichen. »Wie ich sehe, hast du dir von deinen Sorgen nicht den Appetit verderben lassen. Ich entdecke Eierschalen, Krümel von Weizenmehlkuchen, und was noch?«

»Orangenstückchen.«

»Ausgezeichnet. Ein ordentliches Frühstück, das dich bis zum Mittagessen bei Kräften halten wird. Agnes? Wo, zum Teufel, steckst du?«

»Hier, Herr, mit Ihrem frisch aufgebrühten Tee.«

»Sag der Köchin, ich bekomme ein Omelette mit Petersilie und einem Klecks Pilzketchup. Dazu Weizenmehlkuchen. Und sag ihr, sie soll mit den Eiern fein aufpassen: ich möchte auch nicht eine Spur von Schale sehen!«

»Ich werde es der Köchin ausrichten, Herr.« Agnes hastete aus dem Zimmer. Pirie Tamm schaute in die Teekanne und rümpfte verächtlich die Nase. »Ich vermute, er ist nicht schwächer als gewöhnlich.« Er goß Tee in eine Tasse, nippte daran, blinzelte, dann wandte er seine Aufmerksamkeit Wayness zu, die vierzehn Sol auf den Tisch zählte und sie Pirie Tamm zuschob. »Gestern abend habe ich nicht mehr daran gedacht. Bin ich jetzt Mitglied der Naturforschergesellschaft?«

»Sobald ich deine Identität überprüft und deinen Namen in die Liste eingetragen habe. Die Überprüfung wird reibungslos vonstatten gehen, da ich mich selbst als deinen Bürgen anführen werde.«

Wayness lächelte. »Ich habe gehört, daß auf der Alten Erde Beziehungen alles sind.«

»Bedauerlicherweise trifft das im großen und ganzen zu. Ich jedoch bin fast ohne solche Vorteile und muß wie jeder andere auch mit dem Hut in der Hand anstehen, wenn ich etwas bekommen will. Nun, wie auch immer. Ich nehme an, du hast noch einmal über das Projekt nachgedacht, über das wir gestern abend diskutiert haben?«

»Ja. Es beschäftigte mich unentwegt.«

»Und nun, nachdem du es dir noch einmal in Ruhe durch den Kopf hast gehen lassen, bist du – vernünftigerweise – zu dem Entschluß gelangt, die Idee fallenzulassen?«

Wayness schaute ihn verblüfft an. »Wie kommst du denn darauf?«

»Die Umstände liegen doch auf der Hand!« erwiderte Pirie Tamm barsch. »Die Aufgabe übersteigt bei weitem die Fähigkeiten eines jungen Mädchens, ganz gleich, wie hübsch und überzeugend es auch sein mag.«

»Sieh es einmal so«, sagte Wayness. »Da ist auf der einen Seite eine verlorene Charta und auf der anderen eine Wayness. Wir fangen unter gleichen Ausgangsbedingungen an.«

»Pah! Mir steht nicht der Sinn nach Spitzfindigkeiten. Tatsächlich fühle ich mich überaus frustriert von den körperlichen Gebrechen, die meine eigenen Anstrengungen in dieser Richtung behindern. Ah! Hier ist meine Omelette. Laß uns sehen, wie die Köchin ihren Job verrichtet hat. Es scheint alles bestens zu sein. Erstaunlich, wie ein Gericht von solcher Schlichtheit oft den besten Anstrengungen einer hochbezahlten Fachkraft trotzt. Je nun, worüber sprachen wir noch gleich? Ach ja, über deinen Vorschlag. Meine liebe Wayness, die Aufgabe ist gewaltig! Sie übersteigt ganz einfach deine Fähigkeiten!«

»Das glaube ich nicht«, sagte Wayness. »Wenn ich vorhätte, zu Fuß von hier nach Timbuktu zu gehen, würde ich damit anfangen, daß ich den ersten Schritt mache; dann den nächsten, dann noch einen und noch einen, und irgendwann würde ich über die Brücke von Hamshatt den Niger-Fluß überqueren.«

»Aha! Du überspringst das Gebiet zwischen dem dritten Schritt und dem letzten – nämlich das zwischen dem Garten von Schönwinden und dem Niger-Strom, der jenseits der Wüste Sahara fließt. Auf dem Weg dorthin könntest du dich verlaufen oder ausgeraubt werden oder in einen Graben fallen oder überfallen werden oder heiraten oder dich scheiden lassen.«

»Onkel Pirie! Jetzt geht aber wirklich deine Phantasie mit dir durch!«

»Hm. Ich wünschte, ich könnte mir irgendein hübsches sicheres Verfahren vorstellen, mit dem du ermitteln könntest, was du wissen möchtest.«

»Ich habe bereits einen Plan«, sagte Wayness. »Ich werde die Archive der Gesellschaft durchstöbern, besonders die, die aus der Amtszeit Nisfits datieren, und vielleicht stoße ich dabei ja auf einen Hinweis, der uns weiterbringt.«

»Mein liebes junges Fräulein, das ist für sich genommen schon eine gewaltige Aufgabe! Du wirst des Stöberns überdrüssig werden und dich danach sehnen, draußen an der Sonne zu sein und dich mit anderen jungen Menschen zu vergnügen! Eines Tages wirst du die Arme hochwerfen und schreiend aus dem Hause rennen, und das wird dann das Ende deines ehrgeizigen Projekts gewesen sein.«

Wayness bemühte sich, ihre Stimme gleichmütig klingen zu lassen. »Onkel Pirie, du hast nicht nur eine blühende Phantasie, du bist darüber hinaus auch noch ein Pessimist.«

Pirie Tamm musterte Wayness mit schief gehaltenem Kopf. »Du bist immer noch nicht entmutigt?«

»Ich habe nur gehört, was ich erwartet habe, und ich habe es bereits mit berücksichtigt. Ich muß die Charta und die Übertragungsurkunde finden; ich kann an nichts anderes mehr denken. Wenn ich mit meiner Suche Erfolg habe, wird mein Leben einen Sinn gehabt haben. Wenn ich scheitere, kann ich mir zumindest sagen, daß ich alles versucht habe.«

Pirie Tamm saß für einen Moment stumm da, dann huschte ein frostiges Lächeln über sein Gesicht. »Erfolg oder Mißerfolg, dein Leben ist kostbar, da gibt es gar keine Frage.«

»Ich will erfolgreich sein.«

»Ganz recht. Ich werde alles tun, was in meinen Kräften steht, um dir zu helfen.«

»Ich danke dir, Onkel Pirie.«

III

Pirie Tamm führte Wayness in eine kleine, hohe Kammer neben seinem Arbeitszimmer. Zwei hohe schmale Fenster ließen Licht herein, das durch das Blattwerk von Weinranken gefiltert wurde, die von einem Balkon herunterhingen. Regale und Bücherschränke waren bis zum Bersten vollgestopft mit einem unordentlichen Wust von Büchern, Broschüren, Traktaten, Pamphleten, Ordnern, Heftern und Mappen. An den Wandflächen, die nicht mit Regalen und Schränken zugestellt waren, hingen Hunderte von Photographien, Zeichnungen, Karten und Bildern verschiedenster Art. Ein Schreibtisch mit einem Vier-Fuß-Informationsschirm nahm einen Alkoven ein. »Dies ist meine alte Höhle«, sagte Pirie Tamm. »Hier pflegte ich zu arbeiten, wenn die Familie zu Hause war und mein Arbeitszimmer ungeachtet meiner Proteste als Gesellschaftsraum mißbrauchte. Diese Kammer hier wurde ›die Rumpelkammer des Ungeheuers‹ genannt.« Pirie

Tamm lachte grimmig. »Einmal hörte ich auch zufällig, wie Varbert, Moiras Ehemann, den Begriff ›Schlupfwinkel des alten Arsches‹ benutzte.«

»Das war aber gar nicht respektvoll.«

»In dieser Hinsicht sind wir einer Meinung. Jedenfalls, wenn ich die Tür hinter mir schloß, wurde mir ein kleines bißchen an Privatsphäre zugebilligt.«

Wayness ließ ihren Blick über die Wände der Studierstube schweifen. »Es schaut alles ein wenig, nun, wie soll ich sagen, desorganisiert aus. Könnte die Charta zufällig in einen jener Ablagekästen voller Mappen geraten sein?«

»Ganz bestimmt nicht«, sagte Pirie Tamm. »Der Gedanke ist mir nämlich auch schon gekommen, woraufhin ich methodisch jedes Schriftstück in diesem Hause untersucht habe. Ich fürchte, deine Suche wird keine so simple Lösung zeitigen.«

Wayness untersuchte den Schreibtisch und das Kontrollsystem. Pirie Tamm sagte: »Es ist ein Standardsystem und dürfte dich nicht vor Schwierigkeiten stellen. Irgendwann einmal ließ ich ein Simulationsprogramm installieren, das auf jenem Schreibtisch dort ein holographisches Abbild erzeugte; dieses benutzte Moira fröhlich dazu, sich neue Gewänder auf den Leib zu schneidern.«

»Einfallsreich!« sagte Wayness.

»In gewissem Sinne, ja. Eines Abends, als Moira etwa in deinem Alter war, hatten wir zu einer förmlichen Dinner-Party geladen. Moira trug eine elegante Robe und bewegte sich mit aller ihr zu Gebote stehenden Würde, doch nach einer Weile begannen wir uns zu wundern, wohin all die jungen Männer entschwunden sein mochten. Wir fanden sie schließlich hier in dieser Stube, in andächtiger Betrachtung eines vier Fuß großen holographischen Ebenbildes von Moira, das nackt auf dem Tisch herumhüpfte. Moira war zutiefst verärgert, und bis zum heutigen Tag vermutet sie, daß Challis den jungen Männern einen verstohlenen Fingerzeig gegeben hat.«

»War Varbert auch unter den Betrachtern? Wenn ja, muß ihm das, was er sah, zugesagt haben.«

»Mir hat er jedenfalls nichts davon gesagt.« Pirie Tamm schüttelte traurig den Kopf. »Wie rasch die Zeit vergeht. Probiere doch einmal den Stuhl aus. Ist er bequem?«

»Er ist genau richtig. Wo finde ich das Archiv der Gesellschaft?«

»Wenn du ›ARC‹ eingibst, erhältst du ein umfassendes Inhaltsverzeichnis. Es ist ganz einfach.«

»Und die gesamte Korrespondenz der Gesellschaft ist hier gespeichert?«

»Alles, jeder Punkt, jeder Deut, jedes Jota – bis aufs letzte I-Tüpfelchen –, aus zwei Gründen: zwanghafte Pingeligkeit, und weil wir letzthin nichts Besseres zu tun hatten. Ich garantiere dir, daß du herzlich wenig Interessantes finden wirst, und jetzt werde ich dich mit dem Kram alleine lassen.«

Pirie Tamm verließ den Raum. Wayness begab sich behutsam daran, die Aufzeichnungen der Naturforschergesellschaft zu erforschen.

Als der Tag sich dem Ende zuneigte, hatte sie den Umfang und die Organisation der Aufzeichnungen erkundet. Ein sehr großer Anteil des Materials betraf Vorgänge aus der fernen Vergangenheit. Diese ließ Wayness außer acht und begann ihre Nachforschungen zu dem Zeitpunkt, da Frons Nisfit auf den Plan trat. Sie ermittelte das Datum, an welchem die Vergehen Nisfits ruchbar geworden waren. Sie überprüfte die Amtszeiten von Nils Myhack, Kelvin Kilduc und Pirie Tamm. Eine Zeitlang durchstreifte sie die Dateien fast aufs Geratewohl; sie stöberte durch Kassenberichte, Jahreshauptversammlungsprotokolle und Mitgliederverzeichnisse. Jahr um Jahr verringerte sich die Anzahl der beitragzahlenden Mitglieder, und die Botschaft war klar herauszulesen: die Naturforschergesellschaft stand kurz vor dem Aussterben. Sie ging die Korrespondenz-Dateien durch: Ersuchen um Informationen, Memoranda über offene Beiträge und kassierte Beiträge; Todesanzeigen und Adressenänderungen; gelehrte Abhandlungen und Essays, die zur Veröffentlichung in der Monatszeitschrift eingereicht worden waren.

Spät am Nachmittag, als die Sonne bereits tief am Himmel stand, lehnte sich Wayness vom Schreibtisch zurück, übersättigt von der Naturforschergesellschaft. »Und das ist erst ein Anfang«, sagte sie sich. »Offenbar werden sowohl Standhaftigkeit als auch Beharrlichkeit sehr nützlich sein, bevor dieses Projekt beendet ist.«

Wayness verließ die dunkle Studierstube und ging auf ihr Zimmer. Sie badete sich und legte ein dunkelgrünes Kleid an, das der Förmlichkeit eines Diners in Schönwinden angemessen war. »Ich muß mir ein paar neue Kleider beschaffen«, sagte sie sich. »Sonst wird Onkel Pirie noch denken, ich komme in einer Uniform zum Diner.«

Wayness bürstete ihr dunkles Haar und band es mit einer feinen silbernen Kette. Dann stieg sie hinunter in den Salon, wo sich wenig später Pirie Tamm zu ihr gesellte. Er begrüßte sie mit seiner gewohnten Förmlichkeit. »Und jetzt: gemäß dem unveränderlichen Ritual von Schönwinden: der Sonnenuntergangstrunk. Möchtest du meinen köstlichen Sherry probieren?«

»Gern.«

Aus einem Schrank holte Pirie Tamm zwei kleine Zinnkrüge. »Beachte den leichten Grünstich in der Patina, der zu einem gewissen Grade Aufschluß über ihr Alter gibt.«

»Wie alt sind sie denn?«

»Mindestens dreitausend Jahre.«

»Die Formen sind außergewöhnlich.«

»Nicht zufällig! Nach dem ursprünglichen Formen

wurden sie erhitzt, um das Metall zu erweichen, dann wurden sie gebogen, zerknüllt, ausgebaucht, komprimiert, verwunden und schließlich mit einem komfortablen Rand versehen. Es gibt nicht zwei, die gleich sind.«

»Es sind faszinierende kleine Objekte«, sagte Wayness. »Der Sherry ist auch gut. Ein ähnlicher Wein wird in Station Araminta erzeugt, aber ich denke, dieser ist besser.«

»Das will ich doch hoffen«, sagte Pirie Tamm mit einem sauren Lächeln. »Schließlich machen wir das hier schon um einiges länger. Sollen wir hinaus auf die Veranda gehen? Der Abend ist mild, und die Sonne geht gleich unter.«

Pirie Tamm öffnete die Tür; die zwei traten auf die Veranda und stellten sich an die Balustrade. Nach einem Moment des Schweigens sagte Pirie Tamm: »Du wirkst nachdenklich. Bist du entmutigt angesichts der Größe der Aufgabe, die du auf dich geladen hast?«

»Ach nein. Für den Augenblick zumindest hatte ich sowohl Nisfit als auch die Gesellschaft aus meinem Kopf verbannt. Ich war dabei, den Sonnenuntergang zu bewundern. Ich frage mich, ob wohl irgend jemand je eine vergleichende Studie von Sonnenuntergängen auf verschiedenen Welten gemacht hat. Es muß viele interessante Variationen geben.«

»Ohne Zweifel!« sagte Pirie Tamm. »Ich kann aus dem Stegreif ein halbes Dutzend eindrucksvoller Beispiele aufzählen! Besonders tief in mein Gedächtnis eingeprägt haben sich die Sonnenuntergänge auf Deloras Welt, auf der Rückseite von Columba, wo ich zu Forschungszwecken für meine Monographie weilte. Jeden Abend kamen wir in den Genuß von wunderbaren Spektakeln, grün und blau, mit scharlachroten Blitzen! Sie waren einzigartig; ich würde einen Delora-Sonnenuntergang sofort unter hundert anderen wiedererkennen. Die Sonnenuntergänge auf

Pranilla, die durch Graupelschauer in großer Höhe gefiltert werden, sind ebenfalls erinnernswert.«

»Die Sonnenuntergänge auf Cadwal sind unvorhersehbar«, sagte Wayness. »Die Farben scheinen geradezu hinter den Wolken hervorzuplatzen und sind oft grell, wenngleich der Effekt stets ein heiterer ist. Die Sonnenuntergänge auf der Erde sind anders. Sie sind manchmal grandios oder sogar inspirierend, doch dann schwinden sie still und traurig in das blaue Halbdunkel der Dämmerung und erzeugen eine melancholische Stimmung.«

Pirie Tamm inspizierte mit gerunzelter Stirn den Himmel. »Der Effekt, den du erwähnst, ist real. Doch die melancholische Stimmung, von der du sprichst, hält nie lange an und verschwindet spätestens dann völlig, wenn die Sterne zu leuchten beginnen. Besonders dann«, fügte er als Nachgedanken hinzu, »wenn ein fröhliches Mahl an einem gutgedeckten Tisch in Sicht ist. Unter diesen Bedingungen wachsen den Lebensgeistern Flügel, und sie schwingen sich empor wie eine Lerche. Sollen wir reingehen?«

Pirie Tamm führte Wayness an ihren Platz am Fuße des massiven Walnußtisches und nahm dann seinen eigenen Platz am Kopfende ein. »Ich muß es wiederholen: es ist eine Freude, dich hier zu haben«, sagte Pirie Tamm. »Das Kleid, das du da trägst, ist übrigens ganz reizend.«

»Danke, Onkel Pirie. Leider ist es mein einziges Abendkleid, und ich muß mir rasch neue Kleider beschaffen, sonst wirst du meiner bald überdrüssig werden.«

»Nun, deswegen ganz gewiß nicht. Aber es gibt zwei oder drei gute Geschäfte im Dorf, und ich begleite dich dorthin, wann immer du willst. Übrigens, Moira und Challis wissen, daß du hier bist. Ich rechne damit, daß sie in ein paar Tagen hereinschauen, um zu sehen, wie du dich gemacht hast. Wenn sie zu dem

Schluß kommen, daß du nicht zu linkisch bist, werden sie dich vielleicht in die örtliche Gesellschaft einführen.«

Wayness zog eine Grimasse. »Als ich seinerzeit hier war, mochten weder Moira noch Challis mich besonders leiden. Ich bekam einmal zufällig mit, wie sie über mich herzogen. Moira sagte, ich sähe aus wie ein Zigeunerjunge in Mädchenkleidern. Challis fand das lustig, meinte aber, daß die Beschreibung zu milde sei; ihrer Meinung nach war ich bloß ein verträumtes kleines prüdes Mädchen mit dem Gesicht eines verängstigten Kätzchens.«

Pirie Tamm tat einen Ausruf milder Verblüffung. »Bei Gott, die Mädchen haben wahrlich eine scharfe Zunge! Wie lange ist das her?«

»Etwa fünf Jahre.«

»Hm. Ich kann von ähnlichen Vorfällen berichten. Eines Tages hörte ich, wie Varbert mich als ›eine unwahrscheinliche Mischung aus Schleiereule, Reiher und Vielfraß‹ beschrieb. Bei einer anderen Gelegenheit bezeichnete mich Ussery als den ›Hausteufel‹ und wollte, daß mir irgend jemand eine Kette gebe, mit der ich rasseln könne, wenn ich durch die Flure wandelte.«

Wayness unterdrückte mit Mühe ein Grinsen. »Das war eine unhöfliche Bemerkung.«

»Das fand ich auch. Drei Tage danach rief ich beide Familien unter dem Vorwand herüber, sie um einen Rat bitten zu wollen. Ich hätte vor, mein Testament zu ändern, erzählte ich ihnen, und ich könnte mich nicht entscheiden, ob ich all meinen Besitz der Naturforschergesellschaft hinterlassen solle oder dem Bund zum Schutz der Schleiereule und des Reihers. Betretenes Schweigen senkte sich über den Raum. Schließlich sagte Challis sehr kleinlaut, es gebe doch gewiß auch noch andere Möglichkeiten. Ich erwiderte, da hätte sie wohl recht, und ich würde mir die Sache durch den

Kopf gehen lassen, sobald ich die Muße dafür hätte, und stand auf. Moira fragte mich, wieso ich eine Kette an meinem Gürtel hängen hätte. Ich antwortete, es mache mir Spaß, damit zu rasseln, wenn ich durch die Flure wandelte.« Pirie Tamm lachte verschmitzt. »Varbert und Ussery behandeln mich seitdem spürbar höflicher. Sie bekundeten ihre Begeisterung, als sie hörten, du seist hier, und sprachen davon, daß sie dich passenden jungen Leuten vorstellen wollen – was immer das heißt.«

»Es heißt, daß sie mich ausgiebig mustern und zu dem Schluß kommen, daß ich immer noch eine prüde Schachtel bin und mich mit einem Hundezüchtergehilfen oder einem sehr langen Theologiestudenten oder vielleicht einem Versicherungskaufmannslehrling aus Usserys Büro verkuppeln. Man wird mich fragen, wie es mir auf der Alten Erde gefalle und wo genau Cadwal liege – von dem keiner von ihnen je etwas gehört haben wird.«

Pirie Tamm lachte schallend. »Außer, du bist an ein Mitglied der Gesellschaft geraten, was freilich sehr unwahrscheinlich ist, da nur mehr acht übriggeblieben sind.«

»Neun, Onkel Pirie! Vergiß nicht, mich mitzuzählen!«

»Keine Angst, ich habe dich bereits mitgezählt! Aber von heute an müssen wir Sir Regis Everard von der Zählung ausnehmen, da er verstorben ist.«

»Das ist eine bedrückende Neuigkeit«, sagte Wayness.

»Ja, das ist es.« Pirie Tamm warf einen Blick über die Schulter. »Irgend etwas Dunkles steht da hinten im Schatten und zählt auf seinen Fingern.«

Wayness spähte in den Schatten. »Du jagst mir einen Schauer über den Rücken.«

»Ha hum«, sagte Pirie Tamm. »In der Tat. Nun ja; wir müssen lernen, das Thema unpersönlich zu betrachten. Vergiß nicht, die Institution gibt einer Menge unter den Lebenden Auskommen und Brot. Zähl sie einmal auf! Priester, Mystiker, Totengräber, Verfasser von Oden, Lobreden und Elogen; außerdem Ärzte, Henker, Leichenbitter, Sargtischler und Grabräuber – was mich auf die Frage bringt: bist du schon auf den Namen Adrian Moncurio gestoßen? Noch nicht? Der Name wird früher oder später auftauchen, da er früher einmal Mitglied war. Wie du dich sicher noch erinnern wirst, war es Moncurio, der mir die wunderschönen Amphoren verkaufte.«

»Es kann nie schaden, einen Grabräuber zum Freund zu haben«, sagte Wayness.

IV

Zwei Wochen vergingen. Eines Abends hatte Pirie Tamm seine Töchter Moira und Challis mit ihren Ehemännern Varbert und Ussery zum Diner geladen. Bei dieser Gelegenheit trug Wayness eines ihrer neuen Kostüme: eine dunkel-maulbeerfarbene Überziehbluse mit hohem Kragen, kombiniert mit einem lind-maulbeerfarbenen Rock mit dunkelblauen und dunkelroten Streifen, der eng auf ihren Hüften auflag und von dort aus in weichen Falten bis fast zu ihren Knöcheln fiel. Als sie die Treppe herunterkam, konnte Pirie Tamm nicht umhin, begeistert auszurufen: »Meiner Treu, Wayness! Du hast dich wirklich in einen flotten Käfer verwandelt!«

Wayness küßte ihm die Wange. »Du machst mich noch ganz eitel, Onkel Pirie.«

Pirie Tamm schnaubte amüsiert. »Ich bin sicher, daß du dir keine Illusionen über dich machst!«

»Ich versuche, praktisch zu sein.«

Die Gäste trafen ein und wurden von Pirie Tamm an der Tür empfangen. Kaum war das Bewillkommnungstohuwabohu, bestehend aus Grüßen und Gegengrüßen sowie dem Austausch von Küssen und Artigkeiten, abgeklungen, da folgte auch schon eine neue Serie von Ausrufen, als Wayness entdeckt wurde. Moira und Challis unterzogen sie einer raschen Inspektion von Kopf bis Fuß, dann überschütteten sie sie mit enthusiastischen Kommentaren wie: »Mein Gott, wie groß du geworden bist! Challis, hättest du das Kind wiedererkannt?«

»Es fällt mir schwer, wenn ich diese junge Dame betrachte, mir die ulkige kleine Göre vorzustellen, die die Erde als einen solch fremdartigen und schrecklichen Ort empfand!«

Wayness lächelte versonnen. »Die Zeit bringt Veränderungen mit sich, zum Schlechteren oder zum Besseren. Ihr beiden kommt mir viel älter vor, als ich euch in Erinnerung hatte.«

»Sie sind unbarmherzige Gesellschaftslöwinnen und führen ein ausschweifendes und anstrengendes Leben«, sagte Pirie Tamm.

»Vater! Wie kannst du so etwas sagen!« rief Moira.

»Hör nicht auf ihn, liebe Wayness!« sagte Challis. »Wir sind ganz normale Angehörige der Oberschicht.«

Varbert und Ussery traten vor und wurden vorgestellt: Varbert, lang und schlank wie ein Junghecht, ausgestattet mit einer Hakennase, aschblondem Haar und einem fliehenden Kinn; Ussery etwas kleiner, mit dicken Backen, fülliger Körpermitte, sanfter Stimme und einem prägnanten Sprechstil. Varbert pflegte die kritische Art eines scharfsinnigen Ästheten, der mit nichts Geringerem denn Vollkommenheit zufriedenzustellen war; der in seinen Urteilen etwas tolerantere Ussery war sowohl unbefangen als auch leutselig in seinen Bemerkungen. »Das ist also die berühmte Wayness: zu gleichen Teilen Wildfang und Bücherwurm! Ich muß schon sagen, Varbert! Sie ist ganz und gar nicht das, was ich erwartet habe!«

»Ich versuche, vorgefaßte Meinungen zu vermeiden«, sagte Varbert indifferent.

»Aha!« rief Pirie Tamm. »Das ist das Merkmal eines disziplinierten Geistes!«

»Ganz recht. Ich bin dadurch für alles gerüstet, zu jeder Zeit und zu jeder Gelegenheit, und wer weiß denn schon, was von den äußeren Welten alles so hereingeschneit kommen könnte?«

Wayness sagte: »Heute abend trage ich Schuhe, wegen des besonderen Anlasses.«

»Was für ein seltsames Mädchen!« murmelte Varbert Moira zu, gerade noch so laut, daß alle es hören konnten.

»Kommt«, rief Pirie Tamm schwungvoll. »Trinken wir ein Glas Sherry vor dem Abendessen.«

Die Gruppe schlenderte in den Salon, wo Agnes Sherry servierte und wo Wayness erneut in den Mittelpunkt der Aufmerksamkeit rückte.

»Warum besuchst du diesmal die Erde?« fragte Moira. »Gibt es irgendeinen besonderen Grund?«

»Ich forsche ein bißchen über die Anfänge der Naturforschergesellschaft. Vielleicht unternehme ich auch ein paar Ausflüge hierhin und dorthin.«

»Allein?« fragte Challis mit hochgezogenen Brauen. »Es ist nicht klug für ein unerfahrenes junges Mädchen, allein auf der Erde zu reisen.«

Ussery sagte in maßvollem Ton: »Sie wird wahrscheinlich nicht sehr lange allein bleiben.«

Challis warf ihrem allzu jovialen Ehemann einen eisigen Blick zu. »Moira hat ganz recht. Dies ist eine wundervolle alte Welt, aber wir brüten wahrlich einige seltsame Kreaturen in den dunklen Winkeln aus.«

»Ich sehe sie oft«, sagte Pirie Tamm. »Sie verstecken sich im Fakultätsclub an der Universität.«

Varbert fühlte sich genötigt zu protestieren. »Komm, Pirie! Also wirklich! Ich bin jeden Tag im Fakultätsclub! Wir haben eine ausgezeichnete Mitgliederschaft!«

Pirie Tamm hob die Schultern. »Ich mag vielleicht ein wenig extrem in meinen Ansichten sein. Mein Freund Adrian Moncurio ist weit eindeutiger. Er behauptet, daß alle anständigen Menschen von der Erde weggegangen sind; zurückgeblieben sei ein Bodensatz von Spinnern, Perversen, Mißgeburten, Einfaltspinseln, Hyperintellektuellen und Schönsängern.«

»Das ist ausgemachter Blödsinn!« schimpfte Moira. »Keiner von uns paßt in eine dieser Kategorien!«

»Wo wir gerade von Musik sprechen: trittst du bei der Gartenparty auf?« fragte Ussery schelmisch.

»Man hat mich gebeten, am Programm teilzunehmen, ja«, sagte Moira würdevoll. »Ich soll entweder das ›Requiem für eine tote Seejungfer‹ vortragen oder ›Vogelsang von Ehedem‹.«

»Ich mag ganz besonders deinen ›Vogelsang‹«, sagte Challis. »Das Stück ist so wunderbar schwermütig.«

»Wie es scheint, steht uns ein Hochgenuß bevor«, sagte Ussery. »Ich glaube, ich genehmige mir noch ein Krüglein von diesem köstlichen Sherry. Challis, hast du Wayness schon zu der Party eingeladen?«

»Natürlich, sie ist herzlich willkommen. Aber es wird gar kein junges Volk da sein, und ich bezweifle, daß sie viel Unterhaltsames finden wird, oder jemanden, der sie interessiert.«

»Das macht überhaupt nichts«, sagte Wayness. »Wenn ich aufregende Unterhaltung wollte oder interessante Gesellschaft, dann hätte ich auch daheim auf Cadwal bleiben können.«

»Wirklich!« sagte Moira. »Ich dachte immer, Cadwal sei ein Naturreservat, wo die einzige Aktivität darin besteht, kranke Tiere gesundzupflegen.«

»Du solltest Cadwal einmal besuchen und dir selbst ein Bild machen«, sagte Wayness. »Ich glaube, du wärst überrascht.«

»Ohne Zweifel, aber ich bin kein Freund von solchen Abenteuern. Ich habe nicht viel übrig für Unbequemlichkeit und schlechte Küche und lästige Insekten.«

»Ich teile diese deine Gefühle«, sagte Varbert. »Es ließe sich einiges an philosophischen Argumenten dafür ins Feld führen, daß die äußeren Welten niemals dafür gedacht waren, von uns besiedelt und bewohnt zu werden und daß das Gaeanische Reich ein unnatürliches Gebilde ist.«

Ussery ließ ein spaßiges Lachen vernehmen. »Wenn schon nichts anderes, so lassen wir Erdlinge uns zumindest eine ganze Anzahl sehr malerischer Krankheiten entgehen, zum Beispiel das Danielsche Schüttelfieber vom Typ 3 und die Chang-Chang-Krankheit.«

»Ganz zu schweigen von Piraten und Sklavenjägern und all den schaurigen Dingen, die Draußen passieren.«

Agnes erschien in der Tür. »Das Diner ist serviert.«

Der Abend endete in einer Atmosphäre bemühter Höflichkeit. Ussery erneuerte galant seine Einladung zu der Gartenparty, doch bevor Wayness darauf eingehen konnte, raunzte Challis: »Ussy, hab Gnade! Laß dem armen Mädchen doch die Möglichkeit, sich selbst zu entscheiden. Wenn sie kommen will, dann wird sie es uns schon wissen lassen.«

»Das scheint mir ein vernünftiges Arrangement«, sagte Wayness. »Gute Nacht allerseits!«

Die Gäste gingen; Pirie Tamm und Wayness blieben allein im Salon zurück. »Sie sind keine schlechten Menschen«, sagte Pirie Tamm mürrisch, »und noch nicht einmal typisches Erdenvolk – aber verlange nicht von mir, diese typische Kreatur näher zu umreißen, da sie viel zu variabel ist – und manchmal erstaunlich. Auch kann sie düster und gefährlich sein, wie Moira es andeutete. Die Erde ist ein alter Planet, der hier und da von faulen Stellen befallen ist.«

Tage vergingen und Wochen. Wayness las Dokumente aller Art, darunter auch die Satzung der Gesellschaft sowie alle Ergänzungen, Veränderungen und Zusatzklauseln, die im Laufe der Jahrhunderte beigefügt worden waren. Die Satzung war geradezu naiv in ihrer Schlichtheit und schien auf der Hypothese des universellen Altruismus zu gründen.

Wayness diskutierte mit Pirie Tamm über die Satzung. »Sie ist herrlich altmodisch und verschroben und zwingt den Generalsekretär nachgerade dazu, zum Betrüger zu werden. Ich wundere mich, daß überhaupt noch etwas für Nisfit übriggeblieben war.«

»Der Generalsekretär ist zuallererst einmal Mitglied der Gesellschaft«, belehrte sie Pirie Tamm. »Er ist eigentlich schon der Definition nach ein Ehrenmann und eine rechtschaffene Person. Wir Naturalisten haben uns seit jeher als eine Elite der allgemeinen Bevölkerung verstanden. Wir haben uns in diesem Glauben nie getäuscht – bis Nisfit kam.«

»Da ist noch etwas, das mich verwirrt. Wieso hat das Interesse an der Gesellschaft mit den Jahren so dramatisch nachgelassen?«

»In dieser Frage ist eine Menge Seelenforschung betrieben worden«, sagte Pirie Tamm. »Es wurden viele mögliche Gründe angeführt: Selbstgefälligkeit, das Fehlen neuer Ideen bei gleichzeitigem Schwinden der Begeisterung. Die Öffentlichkeit begann in uns eine Gruppe von verknöcherten alten Insektensammlern zu sehen, und wir taten nichts Abenteuerliches oder Spektakuläres, um dieses Vorurteil zu zerstreuen, noch machten wir die Mitgliedschaft in irgendeiner Weise leichter oder attraktiver. Ein Beitrittswilliger brauchte vier aktive Mitglieder als Bürgen, oder – wenn er die nicht vorweisen konnte, wie es bei einem Kandidaten von Außerwelt durchaus der Fall sein konnte – er mußte eine Streitschrift vorlegen, eine Kurzbiographie und ein polizeiliches Führungszeugnis, das seine Identität und das Fehlen von Vorstrafen bestätigte. Eine entmutigende Ochsentour.«

»Ich wundere mich, daß unter diesen Umständen Nisfit als Mitglied akzeptiert wurde.«

»In diesem Fall hat das System offenkundig versagt.«

Wayness setzte ihre Nachforschungen fort. Sie stieß auf eine Liste der Gegenstände, die Nisfit verkauft hatte. Zusammengestellt hatte diese Liste der neue Generalsekretär Nils Myhack, und er hatte den Vermerk hinzugefügt: *Der Schuft hat uns fein hereingelegt! Was, in drei Teufels Namen, ist ›Erzeugnisse angepaßt auf Guthabenübertragung Konto BZ-2‹? Ich könnte laut lachen, wäre es nicht eine himmelschreiende Schande! Zum Glück sind Charta und Übertragungsurkunde sicher an ihrem angestammten Platz im Tresor.*

Hier, dachte Wayness, lag wahrscheinlich die Ursache für die Überzeugung der mysteriösen Monette – oder, vielleicht präziser ausgedrückt, ihrer Hoffnung, daß die Charta noch immer in dem Banktresor lagerte.

Die von Nisfit entwendeten Besitztümer waren von unterschiedlichster Art: Zeichnungen und Skizzen, angefertigt von Naturalisten auf Außerweltexpeditionen; Raritäten und Kunstgegenstände, die von nichtgaeanischen Lebensformen erzeugt worden waren, unter anderem Tafeln mit der immer noch nicht entzifferten myrrhischen Schrift, Statuen von einer Welt auf der Rückseite von Ursa Minor; Vasen, Schalen und andere Behältnisse, die auf den Ninarchen gefunden worden waren. Da gab es Sammlungen von kleinen Lebensformen; eine Kiste mit hundert Zaubersteinkugeln und Tafeln, hervorgebracht von den Banjees von Cadwal; Schmuck von den Moorläufern von Gemini 333 IV. Eine weitere Kategorie bildeten Dokumente der Gesellschaft, die für Sammler alter Urkunden interessant waren – in Heftern, auf Folien und auf geschmolzenem schwarzem Litholit, eingraviert in mikroskopischen Symbolen; alte Bücher und Photographien, Jahrbücher und Chroniken aller Art, Notizen und biographische Aufzeichnungen.

Das gestohlene Material, überlegte Wayness, durfte schwerlich als Gesamtpaket an ein einzelnes Individuum oder eine einzelne Institution verkäuflich gewesen sein. Mit äußerster Sorgfalt und Aufmerksamkeit studierte sie Nisfits Briefe. Sie fand Aufnahmeanträge, Vermerke über rückständige Beiträge und Vereinsausschlüsse; Briefwechsel im Zusammenhang mit Rechtsstreiten, Stipendienfonds, Expeditionen und Forschungsprojekten, den Stiftungen und Kapitalanlagen, aus denen viele Naturalisten in Stroma ihre Einkünfte bezogen.

Die schiere Masse des Materials war geradezu überwältigend. Nahm Wayness anfangs Stichproben von Posten aus allen Kategorien, so konzentrierte sie sich später auf die Posten, die ihr Interesse am stärksten erregten. Unter Verwendung eines Suchverfahrens, welches nach Verweisen auf das Wort ›Charta‹ fahndete, entdeckte sie nichts von Interesse.

Gleichsam einem nachträglichen Einfall folgend, ließ sie die gesamte Menge der Akten und Dateien, die sich während Nisfits Amtszeit angehäuft hatten, durch das Suchprogramm laufen, und stieß schließlich auf einen Fall, der ihr Interesse erweckte.

Der Anlaß war die Jahreshauptversammlung im letzten Jahr von Nisfits Amtszeit. Das Sitzungsprotokoll der Versammlung enthielt die Mitschrift eines Dialogs zwischen Jaimes Jamers, dem Vorsitzenden des Aktivitätenausschusses, und Frons Nisfit, dem Generalsekretär.

Jamers: Herr Generalsekretär, dies schlägt zugegebenermaßen nicht in meinen offiziellen Aufgabenbereich, deshalb wende ich mich an Sie in der Hoffnung, daß Sie ein paar Dinge aufklären, die ich verwirrend finde. Was zum Beispiel ist ein ›Supersessivum‹?

Nisfit: Ganz einfach, Herr Ausschußvorsitzender. Das ist ein Artikel, dessen Nutzen oder Wert für die Gesellschaft aufgehoben oder abgelöst worden ist.

Jamers: Ihre Wortwahl hier empfinde ich als absoluten Fachjargon. Wenn Sie sich vielleicht verständlicher ausdrücken könnten?

Nisfit: Ja, Herr Ausschußvorsitzender.

Jamers: Was, zum Beispiel, soll das hier heißen – ›Erzeugnisse zu Aktiva-Gruppen-Potentialen‹?

Nisfit: Ein großer Teil der Terminologie, Herr Ausschußvorsitzender, ist der Buchführungssprache entlehnt.

Jamers: Aber was bedeutet es denn nun?

Nisfit: Im weitesten Sinn, daß Mittel, die aus dem Verkauf von überschüssigen oder nicht notwendigen Materialien herrühren, einem Sonderfonds für diverse Zwecke wie Stiftungen, Stipendien, Soforthilfemaßnahmen und dergleichen zugeführt werden. Dazu gehört auch die Zahlung von Steuern und Gebühren, wie der jährlich zu entrichtenden Stipulationstaxe für die Cadwal-Charta, die pünktlich entrichtet werden muß.

Jamers: Ich verstehe. Haben Sie diese Abgaben auch immer gewissenhaft entrichtet?

Nisfit: Selbstverständlich, Herr Ausschußvorsitzender.

Jamers: Und wieso ist die Cadwal-Charta dann nicht an ihrem üblichen Platz?

Nisfit: Ich habe sie zusammen mit anderen Dokumenten zur Bank von Margravia transferiert.

Jamers: Irgendwie kommt mir das alles ein bißchen unlogisch und schlampig vor. Ich meine, wir sollten eine umfassende Bestandsaufnahme von unseren Besitztümern machen lassen, damit wir wissen, wo wir stehen.

Nisfit: Sehr wohl, Herr Ausschußvorsitzender. Ich werde alles Nötige für eine solche Inventur in die Wege leiten.

Während der darauffolgenden Woche räumte Nisfit sein Büro und ward nie wieder gesehen.

Ein Gedanke ging Wayness durch den Kopf, der ihre Neugier erregte. Frons Nisfit war Mitglied der Gesellschaft geworden, ohne daß bei ihm die traditionellen strengen Aufnahmemaßstäbe angelegt worden waren. Wer hatte ihn für die Mitgliedschaft vorgeschlagen? Wayness durchforstete die Dateien und stieß auf Namen, die ihr nichts sagten. Und was war mit Monette, die dreißig Jahre später in die Gesellschaft eingetreten war? Erneut ging Wayness die Aufzeichnungen durch.

Während der entsprechenden Zeitspanne war kein Mitglied mit dem Zunamen ›Monette‹ verzeichnet.

Merkwürdig! dachte Wayness. Sie ging die Dateien noch einmal auf das sorgfältigste durch und machte eine verblüffende Entdeckung.

Später am Tag berichtete sie Pirie Tamm von ihrem Fund. »›Monette‹ war, wie du erwähntest, eine Außerweltlerin; als sie sich um die Mitgliedschaft bewarb, wurde sie aufgefordert, eine beglaubigte Identifikationsurkunde vorzulegen, die zu den Akten ging. Der Name war ›Simonetta Clattuc‹.«

V

Wayness erzählte Pirie Tamm, was sie von Glawens gelegentlichen Anekdoten über Simonetta Clattuc im Gedächtnis behalten hatte. »Sie war offenbar berüchtigt für ihr hitziges Temperament, und jede noch so kleine Zurücksetzung ihrer Person löste wilde Rachegefühle bei ihr aus. Als sie noch eine junge Frau war, erlitt sie eine Enttäuschung in einer Liebesaffäre, und fast zur gleichen Zeit wurde sie aufgrund ihres zu niedrigen Status-Indexes aus dem Hause Clattuc gewiesen. Sie verließ daraufhin wutentbrannt Station Araminta und ward nie mehr gesehen.«

»Bis sie Nils Myhacks Assistentin wurde«, sagte Pirie Tamm. »Ich frage mich, was sie im Sinn hatte. Sie konnte nicht gewußt haben, daß die Charta und die Übertragungsurkunde weg waren.«

»Deshalb wollte sie ja den Banktresor untersuchen.«

»Natürlich – aber sie kann nichts gefunden haben, weder dort noch anderswo, denn es gibt keinen Beleg dafür, daß die Übertragungsurkunde auf einen neuen Besitzer registriert worden ist.«

»Das ist wenigstens ein Trost. Andererseits muß sie die Dateien durchforstet haben, so wie ich es jetzt tue – und wahrscheinlich mit dem gleichen Ergebnis.«

»Nicht unbedingt! Sie hätte sich nicht die Mühe gemacht, die Dateien durchzuwälzen, wenn sie davon ausging, daß die Charta und die Übertragungsurkunde sich im Bankschließfach befanden.«

»Hoffentlich hast du recht«, sagte Wayness. »Sonst verschwende ich meine Zeit sinnlos damit, dort zu suchen, wo sie bereits gesucht hat.«

Pirie Tamm sagte dazu nichts; er hatte so oder so das Gefühl, daß Wayness nur ihre Zeit verschwendete.

Wayness fuhr gleichwohl mit ihrer Arbeit fort, doch wie schon zuvor fand sie nichts in den Akten und Dateien der Gesellschaft, das auch nur ein bißchen Licht in Nisfits dunkle Geschäfte gebracht hätte.

So vergingen Tage und Wochen. Wayness begann Momente von Mutlosigkeit zu durchleben. Ihre interessanteste Entdeckung war ein Lichtbild von Nisfit, das einen dünnen blonden Mann von unschätzbarem Alter zeigte, mit einer hohen, schmalen Stirn, einem spärlichen Schnurrbart und einem schmallippigen Mund, dessen Winkel nach unten hingen. Es war ein Gesicht, das ihr sofort unsympathisch war, verkörperte es doch geradezu bildlich den Grund für ihre Enttäuschung.

Weitere Wochen vergingen, und Wayness konnte die Überzeugung nicht verdrängen, daß ihre Tatkraft anderswo gewinnbringender eingesetzt werden konnte. Trotzdem harrte sie aus und überprüfte jeden Tag neue

Dokumente: Briefe, Rechnungen, Quittungen; Vorschläge, Beschwerden, Anfragen, Berichte. Doch alle ihre Bemühungen blieben fruchtlos: Nisfit hatte seine Spuren geschickt verwischt.

Eines späten Nachmittags – ihre Augenlider waren schon schwer und ihre Stimmung war nahe der Verzagtheit – stieß sie auf eine kurze Passage, die Nisfits Wachsamkeit offensichtlich entgangen war. Die Passage stand am Ende eines Routinebriefes von einem gewissen Ector van Broude, wohnhaft in der Stadt Sancelade, zweihundert Meilen nordöstlich von Schönwinden gelegen. Er schrieb in Bezugnahme auf eine spezielle Taxierung, fügte aber als Postscriptum hinzu:

Mein Freund Ernst Faldeker, Angestellter der hiesigen Firma Mischap und Doorn, hat sich kritisch über die beträchtlichen Transaktionen geäußert, die Sie als Generalsekretär der Gesellschaft in die Wege geleitet haben. Ich stelle ernsthaft die Klugheit dieser Politik in Abrede; ist sie wirklich weitsichtig und im besten Interesse der Gesellschaft? Bitte erläutern Sie mir die Gründe für diese ungewöhnlichen Transaktionen.

In hoher Aufregung rannte Wayness zu Pirie Tamm und erzählte ihm von ihrer Entdeckung.

»Das ist eine interessante Information«, sagte Pirie Tamm. »Mischap und Doorn in Sancelade, sagst du? Ich glaube, ich habe den Namen schon einmal gehört, aber ich weiß im Moment nicht, wo ich ihn hinstecken soll. Laß uns ein Adreßbuch konsultieren.«

In seinem Studierzimmer leitete er eine Suche ein und wurde rasch fündig. »›Mischap und Doorn: Vermakelungen & Kommissionsverkäufe.‹ Die Firma ist noch existent und sitzt nach wie vor in Sancelade. Da hätten wir's denn nun also.«

KAPITEL VIER

I

»Vielleicht können wir das Problem ja schon innerhalb der nächsten fünf Minuten lösen«, sagte Pirie Tamm. Er telephonierte das Büro von Mischap und Doorn in Sancelade an. Der Bildschirm erhellte sich; der rot-blaue Schriftzug ›Mischap & Doorn‹ tauchte am oberen Rand auf, und im unteren rechten Quadranten erschienen der Kopf und die Schultern einer schmalgesichtigen jungen Frau mit einer langen dünnen Nase und kurzem blondem Haar, das um ihren Kopf herum in einem, wie Wayness fand, kompromißlos und ziemlich exzentrisch anmutenden Stil geschnitten war. Ihre Augen funkelten und leuchteten von nervöser Vitalität, doch als sie sprach, hätte ihre Stimme nüchterner und geschäftsmäßiger nicht klingen können. »Bitte nennen Sie Ihren Namen, Ihren Beruf, Ihre Verbindung und Ihr Anliegen.«

Pirie Tamm identifizierte sich und führte seine Verbindung zur Naturforschergesellschaft an.

»Sehr wohl, Sir; was ist Ihr Anliegen?«

Pirie Tamm runzelte die Stirn, ungehalten über die herablassende Art der Empfangsdame. Dennoch antwortete er höflich: »Ein gewisser Ernst Faldeker war vor etwa vierzig Jahren Angehöriger Ihrer Firma. Ich darf annehmen, daß er sich in den Ruhestand zurückgezogen hat?«

»Dazu kann ich nichts sagen. Ich kann lediglich mit Gewißheit sagen, daß er jetzt nicht mehr bei uns tätig ist.«

»Vielleicht können Sie mir seine jetzige Anschrift nennen.«

»Einen Moment.« Das Gesicht der jungen Frau verschwand.

Pirie Tamm knurrte Wayness schiefmäulig zu: »Erstaunlich, nicht wahr? Diese Funktionäre halten sich für Engel, die auf Wolken thronen, während von tief unten aus dem Dreck das gemeine Menschenvolk sie anfleht.«

»Sie scheint sehr gelassen und selbstbeherrscht«, sagte Wayness. »Ich vermute, wenn sie übertrieben sentimental wäre, würde sie das womöglich als störendes Handicap bei ihrer Arbeit empfinden.«

»Möglich, möglich.«

Das Gesicht der jungen Frau erschien wieder auf dem Bildschirm. »Ich muß Ihnen mitteilen, daß ich nicht befugt bin, Informationen dieser Art herauszugeben.«

»Je nun – wer ist denn befugt?«

»Berle Buffums ist unser gegenwärtiger Büroleiter. Möchten Sie mit ihm sprechen? Er hat im Augenblick nichts Besseres zu tun.«

Eine seltsame Bemerkung, dachte Wayness. »Dann verbinden Sie mich bitte mit ihm«, sagte Pirie Tamm.

Der Bildschirm wurde blind. Eine Zeit verstrich. Das flinke und lebhafte Gesicht der Frau kehrte zurück. »Herr Buffums ist zur Zeit in einer Konferenz und kann nicht gestört werden.«

Pirie Tamm gab ein verärgertes Grunzen von sich. »Vielleicht können Sie mir soviel sagen. Ihre Firma wickelte vor langer Zeit ein paar Geschäfte für die Naturforschergesellschaft ab; es muß – lassen Sie mich überlegen – mehr als vierzig Jahre her sein. Ich würde gern erfahren, welcher Art die Güter waren, um die es bei diesen Geschäften ging, und wer ihr Adressat war.«

Die Empfangsdame lachte. »Wenn ich mir auch nur eine Andeutung einer solchen Information entlocken ließe, würde Bully Buffums mich vierteilen. Er ist – wie soll ich sagen? – von geradezu besessen anmutender Pingeligkeit, was die Geheimhaltung von vertraulichen Akten angeht. Ich selbst wäre leicht zu bestechen, was Ihnen freilich nichts nützen würde, da Bully Buffums die vertraulichen Akten unter Verschluß hält.«

»Schade. Warum ist er so pingelig?«

»Das weiß ich nicht. Er erklärt seine Verfügungen und Erlasse niemandem – am allerwenigsten mir.«

»Danke für Ihre höflichen Bemühungen.« Pirie Tamm unterbrach die Verbindung. Langsam wandte er sich zu Wayness um. »Eine seltsame Firma, selbst für irdische Verhältnisse. Vielleicht liegt es daran, daß sie in Sancelade beheimatet ist, einer außergewöhnlichen Stadt an sich.«

»Zumindest haben wir einen Anhaltspunkt oder Fingerzeig, oder wie auch immer man es nennen soll.«

»Richtig. Es ist jedenfalls ein Anfang.«

»Ich werde mich sofort nach Sancelade begeben. Vielleicht gelingt es mir ja irgendwie, Berle Buffums dazu zu bewegen, seine Information preiszugeben.«

Pirie Tamm seufzte bekümmert. »Von ganzem Herzen verfluche ich diese verdammte Unpäßlichkeit, die mich mehr peinigt, als du dir ausmalen kannst! Meine Mannhaftigkeit ist dahin; ich komme mir vor wie ein gebrechlicher alter Kobold, der im Haus herumkriecht und -humpelt, während du, ein zierliches, zartes Mädchen, dich voller Tatendrang in eben die Arbeit stürzt, die eigentlich ich tun sollte!«

»Bitte, Onkel Pirie! Sag so etwas nicht. Du tust, was du kannst, und ich tue, was ich kann, und so soll es halt sein.«

Pirie Tamm tätschelte Wayness den Kopf, eine seiner wenigen Äußerungen von Zuneigung. »Ich werde nichts mehr sagen. Unser Ziel ist bedeutender als jeder von uns beiden. Trotzdem will ich auf keinen Fall, daß du bedroht wirst oder Schmerzen erleidest oder auch nur Angst.«

»Ich bin ganz vorsichtig, Onkel Pirie. Meistens jedenfalls. Doch nun muß ich nach Sancelade fahren und sehen, was ich bei Mischap & Doorn in Erfahrung bringen kann.«

»So sieht es wohl aus«, sagte Pirie Tamm, jedoch ohne Überzeugung. »Ich brauche dich wohl nicht erst eigens darauf hinzuweisen, daß du mit einer Reihe von Herausforderungen konfrontiert werden wirst – unter anderem auch Berle Buffums.«

Wayness lachte nervös. »Ich hoffe doch, daß ich zumindest mit dem Leben davonkommen werde, und – wer weiß? – vielleicht sogar mit der Charta.«

Pirie Tamm machte ein knurriges Geräusch. »Ich muß es noch einmal sagen: Sancelade ist ein eigentümlicher Ort mit einer bemerkenswerten Geschichte.« Er brachte Wayness ein paar hervorstechende Fakten über die Stadt zur Kenntnis. Die ursprüngliche Stadt, so erzählte er ihr, war während der sogenannten Entfremdungskonvulsion* völlig zerstört worden. Zweihundert Jahre lang hatte sie in Trümmern gelegen, eine verlassene Wüstenei, bis der Autokrat Tybalt Pimm die Erbauung einer neuen Stadt an der Stätte der alten verfügt hatte. Pimm hatte jeden Aspekt des neuen Sancelade bis ins kleinste Detail festgelegt und für jeden der sechs Bezirke eine unterschiedliche Variante der gleichen komplizierten Architektur vorgesehen.

Zu jener Zeit hatte Tybalt Pimms ehrgeiziger Plan Spott und Hohn hervorgerufen, doch schon bald waren die kritischen Stimmen leiser geworden, und als das Werk schließlich vollendet war, wurde Sancelade als das Meisterwerk eines gleichermaßen mit Phanta-

---

* Außerweltheimkehrer, die sich nicht mehr in die Gesellschaft der Alten Erde hatten einfügen können, hatten sich plötzlich im Zuge einer Massenhysterie zu gewalttätigen Banden zusammengerottet und in sinnloser Zerstörungswut alles kurz und klein geschlagen, was ihnen in die Quere kam, um sich an der Umwelt zu rächen, die ihnen, wie sie fanden, übel mitgespielt hatte.

sie, Tatkraft und unerschöpflichen Finanzmitteln begabten Genies gepriesen.

Pimms Theorien und Vorschriften wurden lange Zeit befolgt, wenngleich sie mitunter ein wenig lasch gehandhabt wurden. Das Kyprianische Viertel zum Beispiel, das Pimm als Bezirk für Leichtindustrie, Handelsschulen, preiswerte Gastronomie und Sozialhallen ausersehen hatte, wurde statt dessen zum Refugium für Künstler, Musikanten, Vagabunden und Mystiker, durchsprenkelt von tausend Cafés, Bistros, Studios, kleinen Läden, in denen Kuriositäten aller Art feilgeboten wurden, und dergleichen mehr. Am Ende erlangte Sancelade Bekanntheit als Ort, wo man edel oder ordinär leben konnte, auf kleinem oder auf großem Fuße, bieder oder schrill, und wo man im allgemeinen das tun konnte, wonach einem der Sinn stand, solange man diskret war – oder sogar auch, wenn man nicht diskret war.

II

Wayness fuhr per Überland-Transit nach Shillawy, durch eine Landschaft aus kleinen Bauerngehöften und Dörfern, wo sich seit dem Anbeginn der Zeit nichts geändert hatte. In Shillawy bestieg sie die Untergrundgleitbahn, die sie zwei Stunden später am Hauptbahnhof von Sancelade wohlbehalten entließ.

Eine Kraftdroschke brachte sie zu dem Hotel, das Pirie Tamm ihr empfohlen hatte, dem am Rande der nimbusbehafteten Gouldenerie, unweit des Kyprianischen Viertels gelegenen Marsac. Das Marsac war ein unregelmäßig ausladendes, weiträumiges altes Bauwerk mit vielen Flügeln und Trakten, drei Restaurants und vier vergoldeten Ballsälen an den Ufern des Taing-Flusses. Wayness fand sich umfangen von einer Atmosphäre zwanglos-lässiger Eleganz, gedämpft und gleichsam un-befangen, von einer Art, wie man sie nirgendwo sonst im ganzen Gaeanischen Reich finden konnte. Man geleitete sie in ein Zimmer mit hoher Decke, dessen Wände in einem blassen Beige lackiert waren. Ein weicher Marocain-Läufer mit einem Muster aus braunen, schwarzen, dunkelroten und indigofarbenen Tupfern belebte den grauen Terrazzofußboden; Bouquets von frischen Blumen zierten die Nachtkonsolen zu beiden Seiten des Bettes.

Wayness zog sich um. Sie schlüpfte in ein dunkelbraunes Kostüm, um so ihre geschäftsmäßigen Intentionen optisch besser zum Ausdruck zu bringen, und ging dann in die Lobby zurück. Das Adreßbuch lehrte sie, daß sich die Geschäftsräume der Firma Mischap und Doorn im Flavischen Haus am Alixtre-Platz befanden, auf der anderen Seite der Gouldenerie.

Es war ein Uhr nachmittags. Wayness aß im Wasserblick-Grill zu Mittag und schaute dem Taing-Fluß dabei zu, wie er an ihr vorüberfloß; dabei überlegte sie, wie sie am besten vorgehen sollte.

Sie entschied sich schließlich für eine Vorgehensweise, die sowohl einfach als auch direkt war; sie würde in den Geschäftsräumen von Mischap und Doorn vorstellig werden, nach Herrn Buffums verlangen und ihn in ihrer freundlichsten Manier um ein paar Auskünfte bitten. Mischap und Doorn ist eine alteingesessene und angesehene Firma, sagte sie sich. Sie dürften keinen Grund haben, mir eine solche kleine Bitte abzuschlagen.

Nach dem Mittagessen ging sie über die Gouldenerie zum Alixtre-Platz, einem förmlichen Garten, der umringt war von vierstöckigen Gebäuden, von denen keines dem anderen glich, die aber alle in exakter Übereinstimmung mit Tybald Pimms ästhetischen Richtlinien gebaut worden waren.

Die Firma Mischap und Doorn befand sich im zweiten Stockwerk des Flavischen Hauses auf der Nordseite des Platzes. Wayness stieg hinauf zum zweiten

Stock und trat in einen Hof, der mit Farnen und Palmen bepflanzt war. Auf einer Tafel waren die verschiedenen Büros und Abteilungen von Mischap und Doorn aufgelistet: Geschäftsleitung, Personalbüro, Buchführung, Taxierungen, Wechselgeschäfte, Außerirdische Immobilien und diverse andere. Wayness ging zu der Tür mit der Aufschrift Geschäftsleitung. Die Tür glitt auf ihre Berührung hin zur Seite. Sie trat in einen großen Raum, der so ausgestattet war, als biete er vielleicht acht Arbeitskräften Platz, im Moment aber nur mit zwei Frauen besetzt war. Die schmalgesichtige junge Empfangsdame saß an einem Schreibtisch genau in der Mitte des Raumes. Auf einem Schild standen ihr Name und ihre Dienstbezeichnung:

GILJIN LEEPE
Assistentin der Geschäftsführung

An einem Tisch auf der rechten Seite des Raumes saß eine ältere Frau von gedrungener Statur, grauhaarig, mit groben Gesichtszügen, schwerem Knochenbau und üppiger Leibesfülle vor Ablagekörben, Büchern, Werkzeugen und optischen Instrumenten; sie war in die Betrachtung einer Reihe kleiner Gegenstände vertieft.

Giljin Leepe war vielleicht ein halbes Dutzend Jahre älter als Wayness und einen Zoll größer. Auf eine reizvolle Art eckig, war sie ausgestattet mit einem straffen, schlanken Körper und Brüsten, die kaum mehr als vage Andeutungen waren. Ihre meerblauen Augen verliehen ihr, wenn sie weit geöffnet waren, ein Air von Unschuld und Arglosigkeit; senkte sie indessen die Lider, wirkte sie auf eine komische Weise listig und verschlagen. Gleichwohl war ihr Gesicht, das von einem Strohdach aus kurzem, staubblondem, in Form einer Puddingschüssel gestutztem Haar gekrönt war, alles andere als unattraktiv. Ein merkwürdiges Geschöpf, dachte Wayness, und ganz sicher eines, das mit Vorsicht zu genießen war. Giljin Leepe musterte Wayness mit ähnlichem Interesse. Sie zog die Augenbrauen hoch, als frage sie sich: »Was in aller Welt haben wir denn hier?« Laut sagte sie: »Ja, Fräulein? Dies sind die Geschäftsräume von Mischap und Doorn; sind Sie sicher, daß Sie hier richtig sind?«

»Ich hoffe es. Ich möchte eine Auskunft, die Sie mir vielleicht geben können.«

»Wollen Sie kaufen oder verkaufen?« Giljin Leepe überreichte Wayness eine Broschüre. »Dies sind die Immobilien, die wir derzeit betreuen; vielleicht finden Sie darunter, was Sie suchen.«

»Ich komme nicht als Kundin«, sagte Wayness mit entschuldigendem Blick. »Ich versuche, bestimmten Gütern auf die Spur zu kommen, die Sie vor ungefähr vierzig Jahren maklerisch betreut haben.«

»Hm. Hat nicht gestern schon einmal jemand in dieser Sache angerufen?«

»Ja.«

»Es tut mir leid, aber ich kann Ihnen nur mitteilen, daß sich nichts geändert hat, außer daß ich einen Tag älter bin. Nelda verändert sich nie, aber dann wieder färbt sie sich das Haar.«

»Ha ha!« sagte Nelda. »Täte ich dies, dann würde ich wohl kaum die Farbe von schmutziger Seifenlauge wählen.«

Wayness war einfach fasziniert von Giljin Leepes Mund, der dünn, breit, rosafarben und in ständiger Bewegung war: erst kräuselte er sich, dann wurde er spitz, dann wieder zog er sich zusammen, dann zog sich ein Winkel nach oben, während der andere sich nach unten zog, oder aber beide Winkel sanken gleichzeitig nach unten.

»Auf jeden Fall«, sagte Giljin Leepe, »bleibt Bully Buffums wie immer.«

Wayness schaute zu der Tür in der hinteren Wand

des Raumes, die offenbar zu Herrn Buffums' Privatbüro führte. »Warum ist er so vorsichtig?«

»Er hat nichts Besseres zu tun. Mischap und Doorn läuft von selbst, und die Direktoren haben Bully Buffums davor gewarnt, sich einzumischen. Also beschäftigt er sich mit seiner Kunstsammlung ...«

Nelda mischte sich ein. »Kunst, hast du gesagt? Ich weiß, wie ich das nenne.«

»Bully empfängt gelegentlich einen wichtigen Kunden und zeigt dann manchmal seine Sammlung, wenn er meint, ihn – oder sie – damit schockieren zu können.«

»Was meinen Sie: ob er sie mir wohl zeigen würde, wenn ich erklärte, was ich will und warum?«

»Wahrscheinlich nicht. Sie können es versuchen.«

Nelda sagte: »Du könntest das Mädchen wenigstens warnen.«

»Da ist nicht viel, wovor ich sie warnen müßte. Er kann natürlich ein bißchen lästig sein.«

Wayness blickte skeptisch zu Herrn Buffums' Tür. »Was ist ›lästig‹, und wieviel ist ›ein bißchen‹?«

»Ich verrate keine Geheimnisse, wenn ich sage, daß Bully nicht immer glücklich ist in Gesellschaft von hübschen Mädchen. Sie verunsichern ihn. Aber er hat seine Launen.«

Nelda warf ein: »Sie überkommen ihn, wenn er zuviel nicht ganz durchgebratenes Fleisch ist.«

»Diese Theorie ist so gut oder so schlecht wie jede andere«, sagte Giljin Leepe. »Tatsache ist, Bully Buffums ist unberechenbar.«

Wayness blickte wieder auf die Tür am hinteren Ende des Raumes. »Sie können mich melden. Ich werde so nett sein, wie ich kann – und wer weiß? Vielleicht wird Herr Buffums mich ja mögen.«

Giljin Leepe nickte desinteressiert. »Und wen soll ich melden?«

»Ich bin Wayness Tamm, Zweite Sekretärin der Naturforschergesellschaft.«

Die Tür am hinteren Ende des Raumes war zur Seite geglitten. Ein großgewachsener Mann stand im Rahmen. Er rief barsch: »Was ist los, Giljin? Haben Sie nichts Besseres zu tun, als mit Ihren Freundinnen zu tratschen?«

Giljin Leepe erwiderte in ihrem neutralsten Ton: »Dies ist keine Freundin; sie vertritt einen wichtigen Kunden und erheischt Auskunft über ein paar Geschäfte.«

»Wer ist der Kunde, und um was für Geschäfte geht es?«

»Ich bin Zweite Sekretärin der Naturforschergesellschaft. Ich stelle Nachforschungen über eine Transaktion an, die vor einiger Zeit von einem früheren Generalsekretär getätigt wurde.«

Herr Buffums löste sich aus dem Türrahmen und trat vor: ein großer, dicker Mann in den frühen mittleren Jahren, mit einem runden, geröteten Gesicht und überlangem aschblondem Haar, das in der Mitte gescheitelt war und das er sich hinter die Ohren geklemmt hatte, um so zu verhindern, daß es ihm ins Gesicht hing. »Höchst merkwürdig!« sagte er. »Vor langer Zeit – zehn Jahre? zwölf? – kam eine Frau in die Firma, die die gleiche Auskunft begehrte.«

»Ach!« sagte Wayness. »Hat sie ihren Namen genannt?«

»Wahrscheinlich, aber ich habe ihn vergessen.«

»Und? Haben Sie ihr die gewünschte Information gegeben?«

Herr Buffums zog seine dunklen Brauen hoch, die in auffälligem Kontrast zu seinem aschblonden Haar standen, und betrachtete Wayness mit runden blassen Augen. Dann sagte er mit einer pedantischen, ein wenig nasal klingenden Stimme: »Ich betrachte alle meine Geschäfte als vertraulich. Das ist gesunde Geschäftspolitik. Wenn Sie mich weiter konsultieren möchten, dann kommen Sie bitte mit in mein Büro.«

Herr Buffums wandte sich zur Tür seines Büros. Wayness schaute zu Giljin Leepe und war nicht ermutigt von ihrem traurigen Achselzucken. Mit hängenden Schultern und langsamen, zögernden Schritten wie eine Verurteilte auf dem Weg zum Galgen folgte Wayness Herrn Buffums in sein Büro.

Herr Buffums schob die Tür zu, wählte einen dünnen Metallspan aus einer Sammlung ähnlicher Späne an einem Schlüsselring und verschloß die Tür.

»Altmodische Schlösser sind immer noch am besten, finden Sie nicht auch?« fragte Herr Buffums fröhlich.

»Schon«, sagte Wayness. »Das heißt, so man sie überhaupt erst benötigt.«

»Ah! Ich verstehe, was Sie meinen! Nun, vielleicht bin ich ein bißchen überpedantisch. Wenn ich ein Geschäftsgespräch führe, mag ich nicht gestört werden, und ich bin sicher, daß Sie der gleichen Meinung sind. Habe ich recht?«

Wayness rief sich in Erinnerung, daß sie sich vorgenommen hatte, nett zu Herrn Buffums zu sein, damit er keinen Grund hatte, sich unsicher zu fühlen. Sie lächelte höflich. »Sie haben weit mehr Erfahrung in solchen Dingen als ich, Herr Buffums; zweifellos wissen Sie am besten, was richtig ist.«

Herr Buffums nickte. »Ich sehe, Sie sind eine gescheite junge Dame, und ich zweifle nicht daran, daß Sie großen Erfolg haben werden.«

»Vielen Dank, Herr Buffums; ich freue mich, daß Sie das sagen, und ich werde Ihnen dankbar für Ihre Hilfe sein.«

Herr Buffums machte eine ausladende Geste. »Natürlich! Warum nicht?« Er lehnte sich an seinen Schreibtisch. Er schien nicht sonderlich unsicher, fand Wayness; war das ein gutes oder ein schlechtes Zeichen? Er war ohne Zweifel eine höchst verblüffende Person, ganz offenbar von flatterhaftem Temperament, im einen Moment mürrisch, im nächsten schalkhaft und witzig. Sie ließ den Blick durch das Büro schweifen. Zur Linken trennte eine Schiebewand einen Teil des Raumes ab; zur Rechten befanden sich ein Schreibtisch, Stühle, ein Tisch, ein Kommunikator, Regale, Aktenschränke und anderes Bürozubehör. Vier schmale Fenster boten Ausblick auf einen begrünten Hof.

»Sie erwischen mich in einer flauen Phase«, sagte Herr Buffums. »Ich bin – wenn ich das einmal so sagen darf – ein tüchtiger Verwalter, was bedeutet, daß die Arbeit der Firma ohne meine ständige Führung und Anleitung vonstatten geht. Das kommt mir nur gelegen, da ich so mehr Zeit für meine privaten Interessen habe. Ach, übrigens, haben Sie zufällig die Philosophie der Ästhetik studiert?«

»Nein, nicht ausführlich.«

»Sie ist zufällig eines meiner Hauptinteressen. Ich bin auf einen der profundesten und universellsten Aspekte des Themas spezialisiert, welcher freilich aus dem einen oder anderen Grund von den Gelehrten ein wenig stiefmütterlich behandelt wird. Ich meine natürlich die erotische Kunst.«

»Ach, denken Sie nur!« rief Wayness. »Sagen Sie, kennen Sie zufällig die Naturforschergesellschaft?«

Herr Buffums schien nicht zu hören. »Meine Sammlung erotischer Kuriosa ist natürlich nicht erschöpfend, aber ich darf ohne Übertreibung behaupten, daß ihre Qualität insgesamt gesehen superb ist. Ich zeige sie gelegentlich Personen von intelligenter und wohlwollender Einstellung. Wie steht es mit Ihnen?« Er sah sie gespannt an.

Wayness sagte vorsichtig: »Ich habe mich mit dem Thema nie näher befaßt, und offengestanden weiß ich so gut wie nichts ...«

Herr Buffums unterbrach sie mit einer grandiosen Geste. »Das macht nichts! Dann betrachten wir Sie halt als eine interessierte Amateurin mit vielen schlummernden Talenten und Fähigkeiten.«

»Gewiß, aber ...«

»Schauen Sie.« Herr Buffums berührte einen Schalter; die Trennwand, die sein Büro teilte, öffnete sich, faltete sich zusammen und verschwand, und zum Vorschein kam ein ausgedehnter Bereich, den Herr Buffums in eine Art Museum der erotischen Kunst umgestaltet hatte und der gefüllt war mit erotischen Symbolen, Kunsterzeugnissen, Angebinden, Darstellungen, Standbildern, Statuetten, Miniaturen und einer Fülle nicht einordbarer Varia. Ganz vorn stand ein Marmorstandbild, das einen nackten Helden in einem Zustand akuten Priapismus zeigte; weiter hinten stand die Statue einer Frau, die von den Gunstbezeugungen eines Dämons in Anspruch genommen war.

Wayness ließ ihren Blick über die Sammlung huschen; von Zeit zu Zeit drehte sich ihr der Magen ein wenig um, aber ihr stärkster Impuls war, laut zu lachen. Eine solche Reaktion würde jedoch Herrn Buffums ganz bestimmt kränken, und so verbannte sie jeden Ausdruck von ihrem Gesicht und zeigte nur das, was, wie sie glaubte, als höfliches Interesse für die Exponate durchgehen mochte.

Das war offenbar nicht genug. Herr Buffums beobachtete sie aus halb geschlossenen Augen und ließ eine Miene der Unzufriedenheit erkennen. Wayness fragte sich, wo sie sich falsch verhalten haben mochte. Ein neuer Gedanke kam ihr in den Sinn: Natürlich! Er ist ein Exhibitionist! Wenn ich mich schockiert oder peinlich berührt zeige oder mir auch nur mit der Zunge über die Lippen fahre, wird ihn das sofort stimulieren. Sie überlegte rasch. Natürlich will ich nett zu Herrn Buffums sein und ihn in gute Laune bringen. Aber nicht auf diese Art; das war unter ihrer Würde.

Herr Buffums sagte mit ziemlich großspuriger Stimme: »Im Großen Haus der Künste gibt es viele Säle, manche groß, manche klein, manche in allen Farben des Regenbogens überfließend; andere, die sich in feineren und gedämpfteren und satteren Farben zeigen; wieder andere, die sich nur dem wahren Kenner erschließen, dem Besitzer eines feingebildeten Geschmacks. Ich bin einer dieser letzteren, und mein Spezialgebiet ist die Erotik. Ich habe ihre nahen und fernen Ufer durchstreift; ich kenne jede Permutation und Extravaganz.«

»Das ist beeindruckend. Was nun mein eigentliches Anliegen betrifft …«

Herr Buffums schenkte ihren Worten keine Beachtung. »Wie Sie sehen können, bin ich um Platz verlegen. Nur oberflächliche Aufmerksamkeit kann ich daher der erotischen Musik, den Stellungen, den anregenden Düften und Odeurs widmen.« Herr Buffums schaute sie schräg von der Seite an und strich sich eine Strähne von dem aschblonden Haar, das in so frappierendem Kontrast zu seinen dunklen Augenbrauen stand, aus dem Gesicht. »Doch wenn Sie möchten, salbe ich Sie mit einem Tropfen jener Tinktur ein, die die legendäre Amuille ihren ›Aufruf zur Jagd‹ nannte.«

»Ich glaube nicht, daß es heute angebracht wäre«, sagte Wayness. Sie hoffte, daß Herr Buffums sich durch ihr ausweichendes Verhalten nicht brüskiert fühlen würde. »Vielleicht ein andermal.«

Herr Buffums nickte knapp. »Vielleicht. Was halten Sie von meiner Sammlung?«

Wayness sagte wohlüberlegt: »Von den Grenzen meiner eigenen Erfahrung her betrachtet, erscheint sie mir durchaus erschöpfend.«

Buffums schaute sie mit vorwurfsvollem Blick an. »Mehr nicht? Sonst nichts? Lassen Sie mich Sie ein wenig herumführen; Menschen mit Phantasie sind oft fasziniert oder gar erregt.«

Wayness schüttelte lächelnd den Kopf. »Ich darf Ihre kostbare Zeit nicht zu sehr beanspruchen.«

»Aber das tun Sie ganz und gar nicht! Im Gegenteil, es fällt mir schwer, meine Begeisterung im Zaum zu halten.« Er ging zu einem Tisch. »Zum Beispiel diese Artikel hier, so alltäglich, so gebräuchlich, so oft mißverstanden.«

Wayness blickte hinunter auf den Tisch. Sie überlegte, was sie sagen sollte, da Herr Buffums ganz eindeutig einen intelligenten Kommentar erwartete. »Ich verstehe nicht recht, wie irgend jemand hier etwas mißverstehen könnte. Die Artikel scheinen mir höchst eindeutig.«

»Ja, möglich. Es fehlt ihnen an jeglicher Finesse, und sie verhehlen nicht ihre Funktion. Vielleicht liegt darin ihr Zauber. Sagten Sie etwas?«

»Nichts von Belang.«

»Sie sind, was man im besten Sinne als ›Volkskunst‹ bezeichnen würde«, sagte Herr Buffums. »Sie ziehen sich durch alle Zeitalter der Geschichte und alle gesellschaftlichen Klassen und dienen vielerlei Funktionen: Pubertätsritualen, Voodoozaubern, Fruchtbarkeitsriten, Possen und Hanswurstereien und anderen mehr alltäglichen Zwecken. Die besten sind aus Holz geschnitzt. Es gibt sie in allen Größen, Farben und Graden der Anschwellung.«

Herr Buffums wartete auf Wayness' Kommentar. Sie sagte vorsichtig: »Ich glaube nicht, daß ich solche Dinge ›Volkskunst‹ nennen würde.«

»Ach? Wie würden Sie sie nennen?«

Wayness zögerte. »Nun ja, wenn ich es mir recht überlege, scheint mir die Bezeichnung ›Volkskunst‹ so gut wie jede andere zu sein.«

»Ganz recht. Diese ordinären kleinen Gegenstände tun oft gute Dienste bei Leuten, die als ästhetische Plebejer betrachtet werden müssen. In solchen Fällen werden Riemen oder Schnürbänder durch diese Löcher eingeführt, um sie auf diese Weise ...« – Herr Buffums nahm einen der Gegenstände von dem Tisch und hielt ihn mit einem bescheidenen Lächeln an sich – »zu befestigen. Was halten Sie davon?«

Wayness musterte Herrn Buffums kritisch. »Er paßt nicht gut zu Ihrer Hautfarbe. Der rosafarbene dort würde Ihnen besser stehen. Er ist größer und auffälliger zwar, aber wahrscheinlich geschmackvoller.«

Mit einem Stirnrunzeln legte Herr Buffums den Gegenstand beiseite und wandte sich schmollend ab. Wayness sah, daß sie ihn verärgert hatte, trotz aller Bemühungen, taktvoll zu sein.

Herr Buffums ging mit ein paar schnellen Schritten zu seinem Schreibtisch, dann blieb er stehen und drehte sich um. »Nun denn, Fräulein Wie-war-doch-gleich-Ihr-Name?«

»Ich bin Wayness Tamm, und ich bin als Repräsentantin der Naturforschergesellschaft hier.«

Herr Buffums zog seine dunklen Augenbrauen hoch. »Ist das ein Scherz? So weit ich unterrichtet bin, ist die Naturforschergesellschaft längst nicht mehr existent.«

»Das hiesige Kapital ist zur Zeit ein wenig inaktiv«, räumte Wayness ein. »Doch es gibt Pläne, die Gesellschaft wieder in Schwung zu bringen. Aus diesem Grunde versuchen wir, gewisse Dokumente aufzuspüren, die Mischap und Doorn von dem damaligen Generalsekretär Frons Nisfit anvertraut wurden. Wenn Sie uns Auskunft über diese Dokumente geben könnten, wären wir Ihnen sehr dankbar.«

Herr Buffums lehnte sich an seinen Schreibtisch. »Das ist alles schön und gut, aber seit sieben Generationen pflegen wir eine Reputation für Vertraulichkeit, die jede Transaktion betrifft, ganz gleich ob groß oder klein. Daran hat sich nichts geändert. Wir können kein Verhalten riskieren, das uns in einen Rechtsstreit verwickeln könnte.«

»Aber es gibt keinen Grund zu solcher Besorgnis! Nisfit war befugt, Besitzstücke der Gesellschaft zu veräußern, und ganz gewiß stellt niemand das Gebaren von Mischap und Doorn in Frage.«

»Das ist eine erfreuliche Nachricht«, sagte Herr Buffums mit einem schiefen Gesicht.

»Wie ich schon sagte, es geht uns lediglich darum, einige der Memorabilien der Gesellschaft wiederzuerlangen.«

Herr Buffums schüttelte bedächtig den Kopf. »Diese Objekte werden inzwischen in alle Winde verstreut sein; das ist zumindest meine Meinung.«

»Das wäre der schlimmste Fall«, sagte Wayness. »Es wäre aber doch auch möglich, daß sich alles in den Händen eines einzigen Sammlers konzentriert findet.«

»Ihre Argumente sind überzeugend«, sagte Herr Buffums.

Wayness konnte einen kleinen Ausbruch optimistischer Gefühlsbewegung nicht unterdrücken. »Oh, das hoffe ich! Das hoffe ich sehr!«

Herr Buffums lehnte sich zurück und lächelte sein mattes Lächeln. »Wie dringend wollen Sie diese Auskunft?«

Wayness' Optimismus verflog schlagartig. Sie starrte in Herrn Buffums' amüsiert grinsendes Gesicht. Sie sagte: »Ich bin den ganzen weiten Weg nach Sancelade gekommen, um Sie zu sprechen – wenn es das ist, was Sie meinen.«

»Nicht ganz. Ich meine folgendes: Wenn ich Ihnen einen Gefallen tue, dann müssen Sie mir auch einen Gefallen tun. Ist das nicht gerecht und billig?«

»Da bin ich nicht sicher. An was für eine Art von Gefallen hätten Sie denn gedacht?«

»Ich muß dazu vorausschicken, daß ich mich nebenher als Amateurdramatiker betätige – mit nicht unbeträchtlichem Talent, wie ich meine, ohne mich jetzt allzusehr selbst loben zu wollen. Bereits einige nette kleine Stücke sind meiner Feder entsprungen.«

»Ja? Und?«

»Zur Zeit arbeite ich an einem – wenn man es so nennen möchte – Pasticcio, bestehend aus verschiedenen Einzelelementen, die, miteinander verschmolzen, in Partitur gesetzt und bearbeitet, eine höchst köstliche Stimmung erzeugen werden. Je nun. Es gibt da eine gewisse kurze Sequenz, die sich bisher meiner Erfindungsgabe widersetzt hat. Ich glaube, daß Sie mir dabei helfen könnten.«

»Oh? Was muß ich tun?«

»Es ist ganz einfach. Das Thema ist einem alten Heldenmythos entlehnt. Die Nymphe Ellione verliebt sich in ein Standbild, welches den Helden Leausalas darstellt, und versucht, das marmelsteinerne Abbild durch die Glut ihrer Liebkosungen zum Leben zu erwecken. Dort hinten sehen Sie eine Marmorstatue, die sich recht gut als Requisit für eine Probe eignet. Ignorieren sie ihren priapeischen Zustand. Im Idealfalle sollte Leausalas' Glied zunächst im Zustand der Schlaffheit verharren, um sich dann unter Elliones liebkosender Zuwendung mählich zu erheben. Gewiß werde ich einen Weg finden, dies Problem zu lösen. Am Ende ist Ellione ermuntert … doch genug für den Moment. Wir beginnen mit der ersten Szene. Wenn es Ihnen recht ist, wollen Sie sich jetzt bitte auf dem Podest dort drüben schon einmal Ihrer Kleider entledigen, während ich die Kamera bediene.«

Wayness versuchte, etwas zu sagen, aber Herr Buffums zollte ihr keine Beachtung. Er zeigte auf das Podest. »Stellen Sie sich einfach auf das Podest dort und legen Sie langsam Ihre Kleider ab. Sie werden sich rasch an die Kamera gewöhnen. Sobald Sie bloß sind, werde ich weitere Anweisungen erteilen. Die Kamera ist bereit; lassen Sie uns beginnen.«

Wayness stand steif und stumm. Sie war sich seit langem darüber im klaren, daß im Zuge ihrer Ermittlungen Optionen dieser Art, oder womöglich sogar solche von noch grundlegenderer Art, an sie herangetragen werden mochten, und sie hatte nie exakt für sich festgelegt, wie weit sie gehen würde, bevor sie sich genötigt fühlen würde, einen Rückzieher zu machen. In diesem Fall fand sie das Ansinnen von Herrn Buffums beleidigend, ja abstoßend, und ganz und gar nicht amüsant. Und so kam denn prompt ihre Erwiderung:

»Es tut mir leid, Herr Buffums. Ich wäre gern eine große Mimin und würde gern nackt tanzen, doch meine Mutter und mein Vater würden dies mißbilligen, und mehr gibt es dazu wohl nicht zu sagen.«

Herr Buffums warf den Kopf in den Nacken, so daß sein langes bleiches Haar zurückflog. Er gab einen wütenden Laut von sich. »Tschah, da haben wir es wohl mit einer ganz Hochmütigen zu tun, was? Nun denn, gleichviel, sei's drum! Ich wünsche Ihnen kein Unglück, aber ich kann Fadheit und Flachheit nicht ertragen. Gehen Sie bitte; Sie haben genug von meiner Zeit verschwendet!« Er schritt zur Tür, schloß sie auf und schob sie zur Seite. »Unser Fräulein Leepe wird Sie hinausbegleiten.« Er rief durch die Tür: »Fräulein Leepe, diese junge Frau möchte gehen; ich will sie nicht wiedersehen – niemals.« Herr Buffums trat zurück; die Schiebetür glitt zurück.

Wayness stapfte in das Vorzimmer, die Zähne wütend zusammengepreßt. Vor Giljin Leepes Schreibtisch blieb sie stehen, warf einen Blick zurück über die Schulter, öffnete den Mund, um etwas zu sagen, besann sich dann aber eines Besseren und schwieg.

Giljin Leepe machte eine luftige Geste. »Sagen Sie, was Sie möchten; Sie werden unsere Gefühle nicht verletzen. Jeder, der Bully Buffums kennt, möchte ihm am liebsten dreimal am Tag in den Arsch treten.«

»Ich bin so wütend, daß mir die Worte fehlen.«

Giljin Leepe setzte eine kluge Miene auf. »Die Unterredung verlief nicht gut?«

Wayness schüttelte den Kopf. »Überhaupt nicht gut. Er zeigte mir seine Kunstsammlung, und er deutete an, daß er mir die gewünschte Auskunft möglicherweise geben werde, doch zuvor müsse ich nackt tanzen. Ich glaube, ich habe alles falsch gemacht. Als ich ihm sagte, daß ich keine gute Tänzerin sei, wurde er mißlaunig und schickte mich fort.«

»So etwas wie eine typische Unterredung mit Bully Buffums gibt es nicht«, sagte Giljin Leepe. »Jede ist einzigartig, und jede ist hernach verwundert über Bullys Betragen.«

Nelda sprach von ihrem Tisch quer durch den Raum: »Er ist mit ziemlicher Sicherheit impotent.«

»Wofür natürlich weder Nelda noch ich einen direkten Beweis zitieren könnten«, sagte Giljin Leepe.

Wayness seufzte tief und starrte trübsinnig auf Herrn Buffums' Bürotür. »Ich habe wahrscheinlich einen schweren Fehler begangen. Ich kann es mir nicht erlauben, zimperlich zu sein. Andererseits weiß ich nicht, ob ich es ertragen könnte, mich vor diesem Mann zu entblößen. Mir wird schon schlecht, wenn ich ihn bloß ansehe.«

Giljin Leepe musterte Wayness mit forschendem Blick. »Würden Sie es denn tun, wenn es keinen anderen Weg gäbe, an Ihre Informationen heranzukommen?«

»Ich denke, ja«, sagte Wayness. »Ein paar Minuten in meiner nackten Haut herumzuspringen, würde mich schließlich nicht umbringen.« Sie hielt inne. »Ich bin nicht sicher, ob es damit sein Bewenden haben würde. Ich hege den Verdacht, er wollte, daß ich, nun, einer Statue beiwohne.«

»Und dort würden Sie die Grenze ziehen?«

Wayness zog die Schultern hoch. »Ich weiß es nicht. Fünf Minuten? Zehn Minuten? Das ist der Stoff, aus dem schlimme Träume sind. Es muß einen anderen Weg geben.«

»Ich kenne die Statue«, sagte Giljin Leepe. »Es ist sogar eine recht hübsche Statue. Wenn ich mir sie noch einmal anschauen wollte, könnte ich das ohne weiteres tun.« Sie zog die oberste Schublade ihres Schreibtisches auf. »Ich habe hier den Schlüssel zu Bullys Büro. Er glaubt, er hätte ihn verloren. Schauen Sie! Er hat eine schwarze Spitze – nicht, daß Sie das in irgendeiner Weise interessieren würde.« Sie schaute auf eine Uhr. »Nelda und ich werden in ungefähr einer halben Stunde gehen. Bully geht gewöhnlich kurz nach uns.«

Wayness nickte. »Das ist natürlich für mich von keinerlei Interesse.«

»Natürlich nicht. Was, wenn ich fragen darf, haben Sie von Bully Buffums zu erfahren versucht?«

Wayness legte dar, was sie wissen mußte.

»Und das ist vierzig Jahre her? Das müßte sich in Bullys CON-A-Dateien finden, unter dem Kürzel ›AG‹ für alte Geschäfte. Und dort unter ›N‹ für ›Naturforschergesellschaft‹. Es dürfte nicht schwer zu finden sein. Nun denn …« – Giljin Leepe erhob sich –, »ich gehe jetzt zur Toilette. Nelda sitzt, wie Sie sehen, mit dem Rücken zu Ihnen und ist in ihre Arbeit vertieft. Wenn ich zurückkomme, werde ich annehmen, daß Sie das Büro verlassen haben – wenngleich ich sagen muß, sollten Sie im Schatten hinter jenem Bücherschrank dort stehen, ich Sie glatt übersehen würde. Also dann – leben Sie wohl und viel Glück.«

»Danke für Ihre Hilfe«, sagte Wayness. »Auch Ihnen vielen Dank, Nelda.«

»Sie können sich jetzt Richtung Tür bewegen, damit ich, falls Bully fragen sollte, versichern kann, daß ich Sie habe rausgehen sehen.«

III

Giljin Leepe und Nelda waren gegangen. Das Büro war still und leer. Nachdem eine weitere halbe Stunde vergangen war, kam auch Herr Buffums aus seinem Büro. Er schob die Tür hinter sich zu und schloß sie mit einem der zwanzig Metallspäne, die an seinem Schlüsselring hingen, sorgfältig ab.

Dann schwang er herum, marschierte durch das Vorzimmer zur Außentür und war gleich darauf ebenfalls verschwunden. Das Geräusch seiner Schritte verhallte und wurde Teil der Stille. Die Etage war menschenleer.

Doch nicht gänzlich. In den Schatten regte sich etwas und veränderte mehrmals seine Stellung. Zehn Minuten verstrichen, und die Gestalt schien unruhig zu werden. Dennoch riß sie sich zusammen für eine weitere Periode des Harrens, für den möglichen Fall, daß Herr Buffums etwa ein wichtiges Schriftstück vergessen hatte und zurückkehrte, um das Versäumnis zu beheben.

Weitere fünfzehn Minuten vergingen. Wayness stahl sich aus dem Schatten. Nun bin ich nicht länger Wayness Tamm, die Naturalistin, sagte sie sich. Nun bin ich Wayness Tamm, die Einbrecherin. Aber Einbrechen ist immer noch besser als nackt für Herrn Buffums zu tanzen. Sie ging zu Giljin Leepes Schreibtisch und bemächtigte sich des Schlüssels mit der schwarzen Spitze. Sie bemerkte die Telephonanlage am Rande des Schreibtisches und widerstand dem launenhaften Impuls, ihren Onkel Pirie anzurufen und ihm von ihrem neuen Nebenberuf zu berichten. Wayness wurde böse auf sich. Ich fange an, leichtsinnig zu werden. Es ist wahrscheinlich nervöse Hysterie. Ich muß dem Einhalt gebieten.

Wayness ging zu der Tür am Ende des Raums. Sie steckte den Schlüssel ins Schloß und schob die Tür vorsichtig, Zoll für Zoll, auf. In atemloser Spannung lauschte sie, doch sie hörte nur Stille; die Sammlung, ganz gleich, wie wertvoll, dunkel und schwer ihre Substanzen auch sein mochten, konnte keinen Laut erzeugen.

Wayness schlüpfte in Herrn Buffums' Büro. Sie zog den Schlüssel aus dem Schloß, schob die Tür zu und ging schnellen Schritts zu Herrn Buffums' Schreibtisch. Auf dem Wege dorthin warf sie einen kurzen, wachsamen Blick auf die Marmorstatue.

Wayness setzte sich vor den Kommunikator. Sie studierte die Tastatur; alles schien dem üblichen Standard zu entsprechen. Sie tippte erst CON-A, dann ›AG‹, worauf ein alphabetisches Verzeichnis den Bildschirm ausfüllte. Mit der Taste ›N‹ rief sie ein weiteres Verzeichnis auf. Sie schrieb ›Naturforschergesellschaft‹ und erhielt eine tabellarische Auflistung, zu der solche Kategorien gehörten wie: ›Korrespondenz‹, ›Pakete, Beschreibung‹, ›Pakete, Disposition‹ und schließlich: ›Nachträge‹.

Wayness schaute in die Datei ›Pakete, Beschreibung‹ und entdeckte fast sofort die Eintragung, die Frons Nisfit und seine Geschäfte betraf. Die aufgeführten Posten waren reich an Zahl und endeten mit ›Div. Papiere und Dokumente‹.

Ein Kasten am unteren Rand der Liste, überschrieben mit ›Bemerkungen‹, enthielt den Kommentar: ›Ich habe Ector van Broude, Mitglied der Naturforschergesellschaft, über diese Transaktionen, die mir bemerkenswert unklug erscheinen, in Kenntnis gesetzt. E. Faldeker.‹

Wayness rief die Kategorie ›Pakete, Disposition‹ auf den Bildschirm. Die Auskunft, die sie suchte, war in einem einzigen Satz enthalten: ›Die gesamte Partie ist an Gohoon Galleries übersandt worden.‹

Wayness starrte auf die Worte. Sie hatte gefunden, was sie suchte! *›Gohoon Galleries‹!*

Sie fuhr herum: was war das? Ein Zittern, ein kaum hörbares Pochen? Wayness saß wie erstarrt, den Kopf zur Seite geneigt, um zu horchen.

Stille.

Ein Geräusch von draußen, dachte Wayness. Sie wandte sich wieder dem Bildschirm zu und rief die Datei ›Nachträge‹ auf.

Sie entdeckte zwei Einträge. Der erste datierte von

einem zwölf Jahre zurückliegenden Zeitpunkt und lautete: »Ersuchen um Dateneinsicht von Außerweltlerin, die sich als Violja Fanfarides ausweist. Kein Interessenkonflikt erkennbar; Ersuchen stattgegeben.«

Der zweite Eintrag trug das laufende Datum und lautete: »Ersuchen um Dateneinsicht von junger Außerweltlerin, die sich als Wayness Tamm, Zweite Sekretärin der Naturforschergesellschaft, ausgibt. Umstände verdächtig; Ersuchen abgelehnt.«

Wayness starrte auf die Bemerkung, und erneut stieg Zorn in ihr hoch. Wieder fuhr sie herum und horchte. Diesmal gab es kein Vertun: Jemand war an der Tür. Mit einer einzigen fließenden Bewegung schaltete Wayness den Bildschirm aus und kauerte sich hinter den Schreibtisch auf die Knie.

Die Tür glitt auf; Herr Buffums betrat den Raum, ein großes Paket auf den Armen tragend. Wayness schrumpfte in sich zusammen, machte sich so klein und unscheinbar wie möglich. Wenn er hinter den Schreibtisch kam, würde er sie unweigerlich entdecken.

Behindert durch das schwere Paket, hatte Herr Buffums die Tür offengelassen; Wayness spannte sich, bereitete sich darauf vor aufzuspringen und ins Vorzimmer zu rennen. Doch Herr Buffums hatte sich in die entgegengesetzte Richtung gewandt. Vorsichtig um den Schreibtisch herum spähend, sah Wayness, daß er sein Paket zu einem Tisch auf der linken Seite des Raums getragen und damit begonnen hatte, es auszupacken.

Wayness beobachtete ihn. Er stand mit dem Rücken zu ihr. Sie richtete sich vorsichtig auf; auf Zehenspitzen schlich sie zur Tür und schlüpfte mit großer Erleichterung hindurch. Als sie Herrn Buffums' Schlüsselring am Schloß baumeln sah, schob sie leise die Tür zu und schloß sie zweimal ab, so daß sie von innen nicht mehr zu öffnen war. Es bereitete ihr diebisches Vergnügen, Herrn Buffums diesen Streich zu spielen. Sie hoffte, daß er höchste Unannehmlichkeiten erleiden und sehr verwirrt sein würde.

Wayness ging zu Giljin Leepes Schreibtisch und legte den Schlüssel mit der schwarzen Spitze wieder an seinen Platz zurück. Wieder blickte sie auf die Telephonanlage und betrachtete sie. Sie drückte zwei Kippschalter und drehte einen Drehschalter herum; jetzt war Herrn Buffums die Benutzung seines Telephons verwehrt, und er würde niemanden zu Hilfe rufen können, daß er ihn aus seinem unfreiwilligen Gefängnis befreie. Wayness lachte laut. Alles in allem war es ein gutes Tagwerk.

Wayness kehrte zum Hotel Marsac zurück. Dort angekommen, rief sie unverzüglich Giljin Leepe an; den Bildschirm ließ sie ausgeschaltet.

»Giljin Leepe hier«, sagte eine heiter klingende Stimme.

»Dies ist ein anonymer Anruf. Es wird Sie vielleicht interessieren, daß durch ein sonderbares Mißgeschick Herr Buffums sich selbst in sein Büro eingesperrt hat und daß der Schlüssel von außen steckt. Daher kann er nicht raus.«

»Ja«, sagte Giljin Leepe. »Ich betrachte das als eine interessante Neuigkeit. Ich werde ab sofort nicht mehr ans Telephon gehen, und ich werde Nelda vorschlagen, daß sie das gleiche tut; andernfalls wird er darauf bestehen, daß die eine oder andere von uns kommt, ihn zu befreien!«

»Es gibt noch eine weitere interessante Neuigkeit. Durch einen Zufall ist sein Telephon mit dem Instrument auf Neldas Schreibtisch verbunden worden, was bedeutet, daß er seine Wünsche erst dann kundtun kann, wenn morgen früh jemand kommt.«

»Was für eine merkwürdige Situation!« sagte Giljin Leepe. »Herr Buffums wird gewiß verwirrt und wahrscheinlich auch verärgert sein, denn er ist wahrlich kein stoischer Mensch. Er denkt nicht etwa, dies könne das Werk eines unbefugten Eindringlings sein?«

»Nicht, daß ich wüßte.«

»Gut. Morgen früh werde ich sorgfältig alles wieder in Ordnung bringen, und Herr Buffums wird mehr verblüfft sein denn je.«

IV

Nach ihrem Telephonat mit Giljin Leepe befragte Wayness die Adreßdatei des Hotels und erfuhr, daß ›Gohoon Galleries‹ ein immer noch florierendes Auktionshaus mit Sitz in Sancelade war, ergo gut zugänglich für ihre Nachforschungen, die sie am nächsten Tag weiterbetreiben würde.

Es war jetzt später Nachmittag. Wayness setzte sich in eine Ecke der Hotellobby und begann in einem Modejournal zu blättern. Nach kurzer Zeit wurde sie ruhelos. Sie schlüpfte in ihren langen grauen Mantel, verließ die Hotellobby und schlenderte an der Uferpromenade des Pang-Flusses entlang. Eine Brise von Westen, wo die Sonne im Begriff war unterzugehen, zupfte am Saum und am Kragen ihres Mantels, ließ das Laub in den Platanen rascheln und kräuselte das Wasser zu Millionen kleiner Wellen.

Wayness ging langsam und schaute zu, wie die Sonne hinter den fernen Bergen versank. Mit dem Einbruch der Dämmerung schwächte sich die Brise zu einem sanften Lüftchen ab und erstarb schließlich ganz; die kleinen Wellen auf dem Fluß glätteten sich. Außer ihr waren noch ein paar Leute draußen unterwegs: ältere Paare; Liebende, die sich zum Stelldichein am Flußufer getroffen hatten; und hin und wieder eine Person, die ebenso einsam war wie sie selbst.

Wayness blieb stehen und schaute auf den Fluß, in dessen sanft dahinströmenden Fluten sich der blaß-lavendelgraue Himmel spiegelte. Sie warf einen Stein ins Wasser und schaute zu, wie die schwarzen Spiralstrudel sich ausglätteten. Ihre Stimmung war schwankend. Ich habe einen gewissen Erfolg gehabt – gut. Ich bin nicht ganz und gar nutzlos, was, wie ich meine, eine gute Nachricht ist. Aber danach ... Unvermittelt drängte sich ihr der Name ›Violja Fanfarides‹ in den Sinn. Ich frage mich bloß... Wayness schnitt eine Grimasse. Seltsam. Mir wird plötzlich so übel, als müßte ich mich gleich erbrechen. Sie brütete nach, dann schob sie den Namen beiseite. Offenbar haben mich Herr Buffums und seine ›Curiosa‹ mehr angegriffen, als mir lieb gewesen wäre. Ich hoffe, sie hinterlassen keinen nachhaltigen Eindruck auf meine Persönlichkeit.

Wayness setzte sich auf eine Bank und schaute zu, wie das Abendrot vom Himmel verschwand. Sie erinnerte sich an ihre Unterhaltung mit Pirie Tamm über das Thema Sonnenuntergänge. Gewiß hatte sie auf Cadwal schon Sonnenuntergänge erlebt, die so mild und heiter wie dieser gewesen waren! Vielleicht. Dieser eigentümliche Ton von Zwielichtgrau war schließlich nicht einzigartig. Dennoch – das eine war ein Ding der Erde, das andere eines von Cadwal, und so würden sie halt zwei unterschiedliche Dinge bleiben.

Die Sterne begannen am Firmament aufzutauchen. Wayness ließ ihren Blick über den Himmel schweifen, in der Hoffnung, das auseinandergezogene ›W‹ von Cassiopeia zu finden, das sie zu Perseus führen würde, doch das Blattwerk einer nahen Platane versperrte ihr die Sicht.

Wayness stand auf und ging zurück zum Hotel. Sie fühlte sich jetzt wieder besser, mehr den praktischen Dingen zugewandt. Ich werde baden und mir etwas Frivoles anziehen, und dann ist auch schon Essenszeit, und ich bekomme auch schon langsam Hunger.

V

Am Morgen legte Wayness wieder ihr dunkelbraunes Kostüm an, und nach dem Frühstück fuhr sie mit der Schwebebahn nach Clarmond am Westrand Sancelades, wo sich der Sitz von Gohoon Galleries befand. Hier waren einige von Tybalt Pimms rigorosesten Grundregeln aufgeweicht worden: Die Gebäude rings um den Beiderbeckeplatz waren bis zu zwölf Stockwerken hoch. In einem dieser Gebäude belegte Gohoon Galleries die ersten drei Etagen.

Am Eingang photographierten zwei uniformierte Wachtposten, einer männlichen, der andere weiblichen Geschlechts, Wayness von drei Seiten und notierten ihren Namen, ihr Alter, ihren Wohnsitz und ihre irdische Anschrift, wie sie in ihrem Personalausweis angegeben waren. Wayness fragte nach dem Grund für diese Vorsichtsmaßnahmen.

»Das ist keine willkürliche Schikane«, erfuhr sie. »Wir stellen viele wertvolle Stücke vor der Versteigerung zur Besichtigung aus. Einige dieser Stücke sind klein und leicht zu entwenden. Derlei Diebstähle werden von Kameras aufgezeichnet, und wir können den Täter sofort identifizieren und unser Eigentum zurückholen. Das System ist streng, aber wirksam.«

»Interessant«, sagte Wayness. »Hatte ich schon zuvor nicht die Absicht, irgend etwas zu klauen, so ist dieser Gedanke mir jetzt ferner denn je.«

»Genau das ist die Wirkung, die wir zu erzielen trachten!«

»Nun bin ich ohnehin lediglich hier, um eine Auskunft einzuholen. An wen muß ich mich da wenden?«

»Um welche Art von Auskunft handelt es sich denn?«

»Es geht um einen Verkauf, der hier vor einigen Jahren abgewickelt wurde.«

»Versuchen Sie's im Archiv. Sie finden es auf der dritten Etage.«

»Danke.«

Wayness fuhr hinauf zum dritten Stock, durchquerte ein Foyer und gelangte durch einen breiten Bogengang in das Archiv, einen Raum von beträchtlicher Ausdehnung, der längs der Mitte durch einen Schalter geteilt war. Ein Dutzend Personen standen an dem Schalter und studierten große, schwarz eingebundene Wälzer oder warteten darauf, von dem einzigen Wärter bedient zu werden: einem kleinen, krummen Mann von vorgerücktem Alter, der sich gleichwohl mit Behendigkeit bewegte: er lauschte den Anträgen der Auskunfterheischenden und verschwand dann in einem Hinterzimmer, aus dem er gleich darauf mit einem oder mehreren der großen schwarzen Wälzer wieder auftauchte. Eine zweite Kraft, eine Frau von nahezu gleichem Alter wie er, kam von Zeit zu Zeit aus dem Hinterzimmer mit einem Karren, den sie mit Büchern belud, die nicht mehr benutzt wurden und die sie in das Hinterzimmer zurückbrachte.

Der weißhaarige alte Angestellte trippelte im Laufschritt hin und her, als fürchte er um seinen Arbeitsplatz, obgleich es Wayness schien, als arbeite er für drei. Sie stellte sich an die Theke, und es dauerte nicht lange, bis der alte Mann zu ihr kam und sie fragte: »Ja, junge Frau?«

»Ich interessiere mich für eine Sendung von Mischap und Doorn, die anschließend zur Versteigerung gelangte.«

»Und können Sie das Datum nennen?«

»Es dürfte einige Zeit her sein, vielleicht vierzig Jahre oder gar mehr.«

»Was war der Inhalt der Sendung?«

»Materialien aus dem Besitz der Naturforschergesellschaft.«

»Wo ist Ihre Vollmacht?«

Wayness lächelte. »Ich bin Zweite Sekretärin der Gesellschaft, und ich werde Ihnen sofort eine ausfertigen, wenn Sie wünschen.«

Der Mann zog seine buschigen weißen Brauen hoch. »Ich sehe, ich habe es mit einer bedeutenden Person zu tun. Ihr Personalausweis tut es auch.«

Wayness legte ihre amtlichen Ausweisdokumente vor, die der Mann examinierte. »Cadwal, eh? Wo ist das?«

»Es liegt jenseits von Perseus, an der Spitze von Mirceas Strähne.«

»Denken Sie nur! Es muß eine tolle Sache sein, so weit zu reisen! Doch, je nun, man kann nicht überall gleichzeitig sein.« Er neigte den Kopf ein Stück nach hinten und auf die Seite und musterte Wayness mit einem Blick aus einem seiner hellblauen Augen. »Und wissen Sie was? Manchmal finde ich es schwer, überhaupt irgendwo zu sein.« Er kritzelte ein paar Worte auf einen Zettel. »Ich will sehen, was ich finden kann.« Er trippelte davon. Zwei Minuten später kam er wieder, unter dem Arm einen schwarz eingebundenen Wälzer, den er vor Wayness auf die Theke legte. Aus einer Lasche auf der Innenseite des Deckels zog er eine Karte. »Unterschreiben Sie bitte hier.« Er reichte ihr einen Stift. »Hurtig jetzt; der Tag ist nicht lang genug für all das, was ich tun muß.«

Wayness nahm den Stift und überflog die Namen auf der Karte. Die ersten paar waren ihr unbekannt. Der letzte, der hinter einem zwölf Jahre alten Datum stand, lautete: ›Simonetta Clattuc‹.

Der Archivar trommelte mit den Fingern auf die Theke; Wayness schrieb ihren Namen auf die Karte. Der Mann nahm Karte und Stift an sich und ging zum nächsten Wartenden.

Mit fliegenden Fingern blätterte Wayness die schweren Seiten des Wälzers um, und zu gehöriger Zeit kam sie zu einer Seite, auf der stand:

Code: 777-ARP; Sub-Code: M/D;
Naturforschergesellschaft / Frons Nisfit,
Generalsekretär
Agent: Mischap und Doorn
Drei Pakete:
(1) Kunstgegenstände, Zeichnungen, Kuriositäten
(2) Bücher, Texte, Nachschlagewerke
(3) Gemischte Dokumente.
Paket (1), Inhalt.

Wayness überflog hastig die Seite und dann die nächste Seite, auf der eine große Anzahl von Wunderlichkeiten, Kunstgegenständen und Kuriositäten aufgelistet waren, jede einzelne versehen mit dem Preis, den es auf der Auktion gebracht hatte, dem Namen und der Adresse des Käufers, und manchmal mit einer verschlüsselten Anmerkung.

Auf der dritten Seite war in ähnlicher Weise der Inhalt von Paket (2) en détail aufgeführt. Wayness blätterte zur vierten Seite um, wo die einzelnen Posten von Paket (3) aufgelistet sein würden, doch die dort zur Versteigerung aufgelisteten Waren stammten laut Überschrift aus dem Besitz eines gewissen Jahaim Nestor.

Wayness blätterte zurück, überprüfte die Seitennummer, blätterte vor, blätterte wieder zurück. Vergebens. Die Seite, auf der der Inhalt von ›Paket (3), Gemischte Dokumente‹ spezifiziert war, fehlte.

Wayness schaute genauer hin und sah, daß die Seite mit einer scharfen Klinge herausgetrennt worden war.

Der Archivar kam vorbeigetrippelt; Wayness gab ihm ein Zeichen, daß er innehalte und zu ihr komme. »Ja?«

»Gibt es vielleicht zufällig Duplikate von den einzelnen Bänden?«

Der Archivar brach in wieherndes Lachen aus. »Was in aller Welt hätten Sie von Duplikaten von eben demselben Zeug, das hier vor Ihren Augen liegt?«

Wayness sagte sanftmütig: »Wenn diese Akten fehlerhaft wären, oder aus irgendeinem Grund in Unordnung, dann wäre eine Kopie womöglich ganz hilfreich.«

»Und ich müßte doppelt so viel und doppelt so schnell rennen, weil jeder zwei Wälzer anstelle eines einzigen haben wollte. Und sollten wir dann tatsächlich einen Unterschied feststellen, dann hätten wir das größte Dilemma überhaupt, wenn in dem einen Dokument hüh steht und im anderen hott. Niemals und unter keinen Umständen! Ein Fehler im Text ist wie eine Fliege in der Suppe; der kluge Mann arbeitet sich einfach darum herum. Nein, mein Fräulein! Genug ist genug! Dies ist ein Archiv und kein Wolkenkuckucksheim!«

Wayness schaute wie betäubt hinunter auf das Buch. Sie war am Ende der Fährte angelangt.

Eine Zeitlang saß sie regungslos da, dann straffte sie sich und stand auf. Es gab nichts mehr zu sagen; es gab nichts mehr, was sie hätte tun können. Sie klappte das Buch zu, legte einen Sol Trinkgeld für den überarbeiteten Archivar auf die Theke und verließ das Archiv.

KAPITEL FÜNF

I »Ein höchst entmutigender Ausgang deiner Fahndung«, sagte Pirie Tamm. »Trotzdem hat die Situation auch ein Positives.«

Wayness gab keine Erwiderung, woraufhin Pirie Tamm seine Einschätzung erläuterte. »Auf dieser Basis: Monette, Violja Fanfarides, Simonetta Clattuc – wie immer sie sich nennt – hat zwar wichtige Informationen gewonnen, aber sie haben ihr keinen wahrnehmbaren Vorteil eingebracht, da die Übertragungsurkunde nicht neu registriert worden ist. Dies muß als gutes Omen gesehen werden.«

»Omen oder nicht, es gab nur eine einzige Spur, und die hat sie ausgelöscht.«

Pirie Tamm nahm eine Birne aus der Schale in der Mitte des Tisches und begann sie zu schälen. »Dann wirst du also jetzt zurück nach Cadwal reisen?« fragte er nachdenklich.

Wayness warf ihrem Onkel einen kurzen, sengenden Blick zu. »Natürlich nicht! Du solltest mich besser kennen!«

Pirie Tamm seufzte. »Das tue ich. Du bist eine äußerst entschlossene junge Dame. Aber Entschlossenheit allein ist nicht genug.«

»Ich bin nicht gänzlich ohne Hilfsmittel«, sagte Wayness. »Ich habe die zu den Paketen Eins und Zwei gehörigen Seiten kopiert.«

»Ach! Warum?«

»In dem Moment dachte ich nicht klar, und vielleicht war mein Unterbewußtsein am Werke. Nun kommt mir der Gedanke in den Sinn, daß jemand, der von den Paketen Eins oder Zwei gekauft hat, vielleicht auch von Paket Drei gekauft haben könnte.«

»Ein kluger Gedanke, wenngleich die Chancen dafür nicht hoch sind. Es ist lange her, und viele der Individuen, die von den Paketen gekauft haben, werden nur schwer ausfindig zu machen sein.«

»Sie wären meine letzte Zuflucht. Fünf Institutionen waren an dem Verkauf beteiligt: eine Stiftung, eine Universität und drei Museen.«

»Wir können gleich morgen früh telephonisch Nachforschungen anstellen«, sagte Pirie Tamm. »Aber es ist bestenfalls und schlimmstenfalls nur ein aussichtsloses Unterfangen.«

II

Gleich am Morgen konsultierte Wayness das Welt-Adreßverzeichnis und stellte fest, daß von den fünf Institutionen, die sie aufgelistet hatte, noch alle existent waren. Sie rief sie nacheinander an und bat in jedem einzelnen Fall, mit dem für Spezialsammlungen zuständigen Funktionär verbunden zu werden.

Bei der Berwash-Stiftung für das Studium Wechselseitiger Vitalitäten erfuhr sie, daß sich in den Sammlungen mehrere von Mitgliedern der Naturforschergesellschaft verfaßte Kompendien befanden, allesamt beschreibende und anatomische Studien nichtterrestrischer Lebensformen, sowie auch drei seltene Werke von William Charles Schulz: *Die Letzte und Erste Gleichung und alles andere; Zwietracht, Knirschen und Gefälle: Warum die Mathematik und der Kosmos schlecht zusammenpassen;* und das *Pan-Mathematikon*. Der Kurator fragte: »Trägt sich die Naturforschergesellschaft vielleicht mit der Absicht, eine weitere Stiftung zu machen?«

»Zum gegenwärtigen Zeitpunkt nicht«, erwiderte Wayness.

Das Cornelis-Pameijer-Museum für Naturgeschichte besaß eine sechsbändige Reihe, in der eine Anzahl von fremden Homologen beschrieben wurden, die durch die Dynamik paralleler Evolution erzeugt worden waren. Die sechs Bände waren von der Naturforschergesellschaft herausgegeben worden. Sonstige Dokumente oder Schriftstücke der Gesellschaft besaß das Museum nicht.

Das Pythagoreische Museum besaß vier Monographien zu dem abstrusen Thema non-humane Musik und Schallsymbolismus, verfaßt von Peter Bullis, Eli Newberger, Stanford Vincent und Captain R. Pilsbury.

Die Bodleian-Bibliothek besaß einen einzelnen Band mit Skizzen, die die Zeugung der quasi-lebendigen Kristalle der Welt Tranque im System Bellatrix V darstellten.

Das Funusti-Gedächtnis-Museum in Kiew am Rande der Großen Altaischen Steppe verfügte über keinen eigens für Information zuständigen Mitarbeiter, doch nach einer kurzen Beratung zwischen Museumsfunktionären wurde Wayness mit einem düsteren jungen Kurator verbunden. Er hatte ein langes, bleiches Gesicht und pechschwarzes Haar, das er aus seiner hohen, schmalen Stirn streng nach hinten gekämmt trug. Obzwar eindeutig von ernster Gemütsart, schien er Wayness angenehm zu finden, sowohl von ihrer äußeren Erscheinung als auch von ihrer Art her. Er hörte ihr aufmerksam zu und konnte ihr sofort Auskunft geben. Jawohl, unter den umfassenden Sammlungen im Besitz des Museums befänden sich auch mehrere von Mitgliedern der Naturforschergesellschaft verfaßte Abhandlungen zum Thema Analyse unterschiedlicher Aspekte nicht-terrestrischer Kommunikation. Und ach ja, fast hätte er's vergessen, es gäbe da auch noch eine separate Sammlung alter Dokumente, die zwar immer noch nicht vollständig katalogisiert sei, die aber ganz sicher Urkunden, Register und andere Dokumente aus den Akten der alten Naturforschergesellschaft enthalte. Die Sammlung sei zwar grundsätzlich nicht zugänglich für die Öffentlichkeit, aber es sei wohl schlechterdings unmöglich, eine Funktionsträgerin der Naturforschergesellschaft zu dieser Kategorie zu zählen, und selbstverständlich könne Wayness jederzeit Einsicht in die Sammlung nehmen.

Sie werde auf dieses Angebot unverzüglich zurückkommen, sagte Wayness, da sie an der Zusammenstellung einer allgemeinen Bibliographie von allen solchen Materialien für den Gebrauch der verjüngten Gesellschaft arbeite. Der Kurator hieß die Idee gut und identifizierte sich als Lefaun Zadoury. Sofort nach ihrer Ankunft werde er Wayness jede nur mögliche Hilfe zukommen lassen, versicherte er.

»Lassen Sie mich noch eine letzte Frage stellen«, sagte Wayness. »Hat innerhalb der letzten zwölf Jahre eine Frau namens Simonetta Clattuc oder möglicherweise auch Violja Fanfarides oder Monette Einsicht in dieses Material genommen?«

Lefaun Zadoury, der diese Frage ein wenig seltsam fand, zog seine schwarzen Brauen hoch, dann wandte er sich zur Seite, um seine Unterlagen zu befragen. »Ganz sicher nicht.«

»Das freut mich zu hören«, sagte Wayness, und die Diskussion endete in herzlichem Einvernehmen.

III

Geradezu überschäumend vor neuerwachter Hoffnung, begab sich Wayness weit nach Norden und Osten, über Gebirge, Seen und Flüsse und schließlich hinunter auf die große Altaische Steppe und in die uralte Stadt Kiew.

Das Funusti-Museum befand sich in grandioser Nachbarschaft zum alten Konewitzkij-Palast auf dem Murom-Hügel, auf der Rückseite der Kiewer Altstadt. Wayness stieg im Hotel Mazeppa ab und erhielt Quartier in einer Suite, die mit hellbrauner Kastanie getäfelt und mit roten und blauen Blumendessins verziert war. Ihre Fenster boten unverstellten Ausblick auf den Fürst-Bogdan-Jurewitsch-Kolskij-Platz: eine annähernd fünfeckige Fläche, die mit rosa-grauen Granitplatten gepflastert war. Auf drei Seiten hielten zwei Kathedralen und ein Kloster, liebevoll restauriert oder vielleicht auch im ursprünglichen Stil rekonstruiert, Dutzende von Zwiebeltürmen empor, die mit Blattgold verziert oder rot, blau oder grün oder in spiralförmigen Streifen gestrichen waren.

Wayness las in einer Broschüre, die auf einem Tisch auslag: *Die Bauwerke, die sich auf den verschiedenen Seiten des Kolskij-Platzes erheben, sind getreue Nachbildungen der ursprünglichen Gebäude, und sie sind unter sorgfältiger Beachtung des altslawischen Stils unter Verwendung althergebrachter Materialien und Methoden neu errichtet worden.*

Zur Rechten sehen Sie die Kathedrale Hagia Sophia mit ihren neunzehn Kuppeln. In der Mitte erhebt sich die elftürmige Sankt-Andreas-Kirche, und links sehen Sie das Kloster des Heiligen Michael, das lediglich neun Kuppeln aufweist. Die Kathedrale und die Kirche sind reich geschmückt mit Mosaiken, Statuen und anderem Zierat aus Gold und Juwelen. Das alte Kiew wurde von zahlreichen Verwüstungen heimgesucht, und der Kolskij-Platz erlebte viele schreckliche Vorfälle. Heute jedoch kommen die Besucher aus allen Teilen des Gaeanischen Reiches nur noch, um die großartige Architektur zu bestaunen – und die Macht der Priester, die imstande waren, derart immensen Reichtum aus einem Land herauszupressen, das zu jener Zeit so bitterarm war.

Das fahle Sonnenlicht des mittleren Nachmittags erleuchtete den alten Platz; viele Passanten waren unterwegs und hielten ihre Mäntel, Capes und Umhänge fest um sich gerafft, zum Schutz gegen die Windböen, die von den Hügeln herabfuhren. Wayness schickte sich an, im Funusti-Museum anzurufen, doch dann überlegte sie es sich anders; es brachte ihr keinen Gewinn, wenn sie so spät am Tage noch anrief. Lefaun Zadoury hatte sich schon jetzt als äußerst hilfsbereit erwiesen, und sie wollte nicht, daß er ihr vorschlug, sich irgendwo mit ihr zu treffen und ihr die Sehenswürdigkeiten der Stadt zu zeigen.

Wayness ging allein hinaus auf den Platz und schaute in die Kathedrale Hagia Sophia hinein; danach speiste sie im Restaurant Carpathia zu Abend: Linsensuppe, Wildschwein mit Pilzen und Haselnußtorte.

Als sie das Restaurant verließ, stellte sie fest, daß sich die Dämmerung über die Stadt gelegt hatte. Der alte Kolskij-Platz war windig, dunkel und menschenleer; in völliger Einsamkeit ging sie hinüber zum Hotel Mazeppa. Es ist, als segelte ich in einem kleinen Boot über den Ozean, sagte sie sich.

Am nächsten Morgen rief sie Lefaun Zadoury im Funusti-Museum an. Wie schon bei ihrem ersten Telephonat schien er einen weiten schwarzen Talar anzuhaben, der Wayness ziemlich seltsam und verstaubt anmutete. »Wayness Tamm hier«, sprach sie zu dem langen, düsteren Gesicht. »Sie werden sich vielleicht erinnern: Ich habe Sie aus Schönwinden bei Shillawy angerufen.«

»Selbstverständlich erinnere ich mich! Sie sind schneller gekommen, als ich erwartet hatte. Wollen Sie ins Museum kommen?«

»Wenn es Ihnen jetzt paßt.«

»Eine Zeit ist so gut wie jede andere! Ich freue mich darauf, Sie zu sehen; ich werde versuchen, Sie in der Loggia zu treffen.«

Lefaun Zadourys Enthusiasmus, so gedämpft er auch war, gab Wayness die Bestätigung, daß ihre Entscheidung am vorausgegangenen Nachmittag, nicht im Funesti-Museum anzurufen, richtig gewesen war.

Eine Kraftdroschke brachte Wayness auf dem Sorka

Boulevard Richtung Norden; rechts von ihr floß der Dnjepr, zu ihrer Linken säumten den Boulevard in langer Reihe riesige Wohnblocks aus Beton und Stahl, die sich in terrassenförmigen Schichten auf den dahinterliegenden Hängen fortsetzten. Die Droschke bog schließlich in eine Seitenstraße ein, kurvte den Berg hinauf und hielt vor einem mächtigen Bauwerk, das gleichsam über dem Fluß und der dahinter sich dehnenden Steppe thronte.

»Das Funusti-Museum«, sagte der Droschkenfahrer. »Einstmals der Palast des Fürsten Konewitzkij, wo die edlen Herrn bei Tage köstliche Speisen und Honigküchlein verzehrten und bei Nacht den Fandango tanzten. Jetzt ist er still wie ein Grab, ein Ort, an dem jeder auf Zehenspitzen geht und Schwarz trägt. Und wenn man es wagt zu rülpsen, muß man unter den Tisch kriechen und sich verstecken. Was ist nun besser: die Freuden von Prunk, Pracht und Herrlichkeit – oder die schwarze Scham von Pedanterie und Krämergeist? Die Frage beantwortet sich von selbst.«

Wayness entstieg der Mietdroschke. »Ich sehe, Sie haben etwas von einem Philosophen.«

»Das stimmt! Es liegt mir im Blut! Doch zuallererst bin ich ein Kosak!«

»Und was ist ein Kosak?«

Der Droschkenfahrer starrte sie mit ungläubigem Blick an. »Kann ich meinen Ohren trauen? Ah, jetzt sehe ich, Sie sind eine Außerweltlerin. Also: ein Kosak ist ein natürlicher Aristokrat; er ist furchtlos und standhaft und läßt sich zu nichts zwingen. Selbst als Kraftdroschkenfahrer beträgt er sich mit kosakesker Würde. Am Ende einer Fahrt rechnet er seinen Fahrpreis nicht aus; er nennt die erste Zahl, die ihm in den Sinn kommt. Und wenn der Fahrgast den Preis nicht entrichten möchte, je nun: was soll's? Der Fahrer mißt ihn mit einem geringschätzigen Blick und braust voller Verachtung davon.«

»Interessant. Und welchen Fahrpreis nennen Sie mir?«

»Drei Sol.«

»Das ist weit überzogen. Hier ist ein Sol. Sie können ihn annehmen oder voller Verachtung davonbrausen.«

»Da Sie Außerweltlerin sind und diese Dinge nicht verstehen, werde ich das Geld nehmen. Soll ich warten? Hier gibt es nichts Interessantes zu sehen; Sie werden im Nu wieder draußen sein.«

»Leider wohl nicht«, sagte Wayness. »Ich muß über ein paar langweiligen alten Schriftstücken brüten und kann nicht sagen, wie lange das dauern wird.«

»Wie Sie wünschen.«

Wayness überquerte die Eingangsterrasse und trat in eine marmorgeflieste Loggia, die von hallenden Echos erfüllt war. Vergoldete Pilaster säumten die Wand; an der Decke hing ein riesiger Lüster aus zehntausend Kristallen. Wayness schaute hierhin und dorthin, entdeckte aber kein Anzeichen von Lefaun Zadoury, dem Kurator. Dann, unvermittelt, wie aus dem Nichts, tauchte eine hohe, hagere Gestalt auf; sie marschierte mit langen Schritten quer durch die Loggia, gefolgt von den Falten ihres flatternden Talares: Lefaun Zadoury. Er blieb stehen und blickte auf Wayness herunter. Sein dünnes schwarzes Haupthaar, seine schwarzen Brauen und schwarzen Augen standen in scharfem Kontrast zu seiner weißen Haut. Er sprach mit akzentfreier Stimme: »Die Chancen sind hoch, daß Sie Wayness Tamm sind.«

»Ganz hoch. Und Sie sind Lefaun Zadoury?«

Der Kurator reagierte mit einem knappen Nicken. Er maß Wayness von Kopf bis Fuß, dann zurück von Fuß bis Kopf. Er seufzte leise und schüttelte das Haupt. »Erstaunlich.«

»Inwiefern?«

»Sie sind jünger und weniger imposant als die Person, die ich erwartet hätte.«

»Das nächste Mal werde ich meine Mutter schicken.«

Lefaun Zadourys langer knochiger Unterkiefer fiel herunter. »Das war unbedacht gesprochen! Im wesentlichen ...«

»Es ist wirklich nicht schlimm.« Wayness ließ ihren Blick durch die achteckige Loggia wandern. »Dies ist ein eindrucksvoller Saal. Ich hatte mir solchen Glanz nicht vorstellen können!«

»Ja, es ist ganz gut.« Lefaun Zadoury blickte in dem Saal herum, als sähe er ihn zum erstenmal. »Der Kronleuchter ist natürlich absurd – ein Ungetüm mit großem Stromverbrauch und geringer Leuchtkraft. Eines Tages wird es herabdonnern und jemanden erschlagen.«

»Das wäre schade.«

»Ja, zweifellos. Im großen und ganzen fehlte es den Konewitzkijs an gutem Geschmack. Die Marmorfliesen zum Beispiel sind banal. Die Pilaster sind nicht maßstabgetreu und stehen überdies in falscher Reihenfolge.«

»Tatsächlich! Das war mir gar nicht aufgefallen.«

»Das Museum selbst macht solche Mängel vergessen. Wir haben der Welt prachtvollste Kollektion von sassanidischen Intaglien, eine Fülle absolut einzigartigen minoischen Glases, und wir besitzen die komplette Serie der Leonie-Bismaie-Miniaturen. Unsere Abteilung für Semantische Äquivalenzen gilt ebenfalls als herausragend.«

»Es muß anregend sein, in einer solchen Atmosphäre zu arbeiten«, sagte Wayness höflich.

Lefaun Zadoury machte eine Geste, die alles mögliche hätte bedeuten können. »Nun denn – sollen wir jetzt zu unserem eigenen Geschäft kommen?«

»Ja, natürlich.«

»Dann folgen Sie mir bitte. Wir müssen einen passenden Talar für Sie aussuchen, einen solchen wie den meinen. Dies ist die Uniform des Museums. Bitten Sie mich nicht um Erläuterung; ich kann Ihnen nur sagen, daß Sie sonst auffallen würden.«

»Was immer Sie sagen.« Wayness folgte Lefaun Zadoury in ein Nebenzimmer. Von einem Regal wählte er eine schwarze Kutte, die er an Wayness' Körper hielt. »Zu lang«, befand er und wählte eine andere Kutte. »Diese hier dürfte passen, wenngleich sowohl das Material als auch der Schnitt viel zu wünschen übrig lassen.«

Wayness hüllte sich in den Talar. »Ich fühle mich jetzt schon anders.«

»Wir werden so tun, als sei der Talar aus feinstem kurischen Gewebe und von allermodischstem Zuschnitt. Möchten Sie eine Tasse Tee und ein Mandelküchlein? Oder wollen Sie sich direkt an die Arbeit machen?«

»Ich brenne darauf, mir Ihre Sammlungen anzusehen«, sagte Wayness. »Eine Tasse Tee vielleicht später dann.«

»So soll es sein. Das Material ist im zweiten Stockwerk.«

Lefaun Zadoury führte Wayness eine weit geschwungene Marmortreppe hinauf, durch mehrere hohe, von Regalen gesäumte Gänge und schließlich in einen Raum mit einem langen, schweren Tisch in der Mitte. Kuratoren in schwarzen Talaren und anderes Museumspersonal saßen an dem Tisch und lasen Dokumente und machten Notizen; andere saßen in kleinen Alkoven und arbeiteten an Informationsbildschirmen; wieder andere liefen hierhin und dorthin, beladen mit Büchern, Mappen und diversen anderen kleinen Gegenständen. Es war mucksmäuschenstill in dem Raum; trotz der regen Betriebsamkeit war nichts zu hören außer dem Rascheln von schwarzem Stoff, dem Geräusch von Papier, das über Papier gleitet, und dem Tapsen von weichen Pantoffeln auf dem Fußboden. Zadoury geleitete Wayness in einen Nebenraum und zog die Tür hinter sich ins Schloß. »Jetzt können wir reden, ohne die andern zu stören.« Er gab Wayness ein Blatt Papier. »Ich habe die Artikel in unserer Naturalisten-Kollektion aufgelistet. Sie umfaßt drei Kategorien. Nun, wenn Sie mir vielleicht Ihr Interesse erklären würden und wonach genau Sie suchen, könnte ich Ihnen effektiver helfen.«

»Es ist eine komplizierte Geschichte«, sagte Wayness. »Vor vierzig Jahren veräußerte ein Generalsekretär der Gesellschaft einige wichtige Schriftstücke, unter anderem Quittungen und Zahlungsempfangsbestätigungen, die jetzt angezweifelt werden. Wenn ich diese Papiere ausfindig machen könnte, wäre das von großem Nutzen für die Gesellschaft.«

»Ich verstehe vollkommen. Wenn Sie diese Papiere beschreiben können, werde ich Ihnen suchen helfen.«

Wayness schüttelte lächelnd den Kopf. »Ich werde sie erst dann erkennen, wenn ich sie sehe. Ich fürchte, ich muß die Arbeit selbst machen.«

»Sehr wohl«, sagte Lefaun Zadoury. »Die erste Kategorie besteht, wie Sie sehen können, aus sechs Monographien, allesamt der semantischen Forschung gewidmet.«

Wayness erkannte darin das Paket wieder, welches das Museum auf der Auktion bei Gohoon Galleries erworben hatte.

»Die zweite Kategorie befaßt sich mit der Genealogie der Comtes de Flamanges.

Die dritte Kategorie, ›Gemischte Dokumente und Papiere‹ wurde nie katalogisiert und wird Sie, vermute ich, mehr interessieren. Habe ich recht?«

»Sie haben recht.«

»In dem Fall werde ich die Materialien anfordern und hierherbringen. Wenn Sie bitte ein paar Minuten hier warten wollen.«

Lefaun Zadoury verließ den Raum und kam nach

gehöriger Zeit zurück, einen Karren vor sich her schiebend. Er lud drei große Kartons ab und stellte sie auf den Tisch. »Bekommen Sie keinen Schreck«, sagte er mit fast fröhlich klingender Stimme zu Wayness. »Keine dieser Schachteln ist bis zum Rand gefüllt. Und nun – da Sie meine Hilfe ja nicht wollen – überlasse ich Sie sich selbst.«

An der Tür drückte Lefaun Zadoury auf einen Wippschalter, und ein rotes Lämpchen ging an. »Ich bin gehalten, die Monitoren zu aktivieren. Wir hatten in der Vergangenheit ein paar unliebsame Erlebnisse.«

Wayness zuckte die Achseln. »Überwachen Sie mich, soviel Sie wollen; meine Absichten sind rein und lauter.«

»Dessen bin ich sicher«, sagte Lefaun Zadoury. »Aber nicht jeder legt Ihre vielen Tugenden an den Tag.«

Wayness warf ihm einen nachdenklichen Blick zu. »Sie sind sehr galant! Doch nun muß ich mich an die Arbeit machen.«

Lefaun Zadoury verließ den Raum, sichtlich zufrieden mit sich. Wayness wandte sich dem Tisch zu. Ich könnte mir vorstellen, daß es mit meiner Lauterkeit und Tugendhaftigkeit rasch vorbei wäre, wenn mein Blick plötzlich auf die Charta oder die Übertragungsurkunde fiele, dachte sie. Wir werden sehen.

Die erste der drei Schachteln enthielt fünfunddreißig sauber gebundene Broschüren, jede eine biographische Studie von jeweils einem der Begründer der Naturforschergesellschaft.

Traurig! dachte Wayness. Es wäre schön, wenn diese Traktate wieder in die Obhut der Naturforscher gelangten – nicht, daß irgend jemand sie je lesen würde.

Einige der Bände, fiel Wayness auf, zeigten Spuren häufiger Benutzung, teils bis hart an den Rand der

Zerlesenheit, und bei einigen waren die Seiten mit Anmerkungen vollgekritzelt.

Die Namen sagten ihr nichts; Wayness wandte ihre Aufmerksamkeit der zweiten Schachtel zu. Sie fand mehrere Abhandlungen, die sich mit der Genealogie und den Verbindungen der Comtes de Flamanges über eine Zeitspanne von zweitausend Jahren befaßten.

Wayness verzog enttäuscht den Mund und nahm sich den dritten Karton vor, obwohl sie inzwischen die Hoffnung, irgend etwas von Belang zu finden, aufgegeben hatte. In der dritten Schachtel befanden sich hauptsächlich Papiere verschiedenster Art, Zeitungsausschnitte und Photographien, die sich allesamt bezogen auf die ins Auge gefaßte Errichtung eines geräumigen und schönen Bauwerks, welches die zentrale Verwaltung der Naturforschergesellschaft beherbergen sollte. Breiten Raum sollten in diesem Gebäude ein Kollegium für Naturwissenschaft, Kunst und Philosophie erhalten. Des weiteren vorgesehen waren ein Museum und Monstratorium; und möglicherweise sogar eine Anzahl von Vivarien, in welchen Lebensformen ferner Welten in nahezu naturgetreu nachgestalteter Umwelt studiert werden konnten. Befürworter des Plans verwiesen auf die Reputation, die der Gesellschaft durch die Verwirklichung eines solch ehrgeizigen Projektes zuwachsen würde; die Gegner des Vorhabens kritisierten die ungeheuren Ausgaben, die mit dem Bau verbunden wären, und bestritten den Bedarf für solch eine umfassende Einrichtung. Viele stellten große Summen Geldes für das Projekt in Aussicht; der Comte Blaise de Flamanges offerierte ein Areal von dreihundert Morgen von seinem Besitz im Moholc als Grundstück für das Bauwerk.

Die Begeisterung für das Projekt erreichte ihren Höhepunkt ein paar Jahre bevor Frons Nisfit auf den Plan trat, doch der Eifer versiegte, als die Finanzierung des Projekts nicht recht vorankommen wollte, und schließlich zog der Comte Blaise de Flamanges sein Grundstücksangebot zurück, und das Konzept wurde aufgegeben.

Wayness trat tief enttäuscht von der dritten Schachtel zurück. Sie hatte nichts gefunden, das auch nur im entferntesten Zusammenhang mit Cadwal, der Cadwal-Charta oder der Übertragungsurkunde gestanden hätte. Wieder war eine Spur im Sande verlaufen.

Lefaun Zadoury kehrte in den Raum zurück. Er schaute von Wayness auf die Kartons. »Und wie kommen Sie voran mit Ihren Nachforschungen?«

»Nicht gut.«

Lefaun Zadoury ging zum Tisch, blickte in die Schachteln und schlug ein paar der Bücher und Broschüren auf. »Interessant – nehme ich jedenfalls an. Diese Art von Zeug ist nicht mein Spezialgebiet. Wie auch immer, die Zeit für eine Erfrischung ist gekommen. Sind Sie bereit für eine Tasse guten goldgelben Tee und vielleicht einen Keks? Solcherlei kleine Freuden erhöhen unser Dasein!«

»Ich bin durchaus bereit für ein erhöhtes Dasein. Können wir diese Dokumente offen liegenlassen? Oder werde ich vom Monitor ausgescholten werden?«

Lefaun Zadoury spähte zu dem roten Lämpchen hinüber, aber es war nicht mehr zu sehen. »Das System hat fehlfunktioniert. Sie hätten den Mond stehlen können, und niemand hätte es gemerkt. Kommen Sie trotzdem mit; den Dokumenten wird nichts geschehen.«

Lefaun Zadoury geleitete Wayness in einen kleinen, lauten Speiseraum, wo Angehörige des Museumspersonals an klapprigen kleinen Tischen saßen und Tee tranken. Alle trugen schwarze Talare, und Wayness sah, daß sie in ihren Straßenkleidern wirklich aufgefallen wäre.

Die abscheulichen Gewänder beeinträchtigten gleichwohl in keiner Weise die Lautstärke oder das

Tempo der Unterhaltung; alle redeten gleichzeitig, hielten nur dann und wann inne, um einen hastigen Schluck Tee aus ihren Steingutbechern zu trinken.

Lefaun Zadoury fand einen leeren Tisch, und man servierte ihnen Tee und Backwerk. Lefaun schaute mit entschuldigendem Blick nach rechts und nach links. »Der Glanz und der Luxus sind ebenso wie die besten Plätzchen den Bonzen vorbehalten, die in Fürst Konewitzkijs Großem Bankettsaal speisen. Ich habe sie dabei gesehen. Jeder benützt drei Messer und vier Gabeln, um seinen Hering zu zerkleinern, und die Serviette, mit der er sich das Fett vom Mund wischt, ist zwei Quadratfuß groß. Unsereins, der gemeine Pöbel, muß sich mit weniger begnügen, obgleich wir immerhin noch fünfzehn Pence für unseren Imbiß zahlen müssen.«

Wayness sagte gewichtig: »Ich bin eine Außerweltlerin und vielleicht ein wenig naiv, aber so schlimm scheint es mir denn auch nicht zu sein. Immerhin fand ich in einem meiner Plätzchen nicht weniger denn vier Mandeln!«

Lefaun Zadoury grunzte störrisch. »Das Thema ist komplex und erschließt sich in seiner ganzen Tiefe und Breite erst bei sorgfältiger Analyse.«

Wayness wußte darauf nichts zu erwidern, und die zwei saßen eine Weile schweigend. Ein junger Mann von solch fragiler Statur, daß er in seinem schwarzen Talar geradezu verloren anmutete, kam zu Lefaun Zadoury und flüsterte ihm etwas ins Ohr. Fettige Strähnen blonden Haares fielen ihm in die Stirn; seine Augen waren von einem wäßrigen Blau, und sein Teint war blaß und kränklich; Wayness fragte sich, ob er nicht womöglich bei schlechter Gesundheit war. Er sprach mit nervöser Eindringlichkeit und klopfte mit den Fingern der einen Hand beständig auf die Innenseite der andern.

Wayness' Gedanken schweiften ab, in Regionen von

Düsternis und Mutlosigkeit. Die Arbeit des Morgens hatte keine neuen Erkenntnisse gezeitigt, und die Spur, die auf verschlungenen Pfaden von der Naturforschergesellschaft zum Funusti-Museum geführt hatte, war jäh geendet. Was sollte sie nun tun? Wie sollte sie weiterfahnden? Theoretisch konnte sie versuchen, jedem einzelnen Namen auf den Gohoon-Listen nachzuspüren, auf die vage Hoffnung hin, daß einer von ihnen möglicherweise Dinge aus dem dritten Paket gekauft hatte, doch war diese Aufgabe so übermäßig umfangreich und aufwendig, und die Erfolgschancen waren so gering, daß sie das Projekt sofort wieder verwarf. Sie gewahrte, daß Lefaun Zadoury und sein Freund über sie sprachen, und zwar dergestalt, daß sie sich abwechselnd ins Ohr flüsterten, um dann jedesmal, wenn sie ihre Meinung geäußert hatten, einen verstohlenen Blick auf sie zu werfen, als wollten sie das eben Gesagte auf seine Stichhaltigkeit hin überprüfen. Wayness schmunzelte in sich hinein und tat so, als bemerke sie das Getuschel der beiden nicht. Sie dachte über den Plan nach, ein prachtvolles neues Hauptquartier für die Naturforschergesellschaft zu errichten. Eine Schande, daß das Projekt gescheitert war! Ganz gewiß hätte Frons Nisfit dann nicht so leichtes Spiel bei seinen Unterschlagungen und Plündereien gehabt. Sie sann weiter, und ein neuer Gedanke begann sich in ihrem Kopf zu regen.

Lefaun Zadourys Freund entfernte sich wieder; Wayness schaute ihm nach, wie er sich mit fahrig schlackernden Armen und Ellbogen zwischen den Tischen hindurchschlängelte und verschwand.

Lefaun Zadoury wandte sich wieder Wayness zu. »Ein guter Kerl! Sein Name ist Tadiew Skander; haben Sie schon einmal von ihm gehört?«

»Nicht, daß ich wüßte.«

Lefaun Zadoury schnippte herablassend mit den Fingern. »Es gibt ...«

»Entschuldigen Sie mich einen Moment«, unterbrach ihn Wayness. »Ich muß da noch einmal kurz etwas nachschauen.«

»Natürlich!« Lefaun Zadoury lehnte sich auf seinem Stuhl zurück, faltete die Hände über der Brust und musterte Wayness mit gelassener Neugier.

Wayness schaute in ein Seitenfach ihrer Schultertasche und zog die Seiten heraus, die sie bei Gohoon Galleries kopiert hatte und auf denen der Inhalt der Pakete Eins und Zwei aufgelistet war. Unter halb geschlossenen Lidern spähte sie verstohlen zu Lefaun Zadoury hinüber; sein starrender Blick war so teilnahmslos wie eh und je. Wayness verzog den Mund zu einer schiefen Grimasse und veränderte ihre Sitzposition auf dem Stuhl; die Art und Weise, wie Lefaun Zadoury sie musterte, ließ ihr eine Gänsehaut über den Rücken laufen. Sie zog die Stirn kraus, zupfte an ihrer Nase und ignorierte Lefaun Zadoury so gut sie konnte.

Wayness ging sorgfältig die Listen durch und stellte zu ihrer Freude fest, daß ihr Gedächtnis sie nicht getrogen hatte: keines der Dinge in den drei Kartons, die sie im Arbeitszimmer des Museums überprüft hatte, war auf der Gohoon-Liste verzeichnet: keine genealogischen Werke, keine biographischen Studien und auch keine Dokumente, die sich auf ein neues Hauptquartier für die Naturforschergesellschaft bezogen.

Merkwürdig, dachte Wayness.

Die Konsequenzen dieser Entdeckung wurden ihr schlagartig bewußt. Ein Schauer der Erregung durchrieselte sie. Da das Material nicht von Gohoon stammte, mußte es von anderswoher stammen.

Aber woher?

Und ebenso wichtig: wann? Wenn nämlich das Funusti-Museum das Material vor der Amtszeit Nisfits erworben hatte, dann wurde die ganze Frage strittig.

Wayness steckte die Listen wieder in ihre Schultertasche zurück und musterte Lefaun Zadoury, der ihren

Blick mit dem gleichen unerschütterlichen Gesichtsausdruck wie immer erwiderte.

»Ich muß wieder an die Arbeit«, sagte Wayness.

»Wie Sie wünschen.« Lefaun Zadoury erhob sich. »Es waren keine Extras dabei. Sie brauchen nur dreißig Pence zu zahlen.«

Wayness warf ihm einen kurzen Blick zu, verkniff sich aber einen Kommentar und zählte drei Münzen auf den Tisch. Dann gingen die beiden zurück ins Arbeitszimmer. Lefaun Zadoury machte eine große Geste in Richtung des Tisches. »Sehen Sie? Es ist so, wie ich gesagt habe! Nichts ist angerührt worden!«

»Ich bin erleichtert«, sagte Wayness. »Denn wenn irgend etwas fehlte, würde man mich verantwortlich machen und schwer bestrafen.«

Lefaun Zadoury schürzte die Lippen. »Solche Vorfälle sind rar.«

»Ich kann mich glücklich schätzen, den Vorteil solch fachmännischen Rates auf meiner Seite zu wissen«, sagte Wayness. »Ihr Wissen scheint mir umfassend zu sein.«

Lefaun Zadoury sagte weise: »Zuallermindest versuche ich, meine Funktion mit professioneller Kompetenz auszuüben.«

»Wüßten Sie vielleicht, wann das Museum dieses Material erworben hat?«

Lefaun Zadoury blies Luft aus. »Nein. Aber ich kann es kurzfristig herausfinden, wenn Sie daran interessiert sind.«

»Ich bin interessiert.«

»Einen Moment dann.« Lefaun Zadoury stolzierte ins Nebenzimmer und setzte sich in einen der Alkoven vor einen Informationsbildschirm. Er betätigte die Schalter und Tasten, studierte den Bildschirm, sog die Informationen vom Bildschirm in sein Hirn auf. Wayness stand im Türrahmen und sah zu.

Schließlich stand Lefaun Zadoury auf und kehrte ins

Arbeitszimmer zurück. Er zog die Tür hinter sich ins Schloß und verharrte einen Moment still, als grüble er über eine Reihe komplizierter Gedanken. Wayness wartete geduldig. Schließlich fragte sie: »Was haben Sie herausgefunden?«

»Nichts.«

Wayness mußte an sich halten, um nicht laut zu krähen: »Nichts?«

»Ich fand heraus, daß diese Auskunft nicht erhältlich ist, wenn Ihnen das mehr zusagt. Wir haben es mit dem Geschenk eines anonymen Spenders zu tun.«

»Lächerlich!« stieß Wayness hervor. »Ich kann diese Geheimniskrämerei nicht nachvollziehen!«

»Weder das Funusti-Museum noch das Universum im ganzen sind Orte, denen die Logik von Natur aus innewohnt«, sagte Lefaun Zadoury. »Sind Sie mit diesem Material durch?«

»Noch nicht. Ich muß nachdenken.«

Lefaun Zadoury blieb im Zimmer stehen, in einer Haltung, die, wie Wayness fand, Erwartung signalisierte. Worauf konnte er warten wollen? Sie fragte zögernd: »Ist die Information irgend jemandem hier im Museum bekannt?«

Lefaun Zadoury wandte den Blick zur Zimmerdecke. »Ich könnte mir denken, daß einer der Bonzen im SSS – das ist das Büro für Schenkungen, Spenden und Stiftungen – ein Handbuch mit solchen Informationen hat. Es wäre natürlich höchst unzugänglich.«

Wayness sagte nachdenklich: »Ich selbst könnte dem Museum eine kleine Spende offerieren, wenn ich dafür diese unbedeutende Auskunft erhalten könnte.«

»Selbst unmögliche Dinge sind denkbar«, sagte Lefaun Zadoury. »Aber jetzt haben wir es mit Personen in hohen Positionen zu tun, und unter tausend Sol läuft bei denen gar nichts.«

»Ha! Das ist völlig ausgeschlossen. Ich kann eine

Summe von zehn Sol stiften, plus zehn Sol für Sie für Ihren fachmännischen Rat: zwanzig Sol insgesamt.«

Lefaun Zadoury warf entsetzt die Arme hoch. »Wie könnte ich der hochgestellten Person, die ich zu diesem Zweck konsultieren müßte, eine so unbedeutende Summe nennen?«

»Das scheint mir recht einfach. Weisen Sie darauf hin, daß ein paar Worte und zehn Sol besser sind als Totenstille und keine Sol.«

»Das stimmt«, sagte Lefaun. »Nun denn, so sei es denn. In Anbetracht unserer freundlichen Verbundenheit werde ich das Risiko eingehen, mich zum Narren zu machen. Entschuldigen Sie mich für ein paar Minuten.« Lefaun Zadoury verließ den Raum. Wayness ging zum Tisch und begutachtete noch einmal die drei Schachteln. Biographien von fünfunddreißig Naturalisten der ersten Stunde, genealogische Daten und Dokumente, die sich auf die Errichtung eines palastartigen neuen Hauptsitzes für die Naturforschergesellschaft bezogen: nichts, was sie im Augenblick noch einmal zu studieren Lust gehabt hätte.

Zehn Minuten vergingen. Lefaun Zadoury kehrte ins Zimmer zurück. Ein paar Sekunden lang stand er da und musterte Wayness mit einem matten Lächeln, das sie beunruhigend fand. Schließlich sagte sie sich: Bei jedem andern würde ich das als ein finsteres oder zynisches oder boshaftes Grinsen werten, aber ich glaube, daß Lefaun Zadoury lediglich bemüht ist, ein leutseliges, liebenswürdiges Bild von sich abzugeben. Laut sagte sie: »Sie scheinen erfreut. Was haben Sie in Erfahrung gebracht?«

Lefaun Zadoury trat vor. »Ich hatte natürlich recht. Der Beamte bedachte mich mit einem höhnischen Lächeln und fragte mich, ob ich von gestern sei. Ich sagte ihm, nein, ich würde lediglich versuchen, einer bezaubernden jungen Dame eine Gefälligkeit zu erweisen, und da ließ er sich denn erweichen; aber er bestand darauf, daß die gesamte Spende, also die volle Summe von zwanzig Sol, ihm allein zufließe. Mir blieb natürlich nichts anderes übrig, als einzuwilligen. Vielleicht möchten Sie ja eine Anpassung vornehmen.« Er wartete, aber Wayness sagte nichts. Lefauns Lächeln schwand langsam dahin, und sein Gesichtsausdruck war wieder so mürrisch wie eh und je. »Jedenfalls müssen Sie die geforderte Summe jetzt an mich entrichten.«

Wayness starrte ihn verdutzt an. »Also wirklich, Herr Zadoury! So geht das aber nicht!«

»Wieso nicht?«

»Wenn Sie mir die Auskunft bringen und ich sie überprüft habe, dann werde ich die Spende vornehmen.«

»Bah!« stieß Lefaun Zadoury hervor. »Warum dieses komplizierte Hin und Her?«

»Ganz einfach. Ist das Geld erst einmal bezahlt, dann hat es niemand mehr eilig, und ich sitze unterdessen im Hotel Mazeppa und warte, bis ich schwarz werde.«

»Hm«, schnaufte Lefaun Zadoury. »Warum ist der Name dieses Spenders so wichtig?«

Wayness erklärte es ihm geduldig. »Um die Gesellschaft zu erneuern, brauchen wir die Hilfe alter Naturalistenfamilien.«

»Stehen diese Namen nicht in den Akten der Gesellschaft?«

»Die Akten wurden vor einiger Zeit von einem rücksichtslosen Generalsekretär beschädigt. Wir versuchen jetzt, diesen Schaden zu reparieren.«

»Urkunden zu zerstören ist ein Verbrechen wider die Vernunft! Zum Glück ist es so, daß alles, was einmal aufgeschrieben worden ist, wahrscheinlich zehnmal aufgeschrieben worden ist.«

»Das hoffe ich«, sagte Wayness. »Deshalb bin ich hier.«

Lefaun Zadoury überlegte, dann sagte er ein wenig abrupt: »Die Situation ist komplizierter, als Sie vielleicht denken. Die Information wird nicht vor heute abend zu mir gelangen.«

»Das ist schlecht.«

»Nicht unbedingt!« rief Lefaun Zadoury in einem plötzlichen Ausbruch von Enthusiasmus. »Ich werde die Gelegenheit nutzen, um Ihnen die Sehenswürdigkeiten des alten Kiew zu zeigen! Es wird ein bedeutender Abend werden, den Sie niemals vergessen werden!«

Wayness hatte plötzlich das Bedürfnis nach einer Stütze und lehnte sich gegen den Tisch. »Es würde mir nicht einfallen, Ihnen soviel Umstände zu machen. Sie können mir die Information doch ins Hotel bringen, oder ich komme morgen früh ins Museum.«

Lefaun hob die Hand. »Kein Wort mehr davon! Es wird mir ein großes Vergnügen sein!«

Wayness seufzte. »An was hatten Sie denn gedacht?«

»Als erstes werden wir im Pripetskaya speisen, dessen Spezialität Rohrammer am Spieß ist. Doch zuallervörderst: eine Schüssel Aal in Gelee, angerichtet mit Kaviar. Und auch das mingrelianische Wildbret mit Johannisbeersauce werden wir uns nicht entgehen lassen.«

»All dies klingt kostspielig«, sagte Wayness. »Wer zahlt?«

Lefaun Zadoury blinzelte. »Nun, ich dachte mir, da Sie ja im Namen und auf Kosten der Gesellschaft unterwegs sind ...«

»Aber ich bin auf eigene Kosten hier.«

»Nun, in dem Fall können wir uns die Kosten ja teilen. So halte ich es immer, wenn ich mit meinen Freunden speise.«

»Ich habe eine noch bessere Idee«, sagte Wayness. »Ich esse selten viel zu Abend, und ganz gewiß nicht

Aale und Vögel und wilde Tiere. Deshalb bezahlt am besten jeder seine Rechnung selbst.«

»In dem Fall gehen wir in Lenas Bistro; die Kohlrouladen dort sind sowohl preiswert als auch schmackhaft.«

Wayness sagte sich einsichtig, daß sie letztendlich ohnehin nichts Besseres zu tun hatte. »Was immer Sie wünschen. Wann und wo erhalten wir die Auskunft?«

»›Auskunft‹?« Lefaun war für einen Moment verblüfft. »Ach ja. In Lenas Bistro; das wird der Ort sein.«

»Warum in Lenas Bistro? Warum nicht hier und jetzt?«

»Diese Dinge müssen sorgfältig arrangiert werden. Es ist eine heikle Angelegenheit.«

Wayness stieß ein skeptisches »Hmm« aus. »Das scheint mir höchst merkwürdig. Wie auch immer, ich muß jedenfalls zeitig ins Hotel zurück.«

Lefaun sprach mit gewichtiger Heiterkeit: »Man soll den Stier nicht töten, bevor die Kuh frisch ist! Lassen wir die Dinge auf uns zukommen!«

Wayness preßte die Lippen zusammen. »Vielleicht ist es letztlich doch besser, wenn ich einfach morgen früh hierherkomme; dann können Sie solange draußen bleiben, wie Sie wollen. Bedenken Sie, ich brauche einen Wahrheitsnachweis, es sei denn, Sie bringen mir einen Originalausdruck aus den offiziellen Museumsakten.«

Lefaun verneigte sich mit übertriebener Ehrerbietung. »Ich werde Sie heute abend in Ihrem Hotel abholen – sagen wir um acht Uhr?«

»Das ist spät.«

»Nicht in Kiew. Um diese Stunde beginnt die Stadt gerade erst zum Leben zu erwachen. Nun gut, sagen wir um sieben?«

»Meinetwegen. Ich möchte aber um neun wieder zurück sein.«

Lefaun gab einen vieldeutigen Laut von sich und

schaute sich im Zimmer um. »Ich muß mich wieder um meine eigentliche Arbeit kümmern. Wenn Sie mit diesen Akten fertig sind, verständigen Sie bitte jemandem im Außenraum, und er oder sie wird den Träger rufen. Bis sieben dann.«

Lefaun Zadoury verließ den Raum mit langen Schritten und wehendem Talar. Wayness drehte sich um und schaute sich die drei Kartons an. Biographie, Genealogie, ein geplantes neues Naturalisten-Hauptquartier. Es waren Bestandteile eines einzigen Pakets; so hatte Lefaun Zadoury es gesagt, und der Code, der auf jede der Schachteln aufgedruckt war, war derselbe.

Wayness sann einen Moment lang nach, dann ging sie zur Tür und schaute in den Außenraum. Er war jetzt halbleer, und viele von denen, die noch da waren, schickten sich an zu gehen.

Wayness machte die Tür zu. Sie ging zum Tisch zurück und notierte sich den Code, mit dem jeder der drei Kartons gekennzeichnet war.

Von fern aus der Stadt kam der Klang von hundert großen Glocken, die zur Mittagsstunde läuteten. Wayness lehnte sich gegen den Tisch und wartete: fünf Minuten, zehn Minuten. Dann ging sie noch einmal zur Tür und spähte hinaus in das Arbeitszimmer: Alle, mit Ausnahme von ein paar ganz in ihre Arbeit versunkenen Kuratoren, waren zu Tisch gegangen. Wayness ging in einen nahen Alkoven und setzte sich vor den Informationsbildschirm. Sie aktivierte ›Search‹ und ›Naturforschergesellschaft‹. Der Bildschirm lieferte Informationen über zwei Pakete: semantische und linguistische Nachschlagewerke, erworben von Gohoon Galleries, sowie ein zweites Paket, das aus den drei Schachteln bestand, die den eben von ihr notierten Code trugen. Der angegebene Stifter war: ›Aeolus Beneficia‹, mit Sitz in der Stadt Croy. Die Stiftung war vor fünfzehn Jahren gemacht worden.

Wayness schrieb sich die Adresse auf und beendete

das ›Search‹-Programm. Sie blieb noch eine Zeitlang sitzen und dachte nach. Lag die Operation, die sie gerade durchgeführt hatte, außerhalb der Vorstellungskraft von Lefaun Zadoury? Sie glaubte es nicht.

Wayness stand auf und verließ den Alkoven. Ich will keine Zynikerin werden, sagte sie sich, aber bis ich eine nützlichere Philosophie gefunden habe, muß ich mich wohl nach den Gesetzen des Dschungels richten. Bei dem Gedanken an Lefaun Zadoury konnte sie sich ein Grinsen nicht verkneifen. Und die zwanzig Sol habe ich auch gespart – keine schlechte Ausbeute für diesen heutigen Vormittag.

Wayness ging zu einem der Kuratoren, die immer noch bei der Arbeit saßen und bat ihn, dem Träger Bescheid zu sagen, daß er die drei Schachteln holen komme. Der Mann sagte ziemlich unwirsch: »Sagen Sie ihm doch selbst Bescheid; können Sie nicht sehen, daß ich zu tun habe?«

»Wie soll ich ihm denn Bescheid geben?«

»Drücken Sie den roten Knopf neben der Tür. Der Träger wird sich dann vielleicht zu reagieren geneigt fühlen – oder auch nicht. Aber das ist seine Sache.«

»Danke.« Wayness verließ den Arbeitsraum und drückte im Vorbeigehen den roten Knopf neben der Tür. In der Loggia legte sie den schwarzen Talar ab, was ihre Stimmung noch weiter hob.

Da sie nichts Besseres zu tun hatte, machte sich Wayness auf zu einem Spaziergang. Sie ging den Hügel hinunter zu dem Boulevard, der am Dnjepr entlangführte. An einem rot, blau und grün bemalten Verkaufswagen am Straßenrand kaufte sie sich eine heiße Fleischpastete und ein papiernes Füllhorn mit fritierten Kartoffelstäbchen. Sie setzte sich auf eine Bank, verzehrte ihren Mittagsimbiß und schaute auf den vorüberfließenden Dnjepr. Sie überlegte, was sie mit Lefaun Zadoury anfangen und wie sie seine zweifelsohne verderblichen Pläne für die Gestaltung des

Abends geschmeidig aber bestimmt vereiteln sollte. Ihr fiel nichts ein; nun, sie würde sehen: trotz allem war er ja im Grunde ganz amüsant.

Wayness beendete ihr Mittagsmahl und schlenderte den Prospekt entlang zurück zum Fürst-Kolskij-Platz und zum Hotel Mazeppa. Sie ging zum Reiseschalter und erfuhr, daß es bis zum Morgen keine guten Verbindungen nach der Stadt Croy geben würde. In dem Fall, dachte Wayness bei sich, werde ich doch in Lenas Bistro zu Abend speisen, und sei es nur, um Lefaun Zadoury zu ärgern.

Wayness ging hinauf zu ihrem Zimmer mit der Absicht, ihren Onkel Pirie anzurufen, doch dann zögerte sie. Es gab Argumente, die in beide Richtungen gemacht werden konnten. Pirie Tamm war groß darin, Warnungen auszustoßen und Gefahren heraufzubeschwören.

Wayness wurde ihres Spiegelbildes ansichtig und entschied, daß ihr Haar zu lang geworden war. Sie dachte an Giljin Leepe und ihr exzentrisches Strohdach – aber nein, das würde wirklich nicht zu ihr passen; mit einem Haarschnitt in solch extremem Stil würde sie sich nur gehemmt fühlen.

Wayness ging hinunter in den Friseursalon auf der ersten Etage, wo ihre dunklen Locken so geschnitten wurden, daß sie der Kurve ihrer Wange folgten.

Frisch coiffiert und voller Entschlußkraft kehrte Wayness auf ihr Zimmer zurück und wählte sogleich die Telephonnummer ihres Onkels in Schönwinden.

Pirie Tamms erste Fragen waren in der Tat ein wenig besorgt, und Wayness beruhigte ihn so gut sie konnte. »Ich bin in einem hübschen und angesehenen Hotel; das Wetter ist gut, und ich bin bei guter Gesundheit.«

»Du schaust ein wenig spitz und abgehärmt aus.«

»Das liegt an meinem neuen Haarschnitt.«

»Ah! Das erklärt alles! Ich dachte schon, du hättest

vielleicht etwas Falsches gegessen und dir den Magen verdorben.«

»Noch nicht! Aber heute abend werde ich Kohlrouladen in Lenas Bistro essen. Es soll dort malerisch sein.«

»Das ist oft ein bloßes Synonym für ›schmutzig‹.«

»Du darfst dich nicht so sorgen! Alles läuft bestens. Ich bin nicht verführt oder ausgeraubt oder ermordet worden, und man hat mich auch nicht in einen dunklen Keller gezerrt.«

»So weit, so gut, wie du sagst, aber jedes dieser Schreckensdinge kann dir jeden Moment widerfahren!«

»Irgendwie vermute ich, daß Verführung ein bißchen länger dauern würde. Ich bin ganz schüchtern und brauche ein paar Minuten oder sogar eine ganze Stunde, bis ich mit Leuten warm werde.«

»Mit solchen Dingen treibt man keinen Scherz! Sie brauchen nur ein einziges Mal zu passieren, und dann ist es zu spät, um auf der Hut zu sein.«

»Du hast natürlich recht, Onkel Pirie. Ich sollte nicht so schnippisch und flatterhaft sein. Aber jetzt möchte ich dir erzählen, was ich herausgefunden habe. Es ist wirklich ganz wichtig. Ein Teil des Gesellschafts-Materials im Funusti-Museum kam über Gohoon Galleries. Ein anderer Teil jedoch wurde vor fünfzehn Jahren von Aeolus Beneficia in Croy gestiftet.«

»Aha ... ahem ... Das ist fürwahr interessant.« Pirie Tamms Ton hatte sich auf subtile Weise verändert. »Ach, übrigens, einer deiner Freunde aus Cadwal ist gestern eingetroffen und wohnt zur Zeit bei mir.«

Wayness' Herz tat einen Sprung. »Wer? Glawen?«

»Nein«, sagte eine andere Stimme, und ein zweites Gesicht schob sich ins Bild. »Es ist Julian.«

»Oje«, sagte Wayness in heiserem Flüsterton, und dann laut: »Was machst du denn hier?«

»Genau das gleiche wie du – nach der Charta und der Übertragungsurkunde suchen. Pirie und ich meinen, es wäre klug, wenn wir uns zusammentäten und die Suche gemeinsam fortsetzten.«

Pirie Tamm sagte mit blecherner Stimme: »Julian hat ganz recht; diese Angelegenheit geht uns alle an! Die Aufgabe ist zu groß für ein junges, unerfahrenes und zierliches Mädchen; das habe ich dir von Anfang an gepredigt.«

»Ich habe mich bis jetzt ganz gut geschlagen. Onkel Pirie, schicke Julian bitte für einen Moment hinaus; ich möchte unter vier Augen mit dir sprechen.«

»Also wirklich!« rief Julian affektiert. »Takt ist wohl nicht gerade eine deiner starken Seiten, was?«

»Ich weiß nicht, was ich sonst sagen soll, damit du rausgehst.«

»Na schön. Wenn das dein Wunsch ist, dann gehe ich halt raus.«

Sobald Julian außer Hörweite war, sagte Pirie Tamm: »Je nun, Wayness, ich muß schon sagen, ich bin einigermaßen überrascht von deiner Haltung!«

»Ich bin nicht nur überrascht von dir, Onkel Pirie; ich bin entsetzt darüber, daß du Julian vertrauliche Informationen von mir an dich mithören läßt! Er ist ein leidenschaftlicher und militanter LFFler; er hat die Absicht, das Konservat zu zerstören und die Yips auf ganz Cadwal frei herumlaufen zu lassen! Wenn Julian die Charta und die Übertragungsurkunde vor mir in die Hände kriegt, dann kannst du dem Konservat Lebewohl sagen!«

Pirie Tamm sagte mit gedämpfter Stimme: »Er deutete an, daß du und er eine, nun, romantische Zuneigung füreinander hegtet, und daß er gekommen sei, um dir zu helfen.«

»Da hat er gelogen.«

»Was wirst du jetzt tun?«

»Ich werde morgen von hier aus nach Croy reisen.

Weiterreichende Pläne kann ich erst machen, wenn ich weiß, wie die Dinge stehen.«

»Wayness, es tut mir leid.«

»Schon gut. Nur: erzähl niemand anderem irgend etwas – außer Glawen Clattuc, falls er kommen sollte.«

»So soll es sein.« Pirie Tamm zögerte einen Moment, dann sagte er: »Ruf mich so bald du kannst wieder an. Ich werde vorsichtiger sein, das versichere ich dir.«

»Ärgere dich nicht, Onkel Pirie. Vielleicht ist es am Ende alles gar nicht so schlimm.«

»Das wäre meine teuerste Hoffnung.«

IV

Zeit war vergangen. Wayness saß zusammengekauert auf dem Stuhl und starrte blicklos durch den Raum. Die Intensität ihrer ersten Gefühle war so heftig gewesen, daß sie ein elektrisches Prickeln in ihren Armen und Beinen und in ihren Eingeweiden gespürt hatte; ein saures Gefühl war in ihrer Kehle hochgestiegen.

Die körperlichen Reaktionen waren abgeklungen, und sie hing schlaff und mutlos auf ihrem Stuhl.

Der Schaden war passiert, und zwar gründlich. Es gab keine Möglichkeit, ihn wegzudiskutieren. Julian konnte ihr ohne Mühe um einen vollen Tag nach Croy vorauseilen: reichlich Zeit, um Informationen einzuholen und dann Maßnahmen zu ergreifen, um Wayness dieselben Informationen vorzuenthalten.

Der Gedanke brachte sie in Rage. Sie riß sich zusammen. Gefühlsaufwallungen raubten ihr nur ihre Energie und führten zu nichts. Wayness atmete tief durch und setzte sich gerade.

Das Leben ging weiter. Sie dachte über den Abend nach, der vor ihr lag. Die Auskunft, die Lefaun Zadoury ihr zu verkaufen beabsichtigte, war jetzt ihrer praktischen Bedeutung beraubt, aber die Aussicht, ihm das zu erklären, belustigte sie nicht mehr. Desgleichen hatte die Vorstellung, in Gesellschaft des düsteren und kargen Kurators in Lenas Bistro Kohlwickel zu verzehren, auch das letzte bißchen an Reiz verloren, das sie vielleicht einmal gehabt haben mochte. Gleichwohl, da sie nun einmal nichts Besseres zu tun hatte, stand sie von ihrem Stuhl auf, badete und schlüpfte in ein knielanges graues Kleid mit einem schmalen schwarzen Kragen.

Es war inzwischen vorgerückter Nachmittag. Wayness dachte an das Straßencafé vor dem Hotel. Sie ging ans Fenster und schaute auf den Platz. Die schräg einfallenden Strahlen der im Westen sinkenden Sonne beleuchteten die uralten Granitplatten. Wayness bemerkte, daß die Umhänge und Mäntel der den Platz überquerenden Menschen von Windböen aufgebauscht wurden, die von der Steppe hereinbliesen. Sie zog ihren grauen Mantel an und ging hinunter in das Terrassencafé vor dem Hotel, wo sie einen grünen Daghestaniwein mit Bittertropfen trank.

Trotz ihrer besten Bemühungen konnte Wayness nicht vermeiden, über Julian Bohost nachzugrübeln und darüber, wie er Pirie Tamm getäuscht hatte. Eine Frage nagte in ihr: wie hatte Julian erfahren, daß die Charta und die Übertragungsurkunde verschollen waren? Eigentlich konnte er das nicht wissen. Wie auch immer, das Geheimnis war jedenfalls kein Geheimnis mehr – und das, dachte sie, schon seit zwölf Jahren nicht mehr.

Wayness saß im schwindenden Sonnenlicht und schaute den Leuten des alten Kiew zu, wie sie ihren Geschäften nachgingen. Die Sonne sank tiefer, und lange Schatten fielen auf den Platz. Wayness begann zu frieren und zog sich in die Hotelhalle zurück. Sie machte es sich bequem und nickte ein. Als sie aufwachte, stellte sie fest, daß es sechs Uhr durch war. Sie setzte sich gerade und ließ den Blick durch die Lobby schweifen. Von Lefaun Zadoury war noch nichts zu sehen. Sie nahm sich eine Zeitschrift aus einem Ständer und las einen Bericht über archäologische Forschungen in Kharesm. Während des Lesens hielt sie immer wieder aus dem Augenwinkel Ausschau nach dem hageren jungen Kurator.

Eine große Gestalt trat neben ihren Sessel, ohne daß sie es sogleich merkte; sie blickte auf, ein wenig erschrocken. Es war Lefaun Zadoury, aber in einer Kluft, die ihn fast unkenntlich machte. Er trug eine lange, hautenge, schwarz-weiß gestreifte Hose, ein rosafarbenes Hemd mit einer grün und gelb gemusterten Krawatte und eine Weste aus dickem schwarzem Köper. Darüber trug er einen langen, flaschengrünen Mantel, der vorne offen war. Ein flacher Hut aus hellbraunem Segeltuch bedeckte seinen Kopf. Die Krempe hatte er sich tief in die Stirn gezogen.

Nur mit Mühe vermochte Wayness ihre Belustigung zu verhehlen. Lefaun Zadoury schaute mit leicht mißtrauischem Blick auf sie herab. »Sie sind hübsch angezogen, muß ich sagen.«

»Danke.« Wayness erhob sich aus ihrem Sessel. »Ich habe Sie im ersten Moment gar nicht erkannt; Sie sehen so anders aus als sonst.«

Lefauns langes Gesicht verzog sich zu einem sardonischen Grinsen. »Haben Sie mich in einem schwarzen Talar erwartet?«

»Nun, das wohl nicht, aber ich hatte auch nicht mit einer solch dynamischen Aufmachung gerechnet.«

»Quatsch und Unsinn! Ich ziehe immer das an, was mir gerade als erstes in die Finger fällt. Ich pfeife auf Stil.«

»Hm.« Wayness musterte ihn von Kopf bis Fuß, von seinem weichkrempigen Segeltuchhut bis zu den großen, in schwarzen Schuhen steckenden Füßen. »Da bin ich nicht so sicher. Sie trafen ja bereits eine Wahl, als Sie sich die Sachen gekauft haben.«

»Niemals! Alles, was ich trage, stammt von der

Wühltheke auf dem Jahrmarkt, und diese Sachen waren von denen, die ich wahllos dort herauszerrte, halt die ersten, die paßten. Sie schauen gut genug aus, um mir zu stehen, und schützen meine Beine vor dem Wind. Nun denn: sollen wir gehen?« In mürrischem Ton fügte Lefaun Zadoury hinzu: »Da Sie ja unbedingt noch vor Anbruch des Abends wieder zurück in Ihrem Hotel sein wollen, bin ich ein bißchen früher gekommen, damit ich Zeit habe, Ihnen noch etwas mehr von der Stadt zu zeigen.«

»Ganz wie Sie wünschen.«

Gleich vor dem Ausgang des Hotels blieb Lefaun stehen. »Als erstes: der Platz. Sie haben bereits die Kirchen gesehen, die schon ein Dutzendmal wiederaufgebaut wurden, vielleicht sogar noch öfter. Trotzdem heißt es, sie seien noch immer altmodisch und anheimelnd. Sind Sie einigermaßen vertraut mit der Geschichte der fernen Vergangenheit?«

»Nicht besonders.«

»Haben Sie sich mit alten Religionen befaßt?«

»Nein.«

»Dann werden die Kirchen Ihnen nichts bedeuten. Was mich betrifft, so kann ich sie nicht mehr sehen, mit ihren bunten Kuppeln und all dem Schnickschnack. Wir werden unserem Erkundungsdrang woanders nachgehen.«

»Wo zum Beispiel? Ich will mich ebensowenig langweilen.«

»Aha! Haben Sie keine Angst! Sie haben ja mich als Begleiter!«

Die beiden marschierten los. Sie gingen schräg über den Platz, auf die Hügel der Altstadt zu. Lefaun wies auf Dinge von Interesse hin. »Diese Granitplatten wurden im Pontus gebrochen und auf Lastkähnen hierhergeschafft. Es heißt, jede Steinplatte stehe für vier tote Männer.« Er schaute Wayness mit hochgezogenen Brauen an. »Warum hüpfen und springen Sie so?«

»Ich weiß nicht recht, wohin ich meine Füße setzen soll.«

Lefaun Zadoury machte eine ausschweifende Geste. »Ignorieren Sie jegliche Gefühlsaufwallung; setzen Sie Ihre Füße, wohin Sie wollen. Es waren eh bloß Männer der niederen Klassen. Denken Sie an tote Kühe, wenn Sie Fleisch essen?«

»Ich versuche, nicht daran zu denken.«

Lefaun nickte. »Dort drüben, auf jener Vorrichtung aus Eisenstäben, röstete Iwan Grodznij die Leute von Kiew als Strafe für ihre Missetaten. Das ist natürlich lange her, und der Grill ist bloß eine Rekonstruktion. Gleich nebenan in dem kleinen Kiosk dort verkauft ein Mann Grillwürstchen, was ich ziemlich geschmacklos finde.«

»Ja, ziemlich.«

Lefaun hielt inne. Er zeigte auf den Gipfel eines Hügels hinter der Altstadt. »Sehen Sie die Säule? Sie ist hundert Fuß hoch. Fünf Jahre lang bewohnte der Asket Omshats die Spitze der Säule und deklamierte von oben herab seine Monologe. Über sein Verschwinden existieren zwei Versionen: manche sagen, er sei einfach aus dem Blickfeld verschwunden, obwohl sich zu der Zeit viele Menschen um den Fuß der Säule geschart hatten. Andere behaupten, er sei von einem gewaltigen Blitz erschlagen worden.«

»Vielleicht sind beide Versionen korrekt.«

»Das wäre durchaus möglich. Jedenfalls sind wir jetzt im Zentrum des Platzes. Links liegt das Gewürzhändlerviertel; zur Rechten befindet sich das Seidenviertel – beidesamt Stätten von beträchtlichem Interesse.«

»Aber wir gehen woanders hin?«

»Ja, wenngleich wir vielleicht gewissen Verzwicktheiten begegnen werden, die Sie als Außerweltlerin womöglich unbegreiflich finden werden.«

»Bis hierhin begreife ich Sie sehr gut – so vermute ich jedenfalls.«

Lefaun ignorierte die Bemerkung. »Lassen Sie mich versuchen, Sie zu instruieren. Zuerst einmal die Prämisse: Kiew blickt auf eine lange Tradition geistiger und künstlerischer Leistungen zurück, wie Ihnen wohl nicht entgangen sein wird.«

Wayness gab einen vieldeutigen Laut von sich. »Fahren Sie fort.«

»Das ist alles Hintergrund. Die Stadt hat einen mächtigen Sprung nach vorn gemacht und sich zu einem der fortschrittlichsten Zentren kreativen Denkens im gesamten Reich entwickelt.«

»Das ist interessant zu hören.«

»Kiew ist wie ein großes Laboratorium, wo die Ehrfurcht vor der ästhetischen Doktrin vergangener Epochen und tiefste Verachtung für eben diese Doktrin jäh und ungestüm aufeinanderprallen, manchmal bei ein und demselben Individuum – und diese Kollision erzeugt ein wahres Feuerwerk von Wundern.«

»Wo findet all dies statt?« fragte Wayness. »Im Funusti-Museum?«

»Nicht unbedingt, wenngleich die Prodromen, ein erlesener kleiner Verein, zu ihren Mitgliedern sowohl Tadiew Skander, den Sie heute kennengelernt haben, als auch meine Wenigkeit zählen. Im allgemeinen ist der Schauplatz das alte Kiew selbst, sichtbar und hörbar und spürbar an Stätten wie dem Bobadil und dem Nym und Lenas Bistro und dem Schmutzigen Eduard, wo Leber mit Zwiebeln von Schubkarren serviert wird. In der Steinblume sind Küchenschaben das Motiv, und es gibt dort fürwahr ein paar prächtige Exemplare davon! Im Universo laufen alle nackt herum und sammeln so viele Autogramme als möglich auf ihrer bloßen Haut. Ein paar hatten das Glück, letztes Jahr ein Autogramm vom großen Zoncha Temblada zu ergattern, und seither haben sie sich nicht mehr gebadet.«

»Wo sind denn all die wundervollen neuen Kunstformen, von denen Sie sprechen? Bis jetzt habe ich hauptsächlich von Küchenschaben und Autogrammen gehört.«

»Ganz recht. Es wurde früh erkannt, daß jede mögliche und erdenkliche Permutation hinsichtlich Farbe, Licht, Struktur, Form, Klang und was sonst noch übrigbleibt bereits vollbracht worden war, und daß das Eifern nach stets Neuem vergebliche Liebesmühe war. Die einzige immer wieder aufs neue frische und stets sich erneuernde Ressource war das menschliche Denken selbst, und die prachtvollen Muster seines wechselseitigen Spieles zwischen Individuen.«

Wayness runzelte verdutzt die Stirn. »Meinen Sie damit ›Reden‹?«

»Ich würde meinen, daß ›Reden‹ ein durchaus angemessener Terminus ist.«

»Zumindest ist es wohlfeil.«

»Ganz recht – was es zur gleichmacherischsten aller schöpferischen Disziplinen macht!«

»Ich bin froh, daß Sie mir das erklärt haben«, sagte Wayness. »Wir sind jetzt also auf dem Weg zu Lenas Bistro?«

»Richtig. Die Kohlrouladen dort sind die besten weit und breit, und dort werden Sie auch die Auskunft erhalten, die Sie begehren, obwohl ich nicht sicher bin, wann sie eintreffen wird.« Lefaun Zadoury blickte auf Wayness herab. »Warum schauen Sie mich so an?«

»Wie schaue ich denn?«

»Als ich klein war, entdeckte meine Großmutter einmal, daß ich unserem fetten Mops ihr bestes Spitzenhäubchen aufgesetzt hatte. Ich kann den Gesichtsausdruck, den sie dabei hatte, kaum beschreiben: eine Art hilflosen, fatalistischen Sich-Fragens, was für Unfug ich wohl sonst noch im Sinn haben könnte. Also – warum schauen Sie mich so an?«

»Vielleicht werde ich es Ihnen nach und nach erklären.«

»Bah!« Lefaun langte mit beiden Händen nach oben und zog sich seinen Hut so tief wie möglich in die Stirn. »Ich kann Ihre Scherzrätsel nicht verstehen. Haben Sie das Geld?«

»Alles, was ich benötigen werde.«

»Sehr gut. Es ist nicht mehr weit – gleich unter dem Varanji-Bogen, und dann nur noch einige wenige Schritte hügelan.«

Die zwei gingen weiter über den Platz – Lefaun mit langen Schritten, Wayness fast im Laufschritt, um mitzuhalten: vorbei am Gewürzhändlerviertel, unter einem gedrungenen Steinbogen hindurch und den Hügel hinauf durch eine Reihe von kurvigen Gassen, die so schmal waren, daß die Obergeschosse der Häuser sich fast berührten. Die Gasse wurde immer kurviger und enger und verjüngte sich schließlich zu einer steilen steinernen Treppe, die auf einen kleinen Platz mündete. Lefaun streckte die Hand aus und zeigte. »Dort vorn ist Lenas Bistro. Gleich um die Ecke ist Mopo, und das Nym ist nur ein kleines Stück weiter, am Anfang der Pjadogorsk-Gasse. Dies ist der Ort, der von den Prodromen zum ›kreativen Knotenpunkt des Gaeanischen Reiches‹ erkoren worden ist. Was halten Sie davon?«

»Es ist zweifellos ein seltsamer kleiner Platz.«

Lefaun musterte sie düster. »Manchmal habe ich das Gefühl, Sie lachen über mich.«

»Heute abend könnte ich über alles und jeden lachen«, sagte Wayness. »Wenn Sie das für Hysterie halten, dann liegen Sie wahrscheinlich gar nicht mal so falsch. Sie fragen sich, warum? Weil ich heute nachmittag ein entsetzliches Erlebnis hatte.«

Lefaun betrachtete sie mit spöttisch hochgezogenen Brauen. »Sie haben versehentlich einen halben Sol zuviel ausgegeben.«

»Noch schlimmer. Wenn ich nur daran denke, fange ich schon an zu zittern.«

»Zu schlimm«, sagte Lefaun. »Aber lassen Sie uns hineingehen, bevor es zu voll wird. Sie können mir von Ihrem Erlebnis bei einer Flasche Bier erzählen.«

Lefaun stieß eine hohe schmale Tür auf, die mit Arabesken aus Schmiedeeisen eingefaßt war; die zwei traten in einen Raum von bescheidenem Ausmaß, möbliert mit klobigen Holztischen, Holzbänken und Holzstühlen. Gelbe, aus Wandleuchtern züngelnde Flammen – je sechs auf jeder Seite des Raumes – erzeugten ein sanftes gelbes Licht, und Wayness dachte, daß, wenn das Gebäude bis jetzt kein Feuer gefangen hatte, es dies wahrscheinlich auch nicht ausgerechnet heute abend tun würde.

Lefaun gab Wayness Instruktionen: »Sie müssen dort drüben an der Kasse Coupons erwerben. Damit gehen Sie zur Wand und schauen sich die Bilder an. Wenn Sie etwas sehen, das Ihnen zusagt, werfen Sie Coupons in den entsprechenden Schlitz, und heraus kommt ein Tablett, welches hinsichtlich Größe und Beladung exakt bemessen ist nach den Coupons, die Sie erworben haben. Das System ist ganz einfach, und Sie können mit großer Flexibilität speisen – üppig: Eisbein mit Sauerkraut und Heringen, oder bescheiden: Brot und Käse.«

»Ich werde die Krautwickel probieren«, sagte Wayness.

»In dem Fall folgen Sie mir, und ich werde Ihnen zeigen, wie's gemacht wird.«

Die zwei trugen ihre Tabletts, beidesamt beladen mit Krautwickeln, gebratener Hafergrütze und Bier, zu einem Tisch. Lefaun sagte mit mürrischer Stimme: »Die Stunde ist noch früh; niemand von Belang ist hier, und so müssen wir denn allein essen, gleichsam wie verstohlen.«

»Ich komme mir nicht verstohlen vor«, sagte Wayness. »Fürchten Sie Einsamkeit?«

»Natürlich nicht! Ich sitze oft alleine! Außerdem

gehöre ich einer Gruppe an, die sich die Rennenden Wölfe nennt. Einmal im Jahr schweifen wir hinaus in die Steppe und dringen tief in die Wildnis vor, und die Leute sind überrascht, wenn sie uns vorüberjagen sehen. Zum Sonnenuntergang essen wir Brot und Speck, welchen wir nach der Art von Räubern auf einem Dreifuß rösten; dann legen wir uns schlafen. Ich blicke dann immer hinauf zum Sternenzelt und frage mich, wie es wohl dort droben an jenen fernen Orten zugehen mag.«

»Warum reisen Sie nicht einmal selbst dorthin und schauen es sich mit eigenen Augen an?« schlug Wayness vor. »Statt jeden Abend in Lenas Bistro zu gehen.«

»Ich komme nicht jeden Abend hierher«, versetzte Lefaun würdevoll. »Oft gehe ich auch in den Spasmus oder zu Mopo oder ins Convolvolus. Warum auch irgendwo anders hingehen, wenn doch hier der Brennpunkt der menschlichen Intelligenz ist?«

»Das mag wohl sein«, sagte Wayness. Sie verzehrte die Kohlrouladen, die sie annehmbar fand, und trank eine Pinte Bier. Immer mehr Stammgäste des Lokals trafen jetzt ein. Einige waren Bekannte von Lefaun und setzten sich zu ihm und Wayness an den Tisch. Wayness wurden mehr Leute vorgestellt, als sie behalten konnte: Fedor, der Vögel hypnotisierte; die Schwestern Euphrosyne und Eudoxia; Der große Wuf und der kleine Wuf; Hortense, die Glockengießerin; Dagleg, der nur das sprach, was er ›Immanenzen‹ nannte, und Marya, eine Sexualtherapeutin, die laut Lefaun viele interessante Geschichten zu erzählen hatte. »Falls Sie auf diesem Gebiet Rat brauchen, rufe ich sie herüber, und Sie können sie fragen, was Sie wollen.«

»Nicht jetzt«, sagte Wayness. »Was ich nicht weiß, sind Dinge, die ich nicht wissen will.«

»Hm. Ich verstehe.«

Das Bistro füllte sich; alle Tische waren besetzt. Wayness sagte zu Lefaun: »Ich habe gespannt gelauscht, aber bis jetzt habe ich keine Gespräche gehört außer solchen, die darin bestehen, daß junge Menschen sich über die Qualität ihres Essens auslassen.«

»Die Stunde ist noch früh«, sagte Lefaun. »Zu gehöriger Zeit wird es der Gespräche genug geben.« Er stieß Wayness mit dem Ellbogen an. »Achten Sie zum Beispiel auf Alexej, der dort drüben steht.«

Wayness wandte sich um und sah einen beleibten jungen Mann mit rundem Gesicht, gelbblondem, zu einem Bürstenschnitt gestutztem Haupthaar und kurzem Spitzbart.

»Alexej ist einzigartig«, sagte Lefaun. »Er lebt Poesie, denkt Poesie und träumt Poesie, und gleich wird er Poesie rezitieren. Aber Sie werden ihn nicht verstehen, da die Poesie, wie er behauptet, eine solch intime Offenbarung ist, daß er Begriffe verwendet, die allein ihm selbst verständlich sind.«

»Das entdeckte ich bereits«, sagte Wayness. »Ich hörte ihn vor einem Moment sprechen und konnte nicht ein Wort verstehen.«

»Natürlich nicht. Alexej hat eine eigene, aus hundertzwölftausend Wörtern bestehende Sprache erschaffen, die von einer hochkomplizierten und ausgeklügelten Syntax beherrscht wird. Diese Sprache, so behauptet er, ist sensibel und flexibel und hervorragend für das Ausdrücken von Metaphern und Allusionen geeignet. Es ist eine Schande, daß niemand sich an ihr zusammen mit Alexej zu erbauen mag, aber er weigert sich, auch nur ein einziges Wort zu übersetzen.«

Wayness sagte: »Das könnte vielleicht auch von Vorteil sein, zumal dann, wenn seine Poesie schlecht ist.«

»Schon möglich. Man hat ihn sowohl schon des Narzismus als auch der Prahlerei bezichtigt, aber er ist niemals gekränkt. Der typische Künstler, so erklärt er, sei verrückt nach Applaus, und sein Selbstbewußtsein stehe und falle mit dem Lob seiner Bewunderer. Er, Alexej, indessen, sei ganz anders. Er sieht sich als einsamen Mann, der sowohl gegen Lob als auch gegen Kritik immun ist.«

Wayness reckte den Hals. »Er spielt jetzt auf der Ziehharmonika und tanzt dazu gleichzeitig einen schnellen Hupftanz. Was hat das zu bedeuten?«

»Das ist typisch Alexej in einer seiner Stimmungen; es hat nichts zu bedeuten.« Er rief durch den Raum: »Heda, Lixman! Wo hast du denn gesteckt?«

»Ich bin gerade frisch aus Suzdal zurück, und ich bin froh, wieder hier zu sein.«

»Das glaub ich dir gern! In Suzdal ist das geistige Klima so steif wie das Wetter.«

»Das stimmt. Ihr bester und wohl einziger gescheite Laden ist eine Kneipe namens Janinkas Bistro, wo ich ein seltsames Erlebnis hatte.«

»Erzähl uns davon, aber zuerst: möchtest du ein Glas Bier?«

»Klar.«

»Vielleicht kauft Wayness eine Flasche für uns beide.«

»Nein, das glaube ich nicht.«

Lefaun gab ein mürrisches Grunzen von sich. »Ich werde gleich selbst eine kaufen – es sei denn, jemand gibt einen aus. Wie wär's, Lixman?«

»Wenn ich mich richtig erinnere, warst du es, der mir einen ausgeben wollte.«

»Ja, stimmt, jetzt erinnere ich mich wieder. Was ist es denn nun, was du uns von Suzdal erzählen wolltest?«

»Als ich in Janinkas Bistro saß, lernte ich eine Frau kennen, die mir sagte, ich würde ständig und überallhin begleitet vom Geist meiner Großmutter, der sehr daran gelegen sei, mir zu helfen. In dem Augenblick war ich gerade beim Würfelspiel, und ich sagte: ›Nun denn, Großmutter, was soll ich sagen?‹ ›Sie sagt, du sollst zweimal die Drei sagen!‹ kam die Antwort. Also sagte ich ›zweimal die Drei‹ und gewann den Topf. Als ich mich umdrehte, um sie erneut um einen Tip zu bitten, war die Dame verschwunden, und nun bin ich unsicher und nervös. Ich traue mich nicht mehr, irgend etwas zu tun, das meine Großmutter vielleicht mißbilligen könnte.«

»Das ist eine kuriose Sachlage«, sagte Lefaun Zadoury. »Was würden Sie ihm raten, Wayness?«

»Ich würde meinen, daß Ihre Großmutter, wenn sie taktvoll wäre, Ihnen von Zeit zu Zeit ein paar Augenblicke des Unbeobachtetseins zugestehen müßte, erst recht dann, wenn Sie diese Sache in respektvoller Weise ansprächen.«

»Etwas Besseres könnte ich auch nicht vorschlagen«, sagte Lefaun.

»Ich werde mir die Sache durch den Kopf gehen lassen«, sagte Lixman und entfernte sich wieder von ihrem Tisch.

Lefaun stand auf. »Es sieht ganz so aus, als müßte ich nun doch Bier kaufen. Wayness, Ihre Flasche ist leer; wie steht es mit einer weiteren Flasche?«

Wayness schüttelte den Kopf. »Der Abend schreitet voran, und ich muß morgen früh von Kiew abreisen. Ich finde schon allein zu meinem Hotel zurück.«

Lefauns Kinnlade fiel herunter, und seine schwarzen Augenbrauen fuhren ruckartig hoch. »Und was ist mit der Auskunft, die Sie haben wollten? Und was ist mit den zwanzig Sol?«

Wayness zwang sich, seinem düsteren Blick standzuhalten. »Ich habe versucht, einen Weg zu finden, wie ich es Ihnen beibringen kann, ohne die Worte ›Betrüger‹ oder ›Lump‹ zu benutzen. Am Mittag hätte ich keine Bedenken gehabt, aber jetzt bin ich dumpf und apathisch; ich habe heute alles, was ich wußte, meinem Onkel ausgeplaudert. Ein Mann namens Julian Bohost stand dabei und hörte mit – und das könnte tragische Folgen haben!«

»Jetzt begreife ich! Julian ist der Betrüger und Lump.«

»Ganz recht! Aber in diesem Fall meinte ich Sie!«

Wieder war Lefaun verdutzt. »Wieso?«

»Weil Sie versucht haben, mir eine Information zu verkaufen, die Sie in zwei Minuten hätten haben können!«

»Hah! Die Angaben waren deutlich genug. Aber Fakten sind Fakten, und Vermutungen sind Vermutungen. Für welches von beiden werden Sie Ihr Geld entrichten?«

»Weder für das eine noch für das andere! Ich habe die Information alleine gefunden.«

Lefaun schien mehr erstaunt denn verwirrt. »Ich bin überrascht, daß Sie so lange gebraucht haben, um sich eine Meinung zu bilden.«

»Ich habe schnell genug gearbeitet, als ich die Gelegenheit hatte, einen der Informationsbildschirme im Arbeitszimmer zu benutzen. Sie hätten das gleiche tun können; statt dessen zogen Sie es vor, ein großes Geheimnis um die Sache zu machen, um mir einen Betrag von zwanzig Sol abzuschwindeln.«

Lefaun schloß die Augen, griff mit beiden Händen nach der Krempe seines Hutes und zog ihn so tief herunter, daß er auf den Augenbrauen und den Spitzen seiner Ohren saß. »Ei, ei, ei!« sagte Lefaun leise. »Dann bin ich nun also in Ungnade gefallen.«

»In der Tat.«

»Wie schade! Ich habe ein kleines Souper in meiner Wohnung vorbereitet; ich habe Rosenblütenblätter in Entenextrakt gedünstet; ich habe den Staub von meiner besten Flasche Wein gewischt. Alles zu Ihrem Ergötzen. Und nun – wollen Sie nicht mitkommen?«

»Selbst für zehn Flaschen von Ihrem besten Wein wäre ich nicht mitgekommen. Ich habe kein Vertrauen in ›Rennende Wölfe‹, und ebensowenig in Kuratoren.«

»Ein Jammer! Doch dort ist Tadiew Skander, mein ›Spießgeselle‹ und Mit-Schandtäter. Tadiew, hierher! Hast du die Information bekommen?«

»Ja – aber sie hat mich mehr gekostet, als wir veranschlagt hatten, da ich es mit dem Alten höchstselbst zu tun hatte.«

Wayness lachte. »Gut gemacht, Tadiew! Das Timing war perfekt; der Vortrag weich wie Seide, und das arme kleine hirnlose Ding von einem Mädchen wird schon zahlen, was immer Sie verlangen!«

Lefaun sagte zu Wayness: »Schreiben Sie die Information, die Sie entdeckt haben, auf einen Zettel. Wir werden einen Test durchführen, um zu ermitteln, ob Tadiew uns übers Ohr haut oder nicht. Sind es jetzt zweiundzwanzig Sol, Tadiew?«

»Zweiundzwanzig Sol!« schrie Tadiew. »Die letzte Zahl war vierundzwanzig!«

»Nun denn, Tadiew! Du hast deine teure Information schriftlich niedergelegt?«

»Ja.«

»Dann lege sie bitte auf den Tisch, mit der Schrift nach unten. Nun denn – hast du diese Information an irgend jemanden weitergegeben?«

»Selbstverständlich nicht! Dies ist das erste Mal, daß ich dich seit heute mittag sehe!«

»Korrekt.«

Wayness schaute mit gekräuselten Lippen zu. »Ich frage mich, was Sie da zu beweisen versuchen.«

»Tadiew und ich sind zugegebenermaßen Schurken; wir bekennen uns der Bestechung und Korrumpierung würdiger Beamter für schuldig. Ich will, daß er zusammenbricht und zugibt, daß er noch niederträchtiger und skurriler ist als ich.«

»Ich verstehe. Aber der Vergleich interessiert mich nicht. Wenn Sie mich denn jetzt entschuldigen wollen ...«

»Einen Augenblick! Ich will ebenfalls eine Information auf den Tisch legen – eine Intuition, die ich gewann, als ich in die Kartons schaute. Da! Es ist geschehen! Drei Zettel liegen vor uns. Nun denn – wir brauchen einen fachkundigen Schiedsrichter, der von unserer Diskussion nichts weiß, und dort drüben sehe ich genau die richtige Person für dieses Amt. Es ist Natalinja Harmin; sie ist Oberkuratorin im Museum.« Er deutete auf eine großgewachsene Frau von beeindruckendem Körperbau, ausgestattet mit einem scharfen Blick und einem breiten, klobigen Kinn. Ihr langes Blondhaar hatte sie zu einem Zopf geflochten, den sie um ihr Haupt gewunden trug. Eine Person, mit der nicht zu spaßen war, dachte Wayness. Lefaun rief: »Madame Harmin! Seien Sie doch so gut und kommen Sie für einen Moment zu uns herüber.«

Natalinja Harmin wandte den Kopf; auf Lefauns Winken hin durchquerte sie den Raum und trat an ihren Tisch. Sie blieb vor Lefaun stehen und schaute auf ihn herunter.

»Hier bin ich, Lefaun. Warum, darf ich fragen, starren Sie mich so finster an?«

Lefaun erwiderte überrascht: »Ich glaubte, einen freundlichen Gesichtsausdruck aufgesetzt zu haben.«

»Nun denn! Ich habe ihn gesehen, und Sie können sich wieder entspannen. Was wollen Sie?«

»Dies ist Wayness Tamm, ein hübsches kleines Geschöpf von weit her, das erpicht darauf ist, die Wunder des alten Kiew zu erkunden. Ich muß darauf hinweisen, daß sie eigenwillig und äußerst naiv ist und außerdem jeden der Niederträchtigkeit verdächtigt.«

»Ha! Das ist keineswegs Naivität, sondern gesunder Menschenverstand. Vor allem aber, junge Dame, rennen Sie nicht mit Lefaun Zadoury hinaus auf die Steppe. Das mindeste, was Sie sich dabei holen, sind Blasen an den Füßen.«

»Danke für den guten Rat«, sagte Wayness.

»Ist das alles?« fragte Natalinja Harmin. »Wenn ja, dann ...«

»Nicht ganz«, sagte Lefaun. »Tadiew und ich sind uneins, und wir wollen, daß Sie als Schiedsrichter in der strittigen Frage fungieren. Habe ich recht, Tadiew?«

»Genau! Madame Harmin ist berühmt für ihre Direktheit und Offenheit.«

»Offenheit, sagen Sie? An meine Offenheit zu appellieren ist, als würden Sie Pandoras Büchse öffnen. Sie erfahren dabei womöglich mehr, als Sie wissen wollen.«

»Das Risiko müssen wir eingehen. Sind Sie bereit?«

»Ich bin bereit. Sprechen Sie.«

»Wir möchten, daß Sie diese Worte voll und genau identifizieren.« Er nahm den Zettel, der vor Wayness lag, und reichte ihn Natalinja Harmin. Sie las ihn laut vor: »›Aeolus Beneficia in Croy.‹ Hm.«

»Ist Ihnen diese Institution bekannt?«

»Natürlich, wenngleich sie ein Aspekt der Politik unseres Museums ist, den wir normalerweise nicht an die Öffentlichkeit bringen.«

Lefaun sagte zu Wayness: »Madame Harmin will damit sagen, daß, wenn eine anonyme Erbschaft in unserem Museum eintrifft, wir ihre Herkunft als ›Aeolus Beneficia in Croy‹ angeben, um möglichen Unannehmlichkeiten für uns vorzubeugen. Habe ich recht, Madame Harmin?«

Natalinja Harmin nickte kurz und knapp. »Im wesentlichen stimmt das.«

»Wenn also jemand in die Akten schaut und feststellt, daß eine Hinterlassenschaft ›Aeolus Beneficia‹ zugeschrieben wird, dann weiß er sofort, daß der Eintrag völlig bedeutungslos ist?«

»Genau. Es ist unsere Art, ›anonyme Erbschaft‹ zu schreiben«, sagte Natalinja Harmin. »Was wollen Sie sonst noch wissen, Lefaun? Sie werden in diesem Quartal keine Gehaltserhöhung bekommen, falls das die Frage sein sollte, die Sie stellen wollen.«

Wayness hatte sich in ihren Stuhl zurücksinken lassen, fast schwach vor Freude. Julian Bohost – aus welchem Grund auch immer er sich auf Schönwinden aufhielt – war auf eine falsche Fährte gelockt worden, und das auf höchst überzeugende Weise.

»Eine Frage noch«, sagte Lefaun. »Wenn nun jemand die wahre Herkunft einer anonymen Hinterlassenschaft ermitteln wollte, wie würde er da vorgehen?«

»Er würde höflich aber bestimmt abgewiesen werden, und niemand würde sich seine Beschwerden anhören. Diese Information wird als heiliges Treuhandgut betrachtet und ist selbst mir nicht zugänglich. Gibt es noch irgend etwas, das Sie wissen wollen?«

»Nein danke«, sagte Lefaun. »Sie haben uns vollständig und exakt informiert.«

Natalinja Harmin kehrte zu ihren Leuten zurück. »Je nun«, sagte Lefaun. »Zum nächsten Schritt. Ich habe mehrere Worte auf meinen Zettel geschrieben. An diesen Worten ist nichts Geheimnisvolles. Sie bildeten sich vermittels simpler Prozesse in meinem Kopf. Heute morgen, als ich zum erstenmal in die drei Schachteln schaute, fiel mir auf, daß die genealogischen Studien in der zweiten Kiste der Abstammungslinie der Comtes de Flamanges nachspürten, mit Betonung auf jenen de Flamanges, die mit der Naturforschergesellschaft in Zusammenhang standen. Unter den Biographien in der ersten Schachtel war der einzige Band, der Spuren von Benutzung aufwies, der, der über den Comte de Flamanges war. Die dritte Kiste enthielt zahlreiches Material, das sich auf den Comte de Flamanges und sein Angebot über dreihundert Morgen Landes an die Naturforschergesellschaft bezog. Kurz, die Sachen waren offenbar von jemandem gestiftet worden, der mit den de Flamanges in Verbindung stand.« Lefaun nahm seinen Zettel auf. »Ergo: ›Comte de Flamanges auf Schloß Mirky Porod bei Draczeny im Moholc.‹ Das sind die Worte, die Sie hier lesen werden.« Lefaun hob seinen Bierseidel an die Lippen und stülpte ihn; als er feststellte, daß er leer war, stellte er ihn hart auf den Tisch zurück. »Mein Seidel scheint leer zu sein. Tadiew, leih mir fünf Bons.«

»Auf keinen Fall. Du schuldest mir schon elf.«

Wayness schob Lefaun hastig eine Anzahl Coupons zu. »Nehmen Sie diese; so viele werde ich nicht brauchen.«

»Danke.« Lefaun stand auf. Tadiew rief: »Wenn das so ist, bring mir auch noch ein Viertel mit!«

Lefaun ging zum Ausgabeautomaten und kehrte mit zwei großen Krügen frisch gezapften Bieres mit schäumender Blume zurück. »Ich bin nicht stolz auf meinen Erkenntnisschluß; die Fakten scheinen ja geradezu nach Aufmerksamkeit zu schreien. Nun denn, Tadiew, was hast du uns zu erzählen?«

»Erstens, daß ich vierzehn Sol draufgezahlt habe und daß ich jeden Trick aus meinem Repertoire angewandt habe, um zu den internen Akten vorzudringen.«

Lefaun sagte zu Wayness: »Es ist sehr hilfreich, wenn man ein intimes Verhältnis mit der Sekretärin von einem unserer Oberpaschas hat.«

»Würdige meine Anstrengungen nicht herab!« sagte Tadiew beleidigt. »Ich saß wie auf heißen Kohlen, kann ich dir versichern, und mußte mich eine Zeitlang hinter einem Schreibtisch verkriechen.«

»Im großen und ganzen hast du deine Sache gut gemacht, Tadiew! Ich persönlich verfüge nicht über deine raffinierten Fertigkeiten. Du kannst nunmehr die funkelnden Perlen überraschender Information präsentieren, die deine Arbeit zutage gefördert hat.«

»Frohlocke nicht!« Mit einer mürrischen Bewegung drehte Tadiew seinen Zettel um. Ein Name stand darauf geschrieben: »›Comtesse Ottilie de Flamanges.‹ Das Vermächtnis wurde vor ungefähr zwanzig Jahren gemacht, nach dem Tod des Comte. Sie lebt noch immer auf ihrem Schloß, allein bis auf ihre Dienstboten und Hunde. Sie gilt als ziemlich exzentrisch.«

Wayness zog ihre Geldbörse hervor. »Hier sind dreißig Sol. Ich verstehe nichts von Ihren finanziellen Arrangements, noch interessiert mich, wer wem was bezahlt hat. Sie müssen das unter sich ausmachen. Und jetzt ...« – Wayness erhob sich – »muß ich zurück ins Hotel.«

»Was?« schrie Lefaun. »Aber wir waren weder bei Mopo noch im Schwarzen Adler!«

Wayness lächelte. »Trotzdem muß ich gehen.«

»Und Sie haben weder meinen Dinosaurierzahn gesehen, noch meine Spezial-Safranella gekostet, noch dem Zirpen meiner Hausgrille gelauscht!«

»Ich bedaure diese Versäumnisse – aber sie sind unumgänglich.«

Lefaun seufzte bedrückt und erhob sich. »Tadiew, paß auf, daß sich keiner auf meinen Stuhl setzt; ich bin gleich wieder zurück.«

V

Während des gesamten Rückwegs zum Hotel Mazeppa war Wayness damit beschäftigt, Lefauns Vorschläge abzuweisen und seine Argumente zu widerlegen, die sowohl drängend als auch originell waren:

»... nur ein paar Schritte bis zu meiner Wohnung: ein Spaziergang von einer Viertelstunde Dauer durch die malerischsten Winkel Kiews!«

Und: »Wir sollten niemals zurückweisen, was das Leben uns zu bieten sich entschließt! Das Sein ist wie ein Pflaumenkuchen; je mehr Pflaumen man darin finden kann, desto besser!«

Und: »Ich staune, ich erstarre in Ehrfurcht, ich bin verwirrt, wenn ich versuche, die Wahrscheinlichkeit unseres Zusammentreffens zu errechnen – Sie, die Bewohnerin einer Welt auf der Rückseite des Nirgendwo; ich, ein Gentleman der Alten Erde!

Es scheint mir ein Wink der Vorsehung zu sein, den wir zu unserem sicheren Bedauern ignorieren! Ganz gleich, wie sehr man die Schicksalsgötter auch beschwört, unsere verpaßten Gelegenheiten werden sich niemals wiedergutmachen lassen!«

Worauf Wayness die folgenden Erwiderungen gab:

»Bergauf und bergab, über Abflußgräben und Gossen hüpfen, über Kopfsteinpflaster und durch Schlaglöcher stolpern, durch Hinterhöfe und Seitengassen huschen wie Ratten: ist es das? Nein, danke; heute abend muß Ihre Grille alleine zirpen.«

Und: »Ich fühle mich ganz und gar nicht wie eine Pflaume. Stellen Sie sich mich lieber als eine große Dattelpflaume vor oder als einen toten Seestern oder eine Schüssel alter Kaldaunen.«

Und: »Ich stimme Ihnen zu: die Wahrscheinlichkeit, daß wir uns begegneten, war enorm gering. Es scheint, daß das Schicksal versucht, Ihnen etwas zu sagen – nämlich, daß Ihre Erfolgschancen woanders, zum Beispiel bei Natalinja Harmin, bei weitem größer sind als bei mir.«

Schließlich gab Lefaun es auf und ließ sie am Eingang des Hotels mit einem mürrischen »Gute Nacht« ziehen.

»Gute Nacht, Lefaun.«

Wayness rannte durch das Foyer und ging direkt hinauf auf ihr Zimmer. Nachdem sie sich einen Moment gesammelt hatte, rief sie in Schönwinden an.

Pirie Tamms trauriges Gesicht erschien auf dem Bildschirm. »Schönwinden hier.«

»Hier ist Wayness. Bist du allein?«

»Ganz allein.«

»Bist du sicher? Wo ist Julian?«

»Angeblich in Ybarra. Er benutzte heute nachmittag das Telephon, und gleich nachdem er aufgelegt hatte, sagte er zu mir, er bedaure es zwar sehr, daß er so jählings von Schönwinden scheiden müsse, aber er müsse einen alten Freund besuchen, der in zwei Tagen vom Raumhafen in Ybarra abreise, und binnen einer halben Stunde war er fort. Kein Bursche, den ich besonders mochte. Was hast du für Neuigkeiten?«

»Ziemlich gute«, sagte Wayness. »Wir haben Julian, ohne es zu wissen, auf eine falsche Fährte gehetzt. Er ist natürlich nach Croy gereist.«

»Eine falsche Fährte, sagst du?«

Wayness erklärte ihm, was passiert war. »Ich rufe dich schon jetzt an, weil ich nicht wollte, daß du dir die ganze Nacht lang Vorwürfe machst.«

»Danke, Wayness. Jetzt werde ich bestimmt besser schlafen, da kannst du sicher sein. Und was sind nun deine Pläne?«

»Ich bin noch nicht sicher. Ich muß noch ein wenig nachdenken. Vielleicht fahre ich direkt zu einem Ort, der nicht weit von hier entfernt ist ...«

KAPITEL SECHS

I

Auf ihrem Zimmer im Hotel Mazeppa studierte Wayness eine Landkarte. Die Stadt Draczeny im Moholc war in Luftlinie nicht gar so weit von Kiew entfernt, aber die Verkehrsverbindungen waren alles andere als direkt. Das Schloß Mirky Porod lag offensichtlich in einer Gegend von großem natürlichem Reiz, abseits der üblichen Touristenrouten und Handelsdepots, aber es war nicht auf der Karte eingezeichnet.

Wayness wog ihre Optionen ab. Julian war zumindest fürs erste beschäftigt. Die Chancen, daß er noch einmal nach Schönwinden zurückkehren würde, waren gering. Deshalb flog Wayness gleich am Morgen direkt nach Shillawy und traf am späten Nachmittag in Schönwinden ein.

Pirie Tamm war sichtlich froh, sie wiederzusehen. »Es kommt mir vor, als wärest du Wochen fortgewesen.«

»Genauso fühle ich mich auch. Aber ich kann gerade jetzt nicht lockerlassen. Julian hat einen schlechten Charakter, und er kann es nicht ausstehen, wenn man ihm in die Quere kommt und seine Pläne durchkreuzt.«

»Was kann er schon machen? Ziemlich wenig, würde ich meinen.«

»Wenn er erfährt, daß ›Aeolus Beneficia‹ nichts weiter als eine andere Art ist, ›Funusti-Museum‹ zu sagen, dann kann er schon einiges machen. Ich habe dreißig Sol für Auskünfte verauslagt; Julian könnte vielleicht vierzig verauslagen, aber mit dem gleichen Effekt. Deshalb wage ich es nicht zu säumen.«

»Was sind denn deine Pläne?«

»Zunächst einmal möchte ich mich, so gut es geht, über die Comtes de Flamanges kundig machen, damit ich, wenn ich mich auf Schloß Mirky Porod vorstelle, nicht in einem Zustand völliger Ignoranz bin.«

»Sehr klug«, sagte Pirie Tamm. »Wenn du möchtest, konsultiere ich, während du dich zum Diner umziehst, die Nachschlagewerke und finde heraus, was an Informationen über die de Flamanges vorliegt.«

»Das wäre sehr hilfreich.«

Beim Diner verkündete Pirie Tamm, daß er eine beträchtliche Menge an Informationen zusammengestellt hatte. »Wahrscheinlich soviel, wie du benötigen wirst. Doch schlage ich vor, daß wir damit bis nach dem Abendessen warten, da ich zur Weitschweifigkeit neige. Beachte diese Terrine! Man hat uns ein wahrlich feines Gericht aufgetragen: geschmorte Ente mit Klößen und Lauch.«

»Ganz wie du wünschst, Onkel Pirie.«

»Ich will nur soviel verraten: über die Jahrhunderte hinweg ist die Familie weder gesetzt noch phlegmatisch gewesen, sondern hat ihr gerüttelt Maß an Abenteurern und Exzentrikern hervorgebracht, ebenso wie mehrere namhafte Gelehrte. Natürlich gibt es auch Hinweise auf den einen oder anderen Skandal. Für den Moment freilich scheint diese spezielle Eigenart zu ruhen. Die Comtesse Ottilie, mit der du es zu tun haben wirst, ist eine betagte Frau.«

Wayness grübelte schweigend über die Information nach. Ein Gedanke kam ihr. »Sagtest du nicht, Julian habe das Telephon benutzt, bevor er abreiste?«

»Ja; das hat er.«

»Du hast keine Ahnung, wen er angerufen haben könnte?«

»Nicht die geringste.«

»Seltsam. Julian hat niemals erwähnt, daß er Freunde auf der Erde hat – und das ist etwas, worüber er mit Sicherheit gesprochen hätte.«

»Er ist in der Tat ein sehr geschwätziger Mensch.« Pirie Tamm grinste säuerlich. »Er ist unzufrieden mit Station Araminta und ihrer Sozial- und Umweltpolitik.«

»Es gibt gewiß Anlaß und Raum für Kritik; niemand streitet das ab«, sagte Wayness. »Wenn das Personal im Laufe der Jahre seine Sache besser gemacht hätte, dann gäbe es jetzt keine Yips in Yipton und kein Problem.«

»Hm. Julian sprach ausführlich von der sogenannten ›demokratischen Lösung‹.«

»Was er damit meinte, unterscheidet sich völlig von dem, was du darunter verstanden hast. Die Konservationisten wollen die Yips auf einer anderen Welt neu ansiedeln und das Konservat aufrechterhalten. Die LFFler wollen, daß die Yips sich frei auf dem Festland bewegen und niederlassen können, wo sie dann, so die Behauptung der LFFler, in bäuerlicher Schlichtheit leben würden, singend und tanzend und mit putzigen Riten den Gang der Jahreszeiten feiernd.«

»Das ist mehr oder weniger das, was Julian – wenn auch nicht so direkt ausgesprochen – gesagt hat.«

»Unterdessen werden die LFFler riesige Grundstücke vorzüglichen Landes für ihren privaten Bedarf an sich reißen und sich zum neuen Landadel aufschwingen. Wenn sie hiervon sprechen, benutzen sie Begriffe wie ›öffentlicher Dienst‹ und ›Pflicht‹ und ›administrative Notwendigkeiten‹. Aber ich habe die Pläne gesehen, die Julian für das Landhaus entworfen hat, das er sich eines Tages zu bauen erhofft – mit Hilfe billiger Yip-Arbeitskraft, versteht sich.«

»Er benutzte das Wort ›Demokratie‹ mehrere Male.«

»Ja, in der LFF-Definition. Jeder Yip hat eine Stimme, und jeder Konservationist hat eine Stimme. Genug jetzt von Julian – hoffe ich wenigstens.«

Nach dem Diner begaben sich die zwei in den Salon und machten es sich vor dem Feuer gemütlich. »Und jetzt«, sagte Pirie Tamm, »werde ich dir einiges von den Comtes de Flamanges erzählen. Die Familie ist sehr alt – mindestens drei oder viertausend Jahre. Mirky Porod wurde an der Stätte einer mittelalterlichen Burg errichtet und diente eine Zeitlang als Jagdschloß. Der Ort hat eine farbige Geschichte: der übliche Tumult von Duellen im Mondschein, Intrigen und Treuebrüchen, romantischen Eskapaden zu Hunderten. Auch an Makabrem hat es niemals gefehlt. Prinz Pust entführte über eine Zeitspanne von dreißig Jahren hinweg Jungfern und verübte grausige Taten an ihnen; seine Opfer zählten mehr als zweitausend, und seine Phantasie erlahmte nie. Comte Bodor, einer der frühen de Flamanges, führte dämonische Rituale durch, die schließlich zu Rasereien der phantastischsten Art ausuferten. Ich habe diese Information aus einem Buch mit dem Titel *Ungewöhnliche Geschichten aus dem Moholc*. Der Verfasser sagt, daß die Geister auf Mirky Porod deshalb zweifelhaften Ursprungs sind: sie können entweder aus der Zeit von Prinz Pust stammen oder aus der von Comte Bodor, möglicherweise aber auch aus anderen, längst in Vergessenheit geratenen Epochen.«

Wayness fragte: »Wann wurde dieses Buch geschrieben?«

»Es scheint ein relativ junges Werk zu sein. Ich könnte versuchen, es zu beschaffen, falls du dich für einen der beiden Fälle interessieren solltest.«

»Nein, das ist nicht nötig; mach dir keine Umstände.«

Pirie Tamm nickte ruhig und fuhr mit seiner Erzählung fort.

»Im großen und ganzen scheinen die Comtes de Flamanges – sieht man einmal von dem einen oder anderen schwarzen Schaf wie Comte Bodor ab – von gutem Charakter gewesen zu sein. Vor tausend Jahren war Comte Sarbert einer der Mitbegründer der Naturforschergesellschaft; die Familie ist seither unserer Sache stets traditionell verbunden gewesen. Comte Lesmund bot der Naturforschergesellschaft ein großes Stück Land als Sitz für ein neu zu errichtendes Hauptquartier an, aber aus dem Projekt wurde leider nichts. Comte Raul war bis zu seinem Ableben vor etwa zwanzig Jahren ein Mitglied und tatkräftiger Förderer der Gesellschaft. Seine Witwe, die Comtesse Ottilie, lebt jetzt allein auf Mirky Porod. Sie ist kinderlos, und der einzige Erbe ist Comte Rauls Neffe, Baron Trembath, dessen Anwesen am Fonsee liegt und der eine Reitschule betreibt.

Comtesse Ottilie lebt, wie ich bereits sagte, in Abgeschiedenheit; sie empfängt niemanden außer ihren Ärzten und den Tierärzten für ihre Hunde. Sie soll extrem geizig sein, obwohl sie über großen Reichtum gebietet. Es deutet einiges darauf hin, daß sie, sagen wir mal, exzentrisch ist. Als einmal einer ihrer Hunde verendete, schlug sie den behandelnden Veterinär mit ihrem Krückstock und jagte ihn davon. Der Veterinär scheint von philosophischer Gesinnung gewesen zu sein. Als die Journalisten ihn fragten, ob er vorhabe, die Comtesse zu verklagen, zuckte er bloß die Achseln und sagte, geschlagen und gebissen zu werden seien nun einmal allgemein bekannte Risiken seines Berufs, und dabei ließ er es bewenden.

Comte Raul war stets ein großzügiger Beitragszahler der Gesellschaft – ein Faktum, das ihm die Comtesse schwer verübelte.

Mirky Porod selbst ist äußerst malerisch gelegen, am oberen Ende eines Tales, nur wenige Schritte vom Jerestsee entfernt. Hinter dem Schloß sind wilde Berge und dichte Wälder, und links und rechts dehnen sich ebenfalls Wälder. Es ist nicht ungemütlich groß; ich habe Kopien von Photographien und vom Grundriß gemacht, falls du interessiert bist.«

»O ja – sehr.«

Pirie Tamm überreichte ihr einen Umschlag. Er sagte in klagendem Ton: »Ich wünschte, ich verstünde besser, was du im Sinn hast. Die Charta und die Übertragungsurkunde wirst du auf Mirky Porod jedenfalls nicht finden, soviel ist sicher.«

»Warum sagst du das?«

»Wenn diese Dokumente in den Besitz von Comte Raul gelangt wären, hätte er sie gewiß der Gesellschaft übergeben.«

»Das sollte man meinen. Dennoch gibt es eine ganze Reihe von Möglichkeiten, warum das nicht so sein könnte. Angenommen zum Beispiel, er war krank, als er die Dokumente erhielt, und kam nicht mehr dazu, sie zu überprüfen. Oder sie wurden verlegt. Oder Comtesse Ottilie erkannte ihren Wert und schaffte sie beiseite. Oder – schlimmer noch – warf sie ins Feuer.«

»Wie du sagst, es ist alles möglich. Gleichwohl, Comte Raul hat das Material nicht auf der Auktion bei Gohoon gekauft; dort war eine weit größere Masse an Material, und wenn Comtesse Ottilie diese vergleichsweise persönlichen Dokumente weggegeben hätte, hätte sie gewiß das andere Material mit beigefügt. Mit anderen Worten, es war jemand anderes, der die Charta und die Übertragungsurkunde von Gohoon Galleries erwarb – was bedeutet, daß deine Suche dich nicht zur Charta hin, sondern von ihr weg führt.«

»Aber nein«, sagte Wayness. »Stell dir die Charta gleichsam auf einer Leitersprosse liegend vor. Wir können sie entweder finden, indem wir oben anfangen und uns nach unten vorarbeiten, oder indem wir unten anfangen und uns nach oben vorarbeiten.«

»Das ist eine schöne Analogie«, sagte Pirie Tamm. »Ihr einziges Manko ist ihre Unverständlichkeit.«

»In dem Fall will ich es noch einmal erklären, aber ohne die Analogie. Nisfit stahl das Material; es gelangte über Mischap und Doorn zu Gohoon Galleries, und von dort aus zu jemandem, den wir A nennen müssen. Simonetta Clattuc ermittelte die Identität von A, aber entweder konnte sie ihn nicht finden, oder er gab das Material an B weiter, der es wohl an C weitergab, welcher es wiederum an D verkaufte, der es weiter an E gab. Irgendwo auf diesem Weg ist Simonetta Clattuc steckengeblieben. Sagen wir nun, daß das Funusti-Museum F ist und Comte Raul de Flamanges E; dann suchen wir jetzt nach D. Mit anderen Worten, wir müssen uns vom Ende aus rückwärts durcharbeiten, bis wir zu dem gelangen, der die Charta hat. Simonetta hat von A aus angefangen und ist offenbar unterwegs auf Schwierigkeiten gestoßen. Und dann ist da noch Julian, der bei X anfängt, nämlich bei Aeolus Beneficia in Croy. Wohin er von dort aus weitergeht, kann ich nicht einmal erahnen. Auf jeden Fall haben wir keine Zeit zu verschenken, und es kann gut sein, daß Comtesse Ottilie alles andere als hilfreich ist.«

Pirie Tamm biß die Zähne zusammen. »Wenn ich doch nur meine alte Kraft hätte! Wie gern würde ich dir die Last von den Schultern nehmen!«

»Du bist mir auch so eine enorme Hilfe«, sagte Wayness. »Ohne dich wäre ich aufgeschmissen.«

»Es ist nett von dir, daß du das sagst.«

II

Mit verschiedenen Verkehrsmitteln reiste Wayness von Schönwinden in den Moholc: per Omnibus nach Shillawy, mit der unterirdischen Gleitbahn nach Anthelm und von dort mit der Zubringer-Rohrbahn nach Passau, von dort aus weiter mit dem Luftbus nach Draczeny und schließlich per Omnibus in den fernen, im Schatten der Carnatberge gelegenen Moholc.

Am späten Nachmittag – es pfiff ein böiger Wind – traf Wayness in dem Dorf Tzem am Sogorfluß ein, welches zu beiden Seiten von steilen, bewaldeten Hügeln eingerahmt war. Wolken jagten über den Himmel;

Wayness' Rock flatterte, als sie aus dem Omnibus stieg. Sie entfernte sich ein paar Schritte, dann warf sie einen Blick zurück über die Schulter, um sich zu vergewissern, daß ihr niemand gefolgt war. Niemand war zu sehen; auch näherte sich kein Fahrzeug aus der Richtung, aus der sie gekommen war.

Der Bus hatte vor dem Dorfgasthof angehalten: dem Eisernen Schwein, wenn man dem Schild, das über der Tür quietschend hin und her schwang, Glauben schenken konnte. Die Hauptstraße folgte dem Lauf des Flusses, der direkt vor dem Gasthof von einer aus drei Bögen bestehenden Steinbrücke überspannt wurde. In der Mitte der Brücke standen drei alte Männer mit ausgebeulten blauen Pantalons und spitzen Jägerhüten und angelten. Um sich zu stärken, nahmen sie gelegentlich einen Schluck aus großen grünen Flaschen, die sie bei den Angelutensilien in Kisten zu ihren Füßen aufbewahrten. Während sie angelten, riefen sie sich gegenseitig Ratschläge zu oder verfluchten die Widerspenstigkeit der Fische, die Unberechenbarkeit des Windes und was ihnen sonst noch so in den Sinn kam.

Wayness sicherte sich eine Unterkunft im Eisernen Schwein und ging dann hinaus, um das Dorf zu erkunden. An der Hauptstraße entdeckte sie eine Bäckerei, einen Gemüsemarkt, einen Werkzeugladen, der auch Würste verkaufte, einen Friseur, der gleichzeitig eine Versicherungsagentur beherbergte, einen Weinladen, ein Postamt und eine Anzahl weiterer Unternehmen von geringerer Bedeutung. Wayness trat in ein Schreibwarengeschäft, das kaum mehr als eine Bude war. Die Inhaberin, eine joviale Weibsperson mittleren Alters, lehnte auf ihrer Theke und tratschte mit zwei Busenfreundinnen, die auf einer Bank gegenüber der Theke saßen. Hier war eine sichere Informationsquelle, dachte Wayness. Sie kaufte sich eine Zeitschrift und tat so, als lese sie sie, lauschte jedoch mit einem

Ohr der Unterhaltung, in die sie gleich darauf auch schon einbezogen wurde. Sie gab sich als Studentin aus, die Antiquitäten der Region erkunde. Die Ladeninhaberin sagte zu ihr: »Da sind Sie hier genau am richtigen Ort; von uns dreien hier ist eine antiker als die andere.«

Wayness bekam eine Tasse Tee eingeschenkt und wurde mit den Damen bekanntgemacht. Die Ladeninhaberin war Madame Katrin; ihre Freundinnen waren Madame Esme und Madame Stasia.

Nach wenigen Momenten schon erwähnte Wayness Mirky Porod und brachte damit, wie sie es vorausgeahnt hatte, sogleich einen wahren Springquell von Informationen zum Sprudeln.

Madame Katrin tat einen Ausruf des Kummers. »Es ist nicht mehr das, was es in den alten Zeiten einmal war! Damals hielt Mirky Porod unsere Aufmerksamkeit in Bann, das sag ich Ihnen. Da gab es ständig Bankette und Bälle und rauschende Empfänge aller Art! Heutzutage ist es nur noch öd und langweilig.«

»Das war noch zu Lebzeiten von Comte Raul«, erklärte Madame Esme Wayness.

»Wohl wahr! Er war ein bedeutender Mann, und es herrschte nie ein Mangel an berühmten Persönlichkeiten auf Mirky Porod! Und nicht alle benahmen sich immer bestens – das heißt, wenn man den Geschichten, die man so hörte, Glauben schenken kann.«

»Ha ha!« rief Madame Stasia. »Ich glaube sie schon – ist doch die menschliche Natur nun halt einmal so, wie sie ist!«

»Und die berühmten Leute haben neben ihrem Stand und ihrem Reichtum anscheinend auch immer noch ein bißchen mehr von dieser ›menschlichen Natur‹ als alle andern«, bemerkte Madame Katrin.

»Genau«, sagte Madame Esme und nickte weise mit dem Kopf. »Und wenn sie nicht so voll und saftig wäre, dann gäbe es keinen Skandal!«

Wayness fragte: »Und die Comtesse Ottilie? Wie ging sie mit diesen Skandalen um?«

»Du liebe Zeit!« rief Madame Stasia. »Sie war doch diejenige, die sie verursachte!«

»Die Comtesse und ihre Hunde!« schnaubte Madame Katrin. »Sie und ihre Viecher haben den armen Comte Raul in den Tod getrieben!«

»Wie das?« fragte Wayness.

»Es ist natürlich nichts erwiesen, aber es heißt, der Comte habe in einem letzten fruchtlosen Aufbegehren der Comtesse Ottilie verboten, ihre Bestien in den Speiseraum mitzubringen. Bald darauf beging er Selbstmord, indem er aus einem Fenster im Nordturm sprang. Die Comtesse Ottilie sagte, er sei aus Zerknirschung und Reue ob seiner Grausamkeit gegenüber ihr und ihren kleinen Freunden gesprungen.«

Die drei Damen kicherten leise. Madame Katrin sagte: »Und jetzt ist alles ruhig auf Mirky Porod. Jeden Samstagnachmittag hat die Comtesse ihre Freunde zu Gast. Sie spielen um kleine Summen Geldes Pikett, und wenn die Comtesse mehr als ein paar Pennys verliert, bekommt sie Tobsuchtsanfälle.«

Wayness fragte: »Wenn ich die Comtesse besuchen ginge, würde sie mich empfangen?«

Madame Stasia sagte: »Was das betrifft, so hängt vieles von ihrer Laune ab.«

»So sollten Sie zum Beispiel auf keinen Fall an einem Sonntag hingehen, wenn sie gerade einen oder zwei Sol beim Pikett verloren hat«, empfahl Madame Esme.

»Und was ganz wichtig ist«, sagte Madame Katrin, »gehen Sie nicht in Begleitung eines Hundes zu ihr! Letztes Jahr stattete ihr Großneffe, der Baron Parter, ihr einen Besuch ab und nahm seinen Bullenbeißer mit. Sobald die Hunde einander ansichtig wurden, ging eine gewaltige Beißerei los, und ein Gekläff und Gejaule, wie man es noch nicht gehört hat! Einige von den teuersten kleinen Freunden der Gräfin wurden dabei gebissen, und der junge Baron Parter wurde schneller wieder fortgeschickt, als er gekommen war, zusammen mit seinem Bullenbeißer.«

»Das sind zwei gute Tips«, sagte Wayness. »Was muß ich sonst noch bedenken?«

Madame Esme sagte: »Es ist nichts Schlimmes daran, die Wahrheit zu sagen! Die Comtesse ist ein Drachen und ganz und gar nicht sympathisch.«

Madame Katrin warf die Arme in die Luft. »Und kniepig ist sie! Ah, so was hat man noch nicht gesehen! Sie kauft meine Zeitschriften, aber immer erst, wenn sie einen Monat alt sind und ich sie zum halben Preis verkaufe. Deshalb hinkt sie immer einen Monat hinter allem her.«

»Es ist lachhaft!« sagte Madame Stasia. »Wenn die Welt unterginge, würde Comtesse Ottilie es erst mit einem Monat Verspätung erfahren!«

»Es ist Zeit, den Laden zu schließen«, sagte Madame Katrin. »Ich muß mich jetzt um das Abendessen für Leppold kümmern. Er war den ganzen Tag angeln und hat nicht einmal einen Spatz gefangen. Ich werde eine Packung Makrelen öffnen, die ihm etwas zum Nachdenken geben werden.«

Wayness verließ ihre neuen Freundinnen und kehrte in den Gasthof zurück. Auf ihrem Zimmer gab es kein Telephon, und sie mußte von einer Zelle in der Ecke des Foyers aus telephonieren. Sie wählte die Nummer von Schönwinden; Pirie Tamms Gesicht erschien auf dem Bildschirm.

Wayness berichtete ihm von ihren bisherigen Entdeckungen. »Comtesse Ottilie scheint ein noch schlimmerer Drache zu sein, als ich erwartet hatte, und ich bezweifle, daß sie uns weiterhelfen wird.«

»Laß mich darüber nachdenken«, sagte Pirie Tamm. »Ich werde dich in Kürze zurückrufen.«

»Sehr gut. Dennoch, ich wünschte ...« Wayness warf einen Blick über die Schulter, als jemand ins Foyer trat. Sie hielt im Sprechen inne, und in Schönwinden verschwand ihr Gesicht vom Bildschirm.

Pirie Tamm hob die Stimme. »Wayness? Bist du noch da?«

Wayness' Gesicht kehrte auf den Bildschirm zurück. »Ich bin hier. Einen Moment lang war ich ...« Sie stockte.

»Warst du was?« fragte Pirie Tamm scharf.

»Nervös.« Wayness blickte wieder über die Schulter. »Ich glaube, als ich Schönwinden verließ, wurde ich verfolgt – zumindest für eine gewisse Zeit.«

»Erkläre das bitte.«

»Da gibt es nicht viel zu erklären – vielleicht sogar gar nichts. Als ich von Schönwinden wegfuhr, folgte ein Fahrzeug meiner Kraftdroschke nach Tierens, und als ich mich umwandte, sah ich ein Gesicht mit einem schwarzen Schnurrbart. In Shillawy machte ich kehrt und sah ihn genau: ein untersetzter kleiner Mann, ziemlich sanft vom Gesichtsausdruck, mit einem schwarzen Schnurrbart. Danach sah ich ihn nicht mehr.«

»Ha!« sagte Pirie Tamm mit mutloser Stimme. »Ich kann dir nur höchste Wachsamkeit anraten.«

»Den gleichen Rat gebe ich mir auch ständig«, sagte Wayness. »Nach Shillawy schien mir niemand mehr zu folgen, aber ich war trotzdem alles andere als froh. Ich entsinne mich, von Wanzen und Spitzelzellen und anderen hochfeinen Vorrichtungen dieser Art gelesen zu haben, und ich begann mißtrauisch zu werden. In Draczeny untersuchte ich meinen Mantel, und tatsächlich fand ich etwas Verdächtiges: eine kleine schwarze Hülse, etwa halb so groß wie ein Marienkäfer. Ich nahm sie mit ins Bahnhofsrestaurant, und als ich meinen Mantel aufhängte, steckte ich die Hülse unter den Kragen des Mantels eines Touristen. Ich fuhr mit dem

Omnibus nach Tzem, und der Tourist flog nach Zagreb oder sonstwohin.«

»Gut gemacht! Obgleich ich mir nicht vorstellen kann, wer dir folgen sollte.«

»Julian – wenn er enttäuscht war von dem, was er in Croy fand.«

Pirie Tamm ließ ein skeptisches Grunzen hören. »Wer auch immer es war, du scheinst ihn jedenfalls geschickt abgeschüttelt zu haben. Auch ich war nicht untätig, und ich glaube, du wirst meine Arrangements gutheißen. Du weißt vielleicht – oder auch nicht –, daß Comte Raul ein Gartenbaukünstler von Rang war. Tatsächlich wurde er aus diesem Grund ein solch engagiertes Mitglied der Gesellschaft. Um es kurz zu machen: ich habe meine wenigen Beziehungen, die mir noch geblieben sind, spielen lassen – mit gutem Erfolg. Heute abend wird Baron Stam, Comtesse Ottilies Vetter, eine Verabredung für dich treffen. Die genauen Einzelheiten werde ich im Laufe dieses Abends erfahren, aber nach dem derzeitigen Stand der Dinge wirst du eine Studentin der Botanik sein, die sich die Schriften von Comte Raul zu dem Thema durchsehen möchte. Wenn du es schaffst, dich bei Comtesse Ottilie in Gunst zu setzen, wirst du gewiß Gelegenheit finden, ihr weitere scheinbar beiläufige Fragen zu stellen.«

»Das klingt vernünftig«, sagte Wayness. »Wann finde ich mich dort ein?«

»Morgen. Er wird heute abend in Mirky Porod anrufen.«

»Und ich trete unter meinem richtigen Namen auf?«

»Wir sahen keinen triftigen Grund für eine falsche Identität. Du solltest jedoch deine Verbindung zur Naturforschergesellschaft nicht herausstreichen.«

»Ich verstehe.«

III Zur Mitte des Vormittags stieg Wayness an Bord des klapprigen alten Transportmittels, das Tzem mit ein paar noch abgelegeneren Dörfern weiter östlich verband. Nach einer Fahrt von drei Meilen bergauf und bergab, die sie durch einen dunklen, tiefen Wald und ein Stück am Ufer des Sogorflusses entlangführte, stieg Wayness vor einem massiven Eisentor aus, das die Auffahrt zu Mirky Porod bewachte. Das Tor war offen, und das Pförtnerhaus war verlassen; Wayness ging die Auffahrt hinauf, die nach zweihundert Schritten um ein Gehölz von Schierlingstannen herumführte. Hinter der Biegung tauchte die Fassade von Mirky Porod auf.

Wayness hatte oft bei alten Gebäuden eine Eigenschaft wahrgenommen, die mehr war als Charakter, gleichsam schon so etwas wie Gefühl. Sie hatte sich über diese Eigenschaft Gedanken gemacht: war sie real? Hatte das Gebäude mit den Jahren Lebenskraft absorbiert, womöglich von seinen Bewohnern? Oder war es pure Einbildung, eine Projektion des menschlichen Geistes?

Mirky Porod, wie es sich da im Lichte der Morgensonne badete, schien ein solches Gefühl zu demonstrieren: eine nachdenkliche und tragische Größe, belebt von einer gewissen frivolen Sorglosigkeit, als fühle es sich vernachlässigt und müde, sei aber zu stolz, um zu klagen.

Die Architektur, so schien es Wayness, gehorchte weder der Konvention, noch bot sie ihr Trotz; sie schien statt dessen eher auf unschuldige Weise blind gegenüber ästhetischen Normen. Übertreibungen und Übermaß an Masse wurden kompensiert durch verspielte Verlängerungen von Formen; subtile Überraschungen warteten allenthalben. Die Türme auf der Nord- und auf der Südseite waren zu gedrungen und zu wuchtig; ihre Dächer waren zu hoch und zu steil. Das Dach des Hauptgebäudes besaß drei Giebel, jeder mit einem Balkon. Die Gärten waren nicht beeindruckend; dies war dafür jedoch um so mehr der weite Rasen, der sich von der Terrasse bis zu einer fernen Reihe von Zypressen erstreckte. Es war, als hätte jemand von romantischem Temperament eine Skizze auf ein Stück Papier geworfen und verfügt, ein Gebäude mit exakt den skizzierten Proportionen zu errichten; vielleicht war die Inspiration auch ein Bild aus einem Märchenbuch gewesen.

Wayness zog an der Klingelstrippe. Die Tür wurde sofort geöffnet von einem dicken jungen Dienstmädchen, das nicht viel älter war als sie selbst. Es trug eine schwarze Diensttracht; eine weiße Spitzenhaube umfing sein blondes Haar. Wayness fand, daß es ein wenig mürrisch und unpäßlich wirkte, wenngleich es Wayness höflich begrüßte. »Ja, mein Fräulein?«

»Mein Name ist Wayness Tamm. Ich bin für elf Uhr mit Comtesse Ottilie verabredet.«

Die blauen Augen des Dienstmädchens weiteten sich in milder Überraschung. »Tatsächlich? Wir haben in der letzten Zeit nicht allzuviel Besuch gehabt. Die Comtesse glaubt, daß alle darauf aus sind, sie zu betrügen oder ihr unechten Schmuck zu verkaufen oder sie zu bestehlen. Im großen und ganzen hat sie natürlich recht. Das ist zumindest meine Ansicht.«

Wayness lachte. »Ich habe nichts zu verkaufen, und zum Stehlen bin ich zu furchtsam.«

Das Dienstmädchen lächelte matt. »Nun gut, dann bringe ich Sie denn zu dem alten Krokodil. Achten Sie auf Ihre Manieren und loben Sie ihre Hunde. Wie war doch gleich der Name?«

»Wayness Tamm.«

»Hier entlang bitte. Sie nimmt gerade ihr zweites Frühstück draußen auf dem Rasen ein.«

Wayness folgte dem Dienstmädchen über die Terrasse und hinaus auf den Rasen. Fünfzig Schritte von der Terrasse entfernt, einsam wie eine Insel in einem grünen Ozean, saß die Comtesse an einem weißen Tisch, im Schatten eines blaugrün gestreiften Sonnenschirms. Sie war umringt von einem Rudel kleiner fetter Hunde, die sich allesamt in Ruhehaltung räkelten.

Comtesse Ottilie selbst war groß und hager, mit einem langen, spitzen Gesicht, eingefallenen Wangen, einer langen krummen Nase mit großen Nasenlöchern und einem langen Kinn. Ihr weißes, in der Mitte gescheiteltes Haar war straff nach hinten gekämmt und zu einem Knoten gebunden. Sie trug ein knöchellanges blaues Kleid aus hauchdünnem Stoff und eine rosafarbene Jacke.

Beim Anblick Wayness' und des Dienstmädchens schrie die Comtesse: »Sophie! Komm sofort hierher!«

Sophie gab keine Antwort. Schweigend verfolgte die Comtesse Wayness' und des Dienstmädchens Nahen.

Bei ihrer Herrin angekommen, sagte Sophie in mürrischem Ton: »Dies ist Fräulein Wayness Tamm, gnädige Frau. Sie sagt, sie habe eine Verabredung mit Ihnen.«

Comtesse Ottilie ignorierte Wayness. »Wo hast du gesteckt? Ich habe dich gerufen, aber du bist nicht gekommen!«

»Ich bin zur Tür gegangen, da es dort geläutet hatte.«

»Ach ja! Da hast du dir aber ganz schön Zeit damit gelassen! Wo ist Lenk, der sich um solche Dinge zu kümmern hat?«

»Madame Lenk hatte heute morgen Rückenschmerzen. Herr Lenk ist bei ihr und reibt sie mit einer Salbe ein.«

»Pah! Madame Lenk bekommt ihre Rückenschmerzen immer zu den unpassendsten Zeiten! Unterdessen bin ich ohne Bedienung! Ebensogut könnte ich ein Vogel auf dem Zaun oder das Gemälde in einem Film sein!«

»Es tut mir leid, gnädige Frau.«

»Der Tee war dünn und lauwarm! Was hast du dazu zu sagen?«

Sophies rundes Gesicht wurde noch verdrießlicher, als es dies ohnehin schon war. »Ich habe den Tee nicht gekocht; ich habe ihn lediglich serviert!«

»Bring die Kanne weg und bring mir sofort eine neue Kanne mit frischem Tee!«

»Das geht nicht sofort«, sagte Sophie grimmig. »Sie müssen warten wie jeder andere auch, bis er lange genug gezogen hat.«

Comtesse Ottilies Gesicht lief zornesrot an, und sie stampfte mit ihrem Krückstock auf. Sophie nahm das Tablett mit der Tasse und der Teekanne. Dabei trat sie versehentlich mit dem Absatz auf den Schwanz von einem der Hunde, der daraufhin einen schrillen Schrei ausstieß. Sophie schrie ebenfalls vor Schreck auf, prallte zurück und ließ das Tablett fallen; Kanne und Tasse fielen auf den Rasen, und ein paar Tropfen spritzten auf Comtesse Ottilies Hand, woraufhin sie einen heiseren Schrei ausstieß. »Du hast mich verbrüht!« Sie schwang ihren Krückstock, aber Sophie war bereits zurückgesprungen und hatte ihr Becken zur Seite geschwungen, so daß der Schlag ins Leere ging. »Hatten Sie nicht gesagt, der Tee sei kalt?« rief Sophie. Comtesse Ottilie hatte sich das Handgelenk verrenkt und war noch wütender als zuvor. »Ah, du Schlampe, dem armen Mikki auf den Schwanz treten und dann die Unschuldige mimen! Es ist ungeheuerlich! Komm sofort her!«

»Damit Sie mich hauen können? Niemals!«

Die Comtesse raffte sich auf die Beine und schwang erneut ihren Stock, aber Sophie hatte sich inzwischen in sichere Distanz gebracht und streckte der Comtesse Ottilie die Zunge heraus. »Jetzt wissen Sie, was ich von Ihnen halte, Sie blöde alte Krähe!«

Comtesse Ottilie krächzte keuchend hervor: »Du bist auf der Stelle entlassen! Geh mir aus den Augen!«

Sophie marschierte zwei Schritte weiter, beugte sich vornüber, zog ihre Röcke hoch, streckte Comtesse Ottilie ihren breiten Hintern hin und stapfte dann triumphierend davon.

Wayness, die die ganze Szene mit einer Mischung aus Entsetzen, Besorgnis und Belustigung verfolgt hatte, trat vorsichtig vor, hob Tablett, Kanne und Tasse auf und stellte sie auf den Tisch. Die Comtesse schaute sie mit wütendem Blick an. »Gehen Sie! Nach Ihnen habe ich auch keinen Bedarf.«

»Wenn Sie wünschen – aber ich war mit Ihnen für diese Uhrzeit verabredet.«

»Hm.« Comtesse Ottilie ließ sich in ihren Stuhl zurücksinken. »Natürlich wollen Sie etwas von mir, wie alle andern auch!«

Wayness sah, daß sie keinen verheißungsvollen Einstieg gemacht hatte. »Es ist schade, daß Sie gestört worden sind. Soll ich noch einmal wiederkommen, wenn Sie Zeit gehabt haben, sich zu erholen?«

»›Erholen‹? Nicht ich brauche Erholung, sondern der arme kleine Mikki mit seinem wehen Schwanz. Mikki? Wo bist du?«

Wayness schaute unter den Stuhl. »Er scheint sich ganz wohl zu fühlen.«

»Dann habe ich schon mal eine Sorge weniger.« Sie musterte Wayness kalt, mit Augen, die hinter Falten und Schichten aus schlaffer Haut verborgen waren, wie die Augen einer Schildkröte. »Da Sie nun schon einmal hier sind, was wollen Sie? Ich glaube, Baron Stam sagte irgend etwas von Botanik.«

»Ja, das stimmt. Comte Raul war, wie Sie wissen, sehr bekannt auf dem Gebiet, und einige seiner Forschungsergebnisse sind niemals vollständig publiziert worden. Mit Ihrer Erlaubnis würde ich gerne seine Aufzeichnungen durchsehen. Ich werde Ihnen so wenig Umstände wie irgend möglich machen.«

Comtesse Ottilie preßte die Lippen zu einem Strich zusammen. »Botanik war eines von Comte Rauls teuren Steckenpferden. Er kannte tausend Wege, wie man Geld ausgeben kann. Man nannte ihn einen Philanthropen, aber er war etwas anderes: er war ein Narr!«

»Gewiß nicht!« sagte Wayness, von neuem entsetzt.

Comtesse Ottilie klopfte mit dem Krückstock auf den Rasen. »Das ist jedenfalls meine Meinung. Sie sind einer anderen Überzeugung?«

»Natürlich nicht! Aber …«

»Wir wurden nie in Frieden gelassen; ständig waren wir von Quenglern und Bittstellern umgeben. Jeden Tag kamen mehr von ihnen, mit ihren langen Zähnen und ihrem salbungsvollen Grinsen. Am schlimmsten von allen war die Naturgesellschaft.«

»Die Naturforschergesellschaft?«

»Genau die! Ich hasse allein schon den Klang ihres Namens: Sie waren Bettler, Diebe, Raubtiere! Sie ließen nie locker; ständig gingen sie dem Comte um den Bart herum; eine Bitte hier, eine Schmeichelei da! Stellen Sie sich vor! Einmal wollten sie sogar einen großen Palast für ihre Zwecke auf unserem altangestammten Land bauen!«

»Außergewöhnlich!« sagte Wayness und fühlte sich wie eine Heuchlerin und eine Verräterin zugleich. »Unglaublich!«

»Denen habe ich aber was anderes erzählt, das kann ich Ihnen sagen! Sie haben nichts gekriegt!«

All ihren Mut zusammenraffend, sagte Wayness bedächtig: »Comte Raul hat einige sehr interessante Arbeiten über Daten der Naturforschergesellschaft gemacht. Wissen Sie von irgendwelchen Papieren, die die Naturforschergesellschaft betreffen?«

»Nichts! Habe ich diese Leute nicht geschildert? Ich habe den ganzen Packen in eine Kiste geschüttet und sie dorthin geschickt, wo ich niemals mehr an das viele

Geld erinnert werde, das auf solch törichte Weise zum Fenster hinausgeworfen wurde!«

Wayness lächelte höflich. Das Gespräch verlief ganz und gar nicht nach ihren Wünschen. »Was mich anbelangt, so werde ich Sie nichts kosten, und am Ende kann es sehr wohl sein, daß der Ruf des Comte gemehrt wird.«

Comtesse Ottilie gab ein verächtliches Grunzen von sich. »Ruf? Ein Witz! Ich schere mich schon nicht um meinen eigenen, und erst recht nicht um den von Comte Raul.«

Wayness stieß grimmig entschlossen nach. »Gleichwohl wird Comte Rauls Name an der Universität in Ehren gehalten. Zweifelsohne verdankt er vieles von seiner Statur Ihrer tatkräftigen Unterstützung.«

»Zweifelsohne.«

»Vielleicht könnte ich dann meine Dissertation ›Comte Raul und Comtesse Ottilie de Flamanges‹ widmen!«

»Wie Sie möchten. Wenn das alles ist, weswegen Sie gekommen sind, dann können Sie jetzt wieder gehen.«

Wayness überging die Bemerkung. »Comte Raul hat Buch über seine Sammlungen und Akquisitionen und auch über seine Forschungen geführt?«

»Natürlich. Wenn er eines war, dann war er penibel.«

»Ich würde mir gern seine Aufzeichnungen anschauen; das würde mir vielleicht helfen, gewisse Rätsel aufzulösen.«

»Unmöglich. Wir halten diese Dinge heutzutage unter Verschluß.«

Mit einer solch platten Abweisung hatte Wayness nicht gerechnet. Sie machte einen letzten verzweifelten Versuch. »Es wäre natürlich im Interesse der Wissenschaft, und es würde mir natürlich in meiner Karriere sehr weiterhelfen. Ich versichere Ihnen, ich würde Ihnen keine Umstände machen.«

Comtesse Ottilie stampfte mit ihrem Krückstock auf. »Kein Wort mehr davon! Da ist das Tor; gehen Sie dorthin, woher Sie gekommen sind, und zwar sofort!«

Wayness zögerte, noch immer nicht gewillt, eine solch verheerende Niederlage hinzunehmen. »Darf ich wiederkommen, wenn Sie sich besser fühlen?«

Comtesse Ottilie richtete sich auf. Sie war größer, als Wayness vermutet hatte. »Haben Sie mich nicht verstanden? Ich will nicht, daß Sie oder irgendein anderer von euch hier herumstochern und die Nase in meine Sachen stecken.«

Wayness wandte sich um und stapfte zornig zum Tor zurück.

IV

Es war inzwischen Mittag geworden. Wayness stand auf der Straße vor dem Tor von Mirky Porod und wartete auf den Omnibus, der laut Fahrplan stündlich verkehrte. Sie spähte die Straße hinauf; kein Bus war zu sehen, und kein Laut war zu hören außer dem Zirpen der Insekten.

Wayness setzte sich auf eine steinerne Bank. Ihre Umstände waren mehr oder weniger so, wie sie sie erwartet hatte; dennoch fühlte sie sich klein und häßlich und deprimiert.

Was nun? Wayness zwang sich zum Nachdenken. Verschiedene Vorgehensweisen boten sich an, doch waren sie alle entweder undurchführbar, ungesetzlich, unmoralisch oder gefährlich. Wayness mochte sich mit keiner von ihnen anfreunden, schon gar nicht mit irgendeiner der möglichen Variationen zu dem Thema Entführung eines oder mehrerer der Hunde.

Die Auffahrt herunter kam in diesem Moment Sophie, das jüngst in Schimpf entlassene Hausmädchen, beladen mit zwei schweren Koffern. Sie schaute Wayness an. »Da sind wir wieder. Wie verlief Ihre Unterhaltung?«

»Nicht gut.«

»Das hätte ich Ihnen gleich sagen können.« Sophie stellte ihre Koffer ab und setzte sich zu Wayness auf die Bank. »Was mich betrifft, so bin ich fertig mit diesem alten Drachen, ein für allemal. Ich habe lange genug unter diesem alten Reptil und seiner Garstigkeit gelitten.«

Wayness nickte mitfühlend. »Sie hat einen unberechenbaren Charakter.«

»Oh, ihr Charakter ist durchaus berechenbar«, erwiderte Sophie. »Er ist immer schlecht, und darüber hinaus ist sie auch noch knickerig. Sie zahlt so wenig, wie sie kann, und sie will rund um die Uhr bedient werden. Kein Wunder, daß sie Probleme hat, Personal zu bekommen.«

»Wie viele Leute arbeiten für sie?«

»Lassen Sie mich überlegen. Herr Lenk und Madame Lenk, ein Koch und ein Küchenjunge, vier Dienstmägde, ein Lakai, der als Chauffeur dient, zwei Gärtner und ein Bursche. Ich will es einmal so sagen; Herr Lenk sorgt dafür, daß es gut zu essen gibt und daß niemand sich überarbeitet. Lenk ist manchmal ein bißchen verliebt, aber man kann ihn unter Kontrolle halten vermittels eines kleinen Hinweises an Madame Lenk, die ihm dann so sehr die Hölle heiß macht, daß man fast Mitleid mit dem armen Kerl bekommt. Er ist überraschend flink, und man muß aufpassen, daß man nicht von ihm stürmisch in eine Ecke gedrängt wird, in welchem Fall es oft keinen Ausweg gibt.«

»Es scheint, als würde Lenk dafür sorgen, daß alle auf Mirky Porod glücklich sind.«

»Er versucht in der Tat sein Bestes. Im großen und ganzen ist er ganz umgänglich und hegt keinen Groll.«

»Gibt es tatsächlich Geister auf dem Schloß?«

»Das ist eine ernste Frage. Jeder, der sie gehört hat, behauptet, daß er sie gehört hat, wenn Sie verstehen, was ich meine. Was mich angeht, so würden Sie mich niemals bei Vollmond in der Nähe des Nordturmes finden.«

»Was sagt Comtesse Ottilie zu den Geistern?«

»Sie sagt, es seien Geister gewesen, die Comte Raul aus dem Fenster gestoßen haben, und ich denke, sie wird es ja wohl am besten wissen.«

»Das sollte man annehmen.«

Der Omnibus kam, und die beiden fuhren nach Tzem. Wayness ging direkt in die Telephonzelle im Eisernen Schwein und rief in Mirky Porod an. Das Gesicht eines Mannes in den mittleren Jahren, glatt und schmeichlerisch, mit dicken Backen, langem schwarzem Haar, hängenden Lidern und einem sauber gestutzten kleinen Schnauzbart erschien auf dem Bildschirm. Wayness fragte: »Spreche ich mit Herrn Lenk?«

Von seinem Ende der Verbindung aus betrachtete Lenk Wayness' Erscheinung mit Wohlgefallen und strich seinen Schnauzbart zurück. »Ganz recht! Ich bin Gustav Lenk. Womit kann ich Ihnen dienen, und seien Sie versichert, daß ich jede Anstrengung auf mich nehmen werde, das zu tun!«

»Es geht um eine ganz simple Sache, Herr Lenk. Ich habe mit Sophie gesprochen, die soeben ihre Stellung auf Mirky Porod aufgegeben hat.«

»Leider.«

»Ich möchte mich um die Stelle bewerben, falls sie noch vakant ist.«

»Sie ist noch frei. Ich habe ja kaum die Zeit gehabt, selbst von der Vakanz zu erfahren.« Lenk räusperte sich und musterte Wayness' Gesicht mit noch größerem Interesse als zuvor. »Haben Sie Erfahrung mit dieser Art von Arbeit?«

»Nicht viel, aber ich bin sicher, daß ich mit Ihrer Hilfe keine Probleme haben werde.«

Lenk sagte behutsam: »Unter normalen Umständen träfe dies zu. Falls Sophie jedoch irgend etwas über Comtesse Ottilie zu sagen hatte ...«

»Sie ließ sich ausführlich über die Comtesse aus, und mit großer innerer Bewegung.«

»Dann müssen Sie wissen, daß das Problem nicht die Arbeit selbst ist, sondern Comtesse Ottilie und ihre Hunde.«

»Dies ist mir vollkommen klar, Herr Lenk.«

»Ich muß Sie ferner darauf hinweisen, daß die Bezahlung nicht hoch ist. Zu Anfang bekämen Sie zwanzig Sol die Woche. Dafür bekommen Sie jedoch auch Ihre Uniform gestellt, und es gibt keine Abzüge irgendwelcher Art. Das Personal ist geistesverwandt, wenn ich das einmal so sagen darf, und wir alle sind uns darüber im klaren, daß es schwierig ist, mit der Comtesse zurechtzukommen. Aber es muß nun einmal sein, und das ist die Grundlage für alle unsere Anstellungen.«

»Das alles ist wohlverstanden, Herr Lenk.«

»Sie haben keine Abneigung gegen Hunde?«

Wayness zuckte die Achseln. »Ich kann mit ihnen auskommen.«

Lenk nickte. »In dem Fall können Sie sofort kommen, und wir werden Sie mit so wenig Verzug wie möglich einarbeiten. Je nun: wie heißen Sie?«

»Ich heiße ...« – Wayness zögerte einen Moment – »Marya Smitt.«

»Ihr vorheriger Arbeitgeber?«

»Ich habe keine Referenzen vorzuweisen, Herr Lenk.«

»Ich denke, in Ihrem Fall können wir eine Ausnahme machen. Bis gleich denn.«

Wayness ging auf ihr Zimmer. Sie kämmte sich das Haar glatt nach hinten, zog es straff und band es im Nacken mit einem schwarzen Band zusammen. Sie begutachtete sich im Spiegel. Sie fand, daß sie mit dieser Frisur älter und klüger ausschaute – und entschieden tüchtiger.

Wayness verließ den Gasthof, fuhr mit dem Omnibus nach Mirky Porod und trug, diesmal erfüllt von Ängsten und Unsicherheit, ihren Koffer die Auffahrt hinauf zum Nebeneingang.

Lenk war größer und massiger, als Wayness erwartet hatte, und bewegte sich mit der Würde, die seiner Stellung angemessen war. Gleichwohl begrüßte er Wayness leutselig und geleitete sie in den Dienstbotenraum, wo sie Madame Lenk erwartete: eine beleibte Frau mit schmucklos kurzgestutztem ergrauendem Haar, kräftigen Armen und einer entschlossenen, zupackenden Art.

Gemeinsam wiesen Lenk und Madame Lenk Wayness in ihre Obliegenheiten ein. Ihre Aufgabe, so erklärte man ihr, bestehe im großen und ganzen darin, sich um Comtesse Ottilie und ihre Wünsche zu kümmern, ihre Streitsucht und Rechthaberei nach Kräften zu ignorieren und immer auf der Hut vor Schlägen mit dem Krückstock zu sein. »Es ist eine nervöse Reaktion«, sagte Lenk. »Sie will damit lediglich eine Laune der Unzufriedenheit zum Ausdruck bringen.«

»Trotzdem kann ich diese Taktik nicht gutheißen«, sagte Madame Lenk. »Einmal bückte ich mich, um eine Zeitung aufzuheben, die sie fallengelassen hatte, und eh ich mich's versah, kam der Schlag mit dem Stock und erwischte mich voll am Hinterteil. Ich war natürlich erschrocken und empört und fragte die gnädige Frau, warum sie mir den Hieb versetzt habe. ›Es fügte sich gerade so gut‹, sagte sie darauf. Ich wollte etwas erwidern, aber sie wedelte mit dem Stock und hieß mich, mir auf der Liste mit den Missetaten, für die ich ungestraft davongekommen sei, einen Punkt herauszusuchen und ihn mit einem Häkchen zu versehen.«

»Kurz«, resümierte Lenk, »seien Sie allzeit auf der Hut.«

»Wo wir gerade beim Thema sind«, sagte Madame Lenk, »möchte ich die Bemerkung machen, daß Herr

Lenk selbst oft ein bißchen zu freundlich zu den Mädchen ist, und manchmal geht er dabei so weit, daß er seine Manieren vergißt.«

Lenk machte eine galante Geste. »Meine Liebe, du übertreibst, und du wirst die arme Marya so erschrecken, daß sie bei meinem Anblick die Flucht ergreifen wird.«

»Flucht ist nicht ihre einzige Zuflucht«, sagte Madame Lenk. Sie wandte sich an Wayness. »Falls Lenk sich je vergessen sollte und anfangen sollte, sich Freiheiten herauszunehmen, brauchen Sie bloß leise die Worte ›Hölle auf Erden‹ zu sprechen.«

»›Hölle auf Erden‹? Eine rätselhafte Botschaft.«

»Genau! Aber wenn Lenk nicht von seinen Anstrengungen abläßt, werde ich sie ihm ausführlich erklären.«

Lenk lächelte unbehaglich. »Madame Lenk scherzt natürlich. Auf Mirky Porod arbeiten wir harmonisch zusammen und leben miteinander in Frieden.«

»Außer während unserer Begegnungen mit der Comtesse natürlich. Sie dürfen ihr niemals widersprechen, ganz gleich, was für einen Unsinn sie auch redet, und sich niemals geringschätzig über ihre Hunde äußern, und Sie müssen ihre scheußlichen kleinen Haufen immer fröhlich entfernen, als bereite es Ihnen großen Spaß.«

»Ich werde mein Bestes tun«, sagte Wayness.

Madame Lenk kleidete Wayness in eine schwarze Uniform mit einer weißen Schürze und einer weißen Gazehaube mit Flügeln, die mehr als einen Zoll über ihre Ohren hinausragten. Als Wayness ihr Aussehen im Spiegel überprüfte, war sie zuversichtlich, daß Comtesse Ottilie in ihr nicht Wayness Tamm, die zudringliche Studentin, wiedererkennen würde.

Madame Lenk führte Wayness im Schloß herum, wobei sie lediglich den Nordturm mied. »Dort gibt es nichts außer körperlosen Geistern, wie es heißt. Ich persönlich habe noch nie einen von ihnen gesehen; wohl aber habe ich seltsame Geräusche gehört, die jedoch wahrscheinlich von Fledermäusen oder Eichhörnchen stammten. Auf jeden Fall brauchen Sie sich wegen des Nordturms keine Gedanken zu machen. Nun denn, hier ist die Bibliothek. Die Doppeltür führt in Comte Rauls altes Studierzimmer, welches nur selten benutzt wird, und die Türen sind stets abgeschlossen. Hier ist die Comtesse; ich werde Sie ihr vorstellen.«

Comtesse Ottilie unterzog Wayness nur einer flüchtigen Inspektion, dann ließ sie sich in einen Sessel sinken. »Marya heißt du also? Sehr gut, Marya! Du wirst in mir eine nachsichtige Herrin finden – viel zu nachsichtig wahrscheinlich. Ich stelle kaum Ansprüche. Da ich alt bin, wirst du viele Gänge für mich machen müssen, und du mußt lernen, wo ich meine Sachen aufbewahre. Der tägliche Ablauf ist stets der gleiche, außer samstags, wenn ich Karten spiele, und am ersten eines jeden Monats, wenn ich nach Draczeny fahre, um Besorgungen zu machen. Du wirst diesen Ablauf schnell lernen, da er nicht schwierig ist.

Jetzt aber mußt du meine kleinen Freunde kennenlernen, die mir am wichtigsten von allem sind. Da: Chusk, Porter, Mikki, Toop.« Während sie die Namen aufsagte, deutete sie mit einem krummen Zeigefinger auf den jeweiligen Hund. »Da: Sammy, der sich gerade kratzt, und Dimpkin und oh! du böser Fotsel! Du weißt doch, daß du im Haus nicht das Bein heben sollst! Jetzt muß Marya hinter dir her wischen. Und dort, unter dem Stuhl, das ist Raffis.« Die Comtesse lehnte sich zurück. »Und nun, Marya, sag mir ihre Namen auf, damit ich weiß, ob du auch gut achtgegeben hast.«

»Hm.« Wayness streckte den Zeigefinger aus. »Das ist Mikki, und das ist Fotsel, der gerade Pipi gemacht hat; an dich kann ich mich gut erinnern. Raffis ist unter dem Stuhl. Der gefleckte dort ist, glaube ich, Chusk, und der dort, der sich eben gekratzt hat, ist Sammy. An die Namen der anderen kann ich mich nicht erinnern.«

»Das hast du schon ganz gut gemacht«, sagte Comtesse Ottilie, »wenngleich du Porter, Toop und Dimpkin vergessen hast – allesamt Hunde von Rasse und Charakter.«

»Zweifellos«, sagte Wayness. »Madame Lenk, wenn Sie mir zeigen, wo ich Eimer, Schrubber und Wischlappen finde, werde ich die Bescherung, die Fotsel angerichtet hat, auf der Stelle wegwischen.«

»Wir haben die Erfahrung gemacht, daß ein Schwamm das wirksamste Mittel bei kleineren Bescherungen ist«, sagte Madame Lenk. »Sie finden alles, was Sie brauchen, im Wandschrank.«

So begann Wayness' Tagwerk als Hausmädchen. Jeder Tag war anders, wenngleich jeder einem routinemäßigen Ablauf folgte. Jeden Morgen um acht Uhr betrat Wayness Comtesse Ottilies Schlafgemach und fachte das Feuer an, obgleich das Schloß vermittels ergothermischer Mechanismen ausreichend beheizt wurde. Die Comtesse schlief in einem riesigen alten Bett inmitten eines Dutzends großer dicker Kissen in rosafarbenen, hellblauen und gelben Seidenbezügen. Die Hunde schliefen auf Kissen in Körben, die entlang der Seitenwand aufgereiht waren, und wehe dem Eindringling, der es wagte, das Kissen eines anderen Hundes auszuprobieren.

Als nächstes mußte Wayness dann die Vorhänge zurückziehen, die auf striktes Geheiß der Comtesse fest zugezogen sein mußten, damit auch nicht ein Jota Licht von außen hereindringe; besonders zuwider war es der Comtesse, wenn Mondschein durch die Fenster hereinfiel. Sodann half Wayness der Comtesse dabei, sich inmitten ihres Kissengebirges aufzusetzen, was niemals ohne Verwünschungen, Flüche und Vorwürfe an die Adresse Wayness' abging: »Marya, kannst du nicht Obacht geben! Du tust mir weh mit deinem Gezerre und Gezupfe! Ich bin weder aus Eisen noch aus Leder! Nun denn, du weißt, daß ich mich in dieser Position nicht wohl fühle! Schiebe dieses gelbe Kissen weiter nach unten hinter meinen Rücken. Ah! Endlich! Bring mir meinen Tee. Sind die Hunde alle wohlauf?«

»Munter und pudelwohl allesamt, gnädige Frau. Dimpkin macht sein Geschäft wie üblich in der Zimmerecke. Ich glaube, Chusk hat etwas gegen Porter.«

»Das wird bald wieder vorbeigehen. Bring mir meinen Tee; steh nicht herum wie ein Kamel.«

»Jawohl, gnädige Frau.«

Sobald sie das Tablett mit dem Tee auf dem Bett deponiert und der Comtesse Auskunft über die Wetterlage gegeben hatte, läutete Wayness nach Fosco, dem Lakaien, der die Hunde zur Fütterung und darnach zur Erleichterung ihrer Blasen und Eingeweide auf den Nebenhof geleitete.

Zu gehöriger Zeit leistete Wayness der Comtesse bei der Morgentoilette Beistand, erneut zu der Begleitung von Klagen, Drohungen und Vorhaltungen, denen Wayness wenig Beachtung schenkte, wenngleich sie immer wieder ein wachsames Auge auf den Krückstock warf. Sobald die Comtesse angekleidet war und an ihrem Tisch saß, läutete Wayness nach dem Frühstück, das per Speiseaufzug geliefert wurde.

Während die Comtesse ihr Frühstück verzehrte, diktierte sie Anweisungen hinsichtlich der für den Tag geplanten Aktivitäten.

Um zehn Uhr fuhr Comtesse Ottilie gewöhnlich mit ihrem Aufzug hinunter ins Erdgeschoß und begab sich in die Bibliothek, wo sie Korrespondenz las, einen Blick in die eine oder andere Zeitung warf und sich dann mit Fosco hinsichtlich der Hunde beriet, die inzwischen von Fosco abgefüttert und gekämmt worden waren. Fosco mußte dann seine Meinung bezüglich des Gesundheitszustandes und der psychischen Befindlichkeit jedes einzelnen Tieres abgeben, und oft dehnten sich diese Diskussionen bis ins Endlose. Fosco verlor dabei niemals die Geduld, und es gab auch keinen Grund dafür, da dies die einzige Pflicht war, die ihm abverlangt wurde, außer daß er gelegentlich die Comtesse chauffieren mußte, wenn sie sich auf eine ihrer seltenen Kurzreisen begab.

Während dieser Zeit hatte Wayness frei, bis sie von der Comtesse gerufen wurde. Gewöhnlich verbrachte sie diese Zeit im Dienstbotenzimmer, wo sie mit den anderen Dienstmädchen und Madame Lenk – und manchmal auch Lenk selbst – klatschte und vielleicht eine Erfrischung zu sich nahm.

Der Ruf der Comtesse kam gewöhnlich ein paar Minuten vor elf. Wenn das Wetter unwirtlich oder windig oder naßkalt war, blieb die Comtesse in der Bibliothek am Kamin sitzen. War das Wetter schön, ging sie durch die Tür der Bibliothek über die Terrasse und hinaus auf den Rasen.

Wenn ihre Laune danach war – und Wayness hatte rasch gelernt, daß die Comtesse in der Tat eine launische Person war –, ging sie hinaus zu dem Tisch, der fünfzig Schritte von der Terrasse entfernt stand, und nahm dort Platz: eine Insel aus rosafarbenen Falbeln und Spitzen und lavendelfarbenen Umhängetüchern in einem glatten grünen grasigen Ozean. An anderen Tagen konnte es auch passieren, daß sie auf einen Elektrokarren stieg und sich auf eine Erkundungsreise zu einem fernen Winkel des Rasens aufmachte, gefolgt von ihren Hunden. Der agilste vorneweg, der älteste und fetteste schnaufend hinterher. In solchen Fällen mußte Wayness Tisch, Stuhl und Sonnenschirm auf einen zweiten Elektrokarren laden, der Comtesse folgen, die Möbel an einer von der Comtesse bezeichneten Stelle wieder aufstellen und Tee servieren.

Bei anderen Gelegenheiten wünschte die Comtesse

Ruhe und Abgeschiedenheit, und Wayness wurde zurück in die Bibliothek geschickt, um dort auf den Signalton aus ihrem Armband zu warten, der sie zu gegebener Zeit zu ihrer Herrin zurückrufen würde.

Eines Tages, nachdem Wayness so entlassen worden war, machte sie einen Umweg um den Nordturm herum, wohin sie sich bis dahin noch nie vorgewagt hatte. Hinter einer schwarzgrünen Eibenhecke stieß sie auf einen kleinen Friedhof mit zwanzig oder vielleicht auch dreißig kleinen Gräbern. Auf einigen der Grabsteine waren Inschriften tief in den Marmor gemeißelt; auf anderen erfüllten Bronzetafeln den gleichen Zweck, während wieder andere Marmorstatuen von kleinen Hunden trugen. Neben den Gräbern wuchsen Lilien und Sonnenblumen. Wayness' Neugier war auf der Stelle gesättigt; sie wich zurück und ging schnellen Schritts zur Bibliothek, um Comtesse Ottilies Ruf zu erwarten. Wie immer, wenn sie die Möglichkeit dazu hatte, rüttelte sie an der Flügeltür, die ins Studierzimmer führte; wie immer war sie abgeschlossen, und – wie immer – spürte Wayness ein aufschießendes Gefühl von Dringlichkeit. Die Zeit verrann; es waren Ereignisse im Gange, über die sie keine Kontrolle hatte.

Inzwischen hatte Wayness herausgefunden, wo sich die Schlüssel zum Studierzimmer befanden. Einer hing an Lenks Schlüsselbund, ein zweiter an einem ähnlichen Schlüsselring im Besitz der Comtesse. Wayness hatte einige Anstrengungen unternommen, um herauszufinden, wo sich die Schlüssel tagsüber befanden. Am Tage trug die Comtesse ihre oft bei sich, bisweilen ziemlich sorglos, so daß sie sie gelegentlich dort liegenließ, wo sie zuletzt gesessen hatte. Daraufhin wurden die Schlüssel für verlorengegangen erklärt, und eine hektische Suche wurde inszeniert, begleitet von den heiseren Ausrufen der Comtesse, bis die Schlüssel dann schließlich gefunden wurden.

Nachts bewahrte die Comtesse ihre Schlüssel in der Schublade ihres Nachtschränkchens auf.

Eines Abends zu später Stunde, als die Comtesse zwischen ihren Kissen schnarchte, öffnete Wayness leise die Tür des Schlafgemachs und schlich zu dem Nachtschränkchen, das vage im matten Schein des Nachtlichts auszumachen war. Sie hatte gerade begonnen, die Schublade aufzuziehen, als der Hund Toop, aufgeschreckt durch ihre Gegenwart und das Geräusch, wach wurde und zu kläffen begann: ein Tumult, in den die anderen Hunde unverzüglich mit einfielen. Wayness hastete aus dem Zimmer, bevor die Comtesse aufstehen und die Ursache des Aufruhrs ermitteln konnte. Atemlos im Nebenzimmer stehend, hörte Wayness die Comtesse krächzen: »Ruhe, ihr kleinen Ratten! Bloß weil einer von euch furzt, müßt ihr gleich alle belfern? Keinen Laut mehr!«

Wayness ging entmutigt zu Bett.

Zwei Tage später quittierte der Lakai Fosco seinen Dienst. Lenk versuchte, das Amt des Hundestriegelns erst Wayness zuzuschieben, die indes erklärte, sie könne keine Zeit von ihren regulären Obliegenheiten abknapsen, und dann der Magd Fyllis, die sich jedoch noch entschiedener weigerte: »Von mir aus können die Köter verfilzen! Sie müssen diese Pflicht schon selbst übernehmen, Herr Lenk!«

Und so mußte denn Lenk dieses ungeliebte Amt für zwei Tage selbst verrichten, bis er einen neuen Lakaien einstellte: einen hübschen jungen Mann namens Baro, der den Job mit einem auffälligen Mangel an Enthusiasmus übernahm.

In der ersten Zeit war Lenks Betragen gegenüber Wayness untadelig korrekt, wenn auch eine Spur übertrieben und über-höflich. Doch dann wurde er von Tag zu Tag ein bißchen freundlicher, bis er schließlich die Zeit für reif befand, seine Chancen zu testen, und Wayness den Allerwertesten tätschelte – spielerisch, gleichsam kameradschaftlich. Wayness erkannte, daß Lenks Programm im Keime erstickt werden mußte, und sprang ruckartig zur Seite. »Wirklich, Herr Lenk! Sie sind sehr unartig!«

»Natürlich«, sagte Lenk fröhlich. »Aber Sie haben einen äußerst reizvollen kleinen Hintern, gerade so, wie ich ihn liebe, und meine Hand wurde gewissermaßen von Wanderlust ergriffen.«

»Dann müssen Sie Ihre Hand unter strenge Kuratel nehmen und dürfen ihr nicht gestatten, auszuschweifen.«

Lenk seufzte. »Es war nicht nur meine Hand, die von Wanderlust gepackt wurde«, murmelte er und kraulte seinen Schnauzbart. »Wenn man es schlußendlich bedenkt, was ist schon ein bißchen Unartigkeit unter Freunden? Sind genau dafür nicht Freunde da?«

»Dies ist alles viel zu tiefgründig, als daß ich es verstehen könnte«, sagte Wayness. »Vielleicht sollten wir Madame Lenks Rat einholen.«

»Das ist ein geschmackloser Vorschlag«, seufzte Lenk und wandte sich ab.

Gelegentlich, normalerweise am späten Nachmittag, verfiel die Comtesse in eine ihrer besonderen Launen. Dann wurde ihr Gesicht lang und reglos, und sie sprach mit keinem ein Wort. Als Wayness dies zum erstenmal erlebte, erklärte ihr Madame Lenk: »Die Comtesse ist unzufrieden mit der Art und Weise, in der das Universum regiert wird, und sie überlegt jetzt, wie man die Dinge am besten ändern kann.«

Oft bei solchen Anlässen ging die Comtesse ungeachtet des Wetters hinaus zu ihrem Tisch auf dem Rasen, setzte sich, zog ein Kartenspiel hervor und spielte etwas, das aussah wie eine hochkomplizierte Form von Solitär. Immer und immer wieder spielte die Comtesse das Spiel, ballte ihre knochigen Fäuste, vollführte grimmige Gesten, spähte in jähem Argwohn nach unten auf die Karten, zischte und murmelte, bleckte die Zähne entweder vor Wut oder in hellem Frohlocken – ob das eine oder das andere, ließ sich nicht zweifelsfrei ermitteln – und ließ solange nicht locker, bis entweder die Karten sich ihrem Willen unterwarfen oder die Sonne unterging und das Licht schwand.

Beim zweiten Vorfall dieser Art blies ein kühler Wind, und Wayness ging hinaus, um der Comtesse einen Mantel zu bringen, doch diese wies sie mit einer unwirschen Handbewegung ab.

Schließlich, im verblassenden Zwielicht, starrte Comtesse Ottilie hinunter auf die Karten – ob im Triumph oder in Resignation, vermochte Wayness nicht zu erkennen. Die Comtesse erhob sich schwerfällig von ihrem Stuhl, und die Schlüssel fielen mit einem Klirren ins Gras. Die Comtesse entfernte sich bereits und merkte nichts von dem Verlust. Wayness hob die Schlüssel auf und steckte sie in die Tasche ihres Rockes. Dann sammelte sie die Karten auf und folgte der Comtesse über den Rasen.

Comtesse Ottilie ging nicht geradewegs zum Schloß, sondern schlug die Richtung zum Nordturm ein. Wayness folgte ihr im Abstand von zehn Schritten. Die Comtesse beachtete sie nicht.

Dämmerlicht hatte sich über das Land gesenkt, und eine kühle Brise wehte durch die uralten Kiefern, die auf den Hügeln wuchsen. Comtesse Ottilies Ziel wurde klar: der kleine Friedhof neben dem Nordturm. Sie betrat ihn durch eine Lücke in der Eibenhecke und wanderte zwischen den Gräbern umher. Hier und da hielt sie inne und gab leise Schnalzlaute oder Ausrufe der Ermunterung von sich. Wayness, die vor der Hecke stehengeblieben war, hörte ihre Stimme: »... wie lang, ach wie lang ist's nun schon her! Aber verzweifle nicht, mein guter Snoyard; deine Treue wird belohnt werden! Und deine, Peppin, nicht minder! Wie du immer umhergetollt bist! Und du, lieber kleiner Corly, was für ein weiches Schnäuzchen du hattest! Ich trauere Tag für Tag um dich! Aber wir werden uns eines schönen Tages wiedersehen! Myrdal, nicht winseln; alle Gräber sind dunkel ...«

In der Düsternis hinter der Hecke rührte sich Wayness; es war, als sei sie Teil eines wunderlichen Traumes. Sie drehte sich um und rannte durch die Dämmerung, eine Hand gegen die Schlüssel gepreßt haltend, um sie nicht zu verlieren. An der Terrasse angekommen, blieb sie stehen und wartete.

Einige Minuten später sah sie die bleiche Gestalt der Comtesse nahen; sie bewegte sich langsam und stützte sich auf ihren Stock. Wayness wartete still. Die Comtesse ging an ihr vorbei, als wäre sie unsichtbar. Sie überquerte die Terrasse und ging in die Bibliothek. Wayness folgte ihr.

Der Abend verging langsam. Während die Comtesse zu Abend aß, untersuchte Wayness verstohlen die Schlüssel und entdeckte zu ihrer Freude, daß jeder mit einem Schildchen gekennzeichnet war. Da war er: ›Studierzimmer‹ – der Schlüssel, hinter dem sie so lange hergewesen war! Nach kurzer Überlegung ging sie in die Spülküche, wo ein paar Werkzeuge und diverser Krimskrams auf einer Werkbank aufbewahrt wurden und wo sie kurz zuvor eine Schachtel mit alten Schlüsseln gesehen hatte. Sie kramte die Schachtel durch und fand einen Schlüssel von ähnlichem Typ wie der Schlüssel zum Studierzimmer; den steckte sie in ihre Tasche.

Ein Schatten im Türrahmen! Wayness drehte sich erschrocken um. Es war Baro, der neue Lakai: ein kräftiger junger Mann mit schwarzem Haar, ausdrucksvollen haselnußbraunen Augen und Zügen von vollkommener Ebenmäßigkeit. Er trat selbstsicher auf und sonderte in lässiger Unbekümmertheit Belanglosigkeiten ab. Wayness räumte zwar ein, daß Baro ein außergewöhnlich hübscher junger Mann war, aber sie empfand ihn als hohl und oberflächlich und hielt Distanz zu ihm – eine Neigung, die Baro sofort bemerkte und die er als Herausforderung deutete. Von da an begann er ihr zwanglose, unverbindliche Avancen zu machen, denen Wayness ebenso zwanglos und unverbindlich auswich. Nun stand er hinter ihr. Er sagte: »Marya, Prinzessin von allem, was köstlich ist! Warum drücken Sie sich in der Spülküche herum?«

Wayness verkniff sich die schroffe Erwiderung, die ihr spontan in den Sinn kam, und sagte nur: »Ich habe nach einer Schnur gesucht.«

»Da ist welche«, sagte Baro. »Gleich hier auf dem Regal.« Er langte an ihr vorbei, legte dabei eine Hand auf ihre Schulter und lehnte seinen Körper gegen ihren, so daß sie seine animalische Wärme spürte. Er trug, bemerkte sie, einen angenehmen frischen Duft, eine Komposition aus Farn, Veilchen und fremdartigen Außerwelt-Essenzen.

»Sie riechen angenehm, aber ich habe es ziemlich eilig«, sagte Wayness. Sie duckte sich unter seinem Arm durch, schlüpfte an ihm vorbei und gewann die Freiheit der Speisekammer und dann die der daran angrenzenden Küche. Hinter ihr her kam Baro, ein undefinierbares, mildes Lächeln auf den Lippen.

Wayness setzte sich in den Dienstbotenraum. Sie war verärgert und zugleich verwirrt. Der Kontakt mit Baros Körper hatte etwas in ihr ausgelöst und gleichzeitig ein Kribbeln der Angst und des Ekels durch die Fasern ihres Unterbewußtseins jagen lassen. Baro betrat den Raum. Wayness wurde sofort wieder wachsam und nahm eine Zeitung zur Hand. Baro setzte sich neben sie. Wayness schenkte ihm keine Beachtung.

Baro fragte leise: »Mögen Sie mich?«

Wayness warf ihm einen nüchternen Blick zu. Sie zögerte mehrere Sekunden, bevor sie antwortete: »Ich habe darüber noch nicht nachgedacht, Herr Baro. Und ich bezweifle, daß ich das tun werde.«

»Pff«, sagte Baro, als hätte er einen Schlag auf den Solarplexus bekommen. »Also wirklich! Sie sind mir aber eine ganz Kühle!«

Wayness blätterte eine Seite ihrer Zeitung um und gab keine Erwiderung.

Baro lachte unbekümmert. »Wenn Sie sich bloß ein bißchen lockerten, würden Sie vielleicht merken, daß ich gar nicht so ein schlimmer Kerl bin.«

Wayness warf ihm noch einen ausdruckslosen Blick zu, legte die Zeitung beiseite, stand auf und setzte sich zu Madame Lenk. Sie hatte noch nicht ganz Platz genommen, als ein Summton von ihrem Armband sie zur Pflicht rief. »Ab mit Ihnen«, sagte Madame Lenk. »Es ist Zeit für das Ballspiel ... Hoy! Hören Sie, wie es regnet! Ich muß Lenk schicken, das Feuer zu nähren.«

Die Comtesse war zusammen mit ihren Hunden in die Bibliothek gegangen. Draußen prasselte der Regen auf die Terrasse und auf den Rasen, wo man ihn gelegentlich für Sekundenbruchteile im blauen Licht der Blitze sehen konnte.

Die Mitwirkenden bei dem Ballspiel waren die Comtesse, die den Ball warf; die acht Hunde, die hinter ihm herjagten, einander anknurrend und nach einander schnappend; und Wayness, der es oblag, dem jeweiligen Hund, der den Ball geschnappt hatte, diesen aus dem Maul zu zerren und ihn dann zur Comtesse zurückzubringen.

Nach zehn Minuten wurde die Comtesse des Spiels überdrüssig, aber sie bestand darauf, daß Wayness an ihrer Statt weiterspielte.

Schließlich schweifte die Aufmerksamkeit der Comtesse ab, und sie begann zu dösen. Wayness, die hinter ihrem Sessel stand, nutzte die Gelegenheit, den Schlüssel zum Studierzimmer vom Schlüsselbund zu lösen und ihn durch den Schlüssel zu ersetzen, den sie der Schachtel in der Spülküche entnommen hatte; dabei wechselte sie auch das Schildchen aus. Sie versteckte den Schlüsselring in der Erde einer Topfpflanze am Rande des Zimmers und ging Comtesse Ottilies Nachttrunk aus der Küche holen: ein unangenehmes Gebräu aus rohem Ei, Buttermilch und Kirsch-Magenlikör, vermengt mit einem Päckchen therapeutischer Pülverchen.

Comtesse Ottilie wachte in mürrischer Stimmung aus ihrem Nickerchen auf. Sie sah Wayness mit finsterem Blick an. »Wo hast du gesteckt? Du darfst mich nicht so alleinlassen! Ich wollte gerade nach dir klingeln!«

»Ich habe den Trunk geholt, gnädige Frau.«

»Hm. Bah! Dann gib ihn her.« Die Comtesse war nur teilweise besänftigt. »Es ist mir ein Rätsel, wie du so sorglos hierhin und dorthin flitzest, wie eine Federflocke im Wind!«

Die Comtesse schluckte ihren Trunk hinunter. »So, nun ist es wieder einmal Zeit, zu Bett zu gehen. Wieder einmal habe ich die Plagen eines weiteren Tages hinter mich gebracht, trotz allem! Es ist nicht so leicht, wenn man alt ist, besonders, wenn man dazu auch noch weise ist!«

»Ganz sicher ist es das nicht, gnädige Frau.«

»Überall – grapschende Hände und habgierig zupfende Finger! Von allen Seiten das Glimmen räuberischer Augen, wie die Augen von wilden Tieren, die das Feuer eines einsamen Abenteurers umkreisen! Ich führe einen erbarmungslosen Kampf; Habsucht und Geiz sind meine Todfeinde!«

»Gnädige Frau sind mit großer Charakterstärke ausgestattet.«

»Ja, das ist wahr.« Die Comtesse packte die Lehnen ihres Sessels und versuchte, sich auf die Beine zu raffen. Wayness sprang vor, um ihr behilflich zu sein, aber die Comtesse scheuchte sie wütend weg und ließ sich zurück in den Sessel plumpsen. »Das ist nicht nötig! Ich bin keine Invalide, auch wenn alle das sagen!«

»Ich habe das niemals auch nur gedacht, gnädige Frau.«

»Das heißt nicht, daß ich nicht eines Tages sterben werde, und dann: wer weiß?« Die Comtesse sah Wayness scharf an. »Du hast von den Geistern im Nordturm gehört?«

Wayness schüttelte den Kopf. »Mir ist wohler, wenn ich von solchen Dingen nichts weiß, gnädige Frau.«

»Ich verstehe. Nun, dann werde ich nichts weiter dazu sagen. Es ist Zeit, zu Bett zu gehen. Hilf mir auf und geh behutsam mit meinem armen Rücken um! Ich leide entsetzlich, wenn ich hin und her gezerrt werde!«

Während der komplizierten Prozedur des sich zum Schlafen Rüstens entdeckte die Comtesse den Verlust ihrer Schlüssel. »Ah! Eiter, Syphilis und Kotze! Warum müssen diese Schicksalsprüfungen mich so heimsuchen? Marya, wo sind meine Schlüssel?«

»Wo gnädige Frau sie üblicherweise aufbewahren, nehme ich an.«

»Nein, ich habe sie verloren! Sie sind draußen im Gras, wo jeder nächtliche Dieb über sie stolpern kann! Ruf sofort Lenk!«

Lenk wurde gerufen und über den Verlust der Schlüssel in Kenntnis gesetzt. »Ich vermute, daß ich sie draußen auf dem Rasen fallen gelassen habe«, sagte die Comtesse. »Sie müssen Sie sofort finden!«

»Im Dunkeln? Während es wie aus Eimern schüttet? Gnädige Frau, das wäre unpraktisch.«

Die Comtesse holte tief Luft und rammte ihren Stock auf den Fußboden. Dann wetterte sie wutschnaubend: »Ich entscheide hier, was auf Mirky Porod praktisch ist und was nicht!«

Lenk wandte ruckartig den Kopf zur Seite und hielt die Hand hoch. Comtesse Ottilie schrie: »Was hören Sie?«

»Ich weiß es nicht genau, gnädige Frau. Es kann der Schrei eines Geistes gewesen sein.«

»Eines Geistes! Marya, hast du das auch gehört?«

»Ich habe etwas gehört, aber ich glaube, es war einer der Hunde.«

»Natürlich! Da! Diesmal habe ich es auch gehört. Es ist Porter, dem sein Katarrh zu schaffen macht.«

Lenk verbeugte sich. »Wie Sie meinen, gnädige Frau.«

»Und meine Schlüssel?«

»Die werden wir morgen früh suchen, wenn wir sehen können.« Lenk verbeugte sich erneut und ging. Die Comtesse murrte und grummelte noch eine Weile vor sich hin, ging aber schließlich zu Bett. An diesem Abend war sie ungewöhnlich reizbar, und Wayness mußte ein dutzendmal ihre Kissen umschichten und zurechtziehen, ehe die Comtesse des Spielchens endlich überdrüssig wurde und einschlief.

Wayness ging auf ihr Zimmer. Sie zog ihre weiße Schürze aus, nahm die weiße Haube ab und schlüpfte in Pantoffeln mit weichen Sohlen. In ihre Tasche steckte sie Papier, Bleistift und eine elektrische Taschenlampe.

Um Mitternacht verließ sie ihr Zimmer. Im Haus herrschte Stille. Wayness zögerte noch einen kurzen Moment in Unschlüssigkeit, dann gab sie sich einen Ruck, raffte all ihren Mut zusammen und stieg die Treppe hinunter. Unten angekommen, hielt sie erneut inne und lauschte.

Stille.

Wayness ging durch die Bibliothek und zu der Flügeltür, die ins Studierzimmer führte. Sie steckte den Schlüssel ins Schloß und drehte ihn; die Tür glitt mit einem leisen Knarren auf. Wayness untersuchte das Schloß, um sich zu vergewissern, daß sie sich nicht versehentlich im Studierzimmer einschließen konnte. In diesem Fall war diese Gefahr ausgeschlossen. Wayness schlüpfte in das Studierzimmer, zog die Tür zu und schloß sie ab. Sie zog ihre Taschenlampe hervor und ließ den Lichtkegel durch den Raum schweifen. Ein großer Schreibtisch mit einem Bildschirm und einem Telephon nahm das Zentrum des Raumes ein. Hinter den Fenstern fiel immer noch Regen, wenn auch nicht mehr so heftig wie vorher, und nach wie vor durchzuckten blaue Blitze den Himmel. Zu ihrer Linken ruhte ein großer Erdglobus auf seinem Ständer. Die Regale an den Wänden ringsum waren mit Büchern, Kuriositäten, Nippsachen und Waffen gefüllt. Wayness sah sich die Bücher an. Keines von ihnen sah so aus, als enthielte es Comte Rauls Aufzeichnungen. Sie wandte ihre Aufmerksamkeit auf den Schreibtisch. Der Kommunikator war seit Jahren nicht mehr benutzt worden, und es war zweifelhaft, ob er noch funktionierte.

Wayness setzte sich an den Schreibtisch und schaltete den Kommunikator ein. Zu ihrer Freude und großen Erleichterung leuchtete der Bildschirm auf und zeigte Comte Rauls persönliches Emblem: einen schwarzen doppelköpfigen Adler, der auf einem hellblauen, mit Längen- und Breitengraden versehenen Globus kauerte.

Wayness machte sich an die Arbeit; es galt herauszufinden, wo Comte Raul die Information aufbewahrte, nach der sie suchte. Die Aufgabe wäre gewiß leichter gewesen, wenn der Comte bei der Anordnung seiner Dateien methodischer vorgegangen wäre.

Eine halbe Stunde verging. Wayness landete in einem Dutzend Nebenwegen und Sackgassen, bevor sie schließlich durch reinen Zufall auf die Datei stieß, die die von ihr gesuchte Information enthielt.

Comte Raul hatte kein Material von Gohoon Galleries gekauft. Überdies hatte seine Sammlung von Dokumenten der Naturforschergesellschaft nur die Posten enthalten, die Wayness im Funusti-Museum entdeckt hatte. Wayness war enttäuscht. Sie hatte gehofft – so insgeheim, daß sie diese Hoffnung nicht einmal vor sich selbst zugegeben hatte –, daß sie vielleicht die Charta und die Übertragungsurkunde in Comte Rauls Studierzimmer finden würde, womöglich gar in einem versteckten Fach in demselben Schreibtisch, an dem sie jetzt saß.

Dem war leider nicht so. Comte Raul hatte sein Material von einem Händler namens Xantief in der alten Stadt Triest bekommen.

In diesem Moment vernahm Wayness ein leises, kaum hörbares Geräusch: ein Schaben, wie von Eisen auf Eisen. Sie schaute gerade noch rechtzeitig auf, um zu sehen, wie die Klinke der Tür zur Terrasse sich bewegte, nachdem jemand draußen Stehendes probiert hatte, ob sie offen war.

Wayness tat so, als habe sie es nicht gesehen. Sie änderte den Namen ›Xantief‹ in ›Chuffe‹ und ›Triest‹ in ›Croy‹ um, und drückte auf die SEARCH-Taste, um sich zu vergewissern, daß der Name an keiner anderen Stelle erwähnt wurde. Unterdessen beobachtete sie das Fenster. Ein gewaltiger blauer Blitz spaltete den Himmel. Wayness sah die Silhouette eines Mannes, der vor dem Fenster stand. Seine Hände waren erhoben; er schien mit irgendeinem Werkzeug zu hantieren. Wayness stand ohne Hast auf und ging zu der Tür, die zur Bibliothek führte. Von draußen kam ein dumpfer Schlag, wie wenn etwas hingefallen wäre, gefolgt von einem weiteren, äußerst leisen Geräusch. Wayness wußte, daß der Mann die Terrasse entlanggehuscht war, die Bibliothek betreten hatte und sich jetzt neben der Tür zum Studierzimmer postiert hatte, um sie abzufangen, sobald sie herauskam. Vielleicht würde er sie aber auch in das Studierzimmer zurückdrängen und die Tür hinter ihnen abschließen, und wer weiß, was dann passieren würde?

Bestimmt nichts Schönes, dachte Wayness, und sie spürte eine Gänsehaut im Nacken.

Sie saß in der Falle. Sie konnte die Tür zur Terrasse

öffnen, aber der Mann würde sie fast sicher erwischen, sobald sie herauskam.

Von der Studierzimmertür kam ein ominöses Knirschen, leise und gedämpft, als der Mann sich am Schloß zu schaffen machte.

Wayness sah sich verzweifelt im Raum um. In den Regalen waren Waffen: Säbel, Krise, Yatagane, Dolche, Morgensterne, Schwerter und Klappmesser. Leider waren sie alle fest in der Wand verankert. Wayness' Blick fiel auf das Telephon.

Wayness nahm das Telephon. Sie rannte zum Schreibtisch und drückte die ›9‹.

Einen Moment später knarzte Lenks Stimme aus dem Hörer. Sie hörte sich mürrisch und verschlafen an, aber in Wayness' Ohr klang sie wie süße Musik. »Herr Lenk!« rief sie atemlos. »Hier ist Marya! Ich bin auf der Treppe! Aus der Bibliothek kommen Geräusche! Kommen Sie sofort, bevor die Comtesse wach wird!«

»Ah! Ja. Ja, ja! Halten Sie sie um Himmels willen ruhig! In der Bibliothek, sagen Sie?«

»Ich glaube, es ist ein Herumtreiber; bringen Sie Ihre Pistole mit!«

Wayness ging zur Tür und horchte. Aus der Bibliothek war kein Laut zu hören; der Einbrecher, oder wer immer der Mann sein mochte, war alarmiert.

In dem Moment hörte Wayness Geräusche aus der Bibliothek: Lenks Stimme. »Was geht hier vor?«

Wayness machte die Tür einen Spaltbreit auf. Lenk, der eine Waffe in der Hand hielt, war zur Außentür gegangen und spähte über die Terrasse. Wayness schlüpfte aus dem Studierzimmer und schloß die Tür. Als Lenk sich umdrehte, stand sie bereits neben der Tür, die zur Halle führte. »Die Gefahr ist vorüber«, sagte Lenk. »Der Eindringling ist mir entwischt. Er hat einen Drillbohrer zurückgelassen. Höchst ungewöhnlich.«

Wayness sagte: »Vielleicht sollten wir der Comtesse gar nicht von dem Vorfall erzählen. Sie würde sich nur sinnlos aufregen und uns allen das Leben schwer machen.«

»Das stimmt«, sagte Lenk mit besorgter Stimme. »Es wäre nicht gut, es ihr zu erzählen. Sie würde ständig darauf herumreiten, daß ich mich geweigert habe, die Schlüssel zu suchen, und behaupten, ich hätte den Eindringling geradezu eingeladen, hier aufzutauchen, indem ich ihre Anweisungen mißachtet hätte.«

»Dann werde ich also kein Wort zu dem Vorfall verlieren.«

»Braves Mädchen! Ich frage mich bloß, was der Halunke gewollt haben kann.«

»Er wird jedenfalls nicht wiederkommen! Nicht, nachdem er Sie mit Ihrer Pistole gesehen hat! Aber ich höre Madame Lenk! Sie täten gut daran, ihr zu berichten, was geschehen ist; ich werde hierbleiben, die Geschichte zu bestätigen.«

»Diesmal habe ich nichts zu befürchten«, sagte Lenk mit einem säuerlichen Grinsen. »Sie hat gehört, wie Sie angerufen haben. Ich verstehe nur nicht, wie Sie das geschafft haben, ohne die Comtesse aufzuwecken.«

»Ich habe leise gesprochen, wenn Sie sich erinnern. Und sie schnarchte im Wettstreit mit dem Donner. Es gab keine Probleme.«

»Ja, natürlich. Vielleicht hätte ich Baro rufen sollen; ich bin sicher, er könnte einen guten Bericht über sich selbst abgeben.«

»Vielleicht. Trotzdem, je weniger es wissen, desto besser.«

Am Morgen lief alles nach gewohnter Routine. Sobald sie Gelegenheit dazu hatte, barg Wayness den Schlüsselring aus dem Blumentopf, befestigte den richtigen Schlüssel wieder an seinem angestammten Platz und ging dann hinaus auf den Rasen. Zehn Minuten später kam sie triumphierend mit den Schlüsseln zurück.

Comtesse Ottilie freute sich nur mäßig. »Das hättest du schon gestern abend machen sollen; damit hättest du mir viele Stunden der Angst erspart. Ich habe kein Auge zugetan.«

Während Baro damit beschäftigt war, die Hunde zu bürsten, verließ Wayness Mirky Porod. Sie fuhr mit dem Omnibus nach Tzem. Von der Telephonzelle im Eisernen Schwein aus rief sie in Mirky Porod an. Lenk erschien auf dem Bildschirm und starrte Wayness mit offenem Mund an. »Marya? Was haben Sie vor?«

»Herr Lenk, es ist eine komplizierte Angelegenheit, und es tut mir leid, daß ich Sie so jäh verlassen muß, aber ich habe eine dringende Botschaft erhalten, die ich nicht ignorieren kann. Ich rufe an, um Lebewohl zu sagen. Bitte erklären Sie der Comtesse meinen plötzlichen Abschied.«

»Aber sie wird erschüttert sein! Sie hat sich an Sie gewöhnt, wie wir alle!«

»Es tut mir leid, Herr Lenk, aber da kommt der Omnibus, und ich muß gehen.«

KAPITEL SIEBEN

Wayness fuhr mit dem Omnibus von Tzem nach Draczeny, und allem Anschein nach folgte ihr niemand. In Draczeny stieg sie in die Gleitbahn um und wurde mit beträchtlicher Geschwindigkeit nach Westen befördert.

Am Spätnachmittag hielt die Bahn in Pagnitz, einem Umsteigebahnhof an der Route, die quer über den gesamten Kontinent nach Ambeules führte. Wayness tat so, als ignoriere sie das Anhalten; dann, im letzten Moment, kurz bevor die Bahn anfuhr, riß sie die Tür auf und sprang auf den Bahnsteig. Einen Moment lang verharrte sie und schaute, ob irgend jemand seine Pläne im letzten Moment geändert hatte, aber niemand stieg aus der anfahrenden Bahn aus – und schon gar kein dicker kleiner Mann in dunklem Anzug und mit einem schwarzen Schnurrbart, der wie ein schmutziger, sich quer über sein bleiches Gesicht ziehender Strich aussah.

Wayness bezog Quartier im Gasthof zu den Drei Flüssen. Von ihrem Zimmer aus rief sie Pirie Tamm in Schönwinden an.

Pirie Tamm begrüßte sie herzlich. »Aha, Wayness! Es ist gut, deine Stimme zu hören! Von wo aus rufst du an?«

»Zur Zeit bin ich in Castaing, aber ich reise sofort weiter nach Maudry und zur Historischen Bibliothek. Ich werde dich so bald als möglich wieder anrufen.«

»Sehr gut; dann will ich dich nicht länger aufhalten. Bis morgen dann.«

Eine halbe Stunde später rief Wayness Pirie Tamm in der Bank in Yssinges an.

Die Umstände hatten ihn mürrisch gemacht. »Ich

hätte nie gedacht, daß ich noch den Tag würde erleben müssen, an dem ich meinem eigenen Telephon nicht mehr trauen kann! Es ist ein verfluchter Skandal!«

»Es tut mir leid, Onkel Pirie. Ich weiß, daß ich dir Scherereien ohne Ende bereite.«

Pirie Tamm hob beschwichtigend die Hand. »Unsinn, Mädchen! Du tust nichts dergleichen! Es ist die Ungewißheit, die ich so ärgerlich finde! Ich habe das gesamte System von Experten überprüfen lassen, aber sie können nichts finden. Aber sie garantieren auch für nichts. Es gibt einfach zu viele Möglichkeiten, ein System anzuzapfen; also müssen wir weiter vorsichtig sein, zumindest für eine Weile. Nun denn: was hast du erreicht?«

So kurz und knapp wie möglich berichtete Wayness von ihren Aktivitäten. »Ich bin jetzt auf dem Weg nach Triest, wo ich Xantief zu finden hoffe – wer immer das sein mag.«

Pirie Tamm gab ein mißbilligendes Grunzen von sich, um seine Gefühle zu maskieren. »Du scheinst also eine weitere Sprosse der Leiter hinaufgeklommen – oder sollte ich besser sagen: hinuntergestiegen? – zu sein. Was nun auch immer – sollen wir das als einen Fortschritt betrachten?«

»Das will ich doch hoffen. Die Leiter ist jetzt schon länger, als mir lieb ist.«

»Hm, ja, in der Tat. Bleib einen Moment dran; ich schaue mal ins Adreßbuch, ob ich diesen Burschen finde.«

Wayness wartete. Eine Minute verging, dann noch eine. Dann erschien Pirie Tamms Gesicht wieder auf dem Bildschirm. »›Alcide Xantief‹ – das ist sein Name. Hier steht nur eine Geschäftsadresse, mehr nicht: Via Malthus 26, Triest, Alter Hafen. Er ist eingetragen als Händler von ›Arcana‹, worunter man verstehen kann, was immer man will.«

Wayness notierte sich die Adresse. »Ich wünschte,

ich könnte mich von der Überzeugung befreien, daß mir jemand folgt.«

»Ha! Vielleicht wirst du ja tatsächlich verfolgt, und das ist der Grund für deine Überzeugung.«

Wayness lachte freudlos. »Aber ich sehe niemanden. Ich bilde mir bloß Dinge ein, wie dunkle Gestalten, die sich blitzartig in den Schatten zurückziehen, sobald ich mich umdrehe. Ich frage mich schon, ob ich nicht vielleicht neurotisch bin.«

»Das glaube ich kaum«, sagte Pirie Tamm. »Du hast guten Grund, nervös zu sein.«

»Das sage ich mir auch ständig. Aber es ist kein großer Trost. Ich glaube, ich wäre lieber neurotisch und hätte nichts zu befürchten.«

»Bestimmte Arten der Überwachung sind schwer zu vermeiden«, sagte Pirie Tamm. »Du weißt wahrscheinlich von Wanzen und Knopf-Mikrosendern.« Er schlug verschiedene Verfahren vor, wie man sich diesen entziehen respektive sie abschütteln konnte. »Doch wie die Telephonexperten garantiere ich für nichts.«

»Ich werde tun, was ich kann«, sagte Wayness. »Auf Wiedersehen, Onkel Pirie.«

Am Abend badete Wayness, wusch sich das Haar und schrubbte ihre Schuhe, ihre Handtasche und ihren Koffer gründlich ab, um etwaige strahlende Substanzen zu entfernen, mit denen jemand sie möglicherweise eingesprüht oder bestrichen haben mochte. Sie reinigte ihren Mantel und ihre Oberbekleidung und vergewisserte sich, daß der Saum ihres Mantels frei von Wanzen oder sonstigen Mikrosendern war.

Am Morgen wandte sie all die Tricks an, die Pirie Tamm ihr vorgeschlagen hatte, und andere, die sie sich selbst ausgedacht hatte, um jeden möglichen Verfolger oder eine etwaige fliegende Spitzelzelle abzuschütteln, und als sie dies zu ihrer Zufriedenheit erledigt hatte, bestieg sie die unterirdische Gleitbahn, die sie nach Triest bringen würde.

Um Mittag kam sie am Zentraldepot von Triest an, das Neu-Triest bediente, nördlich des Carso gelegen, eine der wenigen verbliebenen städtischen Regionen, die noch von den Technischen Paradigmen beherrscht wurden: ein Schachbrett aus Beton und Glas, geradlinig und identisch bis auf die Zahlen auf den flachen Dächern. Die ›Technischen Paradigmen‹ waren bei Neu-Triest angewendet, danach jedoch fast überall sonst auf der Erde verworfen worden zugunsten von Konstruktionen, die weniger intellektuell und weniger zweckorientiert und effizient waren.

Vom Zentraldepot aus fuhr Wayness mit der U-Bahn zum zehn Meilen südlich gelegenen Alt-Triester Bahnhof, einem Bauwerk aus schwarzen Eisenstreben und opalgrünem Glas, das fünf Morgen Transit-Endstationen, Märkte, Cafés und ein buntes Getriebe von Trägern, Schulkindern, fahrenden Musikanten und Reisenden überdachte.

An einem Kiosk kaufte Wayness eine Karte, mit der sie in ein Café neben einem Blumenstand ging. Während sie Miesmuscheln in einer hellroten, köstlich nach Knoblauch und Rosmarin duftenden Soße speiste, studierte sie die Karte. Auf dem Deckel hatte der Herausgeber eine Anleitung beigefügt:

> *Wenn Sie die Geheimnisse des alten Triest erfahren wollen, die zahlreich sind, dann müssen Sie sich ihnen ehrfurchtsvoll und mit gebührender Bedächtigkeit nähern, nicht wie ein dicker Mann, der in ein Schwimmbecken springt, sondern wie ein frommer Meßdiener, der zum Altar schreitet.*
>
> *– A. Bellors Foxtehude*

Wayness entfaltete die Karte, und nach einem verdutzten Blick kam sie zu dem Schluß, daß sie sie verkehrt herum hielt. Sie drehte sie um, aber das brachte keinen Gewinn; sie hatte sie offensichtlich doch zuerst richtig herum gehalten. Wieder drehte sie die Karte um; diesmal mußte es richtig sein, dehnte sich doch die Adria zur Rechten, so, wie es sich gehörte. Mehrere Minuten lang studierte sie das Gewirr von Markierungen. Gemäß der Legende bezeichneten sie Straßen, größere und kleinere Kanäle, Wasserstraßen, Gassen, Brücken, Gehwege, Plätze, Promenaden und bedeutende Gebäude. Jede einzelne Straße war mit einem darunter oder darüber aufgedruckten Namen bezeichnet, und wie es schien, trugen die kürzesten Straßen die längsten Namen. Wayness schaute verwirrt von links nach rechts und war schon im Begriff, noch einmal zu dem Kiosk zu gehen und eine weniger komplizierte Karte zu erwerben, als sie die Via Malthus entdeckte. Sie befand sich am westlichen Ufer des Canal Bartolo Seppi, im Bezirk Porto Vecchio.

Wayness faltete die Karte wieder zusammen und sah sich in dem Café um. Sie konnte keinen dicken wachshäutigen Herrn mit schwarzem Schnäuzer entdecken, und auch von den anderen Gästen schien ihr keiner ungewöhnliche Aufmerksamkeit zu widmen. Unauffällig verließ sie das Café und den Schutz des Bahnhofs. Als sie draußen ankam, war die Sonne hinter tief treibenden grauen Wolken verschwunden, und ein heftiger Wind wehte von der Adria herein.

Wayness hielt inne – der Wind zerzauste ihr das Haar und ließ ihr den Rock um die Beine flattern –, dann rannte sie zu einem Taxistand und ging zu dem Fahrer einer dreirädrigen Droschke, von einer Bauart, die allgemein gebräuchlich schien. Sie zeigte dem Fahrer ihre Karte, tippte mit dem Zeigefinger auf die Via Malthus und erklärte, sie wolle in ein möglichst nahe an dieser Straße gelegenes Hotel. Der Fahrer antwortete jovial: »Der Alte Hafen ist reizvoll! Ich werde Sie zum Hotel Sirenuse bringen. Es liegt nahe der Via Malthus und ist ein ordentliches und gepflegtes Haus, und auch die Preise sind annehmbar.«

Wayness stieg in die Droschke, die gleich darauf in das Getriebe der Altstadt von Triest eintauchte – einer Stadt von einzigartigem Charakter, zur Hälfte erbaut auf einer schmalen Landzunge unter den steinigen Hügeln, zur anderen Hälfte auf Pfeilern, die in den Meeresboden der Adria getrieben worden waren. Kanäle mit dunklem Wasser durchflossen die ganze Stadt und umspülten die Fundamente der hohen schmalen Häuser. Eine dunkle, geheimnisvolle Stadt, dachte Wayness.

Durch ein Gewirr von Straßen und Gassen, über Anhöhen und durch Senken, über enge, buckelförmige Brücken, auf die Piazza Dalmatio über die Via Condottiere und wieder herunter über die Via Strada fuhr die Droschke. Wayness war außerstande, die Route auf ihrer Karte zu verfolgen, so daß es ihr unmöglich war zu ermitteln, ob der Fahrer den kürzesten Weg nahm oder ein paar Meilen Umweg fuhr. Schließlich bog das Taxi in die Via Severin, überquerte den Canal Flacco über den Ponte Fidelius und kam in einen Bezirk voller verwinkelter Straßen und Kanäle, unter einer dürren Skyline aus tausend schiefen Winkeln und Formen. Dies war Porto Vecchio, der Alte Hafen: ein Bezirk, der nachts still und ruhig war, der tagsüber jedoch geradezu brodelte von hektischer Betriebsamkeit – zu welcher im gleichen Maße Einheimische wie Touristen beitrugen.

Der Weg der Zehn Pantologen führte am Canal Bartolo Seppi entlang und war gesäumt von Bistros, Cafés, Blumenläden und Buden, die gebratene Muscheln und Kartoffeln in Papiertüten feilboten. In den Seitenstraßen und -gassen wimmelte es von dunklen kleinen Läden, die spezielle Waren verkauften: Kuriositäten, Außerwelt-Artefakte, Inkunabeln; seltene Waffen und Musikinstrumente, die in allen erdenklichen Tonarten gestimmt waren. Bestimmte Geschäfte waren auf Vexierspiele, Kryptographien und Inschriften in unbekannten Sprachen spezialisiert; andere verkauften Münzen, Glasinsekten, Autogramme, Mineralien von toten Sternen. Wieder andere handelten mit weicherem Stoff: Puppen in Trachten aus vielen Zeiten und Orten; Puppen, die darauf programmiert waren, Handlungen zu begehen, die höflich waren, und Handlungen, die ganz und gar nicht höflich waren. Gewürzläden verkauften Zutaten und Wohlgerüche und Öle und Ester von interessanter Art; Konditoreien boten Kuchen und Bonbons feil, die sonst nirgendwo auf der Erde erhältlich waren, sowie getrocknetes Obst, Sirupe und kandierte Früchte. Eine Vielzahl von Geschäften verkauften Modelle von Schiffen, antiken Eisenbahnzügen und Automobilen; andere waren auf Raumschiffmodelle spezialisiert.

Der Droschkenfahrer brachte Wayness zum Hotel Sirenuse, einem weitschweifigen alten Klotz bar jeder architektonischen Anmut, der sich über die Jahrhunderte expandiert hatte, Anbau um Anbau, und jetzt die gesamte Fläche zwischen dem Weg der Zehn Pantologen und dem Adriastrand einnahm. Wayness erhielt ein hohes Zimmer im hinteren Bereich des zweiten Stockwerkes. Das Zimmer war recht gemütlich: blaue und rosa Blumentapete, ein Lüster und eine gläserne Flügeltür, die auf einen kleinen Balkon führte. Eine zweite Tür führte zu einem Bad, das mit Zubehör im Rokokostil ausgestattet war. Auf einer Anrichte fand Wayness den Telephon-Bildschirm und diverse Bücher, darunter eine verkürzte Ausgabe von Baron Bodisseys zehnbändigem Monumentalwerk *Das Leben*; außerdem *Geschichten aus dem alten Triest* von Fia della Rema sowie *Die Taxonomie von Dämonen* von Miris Ovic. Darüber hinaus gab es eine Speisekarte vom Restaurant des Hotels, einen Korb mit grünen Weintrauben und ein Tablett mit einer Karaffe Rotwein und zwei Gläsern.

Wayness aß eine Traube, schenkte sich ein halbes

Glas Rotwein ein und ging auf den Balkon. Fast senkrecht unter ihr sah sie den verrottenden alten Kai, der im behäbigen Rhythmus der adriatischen Dünung knarrte. Ein halbes Dutzend Fischerboote waren längsseits des Stegs vertäut. Dahinter dehnten sich Himmel und Meer, getrübt von grauen Regenschleiern. Im Norden wurde ihr Blick umgrenzt von einer dunklen, verschwommenen Küstenlinie, die hinter dem Regen, am Rande ihres Gesichtsfeldes, gänzlich verschwand. Mehrere Minuten lang stand Wayness auf dem Balkon, in kleinen Schlucken von dem herben Rotwein trinkend. Der feuchte Wind wehte ihr den modrigen Geruch des Kais ins Gesicht. Dies war die Alte Erde in einer ihrer echtesten Manifestationen, dachte sie. Nirgendwo da draußen unter den Sternen würde sich ein Panorama wie dieses finden lassen.

Der Wind war frisch. Wayness trank ihr Glas aus, ging zurück ins Zimmer und schloß die Balkontür. Sie badete, schlüpfte in eine graue Hose, die an den Hüften eng anlag, unter den Knien weit war und an den Fesseln gerafft, und zog ein dazu passendes schwarzes Jackett an. Nach einem Augenblick des Überlegens stellte sie einen Anruf nach Schönwinden durch, und eine halbe Stunde später sprach sie mit Pirie Tamm in der Bank.

»Ich sehe, du bist heil angekommen«, sagte Pirie Tamm. »Ist dir jemand gefolgt?«

»Ich glaube nicht. Aber sicher bin ich natürlich nicht.«

»Nun denn – wie sehen deine nächsten Schritte aus?«

»Als erstes werde ich Xantief aufsuchen. Sein Geschäft ist nicht sehr weit von hier. Sollte ich irgend etwas Verwertbares erfahren, werde ich dich anrufen. Wenn nicht, warte ich vielleicht noch ein bißchen ab. Selbst wenn ich nichts sage, fürchte ich, daß der Anruf zurückverfolgt werden könnte.«

»Hm«, grunzte Pirie Tamm. »So weit ich weiß, ist das nicht möglich.«

»Wahrscheinlich nicht. Ich nehme an, du hast nichts von Julian gehört?«

»Von Julian nicht, aber heute morgen kam ein Brief von deinen Eltern. Soll ich ihn dir vorlesen?«

»O ja, bitte!«

Der Brief berichtete ihr von Glawens Heimkehr, Florestes Schande und Hinrichtung und von Glawens einsamer Expedition nach Shattorak auf Ecce, von der er zu dem Zeitpunkt, an dem der Brief geschrieben worden war, noch nicht zurückgekehrt war.

Wayness' Stimmung konnte der Brief nicht heben. »Ich mache mir große Sorgen um Glawen«, sagte sie zu Pirie Tamm. »Er ist äußerst tollkühn, wenn er sich etwas in den Kopf gesetzt hat.«

»Magst du ihn?«

»Sehr.«

»Er ist ein Glückspilz.«

»Es ist nett von dir, daß du das sagst, Onkel Pirie, aber ich bin auch ein Glückspilz – wenn er heil zurückkommt.«

»Im Moment solltest du dir lieber Sorgen um dich selbst machen. Ich denke mir, daß Glawen Clattuc mir da zustimmen würde.«

»Das denke ich auch. Auf Wiedersehen dann, Onkel Pirie.«

Wayness ging nach unten in die Lobby. Das Hotel war gut besucht; es herrschte ein ständiges Kommen und Gehen von Gästen; andere trafen sich mit Freunden. Wayness ließ den Blick durchs Foyer schweifen, aber sie erkannte niemanden.

Es war jetzt drei Uhr an einem ziemlich naßkalten und diesigen Nachmittag. Wayness verließ das Hotel und schlenderte den Weg der Zehn Pantalogen hinunter. Dünne Nebelschleier lagen über den Bergen und Hängen. Schwaden von Dampf und faulige Gerüche stiegen aus dem Canal Bartolo Seppi. Die Landschaft war eine Collage abstrakter Formen – schwarz, braun und grau.

Wayness wurde durch ein Kitzeln im Nacken von ihren Gedanken abgelenkt. Konnte es sein, daß sie schon wieder verfolgt wurde? Entweder war dies so, oder sie hatte sich in eine fixe Idee verrannt. Sie blieb abrupt stehen und täuschte Interesse an den Schaufensterauslagen eines Kerzengeschäfts vor; dabei warf sie einen verstohlenen Blick über die Schulter. Wie gewohnt sah sie nichts, was ihren Argwohn hätte nähren können.

Immer noch nicht ganz überzeugt, machte sie kehrt und ging denselben Weg zurück, den sie gekommen war, sorgfältig alle Leute musternd, die ihr entgegenkamen. Keiner kam ihr in irgendeiner Weise bekannt vor. Doch halt – jener kleine dicke glatzköpfige Mann mit dem pausbäckigen rosigen Gesicht: konnte er eine schwarze Perücke getragen haben, einen falschen Schnauzbart und Rouge, um sie zu täuschen? Möglich war es. Und der breitschultrige junge Tourist mit dem Mondgesicht und dem langen gelbblonden Haar: konnte das nicht der ominöse junge Lakai sein, der sich Baro genannt hatte? Wayness verzog das Gesicht. Heutzutage war alles möglich, und Vermummen war eine schöne Kunst, standen doch dem, der sie ausübte, raffinierteste Instrumente zur Verfügung, wie täuschend echt aussehende Gesichtsmasken und Kontaktlinsen, die nicht nur die Farbe, sondern sogar die Form der Augen veränderten. Die äußere Erscheinung besagte nicht mehr viel, und die einzige sichere Methode, einen Verfolger zu identifizieren, war, sein Verhalten zu studieren.

Wayness beschloß, ihre Theorie auf die Probe zu stellen. Sie tauchte in eine dunkle kleine Gasse, ging ein paar Schritte und huschte dann in einen Hauseingang, wo sie vor Blicken geschützt war.

Zeit verging: fünf Minuten, zehn Minuten. Nichts Bedeutsames geschah. Niemand betrat die Gasse oder hielt auch nur inne, um einen Blick in sie hineinzuwerfen. Wayness begann allmählich zu vermuten, daß die Nerven ihr Streiche spielten. Sie verließ ihr Versteck und ging zum Weg der Zehn Pantologen zurück. Eine große dünne Frau mit einem schwarzen Kleid und schwarzem, zu einem Knoten gebundenen Haar stand ganz in der Nähe. Sie bemerkte Wayness und zog sofort verächtlich die Augenbrauen hoch, dann rümpfte sie die Nase, machte kehrt und marschierte von dannen.

Eigenartig! dachte Wayness. Aber vielleicht auch doch nicht so eigenartig. Es konnte ja sein, daß die Frau gedacht hatte, Wayness sei in die Gasse gegangen, um ihre Blase zu erleichtern.

Es gab nach Wayness' Wissen keine korrekte oder anerkannte Methode, einen Irrtum dieser Art aufzuklären. Außerdem, falls Wayness das Verhalten der Frau mißdeutet hatte, konnten die Erklärungen, wie delikat sie auch immer formuliert sein mochten, sehr leicht kompliziert werden.

Wayness verließ die Gegend so schnell, wie ihre Würde es erlaubte.

Zweihundert Schritte weiter brachte der Weg der Zehn Pantologen sie zum Zusammenfluß des Canal Bartolo Seppi mit dem Canal Daciano. Eine Brücke, der Ponte Orsini, führte den Weg über den Canal Daciano, wo der Weg der Zehn Pantologen auf die Via Malthus stieß. Wayness bog nach rechts und ging langsam weiter. Nach fünfzig Schritten kam sie an ein dunkles kleines Geschäft mit einem bescheidenen Schild über der Tür. Auf diesem Schild stand in verblaßter goldener Kursivschrift auf schwarzem Grund:

Xantief
ARCANA

Die Tür war verschlossen; das Geschäft war leer. Wayness trat einen Schritt zurück und preßte verärgert die Lippen zusammen. »Verflixt und zugenäht!« stieß Wayness hervor. »Glaubt er, ich bin den ganzen weiten Weg hierhergekommen, um vor seiner Tür im Regen zu stehen?« Und in der Tat: der Nebel hatte sich zu Nieselregen komprimiert.

Wayness versuchte, durch die Glasscheiben der Tür zu gucken, aber sie konnte nichts erkennen. Es war möglich, daß Xantief für einen Moment weggegangen war und gleich wieder zurückkam. Wayness zog die Schultern hoch, um sich so gut es ging gegen den Nieselregen zu wappnen, und warf einen Blick auf das Geschäft zu ihrer Rechten, das Aromakugeln mit aus Fremdweltkräutern komponierten Duftmischungen feilbot. Das Geschäft zur Linken von Xantiefs Laden war spezialisiert auf Jademedaillons von etwa drei Zoll Durchmesser – oder vielleicht waren es auch Schnallen.

Wayness schlenderte bis zum Ende der Via Malthus, wo diese auf den Kai mündete. Sie blieb stehen, blickte zurück. Niemand schien an ihren Bewegungen interessiert zu sein. Sie ging die Via Malthus wieder zurück und blieb vor dem Laden stehen, der die Jademedaillons, respektive -schnallen verkaufte. Auf einem Schild an der Tür stand:

ALVINA IST DA!
Treten Sie ein

Wayness stieß die Tür auf und betrat den Laden. An einem Pult an der Seite saß eine dünne Frau mittleren Alters. Eine bunte Fischermütze bedeckte ihre rötlichgrauen Locken. Sie trug einen dicken Pullover aus dunkelgrauer Wolle und einen grauen Köperrock; mit hellgraugrünen Augen schaute sie auf Wayness. »Ich sehe, Sie sind neu in Triest und haben nicht im Leben damit gerechnet, daß es regnen könnte.«

Wayness lachte wehmütig. »Er hat mich in der Tat überrascht. Aber ich bin hergekommen, um den Laden nebenan aufzusuchen, der geschlossen ist. Kennen Sie zufällig Herrn Xantiefs Öffnungszeiten?«

»O ja. Er öffnet sein Geschäft dreimal wöchentlich um Mitternacht für jeweils drei Stunden. Heute nacht hat er geöffnet, falls es Sie interessiert.«

Wayness' Kinnlade fiel herunter. »Was für ein absurder Zeitplan!«

Alvina lächelte. »Nicht, wenn Sie Xantief kennen.«

»Aber das kann doch seinen Kunden nicht gelegen sein! Oder ist er einfach bloß pervers?«

Alvina schüttelte den Kopf, immer noch lächelnd. »Xantief ist ein Mann mit vielen faszinierenden Eigenarten. Beinahe zufällig ist er auch ein gewiefter Geschäftsmann. Er gibt vor, daß er seine Waren nicht verkaufen will. Sie seien zu gut für den Pöbel, und seine Preise seien viel zu niedrig. Das ist natürlich Unsinn – glaube ich.«

»Es ist sein Geschäft, und natürlich kann er damit machen, was er für richtig hält. Auch wenn die Leute dabei triefend naß werden.« Wayness sagte dies in ruhigem Ton, doch Alvinas empfindliches Ohr hörte eine gewisse Gereiztheit heraus.

»In Verbindung mit Xantief ist Ärger zwecklos. Er ist ein Patrizier.«

»Ich hatte nicht vor, Aufruhr zu stiften«, sagte Wayness mit Würde. »Trotzdem, vielen Dank für den Rat.« Sie ging zur Tür und warf einen Blick nach draußen. Es regnete inzwischen heftig.

Alvina schien es nicht eilig zu haben, sie loszuwerden, also fragte sie: »Ist Xantief schon lange hier?«

Alvina nickte. »Er ist fünfzig Meilen östlich von hier in einem Schloß geboren. Sein Vater, der dreiunddreißigste Baron, starb, als Xantief noch ein junger Student war. Xantief hat mir einmal erzählt, wie er ans Totenbett gerufen wurde. Der alte Baron sprach zu ihm:

›Mein lieber Alcide, wir haben viele Jahre gemeinsam verbracht und genossen, doch jetzt ist die Zeit gekommen, da ich scheiden muß. Ich sterbe glücklich, da ich dir ein Erbe von unschätzbarem Wert vermache. Erstens, einen feingebildeten und guten Geschmack, um den dich andere Männer beneiden werden. Zweitens, die gedankenlose und instinktive Überzeugung von Wert, Ehre und Vorzüglichkeit, die deinen Rang als vierunddreißigster Baron begleitet. Drittens wirst du die greifbaren Aktiva des Baronats als Allodialgut erben, mit all seinen Ländereien, Pachtgütern und Schätzen. Je nun, ich schärfe dir ein: wenn mein Dahinscheiden auch kein Grund zum Feiern ist, so sollst du dich aber auch nicht grämen, denn so ich kann, werde ich stets zugegen sein, dich zu behüten und zu beschützen in der Stunde der Not.‹ Mit diesen Worten starb der alte Mann, und Xantief wurde der vierunddreißigste Baron. Da er bereits wußte von seinem guten Geschmack bei Wein, Speisen und Frauen, und da er niemals irgendwelche Zweifel hinsichtlich seines persönlichen Werts gehegt hatte, war sein erster Schritt die Bestandsaufnahme der greifbaren Aktiva. Er stellte fest, daß sie nicht beträchtlich waren: das modernde alte Schloß, ein paar Morgen Kalksteinklippen, zwei Dutzend alte Olivenbäume und ein paar Ziegen.

Xantief machte das Beste aus seinem Erbe. Er eröffnete sein Geschäft und nahm als Grundstock einige Teppiche, Wandbehänge, Bücher, Gemälde und Nippsachen aus seinem Schloß – und der Laden florierte vom ersten Tag an. Das ist zumindest die Geschichte, die er erzählt.«

»Hm. Sie scheinen ihn recht gut zu kennen.«

»Ziemlich gut. Immer wenn er tagsüber vorbeikommt, macht er einen Sprung zu mir herein, um sich die Tangletten anzuschauen. Er ist empfänglich für sie, und manchmal gehe ich sogar so weit, seinen Rat einzuholen.« Alvina lachte kurz auf. »Dies ist schon ein seltsames Geschäft. Xantief darf die Tangletten berühren und ihre Kraft testen, aber ich darf das nicht, und Sie dürften das auch nicht.«

Wayness wandte sich zu den glänzenden grünen Schnallen um, oder Spangen – was immer sie waren –, die im Schaufenster ausgestellt waren, jede auf einem kleinen, mit schwarzem Samt bezogenen Podest. Sie ähnelten einander zwar, doch jede unterschied sich deutlich sichtbar von allen andern.

»Sie sind wunderschön – Jade, nehme ich an?«

»Beilstein, genau gesagt. Jade fühlt sich anders an: eine Spur rauher. Diese hier sind kalt und ölig, wie grüne Butter.«

»Wozu benutzt man sie?«

»Ich benutze sie dazu, sie an Sammler zu verkaufen«, sagte Alvina. »Alle echten Tangletten sind Antiquitäten und sehr wertvoll, da die einzigen neuen Tangletten Fälschungen sind.«

»Wozu dienten sie ursprünglich einmal?«

»Zuerst waren sie Haarspangen; getragen wurden sie von den Kriegern einer fernen Welt. Wenn ein Krieger einen Feind tötete, nahm er ihm die Haarspange ab und trug sie an seinem eigenen Skalpzopf. Auf diese Weise wurden die Tangletten zu Trophäen. Die Tangletten eines Helden sind sogar mehr als das: sie sind Talismane. Es gibt Hunderte von Unterschieden und Qualitäten und Besonderheiten, die das Thema ziemlich faszinierend für einen machen, der sich näher damit beschäftigt. Nur eine begrenzte Anzahl von Tangletten sind echt, trotz der Anstrengungen von Fälschern, und jede einzelne ist kommentiert und benannt und zugeordnet. Sie sind allesamt wertvoll, aber die großen sind buchstäblich unschätzbar. Der Skalpzopf eines Helden mit sechs Tangletten ist so voll von Mana, daß er fast Funken sprüht. Ich muß außerordentliche Vorsicht walten lassen; eine einzige Berührung läßt den Glanz stumpf werden und die Mana erstarren.«

»Puh!« sagte Wayness. »Wer würde den Unterschied schon merken?«

»Ein Fachmann würde ihn bemerken, und zwar auf der Stelle. Ich könnte Ihnen stundenlang Geschichten darüber erzählen.« Alvina wandte den Blick zur Decke. »Ich werde Ihnen nur eine erzählen: die von der berühmten Tanglette Zwölf Kanaw. Ein Sammler namens Jadoukh Ibrasil war viele Jahre hinter Zwölf Kanaw her gewesen, und schließlich, nach komplizierten Verhandlungen, nahm er Zwölf Kanaw in Besitz. Noch am gleichen Abend sah seine schöne Gemahlin Dilre Lagoum die Tanglette und trug sie ahnungslos auf einer Party im Haar. Jadoukh Ibrasil trat zu seiner Frau, machte ihr Komplimente ob ihrer Schönheit, und dann bemerkte er plötzlich die Tanglette in ihrem Haar. Zeugen behaupten, er sei in dem Moment so weiß geworden wie ein Bettlaken. Er wußte sofort, was er tun mußte. Galant nahm er Dilre Lagoums Arm und geleitete sie in den Garten, wo er ihr zwischen den Hortensien die Kehle durchschnitt. Danach erstach er sich selbst. Die Geschichte hört man normalerweise nur unter Sammlern. Die allgemeine Empfindung ist, daß Jadoukh Ibrasil tat, was er tun mußte, und an diesem Punkt wird das Gerede metaphysisch. Was glauben Sie?«

»Ich weiß nicht so recht«, sagte Wayness vorsichtig. »Es könnte sein, daß alle Sammler verrückt sind.«

»Ah, gut! Das ist eine Binsenweisheit.«

»Ich könnte mir denken, daß es auf die Dauer hart an den Nerven zerrt, zwischen solch launischen Gegenständen zu arbeiten.«

»Manchmal tut es das in der Tat«, bestätigte Alvina. »Ich finde jedoch, daß meine hohen Preise ein großer Trost sind.« Alvina erhob sich. »Ich lasse Sie eine Fälschung befühlen, wenn Sie möchten. Sie können damit keinen Schaden anrichten.«

Wayness schüttelte den Kopf. »Ich glaube, besser

nicht. Ich habe Besseres zu tun als Fälschungen zu befühlen.«

»In dem Fall mache ich uns eine Kanne Tee – oder sind Sie in Eile?«

Wayness schaute aus dem Fenster. Der Regen hatte aufgehört, zumindest für den Moment. »Nein, danke. Ich glaube, ich mache mir das Nachlassen des Regens zunutze und laufe zurück zum Hotel.«

II

Nachdem Wayness Alvinas Geschäft verlassen hatte, blieb sie noch einen Moment lang draußen vor der Tür stehen. Draußen über dem Adriatischen Meer waren vereinzelte Sonnenstrahlen durch die Wolken gebrochen. Die Via Malthus roch nach feuchtem Stein, vermischt mit Gerüchen aus dem Kanal und dem allgegenwärtigen Geruch des Meeres. Neben dem Kanal führte ein alter Mann mit einer roten Zipfelmütze einen kleinen weißen Hund spazieren. Schräg gegenüber auf der anderen Straßenseite stand eine alte Frau vor ihrer Haustür und plauderte mit einer anderen alten Frau, die auf dem Gehsteig stand. Beide trugen schwarze Kleider und spitzenbesetzte Umhängetücher; während sie sich unterhielten, wandten sie sich um und schauten mit mißbilligenden Blicken zu dem alten Mann, der mit steifen und langsamen Schritten mit seinem Hund am Kanal entlangging. Es schien, als verunglimpften sie ihn – aus Gründen, die Wayness nicht kannte. Keiner der drei konnte als Bedrohung betrachtet werden. Wayness ging mit schnellen Schritten die Via Malthus hinauf und bog dann nach links auf den Weg der Zehn Pantologen. Unterwegs blickte sie ein paarmal unauffällig über ihre Schulter. Sie erreichte ohne Zwischenfall das Hotel Sirenuse und ging direkt auf ihr Zimmer.

Die langsam nach Westen wandernde Sonne hatte den größten Teil der Wolken verscheucht und einiges von dem Grau und Dunkelgrau der Landschaft in Weiß verwandelt. Wayness stand zehn Minuten auf ihrem Balkon, dann kehrte sie ins Zimmer zurück, setzte sich in einen Sessel und dachte über das nach, was sie erfahren hatte. Das meiste davon war zwar interessant, schien aber ohne jegliche Relevanz für ihr Hauptanliegen zu sein. Irgendwann spürte sie, daß sie einnickte; sie stand von ihrem Sessel auf und legte sich schlafen.

Zeit verging. Wayness schrak aus dem Schlaf hoch und schaute auf die Uhr: es war bereits vorgerückter Abend. Sie zog ihr dunkelbraunes Kostüm an und ging hinunter ins Restaurant. Sie aß eine Terrine Gulasch mit einem Salat aus Grünem Salat, Radiccio und Ruccola und trank eine halbe Karaffe von dem milden Wein der Region.

Als sie fertig war, verließ sie das Restaurant und setzte sich in eine Ecke des Foyers, wo sie mit einem Auge so tat, als lese sie eine Zeitschrift, während sie mit dem andern Auge das Kommen und Gehen verfolgte.

Es ging auf Mitternacht zu. Um zwanzig vor zwölf stand Wayness auf, ging zum Eingang und spähte die Straße hinauf und hinunter.

Alles war still, und die Nacht war dunkel. Ein paar Straßenlaternen standen in unregelmäßigen Abständen in Inseln ihres eigenen fahlen Lichts. An den Hängen der Berge dämpfte ein dünner Nebelschleier tausend andere Lichter, so daß sie nicht mehr als winzige Funken zu sein schienen. Auf dem Weg der Zehn Pantologen war, so weit Wayness schauen konnte, niemand unterwegs. Aber sie zögerte und ging zurück ins Hotel. An der Rezeption sprach sie mit dem Nachtportier, einer jungen Frau, die nicht viel älter war als sie selbst. Wayness versuchte, ihrer Stimme einen nüchternen, geschäftsmäßigen Klang zu geben. »Ich muß nach draußen, um jemanden zu treffen, in einer geschäftlichen Angelegenheit. Gelten die Straßen in dieser Gegend als sicher?«

»Straßen sind Straßen. Sie werden von allen möglichen Leuten benutzt. Das Gesicht, in das Sie blicken, kann das eines Wahnsinnigen sein, es kann aber auch ebensogut das Ihres eigenen Vaters sein. Wie ich hörte, handelt es sich in manchen Fällen um ein und dieselbe Person.«

»Mein Vater ist weit weg«, sagte Wayness. »Ich wäre wirklich sehr überrascht, wenn ich ihm in den Straßen des alten Triest begegnete.«

»In dem Fall ist es wahrscheinlicher, daß Sie einem Wahnsinnigen begegnen. Meine Mutter macht sich immer große Sorgen, wenn ich nachts draußen bin. ›Nirgendwo ist man sicher, nicht einmal in seiner eigenen Küche‹, hat sie zu mir gesagt. ›Erst letzte Woche hat der Klempner, den wir gerufen hatten, das Abflußrohr zu reinigen, deine Großmutter beleidigt!‹ Darauf habe ich erwidert, daß, wenn sie den Klempner das nächste Mal ruft, Großmutter lieber nach draußen auf die Straße gehen soll, statt in der Küche herumzulungern.«

Wayness wandte sich von der Rezeption ab. »Ich werde das Risiko wohl eingehen müssen.«

»Einen Augenblick«, sagte die Rezeptionistin. »Sie tragen die falsche Kleidung. Binden Sie sich ein Kopftuch um. Wenn ein Mädchen auf Vergnügen aus ist, läßt es den Kopf unbedeckt.«

»Das letzte, wonach mir im Moment der Sinn steht, ist ›Vergnügen‹«, sagte Wayness. »Haben Sie vielleicht ein Kopftuch, das ich mir für etwa eine Stunde ausleihen könnte?«

»Ja, natürlich.« Die Rezeptionistin holte ein Tuch aus schwarz-grün karierter Wolle unter der Theke hervor, das sie Wayness gab. »Das dürfte hinreichen. Werden Sie lange wegbleiben?«

»Das glaube ich nicht. Die Person, die ich sprechen muß, ist nur um Mitternacht erreichbar.«

»Nun denn. Dann werde ich bis zwei Uhr auf Sie warten. Sollten Sie später kommen, müssen Sie draußen klingeln.«

»Ich versuche, so früh als möglich wieder zurück zu sein.«

Wayness band sich das Kopftuch um und machte sich auf den Weg. Bei Nacht waren die Straßen von Porto Vecchio in Alt-Triest nicht nach Wayness' Gusto. Hinter den gardinenverhangenen Fenstern waren Laute zu vernehmen, die eine unheilvolle Bedeutung zu haben schienen, obgleich sie fast unhörbar waren. Dort, wo der Weg der Zehn Pantologen den Canal Daciano kreuzte, stand eine großgewachsene Frau in einem schwarzen Kleid auf dem Ponte Orsini. Ein kalter Schauer rieselte Wayness über den Rücken. Konnte dies dieselbe Frau sein, die sie früher am Tag so böse angestarrt hatte? Mochte sie vielleicht beschlossen haben, daß Wayness weiterer Bestrafung bedurfte?

Aber es war nicht dieselbe Frau, und Wayness lachte zittrig über ihre eigene Torheit. Die Dame, die auf der Brücke stand, sang leise – so leise, daß Wayness, als sie stehenblieb, um ihr zu lauschen, kaum etwas hören konnte. Es war ein wehmütiges, schönes Lied, und Wayness hoffte, daß es sich nicht als Ohrwurm in ihrem Kopf festsetzen und sie heimsuchen würde.

Wayness bog in die Via Malthus und spähte wachsamer denn je hinter sich. Kurz bevor sie Xantiefs Laden erreichte, kam ein Mann mit einem Umhang und einer Kapuze auf dem Kopf leichtfüßig um die Ecke vom Weg der Zehn Pantologen gesprungen. Er hielt kurz inne, spähte die Via Malthus hinunter und folgte dann Wayness.

Wayness wandte sich um und rannte zu Xantiefs Geschäft. Das Herz klopfte ihr bis zum Halse. Hinter den Fenstern sah sie schwaches Licht; sie drückte gegen die Tür. Die Tür war abgeschlossen. Sie schrie in ihrer Not laut auf und stemmte sich erneut gegen die Tür, und als das nichts fruchtete, klopfte sie an die Glasscheibe und zog an der Klingelschnur. Sie schaute über die Schulter. Die Via Malthus herunter kam der große Mann; er bewegte sich mit leichtfüßig federnden Schritten vorwärts. Wayness wandte sich um und drückte sich in den Schatten. Ihre Knie schlotterten; sie fühlte sich apathisch, wie in einer Falle sitzend. Hinter ihr ging die Tür auf; sie sah einen weißhaarigen Mann, schmächtig von Gestalt, aber aufrecht und ruhig. Er trat zur Seite, und Wayness fiel fast durch die Tür.

Der Mann mit der Kapuze schlenderte vorbei; er machte sich nicht einmal die Mühe, einen Blick zur Seite zu werfen. Gleich darauf war er fort, entschwunden in die Dunkelheit am Ende der Via Malthus.

Xantief machte die Tür zu und schob Wayness einen Stuhl hin. »Sie sind verstört; ruhen Sie sich erst einmal einen Moment aus.«

Wayness ließ sich auf den Stuhl sacken. Gleich darauf gewann sie ihre Fassung wieder. Sie entschied, daß irgend etwas gesagt werden mußte. Warum also nicht einfach die Wahrheit? Sie würde ihren Zweck gut genug erfüllen und hatte außerdem den Vorteil, daß sie sich nichts aus den Fingern saugen mußte. Sie sprach – und war überrascht, daß ihre Stimme noch immer zitterte: »Ich hatte schreckliche Angst.«

Xantief nickte höflich. »Ich war zu dem gleichen Schluß gelangt – wenn auch wohl aus anderen Gründen.«

Nachdem Wayness die Bemerkung überdacht hatte, mußte sie lachen, was Xantief zu freuen schien. Sie straffte sich in dem Stuhl und sah sich im Raum um: er wirkte mehr wie der Salon einer Privatwohnung als ein Ort, an dem Geschäfte abgewickelt wurden, fand sie. Was immer die ›Arcana‹ sein mochten, mit denen Xantief handelte, sie waren jedenfalls nirgends zu sehen. Xantief selbst entsprach dem Bild, das Wayness aus Alvinas Erzählungen gewonnen hatte. Seine Neigungen waren offensichtlich aristokratisch; er war weltmännisch und anspruchsvoll, mit einer klaren, hellen Haut; seine Gesichtszüge waren von adlerartiger Feinheit, sein weiches weißes Haar war gerade so lang geschnitten, das es sein Gesicht umrahmte. Seine Kleidung war von gediegener Unauffälligkeit: ein locker sitzender Anzug aus weichem schwarzem Stoff, ein weißes Hemd und eine schmale moosgrüne Krawatte.

»Für den Moment zumindest scheinen Sie Ihre Furcht unter Kontrolle zu haben«, erwog Xantief. »Darf ich fragen, was ihre Ursache war?«

»Die Antwort ist simpel«, sagte Wayness. »Ich fürchte mich vor dem Tod.«

Xantief nickte. »Viele Menschen teilen diese Furcht, doch nur die wenigsten kommen um Mitternacht in mein Geschäft gerannt, um mir davon zu erzählen.«

Wayness sprach behutsam, als rede sie mit einem begriffsstutzigen Kind: »Das ist nicht der Grund, weshalb ich gekommen bin.«

»Ah! Dann sind Sie also nicht zufällig hier?«

»Nein.«

»Lassen Sie uns einen Schritt weitergehen. Dann sind Sie also – wenn Sie mir den Ausdruck verzeihen – kein menschliches Wrack oder ein namen- und heimatloses Kind?«

Wayness sagte würdevoll: »Ich kann mir nicht vorstellen, was Sie im Sinn haben. Ich bin Wayness Tamm.«

»Ah! Das erklärt alles! Sie müssen mir meine Vorsicht verzeihen. Hier in Alt-Triest herrscht niemals Mangel an verblüffenden Vorfällen, die manchmal absonderlich, manchmal tragisch sind. So hat zum Beispiel erst jüngst nach einem solchen Besuch wie Ihrem zu ungewöhnlicher Stunde die Haushälterin einen

Säugling entdeckt, der im Hause in einem Korb zurückgelassen wurde.«

Wayness sagte kalt: »Sie brauchen sich in dieser Hinsicht keine Sorgen zu machen. Ich bin nur deshalb jetzt hier, weil Sie diese ungewöhnlichen Stunden zu Ihren Geschäftsstunden gemacht haben.«

Xantief verbeugte sich vor ihr. »Ich bin beruhigt. Ihr Name ist Wayness Tamm, sagen Sie? Er paßt gut zu Ihnen. Bitte nehmen Sie dieses lächerliche Staubtuch ab – oder Fliegenlappen oder Katzendecke oder was immer dieses unmögliche Ding ist, das Sie da als Kopftuch tragen. So! Das ist schon viel besser! Darf ich Ihnen einen Likör zur Stärkung anbieten? Nein? Einen Tee? Also Tee.« Xantief musterte sie mit schiefgelegtem Kopf. »Sie sind Außerweltlerin, richtig?«

Wayness nickte. »Noch genauer gesagt, ich bin ein Mitglied der Naturforschergesellschaft. Mein Onkel Pirie Tamm ist Generalsekretär der Gesellschaft.«

»Ich kenne die Naturforschergesellschaft«, sagte Xantief. »Ich dachte nur, sie sei ein Relikt aus der Vergangenheit.«

»Nicht ganz.« Wayness hielt inne, um zu überlegen. »Wenn ich Ihnen alles erzählen würde, säßen wir stundenlang hier. Ich will versuchen, mich kurz zu fassen.«

»Danke«, sagte Xantief. »Ich bin nämlich kein guter Zuhörer. Schießen Sie los.«

»Vor langer Zeit – das exakte Datum weiß ich nicht – verkaufte ein Generalsekretär der Gesellschaft namens Frons Nisfit Besitztümer der Gesellschaft und veruntreute den Erlös.

Die Gesellschaft versucht jetzt, sich zu erneuern, und dazu brauchen wir einige der damals verlorengegangenen Dokumente. Ich fand nun heraus, daß Sie vor etwa zwanzig Jahren Material der Naturforschergesellschaft an Comte Raul de Flamanges verkauft haben. Das ist der Grund, warum ich zu Ihnen gekommen bin.«

»Ich erinnere mich an die Transaktion«, sagte Xantief. »Und nun?«

»Ich würde gern wissen, ob Sie vielleicht weiteres Material der Gesellschaft in Ihrem Besitz haben, etwa Dokumente, die sich auf das Konservat Cadwal beziehen.«

Xantief schüttelte den Kopf. »Nicht ein einziges. Es war ohnehin nur reiner Zufall, daß ich überhaupt mit dem Material in Berührung kam.«

Wayness sackte in ihren Stuhl zurück.

»Dann können Sie mir vielleicht erzählen, wie das Material zu Ihnen gelangte, damit ich meine Nachforschungen einen Schritt weiter vorantreiben kann.«

»Sicher. Wie ich schon erwähnte, liegt diese Sache nicht in meinem üblichen Genre. Ich nahm die Dokumente nur, damit ich sie an Comte Raul weitergeben konnte, den ich als einen Altruisten und großartigen Gentleman und, ja, auch als einen Freund betrachtete. Hier ist der Tee.«

»Danke. Warum lachen Sie?«

»Sie sind so schrecklich ernst.«

Wayness begann zu blinzeln, aber die Tränen kamen zu plötzlich, als daß sie sie noch hätte unterdrücken können. Sie wünschte sich in diesem Moment nichts sehnlicher, als in der sicheren Geborgenheit ihres Zimmers in Haus Stromblick zu sein, eingekuschelt in ihr Bett. Der Gedanke war so überwältigend, daß sie fast ihre Selbstbeherrschung verlor.

Xantief hatte sich neben sie gestellt und tupfte ihr die Wangen mit einem feinen, nach Lavendel duftenden Taschentuch ab. »Verzeihen Sie mir; ich bin normalerweise nicht so unsensibel. Sie stehen gewiß unter großer Anspannung.«

»Ich habe Angst, daß ich verfolgt werde – von gefährlichen Menschen. Ich habe alles versucht, um sie auf dem Wege nach hier abzuschütteln, aber ich bin nicht sicher, ob mir das geglückt ist.«

»Was bringt Sie auf den Gedanken, daß Sie verfolgt werden?«

»Just in dem Moment, als Sie die Tür öffneten, kam ein Mann vorbei. Er trug einen Umhang mit einer Kapuze. Sie müssen ihn gesehen haben.«

»Ja, das habe ich. Er kommt jede Nacht um diese Zeit hier vorbei.«

»Sie kennen ihn?«

»Ich kenne ihn jedenfalls gut genug, um zu wissen, daß er Sie nicht verfolgt hat.«

»Dennoch, ich spüre Blicke in meinem Rücken, fühle, wie sie über meinen Nacken streichen.«

»Das mag wohl sein«, sagte Xantief. »Ich habe schon viele seltsame Geschichten in meinem Leben gehört. Gleichwohl ...« – er zuckte die Achseln –, »wenn Ihre Verfolger Amateure wären, könnten Sie sie leicht abschütteln. Wenn Sie Profis wären, könnten Sie sie vielleicht abschütteln, vielleicht aber auch nicht. Wenn sie erfahrene Experten wären, würde Ihre Haut eine Folge von verschlüsselten Wellenlängen ausstrahlen. Sie wären umgeben von fliegenden Spitzelzellen, jede von ihnen nicht größer als ein Wassertropfen, und wenn Sie versuchen würden, sie abzuhängen, indem Sie beispielsweise in einen U-Bahnwagen springen, hätten sie sich, eh Sie sich's versähen, schon in Ihrer Kleidung eingenistet.«

»Dann kann es also sein, daß sich in diesem Moment in diesem Raum Spitzelzellen befinden!«

»Das glaube ich nicht«, sagte Xantief. »Bei den Geschäften, die ich mache, bin ich oft genötigt, Vorsichtsmaßnahmen zu ergreifen, und ich habe deshalb Instrumente installiert, die mich unverzüglich vor Ärgernissen dieser Art warnen würden. Es ist mehr als wahrscheinlich, daß Sie an nervöser Erschöpfung leiden und sich sehr vieles lediglich einbilden.«

»Ich hoffe, daß es so ist.«

»Nun denn, sprechen wir über meine Berührung mit

den Naturalisten-Papieren: es ist eine seltsame Geschichte an sich. Übrigens, haben Sie zufällig das Geschäft nebenan bemerkt?«

»Ich habe sogar mit Alvina gesprochen; von ihr weiß ich Ihre Öffnungszeiten.«

»Vor zwanzig Jahren trat ein Herr mit Namen Adrian Moncurio an sie heran, der einen Bestand von vierzehn Tangletten verkaufen wollte. Alvina zog Experten zu Rate, die zu dem Ergebnis kamen, daß die Tangletten nicht nur echt, sondern auch hoch bedeutend waren. Alvina verkaufte sie in Kommission. Moncurio, der wohl einiges von einem Abenteurer in sich hatte, zog aus, neue Ware aufzuspüren. Nach einer Weile kam er mit weiteren zwanzig Tangletten zurück. Diese wurden jedoch von den Experten als Fälschungen identifiziert. Moncurio versuchte trotzdem, sie Alvina anzudrehen, aber Alvina weigerte sich, sie für ihn zu verkaufen. Darauf raffte Moncurio seine falschen Talismane zusammen und verließ Triest, bevor der Tanglettenverband Schritte ergreifen konnte.

Darauf hörte man eine ganze Weile nichts mehr von Moncurio, doch während dieser Zeit verkaufte er, als halb verblödeter, betagter Altwarenhändler getarnt, die Fälschungen an unerfahrene Sammler, die sich in dem Glauben wiegten, den alten Narren übers Ohr zu hauen. Bevor der Tanglettenverband etwas unternehmen konnte, waren alle zwanzig Fälschungen verkauft, und Moncurio ward nicht mehr gesehen.«

»Aber was war nun mit den Naturalisten-Dokumenten?«

Xantief machte eine gedulderheischende Geste. »Als Moncurio sich zum erstenmal an Alvina wandte, wollte er ihr auch das Material von der Naturforschergesellschaft verkaufen. Sie verwies ihn an mich weiter. Ich war nur an dem Material interessiert, das Comte Raul betraf, aber Moncurio bestand darauf, daß ich entweder alles kaufte oder gar nichts. Also nahm ich das gesamte Paket zu einem recht geringen Kaufpreis und verkaufte es zum gleichen Preis an Comte Raul weiter.«

»Und Sie fanden nichts darunter, was in irgendeinem Zusammenhang mit dem Planeten Cadwal stand? Etwa eine Charta? Oder vielleicht eine Übertragungsurkunde, oder ein Besitztitelzertifikat oder eine Eigentumsurkunde oder dergleichen?«

»Unter dem Material befand sich nichts dergleichen.«

Wayness sackte in ihren Stuhl zurück. Nach einem Moment des Schweigens fragte sie: »Erwähnte Moncurio die Herkunft der Papiere? Wo er sie gefunden hatte, wer sie verkauft hatte?«

Xantief schüttelte den Kopf. »Soweit ich mich entsinne, äußerte er diesbezüglich nichts Bestimmtes.«

»Wo mag er jetzt wohl sein?«

»Moncurio? Ich habe keine Ahnung. Wenn er auf der Erde ist, dann hält er sich im Hintergrund.«

»Wenn Alvina ihm Geld für die ersten vierzehn Tangletten geschickt hat, dann muß sie irgendeine Adresse gehabt haben, unter der er zu erreichen war.«

»Hm. Wenn das der Fall war, dann hat sie den Verband nicht in Kenntnis gesetzt – aber vielleicht fand sie, daß es sich hier um eine vertrauliche Information handelte.« Xantief dachte nach. »Wenn Sie möchten, spreche ich mit ihr. *Mir* vertraut sie die Adresse ja vielleicht an – so sie denn überhaupt eine hat.«

»Ach, bitte, das wäre wirklich sehr freundlich von Ihnen!« Wayness sprang auf und sprudelte hervor: »Ich möchte Ihnen alles erzählen – doch hauptsächlich dies: wenn ich mit meiner Mission erfolglos bleibe, wird Cadwal womöglich übervölkert werden, und das Konservat wird verschwinden.«

»Aha«, sagte Xantief. »Ich beginne zu verstehen. Ich werde Alvina sofort rufen; sie hat wie ich noch spät geöffnet.« Er nahm das schwarz-grün karierte Kopftuch und schlang es um Wayness' Kopf. »Wo sind Sie abgestiegen?«

»Im Hotel Sirenuse.«

»Dann gute Nacht. Sollte ich irgend etwas Brauchbares erfahren, werde ich es Sie sofort wissen lassen.«

»Vielen Dank.«

Xantief öffnete die Tür. Wayness trat hinaus auf die Straße. Xantief schaute nach links und rechts. »Es scheint alles ruhig und friedlich zu sein. In der Regel sind die Straßen zu dieser nächtlichen Stunde sicher; alle Räuber und Wegelagerer, die etwas auf sich halten, liegen jetzt längst in ihrem Bett in tiefem Schlummer.«

Wayness ging schnell die Via Malthus hinauf. An der Ecke angekommen, wandte sie sich noch einmal um und blickte zurück. Xantief stand immer noch vor seiner Tür und schaute ihr nach. Sie hob die Hand und winkte, dann wandte sie sich um und bog in den Weg der Zehn Pantologen ein.

Die Nacht erschien ihr noch dunkler als vorher. Auf dem Ponte Orsini sang die Frau in Schwarz nicht länger ihr leises Lied. Die Luft war kühl und schwanger von den dumpfigen Gerüchen von Alt-Triest.

Wayness ging die Straße hinunter; ihre Schritte hallten von den Hauswänden wider. Hinter einem Paar geschlossener Fensterläden aus Eisen hörte sie leises Stimmengemurmel, begleitet von einem kummervollen Schluchzen. Wayness' Schritte stockten einen Moment, dann hastete sie weiter. Sie kam an eine Stelle, wo ein dunkles Viereck den Zugang zu einer schmalen Gasse kennzeichnete, die hinunter zum Kai führte. Als Wayness dort vorbeiging, trat ein Mann aus dem Schatten hervor: ein großer Mann mit dunklen Kleidern und einem schwarzen Schlapphut. Er schlang die Arme um Wayness' Schultern und drängte sie in die Gasse. Sie öffnete den Mund, um zu schreien; er preßte ihr die Hand aufs Gesicht. Wayness' Knie gaben nach; der

Mann fing sie auf und zog sie die Gasse hinunter. Sie begann zu zappeln, zu treten und zu beißen; der Mann sagte kühl: »Hören Sie auf, oder ich tue Ihnen weh.«

Wayness ließ sich erneut sacken; dann, urplötzlich, riß sie sich mit einem verzweifelten Ruck los. Sie hatte keine andere Wahl, als die Gasse hinunterzurennen, und sie rannte so schnell wie sie konnte. Sie sah eine Tür, die in einen Hof führte. Sie stürmte hindurch, knallte sie hinter sich zu und schob den Riegel vor. Eine Sekunde später hatte ihr Verfolger die Tür erreicht und warf sich dagegen. Die Tür klapperte und knarrte. Wieder rammte der Mann seine Schulter dagegen; die Tür war nicht sehr stabil und würde ihm nicht lange standhalten. Wayness schaute sich verzweifelt um. Auf einem Tisch stand eine leere Weinflasche. Die packte Wayness sich. Der Mann warf sich erneut gegen die Tür; sie flog auf, und der Mann stürmte hindurch. Wayness schlug ihm mit voller Kraft die Flasche auf den Kopf; der Mann taumelte und stürzte zu Boden. Sie kippte den Tisch auf ihn, stürmte durch die Tür nach draußen und rannte so schnell sie konnte die Gasse wieder hinauf. Sie erreichte den Weg der Zehn Pantologen und schaute sich um; von ihrem Verfolger war nichts zu sehen.

Wayness lief weiter zum Hotel; erst kurz vor dem Eingang fiel sie wieder in normalen Schritt.

Im Eingang blieb Wayness einen Moment lang stehen, um noch einmal zurückzublicken und Atem zu schöpfen. Erst jetzt, mit einiger Verzögerung, traf sie der Schock des gerade Erlebten in seiner ganzen Wucht. Ihr wurde bewußt, daß sie noch nie solche Angst gehabt hatte, obwohl sie in dem Moment selbst keine besondere Gefühlsregung gespürt hatte, außer einer wilden Freude, als sie dem Mann die Flasche über den Schädel gehauen hatte. Sie schauderte zusammen, durchbrandet von einer Woge verschiedenster Gefühlsregungen.

Nach einem Moment wurde ihr bewußt, daß ihr Zittern nicht zuletzt auch der Kälte geschuldet war. Sie trat in das Hotel und ging zur Rezeption. Die Rezeptionistin lächelte sie an. »Sie sind zeitig zurück.« Sie musterte Wayness neugierig. »Sind Sie gerannt?«

»Ja, ein bißchen«, sagte Wayness, bemüht, ihre Atmung wieder zu normalisieren. Sie schaute über ihre Schulter. »Ich habe es mit der Angst zu tun bekommen.«

»Das ist Unsinn«, sagte die Rezeptionistin. »Da draußen ist nichts, wovor man sich fürchten müßte, erst recht nicht, wenn man das Kopftuch so trägt, wie es sich gehört.«

Das Tuch war Wayness vom Kopf gerutscht, so daß sie es jetzt gleichsam als Halstuch trug. »Das nächste Mal werde ich besser aufpassen«, sagte Wayness. Sie löste das Kopftuch und gab es der jungen Frau zurück. »Vielen Dank auch.«

»Nicht der Rede wert. Es hat mich gefreut, Ihnen helfen zu können.«

Wayness ging hinauf in ihr Zimmer. Sie verriegelte die Tür und zog die Vorhänge zu. Sie ließ sich in den Sessel plumpsen und dachte über den Zwischenfall in der Gasse nach. Hatte der Mann sie zufällig gesehen und vergewaltigen wollen, oder hatte er es gezielt auf den Leib und das Leben von Wayness Tamm abgesehen? Weder für das eine noch für das andere gab es irgendein klares Indiz, aber ihre Intuition schien auch ohne Indizien auf der richtigen Spur zu sein. Oder vielleicht hatte es doch Indizien gegeben, auf der Ebene des Unterbewußten. Das Timbre seiner Stimme war ihr irgendwie bekannt vorgekommen. Und – falls sie sich das nicht bloß eingebildet hatte – ihm hatte ein fast kaum wahrnehmbarer Duft angehaftet, eine Mixtur aus Farn, Veilchen und vielleicht ein paar Außerwelt-Essenzen. Er hatte sich jung und kräftig angefühlt.

Wayness hatte keine Lust, diesen Gedanken weiterzuspinnen – jedenfalls im Moment nicht.

Fünf Minuten vergingen. Wayness stand aus dem Sessel auf und begann sich zum Schlafengehen auszuziehen. Das Telephon klingelte. Wayness starrte es verdutzt an. Wer konnte sie um diese nächtliche Stunde noch anrufen? Langsam ging sie zum Telephon, und ohne den Bildschirm einzuschalten, fragte sie: »Wer ist da?«

»Alcide Xantief.«

Wayness setzte sich und schaltete den Bildschirm an. Xantief sagte: »Ich hoffe, ich störe Sie nicht.«

»Natürlich nicht!«

»Ich habe mit Alvina gesprochen. Sie haben einen guten Eindruck auf sie gemacht. Ich habe ihr erklärt, daß jede Hilfe, die sie Ihnen geben könnte, Dienst an einer gute Sache wäre – und sei es aus keinem anderen Grund als dem, eine sehr nette Person namens Wayness Tamm glücklich zu machen. Sie erklärte sich bereit, für Sie zu tun, was sie könne, wenn Sie morgen um Mittag in ihren Laden kämen.«

»Das ist eine gute Nachricht, Herr Xantief!«

»Bevor Sie sich allzu große Hoffnungen machen – sie sagte, sie kenne Moncurios derzeitigen Aufenthaltsort nicht, sondern nur die Adresse, die er ihr vor einigen Jahren genannt habe.«

»Das ist jedenfalls besser als nichts.«

»Genau. Dann sage ich Ihnen jetzt noch einmal gute Nacht. Wie Sie wissen, ist jetzt meine Geschäftszeit; und in der Tat höre ich, daß ein Kunde auf mich wartet.«

III

Als Wayness am Morgen erwachte, strahlte die Sonne hell auf das Adriatische Meer. Das Frühstück aufs Zimmer brachte ihr einer der blau-uniformierten Hotelpagen: ein kleingewachsener, schwarzhaariger Jüngling namens Felix. Nach einer verstohlenen Begutachtung des Burschen entschied Wayness, daß Felix sich recht gut für ihre Zwecke eignete. Er war flink und geschickt und hatte ein schmales, kluges Gesicht mit wachen schwarzen Augen. Er erklärte sich willig bereit, Dienste gleich welcher Art für Wayness zu verrichten, und sie gab ihm einen Sol, um die Abmachung zu zementieren.

»Als allererstes gilt«, schärfte sie ihm ein, »alles, was wir miteinander besprechen, muß streng vertraulich bleiben. Niemand darf etwas davon erfahren. Das ist sehr wichtig!«

»Keine Angst«, sagte Felix. »So mache ich immer meine Geschäfte! Man kennt mich als die personifizierte Diskretion!«

»Gut! Und jetzt sage ich dir, was du als erstes tun sollst.« Sie sandte Felix zu den Läden am Kai. Er kehrte wenig später mit einer alten Matrosenjacke, einem grauen Arbeitshemd, einer Latzhose, Sandalen mit Gummisohlen und einem Südwester zurück.

Wayness zog ihre neuen Kleider an und betrachtete sich im Spiegel. Sie gab nicht gerade einen überzeugenden alten Seebären ab, aber zumindest war sie jetzt unkenntlich, erst recht, nachdem sie sich das Gesicht mit Hautbräuner dunkler getönt hatte.

Felix bekräftigte sie in ihrer Einschätzung. »Ich weiß zwar nicht, was genau ich in Ihnen sehen würde, aber ganz gewiß sehen Sie jetzt anders aus als vorher.«

Eine halbe Stunde vor Mittag führte Felix sie über die Personaltreppe hinunter in den Keller des Hotels, und von dort aus durch einen dunklen, feuchten Gang zu einer Steintreppe, die von einer massiven Holztür versperrt war. Felix schloß die Tür auf, und sie stiegen noch tiefer hinunter, bis sie schließlich auf dem kiesigen Strand am anderen Ende des Hafendamms herauskamen, unterhalb des Kais, nur ein paar Schritte von den Wassern des Adriatischen Meeres entfernt.

Die beiden gingen ein Stück den Strand hinunter,

am Fuße des Hafendamms entlang, und kamen schließlich zu einer Leiter, auf der sie zur Vorderseite des Kais hinaufstiegen. Felix wollte jetzt umkehren, aber Wayness protestierte. »Noch nicht! Ich fühle mich sicherer mit dir an meiner Seite.«

»Das ist eine Illusion«, sagte Felix. Er blickte über die Schulter. »Niemand ist uns gefolgt; und wenn es jemand täte und eine Rauferei anfinge, würde ich wahrscheinlich weglaufen, da ich nämlich ein Feigling bin.«

»Komm trotzdem noch ein Stück mit«, sagte Wayness. »Ich erwarte nicht, daß du für das, was ich dir zu zahlen beabsichtige, dein Leben aufs Spiel setzt. Mein Denken geht so: wenn wir angegriffen werden und dann beide weglaufen, sind meine Überlebenschancen doppelt so groß, wie wenn ich allein wäre.«

»Hm!« sagte Felix. »Sie sind ja noch kaltblütiger als ich. Wenn ich mitkomme, erwarte ich einen Sol zusätzlich – als Gefahrenzulage.«

»Na schön.«

An der Stelle, wo die Via Malthus auf den Kai mündete, verköstigte ein kleines Restaurant Dockarbeiter, Fischer und jeden, dem sonst der Sinn nach Fischsuppe oder Miesmuscheln oder Bratfisch stand, mit eben diesen Speisen. Wieder wollte Felix umkehren, und wieder wollte Wayness nichts davon hören. Sie erteilte ihm genaue Anweisungen.

»Du mußt die Via Malthus hinaufgehen, bis du an ein Geschäft gelangst, in dessen Fenster einige grüne Schnallen sind.«

»Ich kenne das Geschäft. Es gehört einer verrückten alten Frau namens Alvina.«

»Geh in das Geschäft hinein und sag Alvina, daß Wayness Tamm hier in diesem Restaurant auf sie wartet. Paß auf, daß niemand mithört. Falls sie ihren Laden nicht verlassen kann, bring eine Botschaft mit.«

»Zuerst mein Lohn.«

Wayness schüttelte den Kopf. »Ich bin doch nicht

von gestern. Du bekommst dein Geld, wenn du mit Alvina zurückkommst.«

Felix marschierte los. Zehn Minuten vergingen. Alvina betrat das Restaurant, gefolgt von Felix. Wayness hatte sich in eine Ecke gesetzt, und Alvina schaute verblüfft hierhin und dorthin. Felix führte sie zu dem Ecktisch. Wayness zahlte Felix drei Sol aus. »Zu niemandem ein Sterbenswörtchen über diesen Ausflug«, sagte sie zu ihm. »Und laß die Tür am Fuße der Treppe offen, damit ich auf demselben Weg zurück kann, den wir gekommen sind.«

Felix ging, nicht unzufrieden mit sich. Alvina unterzog Wayness einer kühlen Musterung. »Sie ergreifen wirklich sorgfältige Vorsichtsmaßnahmen – nur den schwarzen Vollbart haben Sie vergessen.«

»Daran habe ich überhaupt nie gedacht.«

»Macht nichts. Ich hätte Sie auch so nie und nimmer erkannt.«

»Das hoffe ich doch. Gestern nacht wurde ich auf dem Weg von Xantiefs Laden zum Hotel überfallen. Ich entkam nur mit knapper Not.«

Alvina zog die Brauen hoch. »Das ist beunruhigend!«

Wayness fragte sich, ob Alvina sie überhaupt ernst nahm. Vielleicht hielt sie die Verkleidung für übertrieben theatralisch.

Ein Kellner mit einer fleckigen weißen Schürze trat an ihren Tisch. Alvina bestellte eine Terrine rote Fischsuppe, und Wayness tat das gleiche.

Alvina fragte: »Würden Sie mich über den Hintergrund Ihrer Suche aufklären?«

»Sicher. Vor tausend Jahren entdeckte die Naturforschergesellschaft Cadwal und erachtete es als derart schön und mit so zahlreichen bezaubernden Aspekten gesegnet, daß sie beschloß, es zu einem dauerhaften Naturschutzgebiet zu machen, geschützt vor der Ausbeutung durch den Menschen. In diesem Augenblick ist das Konservat in ernster Gefahr: alles bloß deshalb, weil ein früherer Generalsekretär der Gesellschaft Dokumente aus dem Besitz der Gesellschaft an Antiquitätenhändler verhökert hat, darunter die Übertragungsurkunde auf alle Zeiten und die Ur-Charta von Cadwal. Diese Dokumente verschwanden – wohin, weiß niemand. Doch wenn sie nicht gefunden werden, verliert die Gesellschaft womöglich den Rechtsanspruch auf Cadwal.«

»Und welche Rolle spielen Sie nun dabei?«

»Mein Vater ist Konservator von Cadwal und lebt in Station Araminta. Mein Onkel Pirie ist Generalsekretär der Gesellschaft hier auf der Erde, aber er ist Invalide, und außer mir gibt es niemanden, der tun kann, was getan werden muß. Und da sind noch andere, die nach der Besitzurkunde fahnden; einige von ihnen sind böse, andere sind einfach nur dumm, aber sie wollen in ihrer Raffgier das Konservat zugrunde richten, und deshalb sind sie meine Feinde. Ich glaube, daß einige von ihnen mich bis nach Triest verfolgt haben, trotz aller meiner Bemühungen, sie abzuschütteln. Ich fürchte um mein Leben, ich fürchte um Cadwal, das verwundbar ist. Wenn ich die Dokumente nicht finde, kann das Konservat nicht überleben. Ich komme immer näher an mein Ziel heran. Meine Feinde wissen das, und sie werden mich ohne die geringsten Skrupel töten, und ich bin noch nicht bereit zu sterben.«

»Das kann ich gut verstehen.« Alvina trommelte mit den Fingern auf der Tischplatte. »Dann haben Sie die Nachricht also noch nicht gehört?«

Wayness sah sie mit bangem Blick an. »Was für eine Nachricht?«

»Xantief wurde letzte Nacht ermordet. Seine Leiche wurde heute morgen im Kanal gefunden.«

Die Zeit blieb stehen. Alles verschwamm – bis auf Alvinas graugrüne Augen. Wayness schaffte es schließlich, hervorzustammeln: »Das ist ja schrecklich! Ich hatte ja keine Ahnung – es ist allein meine Schuld! Ich habe die Mörder zu Xantief geführt.«

Alvina nickte. »Kann sein, daß es so passiert ist. Vielleicht aber auch nicht; wer weiß das schon? Es ändert eh nichts an der Tatsache.«

Nach einer Weile des Schweigens sagte Wayness: »Sie haben recht. Es ändert nichts an der Tatsache.« Sie wischte sich die Tränen vom Gesicht. Der Kellner brachte zwei Terrinen mit roter Fischsuppe. Wayness starrte wie betäubt auf ihre Terrine.

»Essen Sie«, sagte Alvina. »Bezahlen müssen wir sie so oder so.«

Wayness schob die Terrine weg. »Wie ist es passiert?«

»Gerne erzähle ich es Ihnen nicht. Es war alles andere als hübsch. Jemand – es waren mehrere Personen – wollte eine Information von Xantief. Er konnte ihnen keine geben, weil er keine hatte, außer dem, was er Ihnen erzählt hat. Gewiß erklärte er das ihnen sofort, aber sie ließen nicht locker, und als sie nichts aus ihm herausquetschen konnten, töteten sie ihn und warfen ihn in den Kanal.« Alvina aß ein paar Löffel von ihrer Suppe, dann sagte sie: »Es steht jedoch fest, daß er mich nicht erwähnt hat.«

»Woher wissen Sie das?«

»Ich kam heute morgen früh in mein Geschäft, und niemand wartete auf mich. Essen Sie Ihre Suppe. Es ist sinnlos, an einem knurrenden Magen zu leiden.«

Wayness seufzte tief. Sie zog die Terrine zu sich heran und begann zu essen. Alvina schaute sie mit grimmigem Lächeln an. »Immer wenn das Schicksal mir seine schwersten Schläge versetzt hat, dann schaue ich nach vorn und freue mich. Ich trinke guten Wein und tue mich an Delikatessen gütlich, die ich mir nicht leisten kann, und vielleicht stürze ich mich in irgendeine Art von wertlosem Vergnügen.«

Wayness lachte matt. »Und das Programm funktioniert?«

»Nein. Essen Sie trotzdem Ihre Suppe.«

Nach ein paar Augenblicken sagte Wayness: »Ich muß lernen, absolut gefühllos und unempfindlich zu werden. Ich kann mir nicht erlauben, schwach zu sein.«

»Ich halte Sie nicht für schwach. Dennoch, gibt es denn niemanden, der Ihnen helfen könnte?«

»Doch, es gibt da jemanden, aber der ist weit weg. Glawen Clattuc wird zwar in Kürze hier auftauchen – aber so lange kann ich leider nicht warten.«

»Tragen Sie keine Waffe bei sich?«

»Ich besitze nicht einmal eine.«

»Warten Sie einen Moment hier.« Alvina verließ das Restaurant und kam ein paar Minuten später mit zwei kleinen Päckchen zurück. »Diese Gegenstände werden Ihnen zumindest gewisse Erleichterung bringen.« Sie erklärte, wie man sie benutzte.

»Ich danke Ihnen vielmals«, sagte Wayness. »Darf ich Ihnen Geld dafür geben?«

»Nein. Aber wenn sie einen von beiden bei dem verwenden, der Xantief ermordet hat, dann lassen Sie es mich bitte wissen.«

»Das verspreche ich Ihnen.« Wayness steckte die Gegenstände in die Taschen ihrer Matrosenjacke.

»Und jetzt zum Geschäftlichen.« Alvina zog einen Zettel aus ihrer Tasche. »Ich kann Sie nicht zu Moncurio selbst führen, da er von der Erde weggegangen ist. Wohin, weiß ich nicht, aber er hinterließ mir eine Adresse für den Fall, daß Geld einträfe von irgendwelchen alten Rechnungen, die nie beglichen worden waren.«

Wayness fragte skeptisch: »Ist diese Adresse noch nützlich?«

»Sie war es jedenfalls bis zum letzten Jahr. Ich

schickte Geld an die Adresse und bekam nach einiger Zeit eine Quittung zugesandt.«

»Von Moncurio?«

Alvina verzog das Gesicht und schüttelte den Kopf. »Ich sandte das Geld zu Händen einer gewissen Irena Portils, die offenbar Moncurios Lebensgefährtin ist – ob formell oder informell, vermag ich nicht zu sagen. Sie ist eine schwierige und mißtrauische Frau. Erwarten Sie nicht, daß sie Ihnen den Gefallen tun wird, Ihnen Moncurios gegenwärtige Adresse zu geben. Sie wollte mir nicht einmal eine ordentliche Quittung für das Geld geben; sie sagte, es dürfe keine Verbindung zwischen ihrem Namen und seinem geben. Ich sagte ihr, das sei albern, da Moncurio die Verbindung bereits hergestellt habe, und wenn sie die Quittung nicht mit Moncurios Namen und ihrem eigenen als Bestätigung unterzeichne, würde ich die Tratte für ungültig erklären und ihr kein Geld mehr schicken. Ha! Ihre Habgier ist noch stärker als ihre Nervosität, und sie schickte mir die richtige Quittung, verbunden mit gerade genug eisigem Sarkasmus, um mich zu ärgern.«

»Vielleicht ist sie ja netter, wenn sie nicht nervös ist«, sagte Wayness ohne innere Überzeugung.

»Möglich ist alles. Trotzdem kann ich mir nicht vorstellen, wie Sie mit ihr klarkommen werden, geschweige denn, wie Sie es anstellen sollen, ihr eine Information zu entlocken.«

»Ich muß mir die Sache durch den Kopf gehen lassen. Vielleicht werde ich es auf eine subtile, indirekte Weise versuchen.«

»Ich wünsche Ihnen Glück. Hier ist die Adresse.« Sie gab Wayness den Zettel. Wayness las:

Sra. Irena Portils
Casa Lucasta
Calle Maduro 31
Pombareales, Patagonien

IV Wayness kehrte auf demselben Weg zum Hotel Sirenuse zurück, auf dem sie gekommen war: am Kai entlang bis zu der Leiter, hinunter zum Strand und an der Hafenmole entlang zu der Steintreppe, dann hinauf und durch die Holztür in die niederen Regionen des Hotels. Hier verlief sie sich und tappte eine Weile orientierungslos durch feuchte dunkle Gänge, die nach Moder, altem Wein, Zwiebeln und Fisch rochen. Schließlich, hinter einer Tür, die sie vergessen hatte, fand sie die Personaltreppe und stieg erleichtert hinauf zum zweiten Stock, wo sie rasch zu ihrem Zimmer lief. Sie legte ihre Verkleidung ab, nahm ein Bad und zog wieder ihre normale Kleidung an. Dann setzte sie sich auf den Balkon und schaute aufs Meer hinaus, über die neuen Realitäten ihres Lebens nachsinnend.

Entrüstung und Wut brachten ihr nichts ein; sie frustrierten sie nur. Furcht war gleichermaßen sinnlos – nur daß Furcht schwer zu bezähmen war.

Wayness wurde unruhig. Da gab es zu vieles, worüber sie nachdenken mußte, und zu viele Verwicklungen und Verschlingungen. Während sie dachte, war sie statisch und verletzlich; sie konnte sich nur schützen, indem sie handelte.

Wayness ging zum Telephon und rief in Schönwinden an. Agnes erschien auf dem Bildschirm; sie rief Pirie Tamm aus dem Garten herein. »Ah, Wayness!« Er sprach behutsam. »Ich war gerade auf dem Weg nach draußen; ich habe etwas in der Bank in Tierens zu erledigen. Möchtest du in einer halben Stunde noch einmal anrufen?«

»Wenn du einen Moment für mich erübrigen kannst, möchte ich lieber jetzt gleich mit dir sprechen.« Wayness versuchte, locker und gelassen zu klingen, aber ihre Stimme hörte sich angestrengt und unnatürlich an, selbst für ihre eigenen Ohren.

»Ein paar Minuten habe ich schon noch Zeit. Was gibt es Neues?«

»Ich habe sowohl gute als auch schlechte Nachrichten. Ich sprach gestern mit einem gewissen Alcide Xantief. Er selbst wußte nichts, aber er erwähnte beiläufig ein Magazin in Bangalore. Ich habe heute morgen dort angerufen, und sie haben tatsächlich die Dokumente, die wir suchen, und überdies scheinen sie problemlos zugänglich zu sein.«

»Erstaunlich!« sagte Pirie Tamm, vor Verblüffung blinzelnd.

»Es ist das und mehr, wenn ich daran denke, was ich durchgemacht habe, um an diese Information zu gelangen. Ich habe dir, meinem Vater und Glawen geschrieben, damit die Information nicht verlorengeht, sollte mir etwas zustoßen.«

»Warum sollte dir irgend etwas zustoßen?«

»Gestern nacht hatte ich ein erschreckendes Erlebnis. Es mag sich um eine Verwechslung gehandelt haben, oder um eine Romanze nach adriatischer Art: ich bin da nicht sicher. Jedenfalls bin ich noch einmal mit heiler Haut davongekommen.«

Pirie Tamm tat einen Ausruf der Entrüstung. »Das ist abscheulich! Deine Expedition gefällt mir immer weniger! Es ist nicht richtig, daß du als Mädchen eine solch schwere Aufgabe anpackst, die eigentlich Männersache ist!«

»Richtig oder falsch, es muß nun einmal getan werden«, sagte Wayness. »Und außer mir ist niemand da, der es tun könnte.«

»Ja, ja«, brummte Pirie Tamm. »Wir haben das alles schon einmal durchgekaut.«

»Du kannst sicher sein, daß ich alle erdenkliche Vorsicht walten lasse, Onkel Pirie; und jetzt lasse ich dich zur Bank gehen. Falls du tatsächlich an der Bank vorbeikommst, dann erkundige dich bitte nach einer Geldsendung, die ich von daheim erwarte.«

»Das werde ich selbstverständlich tun. Aber was hast du jetzt als nächstes vor?«

»Ich reise nach Bangalore, mit der besten Verbindung oder auch mit der schlechtesten, solange es nur schnell geht.«

»Und wann werde ich als nächstes von dir hören?«

»Bald; höchstwahrscheinlich aus Bangalore.«

»Auf Wiedersehen dann, und paß gut auf dich auf.«

»Auf Wiedersehen, Onkel Pirie.«

Eine halbe Stunde später rief Wayness von der öffentlichen Fernsprechzelle in der Hotelhalle die Bank in Tierens an. Pirie Tamms Gesicht erschien auf dem Bildschirm. »Nun denn! Vielleicht können wir jetzt freier sprechen.«

»Das hoffe ich. Ich mißtraue sogar dem Telephon auf meinem eigenen Zimmer. Ich bin sicher, daß mir jemand nach Triest gefolgt ist.« Wayness entschied, nichts von dem Mord an Xantief zu erwähnen.

»Ich darf dann wohl aus deinen Worten schließen, daß Bangalore nicht dein nächstes Ziel ist?«

»Das hast du richtig geschlossen, Onkel Pirie. Wenn ich jemanden in die Irre führen kann, um so besser.«

»Was hast du denn nun also in Triest erreicht?«

»Ich bin eine weitere Sprosse auf der Leiter hinuntergestiegen, und du wirst überrascht sein, wenn du erfährst, wen ich dort gefunden habe.«

»Ach! Wer könnte das wohl sein?«

»Es ist dein Freund Adrian Moncurio, der Grabräuber.«

»Ha!« sagte Pirie Tamm nach einem Moment des Überlegens. »Ich bin überrascht, gewiß – aber vielleicht nicht so sehr, wie ich es sein könnte!«

»Hast du irgendeine Ahnung, wo er sich zur Zeit aufhalten könnte?«

»Nicht die leiseste.«

»Was ist mit gemeinsamen Freunden?«

»Wir haben keine. Da ich nichts von ihm gehört habe, vermute ich, daß er entweder außerwelt oder tot ist.«

»In dem Fall muß ich meine Nachforschungen fortsetzen. Möglicherweise führen sie mich außerwelt.«

»Welche Außerwelt?«

»Das weiß ich noch nicht.«

»Wohin reist du dann jetzt von Triest aus?«

»Ich habe Angst, dir das zu sagen, denn die Information wird irgendwie durchsickern. Auch jetzt spreche ich von dem öffentlichen Telephon in der Hotelhalle aus, weil ich befürchte, daß das Telephon auf meinem Zimmer angezapft wird.«

»Du hast ganz recht! Traue nichts und niemandem!«

Wayness seufzte, als sie an Xantief dachte, an seine Klarheit und Redlichkeit. »Noch etwas, Onkel Pirie. Ich habe dich nicht zum Spaß zur Bank geschickt. Ich habe noch etwa dreihundert Sol bei mir, aber wenn ich in die Außerwelt muß, wird das nicht reichen. Könntest du mir vielleicht mit tausend aushelfen?«

»Selbstverständlich! Auch zweitausend, wenn du möchtest!«

»Das ist doppelt so gut wie tausend. Ich nehme dein Angebot mit Dank an und gebe dir das, was übrigbleibt – wenn denn etwas übrigbleibt –, so bald als möglich zurück.«

»Mach dir wegen des Geldes keine Gedanken; dieses Geld wird schließlich für die Rettung des Konservats ausgegeben!«

»Das ist auch meine Meinung. Frag den Bankdirektor, welche Bank in Triest ihre Partnerbank ist, und überweise mir zweitausend Sol, die ich sofort abheben werde.«

»Du kannst dir gar nicht vorstellen, wie sehr ich mich um dich sorge«, brummte Pirie Tamm.

»Hör auf, Onkel Pirie!« rief Wayness. »Für den Moment zumindest bin ich sicher, da ich alle nach Bangalore geschickt habe! Sie werden vor Wut platzen, wenn sie merken, daß ich ihnen einen Streich gespielt habe, aber bis dahin bin ich schon über alle Berge.«

»Wann werde ich denn wieder von dir hören?«

»Im Moment kann ich das nicht einmal ahnen.«

V Wayness beglich ihre Rechnung an der Rezeption und kehrte wieder auf ihr Zimmer zurück. Die Ereignisse in Triest waren in mehr als einer Hinsicht hilfreich gewesen. Wayness' Vorstellungen vom Bösen hatten sich vom Abstrakten zum Realen gewandelt. Sie kannte jetzt mit grausiger Gewißheit die Beschaffenheit ihrer Gegner. Sie waren beharrlich, grausam und auf kaltlächelnde Weise gefühllos. Sie würden sie töten, wenn sie sie kriegten, und das wäre in der Tat ein tragisches Ereignis – von ihrem Standpunkt aus betrachtet. Es würde das Ende jener wachen und munteren Intelligenz bedeuten, die Wayness hieß, mit ihren liebenswerten kleinen Schrullen und Macken, ihrem freundlichen, gutmütigen Wesen, ihrem verdrehten Sinn für Humor. Das wäre in der Tat eine Tragödie!

Wayness rang mit sich, ob sie wieder in ihre Verkleidung vom Morgen schlüpfen sollte, und fand einen Kompromiß, indem sie sich in die Matrosenjacke hüllte und den Südwester über ihre dunklen Locken zog. Sie rüstete sich mit den Waffen, die Alvina ihr gegeben hatte und fühlte sich sogleich von einem Gefühl der Sicherheit erfüllt.

Wayness war jetzt bereit zum Abreisen. Sie ging zur Tür, öffnete sie einen Spalt und schaute in den Flur. Es war ganz und gar nicht unwahrscheinlich, daß jemand dort draußen auf sie lauerte, um sie zu überwältigen, sobald sie die Tür öffnete, und sie in das Zimmer zurückzudrängen, wo er ihr ungesehen den Garaus machen konnte. Wayness verzog das Gesicht bei dem Gedanken.

Der Flur war leer. Wayness verließ das Hotel über die Hintertreppe und durch die Holztür, die zu dem Streifen Strand unter dem Kai führte.

VI

Drei Tage und drei Nächte lang übte Wayness jede Taktik des Ausweichens, des Sich-Verbergens und der Verstellung, die ihre Phantasie zu ersinnen vermochte, eingeschlossen das Überlisten von Spitzelzellen, Wanzen und Mikrosendern. Sie entschwand blitzschnell in Menschenmengen, machte kehrt auf denselben Wegen, auf denen sie gekommen war, oft mehrfach, um dann festzustellen, ob sie womöglich irgendeinem Gesicht mehrmals begegnete. Sie bestieg einen Omnibus, und als er für einen Moment in einem Dorf an einer roten Ampel hielt, sprang sie hinaus und verließ das Dorf auf einem Lastwagen, der Landarbeiter zu den umliegenden Höfen transportierte. In Lissabon an der Atlantikküste bestieg sie die Gleitbahn Richtung Norden, doch nur, um an der ersten Haltestelle auszusteigen und dann, kurz bevor die Bahn weiterfuhr, wieder einzusteigen, sich auf die Damentoilette zurückzuziehen und dortselbst zu verharren bis zur nächsten Haltestelle, wo sie erneut ausstieg und in eine Bahn stieg, die in die entgegengesetzte Richtung fuhr und in der sie verblieb, bis sie die Stadt Tanger erreichte. Dort angekommen, veränderte sie abermals ihr Äußeres: sie entledigte sich ihres grünen Reisecapes und der blonden Perücke, die sie sich gekauft hatte, und schloß sich einer Gruppe junger Wanderer an, die einheitlich in Latzhosen aus grobem Kattun und graue Pullover gekleidet waren. Sie verbrachte eine Nacht in der Jugendherberge von Tanger. Am nächsten Morgen buchte sie eine Passage auf dem Transatlantic-Skytrain, dem sie nach sechsstündigem Flug in der Stadt Alonso Saavedra am Rio Tanagra entstieg. Inzwischen war sie sicher, daß sie etwaige Verfolger abgehängt hatte; gleichwohl fuhr sie fort, Fallen gegen Spitzelzellen zu stellen, sich an geheimen Orten zu verbergen, um nach Verfolgern und mechanischen sowie elektronischen Nachspürvorrichtungen Ausschau zu halten, und Transportmittel jählings zu wechseln. Zu gehöriger Zeit erreichte sie per Skybus die Provinzhauptstadt Biriguassu, von wo aus sie in südwestlicher Richtung quer über die Pampa nach der Bergbaustadt Nambucara flog. Sie verbrachte die Nacht im Hotel Stella d'Oro und aß zum Abendessen ein Steak von verblüffenden Ausmaßen mit Pommes frites an Avocadosauce, und als Vorspeise einen gebratenen Vogel – vermutlich ein kleines, langbeiniges Huhn.

Pombareales war immer noch weit entfernt im tiefen Süden, und die Verkehrsverbindungen dorthin waren dürftig, ja abenteuerlich. Am Morgen klomm Wayness mit einem mulmigen Gefühl im Bauch an Bord eines hochbetagten Luftbusses, der sich mit einem von Knarren und Seufzen begleiteten Ruck in die Lüfte erhob und dann, von Windböen gebeutelt, schwerfällig nach Süden flog. Die anderen Passagiere schienen die besorgniserregenden Eigenarten des Flugzeugs als selbstverständlich hinzunehmen; Unwillen zeigten sie nur, wenn die Schlingerbewegungen so heftig waren, daß sie ihr Bier verschütteten. Ein Herr, der neben Wayness saß, beschrieb sich als Stammkunden, der seine Angst schon vor langer Zeit fahrengelassen hatte. Er erklärte, da das Flugzeug nun schon seit vielen Jahren unversehrt von Norden nach Süden und von Süden nach Norden fliege, gäbe es keinen Anlaß zu der Befürchtung, daß es ausgerechnet an diesem heutigen Tage mitten im Fluge auseinanderbreche und seinen Dienst versage. »Tatsächlich ist es vielmehr so«, führte er aus, »daß das Flugzeug mit jedem Tag, an dem es fliegt, sicherer wird, und ich kann dies mit Hilfe der Mathematik, die natürlich unfehlbar ist, nachweisen. Sie sprechen mit einem guten Akzent; darf ich annehmen, daß Sie geübt sind im Gebrauch der Logik?«

Wayness gab bescheiden zu, daß dies der Fall sei.

»Dann werden Sie meiner Beweisführung mühelos folgen können. Nehmen wir einmal an, das Flugzeug ist neu. Sagen wir, es fliegt zwei Tage sicher und stürzt am dritten Tag ab. Seine Sicherheitsbilanz ist nicht gut: ein Absturz auf drei Flüge. Wenn hingegen das Flugzeug zehntausend Tage fliegt – wie es dieses getan hat –, dann ist seine Sicherheitsbilanz mindestens eins zu zehntausendeins, was sehr gut ist! Darüber hinaus wird mit jedem Tag, der ohne Unfall vergeht, das Risiko geringer, so daß sich in gleichem Maße logischerweise auch das Sicherheitsgefühl der Passagiere verstärken sollte.«

Das Flugzeug wurde von einer besonders heftigen Windbö gepackt; es sackte tief durch und wurde wild durchgerüttelt, und von irgendwoher kam ein häßliches Knirschen, begleitet von einem harten Ächzen, welches der Herr ignorierte. »Wir sind hier wahrscheinlich sicherer, als wenn wir zu Hause im Lehnstuhl säßen, einem tollwütigen Hunde preisgegeben.«

»Ich danke Ihnen für Ihre Ausführungen, die sehr klar sind«, sagte Wayness. »Dennoch fühle ich mich immer noch ein bißchen nervös, nur, daß ich jetzt nicht weiß, warum.«

Am späten Nachmittag landete der Luftbus in der Stadt Aquique, wo Wayness ausstieg. Sie stellte zu ihrem Unmut fest, daß sie den dreimal wöchentlich stattfindenden Flug nach Pombareales verpaßt hatte, das hundert Meilen weiter südwestlich lag, fast schon im Schatten der Anden. Sie konnte nun entweder einen zweitägigen Aufenthalt in Aquique einlegen oder am folgenden Tag mit dem Omnibus weiterfahren.

Aquiques bestes Hotel war das Universo, ein fünfstöckiger Klotz aus Beton und Glas gleich neben dem

Flughafen. Wayness erhielt ein luftiges Zimmer im obersten Stockwerk, mit Panoramablick auf Aquique: mehrere tausend Glas- und Betonblocks, gitterförmig um die zentrale Plaza herum angeordnet. Dahinter dehnte sich Pampa so weit das Auge reichte.

Während der Abendstunden fühlte Wayness sich einsam und von Heimweh geplagt, und sie schrieb eine Stunde lang Briefe an ihren Vater und ihre Mutter und legte auch eine Nachricht an Glawen bei für den Fall, daß er noch in Station Araminta weilte. *Ich habe es aufgegeben, auf eine Nachricht von dir zu hoffen. Julian tauchte in Schönwinden auf und tat nichts, um sich beliebt zu machen – im Gegenteil. Er erwähnte jedoch, daß du irgendwo hingeflogen seist, um deinem Vater zu helfen, und zum jetzigen Zeitpunkt weiß ich nicht einmal, ob du noch lebst oder womöglich gar schon tot bist. Ich hoffe, du lebst, und ich wünschte, du wärest jetzt hier bei mir, denn dieses riesige Ödlandgebiet drückt mich nieder. Ich stelle fest, daß ich nur eine bestimmte Menge an Energie für Intrigen und Ränke verausgaben kann; wenn es darüber hinausgeht, fange ich an, mich elend zu fühlen. Aber ich werde es überleben. Ich habe dir ungeheuer viel zu erzählen. Dies ist ein fremdartiges Land, und manchmal vergesse ich, daß ich auf der guten alten Erde bin und habe das Gefühl, in der Außerwelt zu sein. Jedenfalls sende ich dir all meine Liebe, und ich hoffe, daß wir bald vereint sein werden.*

Am Morgen stieg Wayness in den Omnibus und wurde nach Südwesten quer durch die Pampa befördert. Sie machte es sich in ihrem Sitz so bequem als möglich und studierte verstohlen ihre Mitreisenden: eine Routineübung, die inzwischen schon fast zu einem Automatismus geworden war. Sie sah nichts, was ihren Argwohn geweckt hätte; niemand zeigte irgendein Interesse an ihr, wenn man von einem jungen Mann mit einer schmalen Stirn und einem breiten, zähnebleckenden Lächeln absah, der ihr ein religiöses Traktat verkaufen wollte.

»Nein, danke«, sagte Wayness. »Ich bin nicht an Ihren Theorien interessiert.«

Der junge Mann holte eine Papiertüte hervor. »Möchten Sie ein Bonbon?«

»Nein, danke«, sagte Wayness erneut. »Falls Sie vorhaben, selbst eines zu essen, dann möchte ich Sie bitten, sich woandershin zu setzen, da mir von dem Geruch übel wird und ich mich womöglich über Ihr religiöses Traktat erbreche.«

Der junge Mann setzte sich woanders hin und verzehrte sein Bonbon in Einsamkeit.

Der Omnibus schaukelte durch eine Einöde aus flachen Hügeln, verrotteten Felsen, Büscheln von Adlerfarn, Weiden und Espen in den Senken und Schluchten und vereinzelten kleinwüchsigen, vom Wind ramponierten Zypressen. Die Landschaft entbehrte nicht einer eigenartigen rauhen Schönheit. Wayness dachte, daß, wenn jemand sie bäte, die Landschaft zu malen, sie mit einer sehr beschränkten Palette auskommen würde. Sie bräuchte diverse Grautöne: Dunkelgrau für die Schatten; mit Umbra, Ocker und Kobalt nuancierte Grautöne für Felsen; Schwarzbraun, Graubraun, Oliv-Sichlammbraun und Staubgrau; Kupfergrün und Kleckse von Dunkelgrün für die Zypressen.

Je weiter der Omnibus nach Südwesten kam, desto höher ragten die Berge in den Himmel, und ein von Westen einfallender Wind verlieh der Landschaft Vitalität und Bewegung.

Die Sonne, die aufgrund von starkem Höhendunst ziemlich blaß war, wanderte auf den Zenit zu. In der Ferne tauchte eine Ansammlung niedriger weißer Gebäude auf: die Stadt Pombareales.

Der Bus fuhr auf den Platz in der Mitte der Stadt und hielt vor dem dreistöckigen, unregelmäßig gebauten Hotel Monopol. Wayness fand, daß die Stadt große Ähnlichkeit mit Nambucara aufwies, wenn auch in etwas kleinerem Maßstab: die gleiche zentrale Plaza, die gleiche gitterförmige Anordnung der Straßen, die gleichen geradlinigen weißen Gebäude. Es war eine Stadt, die keine augenfällige Anziehungskraft besaß, dachte Wayness, außer daß sie wahrscheinlich der letzte Ort auf der Erde war, an den es Agenten des Tanglettenverbandes auf der Suche nach einem Übeltäter verschlagen würde.

Wayness trug ihren Koffer in die geräumige Halle des Hotel Monopol. Der Hotelangestellte an der Rezeption bot ihr wahlweise ein Zimmer mit Blick auf die Plaza, ein Zimmer ohne Blick auf die Plaza oder eine Ecksuite sowohl mit als auch ohne Blick auf die Plaza an. »Wir sind zur Zeit nicht voll belegt«, sagte der Hotelangestellte. »Der Preis ist der gleiche: zwei Sol pro Tag, inklusive Frühstück.«

»Ich nehme die Suite«, sagte Wayness. »Noch nie in meinem Leben ist mir soviel Platz eingeräumt worden.«

»In diesem Teil der Welt ist ›Platz‹ ein im Überfluß vorhandenes Gut«, sagte der Hotelangestellte. »Sie können alles, was Sie wollen, zu geringen Kosten haben, den Wind und einen Panoramablick auf die Anden inklusive.«

Wayness fand die Suite in jeglicher Hinsicht angemessen. Das Bad funktionierte ordentlich; das Schlafzimmer enthielt ein großes Bett, das leicht nach antiseptischer Seife roch; das Wohnzimmer war möbliert mit einem massiven Eichentisch, einem großen blauen Läufer, mehreren schweren Sesseln, einer Couch, einem Schreibtisch mit einem Schrank und einem Telephon. Wayness widerstand der Versuchung, in Schönwinden anzurufen, und setzte sich statt dessen in einen der Sessel. Sie hatte keine Pläne; das erschien ihr sinnlos, solange sie keine Informationen hatte. Sie mußte Erkundigungen einholen und soviel sie konnte über Irena Portils herausbringen.

Es war eine halbe Stunde vor Mittag: zu früh zum Mittagessen. Wayness ging hinunter in die Halle und trat an die Rezeption zu dem Hotelangestellten. Diskretion und Feingefühl waren jetzt von höchster Wichtigkeit; schließlich war nicht auszuschließen, daß der Hotelangestellte Irena Portils' Schwager war. Sie näherte sich dem Gegenstand ihrer Nachforschung in einem schiefen Winkel. »Ein Freund möchte, daß ich für ihn jemanden auf der Via Madera ausfindig mache. Wo liegt die?«

»Die Via Madera? Es gibt keine Straße dieses Namens in Pombareales.«

»Hm. Ich hätte mir den Namen wohl doch besser notiert. Könnte es vielleicht auch Via Ladera sein? Oder Baduro?«

»Es gibt die Calle Maduro und die Avenida Onyx Formadero.«

»Ich glaube, es war Calle Maduro: ein Haus mit zwei Kugeln aus schwarzem Granit als Einfahrtsmarkierung.«

»Ich erinnere mich nicht an ein solches Haus, aber die Calle Maduro ist dort.« Er zeigte mit seinem Bleistift. »Gehen Sie drei Blocks nach Süden auf der Calle Luneta, und Sie kommen an die Kreuzung mit der Calle Maduro. Dort müssen Sie sich entscheiden. Wenn Sie sich nach links wenden und mehrere Blocks gehen, kommen Sie zur Geflügelkooperative. Wenn Sie nach rechts gehen, kommen Sie zum Friedhof. Wählen Sie selbst; ich kann Ihnen da keinen Rat geben.«

»Ich danke Ihnen.« Wayness wandte sich zur Tür. Der Hotelangestellte rief sie zurück. »Der Weg ist weit, und der Wind bläst scharf und ist voller Staub; warum nicht standesgemäß fahren? Dort ist Estebans Droschke: das rote Fahrzeug, das direkt vor der Tür parkt. Sein Fahrpreis wird nicht unverschämt hoch sein, wenn Sie ihm drohen, statt dessen mit seinem Bruder Ignaldo zu fahren, der eine grüne Droschke fährt.«

Wayness ging hinaus zu der roten Droschke. Auf dem Fahrersitz saß ein kleiner Mann mit dünnen Armen und Beinen, wettergegerbter Haut und einem langen drolligen Gesicht. Beim Anblick Wayness' schrie er: »Sofort!« Er sprang aus dem Wagen und riß Wayness den Schlag auf.

Wayness fragte: »Ist dies Ignaldos Droschke? Ich hörte, seine Tarife seien fair – sehr fair sogar.«

»Totaler Blödsinn!« sagte Esteban. »Da hat man Ihre Arglosigkeit mißbraucht. Manchmal tut er so, als offeriere er niedrige Fahrpreise, doch er ist ein gerissener Fuchs, und am Ende haut er seine Fahrgäste doppelt übers Ohr. Wer könnte das besser wissen als ich, der ich sein Konkurrent bin?«

»Aus eben diesem Grunde könnte es sehr wohl sein, daß Sie voreingenommen in Ihrem Urteil sind.«

»Gar nicht. Ignaldo kennt kein Gewissen. Wenn Ihre sterbende Großmutter zur Kirche gefahren werden wollte, um sich die letzte Ölung verabreichen zu lassen, bevor der Priester Feierabend hätte und nach Hause ginge, würde Ignaldo einen weiten Umweg mit ihr machen und so lange in der Gegend herumgurken, bis sie entweder das Zeitliche gesegnet hätte, worauf sein Tarif für die Beförderung von Leichen in Kraft träte, oder bis die arme, im Sterben liegende Frau um ihres Seelenheiles willen zähneknirschend in seinen Wucherfahrpreis einwilligen würde!«

»In dem Fall will ich es mit Ihnen versuchen, aber zuerst müssen Sie Ihre eigenen Tarife offenlegen.«

Esteban warf ungeduldig die Hände in die Luft. »Wohin wollen Sie denn?«

»Hierhin und dorthin. Als erstes können Sie mich zur Calle Maduro fahren.«

»Das ist natürlich möglich. Möchten Sie sich den Friedhof anschauen?«

»Nein. Ich möchte mir die Häuser ansehen.«

»Auf der Calle Maduro gibt es wenig zu sehen, und mein Fahrpreis wird minimal sein. Für eine halbe Stunde werde ich Ihnen einen Sol berechnen.«

»Was? Das ist das Doppelte von dem, was Ignaldo verlangt!«

Esteban grunzte angewidert, gab dann aber so bereitwillig nach, daß Wayness wußte, daß ihr Aufbegehren gerechtfertigt gewesen war. »Na schön; ich habe nichts Besseres zu tun. Steigen Sie ein. Der Fahrpreis ist ein Sol pro Stunde.«

Wayness stieg zimperlich in die Droschke. »Damit eines klar ist: ich miete diese Droschke nicht für eine Stunde. Für eine halbe Stunde zahle ich einen halben Sol, und in diesem Preis muß das Trinkgeld bereits enthalten sein.«

Esteban brüllte: »Warum schenke ich Ihnen nicht einfach die Droschke und meine elenden paar Habseligkeiten und wandere als Almosenempfänger aus der Stadt?«

Estebans Erregung war so echt, daß Wayness wußte, daß sie bei seinem üblichen Tarif angelangt waren.

Wayness lachte. »Beruhigen Sie sich! Sie können doch nicht jedesmal, wenn irgendein armer argloser Mensch in Ihre Droschke steigt, auf plötzlichen Wohlstand hoffen!«

»Sie sind nicht so arglos, wie Sie aussehen«, brummte Esteban. Er schlug die Tür zu, stieg auf den Fahrersitz und fuhr los, die Calle Luneta hinauf. »Wo wollen Sie hin?«

»Lassen Sie uns als erstes die Calle Maduro hinauffahren.«

Esteban nickte. »Sie haben wohl Verwandte auf dem Friedhof liegen.«

»Ich wüßte von keinen.«

Esteban zog die Augenbrauen hoch. Wie sollte er dieses seltsame Betragen deuten? »Es gibt in dieser Stadt nicht viel zu sehen; noch weniger auf der Calle Maduro.«

»Kennen Sie die Leute, die in dieser Straße wohnen?«

»Ich kenne jeden in Pombareales.« Esteban lenkte die Droschke in die Calle Maduro, die irgendwann vor langer Zeit einmal mit einer festen Decke versehen worden, jetzt aber mit Schlaglöchern übersät war. Nur etwa die Hälfte der Grundstücke war bebaut; die Häuser standen alle mindestens zwanzig Schritt auseinander. Hier und da zeugten ein paar verkümmerte Sträucher oder ein vom ständigen Wind krummgeblasener Baum von dem Versuch der Bewohner, so etwas wie einen Garten anzulegen. Esteban deutete auf ein Haus mit zerbrochenen Fenstern und Distelgestrüpp im Hof. »Das Haus dort können Sie billig erwerben.«

»Es sieht ziemlich heruntergekommen aus.«

»Das rührt daher, daß dort der Geist von Edgar Sambaster umgeht, der sich eines Nachts um Mitternacht erhängte, als der Wind von den Bergen herabblies.«

»Und seitdem hat niemand mehr dort gewohnt?«

Esteban schüttelte den Kopf. »Die Eigentümer sind nach Außerwelt ausgewandert. Vor ein paar Jahren verstrickte sich ein gewisser Professor Solomon in einen Skandal und versteckte sich dort für ein paar Wochen, und seitdem hat nie wieder jemand etwas von ihm gehört.«

»Hm. Hat denn irgend jemand einen Blick in das Haus geworfen, um zu sehen, ob er vielleicht auch dort von der Decke baumelt?«

»Ja. Diese Möglichkeit wurde in Erwägung gezogen, und die Konstabler inspizierten das Haus; aber sie fanden nichts.«

»Merkwürdig.« Die Droschke fuhr inzwischen an einem anderen Haus vorbei, das genauso aussah wie die anderen, bis auf die Tatsache, daß in seinem Vorgarten die lebensgroßen Statuen zweier Nymphen standen, die die Arme wie zum Segen erhoben hielten. »Wer wohnt hier?« fragte Wayness.

»Das ist das Haus von Hector Lopez, der als Gärtner auf dem Friedhof arbeitet. Er brachte die Standbilder mit nach Hause, als eine Reihe von Gräbern eingeebnet wurde.«

»Sie stellen eine interessante Dekoration dar.«

»Das mag wohl sein. Es gibt einige Leute, die finden, daß Hector es hier ein wenig übertreibt. Was meinen Sie?«

»Ich finde die Standbilder nicht anstößig. Könnte es sein, daß die Nachbarn neidisch sind?«

»Möglich. Dort sehen Sie das Haus von Leon Casinde, dem Schweinemetzger. Er ist ein großer Sänger vor dem Herrn, und man kann ihn oft, betrunken oder nüchtern, in der Cantina singen hören.«

Die Droschke fuhr weiter in langsamer Fahrt die Calle Maduro hinauf. Esteban kam allmählich in Schwung, und Wayness erfuhr eine Menge vom Leben und von den Gewohnheiten derer, die in den Häusern entlang der Straße wohnten. Jetzt kamen sie an das Haus Nr. 31, die Casa Lucasta: ein Haus mit zwei Stockwerken, etwas größer als die andern an der Calle Maduro, umgeben von einem stabilen Zaun. An der Nordseite des Hauses, in einem windgeschützten Winkel, war eine Art Garten angelegt. Dort wuchsen Geranien, Hortensien, Ringelblumen, eine Zitronenverbene und ein struppiges Bambusgehölz. An der Seite standen diverse billige Gartenmöbel: ein Tisch, eine Bank, ein paar Stühle, eine Hollywoodschaukel, ein großer Sandkasten und eine Holzkiste mit verschiedenen Werkzeugen und Gartengeräten. In diesem Bereich hielten sich ein Junge von etwa zwölf Jahren und ein vielleicht zwei oder drei Jahre jüngeres Mädchen auf, jeder in sich selbst vertieft.

Esteban bemerkte Wayness' Interesse, und er verlangsamte die Fahrt. Er tippte sich vielsagend an die Stirn. »Beide geisteskrank; sehr schwer für die Mutter.«

»Das glaube ich gern«, sagte Wayness. »Halten Sie bitte mal für einen Moment an.« Sie beobachtete die Kinder mit Interesse. Das Mädchen saß an dem Tisch, in etwas vertieft, das von weitem wie ein Puzzle aussah; der Junge kniete im Sandkasten und formte ein kompliziertes Bauwerk aus feuchtem Sand, den er mit Flüssigkeit aus einem Eimer getränkt hatte. Beide Kinder waren dünn: eher schlank denn fragil, mit langen Armen und Beinen. Ihr kastanienbraunes Haar war kurz gestutzt ohne jede Rücksicht auf modische Aspekte, als interessiere es niemanden sonderlich, wie sie aussahen, am wenigsten sie selbst. Ihre Gesichter waren schmal, mit sauber gestalteten Zügen, grauen Augen und blasser Haut, die von einem fast kaum wahrnehmbaren Hauch von Rosa und Orange ein wenig Wärme verliehen bekam. Die beiden waren ziemlich attraktive Kinder, dachte Wayness, wenngleich eindeutig nicht aus der Gegend gebürtig. Das Gesicht des Mädchens war lebhafter als das des Jungen, der mit bedächtiger Präzision arbeitete. Keiner von beiden sprach. Beide warfen der Droschke lediglich einen kurzen, desinteressierten Blick zu und kümmerten sich dann nicht weiter um sie.

»Hm!« sagte Wayness. »Das sind die ersten Kinder, die ich in dieser Straße sehe.«

»Dafür gibt es eine einfache Erklärung«, sagte Esteban. »Die anderen Kinder sind in der Schule.«

»Ja, natürlich. Was fehlt diesen beiden denn?«

»Das ist schwer zu sagen. Die Ärzte kommen regelmäßig zur Visite, und alle gehen kopfschüttelnd wieder weg, während die Kinder unbeirrt weiter das tun, was sie für richtig halten. Das Mädchen gerät in rasende Wut, wenn man ihm in irgendeiner Weise in die Quere kommt; es wirft sich auf die Erde und fällt in eine krampfartige Starre mit Schaum vor dem Mund, so daß alle um sein Leben fürchten. Der Junge ist mürrisch und verschlossen; gleichwohl heißt es, daß er in bestimmten Dingen sehr klug sei. Manche sagen, die beiden bräuchten nichts weiter als eine ordentliche Tracht Prügel, damit sie wieder zur Besinnung kommen; andere sagen, es sei alles bloß eine Sache der Hormone oder irgend so einer Substanz.«

»Tatsache ist, daß sie weder schwachsinnig noch verblödet aussehen. Normalerweise können die Ärzte solche Leute heilen.«

»Aber nicht diese beiden. Die Ärzte kommen jede Woche vom Institut in Montalvo hier hoch, aber nichts scheint sich zu ändern.«

»Das ist schade. Wer ist der Vater?«

»Das ist eine komplizierte Geschichte. Ich erwähnte bereits Professor Solomon, der in einen Skandal verwickelt war. Er hält sich jetzt außerwelt auf, aber niemand scheint zu wissen, wo, wenngleich nicht wenige ihn liebend gern aufspüren würden. Er ist der Vater.«

»Und die Mutter?«

»Das ist Madame Portils, die stolz wie eine Gräfin herumläuft, obwohl sie eine Einheimische ist. Ihre Mutter ist Madame Clara, eine geborene Salgas, und ein ganz gewöhnliches und ordinäres Weib.«

»Wovon lebt Madame Portils?«

»Sie arbeitet in der Bibliothek – repariert Bücher oder so etwas in der Art. Eine subalterne Tätigkeit jedenfalls. Da sie zwei Kinder hat und ihre Mutter mitversorgt, erhält sie öffentliche Unterstützung, die es ihr erlaubt, sich mit dem Nötigsten zu versorgen. Fürwahr kein Grund zur Eitelkeit; trotzdem trägt sie die Nase gegenüber jedermann hoch, selbst gegenüber Leuten aus der Oberschicht.«

»Sie scheint wirklich eine sonderbare Frau zu sein«, sagte Wayness. »Vielleicht hat sie verborgene Talente.«

»Wenn das der Fall ist, dann hütet sie sie jedenfalls so eifersüchtig, als wären sie Verbrechen. Ach, es ist schon traurig, trotz allem.«

Vom Hügel herunter kam ein Windstoß, der Staub und Abfall über die Straße trieb und durch das Dorngestrüpp in den Vorgärten wehte. Esteban zeigte auf das Mädchen. »Schauen Sie! Der Wind erregt sie!«

Wayness sah, daß das Mädchen aufgesprungen war und sich dem Wind entgegenwandte. Die Beine etwas gespreizt, stand es da und wiegte sich langsam hin und her, einem inneren Takt folgend.

Der Junge schenkte dem Mädchen keine Beachtung; unbeirrt fuhr er mit seiner Arbeit fort.

Aus dem Hause kam ein energischer Ruf. Der Körper des Mädchens verlor seine Spannung. Widerstrebend wandte es sich um und ging zum Haus. Der Junge ignorierte den Ruf und führte sein Werk fort. Das kunstvolle Sandgebäude, an dem er arbeitete, war inzwischen fast vollendet.

Aus dem Hause scholl ein zweiter Ruf, noch schärfer als der erste. Das Mädchen blieb stehen, schaute über die Schulter, ging zu dem Sandkasten und zerstörte mit dem Fuß das Kunstwerk seines Bruders. Der Junge gefror zur Salzsäule und starrte auf die Stätte der Verwüstung. Das Mädchen wartete. Der Junge löste sich langsam aus seiner Starre, wandte den Blick auf das Mädchen und schaute es an. Soweit Wayness das auf die Entfernung ausmachen konnte, war sein Gesicht bar jeden Ausdrucks. Das Mädchen wandte sich ab und ging mit hängendem Kopf zum Haus. Der Junge folgte ihm langsam und traurig.

Esteban setzte die Droschke in Bewegung. »Als nächstes werden wir den Friedhof besichtigen, der zu werten ist als das klimaktische Ereignis für jeden, der wie Sie beschlossen hat, die Calle Maduro zu erforschen. Wenn wir die Sache gründlich und ordentlich machen wollen, müssen wir mindestens eine halbe Stunde veranschlagen – besser noch eine ganze …«

Wayness lachte. »Ich habe fürs erste genug gesehen. Sie können mich zum Hotel zurückbringen.«

Esteban zuckte fatalistisch die Achseln und wendete seine Droschke. »Vielleicht würde Ihnen eine Fahrt durch die Avenida de las Floritas gefallen, wo die Patrizier residieren. Auch der Park ist durchaus einen Besuch wert, mit seinem Springbrunnen und dem Palladium, wo jeden Sonntagnachmittag eine Musikkapelle spielt. Die Musik würde Ihnen bestimmt gefallen; sie wird gratis dargeboten, für alle Ohren, die zuhören wollen. Womöglich würden Sie sogar den einen oder anderen stattlichen jungen Herrn kennenlernen – wer weiß? –, oder vielleicht sogar den Mann fürs Leben!«

»Das wäre eine wunderbare Überraschung!« sagte Wayness.

Esteban zeigte auf eine großgewachsene, schlanke Frau, die den Bürgersteig heraufkam. »Dort ist Madame Portils selbst, auf dem Heimweg von ihrer Arbeit.«

Esteban verlangsamte die Fahrt. Wayness beobachtete Irena Portils, wie sie schnellen Schritts den Bürgersteig entlangmarschierte, den Kopf leicht gebeugt, den Körper gegen den Wind gestemmt. Auf den ersten Blick und aus der Distanz erschien sie recht hübsch: ein Trugbild, das beim zweiten Hinsehen aus der Nähe zerbarst und verschwand. Sie trug einen schäbigen Rock aus rostfarbenem Köper und eine enganliegende schwarze Jacke. Unter einem kleinen, formlosen Hut hervor hing dünnes schwarzes Haar in fettigen Strähnen über ihre Wangen. Das Klimakterium war ihr nicht mehr fern, und die Jahre hatten ihr nicht freundlich mitgespielt. Ihre schwarzen, tief in den dunklen Höhlen liegenden Augen standen zu dicht neben ihrer schmalen, eingeklemmt wirkenden Nase;

ihr Gesicht war teigig und von den tiefen Furchen von Bedrückung und Pessimismus verwüstet. Esteban wandte den Kopf zur Seite, um sie zu mustern, als die Droschke an ihr vorbeifuhr. »Kaum zu glauben, aber sie war in ihrer Jugend einmal ein hübsches Ding. Eines Tages ging sie auf die Schauspielschule, und das nächste, was wir von ihr hörten, war, daß sie sich einer Truppe von komischen Impressionisten oder Dramaturgen – oder wie immer diese Gruppen heißen – angeschlossen hatte, und daß sie mit dieser Truppe außerwelt gegangen war. Niemand dachte mehr an sie, bis sie eines Tages zurückkam und kurz darauf Professor Solomon heiratete, der sich als Archäologen bezeichnete. Sie blieben bloß ein paar Monate, dann gingen sie wieder außerwelt.«

Esteban war inzwischen an einem langgestreckten, flachen Betonbau angelangt, der von einem halben Dutzend Eukalyptusbäumen beschattet wurde. Wayness sagte: »Das ist aber nicht das Hotel Monopol!«

»Ich bin versehentlich falsch abgebogen«, erklärte Esteban. »Dies ist die Geflügelkooperative. Wo wir nun schon einmal hier sind, hätten Sie nicht vielleicht Lust, sich einmal die Hühner anzuschauen? Nicht? Gut, dann bringe ich Sie jetzt auf dem schnellsten Wege zum Hotel.«

Wayness ließ sich in den Sitz zurücksinken. »Sie waren gerade dabei, mir von Professor Solomon zu erzählen.«

»Ach ja, richtig. Der Professor und Irena kamen vor ein paar Jahren zurück – mit den Kindern. Eine Zeitlang war Professor Solomon hochangesehen und wurde als Zierde der Gemeinde betrachtet, da er Wissenschaftler und ein Mann von Bildung war. Er beschäftigte sich damit, die Berge zu erkunden und nach prähistorischen Ruinen zu suchen. Dann behauptete er, er habe einen vergrabenen Schatz entdeckt und verwickelte sich in einen schrecklichen Skandal, so daß er gezwungen war, sich außerwelt abzusetzen. Irena behauptet, nicht zu wissen, wo er sich jetzt aufhält, aber keiner glaubt ihr.«

Esteban lenkte die Droschke von der Calle Luneta zu ihrem angestammten Platz vor dem Hotel Monopol. »Und das ist der Stand der Dinge auf der Calle Maduro.«

VII

Wayness saß in einer Ecke der Hotelhalle, die Augen halb geschlossen, auf dem Schoß ihr Notizbuch. Unter der Überschrift ›Irena Portils‹ hatte sie begonnen, ein paar Ideen zu organisieren, aber das Thema war verwirrend, und ihr Denken war getrübt. Sie brauchte ein wenig Ruhe. Ein paar Stunden der Muße würden ihre Probleme vielleicht klären. Wayness ließ sich in den Sessel zurücksinken und versuchte, an nichts zu denken.

Ein beruhigendes Gemurmel durchdrang die Halle. Es war ein riesiger Raum, dessen hohe Decke von massiven Holzbalken gestützt wurde. Das Meublement war schwer: ledergepolsterte Sessel und Couches, lange, niedrige Tische, deren Platten aus einem Stück gefertigt waren. In der gegenüberliegenden Wand war ein bogenförmiger Durchgang zum Restaurant.

Eine Gruppe von Farmern kam von der Plaza herein und setzte sich an einen der Tische, um Bier zu trinken und über geschäftliche Dinge zu sprechen, bevor sie zum Mittagessen ins Restaurant hinübergehen würden. Wayness stellte fest, daß ihr Frohsinn, ihre lauten Stimmen und ihre schenkelklopfende Derbheit sie bei ihrem Bemühen störten, an nichts zu denken. Außerdem trug einer der Männer einen sehr großen, buschigen schwarzen Schnauzbart, auf den wie gebannt zu starren Wayness nicht vermeiden konnte, obwohl sie zu fürchten begann, daß der Farmer es merken und zu ihr herüberkommen würde, um sie zu fragen, warum sie ständig auf seinen Schnurrbart glotze.

Wayness entschied, daß es auch für sie Zeit für ein Mittagessen wurde. Sie ging in das Restaurant und bekam einen Platz, von dem aus sie die Plaza überschauen konnte – auch wenn es um diese Tageszeit dort nichts Aufregendes zu sehen gab.

Eine der Tagesspezialitäten auf der Speisekarte war Alpenschneehuhn: ein Gericht, das Wayness reizte, da sie es noch nie zuvor auf einer Speisekarte gesehen hatte. Je nun, dachte sie: warum nicht? Sie gab also ihre Bestellung auf, fand aber am Ende das Alpenschneehuhn dann doch eine Spur zu angegangen für ihren Geschmack.

Wayness verzehrte in aller Muße die Nachspeise und trank einen Kaffee. Der Nachmittag lag vor ihr, aber sie beschloß, nicht noch eine Phase des gelassenen Nicht-Denkens zu probieren, und führte sich statt dessen erneut das Thema Irena Portils zu Gemüte.

Das Grundproblem war klar definiert: wie konnte sie Irena Portils dazu bringen, den Aufenthaltsort des sogenannten ›Professor Solomon‹ zu enthüllen?

Wayness zog ihr Notizbuch hervor und las mit kritischem Blick die Eintragungen, die sie früher am Tag vorgenommen hatte.

Problem: Moncurio finden

- Lösung 1: Irena den gesamten Sachverhalt erklären und sie um ihre Mithilfe bitten.
- Lösung 2: Ähnlich wie Lösung 1, aber verbunden mit Geldangebot – notfalls beträchtliche Summe.
- Lösung 3: Irena Portils hypnotisieren oder unter Drogen setzen und ihr so die Information abringen.
- Lösung 4: Irenas Haus in ihrer Abwesenheit nach sachdienlichen Hinweisen durchstöbern.

– Lösung 5: Irenas Mutter und/oder die Kinder ausfragen. (???)
– Lösung 6: Keine der oben aufgeführten.

Die Lektüre ihrer Notizen vermochte Wayness nicht gerade zu ermutigen. Lösung Nr. 1, die vernünftigste, würde sie mit größter Sicherheit in eine emotionale Konfrontation mit Madame Portils bringen und dazu führen, daß diese halsstarriger denn je zuvor werden würde. Das gleiche ließ sich auch für Lösung zwei voraussagen. Die Lösungen 3, 4 und 5 waren fast gleichermaßen undurchführbar. Lösung sechs hingegen war eindeutig die praktikabelste aus der gesamten Gruppe.

Wayness kehrte in die Halle zurück. Es war jetzt ein paar Minuten nach zwei; der größte Teil des Nachmittags lag also immer noch vor ihr. Wayness ging zur Rezeption und ließ sich den Weg zur öffentlichen Bibliothek beschreiben.

»Es sind fünf Minuten von hier zu Fuß«, erklärte der Hotelangestellte. Er zeigte mit seinem Bleistift. »Gehen Sie die Calle Luneta einen Block hinunter bis zur Calle Basilio; an der Ecke steht eine große Akazie. Biegen Sie nach links ab und gehen Sie einen Block weit, und Sie stehen vor der Bibliothek.«

»Klingt ziemlich einfach.«

»Ist es auch. Lassen Sie sich die Sammlung primitiver Töpferkunst nicht entgehen, die zur Zeit in der Abteilung für Nachschlagewerke gezeigt wird. Selbst hier in Patagonien, wo einst die Gauchos durch die Pampa ritten, halten wir die Ideale der Hochkultur hoch!«

Eine Tür aus Bronze und Glas glitt zur Seite; Wayness trat in ein Foyer, das mit den üblichen Annehmlichkeiten eines solchen Raumes ausgestattet war. Nach rechts und links abgehende Flure führten zu den verschiedenen Spezialabteilungen.

Wayness wanderte hierhin und dorthin, stets verstohlen nach Irena Portils Ausschau haltend. Sie hatte sich keinen Plan gemacht; doch schien es ihr sicher, daß diese spezielle Örtlichkeit die beste, vielleicht sogar die einzige Umgebung war, in der sie Irenas Bekanntschaft machen konnte. Sie hielt inne, um einen Ständer mit Zeitschriften zu studieren, tat so, als konsultiere sie die Informationsbänke, blieb stehen, um die auf einem Schild angegebenen Öffnungszeiten der Bibliothek zu studieren. Nirgends sah sie auch nur eine Spur von Irena Portils. Vielleicht hatte sie bereits Feierabend und war nach Hause gegangen, dachte Wayness.

Im Saal für Kunst und Musik fand Wayness die Ausstellung primitiver Töpferkunst, die ihr der Angestellte an der Rezeption empfohlen hatte. Die Stücke waren in einer Glasvitrine ausgestellt. Die Sammlung bestand aus einem Dutzend Schalen, manche flach, manche hoch, und ebenso vielen sonstigen Gefäßen. Die meisten waren restauriert; ein paar wiesen rudimentäre Verzierungen auf: Muster aus aufgemalten Tüpfeln oder eingeritzten Linien. Die Ware war entweder dergestalt geformt worden, daß Tonblöcke in Körbe gepreßt und dann gebrannt worden waren; oder die Blöcke oder Platten waren mit der Hand in die gewünschte Form modelliert worden.

Ein Plakat schrieb die Stücke den ›Zuntil-Menschen‹ zu: semi-barbarischen Jägern und Sammlern, die viele tausend Jahre vor dem Auftauchen der Europäer in dem Gebiet ansässig gewesen waren. Entdeckt worden waren die Stücke von einheimischen Archäologen an Stellen entlang des Azumi-Flusses, wenige Meilen nordwestlich von Pombareales.

Wayness zog die Stirn kraus: der Anblick der Sammlung hatte sie soeben auf eine ziemlich gute Idee gebracht. Sie betrachtete die Idee von allen Seiten, konnte aber keine Schwachpunkte finden. Natürlich würde ihre Umsetzung erfordern, daß sie zu einer Lügnerin und Heuchlerin wurde. Na und? dachte Wayness. Um ein Omelette zu machen, muß man Eier zerschlagen. Sie wandte sich an den Bibliothekar, der an einem Schreibtisch in der Nähe saß: ein linkisch wirkender junger Mann mit weichem sandfarbenem Haar, einer breiten Denkerstirn, einer Hakennase und einer kantigen Kinnlade. Er hatte Wayness schon eine ganze Weile verstohlen aus dem Augenwinkel beobachtet. Als ihn ihr Blick traf, errötete er und schaute hastig weg, konnte dann aber der Versuchung, einen zweiten Blick zu riskieren, nicht widerstehen.

Wayness lächelte ihn an und trat zu seinem Schreibtisch. »Haben Sie die Ausstellung dieser Sammlung arrangiert?«

Der Bibliothekar grinste. »Ja – zum Teil jedenfalls. Die Ausgrabungen habe ich nicht selbst gemacht. Das war das Werk meines Onkels und seines Freundes. Sie sind die Ausgräber, und zwar sehr eifrige. Ich selbst bin auf diese Art von Arbeit nicht sonderlich erpicht.«

»Dann entgeht Ihnen aber ein großer Teil des Spaßes!«

»Mag sein«, sagte der Bibliothekar. Mit nachdenklicher Stimme fügte er hinzu: »Letzte Woche fuhren mein Onkel und sein Freund Dante hinaus zum Graben. Mein Onkel wurde von einem Skorpion gestochen. Er sprang in den Fluß. Am Nachmittag wurde sein Freund Dante von einem wildgewordenen Stier gejagt. Er sprang ebenfalls in den Fluß.«

»Hm.« Wayness betrachtete die Sammlung. »Sind sie diese Woche auch zum Graben rausgefahren?«

»Nein. Sie sind statt dessen in die Cantina gegangen.«

Darauf wußte Wayness nichts zu erwidern.

Neben dem Schaukasten waren mehrere Karten von der Region aufgehängt. Auf einer davon waren die

Fundstätten der Scherben und die vermutlichen Siedlungsgebiete der Zuntil-Menschen eingezeichnet; eine andere, die in größerem Maßstab war, zeigte die Ausdehnung der verschiedenen Inkareiche: des frühen, des mittleren und des späten. Wayness sagte: »Offenbar sind die Inkas niemals so weit nach Süden bis zum heutigen Pombareales vorgedrungen.«

»Wahrscheinlich haben sie von Zeit zu Zeit Spähtrupps ausgesandt. Aber niemand hat jemals authentische Stätten südlich von Sandoval gefunden, das möglicherweise nicht mehr als ein Handelsposten gewesen ist.«

Wayness sagte aus dem Stegreif: »Ich glaube, das ist es, was der Leiter unserer Expedition nachweisen möchte, auf die eine oder andere Weise.«

Der Bibliothekar lachte leise in sich hinein und verzog spöttisch das Gesicht. »Es hat schon mehr Expeditionen nach Sandoval gegeben, als es dort jemals Inkas gegeben hat.« Er musterte Wayness erneut. »Dann sind Sie also Archäologin?«

Wayness lachte. »Fragen Sie mich das noch einmal, wenn ich dieses erste praktische Jahr und drei weitere Jahre Knochensortieren im Labor hinter mir habe.« Sie sah sich im Raum um. »Wie ich sehe, ist nicht viel los. Hätten Sie ein bißchen Zeit, sich mit mir zu unterhalten?«

»Aber gern. An Tagen wie heute ist nie viel los. Nehmen Sie Platz, wenn Sie möchten. Mein Name ist Evan Faures.«

Wayness setzte sich zimperlich. »Ich bin Wayness Tamm.«

Die Unterhaltung nahm ihren Lauf. Wayness erkundigte sich nach Höhlen in den Bergen und nach dem sagenhaften Gold der Inkas. »Es wäre schon toll, irgendwo eine große Schatztruhe zu finden.«

Evan warf einen Blick über die Schulter. »Ich würde mich nicht trauen, Professor Solomon zu erwähnen, wenn Irena Portils in Hörweite wäre. Aber ich glaube, sie ist schon nach Hause gegangen.«

»Wer ist Professor Solomon, und wer ist Irena Portils?«

»Ah!« sagte Evan Faures. »Da rühren Sie an einen unserer berüchtigtsten Skandale!«

»Erzählen Sie mir davon! Ich liebe Skandale.«

Evan Faures spähte abermals über die Schulter. »Irena Portils gehört zur Belegschaft. Soweit ich weiß, war sie früher einmal Tänzerin oder so etwas und ging mit einer Varietétruppe außerwelt. Sie kehrte zurück als Ehefrau eines Archäologen namens Professor Solomon, der sich als eine allenthalben anerkannte und berühmte Kapazität ausgab. Er machte einen guten Eindruck und wurde einer der Honoratioren der Stadt.

Eines Abends auf einer Dinnerparty bei Freunden wurde Professor Solomon anscheinend redselig und vielleicht ein bißchen indiskret. Unter dem Siegel strengster Verschwiegenheit erzählte er seinen Freunden, er sei auf eine alte Landkarte gestoßen, auf welcher eine geheime Höhle eingezeichnet sei, in der die Konquistadoren eine Truhe frisch geprägter Dublonen versteckt hätten. ›Wahrscheinlich bloß eine Ente‹, sagte Professor Solomon, ›aber interessant allemal.‹

Ein paar Tage später begab sich Professor Solomon auf eine seiner Expeditionen in die Berge. Sobald seine Freunde von seiner Abwesenheit erfuhren, ließen sie alle Diskretion fahren und erzählten jedem von Professor Solomons Golddublonen.

Ein Monat verging, und Professor Solomon kehrte zurück. Als seine Freunde ihn bedrängten, er solle erzählen, was er gefunden habe, zeigte er ihnen widerstrebend vier Golddublonen und sagte, er brauche ein paar Spezialwerkzeuge, um das Geröll beiseite zu räumen, unter dem die Truhe zur Zeit noch begraben sei. Kurz danach verschwand er aufs neue. Die Kunde von seiner Entdeckung erweckte riesiges Interesse und natürlich auch Habgier. Als Professor Solomon bald darauf mit vierhundert Dublonen zurückkam, wurde er von Sammlern mit Angeboten geradezu überhäuft. Er erklärte sich bereit, einige der Dublonen auf ihre Echtheit hin untersuchen zu lassen, was ihren Wert minderte, weshalb auch niemand überrascht war, als er sich weigerte, weitere prüfen zu lassen. Eines Tages, genau um zwölf Uhr mittags, verkaufte er die Dublonen. Scharen von aufgeregten Sammlern umringten ihn schwitzend und schreiend und schwenkten ihre Geldscheine in der Luft. Professor Solomon verkaufte die Dublonen in Paketen zu je zehn, und noch bevor es ein Uhr geschlagen hatte, waren alle vierhundert weg. Professor Solomon dankte den Sammlern für ihr Interesse und kündigte an, er werde sich nun aufmachen, eine weitere Höhle zu erkunden, die womöglich einen noch größeren Schatz berge: Inka-Smaragde. Unter Beifall und begleitet von Glückwünschen reiste er ab. Diesmal nahm er Irena Portils mit.

Frieden und Beschaulichkeit kehrten wieder in Pombareales ein – aber sie waren nicht von langer Dauer. Ein paar Tage später wurde bekannt, daß die Sammler allesamt übers Ohr gehauen worden waren. Die Dublonen, die sie für teures Geld erworben hatten, waren aus Blei geprägt und dann mit einer dünnen Schicht Gold plattiert worden. Ihr Wert war gering.

Sammler sind keine fatalistischen Menschen. Die Entrüstung und die Wut, der ihre anfängliche Bestürzung rasch Platz machte, standen ihrer einstmaligen Begeisterung an Intensität in nichts nach.«

»Und? Was passierte?«

»Nichts. Wenn Professor Solomon aus seinem Versteck gezerrt, sodann gesteinigt, gehängt, gestreckt, geteert und gefedert, gevierteilt, dann lebendig auf dem Scheiterhaufen verbrannt, danach ausgepeitscht und schließlich mit dem Kopf nach unten gekreuzigt und dann gezwungen worden wäre, alle seine Schulden mit Zins und Zinseszins zurückzuzahlen, dann hätten sich die Wogen der Erregung vielleicht geglättet. Aber er war nirgends zu finden, und bis zum heutigen Tage hat niemand eine Amnestie für Professor Solomon vorgeschlagen. Irena Portils kehrte nach ein paar Jahren mit ihren beiden Kindern zurück und behauptete, Professor Solomon habe sie verlassen. Ferner erklärte sie, sie wisse nichts von dem Schwindel, und man solle sie damit in Frieden lassen. Niemand konnte ihre Komplizenschaft nachweisen, obwohl die Geprellten alle Hebel in Bewegung setzten. Nach einer Weile fand Irena Portils die Stellung in der Bibliothek. Die Jahre vergingen, und so stehen die Dinge heute.«

»Und wo ist Professor Solomon? Glauben Sie, daß sie Kontakt zu ihm hält?«

Evan lächelte süffisant. »Das weiß ich nicht. Ich würde nie wagen, sie danach zu fragen. Sie hält sehr auf Distanz.«

»Hat sie keine Freunde?«

»Nicht, daß ich wüßte. In der Bibliothek macht sie ihre Arbeit, ist höflich zu den Kollegen, aber sie scheint immer nur halb bei der Sache, als wäre sie mit ihren Gedanken ganz woanders. Manchmal sind die Spannungen, die von ihr ausgehen, so stark, daß jeder in ihrer Nähe reizbar wird. Es ist, als tobten wütende Stürme in ihrem Innern und als hielte sie sich nur mit großer Mühe unter Kontrolle.«

»Wie seltsam.«

»Sehr seltsam. Ich möchte nicht in ihrer Nähe sein, wenn sie jemals explodiert.«

»Hm.« Evans Bemerkungen waren entmutigend. Irena Portils war ihre einzige Verbindung zu Adrian Moncurio, und sie mußte unbedingt gehegt und bei Laune gehalten werden, ganz gleich, wie. Wayness sagte aufs Geratewohl: »Wenn ich morgen in die Bibliothek komme, werde ich sie vielleicht kennenlernen.«

Es war ein Fehler. Evan sah sie überrascht an. »Warum sollten Sie sie kennenlernen wollen?«

»Ich interessiere mich halt für ungewöhnliche Menschen«, sagte Wayness mit wenig Überzeugungskraft.

»Sie kommt morgen gar nicht rein. Es ist der Tag, an dem der Doktor nach ihren Kindern sieht. Er besucht sie einmal die Woche. Außerdem arbeitet Irena im Hinterzimmer. Sie würden ihr also ohnehin nicht begegnen.«

»Es ist eh nicht so wichtig.«

Evan lächelte wehmütig. »Ich würde mich freuen, wenn Sie ungeachtet von Irena noch einmal wiederkämen.«

»Möglich«, sagte Wayness. Es schien wahrscheinlich, daß sie letztendlich irgend jemandes Hilfe brauchen würde. Evans? Es wäre gemein, ihn auszubeuten. Andererseits, wie sie bereits bemerkt hatte, wenn man ein Omelette machen wollte, mußte man mindestens ein Ei zerschlagen.

»Falls ich Gelegenheit habe, komme ich noch einmal vorbei.«

Wayness kehrte zum Hotel zurück. Das Straßencafé an der Plaza war jetzt gut besucht von jungen Geschäftsleuten, Gruppen von Damen aus der Oberschicht, Farmern und ihren Frauen, die zum Einkaufsbummel in die Stadt gekommen waren. Wayness setzte sich an einen freien Tisch und bestellte sich Tee und Nußkuchen. Der Wind hatte sich gelegt; die Sonne schien warm. Wenn sie den Kopf ein wenig reckte und nach Westen schaute, konnte sie verschwommen die Umrisse der Anden sehen. Wären nicht ihre Sorgen gewesen, hätte sie die Situation als sehr angenehm empfunden.

Da sie nichts Besseres zu tun hatte, schob Wayness die Teekanne beiseite, holte Papier und Stift hervor und schrieb einen weiteren Brief an ihre Eltern.

Sie schloß den Brief mit den Worten: *Ich finde mich*

in eine gigantische Schnitzeljagd verwickelt, die nach mitunter unangenehmen Regeln gespielt wird. Im Moment bin ich hinter einer gewissen Irena Portils her, die zwischen mir und Adrian Moncurio steht, einem alten Freund von Onkel Pirie, durch irgendeinen seltsamen Zufall – aber vielleicht ist es am Ende gar kein so seltsamer Zufall. Diese letzte Information ist übrigens streng vertraulich, und ihr dürft mit niemandem darüber sprechen außer mit Glawen, für den ich hoffnungsvoll eine weitere Nachricht beilege. Früher oder später, denke ich, werde ich herausfinden, was geschehen ist.

In ihrer Nachricht für Glawen erwähnte sie erneut Irena Portils. *Ich weiß nicht, wie ich an sie herankommen soll. Sie scheint hyperneurotisch – was immer das bedeutet.*

Ich wünschte, diese Sache wäre vorbei. Ich sehe mich ständig mit verwirrenden und verblüffenden Situationen konfrontiert; ich komme mir vor, als irrte ich im Innern eines Kaleidoskops herum.

Aber eigentlich habe ich keinen Grund, mich zu beklagen. Wenn ich zurückschaue, sehe ich ermutigende Fortschritte. Schritt für Schritt, Zoll für Zoll arbeite ich mich voran. Ich muß noch einmal sagen, daß ich ganz und gar nicht erfreut über Julian bin. Ob er ein Mörder ist oder nicht, soll dahingestellt bleiben, aber er ist vieles andere, das mir überhaupt nicht gefällt.

Was Irena Portils betrifft, muß ich meinen Einfallsreichtum spielen lassen und irgendeinen Weg finden, ihre Bekanntschaft zu machen. Ich glaube nicht, daß die Bibliothek eine echte Gelegenheit dafür bietet, aber sie scheint wirklich ihr einziger Kontakt mit der Außenwelt zu sein – außer dem Arzt, der ihre Kinder einmal die Woche besucht. Vielleicht besteht irgendwie die Möglichkeit, über diese Schiene etwas zu machen. Ich muß darüber nachdenken. Wie immer wünsche ich mir, du könntest jetzt hier bei mir sein, und ich hoffe, daß dieser Brief dich erreichen wird.

In dieser Hoffnung sollte Wayness enttäuscht werden. Zu dem Zeitpunkt, da der Brief in Station Araminta eintraf, war Glawen bereits auf dem Weg zur Erde.

Wayness brachte den Brief zum nächsten Postamt, kehrte zum Hotel zurück und ging auf ihr Zimmer. Sie badete sich; dann, um ihre Moral wiederzubeleben, kleidete sie sich in eines ihrer attraktivsten Abendkostüme: eine schwarze Jacke aus weichem Stoff und einen schwarz und senffarben gestreiften Rock. Mit gleichwohl nur wenig verbesserter Stimmung ging sie hinunter ins Hotel-Restaurant, um zu Abend zu essen.

Wayness verzehrte in aller Muße ihr Abendessen: Lammkoteletts mit Spargel. Als sie mit dem Essen fertig war, hatte sich die Abenddämmerung über die Stadt gesenkt, und das Jungvolk von Pombareales kam zur allabendlichen Promenade auf die Plaza geströmt. Während die Mädchen im Uhrzeigersinn um den Platz spazierten, umkreisten die jungen Männer ihn im entgegengesetzten Uhrzeigersinn; wenn die Gruppen einander passierten, wurden Grüße und schlagfertige Erwiderungen ausgetauscht. Einige der jungen Männer machten den Mädchen Komplimente; andere mimten Herzanfälle oder Krämpfe als Reaktion auf eine solche Ansammlung von geballter Schönheit. Die feurigsten Galane von allen stießen leidenschaftliche Rufe aus wie: »Ay-yi-yi!« oder »Ahay! Ich breche zusammen!« oder »Welch Vortrefflichkeit!« oder »Caray! Ich bin entzückt!« Die Mädchen ignorierten solches Übermaß, manchmal mit Gesten und Mienen der Geringschätzung, aber keines von ihnen fühlte sich dadurch bemüßigt, vom Promenieren Abstand zu nehmen.

Wayness ging nach draußen in das Café und setzte sich an einen Tisch im Schatten. Sie bestellte Kaffee und schaute dem Mond beim Erklimmen des patagonischen Himmels zu. Ihre Anwesenheit blieb nicht unbemerkt; mehrmals traten junge Männer an ihren Tisch, die auf geselligen Kontakt mit einer jungen Dame aus waren. Einer trug ihr den Vorschlag an, mit ihm die Cantina La Dolorosita aufzusuchen, um dortselbst Musik zu hören und zu tanzen; ein andrer wollte einen Krug Pisco-Punsch bestellen, auf daß sie miteinander tränken und über philosophische Themen diskutierten; ein dritter lud Wayness auf eine Ausfahrt in seinem schnellen Kraftwagen ein. Im Scheine des Vollmondes, so führte er aus, würden sie durch die Pampa dahinfliegen. »Sie werden von dem Gefühl von Freiheit und Weite berauscht sein!« stellte er in Aussicht.

»Das klingt nett«, sagte Wayness. »Doch angenommen, der Wagen hat eine Panne, oder Sie werden plötzlich krank, oder es passiert sonst etwas Widriges, und ich muß zu Fuß zurück nach Pombareales gehen?«

»Bah!« brummte der junge Mann. »Die praktischsten Frauen sind meist auch die dümmsten; Anwesende selbstverständlich ausgeschlossen.«

Wayness lehnte die Einladung höflich ab. Sie ging hinauf auf ihr Zimmer und legte sich ins Bett. Eine Stunde, vielleicht mehr, lag sie wach, starrte an die Decke, dachte an nahe und ferne Orte, an Menschen, die sie liebte, und an andere, die sie haßte. Sie sann über das Leben nach, das für sie noch so jung und das ihr so teuer war, und das bereits jemand zu zerstören versucht hatte; und sie dachte über den Tod nach, der wenig Spielraum für eine ernsthafte Analyse bot. Ihre Gedanken kehrten zu Irena Portils zurück. Sie hatte das abgehärmte Gesicht mit seinem verkniffenen Mund und dem fettigen, strähnigen Haar nur ein einziges Mal gesehen, doch spürte sie schon jetzt die Beschaffenheit von Irenas Persönlichkeit.

Die durch das offene Fenster von der Plaza hereindringenden Geräusche der Balzpromenade schwanden, als die guten, artigen Mädchen nach Hause gingen und die anderen sich – vielleicht – zu Autofahrten im Mondschein aufmachten.

Wayness wurde schläfrig. Sie hatte sich für eine Methode entschieden, wie sie Zugang zu Irena Portils finden konnte. Es war eine ungewisse Methode, die bestenfalls eine Chance von eins zu drei hatte zu funktionieren. Aber sie war immer noch besser als gar nichts, und Wayness hatte intuitiv das tröstliche Gefühl, daß sie es vielleicht schaffen konnte.

Am nächsten Morgen stand Wayness früh auf und zog einen grauen Tweedrock, ein weißes Hemd und einen dunkelblauen Blazer an: ein gediegen und unaufdringlich wirkendes Kostüm, wie es vielleicht eine Bankangestellte oder eine junge Lehrassistentin oder auch eine Universitätsstudentin mit konservativen Ansichten hätte tragen können.

Wayness verließ ihr Zimmer und ging hinunter ins Erdgeschoß. Sie frühstückte im Restaurant, dann verließ sie das Hotel.

Der Tag war klar, aber windig; Sonnenlicht von blasser, kühler Farbe fiel von Nordosten her schräg auf den Platz. Wayness ging flott die Calle Luneta hinunter; der Wind zupfte an den Falten ihres Rockes, kleine Staubwirbel jagten die Mitte der Straße entlang. Sie bog in die Calle Maduro und ging weiter, bis die Casa Lucasta in einer Entfernung von hundert Schritten vor ihr auftauchte. Dort blieb sie stehen und zog ihre Umgebung in Betracht. Direkt gegenüber sah sie ein kleines weißes Haus, verfallen und unbewohnt; die Scheiben waren aus den Fenstern herausgebrochen, so daß sie mit dem trüben, leeren Blick eines Trunkenbolds auf die Straße starrten. Wayness spähte nach links und nach rechts, die Straße hinauf und hinunter. Niemand beobachtete sie. Sie wartete ab, bis eine vom Wind durch die Straße getriebene Staubwolke sie passiert hatte, dann zog sie die Nase kraus und rannte über die Straße. Nach einem weiteren verstohlenen Blick nach links und nach rechts sprang sie auf die Veranda des leerstehenden Hauses und versteckte sich im Schatten einer flachen Einfassungsmauer. Hier, geschützt vor dem Wind, konnte sie ungesehen lauern und beobachten, wer die Straße entlangkam.

Wayness richtete sich auf langes Warten ein: den ganzen Tag, falls nötig, da sie keine Ahnung hatte, um welche Zeit der Doktor seine Visite in der Casa Lucasta machte.

Es war kurz vor neun Uhr. Wayness machte es sich so bequem, wie es die Umstände zuließen. Ein Fahrzeug kam die Straße herunter gefahren: ein Lastwagen, beladen mit Baumaterial, offenbar auf dem Weg zum Friedhof. Wenig später tauchte ein weiteres Fahrzeug auf, ein kleineres diesmal: der Lieferwagen eines Bäckers, der Brot und andere Waren zu den Häusern entlang der Straße brachte. Ein junger Mann fuhr auf einem Kraftrad vorbei; der Lastwagen kam vom Friedhof zurück. Wayness seufzte und veränderte ihre Position. Es war inzwischen fünf Minuten vor zehn Uhr. Ein Wagen von mittlerer Größe, lackiert in behördlichem Schwarz und Weiß, bog in die Calle Maduro ein. Dies war mit größter Wahrscheinlichkeit der Wagen, den sie erwartete. Sie sprang von der Veranda herunter und rannte zum Gehsteig, und als der Wagen sich näherte, trat sie auf die Fahrbahn und bedeutete dem Fahrer mit hektischen Handzeichen, er möge anhalten. Das tat er auch. Wayness stellte zu ihrer Erleichterung fest, daß der Schriftzug auf der Flanke des Wagens lautete:

INSTITUT FÜR ÖFFENTLICHE GESUNDHEIT
– Montalvo –
SOZIAL- UND PFLEGEDIENST

Sie hatte nicht das falsche Auto angehalten.

Der Fahrer und Wayness musterten sich gegenseitig. Sie sah einen dunkelhaarigen Mann von mittlerer Statur, vielleicht dreiunddreißig oder vierunddreißig Jahre alt, von kräftigem Körperbau, ausgestattet mit einem kantigen, energischen Gesicht. Wayness fand ihn recht gutaussehend, und sie fand auch, daß er vernünftig und offen wirkte, was gut war, wenngleich die ziemlich hart erscheinende Mundpartie auf einen Mangel an Humor hindeuten mochte, was schlecht war. Er war salopp gekleidet, in einen grünen Pullover und eine lohfarbene Köperhose; dies ließ auf einen Mangel an institutioneller Förmlichkeit schließen, was – von Wayness' Standpunkt aus – wiederum gut war. Andererseits war der Gesichtsausdruck, mit dem er sie musterte, unpersönlich und analytisch, was schlecht war, da es ihr nicht gelingen würde, ihn mit einem charmanten Lächeln und ein bißchen Koketterie zum Schmelzen zu bringen. Unter diesen Umständen mußte sie die etwas anstrengendere Aufgabe auf sich nehmen, ihre Intelligenz zu benutzen.

»Ja, Fräulein?«

»Sie sind der Doktor?«

Er maß sie mit einem prüfenden Blick. »Sind Sie krank?«

Wayness blinzelte. Humor? Wenn ja, dann war er sardonisch. Sie sah, daß sie mehr als genügend zu tun hatte.

»Mir geht es ganz gut, danke. Aber ich habe Ihnen etwas Wichtiges zu sagen.«

»Das klingt ein bißchen ominös. Sind Sie sicher, daß Sie die richtige Person vor sich haben? Ich bin Dr. Armand Olivano; nicht, daß Sie mich aus Versehen erschießen.«

Wayness hielt ihm ihre leeren Handflächen hin. »Sie haben nichts zu befürchten. Ich möchte nur einen Vorschlag machen, den Sie hoffentlich als klug und notwendig ansehen werden.«

Dr. Olivano überlegte einen Moment, dann zuckte er abrupt mit den Achseln. »So wie Sie es ausdrücken, kann ich mich kaum weigern, Sie anzuhören.« Er öffnete die Tür. »Ich habe einen Termin in dieser Straße, aber der kann ein paar Minuten warten.«

Wayness stieg auf den Beifahrersitz. »Vielleicht sind Sie so nett und parken irgendwo, wo wir uns ungestört unterhalten können.«

Dr. Olivano erhob keinen Einwand. Er wendete, fuhr die Calle Maduro zurück und parkte im Schatten der Eukalyptusbäume neben der Geflügelkooperative. »Sind Sie zufrieden?«

Wayness nickte. Sie sprach behutsam: »Da ich möchte, daß Sie mich ernstnehmen, muß ich zunächst ein paar Fakten vorausschicken. Mein Name ist Wayness Tamm, was Ihnen natürlich nichts sagen wird. Aber lassen Sie mich eines fragen: sind Sie ein Konservationist, philosophisch oder gar emotional?«

»Natürlich. Wer ist das nicht?«

Wayness gab keine direkte Erwiderung. »Ist Ihnen die Naturforschergesellschaft bekannt?«

»Fehlanzeige.«

»Nun, das ist auch nicht so wichtig. Von der Gesellschaft ist eh nicht viel übriggeblieben. Mein Onkel, Pirie Tamm, ist Generalsekretär. Ich bin Stellvertretende Sekretärin. Es gibt noch drei oder vier sehr betagte Mitglieder, und damit hat es sich dann auch schon. Vor tausend Jahren war die Gesellschaft eine bedeutende Organisation. Sie erhielt die Treuhänderschaft über die Welt Cadwal am Ende von Mirceas Strähne auf der Rückseite von Perseus und errichtete ein permanentes Konservat. Ich selbst bin auf Cadwal geboren; mein Vater ist der jetzige Konservator.«

Wayness sprach mehrere Minuten. So kurz und knapp wie möglich schilderte sie die Krise auf Cadwal, ihre Entdeckung, daß die Charta und die Übertragungsurkunde verschwunden waren, und ihre Versuche, sie wiederzufinden. »Ich habe ihre Spur bis hierher verfolgt.«

Dr. Olivano war überrascht. »Bis hierher? Nach Pombareales?«

»Nun, nicht direkt. Die nächste Sprosse auf der Leiter ist Adrian Moncurio, ein berufsmäßiger Grabräuber. In Pombareales kennt man ihn als Professor Solomon, und er hat Berühmtheit erlangt mit seinen Bleidublonen.«

»Ah! Jetzt begreife ich langsam! Unsere Wege kreuzen sich in der Casa Lucasta!«

»Richtig. Es könnte sein, daß Irena Portils Moncurios gesetzlich angetraute Ehefrau ist – obwohl ich eher vermute, daß sie das nicht ist. Auf jeden Fall aber ist sie wahrscheinlich der einzige Mensch auf der Erde, der weiß, wo er zu finden ist.«

Dr. Olivano nickte. »Was Sie zu erzählen haben, ist interessant, aber ich kann Ihnen schon jetzt Brief und Siegel darauf geben, daß Irena Portils Ihnen nichts sagen wird.«

»Das war auch mein Gefühl, als ich sie die Straße entlanggehen sah. Sie scheint eine entschlossene Frau zu sein; außerdem sieht es so aus, als stehe sie unter großem Druck.«

»Das ist noch untertrieben. Ich habe ihr ein paar Formulare zum Ausfüllen mitgebracht – Routinefragen zur familiären Situation. Das Gesetz besteht darauf, daß die Anschrift des Vaters angegeben wird, aber Madame Portils wollte nichts preisgeben. Weder Namen noch Alter noch Geburtsort noch Beruf noch gegenwärtige Adresse ihres verschwundenen Ehemanns. Ich wies sie darauf hin, daß, wenn sie sich weiter weigern würde, die betreffenden Angaben zu machen, die Behörden ihr womöglich die Kinder wegnehmen und in ein Heim stecken würden. Sie wurde sehr erregt. ›Diese Information ist für niemanden wichtig außer für mich. Er ist in der Außerwelt; mehr brauchen Sie nicht zu wissen. Wenn Sie mir die Kinder wegnehmen, werde ich etwas Schreckliches machen.‹ Ich glaubte ihr und sagte, vielleicht sei es letztendlich doch nicht so fürchterlich wichtig. Später trug ich einen falschen Namen und eine falsche Adresse ein, und alle waren zufrieden. Aber klar ist, daß Madame Portils selbst ein Grenzfall ist. Sie verbirgt sich so gut sie kann hinter einer Maske, besonders, wenn ich zu meiner Visite komme, da ich die fürchterliche Autorität des Instituts repräsentiere. Ich weiß, daß sie mich haßt; sie kann nicht anders – besonders da die Kinder mich zu mögen scheinen.«

»Können sie geheilt werden?«

»Das ist schwer zu sagen, da niemand ihr Leiden genau definieren kann. Sie ändern sich ständig: manchmal erscheinen sie fast normal; ein paar Tage später sind sie wieder völlig abwesend und in ihre Tagträume versunken. Das Mädchen heißt Lydia; sie ist oft vernünftig – es sei denn, sie steht unter Druck. Der Knabe heißt Myron. Er besitzt die faszinierende Fähigkeit, sich eine gedruckte Seite anzuschauen und sie dann in jedem beliebigen Maßstab, egal, ob groß oder klein, zu reproduzieren, Buchstabe für Buchstabe, Wort für Wort. Die Zeichnung ist hundertprozentig exakt, und er scheint große Befriedigung daraus zu gewinnen, daß er das Werk vollendet – aber er kann nicht lesen, und er will nicht sprechen.«

»Kann er denn überhaupt sprechen?«

»Lydia sagt, ja, aber letztlich ist sie sich nicht so sicher, ob es nicht vielleicht doch der Wind war, der da zu ihr gesprochen hat – wie er es oft tut. Wenn nachts der Wind bläst, muß man auf sie aufpassen, damit sie nicht aus dem Fenster klettert und durch die Dunkelheit rennt. In solchen Situationen wird sie schwierig und muß ruhiggestellt werden. Sie sind schon ein faszinierendes Paar, die beiden, und ich habe großen Respekt vor ihnen. Einmal brachte ich ein Schachspiel mit und baute es vor Myron auf. Ich erklärte ihm die Regeln, und wir begannen zu spielen. Er warf kaum einen Blick auf das Brett und setzte mich in zwanzig Zügen matt. Wir spielten noch einmal. Er schaute nur solange auf das Brett, wie er jeweils brauchte, um seine Figuren zu bewegen, und setzte mich locker und mühelos in siebzehn Zügen matt. Dann wurde es ihm langweilig, und er verlor das Interesse.«

»Er liest nicht?«

»Nein – und Lydia ebensowenig.«

»Jemand sollte es ihnen beibringen.«

»Das finde ich auch. Aber der Großmutter fehlt es am nötigen Geschick, und Irena hat nicht die geringste Geduld und ist überdies viel zu launisch. Ich würde ja einen Hauslehrer oder eine Hauslehrerin vorschlagen; das Problem ist nur, sie können nichts zahlen.«

»Wie wäre es mit mir?«

Olivano nickte langsam. »Ich dachte mir schon, daß es auf so etwas hinauslaufen würde. Lassen Sie mich folgendes klarstellen: erstens, ich glaube, daß Sie ehrlich sind und daß Sie alle Hilfe verdienen, die ich Ihnen im Rahmen meiner Möglichkeiten geben kann – aber meine erste und wichtigste Sorge gilt den beiden Kindern. Ich kann mich unter keinen Umständen zum Komplizen bei irgendeinem Programm machen, das ihnen zum Schaden sein könnte.«

»Ich würde ihnen nicht schaden«, sagte Wayness. »Es geht mir lediglich darum, einen Status im Haushalt zu bekommen, der mir die Möglichkeit eröffnet, Moncurios Adresse herauszukriegen.«

»Das ist klar.« Dr. Olivanos Stimme hatte einen Tonfall angenommen, den Wayness nur mit dem Begriff ›behördlich‹ angemessen beschreiben konnte. Trotz ihres Bemühens, ruhig und gelassen zu bleiben, wurde ihre Stimme eine Spur schriller: »Ich möchte nicht übertrieben dramatisch klingen, aber das Schicksal einer ganzen Welt und Tausender von Menschen lastet auf mir.«

»Ja. So könnte man sagen.« Dr. Olivano hielt für

einen Moment inne, und als er sprach, wählte er seine Worte mit Feingefühl. »Immer vorausgesetzt, Ihre Einschätzung der Situation ist korrekt.«

Wayness sah ihn traurig an. »Sie glauben mir nicht?«

»Versetzen Sie sich einmal in meine Lage«, sagte Dr. Olivano. »Im Laufe eines Jahres spreche ich mit Dutzenden von jungen Frauen, deren Wahnvorstellungen im großen und ganzen überzeugender klingen als Ihr Vortrag. Das soll nicht heißen, daß Sie mir nicht die Wahrheit sagen, so wie Sie sie sehen – oder wie sie sogar tatsächlich existiert. Aber von dieser speziellen Warte aus habe ich keine Möglichkeit, das nachzuprüfen, und ich muß daher Ihren Vorschlag einen oder zwei Tage überdenken.«

Wayness blickte freudlos die Straße hinauf. »Offensichtlich wollen Sie das, was ich Ihnen erzählt habe, auf seinen Wahrheitsgehalt hin überprüfen. Wenn Sie Pirie Tamm in Schönwinden antelephonieren, wird der Anruf abgehört werden. Man wird meine Fährte nach Pombareales verfolgen und mich wahrscheinlich töten.«

»Das an sich klingt schon sehr nach einer Wahnidee.«

Wayness konnte sich eines kurzen, traurigen Lachens nicht enthalten. »Ich bin bereits einem Überfall in Triest nur mit knapper Not entkommen. Ich habe dem Mann ein Gefäß über den Kopf gehauen. Ich glaube, sein Name ist ›Baro‹. Ein Ladenbesitzer namens Alcide Xantief, der mir Informationen gab, kam nicht so glimpflich davon. Er wurde ermordet und in den Canal Daciano geworfen. Sind das Wahnideen? Wenn Sie wollen, rufen Sie doch die Polizei in Triest an. Oder noch besser: wenn Sie mit mir in mein Hotel kommen, werde ich Pirie Tamm in seiner Bank anrufen, und Sie können ihn fragen, was immer Sie wollen, über mich und das Konservat.«

»Es hätte keinen Zweck, das jetzt zu versuchen«,

gab Dr. Olivano zu bedenken. »Es wäre dort jetzt mitten in der Nacht.« Er reckte sich in seinem Sitz hoch. »Außerdem wäre es unnötig. Ich hatte mich heute entschlossen, etwas zu tun, selbst wenn es verkehrt wäre. Ich kann nicht rechtfertigen, Irena die Kinder wegzunehmen: es gibt keine Anzeichen dafür, daß sie sie mißhandelt; sie bekommen satt zu essen und sind sauber gekleidet, und sie sind nicht unglücklich – zumindest nicht sichtbar. Aber was ist in zwanzig Jahren? Würde Lydia noch immer bunte Pappstücke zu einem Puzzle zusammenfügen? Würde Myron noch immer fünfdimensionale Burgen in der Sandkiste bauen?«

Olivano sprach weiter, und sein Blick schweifte über die Eukalyptusbäume hinweg und hinaus auf die öde Pampa. »Und das nächste, was passiert, ist, daß Sie aufkreuzen. Trotz allem glaube ich nicht, daß Sie verrückt oder wahnsinnig sind.« Er warf ihr einen kurzen Blick zu. »Ich werde Sie heute in die Casa Lucasta mitnehmen und als Studentin der Sozialarbeit vorstellen, die im Rahmen ihres Praktikums eine Zeit bei der Betreuung der Kinder mithelfen soll.«

»Ich danke Ihnen, Doktor Olivano.«

»Ich meine, alles in allem betrachtet, wäre es wohl besser, wenn Sie nicht mit im Hause wohnen würden.«

»Das glaube ich auch«, sagte Wayness, an Irena Portils' verzweifeltes Gesicht denkend.

»Ich nehme an, Sie verstehen nichts von Psychotherapie?«

»Richtig.«

»Nun, das macht nichts. Es wird nichts Kompliziertes von Ihnen verlangt werden. Sie müssen Lydia und Myron eine einfühlsame Kameradin sein und versuchen, ihre Aufmerksamkeit und ihr Interesse zu wecken. Das bedeutet, Sie müssen sich Aktivitäten ausdenken, an denen sie Spaß haben. Leider ist schwer zu sagen, was sie mögen und was sie nicht mögen, da sie aus allem ein Geheimnis machen. Vor allem müssen Sie geduldig sein und dürfen unter keinen Umständen Verachtung oder Ärger zeigen, denn wenn Sie das tun, werden sie sich in ihr Schneckenhaus verkriechen und Ihnen ihr Vertrauen entziehen, so daß Ihre ganze Arbeit umsonst gewesen wäre.«

»Ich werde mein Bestes tun.«

»Wichtiger als alles, einschließlich Leben, Tod, Ehre, Ruf, Wahrheit, ist – muß ich das eigens betonen? – Diskretion. Verwickeln Sie das Institut bloß nicht in einen Skandal. Nicht auszudenken, wenn Irena Sie dabei ertappen würde, wenn Sie in ihren Schubladen herumwühlen oder ihre Post durchschnüffeln.«

Wayness grinste. »Ich werde mich schon nicht erwischen lassen.«

»Bleibt noch eine Schwierigkeit. Sie sind keine überzeugende Sozialarbeiterin. Ich glaube, es wäre besser, wenn ich Sie als Studentin an der Schule für Psychotherapie und als meine Assistentin vorstelle. Irena wird das nicht weiter ungewöhnlich finden, da ich schon öfter Studenten mitgebracht habe.«

»Ist es schwierig, mit ihr zusammenzuarbeiten?«

Olivano schnitt eine Grimasse und gab keine direkte Antwort. »Sie bewahrt ihre Selbstbeherrschung, aber, wie es scheint, nur unter größter Anstrengung, und ich muß ständig darauf gefaßt sein, daß sie irgend etwas Verrücktes tut. Ich habe das Gefühl, daß sie ständig am Rande des Abgrunds entlangbalanciert, und ich kann mich nie wirklich mit ihr auseinandersetzen. Sobald ich irgendeinen wunden Punkt berühre, beginnt sie nervös zu werden und sich zu winden, und ich muß aufhören, um nicht zu riskieren, daß sie ausflippt.«

»Was ist mit der Großmutter?«

»Das ist Madame Clara. Sie ist klug und gewitzt und bekommt alles mit. Die Kinder verwirren sie, und sie ist alles andere als zimperlich mit ihnen. Ich glaube, sie klopft ihnen auch schon einmal mit ihrem Krückstock auf den Hosenboden, wenn es ihr paßt. Sie kann mich nicht leiden, und Sie wird Ihnen mit Sicherheit mißtrauen. Am besten, Sie ignorieren sie, so gut Sie können. Von ihr werden Sie eh keine Informationen bekommen. Wahrscheinlich hat sie auch gar keine, die sie vergeben könnte. Nun denn, sind Sie bereit?«

»Ich bin bereit, und außerdem bin ich ziemlich nervös.«

»Dazu besteht kein Anlaß. Sie heißen übrigens Marin Wales; es gibt nämlich eine Studentin dieses Namens, die zur Zeit ein Urlaubssemester hat.«

Olivano wendete den Wagen erneut und fuhr die Calle Maduro zurück bis zur Casa Lucasta. Wayness schaute skeptisch auf das zweistöckige weiße Haus. Sie hatte sich den Kopf darüber zerbrochen, wie sie dort hineingelangen würde; und jetzt, da sich ihr ein Weg eröffnet hatte, machte sie sich mehr Sorgen denn je. Doch was hatte sie eigentlich zu befürchten? Wenn sie es wüßte, sagte sie sich, würde sie sich vielleicht nicht so unbehaglich fühlen. Nun, wie auch immer, jetzt war es zu spät, um es sich noch einmal anders zu überlegen. Olivano war bereits ausgestiegen und wartete auf sie mit einem milden Lächeln im Gesicht. »Sie brauchen nicht nervös zu sein. Sie sind Studentin, und niemand erwartet von Ihnen, daß Sie irgend etwas wissen. Bleiben Sie einfach an meiner Seite und halten Sie die Augen auf; mehr wird im Moment nicht von Ihnen erwartet.«

»Aber später?«

»Später werden Sie mit zwei interessanten, wenn auch abnormen Kindern spielen, die Sie wahrscheinlich gern haben werden – was eigentlich meine größte Furcht ist, daß sie sich zu sehr an Sie gewöhnen und Sie zu sehr liebgewinnen.«

Wayness stieg aus dem Wagen; dabei bemerkte sie, daß Irena sie von einem der oberen Fenster beobachtete.

Die zwei gingen durch den Vorgarten zur Haustür,

die ihnen von Madame Clara geöffnet wurde. »Guten Morgen«, sagte Olivano. »Madame Clara, dies ist meine Assistentin Marin.«

»Ja, kommen Sie herein«, sagte Madame Clara mit einer resoluten, schnarrenden Stimme und trat einen Schritt zurück: eine kleine, hektisch wirkende Frau mit leicht hochgezogenen Schultern, so daß der Kopf ein wenig nach vorn gereckt schien. Ihr graues Haar – das nicht gerade einen frisch gewaschenen Eindruck machte – hatte sie zu einem unordentlichen Knoten gerafft; ihre Augen waren schwarz und scharf; ihr Mund war schief – offenbar aufgrund einer Striktur oder eines lädierten Nervs – und verlieh ihrem Gesicht einen Ausdruck chronischen zynischen Mißtrauens, als wisse sie um jedermanns schmutzige Geheimnisse und sei darüber belustigt.

Wayness blickte in das Eßzimmer neben der Diele und entdeckte die Kinder. Sie saßen kerzengerade und mit großen Augen am Eßtisch, unnatürlich ruhig und gesittet, jedes mit einer Orange in den dünnen Fingern. Sie schauten beiläufig zu Olivano und Wayness, dann wandten sie sich wieder ihren eigenen Angelegenheiten zu.

Die Treppe herunter kam auf langen, knochigen Beinen Irena Portils. Sie trug eine grün und gelb gemusterte Bluse und einen rostroten Rock. Es war ein unkleidsames Ensemble. Die Farben waren ganz und gar nicht freundlich zu ihrer Haut; die Bluse war zu kurz, der Rock saß zu hoch auf den Hüften und betonte unvorteilhaft ihren ziemlich breiten Unterkörper. Gleichwohl, als sie oben auf der Treppe erschien, glaubte Wayness erneut eine tragische Schönheit zu erblicken, eine Schönheit, die freilich so zerbrechlich war, daß sie im selben Moment, da sie wahrgenommen wurde, verschwand wie eine zerplatzende Seifenblase, und zurück blieb nur die Realität ihrer abgehärmten und verzweifelten Züge.

Irena schaute Wayness überrascht und nicht sonderlich erfreut an. Doktor Olivano schenkte dem keine Beachtung. In geschäftsmäßigem Ton sagte er: »Das ist Marin Wales. Sie ist Studentin in vorgerücktem Semester und fungiert als meine Assistentin. Ich habe sie gebeten, intensiv mit Myron und Lydia zu arbeiten, um dem Heilungsprozeß, der unter den gegenwärtigen Bedingungen zu stagnieren scheint, vielleicht neue Impulse zu geben.«

»Ich verstehe nicht ganz.«

»Es ist ganz einfach. Marin wird jeden Tag hierherkommen, zumindest für eine gewisse Zeitspanne.«

Irena sagte langsam: »Das ist sehr nett, aber ich bin nicht sicher, ob das eine so gute Idee ist. Es könnte den Haushalt durcheinanderbringen.«

»In dem Fall müssen wir so verfahren, wie ich es skizziert habe. Wir können nicht die Jahre verstreichen lassen und nichts tun.«

Sowohl Irena als auch Madame Clara wandten sich zu Wayness und unterzogen sie einer etwas eingehenderen Musterung. Wayness versuchte zu lächeln, aber es war offensichtlich, daß sie einen unvorteilhaften Eindruck gemacht hatte.

Irena wandte sich wieder an Olivano. Sie fragte kalt: »Was genau würde dieser Plan, der mir, ich betone es noch einmal, sehr ungelegen kommt, mit sich bringen?«

»Es wird ganz gewiß nicht so schlimm sein, wie Sie es sich jetzt ausmalen«, sagte Olivano. »Marin wird soviel Zeit wie möglich mit den Kindern verbringen. Sie wird praktisch ihre Gefährtin sein und versuchen, ihr Interesse zu wecken, wobei sie jede Taktik anwenden wird, die sie für erfolgversprechend erachtet. Sie wird sich ihr Essen selbst mitbringen und Ihnen keine zusätzliche Arbeit machen. Ich möchte, daß sie die Kinder über den Verlauf des gesamten Tages beobachtet, vom Aufstehen bis zum Schlafengehen.«

»Ich empfinde das als eine grobe Mißachtung unserer Privatsphäre, Doktor Olivano.«

»Wie Sie wollen. Ihre Privatsphäre wird respektiert werden. Ich werde Lydia und Myron in die Klinik bringen, für die Behandlung, die uns ursprünglich vorschwebte. Wenn Sie denn ein paar Sachen für die Kinder einpacken wollen, werde ich sie gleich mitnehmen, und Sie brauchen sich keinerlei Unannehmlichkeiten mehr auszusetzen.«

Irena stand stocksteif da und starrte Olivano mit gequältem Blick an. Madame Clara wandte sich um, ihr sinnloses Halb-Grinsen im Gesicht, und watschelte aus dem Zimmer und in die Küche, als wolle sie demonstrieren, daß sie mit alldem nichts zu tun habe. Lydia und Myron sahen aus dem Eßzimmer zu. Wayness fand, daß sie so verletzlich und hilflos schienen wie Küken in einem Nest.

Irena wandte den Blick langsam auf Wayness und taxierte sie. »Ich weiß nicht, was ich machen soll«, murmelte sie leise. »Die Kinder müssen bei mir bleiben.«

»In dem Fall werde ich sie Marin vorstellen. Wenn Sie uns denn bitte allein lassen würden.«

»Nein, ich will dabei sein. Ich will hören, was Sie ihnen sagen.«

»Dann setzen Sie sich bitte in die Ecke und mischen sich nicht in unser Gespräch ein.«

VIII

Drei Tage waren vergangen; es war früher Abend. Wie vereinbart, rief Wayness Dr. Olivano in seinem Privathaus in der Nähe von Montalvo an, dreißig Meilen östlich von Pombareales. Das Gesicht einer hübschen blonden Frau erschien auf dem Bildschirm. »Sufu Jirou hier.«

»Ich bin Wayness Tamm. Könnte ich bitte mit Dr. Olivano sprechen?«

»Einen Moment bitte.«

Olivanos Gesicht kam auf den Bildschirm. Er begrüßte Wayness ohne Überraschung. »Sie haben gerade meine Frau kennengelernt«, sagte er zu ihr. »Sie ist Musikerin und hat nicht das geringste Interesse an Psychopathologie. Da wir gerade davon sprechen: was gibt es Neues aus der Casa Lucasta zu berichten?«

Wayness sammelte ihre Gedanken. »Das hängt davon ab, wem Sie diese Frage stellen. Irena würde sagen: ›Es gibt nur Schlechtes zu berichten.‹ Clara würde sagen: ›Ich habe nichts zu berichten; ich tue bloß meine Arbeit – und hasse sie.‹ Was mich anbetrifft, so habe ich bisher noch nichts entdeckt – noch nicht einmal den Ort, wo ich am besten suchen sollte. Ich erwarte keine vertraulichen Mitteilungen von Irena; sie hat bisher kaum ein Wort mit mir geredet und macht keinen Hehl daraus, daß ihr meine Anwesenheit gegen den Strich geht.«

»Das überrascht mich nicht. Wie geht es den Kindern?«

»In dem Punkt sieht es ganz gut aus – bis jetzt. Sie scheinen mich zu mögen, obwohl Myron sehr würdevoll tut. Lydia ist wahrscheinlich nicht so klug, aber sie ist lebhaft und überschwenglich, und ihr Sinn für Humor ist immer wieder überraschend. Sie lacht über Dinge, an denen ich überhaupt nichts Witziges finden kann: ein zerknülltes Stück Papier oder einen Vogel oder eine von Myrons seltsamen Sandburgen. Sie gerät in Entzücken, wenn ich Myron mit einem Grashalm am Ohr kitzle; das ist überhaupt das Lustigste von allem, und sogar Myron gestattet sich ein leichtes Schmunzeln.«

Olivano zeigte sein mildes Lächeln. »Sie scheinen sich demnach nicht mit ihnen zu langweilen.«

»Überhaupt nicht. Aber ich kann nicht behaupten, daß mir die Casa Lucasta gefällt. Irgendwo tief in meinem Innern macht mir das Haus Angst. Ich fürchte mich vor Irena und Madame Clara; sie kommen mir vor wie Hexen in einer dunklen Höhle.«

»Sie drücken sich sehr farbig aus«, sagte Olivano trocken.

Sufys Stimme war aus dem Hintergrund zu hören. Sie sagte sinnend: »Das Leben wird als ein stetiger Fluß von Farben wahrgenommen.« Olivano wandte den Kopf vom Bildschirm ab und seiner Frau zu. »Sufy? Ich sehe, du hast eine Bemerkung zu machen.«

»Es ist nicht wichtig. Ich dachte nur, ich könne vielleicht erwähnen, daß das Leben als ein stetiger Fluß von Farben wahrgenommen wird, aber das ist wohlbekannt und löst keine Rätsel.«

»Das ist schade«, sagte Wayness. »Es gibt nämlich eine ganze Anzahl von Rätseln in der Casa Lucasta. Es ist schwer zu sagen, wie viele, da einige Teil desselben Rätsels sein könnten.«

»Könnten Sie ein Beispiel für ein solches ›Rätsel‹ nennen?«

»Da ist als erstes Irena selbst. Wenn sie morgens zur Arbeit geht, wirkt sie beherrscht, proper und kühl wie ein Eisberg. Wenn sie nachmittags zurückkommt, ist sie in schrecklicher Stimmung, und ihr Gesicht ist ganz eingefallen und fleckig.«

»Ich habe Ähnliches bemerkt. Unter den Umständen hatte ich keine Lust, mich in Mutmaßungen zu ergehen. Vielleicht ist es bloß ein unbedeutendes Problem.«

»Was die Kinder anbelangt, so bin ich überrascht, wie sehr sie sich in den paar Tagen, seit ich dort bin, schon verändert haben. Hundertprozentig sicher bin ich nicht, aber es kommt mir so vor, als nähmen sie ihre Umgebung bewußter wahr, als wären sie aufgeweckter, ansprechbarer. Lydia spricht, wenn die Regung sie überkommt, und ich verstehe sie – glaube ich jedenfalls. Sie weiß zumindest, was sie meint. Heute – und das betrachte ich als einen echten Triumph – hat sie ein paar von meinen Fragen beantwortet, und zwar ganz vernünftig. Myron tut so, als gehe ihn das alles nichts an, aber er beobachtet und denkt nach. Im großen und ganzen jedoch bevorzugt er seine glückselige Gleichgültigkeit und seine Freiheit, in seinen eigenen Welten herumzustreifen. Gelegentlich aber bekomme ich mit, wie sich seine Aufmerksamkeit auf unsere Aktivitäten richtet, und wenn er das, was wir gerade machen, interessant genug findet, fühlt er sich vielleicht zum Mitmachen verlockt.«

»Was hält Irena von alldem?«

»Ich habe heute mit ihr gesprochen und ihr mehr oder weniger das gleiche erzählt, was ich Ihnen erzählt habe. Sie hat bloß die Achseln gezuckt und gesagt, sie durchliefen öfter solche Phasen, und sie dürften nicht zu sehr stimuliert werden. Manchmal habe ich das Gefühl, sie will, daß sie so bleiben, wie sie sind: unterwürfig und unfähig, sich zu beschweren.«

»Das ist keine ungewöhnliche Haltung.«

»Gestern brachte ich Papier und Bilder und Stifte mit und begann, ihnen Lesen beizubringen. Myron begriff sofort, worum es ging, aber er verlor rasch die Lust und wollte sich nicht mehr damit abgeben. Lydia schrieb ›KATZE‹, als ich ihr ein Bild von einer Katze zeigte. Myron tat das gleiche, nachdem ich darauf bestanden hatte, aber mit einem Ausdruck von verächtlichem Desinteresse. Irena sagt, es sei reine Zeitverschwendung, da sie kein Interesse am Lesen hätten.

Wir bastelten einen Drachen und ließen ihn steigen, was beide aufregend fanden. Dann stürzte der Drachen ab, und sie waren traurig. Ich versprach ihnen, wir würden bald einen neuen Drachen basteln, aber erst müßten sie lesen lernen. Myron grunzte mürrisch: der einzige Laut, den ich bis jetzt von ihm gehört habe. Als Irena von der Arbeit nach Hause kam, wollte ich, daß Lydia ihr etwas vorliest, aber Lydia wollte sich lieber mit anderen Dingen beschäftigen. Das war der Punkt, an dem Irena sagte, ich verschwende bloß meine Zeit. Und dann sagte sie mir, da morgen Sonntag sei, würde Clara außer Haus sein, ihre eigenen Dinge erledigen; da dies der Fall sei, hätte sie, Irena, den ganzen Tag Zeit, sich um die Kinder zu kümmern: sie baden, ihnen ihr Sonntagsessen kochen, und so weiter. Sie sagte, ich wäre dann eh nur im Weg und bräuchte deshalb morgen nicht in die Casa Lucasta zu kommen.«

Olivano war überrascht. »Baden? Sonntagsessen? Das ist nicht gerade ein Vollzeitprogramm. Zwei oder drei Stunden, wenn's hoch kommt, und den Rest des Tages ist sie allein mit den Kindern, und keine Marin ist da, um zu sehen, was vor sich geht.« Olivano rieb sich das Kinn. »Daß sie speziellen Besuch erwartet, kann ich mir nicht vorstellen; die ganze Stadt würde davon erfahren. Höchstwahrscheinlich will sie Sie ganz einfach nicht mehr als unbedingt nötig im Hause haben.«

»Ich traue Irena nicht, und ich bezweifle, ob sie ihre leibliche Mutter ist; sie haben nicht die geringste Ähnlichkeit mit ihr.«

»Ein interessanter Gedanke. Aber das können wir rasch rauskriegen.« Olivano rieb sich wieder das Kinn. »Wir haben Blutproben von den Kindern genommen, um sie auf genetische Abweichungen hin zu untersuchen. Wir haben natürlich nichts gefunden; ihr Leiden ist nach wie vor ein Rätsel – unter all den andern. Sie rufen aus dem Hotel an?«

»Ja.«

»Ich rufe in ein paar Minuten zurück.«

Der Bildschirm wurde dunkel. Wayness ging ans Fenster und schaute hinaus auf die Plaza. Es war Samstagabend, und alle Leute von Pombareales, von den einfachsten bis zu den vornehmsten, hatten sich in ihre besten Sachen geworfen und waren zur abendlichen Promenade herausgekommen. Für die jungen Männer diktierte die Mode enge schwarze Hosen,

Hemden mit Streifen in dunklen, satten Farben: Kastanienbraun, Tiefseegrün, Gamboge, Dunkelblau – kombiniert mit Westen, die exakt von einer der im Hemd präsenten Farben sein mußten: solcherart waren die zwingenden Gebote feinen Stils. Die feschesten Galane trugen breitkrempige schwarze Hüte, die sie schnittig in Schieflage rückten, auf daß sie ihre kecke Stimmung widerspiegelten. Die jungen Damen trugen kurzärmelige knöchellange Kleider und Blumen im Haar. Von irgendwoher scholl der Klang von fröhlicher Musik. Dies alles schien großen Spaß zu machen, dachte Wayness.

Ein melodisches Läuten rief Wayness ans Telephon. Olivanos Gesicht erschien auf dem Bildschirm. Es erschien Wayness jetzt ein wenig düster. »Ich habe mit Irena gesprochen«, sagte er. »Sie konnte mir keinen überzeugenden Grund nennen, wieso Sie morgen nicht zu den Kindern kommen sollten. Ich erklärte ihr, daß die Zeit, die Sie in der Casa Lucasta verbringen könnten, begrenzt sei, und daß ich wünschte, daß Sie so viel wie möglich bei den Kindern seien. Darauf sagte sie, da ich auf dieser Meinung bestehe, müsse sie halt ihren Widerstand aufgeben. Sie können daher wie gewohnt morgen zu den Kindern gehen.«

Am Morgen fand sich Wayness zur gewohnten Zeit an der Casa Lucasta ein. Irena machte ihr die Tür auf.

»Guten Morgen, Madame Portils«, sagte Wayness.

»Guten Morgen«, sagte Irena mit kühler, klarer Stimme. »Die Kinder sind noch im Bett; sie fühlen sich nicht wohl.«

»Das ist schlimm! Was fehlt ihnen?«

»Sie haben offenbar etwas gegessen, das sie nicht vertragen haben. Haben Sie ihnen gestern Süßigkeiten oder Gebäck gegeben?«

»Ich habe ihnen Kokosflocken mitgebracht, ja. Ich selbst habe auch welche davon gegessen, und ich habe keinerlei Beschwerden.«

Irena nickte bloß, wie zur Rechtfertigung. »Sie werden heute nicht aufstehen können, da bin ich ganz sicher. Es ist ein großes Ärgernis.«

»Soll ich nicht besser mal zu ihnen reinschauen?«

»Ich sehe nicht, welchen Nutzen sie aus Ihrem Besuch ziehen könnten. Sie hatten eine schlimme Nacht, und jetzt schlafen sie.«

»Ich verstehe.«

Irena zog sich in den Türrahmen zurück. »Doktor Olivano erwähnte, Ihre Zeit hier sei nur begrenzt. Wann genau werden Sie wieder gehen?«

»Das ist noch nicht entschieden«, sagte Wayness höflich. »Vieles hängt von den Fortschritten ab, die ich bei meiner Arbeit mache.«

»Es muß ein ziemlich öder Job für Sie sein – ewig das gleiche«, sagte Irena Portils. »Jedenfalls ist es das für mich. Nun, dann will ich Sie jetzt gehen lassen. Vielleicht geht es ihnen morgen ja wieder besser, so daß Sie Ihre Arbeit fortführen können.«

Irena trat in die Diele zurück; die Tür ging zu. Wayness wandte sich langsam ab, zögerte noch einen Moment und ging dann zurück zum Hotel.

Eine halbe Stunde lang saß Wayness in der Halle und kämpfte mit sich, ob sie Dr. Olivano anrufen sollte oder nicht. Zum ersten war es Sonntagmorgen, und sie wollte ihn nicht in seiner Sonntagsruhe stören. Zum zweiten – nun, es gab da noch andere Gründe.

Trotz dieser Erwägungen rang sie sich schließlich zu dem Entschluß durch, ihn doch anzurufen – doch nur, um von einer geschäftsmäßig-nüchternen Stimme mitgeteilt zu bekommen, daß niemand zu Hause war. Wayness ging zurück auf ihr Zimmer, enttäuscht und zugleich erleichtert, und durchpulst von einer neuen und unlogischen Aufwallung von Wut auf Irena Portils.

Am Montagabend rief Wayness erneut bei Dr. Olivano an. Sie erzählte ihm von ihrem Besuch in der

Casa Lucasta am Sonntagmorgen und von Irenas Aussagen. »Als ich heute morgen dort hinkam, wußte ich nicht, was ich erwarten sollte – aber mit dem, was ich vorfand, hatte ich ganz gewiß nicht gerechnet. Die Kinder waren aus dem Bett und angezogen und saßen am Frühstückstisch. Sie erschienen mir träge und teilnahmslos, fast in einer Art Dämmerzustand, und sie schauten mich kaum an, als ich sie begrüßte. Irena beobachtete mich aus der Küche; ich tat so, als bemerkte ich nichts Ungewöhnliches, und setzte mich zu ihnen, bis sie zu Ende gefrühstückt hatten. Normalerweise freuen sie sich darauf, nach dem Frühstück nach draußen zu gehen, aber heute morgen schienen sie zu nichts recht Lust zu haben.

Schließlich gingen wir dann doch nach draußen. Ich fragte Lydia, was mit ihnen los sei, aber sie sah mich kaum an; Myron setzte sich auf den Rand des Sandkastens und malte mit einem Stock Zeichen in den Sand. Kurz, sie hatten alles verloren, was sie erreicht hatten, und noch mehr; und ich kann es nicht begreifen.

Als Irena nach Hause kam, erwartete sie, daß ich irgendeinen Kommentar abgäbe, aber ich sagte nur, daß sie immer noch ein bißchen unpäßlich schienen. Darauf nickte sie und sagte: ›Sie neigen zu seltsamen Stimmungen. Ich habe gelernt, ihre Launen zu ignorieren.‹ Das ist das Neueste, was es aus der Casa Lucasta zu berichten gibt.«

»So ein Mist!« stieß Dr. Olivano hervor. »Sie hätten mich gestern morgen anrufen sollen.«

»Das habe ich ja, aber Sie waren nicht zu Hause.«

»Natürlich nicht; ich war im Institut! Sufy war bei ihren Studenten.«

»Es tut mir leid. Ich dachte, ich würde Sie stören, da es Sonntagmorgen war.«

»Nun, jetzt läßt es sich auch nicht mehr ändern. Jedenfalls haben wir etwas gelernt. Was es ist, weiß ich nicht.« Olivano überlegte. »Ich werde meinen üblichen

Mittwochsbesuch machen. Sie verhalten sich ganz normal, wie immer, und rufen mich morgen abend an, falls irgend etwas Berichtenswertes vorgefallen ist. Nein, warten Sie – rufen Sie mich auf jeden Fall an.«

»Ganz wie Sie wünschen.«

Der Dienstag verlief ruhig in der Casa Lucasta. Wayness fand, daß die Kinder nicht mehr ganz so stumpf und trübsinnig wirkten wie tags zuvor, aber eine Eigenschaft, die sie begonnen hatte, an ihnen auszumachen – Vitalität? Direktheit? –, schien wieder vollkommen unterdrückt zu sein.

Der Nachmittag war kühl; die Sonne war hinter einer Wolkendecke verborgen, und ein kalter Wind blies von den Bergen herab. Die Kinder saßen auf der Couch im Wohnzimmer. Lydia hielt eine Stoffpuppe im Arm, Myron spielte mit einem Stück Schnur. Madame Clara ging mit einem Korb voll schmutziger Wäsche hinaus zur Waschküche; sie würde für mindestens fünf Minuten beschäftigt sein, wenn nicht länger. Wayness sprang auf und rannte lautlos die Treppe hoch. Die Tür von Irenas Zimmer war zu; mit wild klopfendem Herzen machte Wayness sie auf und spähte hinein. Sie sah Möbel ohne irgendwelche auffälligen Merkmale: ein Bett, einen Schrank, einen Schreibtisch. Wayness ging sofort zu dem Schreibtisch. Sie zog eine Schublade auf, musterte den Inhalt, wagte aber nicht, eine detaillierte Durchsuchung vorzunehmen; die Zeit verging zu schnell. Mit jeder Sekunde wuchs die Spannung, bis sie schließlich unerträglich wurde. Mit einem frustrierten Seufzer machte Wayness die Schublade wieder zu und rannte zurück ins Wohnzimmer. Myron und Lydia betrachteten sie ohne Neugier; es gab nicht den geringsten Hinweis darauf, was in ihren Köpfen vor sich gehen mochte: vielleicht nicht mehr als bunte Verwirrung. Wayness ließ sich auf die Couch plumpsen und nahm eines ihrer Bilderbücher auf; ihr Herz pochte noch immer heftig, und ihr ganzes Inneres war erfüllt von Unmut und Verdruß. Sie hatte sich auf verbotenes Territorium vorgewagt, und es war alles für nichts gewesen.

Fünfzehn Sekunden später kam Madame Clara ins Wohnzimmer. Wayness beachtete sie nicht. Madame Clara, ihr schiefes, mißtrauisches Grinsen im Gesicht, sah sich mit argwöhnischem Blick im Zimmer um und ging dann wieder. Wayness sog scharf Luft ein. Hatte Madame Clara Geräusche gehört? Hatte sie gespürt, daß irgend etwas nicht stimmte? Eines war sicher: solange Madame Clara in der Nähe war, konnte sich Wayness eine genaue Durchsuchung der Casa Lucasta aus dem Kopf schlagen.

Am Abend rief Wayness Dr. Olivano in seinem Privathaus in der Nähe von Montalvo an. Sie berichtete, daß Myron und Lydia zwar immer noch ziemlich apathisch waren, aber daß sich ihr Zustand ein wenig gebessert zu haben schien. »Was immer ihnen am Sonntag zugestoßen ist, es scheint sich zu verflüchtigen, wenn auch nur sehr langsam.«

»Ich bin gespannt auf morgen, wenn ich sie besuche.«

IX

Am Mittwochmorgen machte Dr. Olivano seinen routinemäßigen Besuch in der Casa Lucasta. Er erschien eine Stunde vor Mittag. Er fand Wayness mit Lydia und Myron im Seitengarten vor. Die Kinder modellierten mit Ton; jedes von ihnen formte etwas, das auf den ersten Blick wie ein Tier aussah. Als Vorlage dienten ihnen Bilder in Büchern, die Wayness vor ihnen aufgestellt hatte.

Olivano näherte sich den dreien. Die Kinder warfen einen kurzen Blick auf ihn und fuhren mit ihrer Arbeit fort. Lydia modellierte ein Pferd, Myron einen schwarzen Panther. Olivano fand, daß beide sich recht achtbar aus der Affäre gezogen hatten, wenngleich keiner von beiden mit sonderlichem Elan zu Werke ging.

Wayness begrüßte ihn. »Wie Sie sehen, sind Lydia und Myron schwer bei der Arbeit. Ich glaube, sie fühlen sich heute morgen schon wieder ein bißchen besser. Hab ich recht, Lydia?«

Lydia hob den Blick und zeigte den Anflug eines Lächelns, dann wandte sie sich wieder ihrem Tonpferd zu. Wayness fuhr fort: »Ich würde Myron ja die gleiche Frage stellen, aber er ist gerade viel zu beschäftigt, um zu antworten. Aber ich glaube, er fühlt sich auch schon wieder besser.«

»Sie machen ihre Sache gut«, sagte Olivano.

»Ja. Aber nicht so gut, wie sie könnten. Im wesentlichen quetschen sie den Ton bloß hin und her. Sobald sie sich besser fühlen, werden wir ein paar wirklich interessante Dinge sehen. Beide sind entschlossen, nicht wieder völlig in ihren Dämmerzustand zu verfallen.« Wayness gab einen tiefen Seufzer von sich. »Ich komme mir vor, als hätte ich sie künstlich beatmet.«

»Hm«, sagte Olivano. »Sie sollten mal ein paar von den Typen sehen, mit denen ich es zehnmal am Tag zu tun habe. Diese zwei hier sind wie Blumen im Frühling.« Er schaute zum Haus. »Irena ist zu Hause, nehme ich an.«

Wayness nickte. »Sie ist zu Hause. Um es genau zu sagen, sie beobachtet uns gerade vom Fenster aus.«

»Gut. Dann werde ich ihr jetzt etwas zeigen, das sie interessieren wird«, sagte Olivano. Er öffnete seine Tasche und zog zwei kleine Klarsichthüllen hervor. Dann zupfte er Lydia zu ihrer Verblüffung ein Haar vom Kopf und tat gleich darauf das gleiche bei Myron, der im Gegensatz zu seiner Schwester nur stumme Resignation zeigte. Olivano steckte die Haare in die Klarsichthüllen.

Wayness fragte: »Warum quälen Sie die armen Kinder?«

»Das hat nichts mit Quälen zu tun; das ist Wissenschaft«, sagte Olivano.

»Ich dachte immer, da gäbe es einen Unterschied.«

»Den gibt es auch; in diesem Fall wenigstens. Haare wachsen in Schichten; dabei absorbieren sie unterschiedliche Substanzen aus dem Blut. Sie sind sozusagen stratigraphische Zeugnisse. Ich werde diese Haare analysieren lassen.«

»Glauben Sie, daß Sie irgend etwas entdecken werden?«

»Nicht unbedingt. Bestimmte Typen von Substanzen werden entweder nicht absorbiert oder bilden keine klar definierbaren Schichten. Aber einen Versuch ist es allemal wert.« Olivano drehte sich zum Haus um. Durch das Fenster sahen sie, wie Irena einen Schritt zurücktrat, so als wäre es ihr unangenehm, ertappt zu werden.

Olivano sagte: »Es ist Zeit für ein Gespräch mit Irena.«

»Soll ich mitkommen?« fragte Wayness.

»Ich denke schon, daß Ihre Gegenwart hilfreich wäre.«

Die zwei gingen zur Haustür, und Olivano betätigte die Klingel. Nach einer Minute öffnete Irena. »Ja?«

»Dürfen wir hereinkommen?«

Irena wandte sich um und führte sie ins Wohnzimmer. Sie blieb stehen. »Warum haben Sie den Kindern Haare ausgerissen?«

Olivano erklärte ihr den Grund. Irena war offenkundig nicht davon erbaut. »Finden Sie, daß eine solche Analyse notwendig ist?«

»Das kann ich erst mit Sicherheit beantworten, wenn mir die Ergebnisse der Analyse vorliegen.«

»Das ist nicht sehr informativ.«

Olivano lachte und schüttelte traurig den Kopf. »Wenn ich eine eindeutige Information hätte, wären Sie die erste, die ich in Kenntnis setzen würde. Nun denn, da wäre noch eine andere Sache, etwas, das mit allgemeiner Hygiene zu tun hat. Sie haben vielleicht gehört, daß das Polyvirus XAX-29 letzte Woche in Pombareales gefunden worden ist. Es ist nicht übermäßig gefährlich, aber es kann zu unangenehmen Beschwerden führen, wenn der Betroffene nicht über die entsprechenden Antikörper verfügt. Ich kann das anhand einer Blutprobe leicht feststellen. Wenn Sie erlauben …« Olivano holte ein kleines Instrument aus seiner Tasche. »Sie werden nichts spüren.« Er trat einen Schritt vor, und bevor Irena protestieren oder zurückweichen konnte, hatte er ihr das Instrument schon auf den Unterarm gepreßt. »Sehr gut«, sagte Olivano. »Bis morgen habe ich das Ergebnis. Machen Sie sich in der Zwischenzeit keine Gedanken; die Ansteckungsgefahr ist ziemlich gering. Aber vorbeugen ist besser als heilen.«

Irena rieb sich den Arm; schwarz glitzerten die Augen in ihrem abgehärmten Gesicht.

Olivano sagte höflich: »Ich denke, das ist für den Moment alles. Marin hat ihre Anweisungen – im wesentlichen soll sie so weitermachen wie bisher.«

Irena sagte naserümpfend: »Sie verbringt viel Zeit damit, mit den Kindern zu spielen.«

»Das ist genau das, was sie brauchen: man sollte ihnen keine Gelegenheit geben, zu brüten und ihren Tagträumen nachzuhängen und sich in ihre eigene Welt zurückzuziehen. Sie scheinen eine Art Rückfall gehabt zu haben, aber sie sind dabei, sich davon wieder zu erholen, und ich will sichergehen, daß sich so etwas nicht wiederholt.«

Darauf hatte Irena nichts zu erwidern, und Olivano verabschiedete sich.

Die Woche verging. Am Freitagabend rief Olivano Wayness im Hotel an. »Was gibt es Neues in der Casa Lucasta?«

»Nichts – außer, daß die Kinder fast wieder so weit

sind, wie sie es vor dem ›Rückfall‹ waren. Lydia spricht wieder, und Myron gibt seine unbeschreiblichen Signale. Beide lesen: Lydia geht zwanglos an die Sache heran; Myron scheint das, was er liest, mit einem Blick zu erfassen.«

»Diese Fähigkeit wurde bereits früher bei ihm festgestellt.«

»Da ist noch etwas, etwas sehr Merkwürdiges. Gestern machten wir einen Spaziergang in die Pampa, und Lydia fand einen schönen weißen Stein. Heute morgen konnte sie ihn nicht finden; ich hatte ihn aus Versehen in eine Kiste mit allerlei Krimskrams getan. Lydia suchte überall, aber sie konnte ihren Stein nicht finden. Schließlich sagte sie zu Myron: ›Es ist mein weißer Stein: er ist weg!‹ Myron schaute sich um, und dann ging er direkt zu der Kiste, nahm den Stein heraus und warf ihn Lydia zu. Sie schien nicht im geringsten überrascht zu sein. Ich fragte sie: ›Wie konnte Myron wissen, daß der Stein in der Kiste lag?‹ Sie zuckte bloß die Achseln und vertiefte sich wieder in ihr Bilderbuch. Später, als sie zum Mittagessen ins Haus gegangen waren, versteckte ich Myrons roten Farbstift in einer Ecke des Sandkastens unter dem Sand. Nach dem Mittagessen kamen sie zurück auf den Hof. Myron begann zu zeichnen und merkte, daß sein roter Farbstift weg war. Er blickte sich im Hof um, ging zielstrebig zum Sandkasten und fand seinen Buntstift. Dann sah er mich mit einem höchst eigenartigen Gesichtsausdruck an, einer Mischung aus Verwirrung und Belustigung, so als frage er sich, ob ich den Verstand verloren hätte. Es fiel mir schwer, nicht laut loszulachen. So – jetzt wissen Sie es. Myron, der alle möglichen bemerkenswerten Dinge kann, ist auch noch hellsichtig.«

Olivano sagte: »Diese Fähigkeit wird in der Literatur erwähnt – vorsichtig. Es heißt, daß sie in der Pubertät ihren Höhepunkt erreicht und dann allmählich wieder verschwindet.« Er dachte ein paar Sekunden lang nach. »Ich glaube nicht, daß ich mich mit dieser Sache großartig befassen will, und es wäre mir lieber, wenn Sie Ihre Entdeckung für sich behielten. Wir wollen doch Myron nicht noch mehr zu einem Monstrum machen, als er es schon ist.«

Wayness konnte Olivanos Bemerkungen, egal, wie kühl und nüchtern sie auch waren – und sie waren in der Tat allzu kühl und allzu nüchtern –, nicht widerspruchslos durchgehen lassen. »Myron ist in keinem Sinne des Wortes ein Monstrum! Trotz all seiner verblüffenden kleinen Schnurren und plötzlichen Einfälle und seiner mitunter drolligen Versuche, würdevoll zu erscheinen, ist er lieb und kooperativ, und ich finde, er ist wirklich ein süßer kleiner Kerl!«

»Aha! Er hat Sie offenbar ganz schön um den kleinen Finger gewickelt!«

»Ja, das fürchte ich auch.«

»Dann wird es Sie vielleicht interessieren, daß Myron und Lydia zwar Geschwister sind, aber Irena nicht ihre leibliche Mutter ist. Ihr genetisches Material stimmt nicht überein.«

»Ich hatte nichts anderes vermutet«, sagte Wayness. »Was hat die Haaranalyse ergeben?«

»Ich habe die Ergebnisse noch nicht vorliegen, aber bis Mittwoch müßte ich sie haben. Ich weiß nicht, ob Irena mir die Geschichte mit dem Virus abgenommen hat oder nicht, aber ich kann das Spielchen jetzt auch ruhig zu Ende spielen und ihr erzählen, daß das Virus keine Bedrohung mehr darstellt. Außerdem werde ich ihr sagen, daß ich wünsche, Sie nächsten Sonntag bei den Kindern zu sehen, und daß ich das nächste Mal, wenn die Kinder irgendwelche Anzeichen einer Erkrankung zeigen, ganz gleich wie geringfügig diese auch scheinen mögen, sofort verständigt werden möchte, weil ich nicht will, daß sie noch einmal so einen Rückfall wie jüngst erleiden, der sie psychisch zurückgeworfen hat.«

Das Wochenende verging ohne irgendeinen widrigen Zwischenfall. Am Mittwochmorgen stattete Dr. Olivano wie gewohnt seinen Besuch in der Casa Lucasta ab. Es war wieder einmal ein kalter Tag: bleiches Sonnenlicht sickerte durch eine hohe Wolkendecke, und ein eisiger Wind blies von den Anden herunter. Trotz des Wetters hielt sich Wayness wie üblich mit Lydia und Myron auf dem Hof neben dem Haus auf. Lydia und Myron saßen zusammen und schauten sich ein Bilderbuch an, in dem viele Arten von wilden Tieren sowohl von der Erde als auch von anderen Welten abgebildet waren.

»Guten Morgen alle miteinander!« rief Olivano. »Was fangt ihr denn heute Schönes mit euch an?«

»Wir erforschen das Universum – von oben bis unten«, sagte Wayness. »Wir sehen uns Bilder an und reden miteinander. Lydia liest manchmal aus den Büchern vor, und Myron malt schöne Bilder, wenn er dazu in der Stimmung ist.«

»Myron kann alles«, sagte Lydia.

»Das bezweifle ich nicht eine Sekunde«, sagte Olivano. »Aber du bist auch sehr klug.«

»Lydia liest schon recht gut«, sagte Wayness. Sie zeigte auf ein Bild. »Was ist das für ein Tier, Lydia?«

»Das ist ein Löwe.«

»Woher weißt du das?«

Lydia sah Wayness verdutzt an. »Weil hier steht: ›LÖWE‹.«

Wayness nahm das Buch, schlug die Seite um, deckte das Bild zu und fragte: »Und was für ein Tier ist auf dieser Seite?«

»Ich weiß es nicht. Das Wort, das da steht, heißt ›TIGER‹, aber ob das auch stimmt, wissen wir erst, wenn wir das Bild sehen.«

»Ganz richtig!« sagte Wayness. »Es könnte ja ein Fehler in dem Buch sein. Aber nein! Das Bild zeigt tatsächlich einen Tiger, und das Wort heißt auch ›TIGER‹.«

Olivano fragte: »Was ist mit Myron? Kann er auch lesen?«

»Natürlich kann er lesen – wahrscheinlich besser als Sie. Myron, sei so lieb und lies irgendwas.«

Myron machte ein skeptisches Gesicht, legte den Kopf schief, sagte aber nichts.

»Dann zeig mir ein Tier, das dir gefällt.«

Zuerst schien es so, als würde Myron die Frage ignorieren, doch dann blätterte er plötzlich ein paar Seiten um und zeigte auf das Bild eines Hirsches, mit Bergen im Hintergrund.

»Das ist wirklich ein schönes Tier«, sagte Olivano. Wayness legte den Arm um Myrons schmächtige Schultern und drückte ihn. »Du bist sehr klug, Myron.«

Anstelle einer Antwort zog Myron die Mundwinkel ein.

Lydia schaute auf das Bild. »Das ist ein ›HIRSCH‹.«

»Richtig! Was kannst du sonst noch lesen?«

»Alles, was ich möchte.«

»Wirklich?«

Lydia schlug ein Buch auf und las vor:

›Der böse Rodney.‹

»Sehr gut«, sagte Wayness. »Und jetzt lies die Geschichte vor.«

Lydia senkte den Kopf über das Buch und las:

> »Es war einmal ein Knabe namens Rodney. Der hatte eine schlechte Angewohnheit: er kritzelte in Bilderbüchern herum. Eines Tages zog er ein paar dumme schwarze Striche durch das Gesicht eines prächtigen Säbelzahntigers. Das war ein schwerer Fehler, denn das Buch gehörte einer Elfe. Sie sprach: ›Das war ein übler Streich, Rodney, und zur Strafe sollst du die Zähne des armen Tigers bekommen, den du so verunstaltet hast.‹

Und sofort wuchsen zwei lange scharfe Zähne aus Rodneys Mund. Sie waren so lang, daß die Spitzen auf seine Brust stießen, wenn er den Kopf senkte. Rodneys Vater und Mutter waren sehr böse, als sie die Bescherung sahen, aber der Zahnarzt sagte, die Zähne seien gesund und hätten keine Löcher, und wahrscheinlich bräuchten sie sich auch keine Gedanken wegen einer Zahnklammer zu machen. Die Hauptsache sei, daß Rodney die Zähne immer gut putze und sie während der Mahlzeiten mit einer Serviette abwische.«

Lydia ließ das Buch sinken. »Das ist genug für den Moment.«

»Und es war sehr interessant«, sagte Wayness. »Rodney wird den gleichen Fehler bestimmt nicht noch einmal machen.«

Lydia nickte und nahm sich wieder das Bilderbuch mit den Tieren vor.

Olivano schaute Wayness an. »Ich staune. Was haben Sie gemacht?«

»Nichts. Es ist alles schon vorhanden. Ich habe ihm bloß eine Chance gegeben hervorzukommen, und in der Zwischenzeit habe ich sie gedrückt und geküßt, was ihnen anscheinend gefällt.«

»Ja, natürlich«, sagte Olivano. »Wem würde das nicht gefallen?«

»Vielleicht konnten sie ja schon vorher lesen. Myron, konntest du schon lesen und hast es bloß geheimgehalten?«

Myron zeichnete auf einem Blatt Papier. Er schaute aus den Augenwinkeln zu Wayness auf und wandte sich wieder seiner Zeichnung zu.

»Wenn du keine Lust hast zu sprechen, dann kannst du etwas auf diesen hübschen grünen Zettel schreiben.« Wayness legte ihm das Blatt Papier hin.

Wieder schielte Myron aus den Augenwinkeln zu

ihr herauf. Als er sah, daß Wayness ihn anlächelte, nahm er seinen Bleistift und schrieb: *Wir haben noch nie vorher gelesen. Es ist leichter als Schach. Aber es gibt viele Wörter, die ich nicht kenne.*

»Diesen Mangel werden wir beheben – vielleicht sogar noch heute. Und jetzt zeig Dr. Olivano, wie schön du malen kannst.«

Ohne Begeisterung nahm Myron seinen Bleistift und begann zu zeichnen. Dann nahm er seine Filzstifte und malte die Zeichnung aus. Auf dem Papier nahm ein großer Hirsch mit ausladendem Geweih Gestalt an. Er stand vor einer Landschaft, die ähnlich der im Buch abgebildeten war, wenngleich ganz anders im Detail. Insgesamt war die Zeichnung präziser als die im Buch, und die Farben waren kräftiger.

»Das ist absolut hinreißend«, sagte Olivano. »Myron, ich gratuliere dir.«

»Ich kann auch zeichnen«, sagte Lydia.

»Natürlich kannst du das«, sagte Wayness. »Du bist auch ein wunderbares kleines Wesen.«

Aus dem Augenwinkel sah Wayness, daß Irena sie erneut vom Fenster aus beobachtete. »Wir werden beobachtet«, sagte sie zu Olivano.

»Das habe ich auch schon gemerkt. Wir müssen sie auf diese Dinge aufmerksam machen.«

Lydia ließ die Schultern hängen. »Ich will keine Medizin.«

»Was für eine Medizin?« fragte Olivano.

Lydia wandte den Blick zu den Bergen am Horizont. »Manchmal, wenn der Wind weht, möchte ich wegrennen, und dann geben sie uns Medizin, und dann wird alles ganz dunkel und wir werden ganz müde.«

Olivano sagte: »Ich werde dafür sorgen, daß sie euch keine Medizin mehr geben. Aber ihr dürft auch nicht mehr weglaufen, wenn der Wind von den Bergen weht.«

»Die Wolken reiten auf dem Wind, und die Vögel

fliegen seitwärts. Und das Gras und das Unkraut fliegt und purzelt und wirbelt über die Pampa.«

»Lydia glaubt, sie müsse es den Wolken und den Vögeln und den Grasbüscheln gleichtun«, sagte Wayness.

Lydia fand den Gedanken amüsant. »Nein! Marin, du bist doof!«

»Warum rennst du dann fort?«

Lydias Worte kamen langsam und stockend. »Zuerst kommt der Wind, und ich weiß, daß es anfängt. Dann fange ich an, ferne Stimmen zu hören. Sie rufen mich. Sie sagen ...« – Lydia versuchte, ihrer Stimme einen tiefen und heiseren Klang zu geben – »... ›Weeruuu! Weeruuu! Bist das duuu? Weeruuu!‹ Sie rufen hinter den Bergen, und ich fange an, mich ganz komisch zu fühlen, und dann renne ich hinaus in die Dunkelheit.«

Wayness fragte: »Weißt du, wer dich da ruft?«

»Vielleicht die alten Männer mit den gelben Augen«, sagte Lydia mit skeptischem Blick.

»Hört Myron die Stimmen auch?«

»Myron wird wütend.«

»In die Nacht hinaus zu rennen ist eine schlechte Angewohnheit, und du mußt dich ändern«, sagte Olivano. »Wenn die Nacht dunkel ist und der Wind stark und kalt bläst, wirst du dich gewiß verirren und am Ende in eine Felsspalte und in die Dornen fallen und sterben. Dann gibt es keine Lydia mehr, und die Menschen, die dich lieben, werden traurig sein.«

»Und ich werde auch traurig sein«, sagte Lydia.

»Ganz genau. Also, wirst du damit aufhören wegzulaufen?«

Lydia machte ein bekümmertes Gesicht. »Aber sie werden mich trotzdem rufen!«

Wayness sagte: »Ich laufe auch nicht jedesmal weg, wenn mich jemand ruft.«

»Das ist rechtes Betragen«, sagte Olivano. »Genauso mußt du es auch halten.«

Lydia nickte langsam, als wolle sie signalisieren, daß sie sich die Sache überlegen werde.

Olivano wandte sich an Wayness. »Es ist Zeit für unser Gespräch mit Irena. Wir haben heute ernste Dinge mit ihr zu bereden.«

»Geht es um die Haaranalyse?«

Olivano nickte. »Es könnte sein, daß ich mich gezwungen sehe, schon sehr bald einige harte Entscheidungen zu treffen. So etwas fällt einem nie leicht.«

Wayness wurde hellhörig. »Was für eine Art von Entscheidungen?«

»Ich bin noch nicht sicher. Ich warte noch auf ein paar Testergebnisse.« Er ging voraus zur Haustür, wo Irena sie schweigend einließ.

Dr. Olivano setzte seine Amtsarztmiene auf. »Ich freue mich, noch einmal bestätigen zu können, daß das Virus keine Bedrohung mehr darstellt; es hat keine neuen Ansteckungsfälle gegeben.«

Irena quittierte die Neuigkeit mit einem knappen Nicken. »Ich habe heute ziemlich viel zu tun, und wenn das alles ist, was Sie mir zu sagen haben, dann würde ich jetzt gerne ...«

»Nicht ganz. Es gibt da noch ein paar Dinge, die wir besprechen müssen. Können wir uns irgendwo hinsetzen?«

Irena wandte sich wortlos ab und ging ins Wohnzimmer. Olivano und Wayness folgten ihr und setzten sich auf die Kante der Couch. Irena blieb stehen.

Olivano begann zu sprechen, seine Worte sorgfältig wählend: »Was die Kinder betrifft, so kann ich die Fortschritte, die sie gemacht haben, nur als phänomenal bezeichnen. Es ist vielleicht etwas gewagt, das Verdienst hierfür einer einzigen Person zuzuschreiben, aber fest steht, daß die Kinder Marin gern haben und positiv auf sie ansprechen, und daß es ihr gelungen ist, ihre Isolation aufzubrechen.«

Irena sagte kurz angebunden: »Das mag ja durchaus

ganz nützlich sein, aber man hat mich gewarnt, die Kinder seien von manischer Veranlagung und dürften nicht übermäßig erregt werden.«

»Das ist ein Irrtum«, sagte Olivano kühl. »Lydia und Myron sind hochintelligente Individuen, die verzweifelt darum bemüht sind, normal zu werden. Ich habe das alles erst richtig erkannt, als Marin mir ein paar Einsichten verschafft hat. Erst da begannen die Probleme sich zu zeigen.«

Irena warf Wayness einen eisigen Blick aus ihren funkelnden schwarzen Augen zu. »Es gab nie die geringsten Probleme. Sie lebten ruhig und glücklich, bis Marin auftauchte. Seitdem ist ihr Verhalten unberechenbar und sprunghaft, man könnte sogar sagen, wunderlich.«

»Das stimmt durchaus«, sagte Olivano. »Sie beginnen außergewöhnliche Fähigkeiten an den Tag zu legen, die weit über das hinausgehen, was man gemeinhin als ›normal‹ bezeichnet. In ein paar Jahren werden diese Fähigkeiten sich abschwächen oder sogar ganz verschwinden, was der normale Lauf der Dinge ist. Aber im Moment sind die Fortschritte in ihrer Persönlichkeitsentwicklung so bemerkenswert, daß wir alles tun müssen, was in unserer Macht steht, um den Schwung noch eine Weile aufrechtzuerhalten; stimmen Sie mir da nicht zu?«

»Ja, natürlich, aber mit gewissen Vorbehalten.«

Olivano tat Irenas ›Vorbehalte‹ mit einer ungnädigen Geste ab. »Letzte Woche habe ich Haarproben von den Kindern genommen. Sie haben Informationen geliefert, die ich, offen gesagt, nahezu unglaublich finde. Beantworten Sie mir eine Frage: haben Sie den Kindern Medikamente oder Tonika irgendwelcher Art verabreicht?«

Irena Portils' Augen verengten sich. Sie zögerte mehrere Sekunden, bevor sie antwortete. »Nicht in jüngster Zeit.« Sie versuchte, ihrer Stimme einen lockeren Klang zu geben. »Wie kommen Sie auf diese Idee? Doch bestimmt nicht durch die Haare?«

Olivano nickte finster. »Die Haare beider Kinder weisen Riefelungen auf, die in wöchentlichen Abständen wiederkehren. Die Riefen enthalten keine identifizierbaren chemischen Verbindungen, was darauf hindeutet, daß das Medikament eine komplexe organische Substanz oder Verbindung von Substanzen ist, die zu verwässert ist, als daß sie eine charakteristische Signatur hinterlassen würde – außer eben der, daß sie verabreicht worden ist. Ich frage Sie also noch einmal: was für ein Medikament haben Sie den Kindern gegeben?«

Irena antwortete in abwiegelndem Ton: »Nur ihr normales Tonikum, das ihnen, wie ich finde, immer gut getan hat.«

»Warum haben Sie mir nichts von diesem sogenannten ›Tonikum‹ gesagt?«

Irena zuckte die Achseln. »Weil ich es nicht wichtig fand. Der Doktor, der es verschrieben hat, erklärte, es stärke die Nerven und sei außerdem gut für die Verdauung.«

»Darf ich dieses Tonikum einmal sehen?«

»Es ist alle«, sagte Irena. »Ich habe es vor einiger Zeit aufgebraucht und die Flasche weggeworfen.«

»Und jetzt haben sie keines mehr?«

Irena zögerte einen kurzen Moment. »Nein.«

Olivano nickte. »Ich ordne hiermit folgendes an: Verabreichen Sie den Kindern keinerlei Medikamente oder Stärkungsmittel ohne meine ausdrückliche Genehmigung. Haben Sie verstanden?«

»Natürlich; trotzdem, die Kinder sind manchmal schwierig. Wenn nachts der Wind bläst, wird Lydia unkontrollierbar und will unbedingt durch die Pampa laufen. In solchen Momenten ist ein Beruhigungsmittel unerläßlich.«

Olivano nickte wieder. »Ich kann verstehen, daß das

ein Problem für Sie ist. Ich werde Ihnen ein ungefährliches Sedativum verschreiben, aber Sie dürfen es dem Kind nur unter extremen Umständen verabreichen.«

»Wie Sie möchten.«

»Ich sage es noch einmal, um jedes Mißverständnis auszuschließen. Sie dürfen den Kindern ohne meine vorherige Zustimmung keinerlei Medikamente oder Tonika geben. Erstens würden Sie ihnen damit nur schaden, und zweitens würde ich es mit Sicherheit erfahren, und dann bliebe mir nichts anderes übrig, als Ihnen die Kinder wegzunehmen und sie in eine Umgebung zu bringen, wo sie sicher sind.«

Irena stand da wie ein begossener Pudel, verzagt und in ohnmächtiger Wut. Sie machte den Mund auf, um etwas zu sagen, verkniff es sich dann aber.

Olivano stand auf. »Ich möchte noch einmal kurz mit den Kindern sprechen, und dann bin ich wieder weg.« Er nickte Irena zu und ging aus dem Raum. Irena wandte sich zu Wayness um. Mit leiser, verbittert klingender Stimme sagte sie: »Ich kann Sie nicht begreifen! Warum haben Sie mir das angetan?«

Wayness fiel nichts ein, was sie darauf hätte sagen können, und Irenas Kummer rührte ihre eigenen latenten Schuldgefühle auf, daß sie sich unter Vorspiegelung falscher Tatsachen in das Haus eingeschlichen hatte. Schließlich sagte sie lahm: »Es lag nicht in meiner Absicht, Ihnen weh zu tun.«

»Mein Leben gehört nicht mehr mir!« Irenas Mund begann zu zucken, und sie stieß die Worte in grimmiger Verbitterung hervor. »Nur noch ein Jahr. Ein verfluchtes Jahr! Dann wäre es vorbei gewesen! Ich würde fliehen – ich würde jetzt fliehen, nur, es gibt nichts für mich: keinen Trost, keine Zuflucht! Ich bin elend dran, noch bevor ich sterbe, und wer weiß, was dann ist? Wer weiß das schon? Aus diesem Grunde habe ich Angst!«

»Madame Irena, so beruhigen Sie sich doch! Ich bin

sicher, die Dinge sind nicht so schlimm, wie Sie befürchten!«

»Ha! Was wissen Sie denn schon! Was können Sie denn, außer scheinheilig daherreden! Wenn ich nur wüßte, was ich jetzt machen soll!«

»Warum sorgen Sie sich so? Ist es wegen Professor Solomon?«

Irenas Gesicht erstarrte schlagartig zur Maske. »Ich habe nichts gesagt, hören Sie? Nichts!«

»Natürlich. Trotzdem, wenn Sie reden möchten, werde ich Ihnen zuhören.«

Aber Irena hatte sich schon auf dem Absatz herumgedreht und war mit drei langen Schritten aus dem Zimmer gestürmt.

Wayness ging niedergeschlagen hinaus in den Hof, wo sie sich am Riemen riß. Sie konnte es sich nicht leisten, weich zu sein; wenn Täuschung und Verstellung die schlimmsten Kompromisse waren, die sie machen mußte, dann konnte sie sich glücklich schätzen. Und bei alledem mußte sie an Myron und Lydia denken. Irena hatte etwas von einem Jahr gesagt: was war es, das da in einem Jahr passieren sollte? Wayness war ziemlich sicher, daß es nicht zum Vorteil der beiden Kinder gewesen wäre.

Dr. Olivano war gegangen. Madame Clara rief die beiden Kinder gleich darauf zum Mittagessen ins Haus. Wayness setzte sich auf den Rand des Sandkastens und aß das Butterbrot, das sie sich aus dem Hotel mitgebracht hatte.

Am Nachmittag bat Wayness schüchtern um die Erlaubnis, einen Spaziergang mit den Kindern machen zu dürfen. Irena gab mürrisch ihr Einverständnis, und Wayness ging mit ihren zwei Schutzbefohlenen in eine Konditorei an der Plaza, wo Lydia und Myron feierlich heißen Kakao und Obsttorte mit Schlagsahne verzehrten. Wayness fragte sich, was wohl aus ihnen werden würde, wenn sie wieder weg war. Dr. Olivano würde sich um ihr körperliches Wohlergehen kümmern, doch was ihre Gefühle anging – Wayness stieß einen Seufzer aus. Sie durfte sich nicht mit solchen Gedanken herumplagen. Was ihr eigenes Anliegen betraf, so trat sie auf der Stelle. Sie war noch nicht einen Deut näher an ihrem Ziel, Moncurios Aufenthaltsort herauszufinden, als am Tag ihrer Ankunft. Sie hatte bisher keine Gelegenheit gehabt, das Haus zu durchsuchen. Ja, sie hatte nicht einmal eine konkrete Vorstellung davon, was sie eigentlich erwartete dort zu finden. Das einzige, was sie aufrecht hielt, war Hoffnung, denn sie wußte beim besten Willen keine Alternative zu dem, was sie tat. Sie musterte Myron und Lydia, die sie daraufhin ihrerseits musterten. Wayness sah, daß sie ihre Torte bis auf den letzten Krümel aufgegessen hatten. Als nächstes ging sie mit ihnen in den Buchladen der Stadt, wo sie einen Erdatlas, ein großes, reich bebildertes Buch über Naturgeschichte, ein Wörterbuch und einen astronomischen Atlas kaufte.

Die drei gingen zur Casa Lucasta zurück. Irena sah die Bücher, gab aber keinen Kommentar dazu ab; Wayness hätte sich auch gewundert, wenn sie einen abgegeben hätte.

Am nächsten Morgen, als Wayness kam, waren Myron und Lydia schon fleißig bei der Arbeit. Sie waren dabei, einen Drachen nach eigenem Entwurf zu basteln; für das Gerippe benutzten sie Spanten aus gespleißtem Schilfrohr, für die Bespannung nahmen sie dunkelblaues Transparentpapier; zusammengehalten wurde das ganze mit durchsichtigem Klebeband. Es war eine komplizierte, gut fünf Fuß große Konstruktion, verschwenderisch ausgestattet mit allerlei Flügeln, Leitwerken, Tragflächen und Spoilern. Wayness fand den Drachen faszinierend anzuschauen, aber sie bezweifelte, daß er fliegen würde.

Der Drachen war erst am späten Nachmittag fertig, als der Wind unbeständig wurde und heftige Böen sich mit Phasen völliger Flaute abwechselten. Trotzdem beschlossen Myron und Lydia, den Drachen steigen zu lassen. Nach einem Moment des Schwankens entschied sich Wayness dafür, sich nicht einzumischen, obwohl sie sicher war, daß der Drachen abstürzen würde.

Die zwei Kinder trugen den Drachen über die Calle Maduro und hinaus auf die Einöde aus Steinen und Sträuchern, die sich nach Süden hin dehnte. Wayness folgte ihnen.

Lydia hielt die Schnur fest, während Myron den Drachen in die Richtung trug, in die der Wind blies. Die papierne Bespannung knatterte, die diversen Flügel und Spoiler flatterten, das Spantenwerk knarrte. Myron drehte sich um; der Wind erfaßte den Drachen und ließ ihn entgegen Wayness' pessimistischen Erwartungen in die Höhe schießen – höher und immer höher, während Lydia Schnur gab. Sie wandte den Kopf und warf Wayness über die Schulter ein Lächeln zu. Myron verfolgte den Aufstieg des Drachens weder mit Überraschung noch mit Enthusiasmus, sondern mit einem Ernst, der fast schon düster war. Hoch stieg der Drachen in die Lüfte, den Wind beherrschend; jede von Myrons wundersamen Tragflächen funktionierte tadellos. Wayness schaute staunend zu.

Der Wind schwoll an und ab; der Drachen paßte sich geschmeidig an: hin und wieder stieß er ein Stück herab oder neigte sich ein wenig zur Seite, aber ansonsten ließen ihn die Launen der Natur unbeeindruckt. Myrons Drachen regierte den Äther!

Eine Windbö, stärker als alle bisherigen, fegte von den Bergen herab. Die Drachenschnur riß und fiel langsam zur Erde. Der Drachen, nunmehr seiner Fesseln ledig, entschwebte majestätisch auf seine eigene Mission und entschwand; sein unvermeidlicher Absturz, nur eine Frage der Zeit, war nicht mehr auszumachen.

Myron und Lydia standen wie angewurzelt da und schauten dem Drachen noch eine Zeitlang nach. Auf ihren Gesichtern spiegelte sich Enttäuschung wider, aber darüber hinaus zeigten sie keine Gemütsbewegung. Wayness fand, daß der Flug erfolgreich gewesen war. Sie glaubte, daß auch Myron und Lydia zufrieden waren. Myron wandte sich um und starrte Wayness mit unergründlichem Blick an. Wayness sagte nichts. Lydia begann pflichtbewußt, die Leine aufzuwickeln. Sobald sie damit fertig war, kehrten alle drei zum Haus zurück, Myron und Lydia eher versonnen und nachdenklich als niedergeschlagen.

Für eine Weile saßen die drei auf der Couch und blätterten in den neu erworbenen Büchern herum. Wayness bemerkte mit Verblüffung, daß Myron das Wörterbuch durchlas, Seite für Seite, jedoch ohne jedes Anzeichen von Freude oder auch nur Interesse. Das ist nur natürlich, sagte sich Wayness. Es ist kein spannendes Buch.

Bald darauf kehrte Irena Portils von der Arbeit zurück, noch abgespannter und aufgewühlter als sonst. Sie ging direkt in ihr Zimmer, ohne mit irgend jemandem ein Wort zu wechseln. Kurz danach verabschiedete sich Wayness von den Kindern und ging zurück in ihr Hotel.

Am Abend rief Olivano an. »Und? Wie lief es heute?« fragte er.

»Ganz gut. Myron und Lydia hatten einen wunderschönen Drachen gebaut, und er flog auch sehr schön. Aber dann riß die Schnur, und soweit ich weiß, fliegt der Drachen jetzt noch immer irgendwo über die Pampas dahin. Als ich ging, schaute sich Lydia gerade das Bild eines Stegosaurus an, und Myron betrachtete eine Karte des Gaeanischen Reiches. Vorher hatte er bereits das Wörterbuch gelesen, das wir zusammen gekauft haben. Clara war mißmutig wie immer, und Irena hat mich schlicht ignoriert.«

»Also ein Tag wie jeder andere in der Casa Lucasta«, sagte Dr. Olivano. »Was mich betrifft, so habe ich heute die vollständige Analyse von Irenas Blut erhalten, und es ist so, wie ich es schon seit langem vermutet habe: sie nimmt irgendeine Art von Droge, die das Labor nicht näher identifizieren kann – höchstwahrscheinlich außerweltlicher Herkunft.«

»Ich habe mir darüber auch schon Gedanken gemacht«, sagte Wayness. »Morgens, wenn sie zur Arbeit geht, ist sie ganz proper und selbstbeherrscht; am Nachmittag kann sie es dann kaum erwarten, nach Hause zu kommen, und wenn sie dann zur Tür hereinkommt, sieht sie immer völlig fertig aus, wie eine Vogelscheuche.«

Olivano fuhr in seinem nüchternsten Ton fort: »Alles in allem betrachtet, ist mir klar geworden, daß Irena Portils kein geeigneter Vormund für Myron und Lydia ist. Ich beabsichtige, sie so bald wie möglich in eine zuträglichere Umgebung zu bringen.«

Wayness brauchte einen Moment, um die Neuigkeit zu verdauen. »Wie ›bald‹ wird das sein?«

»Das gesetzliche Procedere wird zwei oder drei Tage dauern, je nachdem, ob dem alten Bernard sein Bein weh tut oder nicht. Sobald das geklärt ist, gibt es eigentlich keinen Grund für eine weitere Verzögerung, aber es gibt immer eine. Es wäre besser für alle Beteiligten, wenn Sie diesmal nicht zugegen wären.«

»Wann muß ich also gehen?«

»Eher früher als später, fürchte ich.«

»In zwei Tagen? Oder in drei?«

»Im Höchstfall drei Tage, würde ich sagen. Ich werde froh sein, wenn ich die Sache hinter mich gebracht habe, denn ich fange langsam an, unter nervösen Beklemmungen zu leiden. Die Situation in der Casa Lucasta erscheint mir alles andere als stabil.«

X Wayness ließ sich schlaff in den Sessel zurücksacken und starrte wie betäubt durch das Zimmer. Zeit verstrich; die Erregung fiel allmählich von ihr ab. Zurück blieb ein Klumpen von Unmut und Groll, der gegen alles und jeden gerichtet war, einschließlich Dr. Olivano und seine unbezwingliche Redlichkeit.

Wayness rang sich schließlich zu einem grimmigen, zittrigen Lachen durch. Dr. Olivanos erste Sorge mußte den Kindern gelten, und ihr Empfinden, von ihm verraten worden zu sein, war töricht und irrational. Dr. Olivano war schließlich kein Mitglied der Naturforschergesellschaft.

Wayness stand auf und ging ans Fenster. Ihre Lage war trostlos; sie war ihrem Ziel, Moncurios Adresse herauszubekommen, kein Stück näher als an dem Tag, an dem sie in Pombareales angekommen war – vielleicht war sie ihm sogar ferner, da sie sich jetzt Irena Portils, den einzigen Verbindungsstrang zu Moncurio, zur Gegnerin gemacht hatte.

Bestenfalls drei Tage blieben ihr jetzt noch, und so sehr sie auch grübelte, ihr fiel noch immer kein besseres Verfahren ein, als das Haus zu durchstöbern. Bis dato hatte sich keine Gelegenheit dazu ergeben; irgendeiner war immer im Haus, entweder Madame Clara oder Irena Portils. Und selbst wenn sie die Möglichkeit hätte, in aller Ruhe zu suchen, befürchtete sie, daß der ganze Aufwand nichts einbringen würde, außer ungeheurer Verlegenheit, falls sie erwischt wurde.

Sie starrte grübelnd über den Platz, der fast menschenleer war. Der Wind blies ziemlich heftig; seufzend fuhr er um die Häuserecken und wirbelte Blätter und Staub über den Platz. Es stand zu hoffen, daß Lydia nicht wieder Stimmen hören würde, die riefen: »Weeruuu! Komm zu uns, komm!« und wegrennen würde.

Wayness fühlte sich zu aufgewühlt, um ins Bett zu gehen. Sie zog ihr graues Cape an, verließ das Hotel und ging mit schnellen Schritten durch die stillen Straßen zur Calle Maduro. Die Sterne glitzerten hart und funkelnd an einem schwarzen Himmel; im Westen hing tief das Kreuz des Südens.

An diesem Abend war die Stadt ruhig: nur wenige Menschen waren unterwegs. Die Cantinas waren fast leer, obwohl die roten und gelben Lichterketten, mit denen ihre Fassaden geschmückt waren, tapfer durch die Dunkelheit leuchteten. Aus der Cantina de Las Hermosas drang der Klang einer zum Sange erhobenen Stimme – vielleicht kam sie aus der Kehle von Leon Casinde, dem Schweinemetzger, dachte Wayness.

Der Wind pfiff durch die Calle Maduro, seufzte in den Sträuchern und Gräsern der Pampa. Wayness hielt inne, um zu lauschen, und glaubte einen leisen, klagenden Ton zu vernehmen, der aus der Höhe zu kommen schien; Stimmen vermochte sie indes keine zu hören. Sie ging weiter. Die kleinen Häuser an der Calle Maduro schimmerten bleich im Licht der Sterne. Die Casa Lucasta war dunkel. Alle waren zu Bett gegangen, um zu schlafen, oder vielleicht auch, um wachzuliegen und nachzudenken.

Wayness blieb in der Deckung des leeren Hauses stehen. Nichts war zu sehen, nichts war zu hören außer dem Seufzen des Windes.

Zehn Minuten stand sie so und wartete mit wehendem Cape, unschlüssig, warum sie überhaupt hergekommen war – wenngleich sie nicht überrascht gewesen wäre, wenn plötzlich eine kleine, schmale Gestalt aus der Casa Lucasta aufgetaucht wäre und hinaus in die Pampa gerannt wäre.

Doch nichts dergleichen geschah. Das Haus blieb dunkel. Schließlich machte Wayness kehrt und ging langsam die Calle Maduro hinunter und zurück zum Hotel Monopol.

Als Wayness am Morgen erwachte, fühlte sie die Stimmung der vergangenen Nacht noch immer in sich. Der Tag draußen vor ihrem Fenster war bedeckt, und der Wind hatte aufgehört zu blasen, so daß der Himmel wie eine seltsame, drückende Last auf dem Land lag.

Als Wayness ihr Frühstück zu sich nahm, wandelte sich ihre Stimmung, und sie begann sich selbst auszuschelten. Ich bin Wayness Tamm von Haus Stromblick! Man sagt, ich sei ein sehr begabtes Mädchen, und ein intelligentes obendrein! Deshalb muß ich damit anfangen, diese Qualitäten unter Beweis zu stellen – oder aber mir töricht vorkommen, wenn ich in den Spiegel blicke. Bis jetzt bin ich zu schüchtern gewesen; ich habe darauf gewartet, daß mir die Informationen gleichsam auf einem silbernen Tablett gereicht werden! Das ist eine schlechte und untaugliche Strategie! Ich muß energischer vorgehen! Zum Beispiel – was? Wayness überlegte. Wenn ich Irena nur davon überzeugen könnte, daß ich Moncurio nichts Böses will, vielleicht würde sie mir dann helfen – erst recht, wenn ich Geld anböte. Wayness spann den Gedanken weiter. Ich traue mich nicht, das Thema anzusprechen – das ist die traurige Wahrheit; Tatsache ist, ich habe Angst vor Irena.

Trotzdem brach Wayness mit einem Gefühl von Entschlossenheit zur Casa Lucasta auf. Sie kam genau in dem Moment an, als Irena sich zu ihrer Arbeitsstätte aufmachte. »Guten Morgen«, sagte Wayness höflich. »Es sieht ein bißchen nach Regen aus, nicht wahr?«

»Guten Morgen«, sagte Irena. Sie schaute zum Himmel, als wäre ihr das überhaupt noch nicht aufgefallen. »Regen ist hier nicht üblich.« Sie warf Wayness ein undefinierbares Lächeln zu und ging los, die Calle Maduro hinunter.

Wayness schaute ihr nach, verblüfft den Kopf schüttelnd. Irena war schon eine merkwürdige Person, das stand fest!

Wayness ging zur Haustür und drückte auf den Klingelknopf. Sie wartete. Nach einer Pause, die exakt so berechnet war, daß sie ein Maximum an Verachtung und Ressentiment zum Ausdruck brachte, wurde die Tür von Clara geöffnet, die sich sofort wieder umdrehte und zurück in die Küche ging, wobei sie einen kurzen, warnenden Blick über ihre Schulter warf. Die Botschaft ist eindeutig, dachte Wayness. Auch Clara zählt mich nicht gerade zu ihren Busenfreundinnen.

Die Kinder saßen im Eßzimmer beim Frühstück. Wayness begrüßte sie, setzte sich ans Ende des Tisches und schaute ihnen zu, wie sie ihren Haferbrei aßen. Myron war wie stets ernst und in Gedanken versunken, Lydia erschien ein wenig kränklich.

»Heute nacht hat der Wind heftig geblasen«, sagte Wayness. »Hast du ihn gehört?«

»Ich habe ihn gehört«, sagte Lydia und fügte artig hinzu: »Aber ich bin nicht weggelaufen!«

»Sehr klug! Hast du Stimmen gehört?«

Lydia wand sich verlegen auf ihrem Stuhl. »Myron sagt, die Stimmen wären in Wirklichkeit gar nicht da.«

»Myron hat recht, wie anscheinend immer.«

Lydia wandte sich wieder ihrem Haferbrei zu. Wayness nutzte die Gelegenheit, den Raum zu inspizieren. Wo konnte sie vernünftigerweise hoffen, Informationen über Adrian Moncurio zu finden, vorausgesetzt, solche Informationen existierten? Viel würde von Irenas Einstellung zu solchen Informationen abhängen. Wenn sie ihnen keinen großen Wert beimaß, dann konnten sie fast überall sein – sogar in den Schubladen des Anrichtetisches dort drüben, in dem Irena diverse Haushaltspapiere aufbewahrte.

Clara ging hinaus auf die Veranda. Wayness sprang auf, rannte zu dem Anrichtetisch, zog die Schubladen auf und schaute hierhin und dorthin, in der Hoffnung, daß der Name ›Moncurio‹ oder ›Professor Solomon‹ ihr vielleicht ins Auge springen würde.

Nichts.

Lydia und Myron sahen ihr zu, weder überrascht noch besorgt. Clara kam zurück in die Küche; Wayness setzte sich hastig wieder auf ihren Platz. Lydia fragte: »Warum hast du das gemacht?«

Wayness sagte leise: »Ich habe nach etwas gesucht. Ich erzähl' es dir später, wenn Clara nicht zuhören kann.«

Lydia nickte; offenbar fand sie die Bemerkung überaus einsichtig. Mit gesenkter Stimme sagte sie: »Du solltest Myron fragen. Er findet alles, weil er entdecken kann, wo Dinge sind.«

Ein Schauer der Erregung lief Wayness über die Haut. Sie schaute zu Myron; konnte das möglich sein? Es war schwer zu glauben. Sie fragte zögernd, fast ängstlich: »Myron – kannst du Dinge finden?«

Myrons Nase zuckte, als mißbillige er besagtes Talent. Lydia sagte: »Myron weiß alles. Oder wenigstens fast alles. Ich glaube, es ist Zeit, daß er anfängt zu reden, damit du hören kannst, was er zu sagen hat.«

Myron schenkte ihren Worten keine Beachtung und schob den Rest seines Haferbreis von sich weg.

Lydia studierte ihn nüchtern, dann sagte sie zu Wayness: »Ich denke, er wird reden, wenn es etwas gibt, das er sagen möchte.«

»Oder wenn er uns hilft, etwas zu finden«, sagte Wayness.

Geräusche aus der Küche deuteten darauf hin, daß die Unterhaltung Claras Aufmerksamkeit geweckt hatte.

»Nun denn«, sagte Wayness mit lauter Stimme. »Was sollen wir heute machen? Das Wetter ist trostlos, aber es ist nicht allzu kalt, und wir können raus in den

Hof gehen.« Wo, dachte Wayness grimmig, sie reden konnten, ohne befürchten zu müssen, daß Clara mithörte.

Doch sie hatte den Gedanken noch nicht ganz zu Ende gedacht, als es auch schon zu regnen anfing, so daß die drei im Wohnzimmer blieben und sich den Erdatlas anschauten.

Wayness erklärte die Mercator-Projektion. »Auf diesem flachen Blatt Papier habt ihr die gesamte Oberfläche der guten alten Erde. Die blauen Flächen sind die Ozeane, die anderen sind die Kontinente. Weiß einer von euch beiden, wo wir jetzt sind?«

Lydia schüttelte den Kopf. »Niemand hat uns das je gesagt.«

Myron warf einen kurzen Blick auf die Karte und tippte zielsicher auf Patagonien.

»Korrekt!« sagte Wayness. Sie blätterte weiter in dem Atlas. »Alle diese Länder sind unterschiedlich, und jeder Ort hat seinen eigenen besonderen Charakter. Es macht ungeheuren Spaß, herumzureisen, von einer alten Stadt zur anderen zu fahren oder schöne wilde Gegenden zu erkunden, wovon es selbst auf der Erde noch einige gibt.«

Lydia schaute mit skeptischem Blick auf die Landkarten. »Was du sagst, muß wahr sein, aber diese Landkarten sind verwirrend, und ich kriege davon so ein komisches Gefühl. Ich bin nicht sicher, ob mir das gefällt oder nicht.«

Wayness lachte. »Ich kenne dieses Gefühl sehr gut. Man nennt es ›Wanderlust‹. Als ich in deinem Alter war, bekam ich ein Buch mit Gedichten aus den alten Zeiten geschenkt. Eines dieser Gedichte berührte mich tief und spukte mir tagelang im Kopf herum, so daß ich einen Bogen um das Buch machte. Wollt ihr das Gedicht hören? Es ist ganz kurz, und es geht so:

›Wir flogen dahin auf luftiger Bahn
Über Berge so blau und Täler so grün
Über den Silbernen Fluß, das Klingende Meer
Und die finsteren Wälder von Kirgistan.‹«

»Das ist hübsch«, sagte Lydia. Sie sah Myron an, der den Kopf schiefgelegt hatte. »Myron findet es auch sehr schön. Es gefällt ihm, wie die Worte zusammen klingen. Kennst du noch weitere?«

»Laß mich überlegen. Ich habe kein gutes Gedächtnis für Gedichte, aber hier ist noch eins, an das ich mich erinnere. Es heißt: ›Der See vom Düsteren Wald‹. Es ist traurig und unheimlich.

›Sie machten das Grab zu feucht und kalt
Für eine Seele so zart und so rein.
Und so ging sie zum See vom Düsteren Wald
Wo Nacht für Nacht nun bei Leuchtkäferschein
Man sieht in der Flut ihre bleiche Gestalt.‹«

Nach einem Moment des Schweigens sagte Lydia: »Das Gedicht ist auch sehr schön.«

Lydia schaute auf Myron, dann wandte sie sich mit einem Ausdruck des Staunens im Gesicht zu Wayness um. »Myron hat beschlossen, dir zu schreiben!«

Myron setzte sich aufrecht und nahm Stift und Papier zur Hand. In sauberen Druckbuchstaben schrieb er eine Nachricht. *Das Gedicht ist sehr schön, und die Worte sind sehr schön. Sag es noch einmal auf.*

Wayness schüttelte lächelnd den Kopf. »Es würde beim zweiten Mal nicht mehr so gut klingen.«

Myron schaute sie daraufhin so traurig an, daß Wayness weich wurde. »Na schön. Dann will ich dieses eine Mal eine Ausnahme machen.« Sie rezitierte das Gedicht noch einmal.

Myron hörte aufmerksam zu, dann schrieb er: *Das Gedicht gefällt mir. Die Worte fügen sich gut zusam-*

men. Ich werde auch ein Gedicht schreiben, wenn ich Zeit habe.

»Ich hoffe doch, du wirst es mir zeigen«, sagte Wayness. »Oder vielleicht sogar laut vorlesen.«

Myron schürzte die Lippen, noch nicht gewillt, so weit zu gehen.

Lydia fragte: »Kennst du noch weitere Gedichte?«

Wayness dachte nach. »Da ist noch ein Gedicht, das ich gelernt habe, als ich noch ganz klein war, und es ist auch ein ganz schönes Gedicht. Ich glaube, es wird euch gefallen.« Sie ließ den Blick von Gesicht zu Gesicht wandern; beide waren in gespannter Erwartung. »Es geht so:

›Die Mieze Maunz ist über eine Kohle gerannt
Und hat sich dabei ein Loch ins Kleidchen gebrannt.
Jetzt weint die arme Pussy
Bitt're Tränen noch und noch,
Denn Milch kriegt sie erst wieder,
Wenn gestopft ist das Loch!‹«

Lydia fand das Gedicht sehr schön. »Obwohl es natürlich sehr traurig ist«, fügte sie hinzu.

»Möglich«, sagte Wayness. »Aber ich nehme an, daß die Miezekatze sich rasch an die Arbeit gemacht und das Loch gestopft hat, so daß sie auch wieder ihre Milch bekommen hat. Das hätte ich jedenfalls gemacht, wenn ich die Katze gewesen wäre.«

»Ich auch. Kennst du noch mehr Gedichte?«

»Im Moment fällt mir keines ein. Vielleicht solltest du einmal versuchen, selbst eins zu schreiben – und Myron auch.«

Lydia nickte nachdenklich. »Ich werde ein Gedicht über den Wind schreiben.«

»Das ist eine gute Idee. Und du, Myron, worüber wirst du schreiben?«

Myron schrieb: *Ich muß überlegen, worüber ich schrei-*

ben werde. Das Gedicht wird so klingen wie ›Der See vom Düsteren Wald‹; das scheint mir eine gute Art zu sein, Gedichte zu schreiben.

»Beide Ideen – sowohl deine als Lydias – klingen sehr interessant«, sagte Wayness. Sie wandte den Kopf zur Seite und horchte. Clara war wieder hinaus auf die Veranda gegangen. Wayness ließ den Blick durch das Wohnzimmer schweifen. Es gab keinen Schreibtisch oder Sekretär, in dem Irena private Papiere aufbewahrt hätte.

Lydia fragte wieder: »Wonach suchst du?«

»Nach einem Papier mit der Adresse eines Mannes mit Namen ›Adrian Moncurio‹. Entweder das, oder ein Papier mit der Adresse von ›Professor Solomon‹, der derselbe Mann ist.«

Clara kam in die Küche zurück. Sie schaute zur Tür herein und taxierte kurz die Lage; dann wandte sie sich wieder ab. Weder Myron noch Lydia hatten irgend etwas zu sagen.

Myron nahm seinen Stift zur Hand und schrieb: *Es gibt kein solches Papier hier im Haus.*

Wayness lehnte sich zurück und starrte an die Decke.

Der Tag verging. Draußen hatte es sich eingeregnet: dicke, schwere Tropfen, die nicht viel mehr taten, als den Geruch von feuchtem Beton und feuchter Erde zutage zu fördern. Irena kam von der Arbeit nach Hause, und Wayness verabschiedete sich. In bedrückter Stimmung ging sie durch den Regen zurück zum Hotel.

Am folgenden Tag lastete die Wolkendecke wie ein schwerer, feuchter Druck auf der Landschaft. Als Wayness in die Casa Lucasta kam, mußte sie als erstes feststellen, daß Irena nicht zur Arbeit gegangen war. Sie gab keine Erklärung, aber es war offensichtlich, daß sie sich nicht wohl fühlte, und nach einer kurzen, leisen Unterredung mit Clara ging sie hinauf in ihr Zimmer. Eine halbe Stunde später band sich Clara ein schwarzes Kopftuch um, zog ihren Mantel an, nahm ihre Einkaufstasche und stapfte aus dem Haus.

Ein leichter Regen fiel jetzt und hielt Wayness und die beiden Kinder im Wohnzimmer fest.

Clara war fort. Wayness horchte, aber von oben kam kein Laut. Sie sagte leise: »Ich werde euch jetzt etwas von mir erzählen. Ich habe es bis jetzt vor allen geheimgehalten. Da ich eure Hilfe brauche, verrate ich euch dieses Geheimnis jetzt.

Ich bin auf einer Welt geboren, die sehr wild ist. Niemand lebt dort außer vielen verschiedenen Arten von Tieren und ein paar Menschen, die die Welt hüten und bewachen. Aber es gibt dort auch noch andere Leute, die die meisten der Tiere töten wollen, und die große Städte bauen und die Schönheit dieser Welt zerstören wollen.«

Myron schrieb: *Das sind Narren.*

»Das finde ich auch«, sagte Wayness. »Aber einige von ihnen sind außerdem auch noch sehr böse Menschen und haben sogar versucht, mich zu töten.«

Lydia sah Wayness mit großen Augen an. »Wer könnte so etwas Schreckliches tun?«

»Ich weiß es nicht. Aber ich versuche mein Bestes, um sie von ihrem Tun abzuhalten und meine schöne Welt zu retten. Und es gibt einen Mann, der mir dabei helfen kann. Ich glaube, ihr kennt diesen Mann. Sein Name…« Wayness hielt inne. Sie hob den Kopf und horchte. Hatte sie da nicht etwas gehört? Aber was immer es gewesen war, es wiederholte sich nicht. Sie senkte ihre Stimme noch mehr. »Sein Name ist Adrian Moncurio.« Sie sprach sehr leise, ja fast tonlos, doch sehr eindringlich. Wieder legte sie den Kopf schief und horchte. Nichts. Sie fuhr fort: »Moncurio nannte sich Professor Solomon; vielleicht kennt ihr ihn unter diesem Namen. Er kam nach Pombareales und bekam großen Ärger. Er behauptete, er habe in einer geheimen Höhle einen Schatz von goldenen Dublonen gefunden. Er sagte nicht die Wahrheit. Die Höhle war eine reine Erfindung von ihm, und die Golddublonen, die er angeblich dort gefunden hatte, bestanden größtenteils aus Blei. Er verkaufte so viele davon, wie er konnte, und als sein Schwindel aufflog, floh er von der Erde, und jetzt muß ich ihn finden. Weiß einer von euch beiden, wo er ist?«

Die zwei hatten in unbehaglichem Schweigen zugehört. Lydia sagte: »Myron weiß es natürlich. Myron weiß alles.«

Wayness sah Myron an und wollte anfangen zu sprechen, wurde aber unterbrochen. In den Raum kam Irena; ihr Haar war wild zerzaust, ihre Haut hatte die Farbe von altem Senf. Sie schrie heiser: »Worüber redet ihr? Ich kann dieses verstohlene Getuschel nicht hören, und ich kann es erst recht nicht dulden! Worum geht es?«

Wayness stotterte und rang nach Worten. Myron sagte mit klarer, ruhiger Stimme: »Ich habe ein Gedicht geschrieben. Möchtest du es hören?«

Irena starrte ihn entgeistert an; ihre Kinnlade fiel herunter, und die Furchen in ihrem abgehärmten Gesicht wurden noch tiefer. »Du sprichst ja!«

»Ich werde mein Gedicht sprechen.«

Irena begann mit erstickter Stimme zu sprechen. Lydia rief in scharfem Ton: »Hör Myron zu! Er hat sich entschlossen zu sprechen!«

»Hier ist das Gedicht. Es heißt: ›Die Welt der Neunzehn Monde.‹«

Irena schrie: »Genug! Schluß mit diesem Unfug!« Sie starrte Wayness an. »Wer sind Sie? Was wollen Sie hier? Sie sind keine Sozialarbeiterin! Sie müssen dieses Haus sofort verlassen; Sie haben nur Schaden angerichtet!«

Wayness versetzte wütend: »Den Schaden habe

nicht ich angerichtet! Sind Sie nicht froh, daß Myron endlich spricht, daß er geistig gesund ist? Sie sind wahrlich eine schreckliche Frau!«

»Hier ist das Gedicht«, sagte Myron. »Ich habe es jetzt gerade gedichtet.« Er begann zu rezitieren:

»›Er täuschte sie alle mit goldnen Dublonen
Die angeblich in Höhlen er fand.
Jetzt ist er in der Welt von den Neunzehn Monden
In einem fernen fernen Land.
Dort, in der Wüste der Stehenden Steine
Stiehlt er aus Heilgen Gräbern Gebeine.‹«

Lydia sagte: »Das ist ein schönes Gedicht, Myron.«

Irena begann irgend etwas zu brüllen, doch dann hielt sie jählings inne und sagte ganz ruhig: »Doch, ja, es ist gut, daß Myron Fortschritte macht. Einen Moment, Myron, ich bin gleich wieder da, und dann möchte ich, daß du noch mehr sprichst.« Irena wandte sich um und ging in die Küche.

Wayness sprang auf. »Schnell!« zischte sie leise. »Wir müssen ganz schnell weg. Folgt mir!« Sie wandte sich zur Dielentür.

In dem Moment kam Irena ins Wohnzimmer gestürmt, ein großes Küchenmesser in der Hand. »Jetzt hat die Sache ein Ende!« schrie sie. Sie riß das Messer hoch und stürzte sich auf Wayness, mit wildem Schwung zustoßend. Wayness zuckte zurück; das Messer ritzte ihr die Schulter auf. Sie taumelte zurück; Irena stürzte sich erneut auf sie, das Messer zum Stoß erhoben.

Lydia schrie: »Nein! Nein!« Sie fiel Irena in den Arm und schüttelte ihn mit aller Kraft. Das Messer glitt Irena aus der Hand und fiel klirrend zu Boden.

Wayness rannte zur Tür. »Kommt!« schrie sie. »Lydia! Myron! Kommt!«

Irena hob das Messer vom Boden auf und drang auf

sie ein. Wayness schrie: »Lauft! Hinten raus! Schnell, schnell, schnell!« Sie stellte sich in den Türrahmen. »Irena, Sie müssen ...«

Irena stieß einen furchtbaren Schrei aus und sprang vorwärts; Wayness stolperte auf die Terrasse. Über Irenas Schulter sah sie das Gesicht von Clara, die vom Einkaufen zurück war; es war zu einem wölfischen Grinsen verzerrt. Die Tür fiel mit lautem Knall zu. Von drinnen kamen gellende Schreie. Wayness drehte sich um und rannte die Straße hinunter zum nächsten bewohnten Haus. Sie stürmte durch die Tür, und unter den verdutzten Blicken einer alten Frau rannte sie zum Telephon und rief die Polizei an. »Und schicken Sie einen Krankenwagen!« fügte sie hinzu.

XI

Es war später Nachmittag. Die Wolkendecke war aufgerissen, und die Sonne illuminierte den zentralen Platz von Pombareales mit fahlem, trostlosem Licht. Der Wind trieb Staubwirbel und Abfall über die Steinplatten.

Wayness lag auf dem Bett in ihrem Zimmer im Hotel Monopol. Ihre Wunde war inzwischen versorgt worden, und der Arzt hatte ihr versichert, daß sie bis auf eine haarfeine Narbe keine bleibenden Schäden davontragen würde.

Sie hatte ein Beruhigungsmittel bekommen und hatte gerade erst damit begonnen, sich aus ihrer Benommenheit zu lösen. Sie setzte sich auf und schaute auf die Uhr. In dem Moment läutete das Telephon. Doktor Olivanos Gesicht erschien auf dem Bildschirm. Er musterte sie. »Fühlen Sie sich schon wach genug, um Besuch zu empfangen?«

»Aber sicher.«

»Ich werde eine Kanne Tee bestellen.«

»Das wäre nett.«

Ein paar Minuten später saßen die beiden an dem

Tisch in der Ecke des Zimmers. Olivano sagte: »Irena ist tot. Sie hat sich das Messer in die Kehle gestoßen. Erst hat sie versucht, Myron und Lydia zu töten. Clara hat die Kinder gerettet. Sie hielt Irena mit einem Besen auf Distanz, bis die Polizei eintraf. Sie ist ein tapferer alter Vogel. Irena stürmte dann ins Eßzimmer, legte sich auf den Tisch und verrichtete ihr blutiges Werk.«

Mit zittriger Stimme fragte Wayness: »Wie geht es den Kindern?«

»Sie haben beide ein paar kleinere Stich- und Schnittwunden abbekommen, aber nichts Ernstes. Sie sind in guter Verfassung. Sie wollen Sie sehen.«

Wayness blickte aus dem Fenster. »Ich weiß nicht, ob das so eine gute Idee wäre.«

»Wieso?«

»Ich habe die zwei sehr liebgewonnen. Wenn ich ein Zuhause hätte, würde ich sie dorthin mitnehmen und bei mir behalten. Aber ich habe zur Zeit kein Zuhause. Was wird nun aus ihnen? Wenn sich nichts für sie finden läßt, würde ich sie trotzdem mitnehmen und sie für eine Weile meinem Onkel in Obhut geben.«

Olivano zeigte ihr ein schiefes Lächeln. »Sie werden in gute Hände kommen. Auch ich habe sie liebgewonnen, entgegen allen Regeln meines Berufes.«

»Ich verstehe.«

Olivano lehnte sich auf seinem Stuhl zurück. »Ich hatte eine Unterhaltung mit Clara. Sie ist stoisch und nüchtern und erklärt, sie habe gewußt, daß sich eine Tragödie anbahnte. Sie erzählte ziemlich planlos und weitschweifig, und ich brauchte eine Stunde, um aus ihr herauszubekommen, was ich Ihnen jetzt erzählen werde – in, wie ich hoffe, weniger als einer Stunde.

Nun denn: Irena war sehr schön, als sie jung war, aber unberechenbar und rastlos; auch liebte sie das Geld und haßte es, in eine arme Familie hineingeboren zu sein. Sie wurde Tänzerin und schloß sich einer Komikertruppe an, die durch die Außerwelt tourte. An irgendeinem fernen Ort – Clara ist ziemlich nebelhaft in Verbindung mit Orten – lernte sie Moncurio kennen und tat sich mit ihm zusammen. Zu gegebener Zeit kehrten sie nach Pombareales zurück, und Professor Solomon verkaufte seine gefälschten Dublonen, bis der Schwindel aufflog und die beiden um ihr Leben fliehen mußten.

Jahre vergingen, und eines Tages kehrte Irena mit zwei offensichtlich schwachsinnigen Kindern nach Pombareales zurück. Irena gab die Mär zum besten, sie sei verlassen worden und habe nichts von dem Schwindel mit den Dublonen gewußt, und man ließ sie mehr oder weniger in Frieden hier leben. Irena vertraute Clara an, daß die Kinder nicht ihre eigenen waren, und daß sie nach einer starren Routine großgezogen werden müßten, bis sie das Heranwachsendenalter erreicht hätten und gewisse mentale Kräfte auf ihrem Höhepunkt angelangt seien. Dann würden – so Irena – die Kinder bei der Suche nach verborgenen oder vergrabenen Schätzen mithelfen. Moncurio und Irena glaubten, daß sie sehr reich würden. Von Zeit zu Zeit schickte Moncurio ihnen kleine Summen Geldes, und er versorgte Irena regelmäßig mit den richtigen ›Medikamenten‹ für die Kinder und sie.«

»Drogen oder nicht, sie war eine äußerst bösartige Frau.«

»Ganz ohne Zweifel. Nun denn, das war auch schon die Geschichte. Schade, daß Sie sich die Informationen, die Sie so nötig brauchten, nicht beschaffen konnten, aber Sie sind eine findige junge Frau, und Sie werden sich gewiß etwas einfallen lassen.«

»Ja, wahrscheinlich«, sagte Wayness kühl. Sie hatte Dr. Olivano seine Vergehen immer noch nicht verziehen.

»Die Kinder erholen sich jetzt. Es steht Ihnen natürlich frei, sie zu besuchen, wenn Sie das möchten.« Er erhob sich. »Aber ich könnte ihnen auch sagen, daß Sie hierhergekommen sind, um sie zu sehen, und dann wegen einer sehr dringenden Angelegenheit weggerufen wurden.«

Wayness nickte freudlos. »Das wäre wahrscheinlich das beste.«

KAPITEL ACHT

In Schönwinden war Agnes in Urlaub nach Tidnor Strands gefahren. Sie würde zwei Wochen fortbleiben; während dieser Zeit sollte ihre Nichte Tassy, ein lebenslustiges Mädchen von achtzehn Jahren, Pirie Tamm betreuen und für sein Wohlergehen sorgen.

Pirie Tamm stimmte dem Arrangement ohne Begeisterung zu. Tassy war hübsch, drall, mit einem runden, fröhlichen Gesicht, Grübchen, blonden Locken, blauen Unschuldsaugen und grenzenlosem Selbstvertrauen. Vor ihrer Abreise hatte Agnes Pirie Tamm versichert, daß Tassy bei aller Lebhaftigkeit und bei allem Überschwang überaus gewissenhaft sei und ihr Bestes tun werde, um es ihm recht zu machen.

Und so war es denn auch. Tassy diagnostizierte bei Pirie Tamm sofort den tragischen Fall eines einsamen alten Herrn, der seinen Lebensabend buchstäblich vergrübelte. Sie befand, daß sie zumindest ein bißchen Farbe und Abenteuer in Pirie Tamms täglichen Trott bringen mußte. Während er sein Frühstück zu sich nahm, stand Tassy stets neben ihm parat, mit Argusaugen darüber wachend, daß die Marmelade auch immer frisch und der Toast auch immer schön heiß war, sanft aber nachdrücklich darauf bestand, daß er seine Backpflaumen aß, die er verabscheute, und daß er weder Salz noch Pfeffer zu sich nahm, aus Gründen, die sie in einem Zeitschriftenartikel gelesen hatte, die sie aber jetzt nicht mehr ganz zusammenbekam. Sie berichtete ihm über das Wetter und die Skandale, in die ihre Lieblingsberühmtheiten gerade verwickelt waren, und schilderte die Handlung eines kinematographischen Lichtspiels, das sie jüngst goutiert hatte. Sie beschrieb ihm den neuesten Tanz, ›Nervous Kneecaps‹ geheißen, welcher zu lauter, schriller, mit stampfendem Rhythmus unterlegter Musik unter Keuch-, Quiek- und Grunzlauten vollführt wurde. Es sei, so erklärte Tassy schwärmerisch, eine faszinierende Leibesübung, an welcher die Hände, die Knie und das Becken beteiligt seien; vielleicht habe Herr Pirie ja ›Bock‹, die Schrittfolge zu erlernen? Worauf Pirie Tamm erwiderte, der Gedanke sei zwar durchaus reizvoll, ja verlockend, doch sein Arzt würde gewiß Einwand erheben, und außerdem, wo, zum Henker, seien das Salz und der Pfeffer? Man könne Spiegeleier ja wohl schlecht ohne Salz und Pfeffer essen!

»O doch, Sie können – und Sie müssen«, befahl Tassy. »Es ist viel gesünder für Sie. Das ist die neue Welle medizinischen Denkens!«

Pirie Tamm wandte den Blick gequält zur Decke und fragte sich, ob Agnes sich in Tidnor Strands wohl gut vergnügte.

Eines Spätnachmittags, als Pirie Tamm seinen Sherry trank, meldete ihm Tassy, er werde am Telephon verlangt. Er zog die Stirn kraus und murmelte eine Verwünschung. »Dies ist keine zivilisierte Tageszeit, um Telephonanrufe zu machen und Leute bei ihrem Sherry zu stören! Wer ist es denn?«

»Er nannte keinen Namen, und ich vergaß, ihn danach zu fragen. Er ist ein ziemlich hübscher junger Mann, obwohl ich sagen würde, daß er eine Spur zu ernst und zu grimmig wirkt. Aber er scheint im großen und ganzen recht nett zu sein, und deshalb entschied ich, ihn mit Ihnen sprechen zu lassen.«

Pirie Tamm starrte sie mit offenem Mund an. Schließlich sagte er: »Deine weissagerischen Fähigkeiten sind wahrlich bemerkenswert.«

Tassy nickte selbstgefällig. »Das war schon immer eine meiner großen Begabungen.«

Pirie Tamm stand auf. »Ich sollte jetzt wohl besser mit dem Burschen sprechen.«

Das Gesicht, das aus dem Bildschirm schaute, war, wie Tassy zutreffend geschildert hatte, ansehnlich und ein wenig düster. Verschiedene feine Anzeichen ließen Pirie Tamm vermuten, daß es sich um einen Außerweltler handelte. »Ich bin Pirie Tamm. Ich glaube nicht, daß ich Sie kenne.«

»Wayness hat mich vielleicht mal erwähnt. Ich bin Glawen Clattuc.«

»Was Sie sagen! Tatsächlich!« rief Pirie Tamm. »Wo sind Sie jetzt?«

»Am Raumhafen in Shillawy. Ist Wayness noch bei Ihnen in Schönwinden?«

»Im Moment leider nicht. Der letzte Stand der Dinge war, daß sie nach Bangalore reisen wollte, und seitdem habe ich noch nicht wieder von ihr gehört. Sie kommen doch nach Schönwinden, hoffe ich?«

»Nur wenn es Ihnen keine Umstände macht.«

»Aber ich bitte Sie!« Pirie Tamm beschrieb ihm den Weg. »Ich erwarte Sie in circa zwei Stunden.«

Glawen traf nach exakt zwei Stunden in Schönwinden ein und wurde an der Tür von Pirie Tamm willkommen geheißen. Die zwei aßen im holzgetäfelten Eßzimmer zu Abend. Pirie Tamm erzählte Glawen, was er von Wayness' Abenteuern wußte. »Ihr letzter Anruf kam aus Triest. Sie erzählte mir nur sehr wenig, weil sie befürchtete, daß mein Telephon angezapft wird. Ich bezweifelte das, ließ mein Telephon aber trotzdem von einem Expertenteam überprüfen. Sie fanden drei Spitzelzellen und eine Telephonwanze. Wir sind überzeugt, daß die Abhörvorrichtungen von Julian Bohost installiert wurden. Sie kennen ihn?«

»Nur zu gut.«

»Seitdem ist das Haus entwanzt und abhörsicher, und wir können frei sprechen – wenngleich ich, ehrlich gesagt, mich immer noch gehemmt fühle.«

»Sie wissen nicht, was, wenn überhaupt, Wayness herausgefunden hat?«

»Leider nein. Simonetta kam uns bei Gohoon Galleries zuvor und entfernte die Verkaufsunterlagen. Wayness war daher gezwungen, aus einer anderen Perspektive vorzugehen. Sie verwendete das Bild einer Leiter, bei der die Charta und die Übertragungsurkunde auf einer der mittleren Sprossen angesiedelt sind. Simonetta, die wußte, wer das Material gekauft hatte, konnte die Sprossen von unten nach oben absuchen. Wir hingegen fanden an unserem Ende einzelne Stücke des Materials und verfolgten es zurück – also gewissermaßen auf der Leiter abwärts – bis zum ursprünglichen Käufer.«

»Das war vergeudete Mühe«, sagte Glawen. »Ich kenne den ersten Käufer. Sein Name ist Floyd Swaner, und er lebte in Idola in der Großen Prärie. Simonetta erfuhr seine Identität – offenbar, wie Sie erwähnten, bei Gohoon – und konzentriert sich seither voll und ganz auf Floyd Swaner. Sie glaubt anscheinend noch immer, daß sich die Dokumente irgendwo auf dem Anwesen von Swaner befinden, denn sie hat mehrfach bei ihm eingebrochen und sogar versucht, seinen Enkel zu heiraten.«

Pirie Tamm gab einen deprimierten Seufzer von sich. »Wie fügt sich Julian ins Bild? Ist er mit Simonetta verbündet?«

»Ich vermute, daß jeder von beiden versucht, den anderen zu benutzen, und daß beide düstere Pläne für alle Eventualitäten im Hinterkopf haben. Ich fürchte, uns stehen bittere Zeiten bevor.«

»Und wie sehen Ihre Pläne aus?«

»Ich werde sofort nach Idola aufbrechen, und wenn die Charta und die Gewährungsurkunde dort nicht vorliegen, werde ich beginnen, die Leiter hinaufzusteigen, zu besagter mittleren Sprosse.«

II Glawen flog über den Ozean nach Alt-Tran, dem heutigen Trennstadt, im Herzen des Kontinents. Ein lokales Verkehrsunternehmen flog ihn zum zweihundert Meilen westlich gelegenen Largo an der Sippewissa. Er kam am frühen Abend an und bezog Unterkunft in einem alten Gasthof am Flußufer. Er rief Pirie Tamm an, erfuhr aber nichts Neues; Wayness hatte sich noch nicht gemeldet.

Am Morgen mietete Glawen sich einen Flitzer und flog nordwärts über die Große Prärie. Eine Stunde später erreichte er Idola, eine kleine Stadt, die sich, wie viele Kleinstädte auf der Erde, über Tausende von Jahren hinweg ihre Identität bewahrt hatte*. Glawen landete den Flitzer und erkundigte sich nach dem Weg zum Gehöft der Chilkes. Man sagte ihm: »Fliegen Sie nach Norden, bis Sie zum Fosco-Bach kommen; das sind etwa fünf Meilen von hier. Schon bald darauf macht der Fosco-Bach eine große Schleife: erst nach Osten, dann nach Westen. Wenn Sie am Ende der Schleife nach unten blicken, sehen Sie eine Scheune mit einem grünen Dach und ein Haus neben ein paar großen alten Eichenbäumen. Das ist die Heimstätte der Chilkes.«

Glawen brachte den Flitzer wieder in die Luft und flog durch den strahlend hellen Morgen über weite Felder, die gelb waren von reifendem Korn, und gelangte so zum Fosco-Bach. Er folgte der Reihe von

---

* Auszug aus ›Gedanken zur Morphologie besiedelter Orte‹ – Das Leben, Band 11, von Unspiek, Baron Bodissey:

»Städte verhalten sich in vielerlei Hinsicht wie lebende Organismen, die sich im Laufe der Zeit entwickeln und sich so exakt der Landschaft, dem Wetter und den Bedürfnissen der Bewohner anpassen, daß nur wenig Veranlassung für und Drang nach Veränderung besteht. Parallel zu diesen Erwägungen üben die Kräfte der Tradition gleichermaßen eine Wirkung auf den Charakter der Stadt aus; und in der Tat: je älter die Stadt, desto rigider ihre Tendenz zur Unveränderlichkeit.«

Weiden und Erlen und kam gleich darauf zu der Schleife. Einen Moment später sah er unter sich die berühmte Scheune, in die schon so oft eingebrochen worden war, und das Haus, in dem Eustace Chilke seine Kindheit verbracht hatte.

Glawen landete den Flitzer auf dem Hof und wurde begrüßt von zwei unklassifizierbaren Hunden und drei flachsköpfigen Kindern, die mit Spielzeuglastwägen und Bruchstücken von seltsam geformten grünen Steinen im Dreck spielten.

Glawen sprang aus dem Flitzer und auf den Erdboden. Das älteste Kind sagte respektvoll: »Guten Morgen, Herr.«

»Guten Morgen«, gab Glawen den Gruß zurück. »Heißt du Chilke?«

»Ich bin Clarence Chilke.«

»Denk dir nur!« sagte Glawen. »Ich kenne deinen Onkel Eustace.«

»Wirklich? Wo ist er denn jetzt?«

»Weit weg, hinter den Sternen, an einem Ort namens Station Araminta. Nun, ich stelle mich jetzt wohl besser erst mal im Haus vor. Wer ist zu Hause?«

»Im Moment nur Großmama. Unsere Eltern sind nach Largo an der Sippewissa gefahren.«

Glawen ging zur Haustür, wo eine Frau in den späten mittleren Jahren ihn bereits erwartete. Sie war stark und stämmig und besaß ein rundes, gutmütiges Gesicht, in dem Glawen unverkennbare Verwandtschaft mit Eustace Chilkes Gesicht erkennen konnte. »Mein Name ist Glawen Clattuc«, sagte er. »Ich habe einen Brief von Eustace mit, der mich einführt.«

Ma Chilke las den Brief:

Liebe Ma!

Der Überbringer dieses Briefes ist mein guter Freund Glawen Clattuc, der im Gegensatz zu den meisten mei-

ner anderen Freunde ein feiner Kerl ist. Wir suchen immer noch nach einigen Sachen aus Großvaters Nachlaß, die niemals gefunden wurden. Glawen wird Dir einige Fragen stellen, nehme ich an, und vielleicht möchte er auch einen Blick in die Scheune werfen. Laß ihn bitte alles machen, was er möchte. Ich weiß nicht, wann ich das nächste Mal nach Hause kommen werde, aber Du kannst mir glauben, wenn ich sage, daß ich oft Heimweh habe, besonders dann, wenn ich von Simonetta Clattuc bedroht werde. Wenn Du sie siehst, hau ihr kräftig eins auf die Nase und sag ihr, es sei von mir. Aber dann nimm schnell Reißaus, denn sie ist eine kräftige Person. Ich komme irgendwann demnächst mal wieder zu Hause vorbei. Laß ja nicht die Hunde auf meinem Bett schlafen. Alles Liebe Dir und allen andern mit Ausnahme von Andrew – aus Gründen, die er selbst am besten kennt.

Dein getreuer Sohn
Eustace

Ma Chilke blinzelte und wischte sich mit dem Ärmel eine Träne aus dem Auge. »Ich weiß gar nicht, warum ich sentimental werde. Der Hallodri hat sich schon lange nicht mehr hier blicken lassen. ›Getreuer Sohn‹ – daß ich nicht lache!«

»Eustace ist ein eigenwilliger Typ, keine Frage«, sagte Glawen. »Dennoch, in Station Araminta gilt er als ein wichtiger Mann.«

»In dem Fall sollte er besser bleiben, wo er ist und heilfroh sein, da er von den meisten Orten in Schimpf und Schande davongejagt worden ist. Ich rede natürlich dummes Zeug. Eustace ist im Grunde seines Herzens ein guter Kerl, wenn auch ein bißchen rastlos. Ich nehme an, er hat Ihnen von seinem Großpapa Swaner erzählt?«

»Und ob er das hat.«

»Das war mein Vater, und er war wahrlich ein seltener Vogel! Aber jetzt setzen Sie sich doch erst einmal! Ich gieße Ihnen eine Tasse Kaffee ein. Können Sie schon was essen?«

»Im Moment noch nicht, danke.« Glawen setzte sich an den Küchentisch. Ma Chilke schenkte Kaffee ein und stellte eine Schale mit Plätzchen auf den Tisch, dann zog sie einen Stuhl für sich selbst heran. »Mein Vater war schon ein Unikum, mit seinen Purpureulen und ausgestopften Tieren und all den seltsamen alten Armreifen und Spangen. Wir sind nie so ganz aus ihm schlau geworden, wenn ich ehrlich bin, weder Eustace noch ich. Es scheint, als ob dieser ganze Unfug irgendwie eine Generation übersprungen hätte und bei dem armen Eustace gelandet wäre. Ich weiß nicht, ob ich das bedauern soll oder nicht; Großvater redete immer so großartig daher von fernen Orten und exotischen Welten und großen Schätzen und köstlichen Perlen. Eustace liebte das und konnte gar nicht genug davon hören. Großpapa war manchmal ein bißchen grausam. Er versprach Eustace zu seinem zwölften Geburtstag eine tolle Raumyacht, und der arme Eustace war so aufgeregt, daß er von nichts anderem mehr reden konnte. Ich warnte ihn davor, auf dem Schulhof mit der Yacht herumzuprahlen, da ihm ohnehin niemand glauben würde; und außerdem würden sie ihm sagen, er habe eine Schraube locker. Ich glaube nicht, daß Eustace sich da irgend etwas draus gemacht hat. Sein Großvater hatte ihm einen großen Atlas des Gaeanischen Reiches geschenkt, und Eustace blätterte stundenlang darin herum und malte sich aus, wo er mit seiner neuen Raumyacht alles hinfliegen würde und wie er auf einsamen, menschenleeren Welten landen würde, auf die noch nie zuvor jemand einen Fuß gesetzt hatte, und ein Schild aufstellen würde mit der Aufschrift: ›Eustace Chilke was here.‹

Großpapa Swaner kaufte Eustace nie die Raumyacht, aber er nahm ihn dann doch einmal irgendwohin auf eine Reise mit, und dieses Erlebnis reichte, um das Reisefieber in dem armen Jungen zu entfachen, und seither haben wir ihn nur noch selten zu Gesicht bekommen.« Ma Chilke seufzte und hieb mit der flachen Hand auf die Tischplatte. »Und jetzt sind Sie also hergekommen, um in Großpapa Swaners Krempel herumzustöbern, wie all die andern. Ich glaube, ich nehme demnächst Eintritt!«

Glawen fragte: »Sind viele andere hier gewesen, um sich die Sachen anzuschauen?«

»Und ob! Und ich habe sie jedesmal gefragt: ›Was ist es eigentlich, wonach Sie suchen? Wenn ich es wüßte, könnte ich Ihnen vielleicht weiterhelfen.‹ Dabei habe ich mir natürlich im stillen gedacht: ›Wenn ich es wüßte, würde ich es mir selbst holen.‹«

»Und hat es Ihnen keiner gesagt?«

»Nicht einer. Und Sie werden es mir wohl auch nicht sagen.«

»Ich sage es Ihnen, wenn Sie mir versprechen, es niemandem weiterzusagen.«

»Einverstanden.«

»Es geht um die Cadwal-Charta, die verschollen ist. Wer immer sie findet, besitzt quasi die Kontrolle über die Welt Cadwal. Unter den Menschen, die nach der Charta suchen, gibt es gute und böse. Eustace und ich gehören zu den guten. Ich drücke das natürlich jetzt ein wenig vereinfacht aus.«

»Deshalb also hatte ich soviel Ärger mit der Scheune. Es wurde mindestens dreimal in sie eingebrochen. Vor ungefähr zehn Jahren tauchte eine große, massige Frau hier auf. Sie war mächtig aufgedonnert und trug einen großen, wichtig aussehenden Hut, weshalb ich glaubte, sie sei bestimmt irgendeine Berühmtheit oder sonstige Größe. Sie sagte, sie heiße Madame Zigonie, und sie wolle den ausgestopften Elch kaufen. Darauf sagte ich, der Elch gehöre nicht mir, aber der Besitzer würde ihr ihn bestimmt für tausend Sol überlassen.

Daraufhin schnaubte sie verächtlich und sagte, sie hätte auch jede Menge Sachen, von denen sie sich für tausend Sol gerne trennen würde.

Ich sagte zu ihr, dann solle sie doch ein Angebot machen, aber sie wollte sich den Elch zuerst einmal anschauen. Ich sagte zu ihr, es sei ein ganz gewöhnlicher Elch, mit einem Geweih und einem langen häßlichen Gesicht, und ich hätte im Moment keine Zeit, mit ihr in die Scheune zu gehen. Da wurde sie kiebig und begann zu keifen, und ich keifte zurück, worauf sie beleidigt von dannen rauschte. Eine Woche später wurde in die Scheune eingebrochen, und als wir nachschauten, um den Schaden zu begutachten, fanden wir den Elch völlig zerfleddert vor. Ich nähte das Vieh wieder zusammen.«

»Was haben die Einbrecher mitgenommen?«

»Soweit ich das überblicken konnte, nichts. Sie hatten ein paar Kisten mit Papieren ausgekippt und durchwühlt. Ehrlich gesagt, ich fand es schwer vorstellbar, daß eine Frau wie Madame Zigonie sich die Mühe machen würde, in eine Scheune einzubrechen. Ich nahm an, daß es sich um einen Akt schierer Gehässigkeit handelte.«

»Ich glaube nicht, daß Gehässigkeit mit im Spiel war«, sagte Glawen. »Sie war hinter der Charta her. Floyd Swaner hatte sie auf irgendeiner Auktion ersteigert, und keiner weiß, an wen er sie weiterverkauft hat oder was er sonst damit angestellt hat. Was mich auf die Frage bringt: mit welchen Leuten machte er Geschäfte?«

Ma Chilke schüttelte den Kopf und rümpfte verächtlich die Nase. »Ich kann heute nur noch staunen, wenn ich an das Volk denke, mit dem er Geschäfte machte! Tipgeber, Agenten, Sammler, Fälscher und auch ein paar ganz normale Geistesgestörte. Ich konnte sie immer schon auf eine Entfernung von zehn Meilen erkennen. Sie gehen alle so, als seien sie fußkrank, und bevor sie in die Nähe von etwas gehen, das sie haben wollen, werfen sie Ihnen einen verstohlenen Blick zu, um sich zu vergewissern, ob Sie gucken. Zum Schluß kungelte Großpapa hauptsächlich mit einem Mann namens Melvish Keebles. Seine Adresse? – Ich habe keine Ahnung. Erst vor wenigen Tagen war noch ein anderer Herr hier, und dem habe ich das gleiche gesagt.«

»Wer war dieser andere Herr?«

Ma Chilke runzelte die Stirn und schaute zur Decke. »Bolst? Bolster? Ich habe nicht so genau hingehört. Er redete schnell und flüssig, mit einer Stimme wie Öl. Boster? Irgend etwas in der Art.«

»Julian Bohost?«

»Genau. Das war der Name. Ist er ein Freund von Ihnen?«

»Nein. Was haben Sie ihm erzählt?«

»Über Keebles? Ich habe ihm das erzählt, was ich weiß, also nichts – außer daß Keebles offenbar als Agent für einen Händler in Trennstadt tätig war.«

»Hat er einen Blick in die Scheune geworfen?«

»Ich knöpfte ihm zwei Sol für dieses Privileg ab, und dann ging ich mit ihm raus, was ihn aus der Fassung brachte. Er stöberte hier herum und dort herum und schaute in Großpapa Swaners vierzig Jahre alte Kontobücher, aber er verlor bald das Interesse und hatte nur noch Augen für den Elch. Er fragte mich, ob es vielleicht noch irgendwelche anderen Papiere oder Dokumente gebe, und daß er einen guten Preis zahlen würde, wenn er etwas fände, das ihn interessieren würde. Vielleicht gäbe es ja irgendwelche Papiere, die Großpapa Swaner irgendwo versteckt habe. Und dann fügte er gönnerhaft hinzu: ›Warum holen Sie diese Papiere nicht hervor, gute Frau? Wer weiß, vielleicht sind ja noch einmal zwei Sol für Sie drin.‹

Ich sagte ihm, es gebe keine solchen Dokumente; daß Großpapa Swaner, wann immer er an irgendwelche Bücher oder Dokumente gekommen sei, er diese sofort an Melvish Keebles weiterverkauft habe. Er wollte daraufhin natürlich Keebles' Adresse. Ich sagte zu ihm, ich hätte seit Jahren nicht einmal mehr an Keebles gedacht, und für was für eine Art von Frau er mich hielte, daß ich die Privatadressen all dieser windigen Gestalten kennen sollte. Darauf schaute er mich etwas dämlich an und sagte, er habe es nicht so gemeint. Ich sagte ihm, ich würde es in Zukunft sehr zu schätzen wissen, wenn er immer hübsch höflich bliebe, und das schien ihn noch mehr zu verwirren, und er entschuldigte sich. Ich sagte ihm also, ich wüßte nichts von Melvish Keebles, außer daß er ein ziemlicher Halunke sei. Darauf bedankte sich Herr Bohost bei mir und ging weg, und ich fing an, über die alten Zeiten nachzudenken, und da fiel mir ›Shoup‹ ein.«

»Wer ist ›Shoup‹?«

»Das kann ich nicht mit Bestimmtheit sagen, aber ich vermute, daß er auch einer von Großpapas Spezis war, oder vielleicht irgendeine Art von Händler drüben in Trennstadt, weil nämlich, wenn Großpapa und Keebles miteinander redeten, es immer hieß ›Shoup-dies‹ und ›Shoup-das‹.« Ma Chilke zog die Nase hoch und blinzelte. »Ich denke nicht gerne an die alten Zeiten zurück; es macht mich immer traurig. Als Großpapa noch lebte, war immer etwas los. Die purpurne Vase dort ist eine von seinen Sachen, und jene grünen Ornamente dort ebenfalls; an sie ist er übrigens durch Keebles gekommen, und Großpapa pries sie hoch, so daß ich sie, als die Kinder in die Kisten stiegen und anfingen, Spiele mit ihnen zu machen, an mich nahm und sie am Kaminsims befestigte, wie Sie sehen. In der Scheune sind noch mehr davon, und Vasen und solche Sachen sind dort auch noch einige – und natürlich der Elch.«

Glawen flog nach Trennstadt zurück und mietete sich in einem der Flughafenhotels ein. Am Abend nahm er sich das Adreßverzeichnis der Stadt vor. Fast sofort fand er die Eintragung:

SHOUP UND CONSORTEN
Künstlerbedarf aller Art
Import und Export
Wir handeln auch mit Kuriositäten
und exotischen Artefakten.
Unsere Spezialität: Außerwelt-Service
5000 Whipsnade Park, Bolton

Gleich am Morgen fuhr Glawen mit einem öffentlichen Verkehrsmittel nach Bolton, einer Industrievorstadt an der nördlichen Peripherie der Stadt, wo er Whipsnade Park No. 5000 ohne Schwierigkeiten fand. Das Anwesen, ein quadratisches, gedrungenes Betongebäude von fünf Stockwerken, war ausschließlich von Shoup und Consorten okkupiert.

Glawen betrat das Bauwerk und fand sich in einem großen Ausstellungsraum wieder, der das gesamte Erdgeschoß einnahm. Auf Regalen, Gestellen, Tischen, in Kisten und in Kästen lagerte Künstlerbedarf jedweder Art, bestimmt zum Verkauf sowohl im Einzel- als auch im Engroshandel im gesamten Gaeanischen Reich. Links waren ein Kassenbüro und eine Versandtheke.

Glawen trat an einen Verkäufer heran. Auf einem aufgenähten Stoffschildchen unter der Brusttasche seines grauen Kittels – offenbar die Uniform der Firma Shoup und Consorten – stand:

D. MULSH
Zu Ihren Diensten

D. Mulsh, ein wohlbeleibter junger Mann mit einem rosigen Engelsgesicht, blondem Haar und einem Air von selbstgefälliger Gutmütigkeit, war mit dem Verpacken von Artikeln zugange, deren Funktion Glawen nicht zu erraten vermochte. Die Gegenstände ähnelten kleinen Handfeuerwaffen und waren von entschieden bedrohlicher Erscheinung – ausgestattet mit einem Handgriff, einem Abzugsbügel, einer metallenen Schnauze und einer Reaktionskammer. Glawen fragte: »Was für eine Art von Waffen sind das? Ich dachte, Shoup verkauft Künstlerbedarf.«

Mulsh lächelte höflich. »Das ist eine berechtigte Frage: warum verkaufen wir Waffen neben unseren Künstlerbedarfsartikeln? Manche Leute glauben, sie dienen dazu, Hobbykünstler zu erschießen. Andere mutmaßen, daß Künstler sie dazu benutzen, Banken damit zu überfallen, wenn alle Stricke reißen.«

»Und welches ist nun die korrekte Theorie?«

»Keine von beiden. Die Pistolen ermöglichen es jedem, wunderschöne Fenster aus buntem Glas zu fertigen. Der Vorgang ist ganz simpel. Schauen Sie! Ich stecke diese grüne Patrone in die Reaktionskammer und richte die Mündung auf eine Scheibe aus klarem Glas. Wenn ich den Abzug betätige, spritze ich einen Strahl geschmolzener Farbmasse auf die Scheibe, die sich fest und dauerhaft mit dem Glas verbindet. Der Benutzer kann Patronen von so vielen Farben wählen, wie er möchte, und so Scheiben von kunstvollster Gestaltung hervorbringen, die in absolut hinreißenden Farben leuchten. Darf ich Sie mit einem solchen Gerät ausstatten?«

»Die Idee ist verlockend«, sagte Glawen. »Doch im Moment suche ich nach etwas anderem.«

»Wenn es etwas gibt, haben wir es. Das ist das Motto von Shoup und Consorten. Einen Augenblick, der Herr, ich will eben noch schnell dieses Set verpacken.« Mulsh stellte eine Kiste auf die Theke. Er befahl einer Gehilfin: »Adressieren Sie diese Sendung an Iovanes Faray in Anacutra und expedieren Sie sie.« Er wandte sich wieder Glawen zu. »Nun denn, mein Herr! Was kann ich Ihnen verkaufen? Ein Gros oder zwei von den Glasfärbesets? Ein Dutzend Künstlermodelle? Einen Zehntonnen-Block Canova-Marmors? Fündunddreißig Unzen Mottenstaub? Eine Büste von Leon Beiderbecke? Diese Artikel sind allesamt zur Zeit im Angebot.«

»In diesem speziellen Moment möchte ich etwas weit weniger Kompliziertes.«

»Und was schwebt Ihnen da vor?«

»Eine kleine Information. Einer Ihrer Kunden ist Melvish Keebles. Ich muß ihm ein Paket schicken, und ich habe seine Adresse verloren. Ich möchte Sie nun bitten, sie für mich nachzuschlagen – und hier ist ein Sol für Ihre Mühen.«

Mulsh schaute Glawen schief an und wies das dargebotene Geld mit einer wedelnden Handbewegung zurück.

»Höchst merkwürdig! Erst gestern trat ein anderer Mann mit dem gleichen Ansinnen an mich heran. Alles, was ich ihm sagen konnte, war, daß ich nichts von diesem ›Keebles‹ weiß, und daß er sich an die Buchhaltung wenden müsse, die sich im fünften Stock befindet. Auch Ihnen kann ich beim besten Willen keine befriedigendere Auskunft geben.«

Glawen legte die Stirn in Falten. »Dieser Mann, der gestern bei Ihnen vorstellig wurde: wie sah er aus?«

»Ach – ziemlich normal, würde ich sagen. Er war etwas größer als Sie, etwa in Ihrem Alter. Recht gut aussehender Bursche, und höflich im Ausdruck. War ein bißchen sehr von sich eingenommen, wenn Sie mich fragen.«

Glawen nickte. »Wohin, sagten Sie, haben Sie ihn verwiesen?«

»In die Buchhaltung im fünften Stock – oder Sie fragen am besten gleich Fräulein Shoup selbst. Sie ist die Chefin.«

»Sie ist wohl nicht die Firmengründerin, nehme ich an?«

»Freilich nicht! Sechs Shoups gingen ihr voraus, und es kann durchaus sein, daß sie die letzte der Dynastie ist, wenn man den gegenwärtigen Anzeichen trauen kann.« Mulsh warf einen Blick über seine Schulter. »Ich gebe Ihnen einen Tip. Wenn Sie mit Fräulein Shoup sprechen, lächeln Sie sie bloß nicht an oder nennen sie ›Flavia‹ oder versuchen, ihr plump vertraulich zu kommen; sie reißt Ihnen den Kopf ab.«

»Ich werde Ihren Rat beherzigen«, versprach Glawen. »Ach, übrigens – der Mann, der gestern hereinkam: hat er Keebles' Adresse bekommen?«

»Das weiß ich nicht. Ich hatte schon Feierabend, als er ging.«

Glawen fuhr mit dem Fahrstuhl zur fünften Etage, die wie die erste aus einem einzigen großen Raum bestand. Es war kein Versuch unternommen worden, die kahle, sachliche Struktur des Gebäudes zu kaschieren. Die Beton-Deckenträger waren weiß getüncht; ein nahtloser Belag aus elastischem, federndem Schwamm bedeckte den Fußboden. Die Wand zur Rechten war flankiert von einer Theke, über der Schilder hingen mit Aufschriften wie: ›Buchhaltung‹, ›Personalbüro‹, ›Außerweltservice‹ und anderen. Ein Dutzend Schreibtische standen im Raum verstreut, scheinbar aufs Geratewohl. Allenthalben arbeiteten Männer und Frauen in der hübschen Shoup-Uniform ernst, konzentriert und größtenteils schweigend. Wenn Unterhaltung notwendig wurde, sprach man mit gedämpfter Stimme und bemühte sich um knappen Ausdruck, so daß der Raum eine geradezu unheimliche Aura von Stille atmete.

Glawen straffte sich, reckte die Schultern, setzte seine geschäftsmäßigste Miene auf und marschierte mit festem Schritt quer durch den Raum zu dem Segment der Theke, über der das Schild ›Buchhaltung‹ hing. Sofort näherte sich ihm eine junge Frau, die dem

Stoffschildchen auf ihrem Kittel zufolge T. Mirmar geheißen wurde. Sie sagte mit leiser Stimme: »Ja, der Herr? Sie wünschen?«

Glawen zog eine Karte aus der Tasche und schrieb darauf: ›Melvish Keebles.‹ Er legte die Karte T. Mirmar vor. Mit ebenfalls gesenkter Stimme sagte er: »Ich habe ein paar Bücher an diesen Herrn zu versenden. Wären Sie so freundlich, mir seine genaue postalische Anschrift herauszusuchen?«

T. Mirmar schaute ihn an und schüttelte den Kopf. »Was hat es bloß mit diesem ›Keebles‹ auf sich? Sie sind schon der zweite seit gestern, der sich nach seiner Adresse erkundigt.«

»Haben Sie dem Herrn gestern die Adresse gegeben?«

»Nein. Ich habe ihn an Fräulein Shoup weiterverwiesen, die allein für solche Ansuchen zuständig ist. Ich weiß nicht, wie sie verfahren ist, aber wenn Sie eine Auskunft wünschen, wenden Sie sich am besten auch an Fräulein Shoup persönlich.«

Glawen seufzte. »Ich hatte gehofft, meine Nachforschungen vereinfachen zu können. Würden zehn Sol hinreichen, mir die Anschrift zu verschaffen?«

»Von mir? Was für ein Gedanke! Nein, danke.«

Glawen seufzte wieder. »Wohlan: wo ist Fräulein Shoup?«

»Dort hinten.« T. Mirmar wies auf einen Schreibtisch am hinteren Ende des Raums, hinter dem eine hochaufgeschossene Frau saß, die über die Blüte ihrer ersten Jugend bereits ein wenig hinaus war.

Glawen studierte Fräulein Shoup einen Moment lang. »Sie ist nicht ganz das, was ich erwartet habe«, sagte er zu T. Mirmar. »Täusche ich mich, oder ist sie wütend über irgend etwas?«

T. Mirmar spähte durch den Raum. Dann sagte sie: »Es steht mir nicht an, dazu irgendeinen Kommentar abzugeben.«

Glawen setzte seine verstohlene Musterung von Fräulein Shoup fort. Sie war ganz und gar nicht ansehnlich, und Glawen konnte gut verstehen, warum die sechste Generation der Shoup-Familie wahrscheinlich auch die letzte sein würde. Fräulein Shoup trug wie ihre Angestellten den kurzärmeligen Shoup-Kittel, obwohl er ihre schmale Brust und ihre dünnen weißen Arme höchst unvorteilhaft betonte. Die weiße Kuppel ihrer Stirn war gekrönt von ein paar dünnen, kläglichen Ringellöckchen mausgrauen Haares. Unter ihrer Stirn saßen runde graue Augen, eine kleine dünne Nase, ein kleiner bläßlicher Mund und ein Knopf von einem Kinn. Sie saß kerzengerade aufgerichtet, und ihr Gesichtsausdruck schien streng, leidenschaftslos, reserviert. Wenn sie nicht wütend war, dachte Glawen, dann floß sie aber auch nicht gerade über von Elan und Lebensfreude.

Aber ihm blieb keine Wahl. Er mußte mit Fräulein Shoup sprechen, und zwar so rasch wie möglich. Er wandte sich wieder an T. Mirmar. »Soll ich einfach hinüber zu ihrem Schreibtisch gehen?«

»Natürlich! Wie sollten Sie sonst dorthin gelangen?«

»Ich bin lediglich auf Förmlichkeit bedacht.«

»Die gibt es nicht bei Shoup und Consorten; nur gute Manieren.«

»Ich verstehe; ich will tun, was ich kann.« Er marschierte los. Fräulein Shoup hob erst den Blick, als er vor ihrem Schreibtisch stehenblieb. »Fräulein Flavia Shoup?«

»Ja?«

»Mein Name ist Glawen Clattuc. Darf ich Platz nehmen?« Er hielt nach einem Stuhl Ausschau; der nächste befand sich an einem Schreibtisch, der vierzig Schritte entfernt war.

Fräulein Shoup taxierte ihn mit Augen so rund und unpersönlich wie die eines Kabeljaus. »Wenn Besucher keinen Stuhl in der Nähe meines Schreibtisches finden, verstehen sie normalerweise den Fingerzeig.«

Glawen schaffte es, ein angestrengtes Lächeln zustande zu bringen. Eine seltsame Bemerkung, dachte er: ganz und gar nicht in Einklang mit Shoup und Consortens Leumund, einen höflichen Umgangston zu pflegen. Vielleicht hatte Fräulein Shoup aber auch bloß witzig sein wollen. »Ich habe den Wink mit dem Zaunpfahl verstanden! Ich werde mich so kurz wie möglich fassen. Gleichwohl, wenn es Ihnen lieber ist, daß ich stehe, dann bleibe ich halt stehen.«

Fräulein Shoup zeigte ein dünnes Lächeln. »Wie Sie möchten.«

Glawen holte sich den Stuhl und plazierte ihn neben den Schreibtisch. Er setzte sich, nachdem er eine kleine, förmliche Verbeugung vollführt hatte, die, wie er hoffte, Fräulein Shoup milde stimmen würde, aber sie versetzte grantiger denn je: »Ich bin kein Freund von Spott, ganz gleich, wie unterschwellig auch die Ebene sein mag, auf welcher er zum Ausdruck gebracht wird.«

»Derselben Meinung bin ich auch«, erklärte Glawen. »Leider ist er allgegenwärtig, und ich ignoriere ihn, so als existiere er nicht.«

Fräulein Shoup zog ihre beinahe farblosen Brauen ein Hundertstel Zoll hoch, gab aber keinen Kommentar. Glawen entsann sich D. Mulshs Warnung vor jeglichem Versuch, Fräulein Shoup vertraulich zu kommen. Die Warnung, dachte er, war absolut redundant. Das Schweigen wurde gespannt. Glawen sagte höflich: »Ich bin Außerweltler, wie Sie vielleicht schon erahnt haben.«

»Natürlich.« Die Worte waren ohne Emphase gesprochen, aber ein unüberhörbarer Unterton von Widerwillen schwang in ihnen mit.

»Ich bin ein Naturalist aus Station Araminta auf Cadwal, welches, wie sie vielleicht wissen, ein Naturschutzgebiet ist.«

Fräulein Shoup sagte uninteressiert zu ihm: »Dann sind Sie aber weit von zu Hause fort.«

»Ja. Ich versuche, einige Dokumente wiederzufinden, die der Naturforschergesellschaft einst gestohlen wurden.«

»Dann sind Sie an der falschen Adresse. Wir führen solche Artikel nicht.«

»Das habe ich auch nicht gedacht«, sagte Glawen. »Aber einer Ihrer Kunden könnte mir vielleicht weiterhelfen. Sein Name ist Melvish Keebles. Allein, mir fehlt seine derzeitige Adresse, und deshalb komme ich zu Ihnen.«

Fräulein Shoups Mund verzog sich zu einem dünnen Lächeln. »Wir können derartige Auskünfte nicht ohne ausdrückliche Erlaubnis des betreffenden Kunden erteilen.«

»Das ist gängiges Geschäftsgebaren«, sagte Glawen. »Ich hatte gehofft, daß Sie unter diesen besonderen Umständen vielleicht flexibel sein würden. Ich versichere Ihnen im übrigen, daß ich Melvish Keebles nichts Böses will; ich will ihn lediglich nach dem Verbleib bestimmter Dokumente fragen, die für das Konservat von vitaler Bedeutung sind.«

Fräulein Shoup lehnte sich auf ihrem Stuhl zurück. »Ich bin vollkommen flexibel. Ich bin die Verkörperung von Shoup und Consorten. Meine Politik ist die Firmenpolitik. Ich kann sie zehnmal am Tag ändern, wenn ich will. Ich mache eine Tugend aus der Launenhaftigkeit. Was Keebles anbelangt, würden Sie das gleiche sagen, ob Sie ihm nun übel wollen oder nicht. Daher haben Ihre Worte kein Gewicht.«

»Ja; ich fürchte, das stimmt«, räumte Glawen ein. »Sie haben die Sache logisch ausgedrückt.«

»Ich weiß einiges von Keebles. Er ist ein Taugenichts. Es gibt viele Leute, die ihn liebend gerne finden würden, darunter fünf Ex-Ehefrauen, mit denen er allesamt noch verheiratet ist und von denen keine von der Existenz der anderen wußte. Die gesamte Mitgliedschaft der Shoto-Gesellschaft wäre glücklich, bekäme sie ihn in die Finger. Von allen meinen Kunden würde Keebles am lautesten protestieren, wenn ich seine Adresse herausgäbe.«

Glawen fragte sich allmählich, ob Fräulein Shoup sich nicht womöglich ganz im stillen an seiner Enttäuschung weidete. Er sagte düster: »Wenn Tatsachen Sie beeinflußten ...«

Fräulein Shoup beugte sich vor und verschränkte die Hände vor ihrer schmalen Brust. »Ich mache mir nichts aus Tatsachen.«

Glawen heuchelte ein naives Interesse vor, während er sich gleichzeitig für die Verstellung verachtete: »Wenn das so ist, wodurch lassen Sie sich dann beeinflussen?«

»Es gibt keine zuverlässigen Methoden. Sie könnten vielleicht an meinen Altruismus appellieren. Aber da würde ich Sie nur auslachen. Schmeicheleien? Probieren Sie, was Sie wollen; ich werde interessiert zuhören. Omen und Voraussagen? Ich fürchte nichts. Drohungen? Ein Wort, und meine Angestellten würden Sie ordentlich verprügeln. Und zusätzlich würden sie Sie mit vielen bunten, nicht abwaschbaren Farben bemalen. Ein Schmiergeld? Ich besitze schon jetzt mehr Geld, als ich in tausend Jahren ausgeben könnte. Was gäbe es sonst noch?«

»Normalen menschlichen Anstand.«

»Aber ich bin außer-gewöhnlich, oder hatten Sie das nicht bemerkt? Es ist nicht meiner freien Wahl geschuldet, daß ich ein Mensch bin. Und was den ›Anstand‹ betrifft, so wurde das Wort ohne meine Beteiligung definiert; ich bin daran nicht gebunden.«

Glawen überlegte. »Man hat mir gesagt, daß gestern bereits jemand anderes nach Keebles' Adresse gefragt hat. Haben Sie ihm die Adresse gegeben?«

Fräulein Shoup wurde sehr still. Ihre Finger versteiften sich. Ihre Halsmuskeln traten plötzlich hervor, und sie sprach. »Ja. Das habe ich.«

Glawen starrte sie an. »Welchen Namen gab er an?«

Fräulein Shoup ballte die Hände zu kleinen knochigen Fäusten. »Es war ein falscher Name. Ich habe in seinem Hotel nachgefragt. Sie wußten nichts von ihm. Er hat mich zum Narren gehalten. Das wird mir nie wieder passieren.«

»Sie wissen nicht, wo Sie ihn finden können?«

»Nein.« Fräulein Shoups Stimme war ruhig und kalt. »Er saß da, wo Sie jetzt sitzen, und sagte mir, er sei von Außerwelt, und sein Vater wolle einen Künstlerbedarfshandel eröffnen und habe ihn zur Erde geschickt, damit er die Arbeitsweise von Shoup und Consorten studiere. Er sagte, ihm habe vor dieser Aufgabe gegraut, da er sie sich als fürchterlich langweilig vorgestellt habe – bis er mich kennengelernt habe; jetzt sehe er, daß er sich geirrt habe. Er sagte, Intelligenz sei das faszinierendste Attribut, das eine Frau haben könne, und wir müßten unbedingt zusammen zu Abend speisen. Ich sagte, gewiß, das wäre entzückend, und da er die Stadt nicht kenne, solle er doch zu mir nach Hause kommen. Dies schien ihm sehr zupaß zu kommen. Als er ging, sagte er, sein Vater wolle, daß ein gewisser Melvish Keebles sein Agent werde, aber er wisse nicht, wie er ihn finden solle – ob ich vielleicht einen Vorschlag hätte. Ich antwortete, zufällig sei Keebles einer meiner Kunden, und ich könne sein Problem auf der Stelle lösen, was ich auch tat. Er dankte mir und ging fort. Ich fuhr nach Hause und arrangierte ein lauschiges Diner, mit köstlichem Wein und erlesenen Speisen. Wir würden mit Blick auf den See dinieren, mit Talglichtern auf dem Tisch. Ich hüllte mich in ein schwarzes Samtkleid, das ich noch nie zuvor getragen hatte, und nahm ein paar besondere Veränderungen vor, dann setzte ich mich hin und wartete. Ich harrte lange, und am Ende entzündete ich die

Kerzen, schaltete die Musik ein, trank den Wein und speiste allein.«

»Das war ein unerfreuliches Erlebnis.«

»Nur anfangs. Nachdem ich die Hälfte der zweiten Flasche Wein getrunken hatte, konnte ich über das Ganze schon wieder lachen. Heute bin ich wieder zurück in meiner eigenen Welt, doch habe ich einen Widerwillen gegen schöne junge Männer entwickelt, der sich auch auf Sie erstreckt. Ich sehe Sie mit klarem Blick. In Ihrer Gesamtheit, als Gattung gewissermaßen, sind Sie ein grobes, primitives, brutales, brünstiges Rudel von Tieren, erfüllt von blödem Stolz auf die vermeintliche Grandiosität Ihrer Geschlechtsteile. Manche Leute haben eine irrationale Aversion gegen Spinnen, andere gegen Schlangen; ich verabscheue junge Männer.«

Glawen erhob sich. »Fräulein Shoup, ich könnte Ihnen hundert Dinge dazu sagen, aber Ihnen würde keines davon gefallen, und deshalb verabschiede ich mich jetzt von Ihnen und wünsche Ihnen einen guten Tag.«

Fräulein Shoup gab keine Antwort.

Glawen verließ den Raum. Er fuhr mit dem Fahrstuhl hinunter in den Ausstellungsraum im Erdgeschoß und ging zu dem Tisch mit den Glasfärbepistolen. Sofort trat D. Mulsh zu ihm und erkundigte sich: »Wie verlief Ihre Unterredung?«

»Ganz gut«, sagte Glawen. »Fräulein Shoup ist eine bemerkenswerte Frau.«

»Das ist sie in der Tat. Wie ich sehe, sind Sie noch immer an den Färbepistolen interessiert. Kann ich Ihnen vielleicht doch ein Set verkaufen?«

»Ja«, sagte Glawen. »Es scheinen recht nützliche Produkte zu sein.«

»Sie werden bestimmt Spaß daran haben«, sagte D. Mulsh herzlich. »Diese Geräte sind verblüffend vielseitig.«

»Dieses spezielle Set werde ich einem Freund schenken, und ich möchte, daß Sie es für mich an ihn versenden.«

»Kein Problem, aber dann muß ich Ihnen natürlich die Versandkosten zusätzlich berechnen.«

»Das geht schon in Ordnung.«

D. Mulsh trug das Paket zur Versandtheke. »Die Einzelheiten wollen Sie dann bitte mit dem Mädchen regeln.« Er nahm Glawens Geld und ging damit zur Kasse. Glawen sagte zu dem Mädchen: »Adressieren Sie das Paket an Melvish Keebles. Die Adresse ist in Ihren Unterlagen.«

Das Mädchen drückte auf Knöpfe; die Etikettiermaschine spie einen Aufkleber aus, den das Mädchen auf das Paket heftete. Glawen sagte: »Wenn ich es mir recht überlege, nehme ich das Paket doch lieber selbst mit.«

»Ganz wie Sie wünschen, der Herr.«

Glawen verließ das Lokal von Shoup und Consorten. Sobald er auf dem Gehsteig angekommen war, schaute er auf den Aufkleber. Die Adresse lautete:

Melvish Keebles
Argonaut Künstlerbedarf
Crippet Alley, Tanjaree, Nion
Pharisse VI ARGO NAVIS 14-AR-366

Glawen kehrte in sein Hotel am Flughafen von Trennstadt zurück. Von seinem Zimmer aus telephonierte er Pirie Tamm in Schönwinden an, aber es gab noch immer keine Neuigkeiten von Wayness.

»Ich habe keine Ahnung, wohin sie sich begeben hat!« schimpfte Pirie Tamm. »Keine Nachricht ist ja vielleicht eine gute Nachricht, es kann aber auch eine sehr schlechte Nachricht sein.«

»Das sehe ich auch so«, sagte Glawen. »Noch schlimmer ist, daß ich mir nicht die Zeit nehmen kann, mich auf die Suche nach ihr zu machen; die Umstände lassen das einfach nicht zu. Ich reise umgehend nach Außerwelt ab.«

»Was mich betrifft, so kann ich nichts weiter tun als warten«, brummte Pirie Tamm mürrisch.

»Irgendeiner muß zu Hause bleiben«, sagte Glawen. »Wenn Wayness anruft, sagen Sie ihr, daß ich nach Außerwelt gereist bin, wieder eine Sprosse höher auf der Leiter, und daß ich so bald wie möglich zurück sein werde.«

III

Der Integrator des Ticket-Service am Tameola-Raumhafen in der Nähe von Trennstadt arbeitete sich durch Routen, Fahrpläne, Zeitüberlappungstabellen und Verbindungen und rechnete für Glawen die schnellste und kürzeste Passage nach der Welt Nion aus. Der Ausdruck war nur für einen einstündigen Zeitschlitz gültig; danach konnten sich die Umstände schon wieder ändern. Es bestanden auch Vorbehalte bezüglich des Transits zwischen einzelnen Anschlußhäfen. Wenn der planmäßige Flug sich verspätete, veränderte oder gar storniert wurde, dann mußte die sorgfältig durchgerechnete Passage geändert werden. Kurz, das Element des Glücks spielte noch immer eine nicht zu unterschätzende Rolle. Glawens Gegenspieler hatte einen Tag Vorsprung – was viel bedeuten konnte oder auch nichts, und Glawen weigerte sich, bezüglich der verschiedenen Möglichkeiten Spekulationen anzustellen.

Glawen bestieg die *Madelle Azenour,* die ihn zu dem Knotenpunkt Sternheim auf Aspidiske IV bringen würde, am oberen Ende des Argo-Navis-Sektors. Von Sternheim aus würde er mit dem lokalen Zubringer-Postschiff nach Mersey auf Anthony Pringles Welt fliegen, wo ein weiteres Zubringer-Postschiff ihn aufnehmen und durch die sogenannten ›Jingles‹ in den abgelegensten Teil des Reiches befördern würde, und schließlich hinunter nach der Stadt Tanjaree auf der Welt Nion, die von der gelbweißen Sonne Pharisse beschienen wurde.

An Bord der *Madelle Azenour* verging die Zeit gleichmäßig und angenehm, konnte man doch nichts anderes tun als essen, schlafen, die Sterne beim Vorüberziehen betrachten und die vorhandenen Freizeit- und Erholungseinrichtungen nach Kräften benützen. Glawen schaute sich seine Mitreisenden sorgfältig an, war es doch gut möglich, daß sich sein Gegenspieler an Bord desselben Schiffes befand. Schließlich kam er zu dem Ergebnis, daß der junge Mann, der Fräulein Shoup so herzlos getäuscht hatte, entweder eine andere Route oder einen anderen Zeitplan gewählt hatte.

Aus dem *Handbuch der bewohnten Welten* erfuhr Glawen, daß die erste Erkundung Nions bereits in der fernen Vergangenheit stattgefunden hatte, während der ersten großen Welle der Erforschung und Besiedelung des Alls durch den Menschen. Die Menschenflut war erst ins Stocken geraten und dann zurückgegangen, insbesondere die von der Rückseite der ›Jingles‹ her kommende, und Nion war Tausende von Jahren nahezu isoliert geblieben.

Laut *Handbuch* war Nion ein mittelgroßer Planet (Durchmesser: 13 000 Meilen; Oberflächenschwerkraft: 1,03 Erdstandard; Sterntag: 37,26 Stunden), begleitet von einem zahlreichen Gefolge von Satelliten. Das Klima war im großen und ganzen mild, die Geographie war abwechslungsreich, die bewohnbaren Areale waren voneinander getrennt durch Wüsten, Hochplateaus mit schroff abfallenden Kanten, ausgedehnten Flächen unheimlichen, wundervollen Waldes und ›Wasserfeldern‹. Bei letzteren handelte es sich um Aufschwemmungen von Pollen, der aus Wäldern und sogenannten Blumenfeldern in Gebiete geweht worden war, die ursprünglich Seen und Meere gewesen waren, wo aus dem abgelagerten Pollen die Substanz wurde, die man auf Nion ›Pold‹ nannte.

Die Fauna, welche hauptsächlich aus Insekten bestand, war laut *Handbuch* ohne große Bedeutung.

Das *Handbuch* erklärte: »Will man die Feinheiten und Verzwicktheiten des Lebens auf der Welt Nion verstehen, dann muß man vor allem die Bedeutung von Pold begreifen. Es gibt hunderte Typen von Pold, aber grundsätzlich unterscheidet man zwischen zwei Arten: dem ›trockenen‹, der von lößähnlichen Schichten oder ›Flözen‹ von Pollen und Sporen stammt, die vom Wind angeweht wurden, sich angelagert und sich im Laufe der Zeit komprimiert und konsolidiert haben; und dem ›feuchten‹, der von Ablagerungen in einstigen Seen und Meeren stammt. Die Unter-Abarten des Pold leiten sich vom Alter ab, vom Grade der Veredelung und Verschneidung, dem Vorhandensein beziehungsweise der Intensität morphotischer Wirkstoffe und tausenden geheimen Prozessen. Pold ist allgegenwärtig. Der Boden besteht aus Pold. Bier wird aus Pold gebraut. Natürlicher Rohpold ist oft nahrhaft, aber nicht immer; manche Ablagerungen sind toxisch, narkotisch, halluzinogen oder übelschmeckend. Die Gangrilen der Lankster-Cleeks sind Experten; sie haben eine komplexe Gesellschaft auf ihre Art der Bearbeitung von Pold aufgebaut. Andere Völker sind nicht solche Kenner und essen Pold wie Brot oder Pudding oder als Fleischersatz. Der Geschmack von Pold hängt – einleuchtenderweise – von vielen Faktoren ab. Oft ist er mild oder leicht nußartig oder sogar säuerlich, wie frischer Käse.

Aufgrund des allenthalben im Überfluß vorhandenen Pold ist Hunger auf Nion unbekannt. Dennoch bleibt die Bevölkerung aus einer Vielzahl von Gründen spärlich.

Besucher von anderen Welten werden es schwer finden, wenn nicht unmöglich, den Verzehr von Pold zu vermeiden, ob sie nun in einem feinen Restaurant oder in einem weniger feinen speisen – aus dem einfachen Grund, daß Pold in Hülle und Fülle vorhanden und leicht zuzubereiten ist, und der Tourist wird sich vergeblich beklagen.

An dieser Stelle ist eine Warnung angebracht. Möglicherweise aufgrund des Überflusses an Pold ist die Arbeitsmoral eher niedrig, und der Tourist muß sich selbst in den besten Hotels auf nachlässigen Service einstellen. ›Der leichte Weg ist der beste Weg‹: so lautet das oberste Credo der Tanjareer. Stellen Sie sich darauf ein, und zügeln Sie Ihr Temperament! Die Tanjareer sind im Grunde umgänglich und verträglich, wenn auch ein wenig eitel. Der soziale Status ist von überragender Bedeutung, aber er gründet sich auf Spitzfindigkeiten und Konditionen, die dem Besucher völlig unverständlich und undurchschaubar bleiben. Grob verallgemeinert ausgedrückt, verhält es sich so, daß Status daraus erwächst, daß man Arbeit meidet und mit einer unbeschreiblich arroganten Geste jemand anderen dazu verleitet, die entsprechende Pflicht zu übernehmen. Um dies an einem Beispiel zu verdeutlichen: In einem Straßenrestaurant auf der Mall versucht ein Gast, seine Bestellung bei einem der drei diensttuenden Kellner aufzugeben; daraufhin werden diese sich allesamt ostentativ abwenden, bis der Gast schließlich ungehalten wird und durch lautes Rufen Aufmerksamkeit erheischt und womöglich anfängt, eine Szene zu machen. Sich in eine nichtswürdige Auseinandersetzung einzulassen bedeutet, sein Gesicht zu verlieren. Deshalb wird sich der dem Gast am nächsten befindliche Kellner schließlich widerstrebend und mißmutig dazu herablassen, die Bestellung aufzunehmen, aber sie wird mit aufreizender Langsamkeit bearbeitet werden, und die Speise respektive das Getränk wird letztlich von einem Küchengehilfen serviert werden, während der Kellner mit hinter dem Rücken verschränkten Händen dabeisteht und Status auf Kosten des verärgerten Gastes, der anderen Kellner und des entwürdigten Küchengehilfen absorbiert.

Eine zweite, noch dringendere Warnung sei in diesem Zusammenhang ausgesprochen: Tanjaree ist das einzige kosmopolitische Zentrum der Welt Nion. Andere Siedlungen werden von lokalen Konventionen beherrscht, die der Tourist als befremdlich, mitunter unangenehm und nicht selten als gefährlich empfinden wird, sollte er törichterweise versuchen, seine Theorien der einheimischen Bevölkerung aufzudrängen. Auf Nion wird menschliches Leben – insbesondere das des Außerweltlers – nicht als unantastbar betrachtet. Der Tourist wird dringend davor gewarnt, ohne orts- und sachkundige Begleitung und Unterstützung Expeditionen in den Busch zu unternehmen. Viele hunderte Touristen haben für die Ignorierung dieser Warnung mit zum Teil grotesken Schicksalen bezahlt.

Aufgrund der Besonderheiten der Umwelt hatten sich die frühen Bewohner ohne Interaktion oder wechselseitige Kohärenz entwickelt. Dabei entstanden Gesellschaften von beträchtlicher Unterschiedlichkeit. So hatte zum Beispiel zu den ersten Bewohnern von Tanjaree eine Clique von Biologen gehört, die sich der Erschaffung einer Über-Rasse vermittels genetischer Manipulation verschrieben hatten.

Die Nachfahren dieser sogenannten ›Übermenschen‹ überlebten bis zum heutigen Tage im Großen Tangting-Wald, wo sie als Mißgeburten und Monstren mit grausamer Intelligenz und schreckenerregenden Bräuchen und Sitten ihr Unwesen treiben.«

Das *Handbuch* fuhr fort: »Heute sind diese Bestien der Mittelpunkt des Touristeninteresses und mithin nicht länger von der Ausrottung bedroht. Umhüllt von einer Röhre aus durchsichtigem Glas, führt eine Straße von zwanzig Meilen Länge durch den Großen Tangting-Wald, auf welcher Reisebusse Touristengruppen sicher abgeschirmt befördern, während die monströsen ›Übermenschen‹ zur Erbauung und zum Nervenkitzel der Fahrgäste kreischen und geifern und auf die Glasumhüllung trommeln und obszöne Possen vollführen.

Andernorts lebten die verschiedenen Volksgruppen von Nion weiter nach ihren althergebrachten Konventionen, blind gegen die fremdartigen Wesen von anderen Welten, die angereist kamen, um sie zu bestaunen und ihre Handarbeitserzeugnisse und heiligen Plaketten zu kaufen, zu stehlen oder auf andere Weise in ihren Besitz zu bringen. Einige der Volksgruppen wurden mißlaunig und sogar feindselig gegenüber Fremden und sind es bis zum heutigen Tag geblieben. Manche sind aktiv gefährlich, insbesondere die Felswerker von Eladre, die ihre niedliche und weitverzweigte Stadt aus der Substanz eines Gebirges herausgemeißelt haben. Die Schatten-Menschen werden zu bestimmten Mondphasen zu Mördern. Die Gangrilen ernähren sich nicht nur von Pold, sondern wandeln es auch in mysteriöse neue Substanzen von unberechenbarer psychischer Wirkung um. Über viele Jahrhunderte hinweg hielten sich die Gangrilen eine dienstbare Kaste, die sich zusammensetzte aus entführten Außerweltlern, Touristen und dergleichen und die als Versuchskaninchen für die aus dem Pold gewonnenen Drogen dienten. Diese spezielle Unart hat – neben anderen – den Gangrilen einen anstößigen Ruf eingebracht. Trotz ihrer äußerlich zur Schau getragenen Freundlichkeit werden sie mit Argwohn betrachtet, und Touristen werden dringend davor gewarnt, sich den Gangrilen-Siedlungen unbegleitet zu nähern; es gibt zahllose Berichte über naive Außerweltler, die sich von freundlich lächelnden Gangrilen zu Gastmählern einladen ließen, nur um dann festzustellen, daß sie gleichzeitig mit der Mahlzeit eine unter diese gemengte Versuchsdroge zu sich genommen hatten und sodann eingehend darauf hin beäugt wurden, wie diese Droge bei ihnen wirkte.

Es gibt noch weitere, ebenfalls als wunderlich geltende Völker, von denen freilich keine Bedrohung ausgeht: an erster Stelle wären hier die Sippen von fahrenden Spaßmachern und Possenreißern zu nennen, die die Welt Nion in farbenprächtig verzierten Wohnwägen durchstreifen und exzentrische Tänze, Farcen und Burlesken, Bravourstücke musikalischer Virtuosität, komische Balladen, Operetten und was ihnen sonst noch in den Sinn kommt zum besten geben.«

Die Lektüre des *Handbuchs* legte folgendes Fazit nahe: Nion war eine Welt von einzigartigem touristischem Wert, wenngleich es ihr bezüglich der materiellen Annehmlichkeiten des Daseins an vielem gebrach und der Tourist dafür gerüstet sein mußte, Abstriche und Zugeständnisse zu machen, insbesondere in Zusammenhang mit Pold. Tanjaree, der Ankunftshafen und zugleich auch das touristische Zentrum, war eine kleine Stadt ohne besonderes Profil, in der die allgemein üblichen gaeanischen Rechtsnormen und Konventionen herrschten; andernorts waren die Leute so fremdartig und ihr Verhalten so unbegreiflich, daß sie ebensogut Angehörige eingeborener oder fremder Rassen hätten sein können. All dies ging aus dem *Handbuch* hervor.

Zu gehöriger Zeit landete die *Madelle Azenour* in Sternheim auf Aspidiske IV. Dies war Glawens erster und wichtigster Anschlußhafen, und gleich hier schon wurde sein so penibel in Tammeola zusammengebastelter Zeitplan wegen eines technischen Defekts am Zubringer-Postschiff zu Makulatur, aber zwei Tage später bekam er einen Platz an Bord eines Frachtschiffes nach Mersey auf Anthony Pringles Welt am Rande der Jingles. Hier war seine Verbindung günstig, und er bestieg die *Argo Pilot,* die ihn durch die Jingles trug, eine Region von hell leuchtenden und trüben Sternen,

Gasbällen, dunklen, zu Schlacke gewordenen Klumpen, düsteren Sphäroiden aus Neutronenmetall, verwaisten Planeten und verwaisten Monden, auf die Rückseite des Sektors und hinunter nach Tanjaree auf der Welt Nion.

Der Raumhafen war auf einem Streifen entlang dem Rande eines niedrigen Plateaus angelegt, an dessen Fuß die Stadt Tanjaree halbkreisförmig einen kleinen See umschloß.

Glawen unterzog sich den Einreiseformalitäten, zu denen unter anderem die Einnahme von Breitbandprophylaktika, Fungiziden, Antiviren-Pharmaka und Puffern zum Absorbieren des ersten Schocks durch die toxischen einheimischen Proteine gehörte. Auch wurde er einer ungewöhnlich sorgfältigen Durchsuchung seines Reisegepäcks und einer Leibesvisitation unterzogen, welch letztere in der Beschlagnahmung seiner Handfeuerwaffe resultierte. »Waffen dieser Art sind auf Nion nicht erlaubt«, beschied man ihm. »Es gibt zu viele Situationen, die im Nu entgleisen, und die Messer und Kukris von Nion sind schlimm genug.«

»Um so mehr Grund, mir das Mitführen meiner Waffe zum Zwecke der Selbstverteidigung zu gestatten«, machte Glawen geltend.

Der Appell verhallte ungehört. Glawen bekam eine Quittung ausgehändigt. »Sie können die Waffe bei Ihrer Ausreise zurückverlangen.«

Glawen verließ das Terminal-Gebäude und trat in das gleißende Licht der Sonne Pharisse. Der Himmel, eine wolkenlose Fläche von ins Purpurfarbene spielendem Blau, schien aufgrund der fernen Horizonte von ungeheurer Weite zu sein. Glawen ging zu der Brüstung, die die Kante des Plateaus sicherte, und blickte hinunter auf Tanjaree. Es war eine Stadt von bescheidener Größe, die von einem kreisförmigen See getrennt wurde. Im Westen lag die Altstadt, auch ›Eingeborenenviertel‹ genannt: ein wahllos verstreut liegendes Agglomerat von flachen weißen Kuppeln und schlanken Türmen, die fast zwergenhaft anmuteten unter einem Dutzend gewaltiger Dendren, die zwischen den Gebäuden emporsprossen. Sie erreichten eine Höhe von über zweihundert Fuß, schätzte Glawen, und standen auf mächtigen schwarzen Stämmen, die sich zu einer geweihförmigen Krone aus dicken Ästen verzweigten, welche sich an den Spitzen unter dem Gewicht von gut zehn Fuß dicken blauen Fruchtkugeln bogen.

Die Straßenanordnung der östlich des Sees gelegenen Neustadt war nur marginal rationaler als das unverfrorene Chaos der Altstadt. Eine Allee umsäumte den See. An der Stelle, wo sie an den großen Touristenhotels und anderen touristischen Einrichtungen vorbeiführte, verbreiterte sie sich und war als ›Die Mall‹ bekannt. Enge Straßen und Gassen führten von der Mall weg in alle Richtungen durch die ziemlich schäbigen Bezirke fern der Ufergegend. Die Gebäude, ganz gleich ob groß oder klein, waren Fabrikate aus klumpigem Bewurf, offenbar mit der Hand aufgetragen und zurechtgemodelt, wobei alle Dimensionen und Maße über den Daumen gepeilt worden waren, sozusagen nach Augenmaß. Es gab keine scharfen Kanten oder spitzen Ecken, weder rechte Winkel noch senkrechte Linien, es sei denn, der Zufall hatte es so gefügt. Der Effekt war einer von organischem Wachstum und wirkte auf den Betrachter – zumindest anfänglich – nicht unangenehm. Die meisten der Gebäude waren zwei Stockwerke hoch; eine Ausnahme bildeten mit ihren oft drei oder vier Stockwerken die Touristenhotels am See.

Glawen wandte sich von der Brüstung ab. Ein kleines Gebäude ganz in seiner Nähe war gekennzeichnet durch ein Schild mit der Aufschrift: TOURISTENINFORMATION. Glawen ging zu dem Gebäude und betrat es. Das Lokal war möbliert mit einem langen Tisch, Stühlen und einem Ständer mit Prospekten und Broschüren. Hinter dem Tisch saßen zwei junge Damen, beide mit ärmellosen weißen Kitteln und Sandalen bekleidet. Beide waren reizende Geschöpfe, fand Glawen; sie sahen sich verblüffend ähnlich mit ihren blassen, fein geschnittenen Gesichtern, ihren kastanienbraunen Locken und ihren zierlichen, kleinbrüstigen Leibern. Beide trugen jeweils ein Band im Haar: das zu Glawens Linken sitzende Mädchen ein rosafarbenes, das rechts sitzende ein blaues. Als Glawen sich dem Tisch näherte, wandten sie sich ihm mit freundlichem, fragendem Gesichtsausdruck zu. Das Mädchen mit dem blauen Band im Haupthaar fragte: »Wie können wir Ihnen am besten dienen, mein Herr?«

»Als erstes«, sagte Glawen, »brauche ich ein Hotel. Können Sie mir eines empfehlen und mir – wenn möglich – ein Zimmer buchen?«

»Natürlich! Das ist unser Amt!« Die Mädchen tauschten untereinander ein Lächeln aus. Das Mädchen mit dem rosafarbenen Band im Haar sagte: »Es gibt zwanzig Hotels in Tanjaree. Sechs sind als ›erstklassig‹ eingestuft, fünf als ›zweitklassig‹. Die anderen sind etwas weniger komfortabel. Darüber hinaus gibt es Unterkünfte, die Obdach für die Ärmlichen und Knauserigen bieten.«

Die junge Dame mit dem blauen Band im Haar sagte: »Bevor wir Sie nach Ihrem Geschmack unterbringen können, müssen wir Aufschluß über ihre Präferenzen haben. Welche Kategorie bevorzugen Sie?«

»Natürlich die beste«, sagte Glawen. »Die Frage, die sich hier stellt, ist: kann ich sie mir auch leisten?«

Das Mädchen mit dem blauen Band im Haar reichte ihm ein Blatt Papier. »Hier sind die Hotels und ihre Tarife.«

Glawen überflog die Liste. »Ich sehe nichts, was mich abschrecken würde. Welches Hotel ist das beste?«

Die beiden Damen tauschten erneut einen lächelnden Blick aus. »Das ist eine Frage, die schwer zu beantworten ist«, sagte das Mädchen mit dem blauen Band im Haar. »Scheidende Touristen haben viel präzisere Meinungen darüber, welches das schlechteste ist.«

»Hm«, machte Glawen. »Vielleicht sollte ich fragen: welches Hotel fordert die wenigsten wütenden Beschwerden heraus?«

Die beiden Damen überlegten einen Moment lang, dann berieten sie sich. »Das Cansaspara vielleicht?« erwog das Mädchen mit dem rosafarbenen Band im Haar. »Auch ich würde das Cansaspara favorisieren«, sagte die junge Dame mit dem blauen Band im Haar. »Unglücklicherweise jedoch sind in den letzten drei Tagen drei Schiffe angekommen, und es sind keine weggeflogen. Das Cansaspara ist voll belegt.«

»Schade«, seufzte das Mädchen mit dem rosafarbenen Band im Haar. »Ich liebe die Arkade des Cansaspara.«

»Sie ist wirklich sehr hübsch«, pflichtete das Mädchen mit dem blauen Band im Haar ihr bei.

Glawen schaute von einem Mädchen zum andern. Beide waren entzückend, dachte er, wenngleich ein bißchen träge und indirekt, was die Handhabung ihrer Pflichten betraf. Er sagte: »Ich habe Geschäfte, die ich so bald als möglich abwickeln muß, also bringen Sie mich dort unter, wo ein Zimmer frei ist.«

»Das Superbo und das Haz-Krieger sind hinsichtlich der von ihnen gebotenen Annehmlichkeiten ungefähr gleichwertig«, sagte das Mädchen mit dem rosafarbenen Band im Haar. »Würden Sie irgendeinem von beiden den Vorzug geben?«

»Eigentlich nicht. Wobei sich der Name Superbo vielleicht ein wenig freundlicher anhört als der Name Haz-Krieger.«

»Sie sind ein bedächtiger Mann«, sagte das Mädchen mit dem blauen Band im Haar. »Offensichtlich wissen Sie etwas von den Haz; habe ich recht?«

»Ich fürchte, nein. Aber für den Moment ...«

»Die Haz sind so gut wie ausgerottet. Ein paar existieren noch, unter den Croo Cleeks, aber sie verkaufen nicht mehr ihre Wüstenboote. In früheren Zeiten fingen sie Touristen ein und zwangen sie dazu, sich mit ihnen im Kampf zu messen.«

Das Mädchen mit dem blauen Band im Haar erschauerte. »Es liegt alles in der Vergangenheit: die Mitternachtslager, die Musik, die wilden Tänze, die fremdartige, unheimliche Haz-Ehre!«

»Sehr malerisch«, sagte Glawen. »Aber all dies muß den Tourismus eher abgeschreckt haben.«

Beide Mädchen, das mit dem blauen Band im Haar wie das mit dem rosafarbenen Band im Haar, lachten. »Überhaupt nicht! Der Tourist brauchte nicht zu kämpfen. Der Krieger neckte ihn und zog ihn an der Nase und erbot sich, mit verbundenen Augen oder mit gefesselten Händen zu kämpfen. Wenn der Tourist dann immer noch Bedenken anmeldete, schalt man ihn einen Hund, einen Dieb und einen Touristen. Die Frauen spien ihm auf die Füße und schnitten ihm den Hosenboden heraus – aber er durfte lebend nach Tanjaree zurückkehren, mit viel Stoff zur Erinnerung.«

»Interessant«, bestätigte Glawen. »Doch nun, zwischen dem Superbo und dem Haz-Krieger ...«

»Gibt es wenig Unterschied«, sagte die junge Dame mit dem blauen Band im Haar. »Im Haz-Krieger spielen sie Haz-Musik und tun so, als schätzten sie den Touristen gering, aber sie werden nicht gewalttätig.«

Glawen sprach: »Ich glaube, ich nehme dann doch lieber das Superbo. Seien Sie bitte so nett und ...«

»Sowohl das Superbo als auch das Haz-Krieger sind ausgebucht«, sagte das Mädchen mit dem rosafarbenen Band im Haar. »Wir werden Sie im Novial unterbringen.«

»Auch das ist mir recht, wenn es nur hurtig geht; ich bin in Eile.«

»Es dauert nur einen kleinen Moment!« sagte das Mädchen mit dem blauen Band im Haar. »Wir sind berühmt für die Schnelligkeit unseres flotten Tempos!

Das Novial soll es denn also sein. Ich muß Sie jedoch darauf hinweisen, daß ihr Pold nicht gerade erstklassig ist.«

»Für mich wird es gut genug sein«, sagte Glawen. »Ich bin noch kein Connaisseur. Sie können ein Zimmer im Novial für mich buchen.«

»Wie Sie wünschen«, sagte das Mädchen mit dem blauen Band im Haar. »Wenn Sie gutes Pold brauchen, gehen Sie zu einem der Kioske. Die gangrilischen Zubereitungsarten sind die besten.«

Das Mädchen mit dem rosafarbenen Band im Haar streckte die Zunge heraus. Auf der Spitze klebte eine kleine schwarze Pastille. Das Mädchen mit dem rosafarbenen Band im Haar sagte: »Ich lutsche gerade an einer Waffel aus Tikki-Tikki, welches eine Gangrilen-Spezialität ist. Der Geschmack ist herb, aber fein, und die Inhaltsstoffe üben eine besänftigende Wirkung auf mich aus.«

Das Mädchen mit dem blauen Band im Haar untermauerte die Aussage seiner Kollegin mit der Äußerung: »Tikki-Tikki lindert oft die Beschwernisse meiner Arbeit.«

Glawen sagte: »Ich muß gehen, bevor ich eine Beschwernis werde.«

»Aber Sie sind keine Beschwernis!« erklärte das Mädchen mit dem rosafarbenen Band im Haar. »Wir unterhalten uns gerne mit Ihnen, und außerdem haben wir nichts Besseres zu tun.«

Das Mädchen mit dem blauen Band im Haar sagte: »Hier ist eine Karte von Tanjaree.« Es nahm einen Stift und machte ein Kreuzchen. »Hier wohnen wir. Wenn

Sie sich langweilen, können Sie vorbeikommen und unser echtestes Pold probieren.«

Das Mädchen mit dem rosafarbenen Band im Haar schlug vor: »Oder wir spazieren am See entlang und zählen die Monde und sagen die passenden Gedichte auf.«

Das Mädchen mit dem blauen Band im Haar sagte: »Wir könnten auch die Karawanserei besuchen und den verrückten Possenreißern zuschauen, wie sie tanzen und auf der Ziehharmonika spielen.«

»Ich bin verwirrt von dieser großen Auswahl«, sagte Glawen. »Doch zuvörderst muß ich mich um meine Geschäfte kümmern, die äußerst dringend sind.«

»Wenn Sie wünschen, gebe ich Ihnen eine Nging-Waffel«, sagte das Mädchen mit dem rosafarbenen Band im Haar. »Sie hat die Wirkung, daß sich die Bedeutung gewichtiger Geschäfte verringert. Sie gestattet einem, entspannt und sorgenfrei zu leben.«

Glawen schüttelte lächelnd den Kopf. »Vielen Dank.« Er schaute auf die Stadtkarte. »Das Novial ist wo?«

Das Mädchen mit dem blauen Band im Haar machte ein Kreuzchen. »Doch zuvor müssen wir Ihnen Ihre Unterkunft buchen, sonst passiert es womöglich, daß auch daraus nichts wird.«

»Ich werde das sogleich tun«, sagte das Mädchen mit dem rosafarbenen Band im Haar. »Ich hatte die Bedürfnisse des Herrn ganz vergessen.«

Glawen wartete. Das Mädchen mit dem rosafarbenen Band im Haar sprach ins Telephon und nickte dann Glawen zu. »Ihr Quartier ist gesichert, aber Sie müssen sich sofort im Novial melden, sonst wird Ihr Zimmer womöglich jemand anderem überlassen. Wie Sie sehen, gehen die Dinge hier in Tanjaree ziemlich flott.«

»Das kann man wohl sagen«, sagte Glawen. »Markieren Sie bitte die Crippet Alley auf der Karte, und wenn es geht, auch den Künstlerbedarfshandel Argonaut.«

Das Mädchen mit dem blauen Band im Haar nahm die Markierungen vor, das Mädchen mit dem rosafarbenen Band im Haar überprüfte und bestätigte sie. Glawen brachte erneut seinen Dank zum Ausdruck; dann schied er.

IV

Eine lange, wacklige Rolltreppe beförderte ihn hinunter zur Seeuferallee. Er schaute hinauf zur Sonne Pharisse. Nach ihrem Stand zu urteilen war es etwa ein Uhr nachmittags. Es konnte freilich sein, daß die Rechnung irreführend war, da Nions Sterntag etwas über siebenunddreißig Stunden lang war.

Glawen marschierte die Allee entlang, und einige Minuten später stand er vor dem Hotel Novial. Er betrat die Halle, einen unscheinbaren Raum, der weder geräumig noch elegant war. Er ging zur Rezeptionstheke, hinter der ein schmucker junger Mann saß, der gerade angeregt telephonierte. Er war zwei oder drei Jahre älter als Glawen, hatte rundliche Schultern, volle Wangen, glattes schwarzes Haar und klare braune Augen, die unter prachtvollen, ausdrucksstarken schwarzen Brauen hervorlugten. Er trug dunkelgrüne Beinkleider und eine gelbe Bluse, die mit zwei Einsatzstücken mit verworrenen schwarzroten Dessins verziert war. Auf dem Haupt trug er ein flottes schwarzes Barett – offenbar der letzte Schrei in der Mode. Nach einem kurzen, flüchtigen Blick aus dem Augenwinkel in Glawens Richtung wandte er sich von der Theke ab und setzte sein Telephonat fort. Auf dem Bildschirm sah Glawen das Gesicht eines anderen jungen Stutzers, der ein ähnliches Barett aufhatte, ebenfalls schmissig übers Ohr gezogen.

Eine Zeit verging. Glawen wartete; seine Geduld

nützte sich mählich ab. Der Hotelangestellte telephonierte ungerührt weiter; hin und wieder kicherte er. Glawen wurde nervös. Er fing an, mit den Fingern auf die Theke zu trommeln. Weitere Zeit verfloß; jede Minute konnte wichtig sein! Der Hotelangestellte, durch das Trommeln in seiner Konzentration auf das Telephonat gestört, zog verärgert die Brauen hoch, dann schaute er über die Schulter und beendete das Gespräch. Er wandte sich um und fragte: »Ja, der Herr? Was ist Ihr Begehr?«

Glawen bezähmte seine Stimme. »Quartier natürlich.«

»Leider ist das Hotel voll belegt. Sie müssen Ihr Glück woanders versuchen.«

»Was? Das Fremdenverkehrsbüro hat gerade erst für mich reservieren lassen!«

»Wirklich?« Der Hotelangestellte schüttelte den Kopf. »Warum werde ich über solche Dinge nicht in Kenntnis gesetzt? Sie müssen woanders angerufen haben. Haben Sie es schon im Bon Felice versucht?«

»Natürlich nicht. Man hat mir ein Zimmer im Novial vermittelt; also bin ich ins Novial gekommen. Klingt das für Sie unvernünftig?«

»Ich bin nicht der Unvernünftige von uns beiden«, sagte der Hotelangestellte. »Das Wort beschreibt in sehr treffender Weise die Person, die, wenn man ihr mitteilt, daß keine Unterkunft existiert, fortfährt zu schwatzen und zu argumentieren. Dieses Verhalten nenne ich freilich unvernünftig.«

»Ganz recht«, sagte Glawen. »Wenn das Fremdenverkehrsbüro anruft, um eine Reservierung vornehmen zu lassen, wie gestaltet sich dann der weitere Ablauf?«

»Ganz einfach. Die diensttuende Kraft, in diesem Falle also ich, schreibt den Namen sorgfältig auf diese Tafel, und schon ist kein Raum mehr für Fehler und Irrtümer.«

Glawen zeigte auf die Tafel. »Wie lautet der Name in dem blauen Feld auf der rechten Seite?«

Der Hotelangestellte raffte sich erschöpft auf. »Dieses Feld hier? Er lautet ›Glawen Clattuc‹. Und?«

»Ich bin Glawen Clattuc.«

Einige Sekunden lang stand der Hotelangestellte stumm da. Dann sagte er: »Sie haben Glück. Das ist unsere Luxussuite. In Zukunft sollten Sie sich die Mühe geben, Ihre Arrangements sorgfältiger zu erklären; wir können unsere Arbeit nicht effizient verrichten, wenn uns die simpelsten Fakten fehlen.«

»Ja, natürlich«, sagte Glawen. »Sie sind ein Wunder an Effizienz. Und jetzt zeigen Sie mir die ›Luxussuite‹.«

Der Hotelangestellte warf Glawen einen Blick verblüffter Entrüstung zu. »Mein Rang ist hoch! Ich bin Bürovorsteher und stellvertretender geschäftsführender Vizepräsident! Ich führe doch keine Quartiernehmer im Hotel herum! Wo denken Sie hin!«

»Wer ist dann dafür zuständig?«

»Im Augenblick niemand. Der Portier ist noch nicht da, und ich habe keine Ahnung, wie die Dienstpläne des Personals im einzelnen aussehen. Sie können entweder hier warten, bis sich der oder die zuständige Angestellte zum Dienst meldet, oder Sie gehen diesen Korridor bis zum Ende durch und gehen dann durch die letzte Tür links. Der Türschloßcode ist ta-ta ta.«

Glawen ging zu der bezeichneten Tür und tippte ta-ta ta auf der Türschloß-Tastatur. Die Tür glitt auf; Glawen trat ein. Er befand sich in einem Zimmer von bescheidener Größe, das mit einem Tisch und einem Bett ausgestattet war. In einer Nische sah er eine Badewanne und eine Toilette. Glawen ließ seinen Blick verwundert durch den Raum schweifen. Lag hier ein Irrtum vor? Konnte diese kümmerliche Kammer wirklich die ›Luxussuite‹ sein?

Für den Moment mußte sie genügen; andere Sorgen

waren jetzt dringender. Das Ende seiner Reise stand bevor, und das Schicksal wartete irgendwo in der Crippet Alley. Er warf seine Reisetasche auf das Bett und verließ das Zimmer.

Im Foyer verfolgte der Hotelangestellte sein Nahen aus dem Augenwinkel; dann zog er seine prächtigen schwarzen Brauen hoch und wandte sich ostentativ ab, damit er, wenn Glawen kam, um die übliche Beschwerde vorzubringen, diesen mit einer Miene blasierter Gleichgültigkeit von oben herab mustern konnte, welche, indem sie Außerweltgäste in Rage brachte, dazu diente, sein Selbstwertgefühl zu erhöhen.

Glawen ignorierte ihn jedoch. Weder nach links noch nach rechts schauend, durchquerte er das Foyer und verließ das Hotel. Der Hotelangestellte schaute ihm mißmutig hinterher; sein Selbstwertgefühl schrumpfte wieder auf sein ursprüngliches Maß zusammen.

Draußen auf der Allee hielt Glawen inne, um sich ein Bild von seiner Umgebung zu machen. Pharisse hatte sich in der Zwischenzeit nicht wesentlich weiterbewegt auf ihrer Bahn; acht Stunden Tageslicht verblieben bestimmt noch bis zum Anbruch der langen Dämmerung. Tief am Himmel hingen eine Anzahl von blassen Erscheinungen: einige von Nions zahlreichen Trabanten, in unterschiedlichen Phasen befindlich, von sichelförmig bis halbvoll. Im Moment war die Luft still, und der See reflektierte die flachen weißen Kuppeln und Minarette von Alt-Tanjaree am gegenüberliegenden Ufer.

Glawen brach auf zu seiner schicksalhaften Mission; er versuchte, seine Gedanken sowohl gegen böse Vorahnungen als auch gegen Hoffnungen abzuschotten – ein Unterfangen, das erschwert wurde durch mulmige Spekulationen hinsichtlich des Mannes, der Fräulein Shoup betört hatte: wo war er jetzt?

Glawen kam zur Crippet Alley und bog ab; dabei wechselte er von einem Moment zum andern aus der Enklave der Außerweltler in eine Welt über, in der die einheimische Bevölkerung ihren eigenen beschaulichen Geschäften nachging. Sie schienen ein gelassenes, leises Volk zu sein, das in gemächlichem Rhythmus lebte – vielleicht beeinflußt vom langen, siebenunddreißig Stunden währenden Tag Tanjarees. Wie die beiden jungen Damen aus dem Fremdenverkehrsbüro, die mit dem blauen respektive rosafarbenen Band im Haar, waren sie nicht sonderlich groß von Statur, hatten kastanienbraunes Haar, fein geschnittene Gesichter und graue Augen. Die Gasse selbst war ungleichförmig und kurvig, stellenweise so eng, daß die Obergeschosse der Häuser einander fast berührten; dann wieder verbreiterte sie sich hier und da zu einem kleinen, unregelmäßigen Platz, vielleicht mit einem dickstämmigen Dendron in der Mitte.

Nachdem Glawen eine Weile gegangen war, kam ihm allmählich zu Bewußtsein, daß irgend etwas merkwürdig an der Crippet Alley war: sie war unnatürlich still. Er hörte weder laute Stimmen noch Musik noch Lärm; nur das Geräusch leiser Schritte und gedämpftes Wispern aus den Läden und Geschäften.

Glawen kam zum Argonaut Künstlerbedarfshandel, einem zweigeschossigen Gebäude, das etwas imposanter war als die meisten anderen in der Gasse. In zwei Schaufenstern zu beiden Seiten der Tür waren Waren ausgestellt: in dem zur Linken eine Anzahl kleiner mechanischer Spielwaren; in dem zur Rechten Muster der Künstlerbedarfsartikel, die im Innern des Geschäfts zum Verkauf angeboten wurden: Modellierwerkzeuge; Wachse, Gipse und Tone; Gerätschaften zur Verzierung von Stoff sowie Färbe- und Beizmittel; Farben, Lacke und Lösungsmittel. Die Ware machte einen etwas angestaubten Eindruck, als sei sie seit langem nicht mehr umdekoriert worden.

Glawen betrat das Geschäft: ein dunkler, vollgestopfter Raum, dessen hohe Decke und Wände dunkelbraun gebeizt waren. Der Raum war sehr still. Glawen sah, daß er der einzige Kunde war; außer ihm befand sich in dem Laden nur noch eine Frau in mittleren Jahren mit kurzem blond-grauem Haar, die hinter einer Theke saß und eine Zeitschrift las. Ihre Gesichtsfarbe war hell; sie trug einen sauberen blauen Kittel.

Glawen trat vor die Theke; die Frau hob den Blick von ihrer Zeitschrift und sah ihn mit einem freundlichen, aber desinteressierten Gesichtsausdruck an. »Ja, bitte?«

Glawen stellte fest, daß sein Mund trocken war. Der Augenblick war gekommen, und nun war er nervös. Er fand seine Stimme: »Ist Herr Keebles da?«

Die Frau schaute quer durch den Raum, mit gerunzelter Stirn, so als müsse sie über die Frage nachsinnen. Sie entschied sich zu einer Antwort. »Herr Keebles? Der ist nicht hier.«

Glawen hielt den Atem an. Die Frau setzte hinzu: »Im Moment jedenfalls.« Glawen ließ seinen angehaltenen Atem entweichen.

Nachdem sie die Frage nun beantwortet hatte, wandte sich die Frau wieder ihrer Zeitschrift zu. Glawen fragte geduldig: »Wann wird er wieder zurück sein?«

Die Frau schaute erneut auf. »Bald, denke ich.«

»In Minuten? Stunden? Tagen? Monaten?«

Die Frau lächelte pflichtschuldig. »Also wirklich! Sie machen Scherze! Herr Keebles ist bloß eben zur Toilette gegangen!«

»Dann kann es sich ja wohl allenfalls um Minuten handeln«, sagte Glawen. »Richtig?«

»Ganz gewiß jedenfalls nicht um Tage oder gar Monate«, sagte die Frau affektiert. »Nicht einmal um Stunden.«

»In dem Fall warte ich.«

Die Frau nickte und widmete sich wieder ihrer Lektüre. Glawen drehte sich um und inspizierte den Raum etwas eingehender. Hinten war eine wacklige Treppe, und an der Seite war eine Versandtheke; dort fiel ihm etwas grün Schimmerndes ins Auge. Er ging zu der Theke und sah einen Kasten mit einem halben Dutzend grüner Jadespangen von drei Zoll Durchmesser. Sie sahen genauso aus wie die, die er in Ma Chilkes Wohnzimmer gesehen hatte, nur daß diese hier angeschlagen und gesprungen oder anderweitig beschädigt waren. Seltsam! dachte Glawen. Er blickte zu der Frau und fragte: »Wozu sind die hier gut, diese Jadestücke?«

Die Frau reckte den Kopf hoch und schaute. Sie überlegte einen Moment. »Ach ja! Die Jadespangen! Das sind ›Tangletten‹; sie stammen von der Ebene der Stehenden Steine, auf der anderen Seite der Welt.«

»Sind sie wertvoll?«

»O ja! Aber es ist gefährlich, sie zu sammeln, wenn man kein Experte ist.«

»Ist Herr Keebles ein solcher Experte?«

Die Frau schüttelte lächelnd den Kopf. »Doch nicht Herr Keebles! Er bezieht sie von einem Freund, aber sie werden allmählich rar, was schade ist, da sie gute Preise bringen.« Sie wandte sich um. »Da ist Herr Keebles.«

Die Treppe herunter kam ein kleiner Mann mit einem grauen Haarring um den kahlen Schädel. Sein Brustkorb und seine Schultern waren plump; sein leicht vorgebeugter Kopf ruhte auf einem kurzen Hals. Runde blaue Augen studierten Glawen aufmerksam. »Nun, mein Herr, womit kann ich Ihnen dienen?«

»Sie sind Herr Melvish Keebles?«

Die blaßblauen Augen musterten Glawen ohne Freundlichkeit. »Wenn Sie ein Verkäufer oder ein Agent sind, vergeuden Sie Ihre Zeit – und, was schlimmer ist, meine.«

»Ich bin weder ein Verkäufer noch ein Agent. Mein Name ist Glawen Clattuc. Ich möchte mit Ihnen sprechen.«

»In welcher Angelegenheit?«

»Das kann ich Ihnen erst erklären, wenn ich Ihnen ein paar Fragen gestellt habe.«

Keebles schürzte seine dünnen Lippen. »Ich nehme an, das bedeutet, daß Sie etwas wollen, aber nicht geneigt sind, dafür zu bezahlen.«

Glawen lächelte und schüttelte den Kopf. »Ich glaube, unsere Transaktion wird Ihnen zumindest einen kleinen Profit einbringen.«

Keebles gab ein Ächzen von sich. »Wann bekomme ich endlich einmal Kunden, die nicht in kleinlichen Kategorien denken?« Er machte eine winkende Handbewegung. »Kommen Sie; ich werde Ihnen zuhören, zumindest für ein paar Augenblicke.« Er wandte sich ab und führte Glawen durch einen Gang in einen Raum von unregelmäßigen Dimensionen, der ebenso düster und muffig war wie der Laden selbst. Eine Reihe von Fenstern, deren Öffnungen so schief und ungleichmäßig waren, daß nicht zwei identische dabei schienen, wiesen auf einen öden Hof. »Dies ist mein Büro«, sagte Keebles. »Hier können wir reden.«

Glawen sah sich in dem Raum um. Die Möblierung war spärlich: ein Schreibtisch, vier dürre, hochlehnige Stühle aus gebogenem und geflochtenem Rohr, ein rot und schwarz gemusterter Läufer, eine Reihe von Schränken, ein mit Krimskrams vollgestellter Seitentisch. Auf einem Regal standen ein Dutzend Keramikstatuen, jede etwa sechzehn Zoll hoch, welche Monstren aus dem Großen Tangting-Wald darstellten. Glawen fand sie beeindruckend, zum einen, weil sie exzellent gearbeitet waren, zum andern aufgrund der Wirkung ihres Gegenstandes: es waren die abscheulichsten und ekelhaftesten Objekte, die er je gesehen hatte.

Keebles setzte sich an seinen Schreibtisch. »Hübsche Stücke, nicht wahr?«

Glawen wandte sich angewidert ab. »Wie können Sie ihren Anblick nur ertragen?«

»Ich habe keine Wahl«, sagte Keebles. »Ich kann sie nicht verkaufen.«

»Die Touristen werden sie Ihnen aus den Händen reißen«, sagte Glawen. »Sie kaufen alles – je scheußlicher, desto besser.«

Keebles schnaubte. »Hunderttausend Sol für die zwölf?«

»Das scheint mir ein hoher Preis.«

»Ganz und gar nicht. Eines der Tangting-Monstren ist eine Mißgeburt. Es modelliert seine Mitmonstren zur Erbauung in Ton. Ich werde sie auf die Erde mitnehmen und sie als faszinierende Arbeiten beschreiben, die hundert psychologische Rätsel aufgeben, und sie an ein Museum verkaufen.« Er zeigte mit dem Daumen auf einen der Stühle. »Setzen Sie sich und erklären Sie, was Sie wollen. Aber fassen Sie sich bitte kurz, da ich bald einen Termin habe.«

Glawen nahm Platz. Sein Vater Scharde hatte einmal gesagt, daß man Aufrichtigkeit nicht vermeiden solle, bloß weil sie die Wahrheit verkörpere. Im vorliegenden Fall würde Keebles ohnehin nichts glauben, so daß die Wahrheit dem gleichen Zweck dienen würde wie Verlogenheit. Nicht die ganze Wahrheit natürlich. Das wäre eine zu mächtige Kost für Keebles.

»Ich komme gerade von der Erde, um im Auftrage eines Klienten in einer geschäftlichen Angelegenheit zu verhandeln. Sie hat nichts mit Ihnen zu tun, wie ich eilends hinzufüge, außer daß ich, als ich eine Liste von allgemeinen Geschäftsmaklern durchging, auf Ihren Namen stieß. Es kann nicht so viele Melvish Keebles' in dem Gewerbe geben, und, um es kurz zu machen, ich beschloß, Sie aufzusuchen.«

Keebles lauschte ihm ohne großes Interesse. »Fahren Sie fort.«

»Sind Sie der Melvish Keebles, der früher einmal mit Floyd Swaner zusammengearbeitet hat?«

Keebles nickte. »Das waren gute Zeiten, und ich bezweifle, ob ich ähnliche Zeiten noch einmal erleben werde.« Er lehnte sich zurück. »Wo haben Sie von unserer Verbindung erfahren?«

»Von Swaners Tochter. Sie lebt immer noch draußen in der Großen Prärie.«

Keebles wandte den Blick zur Decke und sann über lang vergangene Zeiten nach. »Ich entsinne mich an sie, aber ihr Name ist mir entfallen.«

»Sie heißt Chilke. Ich bin nicht sicher, ob ich jemals ihren Vornamen gehört habe.«

»›Chilke‹ – richtig, so hat sie geheißen. Und was hat Sie hinaus in die Große Prärie geführt?«

»Ganz einfach. Ich bin wie Sie eine Art Agent oder Makler, und eine meiner Kundinnen ist die Naturforschergesellschaft. Oder präziser ausgedrückt, ich arbeite mehr oder weniger aus persönlicher Verbundenheit in ihrem Interesse; großer Profit wird da sicherlich nicht dabei herausspringen. Sind Sie Mitglied?«

»Der Naturforschergesellschaft?« Keebles schüttelte den Kopf. »Ich dachte, die Gesellschaft wäre längst eingegangen.«

»Nicht gänzlich. Aber Sie unterstützen die Ziele der Gesellschaft?«

Keebles lächelte dünn. »Jeder ist gegen die Sünde. Wer würde also den Naturalisten widersprechen?«

»Niemand – bis er eine Chance auf Profit sieht.«

Keebles lachte tonlos; es klang wie leises Keuchen. »Das ist der Felsen, der dem Boot den Boden aufreißt.«

»Auf jeden Fall versucht die Gesellschaft, sich zu erneuern. Vor geraumer Zeit – und ich glaube, Sie wissen davon – verhökerte ein Generalsekretär namens Nisfit das gesamte Archiv der Gesellschaft und behielt den Erlös für sich. Die Gesellschaft versucht nun, möglichst viele der verlorengegangenen Dokumente wiederaufzuspüren, und wo immer ich hinkomme, halte ich die Augen offen. Und als ich erfuhr, daß Sie hier ansässig sind, dachte ich mir, ich suche Sie auf und frage Sie, ob Sie mir weiterhelfen können.«

Keebles sagte teilnahmslos: »All dies ist lange her und weit weg.«

»Laut Auskunft von Frau Chilke verkaufte Floyd Swaner ein Paket dieser Dokumente Ihnen. Befinden sie sich noch in Ihrem Besitz?«

»Nach all diesen Jahren?« Keebles lachte wieder sein leises, keuchendes Lachen. »Das ist nicht sehr wahrscheinlich.«

Glawen spürte einen Stich der Enttäuschung; er hatte wider alle Vernunft gehofft, daß sich die Charta und die Übertragungsurkunde noch in Keebles' Besitz befanden. »Und Sie haben nicht ein einziges Stück mehr davon?«

»Nicht ein einziges. Bücher und Dokumente sind nicht meine Branche.«

»Was geschah mit den Dokumenten?«

»Sie verließen meine Hände vor langer Zeit.«

»Wissen Sie, wo sie jetzt sind?«

Keebles schüttelte den Kopf. »Ich weiß, wem ich sie verkauft habe. Was danach mit ihnen passierte, entzieht sich gänzlich meiner Kenntnis.«

»Ist es möglich, daß der Käufer sie noch immer in seinem Besitz hat?«

»Möglich ist alles.«

»Nun denn: an wen haben Sie sie verkauft?«

Keebles lehnte sich zurück und legte die Füße auf den Schreibtisch. »Wir bewegen uns jetzt auf das stille Gebiet zu, wo Worte golden sind. Dies ist der Punkt, wo wir unsere Schuhe ausziehen und auf Zehenspitzen gehen.«

»Ich habe solche Spiele schon öfter gespielt«, sagte

Glawen. »Immer hat irgend jemand meine Schuhe gestohlen.«

Keebles überging die Bemerkung. »Ich bin nicht reich, und Informationen sind die Ware, mit der ich handle. Wenn Sie welche wollen, müssen Sie dafür zahlen.«

»Worte sind wohlfeil«, sagte Glawen. »Ist Ihre Auskunft irgend etwas wert? Kurz, was wissen Sie?«

»Ich weiß, wem ich seinerzeit die Dokumente der Naturalisten verkauft habe, und ich weiß, wo er jetzt zu finden ist. Das ist doch die Information, die Sie wollen, nicht wahr? Was ist sie Ihnen also wert? Eine ganze Menge, könnte ich mir denken.«

Glawen schüttelte den Kopf. »Sie sind unrealistisch. Die Naturalisten können sich keine großen Ausgaben leisten, und ich kann nicht Geld auf gut Glück ausgeben. Der Mann hat das Material womöglich schon vor langer Zeit abgestoßen.«

»Das Leben ist unvorhersehbar, Herr Clattuc. Wer nicht wagt, der nicht gewinnt.«

»Ein vernünftiger Mann wägt die Chancen ab. In diesem Fall stehen sie nicht gut. Ihr Freund hat das Material vielleicht schon vor langer Zeit an jemanden weiterverkauft, an den er sich nicht mehr erinnern kann; oder er besitzt es noch, weigert sich aber, es abzugeben – aus welchen Gründen auch immer. Kurz, Ihre Information könnte mir unter Umständen eine karge Provision einbringen. Wahrscheinlicher aber ist, daß sie mir nichts weiter einbringen wird als sinnlose Lauferei, Enttäuschung und Ärger.«

»Pah«, murmelte Keebles. »Sie machen sich zu viele Sorgen.« Er nahm die Füße vom Schreibtisch und reckte sich auf seinem Stuhl hoch. »Kommen wir zur Sache. Wieviel wollen Sie für die Auskunft zahlen?«

»Was für eine Auskunft?« fragte Glawen zurück. »Ich kann Ihnen keinen Preis nennen, bevor ich nicht weiß, was ich dafür als Gegenwert bekomme. Telephonieren Sie Ihren Freund an und fragen Sie ihn, ob er immer noch alles von dem besitzt, was Sie ihm verkauft haben, oder ob er Teile des Materials verkauft hat, und wenn ja, welche. Ich werde Ihnen fünf Sol für den Telephonanruf zahlen und auf die Antwort warten.«

Keebles heulte auf vor Entrüstung. »Die Zeit, die ich damit vergeude, daß ich mit Ihnen herumfeilsche, ist zweimal soviel wert!«

»Vielleicht – wenn Sie jemanden fänden, der bereit wäre zu zahlen.« Glawen zählte fünf Sol auf den Schreibtisch. »Rufen Sie an, erkundigen Sie sich, und von dieser Basis aus können wir weiterverhandeln. Wollen Sie, daß ich draußen warte?«

»Ich kann jetzt nicht dort anrufen«, knurrte Keebles. »Es ist die falsche Tageszeit.« Er schaute zur Wanduhr. »Außerdem habe ich, wie ich bereits sagte, noch eine andere Verabredung. Kommen Sie heute abend bei Sonnenuntergang oder ein bißchen später wieder. Das ist zwar immer noch eine ziemlich unpassende Zeit für einen Anruf, aber was ist auf dieser verfluchten Welt schon passend, und überhaupt werde ich wohl nie mit diesen Siebenunddreißigstundentagen zurechtkommen.«

V Glawen ging die Crippet Alley zurück und dachte über seine Unterredung mit Melvish Keebles nach. Alles in allem betrachtet war die Sache ungefähr so gut abgelaufen, wie er hatte hoffen können, wenngleich Melvish Keebles ihn in einem Zustand nervenaufreibender Spannung zurückgelassen hatte.

Nichtsdestoweniger hatte er einen gewissen Fortschritt gemacht. Keebles hatte eingewilligt, die andere an der Transaktion beteiligte Partei anzurufen, und dabei stillschweigend die Anwesenheit dieser Person auf Nion eingestanden. Glawen fragte sich, ob dieses Eingeständnis eine Indiskretion gewesen war, die Keebles bereut hatte. Wenn ja, dann deutete das auf eine Nachlässigkeit hin, die ganz sicher nicht charakteristisch für Melvish Keebles war; wenn nein, konnte sie nur bedeuten, daß Melvish Keebles das Geschäft als unbedeutend und wenig gewinnträchtig für sich selbst betrachtete – und dies schien Glawen die wahrscheinlichste Erklärung. Was den anderen Beteiligten an der Transaktion betraf, so konnte es kaum ein anderer sein als Keebles' langjähriger Kollege, der jetzt draußen auf der Ebene der Stehenden Steine Tangletten sammelte – ein gefährliches Geschäft laut Aussage der Frau, die als Keebles' Verkäuferin zu fungieren schien – vielleicht war sie aber auch eine von den Ehefrauen, die er so beiläufig und zwanglos heiratete.

Die Crippet Alley weitete sich zu einem Platz und verengte sich dann wieder. Inzwischen waren mehr Leute unterwegs. Größtenteils handelte es sich um die zierlichen, feingesichtigen Eingeborenen von Tanjaree, hier und dort waren aber auch, sogleich zu erkennen an der auffällig anderen Physiognomie und Kleidung, der eine oder andere Mann oder die eine oder andere Frau aus einem der Außenbezirke zu sehen, die in Tanjaree weilten, um die dortigen Märkte aufzusuchen. Niemand schenkte Glawen die geringste Beachtung; er hätte, bei all der Aufmerksamkeit, die er erweckte, ebensogut unsichtbar sein können.

Der lange Nachmittag lag vor ihm. Glawen kehrte zum Hotel Novial zurück. Im Foyer lehnte sich der Hotelangestellte über die Theke. »Der Speiseraum ist jetzt für das Mittnachmittagsmahl gerüstet. Soll ich melden, daß Sie sich in Kürze dort einfinden werden, Ihr Pold einzunehmen?«

Glawen blieb abrupt stehen. Mittnachmittagsmahl? Wie viele Mahlzeiten wurden im Verlaufe eines Siebenunddreißigstundentages eingenommen? Frühstück, Mittagessen, Abendessen, Mittmorgen- und Mittnachmittagsmahl – das würde das mindeste sein. Was geschah während der langen hungrigen Neunzehnstundennächte?* Glawen verdrängte die Frage für den Moment aus seinen Gedanken. Jetzt hatte er erst einmal Hunger. »Ich bezweifle, ob ich für Pold gerüstet bin«, sagte er zu dem Hotelangestellten. »Gibt es auch Standardgerichte?«

»Natürlich! Eine bestimmte Sorte von Touristen mag nichts anderes essen, was eine Schande ist, da Pold guttut, nahrhaft ist und schmeckt. Es ist gesund, bekömmlich und durch nichts zu ersetzen. Aber selbstverständlich steht es Ihnen frei zu essen, was Sie wollen.«

»Wenn das so ist, gehe ich das Risiko gern ein.«

Im Restaurant bekam Glawen das ›Touristenmenü‹ aufgetischt, dessen genießbare Teile er verzehrte. Als ungebetene Beilage kriegte er eine Scheibe blassen, kremgelben Polds, das, als er es probierte, einen milden, nußartigen Geschmack lieferte. Er fand keinen Anreiz, nach dem Verzehr des Essens noch länger im Speiseraum zu verweilen, und ging so bald wie möglich wieder hinaus auf die Allee. Es war immer noch früher Nachmittag. Pharisse schien geradezu an einer bestimmten Stelle am Himmelszelt festgeschweißt zu sein. Im Osten und im Westen zogen die bleichen Tagesmonde unaufdringlich ihre träge Bahn. Die Kuppeln und Türme der Altstadt spiegelten sich schimmernd im Wasser des Sees.

---

* Bei bestimmten Völkerschaften Nions, einschließlich jener, die sich auf Tanjaree konzentrierten, richteten sich die Nachtmähler, ihr Gehalt und der Grad ihres Raffinements nach den Phasen und dem Stand der Monde. Jemand, der die falsche Art von Pold aß, während, sagen wir einmal, der Mond Zosmei am Firmament stand, hätte damit einen vulgären und lachhaften Fauxpas begangen, der ihm für den Rest seines Daseins einen Ruf als Tölpel eingebracht hätte.

Glawen setzte sich auf eine Bank. Die Ebene der Stehenden Steine war laut Keebles' Verkäuferin auf der anderen Seite der Welt. Der Mittag in Tanjaree entsprach der Mitternacht auf der Ebene der Stehenden Steine, was bedeutete, daß die Abenddämmerung dem frühen Morgen entsprach; verständlich also, daß Keebles sich genötigt gefühlt hatte, seinen Telephonanruf hinauszuzögern.

Glawen zog einen Packen Informationsprospekte hervor, den er im Fremdenverkehrsbüro erhalten hatte, und entnahm ihm eine vielfarbig bedruckte Landkarte von Nion in Mercatorprojektion. Vertikale Linien teilten die Welt in siebenunddreißig Segmente ein, entsprechend den siebenunddreißig Stunden und fünfzehn Minuten des Sterntages. Der Nullmeridian – 00:00 Uhr oder Mitternacht – verlief durch Tanjaree.

Die Oberfläche Nions war ungefähr viermal so groß wie die der Erde: eine Disparität, die noch verstärkt wurde durch das Fehlen von Ozeanen und großen Seen. Die physiographischen Details waren durch Farben gekennzeichnet: grau für trockenen Meeresgrund, olivgrün für Wasserfelder, blau für offenes Wasser, rosa für die riesigen Steppen. Das Gros der Bevölkerung war auf die drei wichtigsten Städte konzentriert: Tanjaree; Sirmegosto, das sechstausend Meilen südöstlich von Tanjaree lag; und Tyl Toc, das viertausend Meilen westlich von Tanjaree lag. Darüber hinaus gab es mehrere Dutzend isolierte Kleinstädte, die über den ganzen Planeten verstreut lagen, darunter viele Touristenziele: Hakenstadt unweit des Tangting-Waldes; Mondweg auf der Ebene der Stehenden Steine; Whipple's Camp unter der Scintic-Klippe; und einen Haufen kleiner Dörfer. Bei den schwarzen Linien, die die bewohnten Gegenden miteinander verbanden, handelte es sich laut Legende um ›Nomadenrouten‹.

Glawen fand die Ebene der Stehenden Steine im Segment 18, genau auf der gegenüberliegenden Seite des Planeten. Hier war die Stadt Mondweg; im Norden lagen die William-Schulz-Berge, im Süden die Gerhart-Pastelle.

Glawen studierte die Karte noch eine Weile, dann faltete er sie wieder zusammen und steckte sie zurück in seine Tasche. Er erhob sich von der Bank und ging die Allee entlang zu einem Buchgeschäft in der Nähe des Hotels Cansaspara. Dort kaufte er einen Reiseführer mit dem Titel:

NION: WAS SIE GESEHEN HABEN MÜSSEN!
WAS SIE UNTERNEHMEN MÜSSEN!
Und: Wo Sie besser nicht hingehen
und was Sie besser nicht tun, wenn Ihnen Ihr Leben
und Ihre geistige Gesundheit lieb sind.
(Jawohl – geistige Gesundheit! Siehe dazu
den Abschnitt über Gangrilen-Pold).

Ganz in der Nähe war ein Straßencafé. Glawen fand einen unbesetzten Tisch, der ein wenig abseits stand, und setzte sich. Die anderen Gäste waren überwiegend Außerweltler: Touristen, die miteinander plauderten und sich über die Widersprüchlichkeiten von Tanjaree ausließen, ihrer Meinung nach ein gottverlassenes und schäbiges Nest, das gleichwohl wahrhaft exotisch und natürlich unbegreiflich war. Einige berichteten von ihren Erfahrungen mit Pold; andere erzählten aufgeregt von ihrem Ausflug zum Tangting-Wald und seinen den Geist betäubenden Bewohnern. Am Himmel hing die Sonne Pharisse scheinbar fest und unverrückbar inmitten ihres Gefolges von Monden.

Glawen begann in dem Reiseführer zu lesen, doch er wurde unterbrochen durch das Erscheinen eines Kellners in einer braunen Einheitskluft mit wehender schwarzer Krawatte. »Sie wünschen?«

Glawen schaute von seiner Lektüre auf. »Was gibt es?«

»Wir bieten eine breitgefächerte Auswahl von Getränken an. Sie sind hier auf der Getränkekarte aufgeführt.« Er zeigte auf eine Karte und wandte sich zum Gehen.

»Warten Sie!« rief Glawen. »Was ist ein ›Tympanese Tonic‹?«

»Das ist ein einheimisches Getränk von mild stimulierender Wirkung.«

»Wird es aus Pold hergestellt?«

»Ja.«

»Was ist ein ›Meteor Fuel‹?«

»Das ist ebenfalls ein sanft stimulierendes Getränk, welches manchmal vor Wettläufen getrunken wird.«

»Wird es auch aus ...?«

»Aus einer anderen Sorte von Pold.«

»Die Dame dort: was trinkt sie?«

»Das ist unser ›Leichen-Wiedererwecker‹. Es ist ein Geheimrezept der Gangrilen und sehr beliebt bei Touristen mit modernen Ansichten.«

»Ich verstehe. Diese Tees, die laut Getränkekarte von der Erde importiert sind: sind die auch aus Pold?«

»Nicht, daß ich wüßte.«

»Dann bringen Sie mir bitte einen Kanne grünen Tee.«

Glawen wandte sich wieder dem Reiseführer zu und fand einen Abschnitt mit der Überschrift: ›Die Ebene der Stehenden Steine‹. Er las:

> Die Stehenden Steine sind untrennbar verbunden mit den Schattenmännern, die bis zum heutigen Tag in der Umgebung lauern. Sie tragen ihren Namen wahrlich zu Recht, und sei es auch nur, weil sie kaum mehr als Schatten ihrer bemerkenswerten Vorfahren sind, die unablässig nach Ehre strebten und ihr Leben der Vollbringung großer Taten widmeten. Die Schattenmänner von heute sind finster, schweigsam, hochgradig abergläubisch und introvertiert bis zur Undurchdringlichkeit. Strenge Etikette bestimmt jede Phase ihres Lebens, so daß sie

von ihren Einzelheiten geradezu erdrückt werden, und ihr Verhalten ist vorhersehbar. Der Tourist, der im Zuge seines Ausfluges nach Mondweg zufällig auf einen Schattenmann stößt, wird eine Person vorfinden, die teilnahmslos ist wie Stein und vollkommen unerschütterlich. Doch wehe dem Touristen, begeht er einen Fehler: dieser zurückhaltende Gentleman wird ihm ohne die geringsten Bedenken die Kehle durchschneiden, wenn er feststellt, daß der Tourist sich an seinen geweihten Gegenständen vergeht. Lassen Sie sich trotz alledem nicht von einem Besuch der Stehenden Steine abhalten; sie sind bemerkenswert, und Sie bleiben unbehelligt, solange Sie sich an die Bestimmungen halten.

Die Schattenmänner von heute müssen im Lichte ihrer Geschichte betrachtet werden. Es ist eine betrübliche Bilanz: das geradezu lehrbuchhafte Beispiel von isolierten gaeanischen Siedlern, die über die Jahrhunderte hinweg eine einzigartige Gesellschaft mit komplizierten Konventionen entwickelt haben. Diese Konventionen werden immer ausgefeilter und generieren immer größere Kompliziertheit und Verzwicktheit, bis sie schließlich jeden Lebensbereich bestimmen und die Gesellschaft am Ende so sehr beherrschen, daß sie ihr buchstäblich die Luft zum Atmen rauben – mit der logischen Konsequenz, daß die Gesellschaft abstirbt. Beim zufälligen Betrachter, der das Goldene Zeitalter der Gesellschaft in Kontrast zu ihrem heutigen Elend setzt, löst dieser Prozeß Trauer und Bestürzung aus. Sehr oft wird der Prozeß mit einer mächtigen Religion und einer unvernünftigen Priesterschaft in Verbindung gebracht; im Falle der Schattenmänner war die zwingende Kraft der Ruhm, der durch Vortrefflichkeit beim großen Spiel zu erringen war.

Vor zweitausend Jahren erreichte die Gesellschaft ihren Höhepunkt. Die Bevölkerung wurde in vier Stämme aufgeteilt: den Nordstamm, den Oststamm, den Südstamm und den Weststamm. Vier- oder fünftausend Steine waren von Siegern zur Kennzeichnung ihrer Gräber aufgestellt worden. Was zuerst da war, die Spiele oder die Steine, darüber läßt sich allenfalls spekulieren, und es ist letztlich auch irrelevant. Die Spiele begannen als eine Zurschaustellung von Behendigkeit und

Schnelligkeit, bei der junge Männer in halsbrecherischer Manier über die Steine rannten. Schon bald wurden körperliche Berührungen – Schubsen, Beinstellen, Ringen – als erlaubte Praktiken zum Gewinnen der Rennen in das Regelwerk miteinbezogen. Als nächstes kamen die Eisenrennen, die nicht so sehr Rennen über die Steine waren als vielmehr komplizierte Strategien, zu denen Sprünge, Sprints und Fechtduelle gehörten. Geschicklichkeit in der Handhabung von Waffen wurde ebenso wichtig wie Flinkheit und Behendigkeit. Hatten die Spiele schon seit jeher Leidenschaften erzeugt, so fanden sich die vier Stämme jetzt in blutige Fehden und Blutrachefeldzüge verstrickt, die einen großen Teil ihrer Energie aufzehrten.

Aber nicht alle. Die Regeln des Zweikampfes waren kompliziert. Sobald der Jüngling das vierzehnte Lebensjahr erreichte, ließ er sich das Haar lang wachsen und schnitzte sich eine Haarspange aus einem Klümpchen von feinem Beilstein. Diese Spangen – ›Tangletten‹ genannt – waren mehr als bloßer Schmuck; sie waren Speicher des Mana ihres Trägers und verkörperten seine Männlichkeit; sie waren sein teuerster Besitz. Sobald er seine erste Tanglette geschnitzt und sie den Ältesten zur Begutachtung und Prüfung vorgelegt und Zustimmung gefunden hatte, war der Jüngling bereit für die Spiele.

Als erstes mußte er eine passende Verkettung der Monde abwarten: dies war von höchster Wichtigkeit. Die Monde, ihre Phasen, Zyklen und Positionen bestimmten und beherrschten das Leben der Schattenmänner. Wenn die Monde sich schließlich zu einer günstigen Konjunktion zusammenfanden, kletterte der Jüngling auf die Steine. Wenn er von vorsichtigem Naturell war, machte er seine ersten Prüfungen gegen andere Jünglinge der ersten Tanglette. Im Normalfall wurde er schlimmstenfalls von dem Stein heruntergestoßen – oder fiel von selber –, ohne tödlichen Schaden zu erleiden, doch mußte er seine Tanglette an den Sieger abtreten. Diese Abtretung fand im Rahmen einer feierlichen Zeremonie statt, bei der der Sieger hochgepriesen und der Verlierer beschämt wurde. Der tief gedemütigte Verlierer mußte sich sodann eine neue und bedrohliche Tanglette schnitzen.

Zu gehöriger Zeit erlangte er dann vielleicht die nötige Behendigkeit und Geschicklichkeit, um seinerseits Tangletten zu erringen, welche er allesamt an den Haarzopf heftete, der von seinem Hinterkopf herunterhing. Wenn er besiegt oder hinuntergestürzt oder getötet wurde, trat er alle seine Tangletten und seinen Haarzopf ab. War er jedoch ein Sieger und ein Meister, dann war er, sobald er das zwanzigste Lebensjahr erreichte, berechtigt, sich mit zehn Genossen zu verbünden. Gemeinsam hauten sie zehn Steine aus den hundert Meilen weiter südlich gelegenen Quarzfelsen heraus. Diese Steine wurden alsdann über die Ebene transportiert, mit einer Inschrift versehen und aufgestellt. Durch dieses Ritual wurde der Jüngling zum Mann, und früher oder später würde er am Fuße seines Steines bestattet werden, zusammen mit seinen Tangletten.

Solcherart waren die Spiele: zuerst Wettrennen über die Steine, am Ende dann leidenschaftliche Herausforderungen, blutige Fehden und Rachefeldzüge, die die Manneskraft der Schattenmänner schließlich erschöpften und das einst stolze Volk zu einem kläglichen Häuflein von wenigen hundert dezimierten.

Die Schattenmänner von heute tragen keine Tangletten mehr; sie schnitzen jedoch Imitationen, die sie an Touristen verkaufen und von denen sie steif und fest behaupten, sie seien aus einem geheimen, nur ihnen bekannten Grab ausgegraben worden. Lassen Sie sich nicht täuschen! Diese Artikel sind Fälschungen! Eine echte Tanglette ist ungeheuer wertvoll, ein Faktum, welches schon manchen räuberischen Abenteurer von weither angelockt hat. Diese Personen werden gewöhnlich – man könnte auch sagen: immer – mit durchschnittener Gurgel zwischen den Steinen gefunden.

Am westlichen Rand der Ebene der Stehenden Steine liegt die Siedlung Mondweg, so geheißen aufgrund der abergläubischen Vorstellungen, die noch heute das Leben der Schattenmänner beherrschen. Mondweg ist eigentlich weniger eine Stadt als vielmehr eine Kombination aus Handelsposten, Touristenzentrum und Dorf. Die drei Hotels – das Mondweg, das

Jade-Tanglette und das Todesfeen-Mond – sind ungefähr gleichwertig. Das Mondweg betreibt angeblich strengere Prävention gegen Sandflöhe als die anderen; ob dies zutrifft, sei dahingestellt. Bringen Sie in jedem Fall Insektenspray mit und sprühen Sie vor dem Schlafengehen Ihr Bett gründlich ein. Sonst kann es Ihnen passieren, daß Sie gründlich zerstochen aufwachen.

Achtung: Die Schattenmänner sind allem äußeren Anschein nach sanft und geduldig. Dies stimmt nur zum Teil, wie Sie auf höchst unsanfte Weise erfahren werden, wenn Sie eine kahlköpfige Frau behelligen, berühren, verspotten oder manchmal auch nur schlicht anschauen. Ihre Kehle wird auf der Stelle aufgeschlitzt werden; die Frau hat ihr Haupthaar einer Mondkonstellation zu einem Zwecke geweiht, der ihr am Herzen liegt. Lächeln Sie einen Schattenmann niemals an; er wird Ihr Lächeln erwidern, und nach einer blitzschnellen Bewegung seines Arms werden Sie sich unversehens aus zwei Mündern lächelnd wiederfinden, wennschon nicht aus doppelter Freude. Und bedenken Sie: niemand wird Sie beschützen oder den Schattenmann bestrafen oder maßregeln, da Sie vorher – nämlich in diesem Moment – ausdrücklich vor Ungehörigkeiten gewarnt worden sind.

Eine Warnung, die man unbedingt beherzigen sollte, dachte Glawen. Er machte es sich auf seinem Stuhl bequem und studierte die, die die Allee entlang an ihm vorüberschlenderten: Außerweltler aus den Hotels in der näheren Umgebung; schlanke, an ihrem kastanienbraunen Haar zu erkennende Bewohner von Tanjaree; scheinbar verschlafen dreinblickende Gangrilen, wie die Bewohner von Tanjaree von schmächtiger Gestalt, doch anders als jene mit eher kupferrotem denn kastanienbraunem Haupthaar; die Männer angetan mit weiten knielangen Reithosen und bunten Hemden, die Frauen mit weißen Kniehosen von übertriebener Weite, schwarzen Blusen und komischen kleinen grünen Hüten.

Plötzlich wurde Glawen bewußt, daß er seinen Tee noch immer nicht bekommen hatte. Der Kellner, der seine Bestellung aufgenommen hatte, stand nicht weit von ihm und ließ den Blick versonnen über den See schweifen. Glawen überlegte, ob es der Mühe wert war, eine wütende Szene zu machen, von der, so machte er sich klar, der Kellner sich mit einer Miene unaussprechlicher Verachtung und Erschöpfung abwenden würde. Und er, Glawen, würde am Ende vor aller Augen als rotgesichtiger, zeternder Bauerntrampel dastehen. Er wog die Optionen ab, die ihm offenstanden, und die einfachste war die, so zu tun, als hätte er gar keinen Tee in Auftrag gegeben. Er verlegte sich mit einem resignierten Seufzen auf diese Strategie, doch nur, um im selben Moment von einem Küchenjungen seinen georderten Tee auf den Tisch gestellt zu bekommen. »Warte«, befahl Glawen. Er lüftete den Deckel der Kanne und schnupperte an ihrem Inhalt. Tee oder Pold? fragte er sich. Es roch zumindest nach Tee der einen oder anderen Art. »Je nun«, sagte Glawen zu dem Jungen. »Das scheint wohl Tee zu sein.«

»Das scheint es wohl«, sagte der Junge.

Glawen musterte ihn scharf, kam jedoch zu dem Schluß, daß die Bemerkung arglos gemeint gewesen war. »Je nun«, wiederholte Glawen streng. »Du kannst gehen.« Letztendlich, sagte er sich, war es unmöglich, gegen die Küche anzustinken; sie servierte das, was sie für richtig hielt, und der Kunde hatte das zu verzehren, was er auf seinem Teller vorfand, ungeachtet seines Mißtrauens oder seines besseren Wissens.

Seine Aufmerksamkeit wurde jetzt in Anspruch genommen von der Ankunft eines klapprigen Vehikels, das auf der Allee herangeschaukelt kam: ein großes, kastenförmiges Gefährt von vierzig Fuß Länge und vierzehn Fuß Höhe, das in grellen Farben kunterbunt angemalt war. Es fuhr auf sechs großen Rädern, die allesamt unabhängig voneinander am Rahmen aufgehängt waren, so daß sie wild eierten, hüpften, wackelten und schlugen, während das Vehikel die Allee entlangschlingerte. Gelenkt wurde es von einem feisten, rundgesichtigen Mann mit einem buschigen schwarzen Schnäuzer und einem breitkrempigen Hut auf dem Haupt, der auf einer Bank oben auf dem Gefährt saß, von der aus er die Steuervorrichtungen betätigte. Hinter ihm umfriedete ein niedriger Zaun das Dach des Wagens; im Bereich dieser Fläche hielten sich ein halbes Dutzend Bälger unbestimmten Geschlechts auf, die manchmal ihre Hinterteile entblößten und manchmal nicht. Weitere Passagiere lehnten aus den Fenstern und winkten im Vorbeifahren den Schaulustigen zu. Der dicke Mann mit dem schwarzen Schnauzbart zog an seinen Steuerungsvorrichtungen; das Vehikel kam mit einer schlingernden Wippbewegung zum Stehen; eine Seitenwand klappte heraus und entfaltete sich zu einer zwölf Fuß tiefen Bühne, die an der gesamten Länge des Gefährts entlanglief. Auf diese Bühne kam ein kleiner Mann mit einem drolligen Gesicht, das in der Hauptsache aus einer gleichermaßen platten wie schiefen Nase, traurigen Augen und lappig herunterhängenden Mundwinkeln bestand: das Gesicht eines traurigen Mopses. Er trug ein blaues Gewand, das mit hundert Zipfeln und Troddeln verziert war, und einen flachen Hut mit schmaler Krempe. Er trat nach vorn an die Kante der Bühne und setzte sich in die leere Luft, doch im letzten Moment, just bevor er hintüberzukippen und auf dem Hosenboden zu landen drohte, kam aus dem Innern eine Hand hervorgeschnellt und schob ihm einen Hocker unter den Hintern. Er schnitt eine Grimasse, schielte mit einem schelmischen Grinsen auf die Leute, die ihm aus dem Café zuschauten, griff – scheinbar ziellos – in die Luft, und wieder schnellte ein Arm aus dem Innern hervor und schob ihm ein mit Saiten versehenes Musikinstrument in die griffbereit ausgestreckte Hand. Der Spaßmacher schlug ein paar Akkorde an, zupfte das Fragment einer Melodie in einer hohen Tonlage und sang dann eine traurige Ballade, die von der Drangsal und den Fährnissen des Vagabundenlebens erzählte. Als er eine Coda spielte, kamen zwei fette Weiber auf die Bühne gestürmt und hüpften und sprangen und tollten zu den zackigen Klängen eines Quicksteps, den der Clown bei ihrem Erscheinen unvermittelt anstimmte. Auf der anderen Seite der Bühne erschien ein jüngerer Mann und fiel mit seiner Ziehharmonika mit ein; die Weiber verdoppelten daraufhin ihre Anstrengungen, so daß ihre großen Brüste wie wild hüpften und ihre Arme wie Dreschflegel durch die Luft sausten. Sie warfen die Beine so hoch, daß es so aussah, als würden sie von ihrem eigenen Schwung zu Boden gerissen; statt dessen jedoch schlugen sie halsbrecherisch anmutende Rückwärtssalti, bei denen üppiges Schenkelwerk weiß aufblitzte und die die Bühne bei der Landung schier erzittern ließen. Zum Schluß ergriffen sie den mopsgesichtigen Clown und schleuderten ihn in hohem Bogen über die Zuschauer hinweg, die vor Schreck laut kreischten und die Köpfe einzogen, aber er war zuvor vermittels einer Drahtschnur an einer langen Stange befestigt worden, die ihn, ohne daß er auch nur einen Moment in seinem Saitenspiel innegehalten hätte, in einem weiten Halbkreis über die Zuschauer und wohlbehalten wieder zurück auf die Bühne schwang.

An die Stelle der feisten Damen traten drei Mädchen in weiten schwarzen Röcken und gold-braunen Blusen, denen sich ein stämmiger, als ein Dämon von rasender Wollust maskierter und kostümierter Jüngling zugesellte. Er hetzte die Mädchen in einer irrwitzigen Abfolge von akrobatischen Übungen über die Bühne, wobei er versuchte, sie zu entkleiden und zu Boden zu zwingen. Als die Tollerei zum Höhepunkt kam – zwei der Mädchen wälzten sich bereits barbusig am Boden, während der Dämon am Rock des dritten zerrte –, spürte Glawen einen winzigen, kaum wahrnehmbaren Druck. Er schaute sich blitzschnell um und bekam mit einer flinken Handbewegung das Handgelenk eines acht oder neun Jahre alten Mädchens zu packen. Die Hand des Mädchens war bereits in seiner Tasche; ihr Gesicht war nur einen Fuß von seinem entfernt. Er starrte in ihre schiefergrauen Augen und übte einen kurzen, kräftigen Druck auf ihr Handgelenk aus. Sie ließ los, was sie umfaßt hatte. Glawen sah, daß sie sich anschickte, ihm ins Gesicht zu speien. Er ließ ihr Handgelenk los, und sie entfernte sich ohne Hast, einen einzigen verächtlichen Blick über die Schulter zu ihm zurück werfend.

Auf der Bühne demonstrierte unterdessen ein Jongleur seine atemberaubende Geschicklichkeit mit einem Dutzend Ringen. Auf ihn folgte eine betagte Frau mit einer musikalischen Darbietung von ganz besonderer Art: während sie auf einem mächtigen Baßhorn blies, spielte sie mit den bloßen Füßen auf einem Saiteninstrument, wobei sie mit den Zehen des einen Fußes die Akkorde griff und mit denen des anderen die Saiten anschlug. Ihr gesellte sich gleich darauf ein rachitischer, nicht minder betagter Clown zu, der simultan auf zwei Dudelsäcken und einer Nasenpfeife eine dreistimmige Weise spielte. Das Finale bestand darin, daß zehn Erwachsene ein Orchester bildeten und Musik spielten, zu der sechs kleine Kinder Giguen und Ringelreihen tanzten und schließlich mit Tabletts bewaffnet ins Publikum liefen, um Geld einzusammeln. Das Mädchen, das sich Glawen näherte, war dasselbe, das wenige Augenblicke zuvor versucht hatte, ihn zu bestehlen. Kommentarlos warf er ein paar Münzen auf das Tablett; kommentarlos ging das Mädchen weiter. Gleich darauf rumpelte das Gefährt weiter, um vor einem anderen Café auf der anderen Seite des Hotels Cansaspara seine Darbietung abzuliefern.

Glawen schaute hinauf zu der Sonne Pharisse, die ein kleines Stück himmelab gewandert war. Er schlug wieder den Reiseführer auf und las das Kapitel über die fahrenden Spieler, die Nion in ihren schwankenden Wägen durchstreiften. Es gab, so die Schätzung des Reiseführers, etwa zweihundert solcher Vehikel, jedes mit seinen eigenen Traditionen und seinem speziellen Repertoire.

Sie sind nahezu wie Geschöpfe der Wildnis, so stark ist ihr Nomadentrieb! erklärte der Reiseführer. Nichts könnte sie dazu bringen, ihre Freiheit einzuschränken. Ihr Status ist niedrig; andere Leute erachten sie als verrückt und behandeln sie mit nachsichtiger Geringschätzung, wobei sie völlig übersehen, daß manche der Darbietungen bemerkenswerte Kreativität offenbaren, ganz zu schweigen von dem hohen Grad an technischer Virtuosität, der sie durchweg auszeichnet.

Bei allem Feuer, aller Begeisterung und aller Lebendigkeit, von denen ihre Darbietungen geprägt sind, darf jedoch die Tatsache nicht übersehen werden, daß das Leben der fahrenden Spieler alles andere als eine romantische Idylle ist. Nach einer langen Reise kommen sie in euphorischer Stimmung an einem Ziel an. Doch nicht lange, und sie werden unruhig und reizbar, und es zieht sie erneut hinaus in die Welt, neuen Zielen entgegen. Sie sind kein leichtfertiges Volk, sondern erscheinen dem Betrachter, als gehorchten sie der universellen Tradition, eher als melancholisch. Schon in frühester Kindheit, sobald sie gehen können, beginnt ihre musikalische und artistische Ausbildung. Ihr Erwachsenenleben wird beeinträchtigt von kleinlichen Eifersüchteleien und dem ständigen Druck, Herausragendes leisten zu müssen; ihr Alter ist alles andere als friedvoll und geruhsam. Sobald der Greis bei seiner Darbietung versagt oder beim Musizieren falsche Töne spielt, verliert er die Achtung seiner Genossen und bekommt nur mehr flüchtige Anerkennung, die auch nur widerstrebend gewährt wird. Wenn er nun auftritt, wird das Publikum immer noch seine – respektive ihre – erstaunliche Energie und abnorme Behendigkeit bestaunen, mit denen er sich zu verblüffenden neuen Höhen seiner Kunst aufschwingt – bis er schließlich strauchelt und fällt oder ein peinliches Übermaß an falschen Tönen spielt. Dann ist es aus, und er wird apathisch. Auf der nächsten Reise hält das Gefährt kurz mitten in der Nacht an, wenn die Monde am dunklen Himmel stehen. Der Greis wird aus dem Wagen gestoßen und bekommt eine Flasche Wein. Der Wagen fährt weiter, und der alte Hanswurst bleibt allein zurück. Er wird sich auf den Boden setzen; vielleicht wird er eine Weile den Monden zuschauen, wie sie am Himmel entlangziehen, vielleicht wird er auch das Lied singen, das er just für diesen Anlaß einstudiert hat. Dann leert er die Flasche Wein und legt sich hin, einen Schlaf zu schlafen, aus dem er nie mehr aufwachen wird, denn der Wein ist mit einem milden Gangrilengift versetzt.

Glawen schob das Buch beiseite; er hatte so viel erfahren, wie er wissen wollte, oder vielleicht sogar noch mehr. Er lehnte sich auf seinem Stuhl zurück, blickte zu Pharisse hinauf und überlegte, ob er sich vielleicht etwas von dem Backwerk von dem Wagen bestellen sollte, der jetzt zwischen den Tischen herumgeschoben wurde. Auf der anderen Seite des Cafés erhob sich ein großgewachsener und kräftig gebauter junger Mann von dem Tisch, an dem er gesessen hatte. Er hatte Glawen den Rücken halb zugekehrt; Glawen registrierte ihn ohne sonderliche Aufmerksamkeit. Als sein Interesse an dem jungen Mann erwachte, war dieser bereits im Weggehen begriffen. Gleichwohl konnte er noch sehen, daß er eine eng sitzende dunkelgrüne Hose trug, ein kobaltblaues Cape und einen kleinen, krempenlosen weichen Hut.

Der Mann entschwand die Allee hinauf; sein Gang war lässig, selbstsicher, fast hätte man sagen können, er stolziere. Glawen versuchte, sich ins Gedächtnis zurückzurufen, was er gesehen hatte, und meinte sich an das Bild eines wohlgeformten Kopfes mit einer sauber gestutzten Kappe dichten schwarzen Haares, heller Gesichtshaut und klassischen, ebenmäßigen Zügen erinnern zu können. Trotz des Fehlens von Entstellung oder Abweichung war Glawen halb überzeugt, daß er den Mann schon einmal gesehen hatte.

Glawen lehnte sich wieder zurück. Er schaute auf seine Uhr; er hatte noch Zeit für ein Schläfchen, bevor er sich mit Keebles traf. Er stand auf, verließ das Café und kehrte ins Hotel Novial zurück.

Hinter der Rezeption tat jetzt ein anderer Hotelangestellter Dienst: ein älterer Mann mit schütterem ingwerfarbenem Haar und einem pingelig exakt gestutzten Bart. Glawen trug ihm auf, ihn pünktlich um siebenundzwanzig Uhr zu wecken; er habe eine wichtige Verabredung, fügte er hinzu. Der Hotelangestellte nickte kurz, machte sich eine Notiz und vertiefte sich dann wieder in die Lektüre seines Modejournals. Glawen ging auf sein Zimmer, entledigte sich seiner Oberbekleidung, warf sich aufs Bett und schlief sofort ein.

Zeit verging. Ein schmerzhaftes Brennen an seiner Hüfte weckte Glawen aus seinem Schlummer. Er knipste das Licht an und stellte fest, daß er von einem schwarzen Insekt gestochen worden war. Er schaute zum Fenster; der Himmel war dunkel. Er schaute auf die Uhr. Es war achtundzwanzig Uhr. Er sprang auf, vernichtete die Insekten, die sich in seiner unmittelbaren Umgebung befanden und die er deshalb ohne größere Verrenkungen erwischen konnte, dann spritzte er sich Wasser ins Gesicht, zog sich an und verließ das Zimmer. Als er durch die Halle schritt, sprang der Hotelangestellte auf und beugte sich über die Theke. In gekränktem Ton rief er: »Herr Clattuc! Ich war gerade im Begriff, Sie anzurufen, aber wie es scheint, haben Sie die Sache ja schon selbst in die Hand genommen.«

»Nicht ganz«, sagte Glawen. »Ich bin von einem Insektenstich wach geworden. Das Zimmer wimmelt von Insekten. Ich werde für ein paar Stunden fort sein; sorgen Sie bitte dafür, daß das Zimmer in meiner Abwesenheit ausgeräuchert wird.«

Der Hotelangestellte setzte sich wieder hin. »Der Pförtner hat offenbar versäumt, Insektenvertilgungsmittel zu sprühen, als er Ihr Zimmer saubergemacht hat. Ich werde dafür Sorge tragen, daß Ihre Beschwerde an die zuständige Stelle weitergeleitet wird.«

»Das ist nicht genug. Sie müssen sich sofort um das Insektenproblem kümmern.«

Der Hotelangestellte sagte ungerührt: »Leider hat der Pförtner schon Feierabend. Ich kann Ihnen nur zusichern, daß das Problem morgen zu Ihrer vollen Zufriedenheit gelöst werden wird.«

Glawen sprach mit bedächtiger Stimme: »Wenn ich von meinen Geschäften zurückkomme, werde ich das Zimmer überprüfen. Sollte ich irgendwelche Insekten finden, werde ich sie fangen und hierherbringen, und was ich dann mit ihnen mache, wird Ihnen ganz gewiß nicht gefallen.«

»Das ist ungemäßigter Ton, Herr Clattuc.«

»Ich bin nicht von einem gemäßigten Insekt wachgestochen worden. Beherzigen Sie meine Warnung!«

Glawen verließ das Hotel. Pharisse war vom Himmel verschwunden, und Zwielicht hatte sich über Tanjaree gelegt, eine wunderbare Transformation bewirkend. Die Altstadt auf der anderen Seite des Sees, illuminiert vom Schein sanfter weißer Lichter, schien nur mehr halb-wirklich: eine Stadt von Märchenpalästen. Ein Dutzend Monde wanderten über den Himmel, alle in unterschiedlichen Farbnuancen schimmernd, von Cremig-grau über Weiß und Silbrigweiß bis hin zu blassem Rosa und fahlem Violett, jeder im Wasser des Sees sich spiegelnd. Laut Reiseführer wurde Nion oft auch ›Die Welt der Neunzehn Monde‹ genannt. Jeder der Monde hatte einen Namen, und jeder Bewohner des Planeten kannte diesen Namen ebenso gut wie seinen eigenen.

Glawen bog in die Crippet Alley ein und war überrascht zu sehen, wie reizvoll, ja geradezu heiter und anheimelnd die Gasse ihm plötzlich erschien. Der Grund für diesen erstaunlichen Wandel war die Beleuchtung: offenbar war jeder Hausbesitzer angehalten, eine Glockenlampe nach seinem eigenen Gusto hinauszuhängen. Dies führte zu einem farbenfrohen Gewimmel von bunten Lichtkugeln, welches den Eindruck erweckte, als sei die Gasse zur Feier eines Festes mit Lampions geschmückt. Glawen wußte, daß dahinter keine ästhetischen Beweggründe steckten; die Lichter waren so, wie sie waren, weil es so leichter war als ein einheitlicheres Arrangement.

Es waren noch immer viele Menschen draußen, wenn auch nicht mehr in solcher Menge wie am Nachmittag. Einige waren Einheimische; andere waren Touristen, die einen Schaufensterbummel machten oder das kleine Café aufsuchten. Da Glawen eine Stunde über die vereinbarte Zeit für das Treffen mit Keebles hinaus war, bewegte er sich mit strammem Schritt vorwärts. Dann hielt er abrupt inne. Ein Mann in einem blauen Umhang war gerade an ihm vorübergehuscht; Glawen erhaschte einen kurzen Blick auf ein blasses, geistesabwesend wirkendes, maskenhaft starres Gesicht. Glawen drehte sich um und blickte zurück, aber das dunkelblaue Cape war schon wieder in dem Getümmel von Lichtern und Passanten untergetaucht. Glawen setzte seinen Weg durch die Crippet Alley fort und stand wenig später vor der Tür der Firma Argonaut Künstlerbedarfshandel Im- und Export. Im Innern des Geschäfts brannte Licht; wie schon bei seinem ersten Besuch war die Tür unverschlossen, obwohl Ladenschluß laut Aushang um siebenundzwanzig Uhr war und die Verkäuferin nicht mehr hinter ihrer Theke Dienst tat.

Glawen trat ein und zog die Tür hinter sich ins Schloß. Er verharrte einen Moment und ließ den Blick über das Interieur des Ladenlokals schweifen. Alles war noch genau so, wie er es zuletzt gesehen hatte.

Er hörte nichts, und von Keebles war keine Spur zu sehen.

Glawen ging zu dem Korridor, der zu Keebles' Büro führte. Er blieb stehen und lauschte: kein Laut war zu hören. Er rief: »Herr Keebles! Ich bin hier – Glawen Clattuc!«

Die Stille schien tiefer denn je zuvor.

Glawen zog eine Grimasse. Er schaute hinter sich, die Treppe hinauf, dann ging er durch den Korridor. Wieder rief er: »Herr Keebles?«

Wie schon zuvor kam auch diesmal keine Antwort. Glawen spähte in das Büro. Ein Körper lag auf dem Boden. Es war Keebles. Er war tot. Er war an Händen und Füßen gefesselt; Blut rann aus seinem Mund. Seine Augen waren weit aufgerissen und hervorgequollen; ein Ausdruck von Entsetzen und Todesangst lag in seinem Gesicht. Jemand hatte seine Hose aufgeschnitten, und es war klar, daß Keebles mißhandelt worden war.

Glawen bückte sich und berührte Keebles' Hals mit den Fingerknöcheln. Die Leiche war noch warm. Keebles war erst seit kurzer Zeit tot. Wenn der Hotelangestellte nicht versäumt hätte, Glawen zu wecken, wäre Keebles vielleicht noch am Leben.

Glawen starrte unglücklich auf die Leiche und auf den Mund, der ihm nun nicht mehr die Auskunft geben konnte, deretwegen er so von so weit her gekommen war.

Warum war Keebles umgebracht worden? Auf den ersten Blick waren keine Anzeichen für einen Raubüberfall zu entdecken. Die Schreibtischschubladen waren zu, desgleichen auch der Schrank. In einem Winkel im hinteren Ende des Raumes befand sich eine Tür, die auf eine behelfsmäßige Veranda und zum dahinter liegenden Garten führte. Die Tür war von innen verriegelt; der Mörder hatte sie also nicht benutzt.

Glawen wandte seine Aufmerksamkeit wieder dem

Schreibtisch zu. Vergeblich hielt er Ausschau nach einem Notizbuch oder einer Adressenkartei oder etwas Ähnlichem, aus dem er die Identität von Keebles' Geschäftspartner hätte ermitteln können. Peinlich darauf achtend, daß er keine Fingerabdrücke hinterließ, durchstöberte Glawen die Schreibtischschubladen. Er fand nichts von Interesse. Er schaute in den Schrank, in dem er einen kleinen Safe entdeckte, dessen Türen aufschwangen. Auch sein Inhalt war uninteressant.

Glawen überlegte. Keebles hatte vorgehabt, zu telephonieren. Auf dem Schreibtisch standen der Telephonbildschirm und die Tastatur. Mit dem stumpfen Ende eines Bleistifts drückte Glawen auf die Taste mit der Aufschrift ›Optionen‹, und dann tippte er den Code für ›Auflistung der letzten Anrufe‹.

Der letzte Anruf, den der Apparat gespeichert hatte, war ein Anruf im Hotel Mondweg in Mondweg gewesen. Die anderen waren Ortsgespräche, die früher am Tag gemacht worden waren und die für Glawen unmöglich zu identifizieren waren.

Von der Vorderseite des Ladens her kam ein leises Geräusch: ein Rütteln an der Tür, die sich offenbar zugesperrt hatte, nachdem Glawen sie hinter sich zugemacht hatte.

Glawen spähte vorsichtig durch den Korridor. Gegen das von der Straße hereinfallende Licht sah er zwei Konstabler, die versuchten, leise die Tür zu öffnen.

Eine Sekunde lang stand Glawen wie erstarrt da. Dann rannte er mit langen, schnellen Schritten zur Hintertür. Er schob den Riegel zurück, riß die Tür auf und huschte hinaus auf die Veranda. Er schloß die Tür, horchte einen Moment, dann suchte er Deckung hinter einem Schuppen. Einen Moment später kamen zwei Konstabler um das Gebäude herumgerannt, warfen einen flüchtigen Blick in den Hof und gingen dann durch die Hintertür in Keebles' Büro.

Blitzartig kletterte Glawen über den Hofzaun. Im Licht der zwölf Monde ertastete er sich seinen Weg über Schutt und Abfall und zwischen Pfützen voll übelriechendem Wasser hindurch.

Die Brachfläche verengte sich zu einer kleinen Seitengasse, die beiderseits von klobigen Gebäuden gesäumt war. Dreißig Schritte weiter fiel aus einer Taverne farbiges Licht auf die Straße. Von drinnen kam das Gemurmel kehliger Stimmen, eine seltsame, jaulende Musik, und ab und an das schrille Gewieher betrunkenen weiblichen Lachens. Glawen schritt zügig an der Taverne vorbei und kam nach einer Weile, nachdem er zuvor ein paarmal falsch abgebogen war, auf der Seeuferallee heraus.

Während er ging, dachte er nach. Das Auftauchen der Konstabler so kurz nach seiner Ankunft in Keebles' Laden schien ihm kein Zufall zu sein. Sie waren alarmiert worden – von jemandem, der gewußt hatte, daß Keebles tot war. Glawen rekonstruierte eine mögliche Abfolge der Ereignisse, die er logisch fand, vorausgesetzt, bestimmte Grundannahmen waren zutreffend. Angenommen, der junge Mann in dem blauen Cape war derselbe gutaussehende junge Mann, der Fräulein Flavia Shoup betrogen hatte; angenommen, er war fast gleichzeitig mit Glawen in Tanjaree eingetroffen. Angenommen, er hatte Glawens Anwesenheit bemerkt und ihn womöglich erkannt. Angenommen, er war an Keebles herangetreten und hatte die gleiche Antwort wie Glawen erhalten. Wenn diese Grundannahmen zutrafen, dann war der zeitliche Ablauf der Dinge klar. Nach seiner Ankunft in der Firma Argonaut Künstlerbedarf Im- und Export hatte der Mann Keebles genötigt, seine Information preiszugeben, und ihn dann getötet, und sei es einzig aus dem Grund, um Glawen die gleiche Information vorzuenthalten. Nach dem Verlassen des Büros hatte der Mörder Glawen in der Crippet Alley aufgelauert und, sobald er ihn in Keebles' Laden hatte verschwinden sehen, die Konstabler von dem gräßlichen Verbrechen und der Anwesenheit des Mörders am Tatort in Kenntnis gesetzt.

Selbst wenn seine Rekonstruktion des zeitlichen Ablaufs teilweise fehlerhaft war, mußte Glawen jetzt so schnell als möglich nach Mondweg.

Glawen kehrte ins Hotel Novial zurück. Der Hotelangestellte nickte ihm zu, als er an der Rezeption vorbeikam, war aber sichtlich nicht in freundlicher Stimmung. Als Glawen in sein Zimmer kam, stellte er fest, daß jemand eine Hängematte gespannt hatte, in die er wohl umsteigen sollte, wenn die Insekten während der Nacht gar zu lästig wurden.

Glawen zog sich um und ging zurück in die Lobby. Der Hotelangestellte hatte sich wohlweislich absentiert, bis sein Gast sich zur Nachtruhe begeben haben würde. Glawen ging zum öffentlichen Telephon. Das Reisebüro ›Happy Days‹ im Hotel Cansaspara war noch geöffnet, wie er entdeckte, und würde dies auch noch bis zweiunddreißig Uhr bleiben.

KAPITEL NEUN

Das Reisebüro ›Happy Days‹ war in einem verglasten Pavillon an der Seite der Lobby des Hotels Cansaspara beherbergt. Ein Plakat verkündete:

REISEBÜRO ›HAPPY DAYS‹
Reiseservice aller Art
TOUREN, AUSFLÜGE, EXPEDITIONEN

Besuchen Sie die ausgedehnten Hinterlandregionen in Komfort und Sicherheit. Erleben Sie das echte Nion! Studieren Sie die Bräuche geheimnisumwobener Völker und werden Sie Zeuge ihrer orgiastischen Riten! Speisen Sie im Schein der neunzehn Monde beim Festschmaus der Tausend Polde, oder genießen Sie ein üppiges Menü Ihrer eigenen vertrauten Küche!

LASSEN SIE SICH
DIESE EINMALIGE CHANCE NICHT ENTGEHEN!

Glawen betrat das Reisebüro. An einem Schreibtisch saß eine große dunkelhaarige Frau; sie war hübsch, zierlich und eindeutig außerweltlicher Herkunft. Auf einem Schild auf ihrem Schreibtisch stand geschrieben:

T. DYTZEN
Zu Ihren Diensten

Sie fragte: »Kann ich Ihnen helfen?«

»Ich hoffe«, sagte Glawen. Er setzte sich auf den Stuhl neben dem Schreibtisch. »Was ist die beste Verbindung nach Mondweg? Ich muß ganz schnell dorthin – am besten sofort.«

T. Dytzen lächelte. »Sind Sie schon lange auf Nion?«

»Ich bin erst heute angekommen.«

T. Dytzen nickte. »Noch ehe die Woche zu Ende ist, werden Sie aufhören, Wörter wie ›schnell‹ und ›dringend‹ und ›sofort‹ zu benutzen. Nun, dann wollen wir mal schauen, was wir tun können.« T. Dytzen bediente die Tastatur ihres Informationsbildschirms. »Es gibt mehrere Transportunternehmen, aber die meisten sind kleine Krauter und überdies nicht gut organisiert. Semi-Express ist die einzige Linie, die einen planmäßigen Service unterhält, aber Sie haben gerade den Abendflug verpaßt; die Maschine ist um neunundzwanzig Uhr zwanzig gestartet. Sie macht einen Zwischenstop in Port Frank Medich und trifft etwa gegen zwölf Uhr Ortszeit in Mondweg ein – das heißt, zur Abenddämmerung. Ich erwähne das bloß, damit Sie eine Vorstellung von der Länge des Fluges haben.«

»Ich verstehe. Was gibt es sonst noch?«

T. Dytzen schaute auf den Bildschirm. »Um zweiunddreißig Uhr vierzig geht die reguläre Blue Arrow-Passagiermaschine von Tanjaree ab, aber sie macht sechs Zwischenstops und kommt erst morgen um sechsundzwanzig Uhr in Mondweg an.«

»Was hätten Sie sonst noch?«

T. Dytzen schlug eine Anzahl weiterer Transportdienste vor, die Mondweg bedienten und früher oder später dort eintreffen würden. »Die meisten davon sind Kleinluftbusse, nicht sonderlich schnell und mit einer Kapazität von dreißig oder vierzig Fluggästen ausgestattet. Sie sind billig zu betreiben und bringen den Eigentümern einen passablen Gewinn ein, aber die Nachfrage ist einfach nicht groß genug, als daß es sich lohnen würde, einen Express-Service zu diesen abgelegenen Camps und Dörfern zu unterhalten. Also nimmt man, was da ist und nennt es dann ›Abenteuer‹. Die Touristen beklagen sich nur ganz selten.«

»Könnte ich vielleicht einen Flitzer mieten? Wie gesagt, es muß möglichst schnell gehen, egal wie.«

T. Dytzen wiegte skeptisch den Kopf. »Ich weiß

nicht so recht, was ich Ihnen sagen soll. Die Auswahl ist gering; es gibt nur zwei Unternehmen: Murk Deluxe und Himmelshauch. Ich kann beide nicht empfehlen. Die Maschinen von Murk – hier und da auch ›Schrottkästen‹ genannt – sind nicht zuverlässig, und die von Himmelshauch sind um keinen Deut besser – im Gegenteil: wahrscheinlich sind sie noch schlimmer. Beide vermieten keine Maschinen ohne Pilot, um sicherzustellen, daß der Tourist nicht auf die Idee kommt, über den Tangting-Wald zu fliegen. Trotzdem, wenn Sie möchten, rufe ich Murk an und frage, ob sie was frei haben.«

»Seien Sie so gut.«

T. Dytzen drückte auf die Tasten ihres Telephonapparats und erhielt einen Moment später die knurrige Antwort: »Was wollen Sie? Ich war schon fest am Schlafen.«

»Seltsam«, sagte T. Dytzen. »Ihr Werbeplakat sagt: ›FACHMÄNNISCHER SERVICE TAG UND NACHT. WIR SCHLAFEN NIE!‹«

»Das gilt nur, wenn wir Fluggeräte zu vermieten haben.«

»Und zur Zeit haben Sie keine?«

»Ich habe zwei, aber die sind beide im Einsatz.«

»Ihr Werbeplakat behauptet, daß Murk Deluxe eine Flotte von zwölf Fluggeräten verschiedener Typen unterhält.«

»Das ist ein altes Werbeplakat. Rufen Sie ein andermal an.« Der Telephonbildschirm wurde dunkel.

T. Dytzen sagte zu Glawen: »Ich habe nichts anderes erwartet. Gleichwohl, um der Beharrlichkeit willen werde ich auch noch Himmelshauch anrufen.« Sie tippte erneut auf Wahltasten. Diesmal kam überhaupt keine Reaktion.

»Himmelshauch hat offenbar schon Feierabend«, sagte T. Dytzen. »Ich werde sie morgen fragen, wieso ihr Werbespruch lautet: ›ZUVERLÄSSIG! STETS AUF DRAHT!

RUND UM DIE UHR FÜR SIE IM EINSATZ!‹« Sie sann nach. »Vielleicht ist es wirklich am besten, Sie nehmen die Maschine der Provinzpost um elf Uhr morgen vormittag. Sie macht eine Anzahl von Zwischenstops – sieben oder acht – und kommt um Mittag Ortszeit in Mondweg an – das heißt, kurz vor siebenunddreißig oder achtunddreißig Uhr.«

»Gibt es keine anderen Fluggeräte? Was ist mit Privatmaschinen? Oder Frachtdiensten? Irgend jemand muß doch Waren in die Buschregionen liefern.«

»Natürlich«, sagte T. Dytzen. Sie schaute in ein Verzeichnis. »Die meisten Büros werden um diese Zeit schon zu haben.«

»Vielleicht gibt es am Raumhafen so etwas wie einen Abflugplan.«

T. Dytzen nickte unverbindlich und tippte die Telephonnummer des Raumhafens. Sie sprach mit jemandem, wurde weiterverbunden, sprach erneut, wartete, und sprach mit einem dritten Individuum. Nach einer kurzen Unterhaltung wandte sie sich zu Glawen um. »Sie haben Glück. All-world Cargoes macht eine Lieferung in den Mondweg-Sektor. Der Frachter startet in einer halben Stunde von Bucht 14 am Raumhafen aus. Ich habe mit dem Piloten gesprochen; er sagt, für zwanzig Sol nimmt er Sie mit. Sind Sie damit einverstanden? Es ist etwa das gleiche, was Sie bei Semi-Express bezahlt hätten.«

»Mit dem Preis bin ich einverstanden, aber wann kommt er in Mondweg an?«

T. Dytzen sprach ein paar Worte ins Telephon, dann wandte sie sich wieder Glawen zu. »Die Ankunft ist etwa eine Stunde später als die des Semi-Express.«

»Melden Sie mich an.«

T. Dytzen sprach wieder ein paar Worte, dann wandte sie sich vom Telephon ab. »Gehen Sie direkt hinaus zu Bucht 14 und warten Sie vor dem Frachter.

Erregen Sie kein Aufsehen und sagen Sie niemandem, was Sie tun. Der Pilot wird an Sie herantreten. Meine Gebühren betragen übrigens fünf Sol.«

II Glawen kehrte zurück ins Hotel Novial, wo er den Hotelangestellten wieder auf seinem Posten vorfand. Er checkte sich aus – zur Entrüstung des Hotelangestellten, der fragte: »Sind nun all unsere peniblen Anstrengungen für die Katz' gewesen?«

»Ich habe keine Zeit, es Ihnen zu erklären«, sagte Glawen. »Jedenfalls stehen zwei Dinge fest: Pharisse wird morgen früh wieder aufgehen, und mich werden Sie hier nie wiedersehen.«

Glawen begab sich auf dem schnellsten Wege zum Raumhafen. In der Kantine kaufte er sich mehrere Schachteln Zwieback, Käse, Pökelfisch, Pickles und vier Flaschen Importbier, dann ging er hinaus zum Frachtdock. Er fand Bucht 14, wo ein Frachter mittlerer Größe beladen und startklar bereitstand. Er stellte sich in die Nähe der Pilotenkanzel und wartete.

Fünf Minuten später kam ein großgewachsener, dünner Mann in einem kurzärmeligen Arbeitsanzug die Ladebühne herauf, in einem lässigen, lockeren Schritt, welcher, dachte Glawen, vielleicht auf ein entsprechend gelassenes Naturell hindeutete. Er war ungefähr in Glawens Alter, hatte kurzgestutztes flachsblondes Haar, arglos erscheinende blaue Augen und Gesichtszüge, die nicht weiter auffielen. Er hielt vor Glawen inne. »Ich bin Rak Wrinch, und ich lenke dieses Vehikel. Haben Sie etwas für mich?«

»Nur ein wenig Geld.«

»Das reicht schon.«

Glawen überreichte ihm zwanzig Sol.

Wrinch sah sich aufmerksam um. »Springen Sie in die Kanzel und bleiben Sie außer Sicht.«

Fünf Minuten später hob der Frachter von Bucht 14

ab und stieg im Schrägflug in den Nachthimmel, seiner Normalflughöhe entgegen. Am Firmament trieben die Monde von Nion dahin, funkelnde Globen von vielen sanften Farben und vielen Größen, manchmal einander verfinsternd, manchmal scheinbar dahinrasend, manchmal übermütig herumtollend wie fröhliche Kinder. Glawen dachte, daß es wohl nicht schwerfallen würde, ihrem wechselseitigen Spiel mystische Bedeutung anzudichten.

Wrinch bestätigte, was Glawen bereits vermutet hatte: daß er ein Außerweltler war und aus Kyper City auf Sylvanus stammte. Er sah Glawen von der Seite an. »Sie waren noch nie da?«

»Nein, noch nie«, sagte Glawen. »Sylvanus ist eine der vielen Welten, von denen ich nichts weiß, außer daß sie irgendwo im Virgo liegt.«

»Richtig. Es ist nicht die übelste Welt, nach allem, was ich so kennengelernt habe. Das Knallvogel-Festival lockt jedes Jahr Touristen von überall her an. Die Knallvogel-Rennen sind Ihnen doch bestimmt ein Begriff.«

»Leider nicht, wie ich zu meiner Schande gestehen muß.«

»Diese Kreaturen werden nur aus Höflichkeit ›Vögel‹ genannt. Stellen Sie sich eine Kreuzung aus einem Drachen, einem Strauß und einem Teufel vor, und Sie haben einen Knallvogel vor sich. Sie sind zwölf Fuß hoch, gehen auf zwei Beinen, haben einen langen Hals und einen langgezogenen Kopf. Sie sind bösartig, wenn sie nicht als Junge pfleglich behandelt wurden, und sie sind nicht dumm. Trotzdem taugen sie zu nichts anderem als zum Reittier, und sie treten jedes Jahr zu den Großen Meisterschaftsrennen in Kyper City an. Die Reiter gehören einer besonderen Kaste an und sind sehr religiös, da sie am Ende fast immer von den Knallvögeln getötet werden. Doch der Reiter, der das Große Rennen gewinnt, erlangt große

Berühmtheit und viel Geld und steigt danach nie wieder in den Sattel.«

»Die Rennen müssen ja ein ziemliches Spektakel sein.«

»Das kann man wohl sagen. Es werden immer zwei oder drei Reiter abgeworfen, und dann gibt es jedesmal einen Riesentumult, während die Vögel stehenbleiben, um die Reiter, die sie wie die Pest hassen, zu Tode zu hacken, und die Touristen gehen immer tief beeindruckt und von wohligem Schauer durchrieselt von diesen Rennen nach Hause. Wo sind Sie her?«

»Von Station Araminta auf Cadwal, auf der Rückseite von Perseus.«

»Von Cadwal habe ich auch noch nie etwas gehört.« Er lehnte Glawens Angebot, an seinen Eßvorräten teilzuhaben, dankend ab. »Ich habe vor dem Abflug bereits gegessen.«

»Um wieviel Uhr werden wir in Mondweg eintreffen?«

»Sind Sie in Eile?«

»Ich würde gerne vor dem Semi-Express ankommen, wenn das möglich ist.«

»Das ist ausgeschlossen. Ich muß zuerst nach Port Klank und dort drei Pumpen für das Bewässerungssystem ausladen. Nach Port Klank müßte ich von Rechts wegen eigentlich zuerst nach Gelbblüten, bevor ich nach Mondweg weiterfliege, aber ich denke, ich kann ausnahmsweise auch erst mal Mondweg ansteuern und dann einen Abstecher nach Gelbblüten machen. Das würde Ihnen eine Zeitersparnis von ein bis zwei Stunden bringen.«

»Und die Ankunftsszeit?«

»Etwa vierzehn Uhr. Wie wäre das?«

»Besser als nichts.«

Wrinch schaute Glawen neugierig an. »Waren Sie schon einmal dort?«

»Nein.«

»Es ist ein faszinierender Ort. Die Stehenden Steine werden manchmal Denkmäler von antiken Helden genannt, aber sie sind mehr als das; sie verkörpern die antiken Helden selbst: Persönlichkeiten, die nie gestorben sind. Bei bestimmten Mondkonstellationen steigen sie aus ihren Gräbern und spielen wieder die alten Spiele. Touristen, die in dieser Zeit draußen bei den Steinen ertappt werden, werden auf der Stelle getötet, obwohl die Schattenmänner normalerweise ein stilles Völkchen sind, das nicht viel sagt. Die Monde beherrschen ihre Emotionen. Wenn die Touristen sich nicht an die Verhaltensregeln halten, die deutlich sichtbar überall für sie plakatiert sind, wird ihnen leicht die Gurgel durchgeschnitten.«

Glawen fühlte, wie ihm die Lider schwer wurden; er hatte zuletzt kaum geschlafen. Im Fond der Kanzel standen zwei Liegen. Glawen streckte sich auf der einen aus, und nachdem er den Autopiloten eingeschaltet hatte, deponierte Wrinch seine lange Gestalt auf der anderen. Die beiden schliefen, und der Frachter flog allein durch die Nacht.

Glawen wurde von einem Stoß aus dem Schlaf geweckt; als er die Augen aufschlug, war es draußen hell, und Pharisse stand schon einige Stunden hoch am Himmel. Der Frachter war auf der sumpfigen Oberfläche eines kleinen Plateaus gelandet. Nach Westen, Norden und Süden dehnte sich eine weite Landschaft von ähnlichen Plateaus, die sich aus dem dazwischenliegenden Meeresboden erhoben. Auf der Ostseite, nicht weit von dem Frachter entfernt, standen ein Dutzend Betongebäude in einer Reihe. Vor ihnen erstreckte sich ein Feld, das in mehrere, jeweils von unterschiedlicher Vegetation bewachsene Parzellen aufgeteilt war: offenbar eine landwirtschaftliche Versuchsfläche.

Wrinch war bereits aus der kuppelförmigen Pilotenkanzel hinuntergesprungen, um sich um die Entladung seiner Fracht zu kümmern. Mit drei weiteren Männern ging er zum Heck des Frachters. Sie öffneten die Türen und löschten mit Hilfe eines Hubstaplers mehrere auf Paletten ruhende und in Folie verschweißte Frachtstücke. Dann wurden die Türen wieder zugeschlagen, und nach einem kurzen Wortwechsel mit den Männern klomm Wrinch zurück in die Kanzel. Er hakte die ausgelieferten Stückgutposten auf seinem Ladungsverzeichnis ab, schaltete den Autopiloten ein, und der Frachter erhob sich wieder in die Luft.

»Das war Port Klank«, erklärte Wrinch. »Ein paar Agronomen von der Erde, entweder Visionäre oder Verrückte, versuchen, terrestrische Flora auf einem Boden anzupflanzen, der im wesentlichen aus reinem Pold besteht. Sie behaupten, die Chemie sei richtig; der Boden enthalte keine toxischen Metalle, sondern nur die Makromoleküle, die charakteristisch für umgewandeltes Pold seien. Also benutzen sie Bakterien, um diese Moleküle aufzubrechen, zusammen mit den Viren von Nion und experimentellen Bodenconditionierern. Sie behaupten, daß in zehn Jahren jedes dieser Plateaus wie eine bewaldete Insel aussehen wird.«

»Und wie sieht's mit Wasser aus?«

»Es ist jede Menge Grundwasser vorhanden. Ich habe gerade drei Hochdruckpumpen ausgeliefert. Darüber hinaus ist ein riesiger Vorrat an Wasser im Pold selbst gespeichert. Einige der Wissenschaftler sprechen davon, daß der Regen und die Flüsse und Meere wiederkommen, aber das ist Zukunftsmusik – hoffe ich jedenfalls. Planetoformungsingenieure machen mich nervös.«

Der Tag ging vorüber. Pharisse wanderte westwärts; ihre eigene Bewegung wurde dadurch beschleunigt, daß sich der Frachter in östliche Richtung bewegte. Um zehn Uhr versank Pharisse hinter dem Horizont. Die lange Abenddämmerung durchlief ihre Phasen von Golden-Aprikosenfarben über Pflaumenblau bis hin zu Violett, und schließlich verschwand jegliche Farbe, und es wurde Nacht, und die Monde traten ihre Herrschaft über das Firmament an. Zuerst waren es drei. Wrinch zählte sie auf: »Lilimel, Garuun, Seis. Ich kenne sie alle. Die Schattenmänner sind die wahren Experten. Sie stehen da und zeigen, und plötzlich passiert etwas – ein weiterer Mond taucht auf, oder ein Mond wandert unter einem anderen hinweg, und dann fangen alle an zu stöhnen oder zu zischen und fallen auf die Knie. Einmal machte ich eine Lieferung, und irgend etwas passierte mit den Monden, und plötzlich fingen die Schattenmänner an, einen fetten alten Touristen zu attackieren, der nichts weiter getan hatte, als aus dem Hotel zu kommen und sich auf die Terrasse zu stellen. Er rannte wieder rein und versteckte sich in der Halle. Die Schattenmänner sagten dem Manager, sie würden den Mann in acht Stücke schneiden, wenn er sich jemals wieder zeigen würde, woraufhin der Mann sofort abreiste. Es stellte sich heraus, daß sich der Tourist bei einer Führung durch die Stehenden Steine hinter einen der Steine gestellt hatte, um sein Wasser abzuschlagen. Niemand hatte davon gewußt, bis die Monde den Übeltäter identifizierten.«

Die Nacht schritt voran. Drei weitere Monde erschienen am Himmel: Zosmei, Maltasar und Yanaz.

Glawen schenkte ihnen nur spärliche Aufmerksamkeit. »Entspannen Sie sich«, sagte Wrinch. »Wir kommen gut voran. Mehr kann ich aus dieser alten Schüssel nicht herausholen. Wir sind eh bald da.«

Glawen schaute hinunter auf das Land, das sie gerade überflogen. »Ist das die Ebene der Stehenden Steine?«

»Noch nicht.« Wrinch deutete nach Osten. »Hier kommt Sigil. Die Schattenmänner glauben, daß in dem Moment, wo Sigil sich vor Ninka schiebt, das Ende des Universums gekommen ist. Da könnte durchaus was dran sein, da Sigils und Ninkas Bahnen sehr weit auseinander liegen.«

Zeit verging. Glawen rutschte nach vorn auf die Kante des Sitzes. Dann – endlich – sagte Wrinch: »Wir befinden uns jetzt über der Ebene der Stehenden Steine. Sehen Sie die Lichter da hinten links? Das ist das Lager des Westlichen Stammes. In einer Minute können wir die Lichter von Mondweg sehen. Es gibt dort drei Hotels. Das Mondweg ist das beste. Haben Sie sich ein Zimmer reservieren lassen?«

»Nein.«

»Das Mondweg ist natürlich immer als erstes ausgebucht. Aber versuchen können Sie's ja auf jeden Fall. Jetzt können Sie die Lichter sehen.«

»Was ist mit Ihnen? Legen Sie dort keinen Zwischenstop ein?«

»Das wird mein Zeitplan nicht zulassen. Ich fliege nach Gelbblüten rauf und dann gleich weiter.«

»Vielleicht sehen wir uns ja in Tanjaree wieder.«

»Das hoffe ich doch. Sie wissen ja, wo Sie mich finden.«

Der Frachter setzte zum Landeanflug an. Wrinch zeigte auf das Hotel Mondweg. »Es liegt an dem großen Platz im Zentrum. Die bunten Lichter, die Sie dort sehen, befinden sich auf den Wagen von fahrenden Unterhaltungskünstlern; es kampieren ständig drei oder vier Truppen am Mondweg. Sie reißen Possen und führen irre Tricks zur Belustigung der Hotelgäste vor, also werden sie von der Hoteldirektion geduldet.«

Der Frachter landete. Wrinch öffnete die Tür der Kanzel, und Glawen nahm seine Reisetasche und sprang zu Boden. »Vielen Dank und auf Wiedersehen.«

»Auf Wiedersehen und viel Glück.«

III

Glawen hastete zum Hotel Mondweg, einem mächtigen Bauwerk aus Glas und Beton, das ebenso wie die anderen Gebäude, die Glawen bisher gesehen hatte, den architektonischen Prinzipien Nions entsprach, nach welchen ebene Flächen und scharfe Kanten verpönt waren und Vertikalität nur deshalb akzeptiert wurde, weil, wenn sie gänzlich fehlte, das Bauwerk einstürzen würde. Nach links und rechts erstreckten sich zweigeschossige Wohnflügel. Auf einer Gartenterrasse, die das Hauptgebäude überragte, speisten Gäste des Hotels unter Girlanden von grünen und blauen Lampen. Nicht weit vom Eingang des Hotels entfernt waren drei der Nomadenwagen geparkt, jeder ebenso farbenfroh bemalt wie der, den Glawen in Tanjaree gesehen hatte. Zwischen den Wagen saßen fahrende Spieler um mehrere Lagerfeuer, über denen an Dreifüßen eiserne Töpfe hingen, und tranken Poldbier aus hohen, unförmigen Kruken. Beim Anblick Glawens löste sich eine Anzahl von Bälgern aus der Gruppe und kam zu ihm gerannt. Glawens beschleunigten Schritt als Verlangen nach körperlicher Ertüchtigung mißdeutend, riefen die Bälger: »Wir rennen mit Ihnen um die Wette, Herr, um Geld! Sehen Sie? Wir haben alle Geld bei uns! Wir machen ein feines Wettrennen mit Ihnen!«

»Nein danke«, sagte Glawen. »Heute nicht.«

»Wir rennen rückwärts! Da können Sie gar nicht verlieren! Sind Sie ein guter Läufer, Herr?«

»Ich bin sehr langsam. Ihr müßt gegen eure Väter antreten – oder gegen eure Großmütter.«

»Ha, ha! Keine Chance; wenn wir gewinnen, verhauen sie uns!«

»Zu schade«, keuchte Glawen.

»Dann laufen wir halt gegeneinander. Geben Sie uns Geld als Siegerpreis!« »Wir tragen auch Ihr Gepäck!« Der größte der Bengel versuchte, Glawen die Reisetasche wegzuschnappen. Glawen hielt die

Tasche hoch. »Ich brauche keine Hilfe. Geht woanders spielen.«

Die Bälger scherten sich nicht um seine Anweisungen. Sie umringten ihn, liefen direkt vor seiner Nase rückwärts, zupften an seinen Ärmeln, johlten und stichelten. »Feigling! Haben Sie Angst zu rennen?« »Er rennt wie ein fettes altes Weib.« »Er hat lange dünne Zehen; deshalb trägt er auch so komische Schuhe.« »Das ist vielleicht ein seltsamer Vogel!«

Von einem der Tische sprang ein großer, backenbartbewehrter Mann auf und schrie: »Haut ab, Gesocks! Könnt ihr nicht sehen, daß ihr dem Herrn auf die Nerven geht?« Er wandte sich an Glawen. »Entschuldigen Sie die Belästigung, Herr! Kinder haben heutzutage keine Manieren mehr! Aber sie sind leicht zu erfreuen; wenn Sie ihnen ein paar Münzen zuwerfen, werden sie Sie nie mehr einen ›Stinker‹ oder ›Furzklemmer‹ heißen!«

»Das stört mich überhaupt nicht«, sagte Glawen. »Entschuldigen Sie mich; ich habe es eilig.« Er hastete weiter in Richtung Hotel. Der Vagabund zuckte die Achseln, kickte die Kinder aus dem Weg und kehrte zu seinem Bier zurück.

Glawen betrat das Mondweg und fand sich in einer geräumigen Halle mit hoher Decke wieder. Ein schnittiger junger Hotelangestellter, offenbar ein Außerweltler, führte die Aufsicht über die Rezeptionstheke. Als er Glawens abgeschabte Reisetasche gewahrte, zog er die Augenbrauen hoch und die Mundwinkel leicht pikiert herunter. Sein Ton indes war tadellos korrekt: »Es tut mir leid, mein Herr, aber wenn Sie nicht reserviert haben, kann ich Ihnen keine Unterkunft anbieten. Wir sind voll ausgebucht. Ich schlage Ihnen vor, es im Magic Jade oder im Maudley zu versuchen – obwohl ich glaube, daß sie ebenfalls voll sind.«

»Um Unterkunft kümmere ich mich später«, sagte Glawen. »Jetzt brauche ich erst einmal eine Information.« Er legte einen Sol auf die Theke. Der Angestellte tat so, als nehme er es nicht wahr. »Vielleicht können Sie mir helfen.«

»Ich werde mein Bestes tun.«

»Führen Sie Buch über eingehende Telephonanrufe? Es geht mir speziell um einen Anruf aus Tanjaree, der heute früh eingegangen sein müßte.«

»Wir führen darüber nicht Buch; wir hätten nichts davon.«

Glawen verzog das Gesicht. »Hatten Sie zufällig heute morgen gegen achtundzwanzig Uhr Dienst?«

»Nein. Mein Dienst begann erst heute nachmittag um zehn.«

»Und wer hatte heute morgen Dienst?«

»Das müßte unser Herr Stensel gewesen sein.«

»Ich würde gern ein paar Worte mit ihm sprechen – wenn's geht, sofort. Die Angelegenheit ist ziemlich dringend.«

Der Angestellte ging zu seinem Telephon, sprach ein paar leise Worte, lauschte und kehrte zu Glawen zurück. »Herr Stensel ist gerade zu Tisch. Wenn Sie einen Moment auf der Couch dort drüben warten wollen, neben der Uhr – Herr Stensel wird gleich zu Ihnen kommen.«

»Danke.« Glawen ging zu der besagten Couch und nahm Platz.

Die Lobby war trotz der wuchtigen Struktur der Wände ein heiterer, lichter Ort. Teppiche mit schwarz-weiß-rot-blau-grünem Streifenmuster bedeckten den Fußboden; die gut dreißig Fuß hohe Decke war mit Motiven der Schattenmänner verziert: Muster von barbarischer Zügellosigkeit und Leidenschaft, irgendwie im Zaum gehalten. Ein über dem Anmeldeschalter hängender Tafelbildschirm zeigte farbige Scheiben, welche die im Moment am Himmel stehenden Monde darstellten. Sie erschienen am linken unteren Rand der Tafel, stiegen zum Gipfelpunkt ihrer Bahn auf und verschwanden in einer weiten, sanft abfallenden Kurve am unteren rechten Ende der Tafel.

Drei Minuten vergingen. Ein kleiner dicker Mann, kregel und mit schütterem Haupthaar, nur geringfügig weniger förmlich gewandet als der diensthabende Rezeptionist, näherte sich Glawen in zügigem Schritt. »Ich bin Herr Stensel. Ich höre, Sie haben einige Fragen an mich?«

»So ist es. Aber bitte setzen Sie sich doch.«

Herr Stensel setzte sich auf die Couch. »Je nun: was kann ich für Sie tun?«

»Sie hatten heute morgen um achtundzwanzig Uhr Dienst?«

»Ganz recht, der Herr; das ist meine normale Schicht.«

»Können Sie sich an einen Telephonanruf aus Tanjaree ungefähr um diese Uhrzeit erinnern?«

»Hm.« Herr Stensel schien nachzusinnen. »Das ist genau die Art von Einzelheiten, die einem immer rasch wieder entfallen.«

Glawen überreichte ihm zwei Sol. Da lächelte Herr Stensel und sagte: »Es ist schon eigenartig, wie Geld das Gedächtnis beflügelt. Ja; ich erinnere mich wieder an den Telephonanruf; ja, ich erkannte den Anrufer sogar, da er häufig hier anruft. Es war der Herr Melvish Keebles.«

»Richtig. Mit wem hat er gesprochen?«

»Mit einem unserer Dauergäste, Herrn Adrian Moncurio, dem Archäologen. Sie haben vielleicht von ihm gehört; er ist nämlich sehr bekannt.«

»Sie haben das Gespräch nicht zufällig mitgehört?«

»Aber nein. Das gehört sich nicht, unter welchen Umständen auch immer. Seltsam, ein anderer Herr hat mir vor kaum mehr als einer Stunde die gleichen Fragen gestellt, und ich habe ihm die gleiche Antwort gegeben.«

Ein Gefühl von Enttäuschung machte sich in Glawen breit. »Hat dieser andere Herr seinen Namen genannt?«

»Nein.«

»Wie sah er aus?«

»Er war fein angezogen, von ansprechender äußerer Erscheinung und, wie ich fand, außerordentlich liebenswürdig.«

Glawen zog zwei weitere Sol hervor und überreichte sie Herrn Stensel. »Sie haben mir sehr geholfen. Wo finde ich Herrn Moncurio?«

»Er bewohnt die Suite A, die zur vorderen Veranda hinausgeht. Wenn Sie aus der Halle kommen, gehen Sie nach rechts. Suite A liegt ganz am Ende. Ob Sie Herrn Moncurio freilich jetzt antreffen, vermag ich nicht zu sagen: er hat seltsame Zeiten, und manchmal, wenn die Monde günstig stehen, geht er hinaus zu den Steinen und betreibt dort seine Recherchen. Er ist äußerst bewandert in solchen Dingen und kann die Monde auf das genaueste beurteilen. Andernfalls wäre er schon längst getötet worden.«

»Stehen die Monde im Moment richtig?«

Herr Stensel schaute auf die Bildschirmtafel. »Das vermag ich nicht zu beurteilen, da ich mich mit dem Thema nie befaßt habe.«

»Ich danke Ihnen.« Glawen verließ die Halle, bog nach rechts ab und rannte zum Ende der Veranda, wo er Suite A fand. Licht schimmerte durch die Fensterjalousien. Glawen faßte sich ein Herz; anscheinend war jemand zu Hause. Er drückte auf den Klingelknopf.

Eine Minute verstrich. Die Spannung in Glawen stieg. Von drinnen kam das Geräusch langsamer Bewegung. Die Tür ging auf; im Rahmen stand eine dunkelhaarige füllige Frau von eher kleiner Statur. Den unübersehbaren Spuren des Zahnes der Zeit zum Trotze gebot sie immer noch über gewisse Elemente jugendlichen Reizes. Ihr dichtes Haar war kurz geschnitten und umrahmte ihren Kopf in Form eines kantigen Helmes: ein Stil, der entweder der Mode oder aber nüchternen Erwägungen hinsichtlich Pflegeleichtigkeit geschuldet war. Sie musterte Glawen aus leuchtenden schwarzen Augen. »Ja?«

»Ist Herr Moncurio da?« Glawen ärgerte sich über den bangen Unterton in seiner Stimme.

Die Frau schüttelte den Kopf, und wieder machte sich Enttäuschung in Glawen breit. »Er ist draußen im Gelände und geht seinen archäologischen Studien nach.« Sie trat einen Schritt vor durch die Tür, schaute nach links und nach rechts über die Veranda und wandte sich dann wieder Glawen zu. »Ich begreife nicht, wieso er auf einmal so gefragt ist. Plötzlich muß jeder Professor Moncurio sprechen, und niemand will warten.«

»Wo kann ich ihn finden? Es ist sehr wichtig!«

»Er ist irgendwo draußen bei den Steinen. Die Monde stehen im Moment günstig. Ich vermute, er ist hinten in Reihe vierzehn. Sind Sie auch Archäologe?«

»Nein. Gibt es hier vielleicht irgend jemanden, der mir helfen könnte, ihn zu finden?«

Die Frau lachte traurig. »Ich ganz bestimmt nicht, mit meinen schwachen Beinen. Aber er wird nicht weit gegangen sein, da er zurück sein muß, bevor Shan untergeht, was in weniger als zwei Stunden der Fall sein wird.« Die Frau zeigte auf einen blaßblauen Mond. »Wenn Shan untergeht, kommen die Schattenmänner in Scharen herbeigestürmt, auf der Suche nach Kehlen, die sie aufschlitzen können.«

»Wo ist Reihe vierzehn?«

»Ganz einfach! Gehen Sie Kolonne fünf hinunter – das ist die Schneise dort drüben –, und zählen Sie vierzehn Reihen ab. Biegen Sie dann nach links und gehen Sie drei oder vier Kolonnen; irgendwo dort wird Adrian stecken. Wenn nicht, gehen Sie ihn ja nicht suchen! Die Steine sind bei Mondschein verwirrend; Sie können sich leicht verlaufen. Das Pold dort ist schon ganz schwarz von vergossenem Blut.«

»Danke; ich werde schon aufpassen.« Glawen wandte sich zum Gehen. Die Frau rief hinter ihm her: »Achten Sie auf die andern; erinnern Sie sie an die Zeit!«

Glawen näherte sich den Stehenden Steinen. Drohend ragten sie im Mondlicht vor ihm auf, schwer und massiv, gut zwanzig Fuß hoch. Er tauchte in Kolonne fünf ein; links und rechts dehnten sich die Reihen bis in weite Ferne und entschwanden schließlich in der verschwommenen Trübe aus Mondschein und Finsternis.

Glawen hastete Kolonne fünf entlang, im Laufen die Reihen abzählend. Bei Reihe acht hielt er inne und horchte. Das einzige Geräusch, das er vernahm, war das Rauschen des Blutes in seinen Ohren. Er lief weiter: ein Schatten, der sich zwischen den anderen Schatten bewegte. Bei Reihe zwölf blieb er erneut stehen und lauschte angestrengt nach irgendwelchen Geräuschen, die ihm vielleicht den Weg weisen konnten.

Hatten seine Sinne ihn getäuscht? Hatte er da nicht eine Stimme gehört? Wenn ja, dann hatte sie leise und schüchtern geklungen, als wolle sie auf sich aufmerksam machen, habe aber zugleich Angst davor, gehört zu werden. Merkwürdig!

Glawen bog in Reihe zwölf ein und rannte mit langen, leisen Schritten an drei Gliedern von Steinen vorbei bis zu Kolonne acht. Abermals hielt er inne und lauschte. Stille! Ein ominöses Zeichen. Wenn ein Freund hinausgegangen war, sich mit Moncurio zu treffen, dann würde doch eine Unterhaltung stattfinden, sollte man meinen. Er lief die Kolonne weiter hinunter. Da! Wieder der leise Ruf, genauso scheu und behutsam wie vordem! Die Steine wirkten schalldämpfend; Glawen vermochte weder die genaue Richtung zu bestimmen, aus der die Stimme kam, noch wie weit ihre Quelle entfernt war. Aber allzu weit weg konnte sie nicht sein.

Glawen ging die Reihe entlang bis zu Kolonne neun und wandte sich dann nach rechts. Noch zwei Reihen weiter, und er wäre an seinem Ziel, der Reihe vierzehn. Er durfte sich nicht zwischen den Steinen verirren! Schritt für Schritt ging er vorwärts. Irgendwo in seiner unmittelbaren Nähe waren Gestalten, unheilvoll und flink. Etwas kam durch die Dunkelheit herangestürmt, um ihm in den Rücken zu fallen; er wirbelte herum. Nichts. Seine Nerven hatten ihm einen Streich gespielt. Er blieb stehen, spähte in alle Richtungen, lauschte, ob er vielleicht einen Ruf hören konnte oder ein Geräusch: irgend etwas, an das er sich halten konnte.

Es kam: aus nächster Nähe ein plötzliches Auflachen, ein unangenehmes Geheul, höhnisch und triumphierend. Dann das Murmeln von Stimmen, ein dumpfer, unheilvoll klingender Schlag; und dann, nach einem Moment atemloser Stille – wildes Wutgebrüll.

Glawen ließ alle Vorsicht fahren und rannte in die Richtung, aus der die Geräusche gekommen waren. Nach ein paar Schritten blieb er stehen, um sich zu orientieren. Er hörte hastige Schritte; er spähte die Kolonne hinunter und gewahrte eine menschliche Gestalt. Sie näherte sich ihm in einer eigentümlich torkelnden Gangart. Plötzlich, mit einem schluchzenden Keuchen der Enttäuschung, blieb sie stehen, bückte sich und nestelte hastig an irgend etwas herum, das sie offensichtlich beim Laufen behinderte; dann, von ihrem Hemmnis befreit, rannte sie weiter und prallte mit Glawen zusammen. Das fahle Licht von neun der neunzehn Monde fiel auf ein verstörtes, angsterfülltes Gesicht. Glawen rief verblüfft: »Wayness!«

Sie starrte ihn an, erst erschrocken, dann in ungläubiger Freude. »Glawen! Ich kann es nicht glauben! Du hier!« Sie drehte sich um, blickte über die Schulter. »Da hinten ist Baro: er ist ein Mörder! Er hat Moncurio in ein Grab geworfen und ihn den Schattenmännern überlassen. Er schnappte mich und sagte, ich sei lebend interessanter als tot, und dann fing er an, mich zu entkleiden. Ich haute ihn mit einem Spaten, und er fiel hin. Ich versuchte wegzurennen, aber ich konnte nicht schnell laufen, solange mir meine Hose um die Knöchel schlotterte.« Sie warf erneut einen hastigen Blick über die Schulter. »Wir sollten besser so schnell wie möglich zum Hotel zurück und Hilfe holen! Baro ist ein Teufel!«

Zwischen den Steinen tauchte eine Gestalt auf, die dunkler war als die Schatten, und trat in das Licht der Monde. Glawen erkannte in ihr den Mann wieder, den er in der Crippet Alley und im Cansaspara-Café gesehen hatte.

Wayness stieß einen leisen, gequälten Schrei aus. »Es ist zu spät.«

Der Mann kam langsam auf sie zu. Zehn Fuß vor ihnen blieb er stehen. Irgend etwas an seiner Haltung, vielleicht aber auch sein herablassendes Grinsen, rief Erinnerungen in Glawen wach, und schlagartig wußte er wieder, wer der Mann war. »Benjamie, der Spitzel! Benjamie, der Verräter!«

Benjamie lachte. »Natürlich! Und du bist der edle und reine Glawen Clattuc! Ich war es, der deinen Vater nach Shattorak sandte! Jetzt bist du bestimmt böse auf mich.«

»Und ob!«

Benjamie kam einen Schritt näher. Glawen fragte sich, was es wohl sein mochte, das er da hinter seinem Rücken verbarg. »Da wären wir denn nun also«, sagte Benjamie, »du und ich, und jetzt werden wir sehen, wer von uns beiden der Bessere ist: der liebe gute Glawen Clattuc oder der böse Benn Barr! Und die hübsche Wayness wird sich mit dem vergnügen, der am Ende übrigbleibt!«

Mit düsterem Blick betrachtete Glawen Benjamie, der einen Zoll größer war als er selbst und um zwanzig Pfund schwerer. Benjamie war behend und leichtfüßig; sein Selbstvertrauen war superb.

Glawen befahl Wayness leise: »Lauf zurück zum Hotel. Sobald du in sicherer Entfernung bist, werde ich mir diesen Kerl vornehmen und dann nachkommen.«

»Aber Glawen! Was, wenn ...?« Sie brachte den Satz nicht über die Lippen.

»Wenn du dich sputest, müßte noch genügend Zeit bleiben, um Moncurio zu retten, bevor Shan untergeht. Was Benjamie betrifft, so werde ich das tun, was getan werden muß.«

Banjamie lachte verächtlich. »Bleib hier!« rief er Wayness zu. »Wenn du wegrennst, werde ich dich wieder einfangen.« Er stürmte vorwärts. Glawen sah, daß er einen kurzstieligen Spaten trug. »Es wird nicht lange dauern.« Er fintierte, dann schwang er den Spaten so, daß er Glawen den Hals aufschlitzen würde. Glawen sprang zur Seite und preßte sich mit dem Rücken gegen einen hohen Stehenden Stein. Benjamie stieß mit dem Spaten nach ihm; Glawen zuckte erneut zur Seite, und der Spaten krachte mit einem metallischen Hallen gegen den Stein. Glawen packte den Griff; die zwei rangen um den Besitz des Spatens – zerrend, drehend, hierhin reißend und dorthin. Glawen sah, daß Benjamie einen Überraschungsangriff vorbereitete. Zuerst zog und zerrte er mit dem Spaten, um Glawen in eine aufrechte, entblößte Stellung zu zwingen. Glawen ging zum Schein darauf ein und forderte so den Überraschungsangriff klug heraus: ein Tritt ins Gemächte. Glawen verdrehte blitzschnell die Hüften, so daß der Tritt ins Leere ging. Er packte den Fuß und stieß hart dagegen, so daß Benjamie auf einem Bein rückwärts hüpfte, wobei er wild mit den Armen ruderte, um nicht aus dem Gleichgewicht zu geraten. Glawen nutzte die Gelegenheit, entwand Benjamie den Spaten und ließ ihn mit aller Kraft auf dessen Schulter sausen. Benjamie jaulte auf vor Schmerz. Er stürmte vor wie ein Stier, umklammerte Glawen und drängte ihn zurück, so daß Glawen hart mit dem Hinterkopf gegen den Stehenden Stein schlug. Ein scharfer Schmerz durchzuckte Glawen, und er fühlte sich für einen Moment benommen. Benjamie rammte ihm die Faust gegen die Wange; Glawen stieß seine in Benjamies Bauch; es war, als schlüge er gegen ein Brett.

Für einen Moment herrschte wütender Wirrwarr: ein Gewürge aus angestrengt ächzenden Leibern, rudernden Armen, verzerrten Gesichtern. Schmerz und Furcht waren vergessen; jeder dachte nur noch daran, wie er den andern zerstören konnte. Benjamie versuchte es mit einem erneuten Tritt; Glawen bekam das Bein zu packen; er zog heftig daran und verdrehte es gleichzeitig mit aller Kraft; ein häßliches Knacken war zu vernehmen, und Benjamie fiel hintüber, mit gebrochenem Knöchel. Er raffte sich langsam und mit schmerzverzerrtem Gesicht auf seine Hände und Fußspitzen auf, dann warf er sich nach vorn. Glawen versuchte auszuweichen, aber zu spät: Benjamie umklammerte ihn und riß ihn zu Boden. Er schaffte es, hinter Glawen zu gelangen und seinen Hals zu umklammern. Mit einem triumphierenden Grinsen spannte er die Muskeln an und drückte; Glawens Augen quollen aus den Höhlen, und seine Brust hob und senkte sich heftig, als er verzweifelt nach Luft rang.

Glawen warf die rechte Hand nach hinten über die Schulter, bekam Benjamies Haarschopf zu fassen und zog daran mit all der ihm noch verbliebenen Kraft. Benjamie gab ächzende Laute von sich und versuchte, die Hand abzuschütteln. Dabei lockerte er für einen Moment seine Armmuskeln. Glawen zog seinen Kopf blitzschnell zurück und zur Seite. Mit der Kante der linken Hand hieb er nach Benjamies Kehle und traf sie an einem empfindlichen Punkt. Benjamies Klammergriff lockerte sich noch mehr. Glawen befreite sich mit einer ruckartigen Bewegung; japsend und schwer nach Luft ringend, drehte er sich um und rammte seine Faust mit voller Kraft gegen Benjamies Kehlkopf. Er spürte, wie das Knorpelgewebe nachgab und riß; mit einem heiseren Krächzen taumelte Benjamie nach hinten und prallte rücklings gegen einen Stehenden Stein; er rutschte langsam nach unten und kam auf dem Hintern zu sitzen. Mit leblosem, verwirrtem Blick starrte er Glawen an.

Glawen, immer noch schwer atmend, hob den Spaten auf und sagte zu Benjamie: »Denk an Shattorak.«

Benjamie versuchte sich aufzurichten, aber er sackte wieder zurück gegen den Stein. Glawen sah, daß er nur mehr halb bei Bewußtsein war.

Wayness trat vor. Sie starrte Benjamie mit fasziniertem Entsetzen an. »Ist er tot?«

»Noch nicht; er befindet sich wahrscheinlich in einem Schockzustand.«

»Wird er überleben?«

»Das glaube ich nicht. Wenn ich es glaubte, würde ich ihm mit dem Spaten den Schädel spalten. Vielleicht sollte ich es so oder so tun.«

Wayness faßte seinen Arm. »Nein, Glawen, tu's nicht!« Doch dann besann sie sich eines Besseren: »Doch, du mußt es tun. Er darf nicht am Leben bleiben.«

»Er ist so oder so dem Tode geweiht. Er kann nicht mehr gehen, und die Schattenmänner werden in Kürze hier auftauchen. Wo ist Moncurio?«

»Dort hinten.« Wayness ging voraus zu einer Grube, die mit einer Steinplatte zugedeckt war. »Er ist darunter. Der Stein ist sehr schwer.«

Unter Aufbietung all seiner Kräfte hebelte Glawen die Steinplatte mit Hilfe des Spatens einen Zollbreit zur Seite. Dann rief er hinunter: »Herr Moncurio?«

»Ich bin hier unten! Holen Sie mich hier raus! Ich dachte, Sie seien Schattenmänner.«

»Noch nicht.«

Mit Wayness' Hilfe wuchtete Glawen die Steinplatte Zoll für Zoll beiseite, bis die Lücke groß genug war, daß Moncurio sich hindurchzwängen konnte. »Ah! Luft! Raum! Freiheit! Welch wunderbares Gefühl! Ich dachte schon, es wäre um mich geschehen!« Moncurio hielt inne, um sich den Dreck von den Kleidern zu klopfen. Im Schein der Monde sah Glawen einen großgewachsenen, robust gebauten Mann von fortgeschrittener Reife, der um die Leibesmitte herum ein wenig Fülle angesetzt hatte. Sein dichtes silbergraues Haar ergänzte ein fescher Schnauzbart von ebenderselben Farbe. Eine breite Stirn, eine lange und gerade Nase und ein wohlgestaltes Kinn verliehen seinem Gesicht Würde. Seine Augen indes, die unter hängenden Lidern hervorschauten, waren groß, dunkel und tränenfeucht: die Augen eines Spaniels.

Moncurio beendete die Entstaubung seiner Kleider. Mit bewegter Stimme sprach er: »Ein wahres Wunder! Ich hatte schon alle Hoffnung fahrengelassen! Mein Leben huschte bereits einem Lichtspiel gleich an meinen Augen vorbei! Welch glücklicher Zufall, daß ihr zwei vorbeikamt!«

»Ganz so zufällig war es nun auch wieder nicht«, sagte Glawen.

Moncurio sah ihn begriffsstutzig an.

Wayness sagte: »Ich kam hierher, um Sie zu suchen. Ich sah, wie Benjamie Sie in das Loch warf; dann griff er mich an. Glawen hat uns beide gerettet. Benjamie liegt jetzt dort drüben; es kann sein, daß er bereits tot ist.«

»Was ihm recht geschähe!« rief Moncurio bewegt. »Er begehrte Informationen; ich erzählte ihm alles, was ich wußte, und als Dank dafür stieß er mich in dieses Loch. Ich erachte ihn als einen überaus unhöflichen Burschen.«

»Daran besteht kein Zweifel.«

Moncurio ließ den Blick über das Firmament schweifen. »Shan steht schon sehr tief!« Er konsultierte seine Armbanduhr. »Es bleiben uns noch vierundzwanzig Minuten. Wohlan!« sagte er mit neuerwachtem Elan. »Helfen Sie mir, das Grab wieder abzudecken! Sonst werden die Schattenmänner böse und vergiften das Wasser.«

Die drei machten sich ans Werk. Moncurio war schließlich zufrieden. »Das muß hinreichen; Shan ist schon fast untergegangen, und Res steht unter Padan. Die Schattenmänner wissen, was vorgegangen ist, und sie sind rasend vor Zorn. Bis zum Hotel sind es sieben Minuten. Bis zu Shans Untergang verbleiben noch neun Minuten.«

Die drei entfernten sich in strammem Schritt von der Grabstätte und hatten bald offenes Gelände erreicht.

»Wir können hier nicht stehenbleiben«, sagte Moncurio. »Shan geht zwar erst in fünf Minuten unter, aber irgendein tollkühner Jüngling könnte womöglich in seinem Überschwang und seinem unbezähmbaren Verlangen nach Ehre auf die Idee kommen, uns die Gurgel hier und jetzt durchzuschneiden und seinen Frieden mit den Monden dann später zu machen.«

»Dies ist zum Leben ein gefährlicher Ort«, bemerkte Glawen.

»In vielerlei Hinsicht, ja«, bestätigte Moncurio. »Aber der echte Archäologe ignoriert alle Mühsal und Entbehrung. Er muß Opfer bringen für seine Wissenschaft!«

Die drei setzten eilends ihren Weg zum Hotel fort. Moncurio sprach weiter: »Es ist nicht alles Ruhm und Romantik, das kann ich Ihnen versichern! Keine Profession ist weniger nachsichtig! Ein Fehler, und der Ruf, den man sich ein ganzes Leben lang mühselig erarbeitet hat, ist zerstört! Und bei alledem ist der finanzielle Lohn minimal.«

»Ein guter Grabräuber dürfte doch ein recht gutes Auskommen haben«, erwog Wayness.

»Dazu habe ich keine Meinung«, sagte Moncurio würdevoll.

Die drei erreichten das sichere Terrain des Hotelkomplexes. Tief im Westen versank der hellblaue Mond Shan hinter dem Rande des alten Meeresgrundes.

Zehn Sekunden vergingen. Von den Steinen kam ein wilder, frohlockender Schrei der Rachelust.

»Sie haben Benjamie – oder Ben Barr – wie immer er auch heißen mag – gefunden«, sagte Moncurio. »Wenn er noch nicht tot war, dann ist er's spätestens jetzt.« Moncurio wandte sich ab und ging zur Tür von Suite A. Er blieb stehen und drehte sich um. »Ich möchte Ihnen beiden noch einmal für Ihre Hilfe danken. Vielleicht treffen wir uns morgen und trinken gemeinsam eine Tasse Tee auf der Veranda. Nun denn: gute Nacht!«

»Einen Moment noch«, sagte Wayness. »Wir müssen Ihnen auch noch einige Fragen stellen.«

Moncurio sagte steif: »Ich bin äußerst müde; könnten Ihre Fragen denn nicht noch ein wenig warten?«

»Und wenn Sie nun heute nacht stürben?«

Moncurio gab ein freudloses Lachen von sich. »Dann wären Ihre Fragen die geringste meiner Sorgen.«

»Wir werden Ihre Zeit nicht über Gebühr in Anspruch nehmen«, sagte Wayness. »Sie können sich ausruhen, während wir mit Ihnen sprechen.«

»Nun denn: fünf Minuten werde ich wohl für Sie erübrigen können«, brummte Moncurio. Er öffnete die Tür, und die drei traten in sein Wohnzimmer. Aus dem Schlafzimmer kam die Stimme einer Frau. »Adrian? Bist du es?«

»Ja, meine Teure! Zwei Freunde sind in einer geschäftlichen Angelegenheit hier; du brauchst nicht herauszukommen.«

Die Stimme sagte in einem etwas nörgelig klingenden Ton: »Ich könnte doch Tee servieren.«

»Danke, meine Teure, aber sie werden nur ein paar Minuten hierbleiben.«

»Wie du willst.«

Moncurio wandte sich wieder Glawen und Wayness zu. »Sie wissen zweifelsohne, daß ich Adrian Moncurio bin, Archäologe und Sozialhistoriker. Ich fürchte, ich habe Ihre Namen in der Aufregung nicht mitbekommen.«

»Ich bin Glawen Clattuc.«

»Und ich bin Wayness Tamm. Ich glaube, Sie kennen meinen Onkel, Pirie Tamm. Er wohnt in Schönwinden, in der Nähe von Shillawy.«

Moncurio war für einen Moment verblüfft: der Fall erhielt hier eine ganz neue Dimension. Er musterte Wayness mit einem kurzen forschenden Blick, so als wolle er ihre Beweggründe erraten. »Ja, natürlich! Ich kenne Pirie Tamm gut. Aber was sind denn nun Ihre Fragen?«

Glawen fragte: »Haben Sie gestern mit Melvish Keebles gesprochen?«

Moncurio runzelte die Stirn. »Warum fragen Sie das?«

»Es könnte sein, daß er Benjamie erwähnt hat – oder Ben Barr –, der Name, unter dem Sie ihn kannten.«

Moncurio schnitt eine Grimasse. »Keebles hat angerufen und eine Nachricht hinterlassen, aber ich war gerade draußen beschäftigt. Als ich zurückrief, meldete sich niemand.« Moncurio ließ sich in einen Sessel sacken. »Vielleicht können Sie mir sagen, worum es hier eigentlich geht.«

»Sicher. Vor einiger Zeit verkaufte Keebles Ihnen eine Kollektion von Dokumenten der Naturforschergesellschaft. Er sagte, es könne sein, daß Sie sie immer noch in Ihrem Besitz haben.«

Moncurio zog seine prachtvollen grauen Augenbrauen hoch. »Keebles irrt sich. Ich habe das Paket an Xantief in Triest weiterveräußert.«

»Haben Sie den Inhalt sondiert, bevor Sie das Paket weiterverkauften?«

»Natürlich! Ich bin ein gewissenhafter Mann!«

»Und Sie haben nichts zurückbehalten?«

»Nicht mal eine vergilbte Photographie.«

»Und Keebles? Hat er irgend etwas behalten?«

Moncurio schüttelte den Kopf. »Das Material fiel nicht in Keebles' Angebotsspektrum. Er erwarb es im Zuge eines Tauschgeschäftes von einem gewissen Floyd Swaner, der inzwischen verschieden ist. Er gab Swaner dafür eine Kollektion Tangletten.« Er nahm ein grünes Jademedaillon von einem Regal und streichelte es liebevoll. »Dies ist eine Tanglette, wie sie die alten Schattenmänner benutzten, um den Ruhm ihrer Meister zu attestieren. Heutzutage sind Tangletten sehr en vogue unter den Sammlern.« Er legte die Tanglette in das Regal zurück. »Leider sind sie immer schwerer zu finden.«

Glawen fragte: »Und die Dokumente der Naturforschergesellschaft – Sie wissen nichts über sie –, aber vielleicht hätten Sie eine Idee, wo sie jetzt sein könnten?«

Moncurio schüttelte den Kopf. »Mehr als das, was ich Ihnen gesagt habe, weiß ich auch nicht.«

Nach einem Moment des Schweigens stieß Wayness einen Seufzer aus. »Ich bin die Leiter abwärts geklettert, Sprosse für Sprosse: von Gohoon Galleries über das Funusti-Museum und Mirky Porod nach Triest zur Casa Lucasta, bis ich schließlich in Mondweg angelangt bin.«

»Und ich bin die Leiter hinaufgestiegen: von Idola in der Großen Prärie nach Trennstadt; von dort weiter nach Tanjaree und schließlich nach Mondweg.«

»Mondweg ist die mittlere Sprosse, wo wir hätten finden sollen, wonach wir suchen – aber Mondweg ist ebenso leer wie der Rest.«

»Wonach suchen Sie denn?« fragte Moncurio. »Womöglich nach der Cadwal-Charta und der Übertragungsurkunde?«

Wayness nickte traurig. »Diese Dokumente sind sehr wichtig geworden, ja sogar lebenswichtig, wenn Cadwal ein Konservat bleiben soll.«

Glawen fragte: »Wußten Sie, daß die besagten Schriftstücke fehlen?«

»Als ich die Dokumente zum erstenmal sah, fiel mir auf, daß die Charta und die Übertragungsurkunde fehlten. Keebles hat sie nie gesehen, dessen bin ich ganz sicher. Aus alldem folgt, daß er sie gar nicht erst von Floyd Swaner bekommen hat.«

»Das war ganz gewiß auch Smonny Clattucs Meinung«, sagte Glawen. »Sie brach mehrere Male in die Scheune der Chilkes ein und weidete den ausgestopften Elch aus, aber sie fand nie etwas.«

»Was könnte also mit der Charta und der Übertragungsurkunde geschehen sein?« fragte Moncurio.

»Eben das ist das Rätsel, das wir zu lösen versuchen«, sagte Wayness.

»Großpapa Swaner hinterließ alles seinem Enkelsohn Eustace Chilke«, sagte Glawen. »Smonny versuchte daraufhin, an Chilkes Besitz zu kommen, und dies auf jede erdenkliche Weise, inklusive durch Heirat – wogegen Chilke sich natürlich widersetzte. Das Leben sei zu kurz, so seine Argumentation. Und nun sieht es ganz so aus, als ob keiner – weder Chilke noch Smonny noch Wayness noch Sie noch ich – wüßte, was aus der Charta und der Übertragungsurkunde geworden ist.«

»Ein interessantes Problem«, sagte Moncurio. »Ich kann mit keinerlei Anhaltspunkten dienen.« Er zog an seinem Schnurrbart, dann spähte er über die Schulter in Richtung Schlafzimmer. Die Tür war einen Spaltbreit geöffnet. Moncurio durchquerte leisen Schrittes den Raum, drückte die Tür ins Schloß und kehrte zu seinem Sessel zurück. »Wir wollen Carlotta nicht mit unserer Unterhaltung stören. Ha hm. Offensichtlich haben Sie bei Ihrer Fahndung große Mühen auf sich genommen.« Er wandte den Blick auf Wayness. »Haben Sie im Verlaufe Ihrer Suche zufällig einmal den Namen ›Casa Lucasta‹ gehört?«

»Sie selbst haben ihn fallenlassen.«

Moncurio formulierte bedächtig eine Frage. »Interessant! Wir sprechen von der ›Casa Lucasta‹ in ... der Name der Stadt ist mir im Moment entfallen.«

»Pombareales.«

»Ja, natürlich. Und wie stehen die Dinge so in jenem kleinen abgelegenen Winkel der guten alten Erde?«

Wayness überlegte. »Die Menschen in Patagonien haben ein langes Gedächtnis. Sie sind immer noch auf der Suche nach einem Archäologen namens ›Professor Solomon‹.«

»Bah!« Moncurio lachte unfroh. »Sie sprechen da ein Reklameprojekt an, das scheiterte. Die Idee war, einen neuen Touristenkomplex anzupreisen, aber im letzten Moment bekamen die Geldgeber kalte Füße, und ich stand allein da, dem Zorn der Geprellten schutzlos preisgegeben. Es ist die uralte Geschichte, aus welcher ich als Zyniker hervorgegangen bin, wie ich Ihnen versichern kann!«

Wayness lachte ungläubig. »Eine Touristenanlage draußen in der Pampa, wo der Wind durch alle Türritzen pfeift?«

Moncurio nickte würdevoll. »Ich riet von dem Projekt ab, doch als alles zusammenbrach, stand ich plötzlich allein und mußte mich den hysterischen Anfeindungen der Anleger erwehren. Denken Sie nur, sie bezichtigten mich des Diebstahls, des Schwindels, der Betrügerei, des Unterschleifes, der Spitzfindigkeit und vieler anderer unerfreulicher Dinge. Ich hatte großes Glück, daß ich entkommen konnte.«

»So sehen es alle«, sagte Wayness.

Moncurio überging die Bemerkung. »Sie haben die Casa Lucasta aufgesucht?«

»Oft.«

»Und wie geht es Irena?«

»Irena ist tot.«

Moncurio machte ein bestürztes Gesicht. »Was ist ihr zugestoßen?«

»Sie beging Selbstmord – nachdem sie zuvor versucht hatte, die beiden Kinder zu töten.«

Moncurio zuckte zusammen. »Und die Kinder? Was ist mit ihnen?«

»Sie sind in Sicherheit. Madame Clara hat gesagt, Sie und Irena hätten sie ständig unter Drogen gesetzt.«

»Das ist eine böswillige Entstellung der Wahrheit! Ich habe den Kindern einen großen Dienst erwiesen, indem ich sie von den Gangrilen wegholte. Auf Nion zählt ein Leben nichts.«

»Trotzdem – warum sie dann auf der Alten Erde unter Drogen setzen? Das ist nicht sehr nett!«

»Es geschah zu unser aller Nutzen! Ich kann das leicht erklären, auch wenn Sie es womöglich nicht so leicht verstehen werden. Nun denn, ich will es versuchen. Ich lernte etwas über die Gangrilen-Drogen – nicht viel; ich konnte mir lediglich oberflächliche Kenntnis aneignen. Diese Drogen vermögen gewisse Funktionen des Hirns zu verstärken und wieder andere zu unterdrücken. Hellsichtigkeit ist eine der Fähigkeiten, die sie verstärken können.

Nun denn! Ich bin ein Archäologe von nicht unbeträchtlichem Ruf!« Moncurio setzte eine Miene ernster und unbeugsamer Hingabe auf. »Zuvörderst und zuallererst bin ich der Wissenschaft verpflichtet; in diesem Punkt bin ich unerschütterlich! Indes, von Zeit zu Zeit bin ich in der glücklichen Lage, verborgene Schätze aufzuspüren, die es mir erlauben, meine kostspieligen Forschungen zu finanzieren.«

»Onkel Pirie bezeichnet Sie als ›Grabräuber‹«, sagte Wayness.

»Das ist ein wenig lieblos ausgedrückt«, sagte Moncurio. »Freilich bin ich ein praktisch denkender Mensch, und ich mache nicht viel Federlesens. Die Helden der antiken Schattenmänner wurden zusammen mit ihren Tangletten bestattet. Eine Kollektion solcher Tangletten ist ein Vermögen wert. Doch nur eines von sechzig Gräbern birgt mehr als drei oder vier Tangletten, und nur jedes hundertste ist ein Heldengrab. Ein einzelnes Grab freizubuddeln ist sowohl mühselig als auch gefährlich; mehr als einmal bin ich dem Tod nur um Haaresbreite entronnen. Wenn nun eine hellseherisch begabte Person uns zeigen könnte, welches der Gräber eine Sammlung von Heldentangletten enthält, dann könnten wir in einem Jahr Mondweg für immer den Rücken kehren und für den Rest unserer Tage in Wohlstand leben. Und nun haben Sie die Erklärung für Irena, die Drogen und die beiden Kinder. Irena liebte Geld über alles; ich wußte , daß sie geradezu fanatisch treu sein würde.«

Die Tür, die zum Schlafzimmer führte, flog auf, und Carlotta stürmte ins Wohnzimmer. »Ich habe genug gehört! Hältst du mich für taub, stumm und blind? Ich bin weder eine Gangrile, noch eine Räuberin, noch bin ich ›geradezu fanatisch treu‹! Ich bin entsetzt über das, was ich gehört habe! Wenn wir allein wären, könntest du jetzt was erleben, das sag ich dir!«

»Carlotta, meine Teure! So mäßige dich doch! Laß uns in Ruhe über alles reden!«

»Ich bin ruhig und maßvoll! Ich heiße dich einen Schurken, einen Lumpen, eine schwärende Eiterbeule und einen Schakal. Maßvoller geht es beim besten Willen nicht. Nach meinen Habseligkeiten werde ich morgen schicken.« Carlotta stapfte durch die Vordertür und hinaus in die Nacht. Die Tür flog mit einem lauten Knall zu.

Moncurio schritt auf und ab, den Kopf gesenkt, die Arme hinter dem Rücken verschränkt. »Ich bin vom Unglück verfolgt; es muß mein Schicksal sein! Nach all den Mühen, die ich auf mich geladen habe, und all der endlosen Geduld, die ich aufgebracht habe, liegen meine Pläne nun in Scherben!« Er blieb abrupt stehen und sah Wayness scharf an. »Wer hat Ihnen überhaupt meine Adresse gegeben? War es Clara? Ich habe dieser Frau nie getraut!«

»Myron hat sie mir gesagt.«

»Myron?« Moncurios Kinnlade fiel herunter. »Woher kannte er sie?«

Wayness zuckte die Achseln. »Hellseherei vielleicht.«

Moncurio nahm seine Auf-und-ab-Marschiererei wieder auf. Glawen und Wayness erhoben sich, sagten Moncurio Lebewohl und folgten Carlotta hinaus in die Nacht.

Am Geländer der Veranda hielten sie für einen Moment inne und schauten hinüber zu den geisterhaften Reihen der Stehenden Steine.

»Ich habe immer noch Angst«, sagte Wayness. »Ich war sicher, daß mein letztes Stündchen geschlagen hatte.«

»Es war in der Tat eine knappe Angelegenheit. Ich hätte dich niemals allein losziehen lassen dürfen.« Glawen schlang die Arm um sie; sie küßten sich.

Wayness fand als erste die Sprache wieder. »So – was machen wir nun?«

»Im Moment fällt mir nichts Vernünftiges ein. Mir schwirrt der Kopf. Am ehesten stünde mir jetzt der Sinn nach einem anständigen Abendessen mit einer guten Flasche Wein. Ich habe seit Tagen nichts gegessen außer etwas Brot und Käse und einen Happen Pold. Im Moment habe ich nicht einmal ein Zimmer.«

»Kein Problem«, sagte Wayness. »Ich habe ein sehr hübsches Zimmer.«

KAPITEL ZEHN

I

Von Tanjaree auf Pharisse und durch die Jingles nach Mersey, dann weiter nach Sternheim auf Aspidiske VI; von dort aus zurück in Richtung Zentrum des Reiches: So ging die Reise – ohne Aufregung oder irgendwelche bemerkenswerten Ereignisse. Es gab wenig zu tun außer zuzuschauen, wie die Sterne vorüberzogen und Spekulationen hinsichtlich der Frage anzustellen: Wo war die Charta, und wo war die Übertragungsurkunde?

Wayness und Glawen verbrachten Stunden damit, zu grübeln und sich in allerlei Mutmaßungen zu ergehen, doch am Ende kamen sie wieder auf das zurück, was sich als die grundlegenden Fakten herauskristallisiert hatte: Charta und Übertragungsurkunde waren definitiv von Frons Nisfit unterschlagen und verkauft worden, zusammen mit einer Reihe von anderen Dokumenten der Naturforschergesellschaft. Der Beweis dafür war Smonnys Verhalten bei Gohoon Galleries: Sie hatte eine Aufzeichnung entdeckt, die den Verkauf von Charta und Übertragungsurkunde an Floyd Swaner bestätigte, was sie dazu veranlaßt hatte, die entsprechende Seite herauszureißen und ihre Aufmerksamkeit auf die Ranch der Chilkes und auf Eustace Chilke selbst zu richten.

Das war das grundlegende Faktum A. Das grundlegende Faktum B war, daß Charta und Übertragungsurkunde Floyd Swaners Besitz nicht verlassen hatten. Es gab keinen Grund, Keebles' und Moncurios Aussage, die Dokumente hätten sich nicht unter den Materialien aus dem Besitz der Naturforschergesellschaft befunden, die Swaner ihnen verkauft hatte, in Zweifel zu ziehen. Grundlegendes Faktum C war, daß Floyd

Swaner all seine Habe Eustace Chilke hinterlassen hatte, seinem Enkelsohn. Nun hatte jedoch Chilke bei mehreren Gelegenheiten erklärt, er wisse nichts von solchen Dokumenten: die bemerkenswertesten Stücke seiner Erbschaft seien diverse ausgestopfte Tiere und eine Kollektion purpurfarbener Vasen.

»Der Schluß, der daraus folgt, ist klar und eindeutig«, sagte Wayness. »Sowohl die Charta als auch die Übertragungsurkunde befinden sich trotz aller Versuche Smonnys, sie aufzuspüren, immer noch irgendwo unter den Habseligkeiten Floyd Swaners – das heißt, bei den Gegenständen, die er Eustace Chilke vermacht hat.«

Die beiden saßen im Achtersalon und betrachteten die Sterne. Glawen sagte: »Es sieht ganz so aus, als kämen wir nicht umhin, noch einmal Ma Chilkes Geduld in Anspruch zu nehmen. Diese ganze Geschichte muß ihr langsam mächtig auf die Nerven gehen.«

»Sie wird ihr bestimmt nicht mehr auf die Nerven gehen, wenn wir ihr sagen, daß die Tangletten sehr wertvoll sind.«

»Das wird sie vielleicht besänftigen. Die Dokumente befinden sich wahrscheinlich an irgendeinem absolut naheliegenden Ort – einem Ort, der so sehr auf der Hand liegt, daß keiner sich die Mühe gemacht hat, dort nachzuschauen.«

»Das ist eine gute Theorie, nur, daß es auf der Chilke-Ranch keine solchen naheliegenden Orte gibt – außer denen, die ständig benutzt werden.

Vielleicht liegen sie bei Chilkes Andenken aus der Jugendzeit – alte Zeugnisse, Highschooljahrbücher und dergleichen. Wer weiß, womöglich finden wir dazwischen einen unauffälligen Umschlag mit der Aufschrift ›Urkunden‹ oder etwas in der Art. Es könnte sogar ...« Glawen hielt jählings inne.

»Es könnte sogar ›was‹ sein?«

»Mir ist da gerade eine Stelle eingefallen, an der man nachschauen könnte. Ich meine damit nicht den ausgestopften Elch.«

II Glawen und Wayness traten aus dem Raumhafen von Tammeola ins gleißende Licht der Morgensonne. Sie bestiegen umgehend die Gleitbahn und fuhren nordwärts nach Trennstadt, von wo aus sie mit dem lokalen Lufttransportunternehmen nach Largo am Sippewissa-Fluß weiterreisten. Daselbst mietete sich Glawen wie schon zuvor einen Flitzer, mit dem sie nach Nordwesten ins Herz der Großen Prärie flogen, über Idola hinweg und weiter nach dort, wo der von Pappeln und Trauerweiden gesäumte Fosco-Bach seine große Biegung vollzog. Gleich dahinter lag das Anwesen der Chilkes.

Diesmal war Ma Chilke allein – nicht einmal die Kinder waren zugegen. Glawen und Wayness stiegen aus dem Flitzer und gingen zum Haus. Ma Chilke kam an die Tür und erwartete sie mit in die Hüften gestemmten Händen. Sie begrüßte Glawen mit förmlicher Herzlichkeit und unterzog Wayness einer scharfen Musterung, die Wayness mit soviel Selbstsicherheit als möglich über sich ergehen ließ. Sodann wandte sich Ma Chilke wieder Glawen zu und sagte ziemlich bissig: »Es sieht ganz so aus, als wären Sie, statt sich um Ihre Obliegenheiten zu kümmern und Mel Keebles nachzuspüren, losgezogen und hätten diese junge Dame aufgegabelt.«

Glawen grinste. »Ich könnte Ihnen meine Gründe schon darlegen, wenn es Sie interessieren sollte.«

»Machen Sie sich keine Umstände«, versetzte Ma Chilke. »Ich kann mir Ihre Gründe schon denken, und je nach dem, wonach Sie gesucht haben, ergeben sie schon einen Sinn. Haben Sie vor, uns miteinander bekannt zu machen?«

»Frau Chilke, darf ich Ihnen Fräulein Wayness Tamm vorstellen?«

»Sehr erfreut.« Ma Chilke trat ins Haus zurück. »Treten Sie ein. So lange ich die Tür offenhalte, nutzen die Fliegen die günstige Gelegenheit aus.«

Ma Chilke führte ihre Gäste durch die Küche und ins Wohnzimmer. Glawen setzte sich auf die Couch; Wayness nahm neben ihm Platz. Ma Chilke musterte die beiden ohne Freundlichkeit. »Was ist es jetzt wieder? Haben Sie Mel Keebles gefunden?«

»Ja. Es war nicht ganz einfach. Er war auf einer fernen Welt, weit weg von zu Hause.«

Ma Chilke schüttelte mißbilligend den Kopf. »Ich kann das einfach nicht verstehen; was kann es da draußen in der Ferne geben, das so gut ist wie das, was wir hier zu Hause haben? Meistens sind die Dinge viel schlimmer! Ich habe von Orten gehört, wo man von einem schwarzen Schleim bedeckt wird, sobald man sich schlafen legt. Ist das etwa schön?«

»Nein«, sagte Wayness. »Ganz gewiß nicht.«

Ma Chilke fuhr fort. »Ich möchte nicht aus meinem Fenster schauen und von einer sechzig Fuß langen Schlange angestarrt werden. Solche Dinge machen mir keinen Spaß.«

»Es gibt keine Erklärung dafür, warum es Menschen hinaus zu den Sternen zieht«, sagte Glawen. »Vielleicht ist es Neugier oder Abenteuerlust oder die Aussicht, großen Reichtum zu erlangen; und manchmal wollen die Leute halt einfach nach ihren eigenen Regeln leben. Manchmal sind sie Misanthropen, oder aber Leute, denen der Boden auf der guten alten Erde zu heiß unter den Füßen geworden ist.«

»Wie Adrian Moncurio«, sagte Wayness.

Ma Chilke zog die Stirn kraus. »Adrian wie?«

»Moncurio. Sie haben den Namen wahrscheinlich schon einmal gehört, denn er war sowohl mit Großpapa Swaner als auch mit Melvish Keebles befreundet.«

»Ich entsinne mich des Namens«, sagte Ma Chilke. »Ich habe ihn seit Jahren nicht mehr gehört. Er hatte irgend etwas mit den purpurfarbenen Vasen und den grünen Jadeschnallen zu tun.«

»Das ist einer der Gründe, weshalb wir hier sind«, sagte Glawen. »Diese purpurnen Vasen sind Bestattungsurnen, und sie sind für Sammler sehr wertvoll.«

Wayness sagte: »Das gleiche gilt für die Jadeschnallen. Sie werden Tangletten genannt. Bevor wir gehen, werde ich Sie mit jemandem bekannt machen, der Ihnen helfen wird, sie für einen guten Preis zu verkaufen.«

»Das ist nett von Ihnen«, sagte Ma Chilke. »Eigentlich gehören die Sachen Eustace, aber ich glaube nicht, daß er etwas dagegen einzuwenden hat, wenn ich ein paar davon veräußere. Ich kann das Geld wahrlich gut gebrauchen.«

»Als allererstes sollten Sie sie an einen sicheren Ort bringen – und nicht die Kinder damit spielen lassen.«

»Das ist ein guter Rat!« Ma Chilke war merklich freundlicher geworden. »Darf ich Ihnen vielleicht eine Tasse Tee anbieten? Oder ein Glas kalte Limonade?«

»Limonade wäre wunderbar«, sagte Wayness. »Kann ich Ihnen helfen?«

»Nein, danke, es geht schon so.«

Glawen fragte: »Dürften wir uns einmal den *Atlas ferner Welten* anschauen, den Ihr Vater Eustace einst geschenkt hat?«

Ma Chilke zeigte mit dem Finger auf ein Bücherregal. »Der ist dort – das dicke rote Buch ganz zuunterst.« Sie ging in die Küche.

Glawen zog den Band aus dem Regal heraus und ging damit zurück zur Couch. »Jetzt schauen wir erst einmal bei Cadwal nach.« Er schlug den Index auf, suchte und begann dann die Seiten umzublättern. Die

Planetenkarten waren zum größten Teil Mercatorprojektionen, die jeweils eine ganze Doppelseite bedeckten. Auf der Rückseite der Karten standen einschlägige Informationen: eine historische Übersicht, physikalische Daten, statistische Tabellen; eigentümliche, einzigartige oder bemerkenswerte Fakten. Vielen dieser Informationsseiten hatte jemand – möglicherweise der junge Eustace, vielleicht auch sein Großvater – zusätzliches Material beigeheftet oder auch einfach nur lose beigelegt.

Glawen schlug die Karte von Cadwal auf. Auf die Rückseite des linken Blattes hatte jemand mit Klebeband einen großen braunen Umschlag geheftet. Glawen hob den Blick. Ma Chilke war immer noch in der Küche. Er löste den Umschlag vorsichtig ab, klappte ihn auf und sah hinein. Er warf Wayness einen unergründlichen Blick zu und steckte den Umschlag in die Innentasche seiner Jacke.

»Ist sie's?« fragte Wayness im Flüsterton.

»Sie ist es«, erwiderte Glawen mit vor Erregung heiserer Stimme.

Ma Chilke kam aus der Küche zurück, auf den Händen ein Tablett mit drei großen Gläsern Limonade. Sie hielt das Tablett Wayness und Glawen hin und fragte mit einem Blick auf den Atlas: »Was für eine Welt ist das?«

»Cadwal«, antwortete Glawen. »Sie ist weit weg.« Er deutete auf ein kleines rotes Quadrat am Ostufer des Kontinents Deucas. »Das ist Station Araminta, wo wir zu Hause sind und wo Eustace jetzt lebt. Er ist eine bedeutende Person geworden.«

»Denken Sie nur!« sagte Ma Chilke mit staunenden Augen. »Als er ein Junge war, nannte niemand ihn ›Eustace‹; alle nannten ihn ›Nichtsnutz‹! Er war in der Tat ein launisches Kind, und als alle nach Norden gingen, ging Eustace nach Süden. Aber er besaß eine Eigenschaft, die alles andere aufwog: er konnte mich stets zum Lachen bringen! Trotzdem wollte ich ihn oft verhauen. Aber Großpapa nahm ihn immer in Schutz, und die beiden waren dicke Freunde. Es ist schon merkwürdig, wie die Dinge sich manchmal fügen! Eustace ein bedeutender Mann – nach so vielen Jahren!«

Nach einem Moment freudvollen Nachsinnens wandte Ma Chilke den Blick erneut auf die Karte. »Wo sind die Städte und Dörfer und Straßen?«

»Die werden Sie auf Cadwal nicht finden«, sagte Wayness. »Die ersten, die den Planeten erkundeten, betrachteten Cadwal als eine Welt, die zu schön war und zu voll von Naturwundern, um sie durch menschliche Siedlungen zu verschandeln; also machten sie Cadwal zu einem Naturschutzgebiet. Die Leute dürfen zu Besuch kommen und sich an der Schönheit der Natur ergötzen, aber niemand darf in die Umwelt eingreifen oder nach vulkanischen Edelsteinen schürfen oder die einheimischen Tiere belästigen, wie wild oder ekelerregend sie auch immer sein mögen.«

»Ihre wilden Tiere können Sie gerne bei sich behalten!« erklärte Ma Chilke. »Ich habe Ärger genug mit Gophers.«

Wayness stand auf. »Ich werde ganz bestimmt meine Freundin Alvina in Triest antelephonieren. Sie handelt mit Tangletten und wird sich gewiß mit Ihnen in Verbindung setzen. Ich glaube, daß sie ehrlich ist; trotzdem, es kann nicht schaden, wenn Sie meinen Namen erwähnen.«

»Das ist sehr nett von Ihnen.«

»Wir freuen uns, Ihnen helfen zu können.«

»Sind Sie jemals mit diesem anderen Herrn zusammengetroffen?«

»Julian Bohost?« fragte Glawen. »Nein. Er hat einen seiner Freunde ausgeschickt, der noch schlimmer war als er selbst.«

Glawen und Wayness verabschiedeten sich. Der Flitzer stieg in die Lüfte auf; das Anwesen der Chilkes entschwand unter ihnen im Nachmittagsdunst.

Glawen zog den braunen Umschlag aus der Innentasche seiner Jacke und reichte ihn Wayness. »Überprüfe du sie. Ich habe Angst, sie mir anzuschauen.«

Wayness machte den Umschlag auf und zog drei Schriftstücke heraus. »Dies ist die Charta«, sagte sie. »Das Original!«

»Das ist ja schon mal eine gute Nachricht.«

»Und dies ist die Übertragungsurkunde auf Ewigkeit. Auch sie scheint authentisch zu sein.« Sie überflog das Dokument. »Es ist ganz simpel – eine Besitzurkunde über die Immobilie mit Namen Cadwal, unter Angabe der astrographischen Koordinaten. Der Titel wird auf unbestimmte Dauer der Naturforschergesellschaft übertragen, abhängig von der zeitigen Begleichung der anfallenden Gebühren. Die Übertragung des Titels läßt sich offenbar problemlos bewerkstelligen; doch weder Frons Nisfit noch irgend jemand anderes hat den Titel je übertragen.«

»Noch eine gute Nachricht!«

»Richtig – freilich mit Einschränkungen, über die wir noch diskutieren werden. Das dritte Dokument ist ein Brief, adressiert an Eustace Chilke und unterzeichnet von Floyd Swaner. Er lautet wie folgt:

Lieber Eustace!

Zu meiner großen Überraschung stieß ich auf diese Papiere, welche sich unter einem bunt zusammengewürfelten Packen von Dokumenten befanden, die ich bei einer Auktion praktisch für umsonst erstanden habe. Die Papiere sind freilich von unschätzbarem Wert – ihr Inhaber hat de facto einen gültigen Rechtstitel auf den Planeten Cadwal in Händen.

Der nominelle Besitzer ist die Naturforschergesellschaft, und wenn sie eine aktive, solide und vertrauenswürdige Wesenheit wäre, würde ich die Dokumente auf der Stelle ihren rechtmäßigen Besitzern rückübereignen. Ich habe jedoch Nachforschungen angestellt, und dabei hat sich herausgestellt, daß dies eine äußerst unkluge Entscheidung wäre. Die Gesellschaft ist moribund; ihre Mitgliederschaft ist völlig überaltert, und ihre Funktionäre sind – von einer oder zwei Ausnahmen abgesehen – Dilettanten. Kurzum, die Naturforschergesellschaft ist so gut wie entschlafen, nur weiß sie es noch nicht.

Das Cadwal-Konservat ist eine Einrichtung, die ich gutheiße. Indes, während ich diese Zeilen schreibe, nähert sich mir der Tod um keinen Deut weniger gewiß, als er die Naturforschergesellschaft zu ereilen sich anschickt. Aus diesem Grunde bestimme ich Dich zum Bewahrer dieser Dokumente für so lange, bis sie in die sichere Obhut einer neuen und wiederbelebten Naturforschergesellschaft – oder ihres rechtlichen Nachfolgers – transferiert werden können – stets mit dem Ziel, die Integrität und Dauerhaftigkeit des Cadwal-Konservats sicherzustellen.

Meine einzigen spezifischen Anweisungen sind folgende: lasse auf keinen Fall zu, daß zwar wohlmeinende, aber unpraktische Theoretiker Kontrolle über Dich erlangen; sieh stets zu, daß die Menschen, mit denen Du Dich umgibst, fähige, tüchtige, erfahrene und tolerante Personen sind, Menschen mit klarem Verstand und ohne irgendwelche ideologischen Scheuklappen.

Falls Du das Gefühl haben solltest, daß die Pflicht, die ich Dir auferlegt habe, Deine Fähigkeiten übersteigt, wähle sorgfältig irgendeine reife Persönlichkeit aus, deren Hingabe an die Ideale des Naturschutzes außer Frage steht, und übertrage die Aufgabe ihr.

Im wesentlichen mußt Du in dieser Sache auf Deinen Instinkt vertrauen – was Du, wie ich Dich kenne, ohnehin tun wirst, ganz gleich, wie ernst meine Anweisungen und wie gewichtig meine Warnungen auch sind.

Diesen Weg, Dir die Dokumente zukommen zu lassen, habe ich aus mehreren Gründen gewählt. Einer davon ist der, daß wenn ich sterbe und Du nicht zugegen bist, Deine

Brüder und Vettern, Tanten und Onkel sowie Dein Vater und Deine Mutter sich jegliche Habe, die ich Dir hinterlasse, sogleich fröhlich unter den Nagel reißen werden. Oder sie werden sie in der Scheune lagern, zusammen mit den ausgestopften Tieren. Ich habe Dir Briefe an verschiedene deiner Adressen geschrieben, in denen ich Dich anweise, an einem Ort, von dem Du weißt, nach etwas Wertvollem zu suchen; wenigstens einer dieser Briefe sollte Dich erreichen und wird Dich, so glaube ich, zu den Dokumenten führen. Lebe wohl, Eustace – für immer, fürchte ich. Ich habe keine Angst vor dem Tode; ich glaube halt nur nicht, daß ich ihn sonderlich mögen werde.

Floyd Swaner

Wayness schaute Glawen an. »Das ist alles.«

»Großpapa Swaners Ideen sind unseren eigenen ganz ähnlich, was bedeutet, daß uns die Mühe erspart bleibt, sie zu ignorieren.«

»Das macht die Sache für alle leichter«, sagte Wayness, »Chilke mit eingeschlossen, da wir seine Kooperation berechtigterweise als selbstverständlich voraussetzen und davon ausgehen können, daß er die Dokumente unverzüglich an uns weitergeben würde.«

»Chilke wird froh sein, daß seine Pflichten auf eine für ihn so angenehme Weise erledigt worden sind. Trotzdem, ich fände es schön, wenn irgend etwas nach ihm benannt würde: ein Sumpf, ein Vogel, vielleicht ein Berg, oder gar das neue Arbeitslager am Kap Journal: das ›Eustace-B.-Chilke-Gedächtnis-Straflager‹.«

»Wahrscheinlich würde es ihm besser gefallen ohne das ›Gedächtnis‹.«

»Wahrscheinlich.«

In Largo nahmen die zwei Quartier im Gasthof am Alten Fluß hoch über der breit und träge dahinströmenden Sippewissa. Wayness telephonierte umgehend Pirie Tamm in Schönwinden an.

»Wayness!« rief Pirie Tamm. »Das ist in der Tat eine Überraschung! Wo bist du?«

»Auf dem Rückweg von Bangalore. Meine Studien sind erfolgreich verlaufen; ich habe sieben neue Vibrationen gelernt.«

Pirie Tamm sagte vorsichtig: »Ich bin sicher, es wird alles sehr hilfreich sein.«

»Der Pandit ist von meinen Fortschritten sehr angetan. Er hat zumindest das Gefühl, daß meine Füße in die richtige Richtung weisen.«

»Als jemand, der den Pandit kennt, betrachte ich das als ein hohes Lob«, sagte Pirie Tamm trocken. »Du bist auf dem Weg nach Schönwinden?«

»Ja, zusammen mit einem Freund. Ich dachte, ich sollte dich besser vorwarnen. Ist es dir recht?«

»Natürlich. Wer ist der Freund?«

»Das ist eine lange Geschichte, und sie muß warten, bis wir bei dir sind. Was gibt es Neues in Schönwinden?«

Pirie Tamm blieb einen Moment lang stumm und erwog seine Antwort. Schließlich sprach er in bedächtigem Ton: »Meine Gesundheit ist gut, und meine Hüfte ist eindeutig auf dem Wege der Besserung. Die Rhododendren spielen sich in spektakulärer Manier auf; Challis ist grün vor Neid. Von Julian Bohost habe ich nichts mehr gesehen, was mir nur recht ist. Der Mann ist eine Plage und unausstehlich dazu. Was ist sonst noch passiert? Laß mich überlegen. Aus irgendeinem unerfindlichen Grund erfreut sich die Gesellschaft zur Zeit eines stetig wachsenden Interesses; im Verlaufe des letzten Monats habe ich über zwanzig neue Mitglieder aufgenommen.«

Wayness musterte Pirie Tamms Gesicht. Enthusiastisch rief sie: »Das ist wahrhaftig eine gute Nachricht, Onkel Pirie! Wir können nur hoffen, daß dieser Trend andauert!«

»Ganz recht«, sagte Pirie Tamm. »Es ist alles ganz

außergewöhnlich, und ich muß die Satzung konsultieren, um mir in ein paar kleinen Punkten Gewißheit zu verschaffen. Wann werdet ihr in Schönwinden ankommen?«

»Einen Moment, Onkel Pirie. Ich muß mich kurz mit meinem Freund besprechen. Wir haben möglicherweise unterwegs noch gewisse Geschäfte zu erledigen.« Wayness verschwand vom Bildschirm. Pirie Tamm hörte gedämpfte Stimmen. Er wartete. Wayness' Gesicht erschien wieder auf dem Bildschirm. »Onkel Pirie, wir haben beschlossen, einen zwei- oder dreitägigen Aufenthalt in Shillawy einzulegen, und wir bitten dich ganz dringend, dich dort mit uns zu treffen.«

»Das ist kein Problem«, sagte Pirie Tamm. »Im Gegenteil, ich freue mich auf den Ausflug. Wo und wann sollen wir uns treffen?«

»Wir reisen morgen ab, also wird es übermorgen früh werden, bis wir da sind. Wir werden in deinem Lieblingshotel absteigen; der Name ist mir im Moment entfallen – aber egal: er wird mir gleich schon wieder einfallen. Also dann, bis übermorgen früh!«

»Bis dann! Ich bin ganz gespannt auf deine Neuigkeiten!«

III

Glawen und Wayness trafen in den frühen Morgenstunden in Shillawy ein. Sie begaben sich geradewegs zum Sheldon-Hotel und schliefen bis neun Uhr; ein Anruf von Pirie Tamm weckte sie. »Vielleicht rufe ich ein bißchen früh an, vielleicht auch nicht, da ich nicht weiß, was ihr vorhabt. Aber ich rufe lieber zu früh an als zu spät.«

»Recht so, Onkel Pirie!« sagte Wayness. »Wir haben viel zu bereden und viel zu tun. Doch vorab wird es dich gewiß freuen zu erfahren, daß wir mit unserer Suche Erfolg gehabt haben. Wir haben alles, was zu finden wir ausgezogen sind.«

»Das ist in der Tat eine sehr erfreuliche Nachricht! Doch wer ist ›wir‹?«

»Glawen Clattuc ist bei mir.«

»Aha! Daher weht also der Wind! Nun, das überrascht mich überhaupt nicht. Auf jeden Fall werde ich mich freuen, ihn wiederzusehen.«

»Wir treffen uns in der Halle; in fünf Minuten sind wir unten.«

Die drei frühstückten und unterhielten sich ausgiebig. Glawen und Wayness berichteten von ihren Abenteuern; Pirie Tamm sprach von seinen eigenen Ängsten und Spekulationen.

»Es ist klar, daß Julian Böses im Schilde führt«, sagte Wayness. »Noch können wir uns keinesfalls erleichtert zurücklehnen.«

»Erst recht nicht, da Julian mit Smonny zusammenarbeitet.«

Wayness zog die Mundwinkel herunter. »Aber das ist nicht sicher – oder doch?«

»Entweder Namour oder Smonny hat Benjamie nach Station Araminta geschickt. Hier auf der Erde wurde Julian von Ma Chilke an die Firma Shoup Künstlerbedarf verwiesen, aber Benjamie war derjenige, der Fräulein Shoup umgarnte und der dann nach Nion reiste. Das deutet auf eine Verbindung zwischen Julian und Smonny hin. Es ist wahrscheinlich nur eine temporäre, da Smonny und die LFF letztendlich in unterschiedliche Richtungen streben. Doch im Moment noch, denke ich mir, will jeder sich den anderen zunutze machen.«

Wayness sprang auf. »Wieso sitzen wir dann noch hier herum? Bringen wir diese Sache so schnell wie möglich hinter uns, bevor uns jemand dazwischenfunkt!«

»Du machst mich nervös.« Glawen erhob sich. »Je eher wir unser Geschäft hinter uns bringen, desto besser.«

»Sehr gut«, sagte Pirie Tamm. »Heute erleben wir das Ende einer Ära.«

IV Pirie Tamm, Wayness und Glawen fuhren nach Schönwinden, wo sie am späten Nachmittag ankamen.

»Es ist schon zu spät, um noch ein großes Bankett mit allem Drum und Dran zu arrangieren«, sagte Pirie Tamm. »Der Anlaß gebietet natürlich nichts Geringeres als das, aber wir werden uns wohl mit einem festlichen Diner bescheiden müssen.«

»Das ist mir auch recht«, sagte Wayness. »Ich könnte ohnehin nicht das dem Anlaß angemessene Entzücken aufbringen. Außerdem würde Glawen nicht mit am Tisch sitzen dürfen, da er nichts anzuziehen hat außer den Kleidern, die er am Leibe trägt.«

Pirie Tamm rief Agnes. »Das ist Glawen Clattuc«, sagte er. »Haben wir noch ein paar anständige Kleider in der Garderobe, die ihm passen würden?«

»Ganz bestimmt, Herr Tamm. Wenn der Herr denn mitkommen möchte ... dann schau'n wir mal, was wir denn Schönes haben.«

»Und sagen Sie der Köchin, sie soll sich auf drei Personen zum Diner einstellen. Vielleicht brät sie ein paar fette Jungenten mit Pflaumensauce oder vielleicht auch eine hübsche Rinderkeule. Nichts, was irgendwelche Umstände macht, Sie verstehen.«

»Sehr wohl, Herr Tamm. Ich werde ihr die Botschaft ausrichten.«

Glawen und Wayness badeten und legten frische Kleider an. Als sie nach unten in den Salon kamen, erwartete Pirie Tamm sie bereits. »Draußen auf der Veranda ist es ein bißchen frisch; die Sonne ist schon vor einer guten halben Stunde untergegangen. Deshalb werden wir unseren Sherry heute abend drinnen einnehmen. Wayness, wenn ich mich recht erinnere, hast du eine besondere Vorliebe für den Fino.«

»Er ist ausgezeichnet, Onkel Pirie.«

»Das ist auch meine Ansicht. Glawen, möchten Sie auch einen Sherry? Oder lieber etwas anderes?«

»Ich hätte auch gern einen Sherry, danke.«

Die drei setzten sich. Pirie Tamm erhob sein Glas. »Es scheint mir dies eine angemessene Gelegenheit zu sein, auf die vortreffliche Naturforschergesellschaft zu trinken, die über so viele Jahrhunderte hinweg mit Anstand und Würde wirkte und webte und die den Genius so vieler außergewöhnlicher Männer zur Verfügung hatte!« Pirie Tamm hielt inne und sann einen Moment. »Es ist vielleicht ein ziemlich kummervoller Toast, aber ich bringe ihn nichtsdestominder aus – in dem gleichen Geist der Ehrerbietung, in dem die alten Druithinen ihre kathartischen Triumphlieder sangen.«

»Laß uns wissen, wann wir trinken können«, sagte Wayness.

»Jetzt!« sagte Pirie Tamm. »Auf die Naturforschergesellschaft!«

Glawen brachte einen zweiten Trinkspruch aus. »Auf die unerschrockene und unvergleichliche Wayness!«

»Es mag vielleicht nicht ganz stilvoll sein, aber ich trinke trotzdem mit«, sagte Wayness. »Also denn, auf mich!«

Pirie Tamm füllte die Gläser wieder auf. Wayness brachte einen Toast aus: »Auf Glawen und Onkel Pirie, die ich beide sehr lieb habe, und auch auf Xantief, Großpapa Swaner, Myron und Lydia, die Comtesse und ihre Hunde und viele andere!«

»Hierin mit einschließen möchte ich ganz besonders Fräulein Shoup und Melvish Keebles«, sagte Glawen. »Aus keinem besonderen Grund.«

Pirie Tamm erhob abermals sein Glas: »Wir haben nun die Vergangenheit gefeiert, ihre Größe und ihre

Heldentaten, aber schon harren auf uns neue Herausforderungen, denen wir uns stellen müssen, neue Taten, die wir verrichten müssen, neue Rätsel, die wir lösen müssen – und, ja, auch neue Feinde, die es zu besiegen gilt! Die Zukunft konfrontiert uns mit ...«

Wayness erhob Protest. »Bitte, Onkel Pirie! Ich bin noch geschafft von der Vergangenheit! Meinethalben kann die Zukunft gern warten, bis wir noch ein wenig mehr von dieser sehr angenehmen und sehr entspannenden Gegenwart aufgebraucht haben.«

Pirie Tamm zeigte sich reuig. »Natürlich! So soll es sein! Ich fürchte, ich habe mich vom Schwunge meiner eigenen Rhetorik mitreißen lassen. Befassen wir uns mit der Zukunft, wenn sie da ist.«

Agnes trat ins Zimmer. »Das Diner ist angerichtet.«

Am Morgen frühstückten die drei lange und ausgiebig. Glawen fragte Pirie Tamm: »Fallen wir Ihnen auch bestimmt nicht zur Last? Falls doch, ...«

»So etwas dürfen Sie nicht einmal denken. Wenn ihr zwei scheidet, bin ich wieder ganz allein. Ihr müßt hierbleiben, solange ihr irgend könnt.«

»Es wartet Arbeit auf uns«, sagte Wayness. »Es ist dringend geboten, daß wir eine provisorische Charta und eine Satzung abfassen, damit das neue Konservat geschützt ist, bis die Arbeit ordentlich verrichtet werden kann.«

»Das ist eine sehr vernünftige Idee«, sagte Pirie Tamm. »Denn im Moment sieht es noch so aus, als ob euch das Konservat entrissen werden könnte, und zwar ohne große Schwierigkeit – wenngleich es notwendig wäre, euer Zeugnis zunichte zu machen, indem man euch tötete.«

»Wenn Benjamie noch am Leben wäre, würde ich mich verwundbarer fühlen«, sagte Wayness. »Er hat ohne die geringsten Skrupel getötet. Ich glaube nicht, daß Julian schon jemanden getötet hat.«

»Der Gedanke, hier zu arbeiten, ist angenehm«, sagte Glawen. »Gleichwohl mache ich mir Sorgen um Cadwal. Ich fürchte, daß dort nichts Gutes vor sich geht.«

Das Telephon läutete. Pirie Tamm ging dran. »Ja?«

»Julian Bohost hier«, sagte eine Stimme.

»Nun, Julian, was wünschen Sie?«

»Ich würde Ihnen gerne einen Besuch abstatten, um eine wichtige Angelegenheit mit Ihnen zu besprechen. Wann würde es Ihnen am besten passen?«

»Mir ist jeder Zeitpunkt recht.«

»Dann werde ich in einer halben Stunde bei Ihnen sein, zusammen mit meinen Begleitern.«

Eine halbe Stunde später erschien Julian Bohost in Schönwinden, im Schlepptau zwei Männer und zwei Frauen. Er trug einen hellblau und weiß gestreiften Anzug, ein weißes Hemd, eine grünblaue Krawatte und einen weißen, breitkrempigen Hut. Die anderen vier Personen waren ungefähr in Julians Alter oder ein paar Jahre älter und ohne bemerkenswerte Kennzeichen.

Pirie Tamm geleitete die Gruppe in den Salon. Wayness und Glawen saßen auf der Couch. Julian heuchelte Überraschung, aber seine Bemühungen waren nicht sehr überzeugend. Er stellte seine Entourage vor: »Herr und Frau Spangard, Herr Fath, Fräulein Trefethyn. Der Herr dort ist Pirie Tamm; und dies sind Fräulein Wayness Tamm und Herr Glawen Clattuc von Cadwal.«

Pirie Tamm fragte: »Kann ich Ihnen Kaffee anbieten? Oder Tee?«

»Nein, danke«, sagte Julian Bohost. »Wir sind nicht auf einen Anstandsbesuch hier, sondern in einer geschäftlichen Angelegenheit.«

»Zu unserem beiderseitigen Vorteil, wie ich hoffe.«

»Das vermag ich nicht zu bejahen. Herr und Frau Spangard sind Wirtschaftsprüfer; Herr Fath und Fräulein Trefethyn sind Anwälte. Alle vier, darf ich hinzufügen, sind neue, hochangesehene Mitglieder der Naturforschergesellschaft – wie im übrigen ich selbst auch.«

Pirie Tamm deutete eine Verbeugung an. »Dann darf ich Ihnen allen gratulieren. Aber nehmen Sie doch Platz; oder bleiben Sie stehen, ganz wie Sie möchten. Ich glaube, es sind Stühle genug da, daß sich alle setzen können.«

»Danke«, sagte Julian. Er wählte einen Stuhl aus, ließ sich in lässiger Pose nieder und musterte die Gruppe. Dann sprach er in leicht näselndem Ton: »Ich möchte vorausschicken, daß wir die Satzung der Naturforschergesellschaft ausführlich und in allen Einzelheiten studiert haben.«

»Ausgezeichnet!« sagte Pirie Tamm in herzlichem Ton. »Damit geben Sie uns allen ein gutes Beispiel.«

»Zweifelsohne«, sagte Julian. »Nun, wie dem auch sei, ich glaube, Sie haben in jüngster Zeit eine ganze Anzahl neuer Mitglieder in die Gesellschaft aufgenommen.«

»Ganz recht. Zweiundzwanzig allein im letzten Monat, glaube ich. Es ist sowohl überraschend als auch ein gutes Omen für die Zukunft.«

»Die gesamte Mitgliederzahl ist jetzt wie hoch?«

»Assoziierte und nichtstimmberechtigte Mitglieder eingeschlossen?«

»Nein; nur die stimmberechtigten Mitglieder.«

Pirie Tamm schüttelte traurig den Kopf. »Das sind leider nicht allzu viele. Da wären zunächst einmal Wayness, ich und noch zwei andere. Wir hatten in den letzten sechs Monaten drei Todesfälle zu verzeichnen. Zweiundzwanzig plus Sie, plus die eben erwähnten vier, das macht zusammen siebenundzwanzig.«

Julian nickte. »Das ist auch mein Ergebnis. Ich habe hier die Vollmachten für die Mitglieder, die im Moment nicht anwesend sein können. Bis auf die zwei betagten Mitglieder, die Sie erwähnten, ist ergo die gesamte Mitgliederschaft in diesem Raum vertreten. Möchten Sie die Vollmachten auf ihre Richtigkeit hin überprüfen?«

Pirie Tamm winkte lächelnd ab. »Ich bin überzeugt, daß sie korrekt sind.«

»Sie sind ausnehmend korrekt«, sagte Julian. »Wir haben mithin ein Quorum hier beisammen.«

»So sieht es wohl aus. Was wünschen Sie zu tun? Die Mitgliedsbeiträge erhöhen? Gegen eine solche Maßnahme würde ich ernste Bedenken anmelden, zumindest zum jetzigen Zeitpunkt.«

»Die Mitgliedsbeiträge sind angemessen. Bitte seien Sie so gut und erklären diese Zusammenkunft zu einer offiziellen, satzungsgemäßen Mitgliederversammlung der Naturforschergesellschaft.«

»Sehr wohl. In meiner Eigenschaft als Generalsekretär erkläre ich dieses Treffen zu einer offiziellen Mitgliederversammlung. Sie müssen jetzt einen Moment warten, bis ich das Protokoll der letzten Versammlung finde, das ich Ihnen, wie es üblich ist, vorlesen werde. Lassen Sie mich überlegen. Was habe ich doch gleich mit dem offiziellen Versammlungsbericht gemacht?«

Julian erhob sich von seinem Stuhl. »Herr Vorsitzender, ich beantrage hiermit, daß ausnahmsweise auf das Verlesen des Protokolls verzichtet wird.«

»Ich unterstütze diesen Antrag«, sagte Herr Spangard.

Pirie Tamm ließ den Blick durch den Salon schweifen. »Sind alle dafür? Wer ist dagegen? Die Mehrheit ist dafür; das Protokoll der letzten Versammlung wird mithin nicht verlesen – zu meiner Erleichterung, wie ich gestehen muß. Sind noch irgendwelche alten Angelegenheiten aufzuarbeiten?«

Schweigen.

»Nein? Gibt es irgendwelche neuen Tagesordnungspunkte?«

»Ja«, sagte Julian.

»Ich erteile das Wort Herrn Bohost.«

»Ich möchte auf Paragraph Zwölf der Satzung hinweisen, in welchem festgelegt ist, daß der Generalsekretär zu jeder Zeit von einer Zweidrittelstimmenmehrheit der Mitgliederschaft von seinem Amte abberufen werden kann.«

»Danke, Herr Bohost. Das ist ein interessanter Punkt. Ihre Einlassungen sind zur Kenntnis genommen worden. Das Wort hat Herr Fath.«

»Ich beantrage, daß Herr Pirie Tamm von seinem Amt als Generalsekretär abberufen und durch Herrn Julian Bohost ersetzt wird.«

»Unterstützt irgend jemand den Antrag?«

»Ich unterstütze den Antrag«, sagte Fräulein Trefethyn.

»Alle, die dafür sind, machen bitte das Handzeichen.«

Julian und seine vier Freunde hoben die Hand. Julian sagte: »Die von mir als Bevollmächtigtem vertretenen Mitglieder stimmen mit ›Ja‹. Es sind also hier achtzehn Ja-Stimmen präsent.«

»Der Antrag ist damit angenommen. Herr Bohost, Sie sind jetzt der neue Generalsekretär der Naturforschergesellschaft. Ich übergebe Ihnen hiermit die Sitzungsleitung. Ich beglückwünsche Sie und wünsche Ihnen eine lange und fruchtbare Amtszeit. Was mich betrifft, so bin ich alt und müde; ich bin glücklich, diesen Zustrom neuer und unverbrauchter Energie in die glorreiche alte Naturforschergesellschaft noch miterleben zu dürfen.«

»Ich danke Ihnen«, sagte Julian. Er warf Glawen und Wayness einen mißtrauischen Blick zu. Warum waren ihre Mienen so entspannt, ja nachgerade heiter?

Pirie Tamm sagte: »Die Akten der Gesellschaft sind in meinem Arbeitszimmer. Bitte schaffen Sie sie dort weg, sobald Sie die Möglichkeit dazu haben. Das Vermögen der Gesellschaft liegt annähernd bei Null. Den Fehlbetrag erstatte ich gewöhnlich aus meiner eigenen Tasche. Herr und Frau Spangard werden die Konten zweifellos genauestens studieren, sobald Sie sie erst in Ihren eigenen Geschäftsräumen bestallt haben.«

Julian Bohost räusperte sich. »Nun denn! Eine letzte Kleinigkeit noch. Das wichtigste Besitzstück der Gesellschaft ist der Titel auf den Planeten Cadwal. Wie wir wissen, ist die entsprechende Urkunde seit langer Zeit verschollen.«

»Das ist richtig. Wir haben dieses Faktum aus auf der Hand liegenden Gründen nicht an die Öffentlichkeit gebracht.«

»Es wird Sie freuen zu erfahren, daß der Verlust behoben werden kann. Herr Fath und Fräulein Trefethyn haben mich über die Möglichkeit aufgeklärt, daß die Gesellschaft den Gaeanischen Gerichtshof für Planetarische Angelegenheiten ersuchen kann, die alte Übertragungsurkunde für unwiederbringlich verloren und ungültig zu erklären und ein Ersatzdokument auszustellen. Dies ist, wie ich hörte, gängige Praxis, und ohne Schwierigkeiten durchzuführen. Ich erwähne dies in erster Linie zum Nutzen von Fräulein Tamm und Herrn Clattuc, da sie seit langem eine feindselige Haltung gegenüber der Partei für Leben, Frieden und Freiheit einnehmen, welche nunmehr eine gründliche Neustrukturierung des sogenannten Konservats in Angriff nehmen wird.«

Glawen schüttelte langsam den Kopf. »Einmal mehr liegst du falsch, Julian. Wenn die LFFler einen Planeten ausplündern wollen, dann müssen sie sich woanders umschauen.«

»Nenne uns nicht ›LFFler‹!« blaffte Julian. »Du hast keinen gesetzlichen Rang mehr. Sobald die neue Gewährungsurkunde ausgefertigt ist ...«

»Aber sie wird nicht ausgefertigt werden.«

»Ach? Und warum nicht?«

»Weil wir das Original gefunden haben.«

Julian starrte Glawen ungläubig an; seine Unterlippe bebte. Herr Fath flüsterte ihm etwas ins Ohr. Julian sagte in scharfem Ton: »In dem Fall ist die Übertragungsurkunde Teil des Besitzes der Naturforschergesellschaft. Wo ist sie?«

Glawen langte in das Regal hinter sich, blätterte einen Stapel Papiere durch, zog eines heraus und warf es Julian zu. »Bitteschön, da hast du sie.«

Julian, Herr Fath und Fräulein Trefethyn steckten die Köpfe über dem Dokument zusammen. Herr Fath stocherte jählings mit dem Finger nach dem Dokument. »Das ist also Ihr Spiel!« schrie er.

Verdutzt fragte Julian: »Was haben sie denn gemacht?«

»Sie haben Cadwal verkauft für die Summe von einem Sol, ›deren Empfang hiermit bestätigt wird‹. Unterzeichnet mit ›Pirie Tamm‹ und versehen mit dem Datum von gestern.«

»Sie werden die Summe von einem Sol ordnungsgemäß in die Bücher der Naturforschergesellschaft eingetragen finden«, sagte Pirie Tamm.

»Das ist Betrug!« schrie Julian. Er schnappte das Dokument. »›Verkauft an die als CADWAL-KONSERVAT bekannte Gesellschaft für die Summe von einem Sol.‹« Julian wandte sich zu Herrn Fath um. »Können die das einfach so machen?«

»In kurzen und schlichten Worten ausgedrückt: ja. Es ist geschehen. Diese Übertragungsurkunde trägt, wie Sie bemerken werden, nunmehr den Stempel UNGÜLTIG AUFGRUND VON ERSETZUNG.«

Julian wandte sich an Glawen. »Wo ist die neue Übertragungsurkunde?«

»Hier ist eine Kopie. Sie ist beglaubigt. Das Original ist im Safe deponiert.«

»Du bist immer noch Generalsekretär der Naturforschergesellschaft«, sagte Wayness. »Eine feine neue Karriere steht dir offen!«

»Ich trete zurück«, verkündete Julian in kiebigem Ton. Er wandte sich schwungvoll zu seinen Freunden um. »Wir haben hier nichts mehr verloren; wir sind in einer Höhle von Konservationisten; sie stechen wie Wespen und beißen wie Schlangen. Gehen wir.« Er stülpte sich seinen Hut auf den Kopf und stolzierte aus dem Raum, gefolgt von seinen vier Mitstreitern.

Wayness fragte Pirie Tamm: »Wer ist denn jetzt Generalsekretär der Naturforschergesellschaft?«

»Ich jedenfalls nicht«, sagte Pirie Tamm. »Ich fürchte, es gibt keine Naturforschergesellschaft mehr. Damit ist's aus und vorbei.«

JACK VANCE

in der Reihe
HEYNE SCIENCE FICTION & FANTASY:

Start ins Unendliche · 0603111
Emphyrio · 0603261
Die sterbende Erde · 0603606; erneut · 0603977
Showboot-Welt · 0603724
Maske: Thaery · 0603742; auch in ➶ 0601011
Die Welten des Magnus Ridolph · 0604053
Staub ferner Sonnen · 0604202
Verlorene Monde · 0604384
Grüne Magie · 0604478

Der ALASTOR-Zyklus:
Trullion: Alastor 2262 · 0603563
Marune: Alastor 933 · 0603580
Wyst: Alastor 1716 · 0603816
Sonderausgabe in einem Band:
Alastor · 0604415

Der DÄMONENPRINZ-Zyklus:
Jäger im Weltall · 0603139
Die Mordmaschine · 0603141
Der Dämonenprinz · 0603143
Das Gesicht · 0604013
Das Buch der Träume · 0604014

JACK VANCE

in der Reihe
HEYNE SCIENCE FICTION & FANTASY:

Der DURDANE-Zyklus:
Der Mann ohne Gesicht · 0603448
Der Kampf um Durdane · 0603463
Die Asutra · 0603480
Sonderausgabe in einem Band:
Durdane · 0604361

Der LYONESSE-Zyklus:
Herrscher von Lyonesse · 0604471
Die grüne Perle · 0604591
Madouc · 0605021

Die CADWAL-CHRONIKEN:
Station Araminta · 0605300
Ecce und die Alte Erde · 0605301
Throy · 0605302

Außerdem erschien:
›Die letzte Festung‹
in Science Fiction Jahresband 1981,
hrsg. von Wolfgang Jeschke · 0603790